给绿中国书系

汪永晨 著

绿镜头下的
美丽星球

（全四卷）

亚洲的云、非洲的树、欧洲的河

SPM 南方传媒 ｜ 花城出版社

中国·广州

图书在版编目（ＣＩＰ）数据

绿镜头下的美丽星球：全四卷 / 汪永晨著. -- 广州：花城出版社，2023.2
　　（给绿中国书系）
　　ISBN 978-7-5360-9625-7

　　Ⅰ．①绿… Ⅱ．①汪… Ⅲ．①散文集－中国－当代 Ⅳ．①I267

中国版本图书馆CIP数据核字(2022)第254722号

出 版 人：张　懿
责任编辑：揭莉琳　欧阳蘅　梁宝星
责任校对：梁秋华
技术编辑：林佳莹
封面设计：张年乔　眠蝉不语

书　　　名	绿镜头下的美丽星球：全四卷 LÜ JINGTOU XIA DE MEILI XINGQIU：QUAN SI JUAN
出版发行	花城出版社 （广州市环市东路水荫路 11 号）
经　　销	全国新华书店
印　　刷	广东鹏腾宇文化创新有限公司 （广东省珠海市高新区唐家湾镇科技九路 88 号 10 栋）
开　　本	880 毫米×1230 毫米　32 开
印　　张	31　4 插页
字　　数	666,900 字
版　　次	2023 年 2 月第 1 版　2023 年 2 月第 1 次印刷
定　　价	200.00 元（全四卷）

如发现印装质量问题，请直接与印刷厂联系调换。
购书热线：020 - 37604658　37602954
花城出版社网站：http://www.fcph.com.cn

镜头文字绘乾坤

牟广丰（原环保部环评司巡视员）

汪永晨最大的优点是勤奋，且有一定的冒险精神，这可能来自采访记者的职业素养。早在25年前，她到贵州探望并采访挂职在乌蒙山区的我时，就敢只身一人在漆黑的夜晚探访有众多贫穷光棍儿留守的偏远山寨。

10多年前，她出版了第一部聚焦环境保护的采访实录《绿镜头》，邀我写的序。此后她一发不可收，又连续出版了多部。近几年，她的足迹已冲出国门，踏遍七大洲四大洋，拍摄了上万张照片，真实生动地记录了几十个国家的山川景物、风土人情，并配上文字说明和介绍。值得关注的是，随着她视野的扩大，图文的内容也更加丰富，不仅限于环境保护领域，而是通过自然景物追溯人文历史，洋洋洒洒，娓娓道来。这些文字集游记、科普、史料、随笔于一身，使读者如身临其境，感同身受，从而更深刻系统地认识这个美丽的星球。不仅赞叹生物的多样性，更赞叹文化的多元性。在她的镜头里，一山一水，一草一木，都具有了灵性；每一种动物仿佛都是人类的朋友。人类作为万物的灵长，并不说明我们就能驱使和奴役自然。恰恰相反，人类只有尊重自然、敬畏自然、保护自然，才能获得自身的持续发展，才能营造和维持与自然和谐共生的美好环境。

随着时代的发展和实践的积累，作为从事环境保护工作40年的一个老兵，我也越来越多地认识到环境保护涉及和关联的领域越来越宽，面临的形势也越来越复杂——例如环境与贸易、环境与地缘政治、环境与宗教信仰等。既然世界是一个地球村，这些问题就难以回避。单就一个气候变化，就牵扯到大量的国际贸易问题；单就一个河流的水电工程，就牵扯到地缘政治问题；单就对某些历史遗存和动植物种类的保护，又牵扯到宗教信仰等问题……因此，对环境问题的关注也应随之深化。在这一点上，我希望中国的NGO（非政府组织）能发挥更大的作用；我们的环境保护领军人物也能够利用他们的影响和才华，写出更多更好像《绿镜头下的美丽星球》这样的好书来。

2021年1月28日

目录

◎第二章 非洲的树

◎第三章 欧洲的河

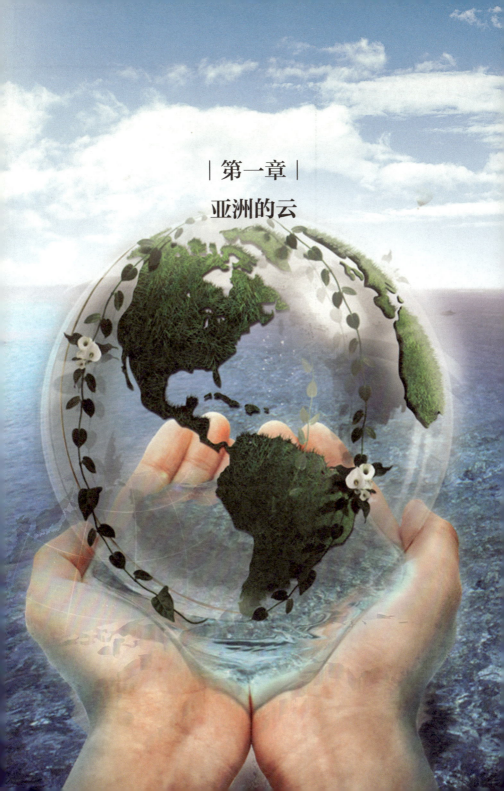

第一章

亚洲的云

日本水俣病的故乡

——污染与新型环保运动发展的轨迹

美国国会图书馆出版社出版的蒂莫西·S.乔治的《水俣病：污染与战后日本的民主斗争》一书中有这样一段话：在日本历史上，水俣事件不仅是世界上最糟糕的工业污染案例之一，它也体现了新型公民运动发展的轨迹，体现了社会、企业、国家之间关系的发展，最重要的是，它体现了战后日本公民权和民主的重新定义。

机上拍福冈

2011年11月20日至30日，由清华大学NGO研究所召集的，来自学界、媒体和NGO的一行9人，对世界十大环境公害的水俣病发生地进行了10天的考察。这个在世界环保史上留有重大教训的环境事件被专家们认为：水俣病不仅是一种环境病、一种人类在加速现代化进程中所付出的代价，它也是一个无情的、犯有谋杀罪的企业隐藏罪恶的过程；是各级政府和社会包括科学团体和媒体互相勾结、混淆视听、容忍悲剧的发生并掩盖事实的过程；是当权者施压，反对说出真相和采取行动的过程；是对地方社会上一个黑暗面的描述；是主流政治和草根行动的博弈；是社会对这些行动和个人的约束；是对"传统的"语言使用、宗教和道德经济概念的坚持与适应。

日本水俣病的发生和产生的影响及可吸取的经验教训，自然是中国环保组织所关注的案例。由清华大学NGO研究所发起的这次考察，我们全程记录，把我们看到的、听到的有关环境污染中、污染后人们的应对、思考与行动记录下来。

事件的发生是这样开始的

1955年7月的一天，滨元二德从他位于水俣市月浦村的家中走向坪谷的小入口处，他家的渔船停靠在那里。他是去把前一天捕到的乌鱼处理一下，杀了后拿到市场去。

"路不好走，旧高速路又浪费时间，所以我几乎每天都沿着铁轨走。突然有一天，当我走到这儿，就是现在这个月浦汽车站的时候，我被自己的鞋带绊倒了。'真奇怪，我怎么会被鞋带绊倒？'我想。之后，我又被绊倒了一次。中津雄从后面追上我，说'二德，你怎么了？样子这么滑稽'。那是我第一次感到身体麻木，并且双手颤抖得厉害。"

中津说他也有相似的症状，并提议他俩一起去看医生。他们去了一家当地的诊所，一位市川医生给他们打了针开了药，说他们是因为高温下劳累过度导致的，要他们吃些有营养的食物并在阴凉处休息一周。当他们被要求写下自己的名字和地址时，中津发现他已经抓不住笔不能写字了，滨元几乎也不能写了。他们问医生什么是有营养的食物。"他说有很多种，吃我们自己喜欢的就行了。我是个渔民，我们能打鱼，我也喜欢吃鱼，所以回去后我每天就吃很多生鱼片，然后休息。"滨元说。

一周后，滨元的情况更加恶化了，麻痹感遍及全身。中津的视力下降，以至于他在公车上掉了一枚10日元的硬币，都无法找到。两个月里，滨元和中津不停地看医生，一家接着一家。

1952年或者1953年起，周围年轻人的共青团组织（seinendan）就开始抱怨工厂里的"坏水"。乌鸦和海鸥也不断地死亡，再早一些，在小渔村，海滨沿岸的松树开始变黄枯萎，并且造成鱼量的减少。

猫身上也发生了可怕的情况。它们常常会疯狂地"跳舞"然后死去。在1953年和1954年，滨元家死了三只猫。1954年，在一份《熊本每日新闻》的报道中提到，住在茂道的一名居民要求该市卫生部门帮助处理鼠患，因为由于猫的死亡，鼠的数量大量增加。在这个有120户家庭的小村庄里，两个月内大约死了100只猫。村民们从外面新带回来的猫不久后也开始不停地旋转然后死去。从1953年到1956年，在患有水俣病的病人家中，61只猫里死了50只。这种病同样对人有影响，虽然在1956年前，大家都像滨元一样被误诊。在月浦，滨元家的一个邻居沟口丰子，在1953年出现了走路和说话障碍，死于1956年3月，当时只有8岁。

《水俣病：污染与战后日本的民主斗争》一书中描述了水俣病的三个应对阶段：

第一阶段从1956年发现该病开始，到1959年部分解决方案的出台结束。关于这种疾病，潜在的不便和为难的争论被地方精英们压在手里，没有上到法律和国家层面。这种不便和为难，不仅仅针对新氮素，对想庇佑日本战后经济高增长计划的国际贸易与工业部和国家领导们来说，也是一样。结束了的第一轮应对的"解决方案"，包括对受害者的"同情"补偿，对渔业合作社的少量补偿，以及没能够清除汞的污水处理设施的出现。

该方案标志着一个阶段的结束，这一阶段以科学家们查找病因，化工厂隐瞒情况，受害者得到补偿，以及政府暗地解决为特点。整个事件似乎从未得到国家的重视。

1959年后，日本和水俣病发生了巨大变化——该市对窒素会社忠诚度的降低，日本经济的快速增长，新左势力的增长，公民组织的成熟，以及其他地区出现的污染疾病，瓦解了第一阶段的解决方式，并推动了成立新形式的组织，采取了新行动。

20世纪60年代末、70年代初，由于水俣病和其他一些出现在日本的环境病得到了政府迟到的确认（窒素会社的汞就是造成水俣病的原因），民众的政治参与变成可能并且愈加积极。

水俣事件在没有反对党的利用和官方协助的情况下得到了全国范围内的支持和重视。在第二阶段中，一些受害者及他们的支持者得到了更加完整和公平的对待。一些人起诉了窒素；一些人要求与公司高层直接谈判。总之，他们既赢得了金钱补偿，又使公司在法律层面承担了应有的责任。

但问题依然存在，许多受害者没有得到确诊，因此无法得到补偿，政府责任的问题始终没有得到解决，社会对受害者的歧视和迁怒始终存在。第三种"完全解决方案"被认为始于1995年和1996年，许多未确诊的病人得到了补偿，但这一解决方案仍然没有涉及政府的法律责任问题，也依然有部分受害者没有得到补偿。

水俣病在日本，不仅仅是经济高速增长下的一个社会阴暗面，还是一出日本贫穷的受害者反抗只在乎权力、利润、增长和稳定的企业和国家的道德剧。它不仅仅是现代化所付出的社会代价，同时也是一个定义平等与公正的斗争。水俣事件是日本人民不断修正战后日本民主的最好案例。

蒂莫西·S. 乔治说，一个社会对环境灾难的应对极大程度地体现了动用什么样的资源去寻找原因并进行制止，如果犯罪者想阻止被检查或被罚，他们有着怎样的联盟或者权力？有多少受害者被发现？对于他们的补偿是否公平？特别对于水俣，受害者要想获得公正的对待，他们手里掌握着哪些资源？他们有何种历史遗产可以利用？有哪些支持，以及这些应对该如何随着时间变化？

这些是日本的历史，污染者有污染的智慧，受害者有受害者的资源。这次考察我们要了解得更多，然后再通过我的笔和镜头与更多的人一起分享。

和水俣病患者近距离接触

2011年11月21日上午，在清华大学NGO研究所所长王名的

水俣填埋地　　　　　　　　　　填埋后的水俣

警钟　　　　　　　　　水俣病患者的手

带领下，我们一行人来到了水俣海边。站在写有水俣填埋地的大牌子下望去，我想每个人心里有的一定不只是追思。

　　现在每年的5月1日，日本人都要在这里追思因发展付出代价致死的人们。当年被污染了的大海如今被两层海泥和山土所覆盖。堆出来的山坡上有一个个做出各种神情的小雕塑，以寄托人们的哀思。

　　孩子们折的千纸鹤旁的警钟边，有两个小木槌。我们敲了一下，那绵长的钟声回响在海天之间；孩子们折的千纸鹤挂在这里，是祈福还是苦苦的回忆？还有那海边的"心"下面写着"恋人圣地"，这样的圣地给人的遐想是甜蜜吗？这些都在提醒着我，此行我要为自己头脑中的这一个个问号寻找答案。

离开被填埋的海边，我们走进了水俣资料馆。在那里，我心中原有的问号成了我太多的没想到——

我没想到，今天水俣资料馆的馆长坂本直充就是一个在妈妈肚子里感染上了水俣病的患者。

我没想到，身体受到了如此摧残的他，竟然没有申请国家赔偿，没算在被确定的水俣病的患者中，只因为他的父亲当年就是那家污染工厂的职工。活了92个春秋的父亲在2010年去世了。馆长说：我要开始申请赔偿了。1954年出生的馆长，为父亲所在的工厂已整整付出了57年的代价。

我没想到，在水俣当了16年市长的人，也正是那家污染企业的厂长。他直到下台，也没有改变维护工厂的利益甚于维护事实的态度，维护他自己的地位甚于维护受到严重伤害的人们与自己的良知的态度。

我没想到，在这场如此大的人祸面前，站出来为自己讨个公道的是少数人。大多数人是躲在家里生怕别人知道。为的是他们不被歧视，他们要结婚，他们要生子，他们打的鱼要能卖出去。

我没想到一个人为了尊严可以付出那么大的忍耐。

我没想到20世纪50年代发生的灾难，已经到了21世纪的今天。60年代已知的水俣病的潜在患者有6万名之多，被确认的却只有2273名，以致我问了坂本直充馆长好几遍，来确认自己听到的这个让我无法相信的数据。

11月21日，离开给了我那么多难以置信的水俣资料馆，我们来到熊本大学水俣学研究中心。原田正纯医生向我们述说了他作为一名医生，在这场灾难后是如何站出来履行一个医生的职责的。

原田医生说：1976年他就到中国做过有关水俣病的演讲。2011年日本的地震是天灾，也是人祸。可是到目前为止，并没有很好吸取水俣病的教训。天灾人类不可抗拒，可在水俣的天灾中，现在开始看到了公害因素。食物链的问题随着时间的推移，会越来越显现出来。这样的灾难，总是发生在离自然最近的地方，发生在最穷的地方，这几乎成了规律。水俣病没有被确诊时，他和记者们一户一户地去访问、去发现。可是渔民不欢迎他们，怕消息传出去鱼会卖不出去。水俣50%的税收来自这家污染企业。政府、学界都在向我们这些不顾一切去走访、

数字背后隐藏着巨大的痛苦

当年的小渔村

当年的排水口

去调查、去证实病因的医生施加着压力。在这场大的灾难中，日本政府采取的办法不是去调查，而是个人的申报。从1953年发现，到1960年没有人再去申报时，政府就认为这场灾难过去了。到了20世纪70年代，竟然就说没有新的患者了。患者都到哪儿去了？藏在家里。水俣病患者都是吃了鱼的人。当在孩子中发现时，他们才修正了胎盘可以保护婴儿的过往认知，发现原来毒素可进入胎盘。他最后的突破口是在自己的女儿降临后得知的——在日本，母亲有收藏脐带的习惯。在征集了无数的脐带后，原田告诉人们，子宫是培育胎儿水俣病的温床。1963年发生水俣病后，当地政府采取了强硬措施，并对怀孕妇女说不许生孩子。很多孕妇为此打胎，失去了做母亲的机会。

从水俣病被人类确认到今天，原田医生不离不弃地用自己做医生的良知，为水俣病患者讨得公道。他坚信水俣病是环境公害，政府负有不可推卸的责任。要想改变这一不公的现象，只有一个办法就是提出诉讼，获取国家和企业的赔偿。

水俣萤之家1996年成立，配有7个工作人员。现在这里是20名能得到帮助的水俣病患者的家，其中有10名水俣病患者是要这里的工作人员去家里护理的。

生出来就是小患者

1960年的调查

萤之家

坂本女士

1956年坂本女士的女儿出生后不久，她就面临了女儿从不能走路、不能说话、不能吞咽到一年六个月后死亡的现实。随后家里有了四个水俣病患者。在确认女儿到底是得了什么病的过程中，坂本没有像一般人那样躲在家里不敢出来。她说："女儿都成了这样，我还怕什么。"他们家现在靠国家赔偿度日。有人问过她，是要水俣当年的发展，还是要家人的健康。这位妈妈说："我恨让我的家人生病、死亡的发展，我恨氮肥厂，它毁了我的家。"

今天家里只剩坂本和一个患有水俣病的女儿一起生活。

坂本的二女儿5岁才开始讲话。小学上残障班，吃力地上到初中。现在生活基本不能自理，要靠已经86岁的妈妈度日。

坂本女士说，即使她的家成了这样，当时关于是不是要诉讼，家里人的意见也是不一样的。当时的水俣分成很多派，有要和解的、有要谈判的、有要赔偿的。即使现在,她的做法依然受到争议。

我们问为什么。她说:要发展,要生存,要面子。

坂本把人的生存权利放在这一切之上的做法让人敬佩。当她和不怕打击的人们一起到东京找总公司领导讨公道的时候,公司一把手亲自把巨额赔偿款递到她的手中,而她一把就把钱打掉在地。她说:我要的是我家人生存的权利,我要的是迫害我们的人站出来向我们道歉。我们坚信,20世纪50年代发病的这一群体到了70年代的统计数字还是120人,是政府的失职,是企业的耻辱。10万人的问卷调查,只发现十几个人,这种摆姿态的调查我不相信。

现在,一个中等程度的水俣病患者一年能拿到70万日元的赔偿,坂本母女就这样生活着。

虽然当年有4000人的窒素氮肥厂,现在只有500人,但是大街上的大牌子依然写有:没有氮肥厂就没有水俣发展。

藤野曾是水俣协立医院的院长,也是一个坚定地让政府认定水俣病的身体力行者。他以医师团的形式支持受害者的诉讼。他说,在他们为此努力的过程中,常常听到这样的说法:孩子睡了不要叫醒。而他则认为,到现在国家还没有对污染进行全面调查,他们的奋斗就远没有结束。

水俣市的大海

53年来，藤野除了让政府确认水俣病的发病原因，寻找、帮助受害者以外，就是大声地疾呼警惕慢性微量中毒，现在这种患者的发病率在慢慢地显现着。不仅在日本，也在全世界。

王名对我们第一天的考察发表自己的感慨时说，日本医生站在为受害者伸张正义的第一线令人可敬可佩。但是，环境问题应是预防，进入诉讼不仅是滞后，还使问题到了不可救药的地步。而我们中国目前的很多环境问题从一开始就有媒体的介入，呼吁信息公开，从整体来讲是进步的。

对日本水俣病发生地的采访才是第一天，已经让我们发现一个污染事件的复杂性，这种复杂不仅是经济问题，还是社会的、文化的问题的交织。每个人都是多层的矛盾体，站在不同的位置就会有不同的行为和举止。我们还会在未来几天的考察中去挖掘、去体味、去思索。

水俣市环保局是第一天我们走访的最后一站，也是这两天我们考察的单位中最冷的。我们的翻译神崎龙志说，如果夏天

水俣环保局

到政府部门去，那会是最热的地方。这都是为了节能。

在环保局，我们听到的除和这几天听到的水俣病被确定缘由的复杂性以外，还有这样几个数据：当年水俣市的人口是5万多，现在只有2万多。我们窗外的学校因没有生源也关了门。当地现在老龄化程度高达30%。在水俣的税收中，窒素氮肥厂的贡献占全市税收的48.3%。

在提问的环节我问环保局课长：当年的市长站在工厂一边，以你自己的理解，应该吗？"当时正是水俣经济腾飞的时候，政府和议会站在窒素氮肥厂一边是必然的。不过后来市议会还是向国家提出了禁捕区。国家没有及时采纳使得事态扩大，正说明了问题的复杂性。复杂的问题，处理起来当然不仅有一个答案。"我听懂了这位环保官员的话中话。

这位课长说："1992年我们发表了环境宣言；现在每年的5月1日，也就是发现第一例水俣病患者的那天，我们有慰灵仪式；2008年水俣被评为环保模范城市；现在我们的垃圾被分为24类，也开始让中小学生参加这种分类。现在每天不同地区不同垃圾的分类也成了人们交流的一种方式，其作用已经超越了环境保护。"

我喜欢这位领导的直率，也对日本今天水俣病所导致的复杂性，有了畏惧和要面对的双重心理。

发生水俣病海湾的今天

记者在水俣病报道中的职责

11月23日由清华大学NGO研究所组织的日本水俣考察一行乘新干线到了熊本。走进了熊本日日新闻社，今天我们要访问的是多年来一直以媒体人身份密切关注这一事件的资深记者高峰武。

媒体一直是一支特殊的力量。既以手中的纸笔、话筒、镜头给力，也以民间的身份投入一些具体的保护运动中。所以，在水俣病事件中，日本的媒体扮演的是什么角色，就成了此行我最希望了解的。

在《水俣病：污染与战后日本的民主斗争》一书中有这样一段：1959年日本《朝日新闻》刊发了一则报道，内容是关于他们的实验结论，这则报道是整个水俣事件中最大的一篇新闻材料。《朝日新闻》泄露说，熊本大学的北村等三位教授将要宣布，通过"科学分析、临床试验和病理观察"后，"最终证实"有机汞就是致病原因。文章说，教授们认为汞是由窒素工厂排放到海里去的，并且在鱼和贝的体内转化为有机汞。

为了应对《朝日新闻》的报道，公司高层开了一个紧急会议。尽管细川肇为他们解释了医学院研究人员的研究，但没有人愿意相信大学科学家们的解释是正确的。

《熊本日日新闻》发表社论，文章中提到"因为水俣工厂用汞做催化剂是一个事实，并排放在废水中，所以我们毫不怀疑工厂的废水就是导致水俣病的原因"。两个月后，同样是这份报纸，在它另一篇社论中写道："在现阶段，还不能确定新氮素公司就是水俣病的致病来源。"

高峰武在讲述日本记者的苦恼

新氮素公司又在1959年7月和10月间制作了4本宣传册，试图打击有机汞理论。窒素的两个主要策略，一是以自身科研条件和能力的优越来质疑大学科学家们。二是把每一种可以质疑汞理论的论点都摆出来，即使它们之间有的是互相矛盾的，这些对策使人们想起熊本大学在汞理论之前，也曾怀疑过的其他物质。

在高峰武向我们讲述着他们报纸和他本人在报道这一事件中的立场和做法时，做出的这样一个判断对我们一行人有着非常深刻的启发：日本政府从水俣病发生以来不懂装懂就制定政策，并加以执行，所带来的结果是最坏的。这一点在2011年日本地震后的核泄漏事件中再次体现。

做了39年记者的高峰武对我们说："我们天天都有各种苦恼，作为记者我曾和一位政治家一起在媒体上争论国家与个人的关系。"

那个政治家认为我们这个社会就是应该少数人的利益可以

被牺牲而服从于大多数人的利益。以此推论，在水俣病严重影响着一些人的健康时，水俣地区的发展是第一位的。高峰武与之论争的观点是，少数人的利益为什么要服从大多数？每一个人的利益都是重要的。为此，在水俣，即使窒素氮肥厂为水俣的发展做出了重大贡献，也不能以牺牲少数人的健康为代价。

作为媒体从业者，高峰武在自己的报道中重视事态发展的变化。他认为水俣病的问题至今并没有结束，问题还在继续发生着。

有意思的是，与高峰武的观点有着激烈碰撞的政治家退出政治舞台后成了一个小保健所的所长。他在公开场合承认："窒素是我本人。"此话的含义为，水俣病的制造及事件的发展是极为复杂的，我本人在面对这一复杂问题时，也是复杂的。

高峰武说，当年天皇都来过窒素氮肥厂。那时没有新干线，下了火车后，红地毯是一直从车站铺到工厂的。可见它在日本经济发展中和政治上的作用。东京大学学技术类最好的毕业生的去向是窒素氮肥厂。

日本环保部曾大力反对世界卫生组织把幼儿毛发中汞的含量从50PPM降到20PPM。因为这一改，意味着会有更多的水俣病患者被认定，要对海泥的清理增加更多的预算。

在对整个水俣病的报道中，让高峰武值得一说的是，参与这一环境事件人员的广泛和多样，且每个人都积极地投入着。这其中有演员、摄影家和作家。每个人都站在自己的角度上给予关注，让高峰武看到了这一事件不同视角的切入点。他认为记者把这些告诉公众很重要。

通过对水俣事件的报道，高峰武作为记者还有这样一个观点，是因为有了污染才有了水俣的发展，而不是有了发展才有污染。

这一观点我们理解为，是发展在先，还是污染在先？进一步说是什么重要？是因为发展了就可将污染忽略不计？高峰武的观点是：即使发展了，也在是污染制造中得到的，这样的发展我们不能要。

正像那位政治家说的"窒素就是我"，人类发展中多样就是复杂。看看我们大自然的复杂，大自然的多样，经过成千上万年的演化与进化的大自然是有序的。比大自然的存在晚了不知多少的人类，为什么在发展中就急着要分出个谁对谁错呢？一切都在发展中，关键是信息要公开、要对称。

作为媒体人，高峰武通过报道还要告诉人们，在水俣事件中，有些人我们要记住。我想，这也是一名记者的社会责任。

细川一医生，他是在东京大学毕业后被分到水俣的窒素医院工作的。在发现奇怪病人后，他一方面为患者查原因，一方面在猫身上做试验。当他已经到了癌症晚期的时候，躺在病床上还在给法官录证言，详细说明从400号猫身上得到的试验数据。在细川一留下的证言中有着这样的忠告：请记住，不能只停留在现状调查；比救济更重要的是预防。这可用于一切环境问题中。自然界和我们的行政部门无关，鱼不需要我们为它们划界。

高峰武告诉我们，日本有一个叫谷中村的地方非常漂亮，可现在那里的地下已经被挖空，那里是日本发展的基础。那里也是空山、死河，老百姓被强行搬走。田中议员请愿到了天皇那儿，却因此而被捕。

熊本大学校园

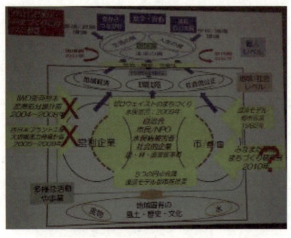

地缘关系图

说到这儿时，高峰武很有感情地说："中国的发展要吸取日本的教训，发展不应建立在牺牲少数人的利益之上。"

这是一位日本记者的忠告。在听了日本记者的一席谈后，寻找记者社会责任问题的答案，在我内心越来越强烈。

这天我们还去了日本熊本大学采访。从宫北隆志教授和花田昌宜教授那儿得到的信息，可以说是为我们打开了另一扇窗户。

他们是扎根在民间的学者。他们是从地缘学，也就是从事物发生地和相关方面去分析事件发生的原因和结果。

企业—集落—村；食物、风土、历史、文化、地域、社会；个人、地区社会、实业环境。当你对一件事不是独立地去看它的本身，而是从它所处的环境去看时，会发现独立地去看所看不到的缘由和结果。

两位教授说，他们在水俣边的小村子里调查时，大多数人都不想说身体很差，即使申报水俣病患者也会避开家人去申报。如果不被批准又会愤怒。

不批准的原因是县政府对此不重视。这一串的连带关系才会使水俣病发现至今已经快60年了，6万多名潜在患者中被认定的只有2237人。花田教授说，我要是有孩子，他还没有结婚，我不幸得了水俣病，我也不会申报。

地缘学是两个教授在研究一个复杂的环境事件中所用的方法。他们要研究的是窒素企业进到水俣来了后，给水俣带来的都是什么，是怎么带来的——经济的、政治的、社会的、健康的。

从水俣走向未来，这是今天一些日本的记者、学者的着眼点。

不管任何时代，不能尽信科学常识

2011年11月24日上午，我们的车离开住地，直接开进了水俣窒素氮肥厂。我们想听听作为一个给人类、给日本、给水俣人带来那么大灾难的企业将如何介绍他们自己。

窒素常务执行理事大衡一郎接待了我们，工厂的大门口还挂上了

水轮，碾过历史，碾过岁月

中国国旗。在给我们每人座位上放的袋子里我看到这样一页用中文写的"造成水俣病的企业之体验与反省"。

在给我们放了一部这家企业2006年成立100周年时拍的电视片后，大衡一郎拿出写好的一张纸念了起来。他说，企业迄今为止的赔偿金额已经达到3000亿日元。造成水俣病的企业的负面形象，在企业的经营上，不仅成为重大的累赘，而且也成了反体制运动的攻击目标。公司职工遭受暴力，业务上受到各种妨碍，有用人才流失，等等；企业在经济损失以外的方面也遭受了重大的打击。

在"造成水俣病的企业之体验与反省"中有这样四条，让人看了甚至有些感动。这是窒素人认为的教训：

1. 不管任何时代，不能尽信科学常识；

2. 在已经发生的结果面前，任何辩解都是行不通的；

3. 担负的赔偿责任远远超过法庭的判决；

4. 公害绝对不能发生，一旦发生公司不仅陷于死地，而且将蒙受比破产更严重的灾难。

在这四条后面还写上了这样一句话：以上几点教训，若能有助于各位进一步加深对环境问题重要性的认识，将感到十分荣幸。

去窒素之前，为我们安排此次行程的田元告诉我们，窒素一般不接待参观，不知是不是因为我们是中国人，他们也希望扩大在中国的生意，所以他们答应接待我们，但我们最好不要提太尖锐的问题。

常务执行理事和我们讲了一席话后，我们就坐着车由一位叫木户理江的中年女士带着在厂里参观。她说虽然保密的东西不多，但还是有一点儿，所以厂区里不能拍照。我们中有人问可以拍你吗？她笑着说拍得越多越好。

在木户理江的介绍中，我们知道了全世界手机、电脑等液晶生产中有一半以上来自他们企业。从化肥到化妆品，从尿不湿到薯片的包装，可以说我们平时吃的、用的可能都有用这个企业原材料制成的商品。这两天我们听人介绍，在水俣的大街上有这样一句口

水俣和窒素是一个共同体

号：水俣和窒素是一个共同体。我们找到了街上写有这句口号的大牌子。

2010年诺贝尔化学奖的其中一位得主铃木章曾两次到过"窒素"。木户理江说到这个时脸上充满了自豪感。她说，这位诺贝尔化学奖得主得奖之前和得奖之后到厂里的待遇大不相同。她还说，每次她在导游中都会讲到他们厂的沉痛教训，也希望来的人回去后能好好地讲讲发生在他们这里的故事。

木户理江还说道，现在电视里还老是播出他们厂以前的照片，这让她觉得很委屈，因为现在工厂已经不是过去的工厂了。

在就要和木户理江告别时，我忍不住还是向她提了问题："你在这样的企业工作，是觉得歉疚多，还是委屈多？"她说："到这个企业来的人，都要继续为这个企业做过的坏事抱

歉，这也是一种继承。此外，企业也要不断发展，好偿还没有还完的赔款。"

我说随着被认证的水俣病患者的增加，企业的赔偿也会更多。她说："这也是我们必须面对的。"

我有些相信木户的话。特别是她说的，抱歉也要传承，要努力工作为了早日还完赔偿款。

木户理江

如果如窒素人所说"担负的赔偿责任远远超过法庭的判决"，那么抱歉永远也不能挽回所造成的损失。

离开窒素，我们到了被称为"火热生活"的一个组织，在那里看到的就是永远也无法挽回的人的正常生活的丧失。

这里是经历了灾难的人，用一种艺术的、夸张的、象征的描绘在警示人们。

水俣市立水俣病资料馆的纪念广场，和生命之门在一起的"水银"，也是"子弹"

水俣病历史考证馆

　　当年，窒素是日本四大财团之一。今天的窒素人说：在发生的结果面前，任何辩解都是行不通的，历史会告诉我们今天。在水俣，除了有政府办的资料馆，如今也有民间办的考证馆。为的都是让人们记住昨天，并从昨天走向未来。

湄公河在老挝

——欧洲人的度假胜地

绿家园的生态游，一是要走进大自然，一是要为热爱大自然的人士建立一个交流的平台。2011年的生态游我们去的是老挝。同行的既有媒体记者、大学教授，也有外企、国企、民企的从业者。最老的还是我们的生态学家、自称"80后"的徐凤翔，最小的是八岁半的小学生依依，一行20人。大年初三出发，正月初十回到北京，8天的老挝行让我们感慨万千。

我们是从昆明坐大巴先走213国道到了西双版纳的边陲小镇磨憨，出了国境，进入老挝13号公路的。

老挝山民的家

路上我们看见存放粮食的小屋。但让我们都没有想到的是，这些粮仓是建在离家很远的地方。为的是如果自家失火了，还有粮食可吃。这是老挝人受灾时自救的办法。

放在路边安全吗？这几乎是我们一车人异口同声的问题。没人看着，就那么一把小锁，让一屋子的粮食放在那儿？

导游告诉我们，放在那里的粮食在老挝是非常安全的，没有人会去偷、去抢。住在大山上会有山火，把粮食放在离自己家很远的山上路边是老挝人的习惯。

老挝在我们的印象中是一个穷国。导游告诉我们老挝是世界上十个最贫困的国家之一。那么穷的国家，粮食就放在路边没人看着，这让我们对老挝充满了好奇。

生态学家徐凤翔看到山上的烧荒痕迹叫停了车。80岁的老人第一个爬上坡，指着那些小屋让我们看。烧过荒的地方又长起了小树。她认为，这也是人与自然的相处。

生态游中

路边的柚木　　　　　　　　稻田里的浮萍

可导游的话让我们听了真有些遗憾。他说老挝人过去不会大面积砍树的，只是开垦够吃了的一点儿山地。可是外国的公司进来后，大面积的砍伐让老挝的山上有了更多的地。这样一来，老挝人种植的面积虽然扩大了，但生态却发生了变化。

我们的导游阿洪祖上是从中国来到老挝，他在中国台湾学的中文。我们问他为什么不留在中国台湾还要回到老挝？他的回答很简单，挣同样的钱，在老挝生活要舒服得多。

我们沿途拍到非常珍贵的植物柚木林，沟谷中的野生芭蕉林。几年前我到过怒江下游缅甸境内的萨尔温江，一路走来都有我们中国的大卡车在拉着刚刚砍伐的柚木。这次我们还能看到这样的林子，导游却告诉我们，中国人在这里的伐木还在继续着。

我们是大年初四早上进入老挝，到了傍晚时分，又是生态学家徐凤翔叫停了车，让我们看看这稻田里的浮萍。这就是我们绿家园的生态游。这种旅游和一般旅游不同的是，我们会更加侧重所经之地的生态环境，且有专家讲解。让参加者可以更多、更好地了解大自然。然而和科学考察比起来，又没有那么专业，也不会让普通人感到枯燥。

从入老挝国境到琅勃拉邦我们开了整整一天的车。晚上走进夜市，给我们的第一印象是这里的市场没有叫卖声，绝对符合低噪声的要求。

老挝的钱一般是以千来计算的。人民币兑换老挝基普，300元我们换了36万基普之多。每个人一下子都成了"大款"。问题是没有花过那么"多"钱，花起来真不习惯。买什么都要上万，买什么都要数半天。

老挝的夜市不仅安静，而且每一个商贩都是面带笑容。即使你砍了半天价，人家也同意了你出的价，你却又改了主意不买了，他们脸上的微笑依旧。真的不知道他们是怎么修炼出来这种好脾气的。

老挝的琅勃拉邦是一个悠闲的地方，这里有很多寺庙。流经这里的湄公河滋养着这里的山野与人民。对我们这些热爱自然的人来说，在山间庙宇更好奇的是那里长着奇形怪状的大树、小树、树皮和树根。

没有叫卖的夜市

老挝的古树　　　　　　树上的花是一种祈祷

　　植物的复杂，让我们的生态学家徐凤翔也不敢轻易地就告诉我们这是什么树，那是什么根，只是一而再，再而三地让我们把这些奇特的东西拍下来回去查实。

　　老挝北部都是丘陵地带，以山地雨林、喀斯特地貌为主。达光西瀑布距离琅勃拉邦30多千米，是一个沟谷雨林，附近都是山地，种植了很多柚木和旱稻。达光西瀑布景区主要以热带雨林瀑布和它的生态环境、水质等闻名。树林里树木葱茏，乳白色的溪流潺潺地流过。公园保持了原貌，基本上没有人为的建筑物。沿着溪流，一条小路就能看到天然形成的瀑布。

达光西瀑布下的台地

　　达光西瀑布高约150米，分为3个台阶，水流如一条白色的布匹依附在悬崖上，轻盈地泻下，溅起淡淡的水花。绿荫葱葱的植被点缀在瀑布两旁。瀑布冲下来后形成了一个个水塘，两岸的柳树和芦苇在微风中潇洒地摇曳。有人这样形容：一种清新和凉意，徐徐流水的声音，轻柔地为大自然在伴奏，很多游人置身于瀑布下，任凭溅起的水花拍打着身体。

　　山顶是一块平地，几乎是被水浸泡着的。水中漂浮着很多腐叶，长了一些水草，由于山顶上很平坦，水流面积很大，高耸的大树遮挡了阳光，几截枯木浸泡在水里，让你感觉不到是在一个景区，仿佛置身于莽荒的原始地带。

　　水缓缓地流向悬崖边汇聚成一条小溪，然后摔了下去，慢慢地流着，冲刷着两岸的植物和浸泡着大家的身体。这原生态

大自然的绞杀

树上的寄生物

的环境不仅美，也让人们感受着来自原生态，融入自然的返璞归真。来自世界各地的游人在这里游泳、戏水。

其实琅勃拉邦的这片森林与瀑布和我们中国很多景点的景色比起来可说是不相上下。不同的是，这里的一切都是自然的，不加修饰。这里没有叫卖声，没有摊位，有的只是缓缓地融入了大自然的山、林与水声中的笑声。

徜徉在蒙古大草原上

——在大草原感受生态学里的情感部分

2012年8月6日，绿家园生态游向蒙古国第一大湖乌布苏湖进发时，我们深深地陶醉于窗外那风吹草低见牛羊的大草原。给我们开车的蒙古国司机突然让翻译问我们，他是不是可以说点什么？

草原上的河

我们当然是求之不得了。结果蒙古司机要说的是：我们蒙古的大草原是野生的，是纯天然的，是真正属于

草原上的点缀

大自然的，我们蒙古人也属于大自然。

蒙古人对自己现在的生活很满足。在蒙古国留学的中国年轻人巴特告诉我们，乌兰巴托现在是工作一天休息一天。公务员每年夏天有三个月的假期。在蒙古国，平均一个月的工资折合成人民币是1500元。有些人用休息的时间再找一份工作，但找第二份工作的人并不多，因为享受生活在他们看来更重要。"要那么多钱干什么"已经成了普遍的想法。

在蒙古国，现在要是生了四个以上孩子的，就可成为英雄母亲。人少对蒙古人来说，也不都是优势，所以他们鼓励多生孩子。我问给我们开车的司机是否知道全球气候变化，他说知道，但蒙古并没有受到什么影响。

不过，前些年我在意大利参加国际记者年会时，听一位来自蒙古国的气候变化见证人说，蒙古国的湖退缩得很厉害。可今天给我们开车的司机说："在我的家乡，小时候什么样，现在还是什么样。"

乌布苏湖边

我们的车停在一户牧民家前，下车后，我试图从大人和孩子的脸上找着他们的安宁与享受。走近湖边，没有游人，没有旅游设施，有的只是茫茫的湖水和水中以湖为家的鸟儿。

湖边的孩子

草原生态学家刘书润曾经在我们绿家园记者沙龙上对记者们说：20世纪60年代我学生态学的时候，要想查问什么是生态学，非得到图书馆才能查到。现在呢？生态总统、生态国家、生态省、生态县、生态村，甚至化妆品也是生态美。生态被炒得如此之热。

刘教授说这不能不"感谢"沙尘暴，"感谢"污染。

而从另一个意义上看，他老人家又说了，这似乎又不得不让人觉得，生态学本身是不是也受到了污染？

是呀，刘教授的"感谢"不是没有道理。如果不是污染，让天空不像天空，河流不像河流，生态能炒得这么热吗？不是沙尘暴刮起来昏天暗地，谁整天把它挂在嘴边？

可就是这一挂，生态学本身无形中也掺进沙子。一夜之间丑小鸭变成了大明星。用刘书润的话说就是，太快了，它自己还没有准备好。

刘书润认为生态学的概念是：它研究生物与环境之间的相互关系，是一门关系学。生态在环境中不是独个存在的，是一个复杂的系统。生态学原来本是比较深奥的实验科学，可它又

草原湖边的家

有接近大众的一面，这使得它又成了有人情味、充满爱心的东西。

那天，在我们的环境记者沙龙上，我注意到，当听到教授把生态学说成有人情味、充满爱心的东西时，记者们有点儿发蒙。

在刘书润的学问里，生态学被分成两大部分。一个是哲学生态，其中包括生物多样性和种群间的关系，这中间充满了变化。所以他认为，生态治理跟一般的治理不一样，要考虑到这中间复杂的关系，就跟中医似的，不是头痛医头，脚痛医脚，需要辨证治疗。

另一部分是文化生态，这是生态学里的情感部分。这一部分被刘书润形容为：讲究和谐、宽容、爱心。

刘书润说到生态学提倡和谐时，记者们没有提出异议。可他接下来说的，却有不少人不敢苟同。他说，一般的生态学家不太讲可持续发展，因为这里没有可持续的事儿。可持续这本身就违反哲学，人这个物种也会毁灭。什么事物都有产生、发展、高潮，最后灭亡，这是规律。持续不是规律，过分强调持续发展必然会带来环境问题。现在都讲生态效益、社会效益、经济效益，而人们往往忽视了文化效益。

看到记者们还是没明白自己的意思，刘书润举了个例子。比如北京四合院，人们把它拆了盖大楼，社会效益、经济效益都有了，但文化效益出了问题，特别是人与人之间的沟通，楼房就不如四合院。所以搞生态学的，要考虑得全面，要强调人情味的东西。

生态学，还要讲人情味，要不是和草原打了几十年的交道，刘书润说自己也是总结不出这一条的。

因为语言的关系我们和当地人沟通起来有点儿困难。可从他们居住的环境，从他们脸上的轻松，不难看出他们生活中的懒散与悠闲。

刘书润说，自己对草原真谛的认

吃

蒙古草原中的古迹

识，始于中国还处于靠票证供应，早请示、晚汇报的年代。那时没钱还不如没粮票让人着急。而他什么也没有，并且是在没有经过别人允许的情况下，就自己在牧区转开了。

在刘书润看来，生态学的人情味在草原上的体现，除了草原人为了适应游牧，制定了很多村规民约以外，就是编了很多歌儿。

要想了解一个民族，从民歌开始，刘书润对此坚信不疑。在草原生活的日日夜夜，让他对草原上的歌儿，有了和草原人一样的感受。他说自己如今是一听到蒙古歌，特别是长调歌曲，"蓝蓝的天空上飘着那白云，白云的下面盖着雪白的羊群"，草原就展现在了眼前。

刘书润说，草原上的歌是游动的白云，是无边的绿草，是奔腾的马群，是滔滔的江河。

草原上的四季歌唱的是：春天到了，草儿青青发了芽，本想留在春营地，故乡荒芜，路途遥远，我们还是走吧；夏天到了，百花齐放，本想留在夏营地，故乡荒芜，路途遥远，我们还是走吧；秋天到了……

刘书润道，这是生活在草原上的人，劝牧民不要眷恋，不要偷懒，该走的时候就要走时说的话。

草原上人与雁的对歌是这样的——

人：吉祥欢乐的夏天，你们大雁自由飞翔，为何来到塞外草原？

雁：冬去春来四季循环，南方的炎热催我们归还。

人：正值金秋美好时节，为何却要奋飞向南？

雁：为了躲避北方的严寒。

刘书润说，这些歌都唱出了人与自然的关系，唱的不是以人为中心，人凌驾于自然之上；唱的是，人类是在自然的怀抱中繁衍生息。

可是让刘书润遗憾的是，蒙古族的祖先就懂得，我们草原地区生态比较脆弱，只能轻度放牧。而我们所谓的现代文明，却非把游牧当成愚昧，当成落后，以农耕文化取缔之。

关于刘书润对游放文化和农耕文化的认知，我试图在蒙古大草原上找到感受。

蒙古草原上的今天之一

蒙古草原上的今天之二

天上的云，湖中的波

今天的湖边一直是细雨绵绵，像小孩子的脸，一会儿晴，一会儿阴。我很想和牧民们多聊聊，可是我们的翻译是中国来的，他总是喜欢用自己的理念替牧民们回答我的问题，这让我很是扫兴。

如果语言通的话，坐在这样的湖边和他们聊生活，聊传统，聊爱情，那该是多么享受的事。没有这种可能时，静静地感受湖水和天空，感受它们的变化，倒也是生态游的内容，也是我这些年一直拉着一拨一拨朋友，中国的、外国的，在大自然中追寻的生活。

离开这户牧民家时，他们家的狗不知为什么一直跟着我们的车跑，跑得我们都

跟着我们跑了很久很久的狗

心疼它会太累了。可它就是执着地跟着我们跑呀跑。

好玩的一幕发生在车开了半个多小时后，我们已经快到住地了，一个蒙古包里两只狗被跟着我们跑的狗看到了，它立刻跑进了它们中，再也不理我们了。

我们住的蒙古包

我们在草原湖边看落日，端相机端得手都酸了，生怕落下太阳在离开水面时发出的每一缕阳光。久居城市的人，在这样的大自然中，美呀！

我们终于到了蒙古国哈斯台国家自然保护区，遗憾的是这几天住在帐篷里的晚上只给两小时的电，我们很多人的相机都"供电不足"了。我的相机更是完全没有了电。

夜幕降临

在前往哈斯台保护区的路上，我就用手机和平板电脑拍了大草原。当有可能近距离接近蒙古野马时，我只用一个平板电脑来拍，真是可以说气死人了。好在同行的中国环境出版社的沈建手持的3000毫米超长焦镜头还能坚持拍着。

同行的翻译巴特说：你们这么喜欢动物，保护动物，关爱草原，是一定能看到蒙古野马的。

吃奶（沈建 摄）

黑云来了

他没有说错，我们进到保护区，刚刚上到一座山梁上就看到了一群野马。虽然没有好相机，我还是和几个年轻人一起上坡、下坡地走到了与野马安全接触的距离。

数了几遍最后确定，这群野马一共是11匹。我忍不住让沈建把他的相机给我过了一会儿拍野马的瘾。

第一次这么近距离地接触蒙古野马，不管是看，还是拍，都是激动人心的。不过野马人家倒是优哉游哉地吃着草。沈建还拍到了小野马在妈妈肚子下正在吃奶的画面。不过想想，也许我们独生子女的妈妈会说了，小马就在这样的环境中吃奶吗？太不安全了，太辛苦了，太野了……

然而，野马就是野马，它们生活在大自然。

我们看到，也拍到了蒙古野马，这些照片也在微博上让很多朋友看到了。有人说蒙古太美了我们也要去。有人说，我们中国人多，怎么可能像蒙古人这样生存呢？我们面对的现实让我们能怎么办？

在回乌兰巴托的路上，天突然就阴了，那么大的苍穹一点一点黑起来，像一个黑色的盖子，盖到了我们的头顶，暴风雨来了。

"让暴风雨来得更猛烈些吧。"不知道别人怎想，对我来说，大声念高尔基这段话的时候，一定是在原野上。

以色列的格兰高地与加利利海

——加利利海位于地球大裂谷的深处

听说我们要去以色列，朋友们问得最多的就是：安全吗？

凡是近年去过那儿的人告诉我们的都是：以色列的安全程度超过我们的想象。

2015年1月19日上午，一到达以色列首都特拉维夫的机场，我就发现了那里和其他机场不同的地方。几乎所有接机的人都手举鲜花，我们每一位的手上也都拿上了。大厅里像是一个国际会议的大厅，一张张桌子，桌旁边坐的人在悠闲地喝着咖啡。

新闻中听了太多以色列和巴勒斯坦的战争，犹太人的故事，已知的和现实所见的，将会如何融汇，被重新认知；以色列这么小的一块地方，如何能让三大宗教在那里诞生、彰显、相依相存；全世界的诺贝尔奖获得者中犹太人占了20%；死海的不沉，约旦河的洗礼……带着一脑门子的好奇和满心的期待，我们踏上了前往圣地的路。

当然，对关注环境的我来说，更希望看到的还有以色列一个举足轻重的湖——加利利海。

我们的导游小冉是以色列人，娶了中国媳妇，所以他对中国人的了解会比一般以色列人更多一些，也让我们知道了什么是以色列的生态游。

小冉给我们讲了有关加利利海的曲折故事。1967年以前，叙利亚和黎巴嫩有个计划，把加利利海的水源引到叙利亚，这样就会令加利利海干涸，截断以色列的水源。加利利海主要的水源是约旦河，约旦河的水源有三条河，从叙利亚和黎巴嫩流入约旦河。面对现实，以色列不得不开始建设输水系统。

可是，以色列和叙利亚的边界在约旦河东岸10米，而约旦河比加利利海高很多。以色列的冬天是雨季，加利利海的水平面会上升；夏天是旱季，水平面会下降，因此两国的边界也会有所改变。这个边界或许是世界上唯一一个会因河的水量变化而变化的边界。

小冉说："实施输水系统计划，真是困难重重呀！"水源珍稀、民族复杂、地域多样、联合国出面、国际法律，所有这些，都没有难倒以色列人。如今解决以色列缺水问题用了三大"法宝"：建立了国家输水系统、海水淡化和中水利用。

百度百科上对加利利海的解释是这样的：加利利海是以色列最大的淡水湖，周长53千米，长约21千米，宽约13千米；总面积166平方千米，最大深度48米，低于海平面213米，是地球上海拔

加利利海上

最低的一个淡水湖，也是世界上海拔第二低的湖泊（仅高于其南侧的咸水湖死海）。加利利海其实不是一个海，但传统上称为海。

加利利海有地下泉水补给，但它的主要水源是约旦河，约旦河从北向南流过该海。加利利海位于约旦大裂谷的深处，这个大裂谷正是非洲板块和阿拉伯板块的分界线，因此该地区频繁发生地震。在过去，火山的活动也很活跃，这由加利利海地区的地质构造拥有丰富的玄武岩和其他火成岩可以证明。

由于加利利海位于地势低洼的裂谷中，群山环抱，所以经常突然发生强烈的风暴，在《新约》中就记载了关于耶稣平静风暴的故事。确实，这个湖泊最主要的特征就是它不断地变化。在《新约》所记载的时代，这里的鱼群众多，在今天，餐厅里仍非常流行"圣彼得的鱼"（罗非鱼）。

平静的湖水真的平静吗

拜占庭帝国时期，加利利海由于与耶稣的关联，成为基督徒朝圣的主要目的地，这导致旅游业的繁荣，当地因此发展了旅行社和许多舒适的旅馆。

以色列的以色列国家水库，建于1964年，将水从该湖输送到以色列的人口中心，是该国大部分的饮用水资源。以色列还供应湖水给西岸和约旦（根据以色列、约旦《和平条约》）。

今天，旅游业又成为加利利海最重要的经济活动。整个加利利海是一个流行的度假胜地。环湖有许多历史遗址，特别是主要市镇提比利亚，每年有数百万当地和外地游客来访。其他经济活动包括渔业和农业，特别是周边肥沃带状地区的香蕉种植业。

约旦河、死海、阿拉伯谷地

——佩特拉古城已经有了下水道和水利系统

从安曼的新城到老城，我的眼睛睁得大大的，相机不离手，这个城市对我来说不但陌生，甚至没有想到这辈子还能到约旦这个阿拉伯国家来。这里对我的吸引，可以用得上一个词：如饥似渴。

约旦首都安曼，一座历史悠久的山城，气候宜人，景色秀

安曼

丽，是一座融传统与现代为一体的城市。近年来城市建设发展较快，扩展到14个山头，著名的有安曼山、侯赛因山和勒维伯得山等。

约旦是一个处于亚非两大洲交界处的国家，它位于地中海东南岸，北边连接叙利亚，东北角和伊拉克接壤，西边的约旦河、死海、阿拉伯谷地与以色列相接。东边和南边紧临沙特阿拉伯。约旦基本上是个内陆国家，唯一出海口是最南部通往红海的亚喀巴湾。它是欧亚非三大洲的交通枢纽和战略要地之一，是中东地区的咽喉要道。

约旦首都安曼是一个摩登大厦林立的现代化都市，但它的历史却可以追溯到公元前3世纪古埃及时代的末期，虽然现在安曼留存下来可参观的历史古迹不算多，却是世界上历史最悠久的城市之一。

约旦也是世界第六大缺水国。水资源相当匮乏，生活用水都是靠红海海水淡化过来的。因为技术不太过关，所以淡化的水只能供生活用水，不可以饮用。

有一点让我们更深刻地体会约旦的缺水，就是我们在路边都能看到的，每栋房屋楼房也好，平房也好，房屋上面都有个铁皮水箱。水公司每周开闸一次，给这些水箱蓄满水，这就是

房屋上面都有个铁皮水箱

一家人一周的用水。

约旦平时的饮用水，都是靠北部城市安吉隆和南部城市马德巴采来的地下水。

但是，地下水的储存量并不丰富。可能也就是用个100年左右。

之前，约旦也和以色列有商议，打算把叙利亚的水调过来，因为叙利亚那边水资源还比较充沛。但是因为叙利亚发生了一些动乱，所以这个商议也就不了了之了。

今天缺水的安曼，在历史的古迹中竟然还有那么精巧的水利设施。不管是在宫殿还是在峡谷中。

水神殿是在古城里一组保存得比较完整的建筑群，墙面上的7个出水口和中央的喷水池及下方街道的排水沟，构成了完整的地下排水系统，它是杰拉什城内最重要的建筑之一，建于公元2世纪末期。

水神殿　　　　　　　　石头牙子上的小半圆口子是用来排水的

在通往神庙的道路上，还可看到当年蓄水的深池子。人们通过这里的台阶到上面的神殿祭祀，这是公元前740年前后了。

老城

今天去约旦，是一定要去佩特拉峡谷的。19世纪初，处于伊斯兰世界的佩特拉与西方世界完全隔绝。由于战乱，除了阿拉伯沙漠中的游牧民族贝都因人外，几乎没有外人涉足此地，任何西方人对它的接近都将引来极大的危险。

曾经的辉煌

百度百科上关于佩特拉有这样的描述：2007年7月8日被评选为世界新七大奇迹之一。

佩特拉又因其色彩而被人们称为"玫瑰红城市"。这是源于19世纪的

佩特拉的自然景观

英国诗人J. W. 伯根的一首诗里的一句："一座玫瑰红的城市，其历史有人类历史的一半。"

佩特拉的峡谷之一

佩特拉的峡谷之二

佩特拉为公元前4世纪到公元2世纪纳巴泰王国首都，在希腊语里是"岩石"之意，这个名字取代了《圣经·旧约》中的"塞拉"（Sela）一词。据一些神话传说，这里是摩西（古代希伯来人的领袖）击石出水的地方。

让人是难以想象的是，公元前的佩特拉古城已经有了下水道和水利系统。岁月流逝，今天我们人类对水的认知和那时相比，进步了吗？重新改写这篇文章时已经是2020年了。我在河北蔚县老家种树，这里的村庄大多还是连地下水的公共设施都没有呢。

在玫瑰峡谷里，我最想拍下来让朋友们看的，是延绵不断的水渠，想把不多的时间留在那里。在那么久远以前，在没有今天这样的大型工具的时代，在顽石上凿出水渠，当年有什么绝招儿吗？这么绵延的水渠，里面一定有故事吧。

峡谷里的水渠

"威地穆萨"，意思是摩西之谷。相传，摩西曾经用手杖敲击峡谷使泉水喷涌而出，峡谷因此而得名。被汇集到西克峡谷水渠里的，除了摩西泉以外，还有周围许许多多的涓涓细流。

公元前106年，罗马人占领了佩特拉。佩特拉是一个易守难攻的城市，它的地势非常险要。那么为什么罗马人就把它拿下了呢？

因为佩特拉的水源是来自在城外一个叫穆萨的泉眼。当时人们通过做水池将城外的水引进城内。整个城池内大约有两百多个蓄水池，供人们生活饮用，还有种植、农业灌溉。

罗马人知道这一点之后，将水源切断，导致城池不攻而破。攻下来后，罗马人和纳巴泰人一同生活在佩特拉，但是由罗马人执政、统治。据说现在的贝都因人，有可能是纳巴泰人的后裔。

当时，佩特拉降水量非常大，水源充沛。因为只有一条道路，如果洪水进去之后，整个峡谷就要发洪水了，所以他们就修建了排洪沟。洪水来了，就把它分散开来。城池里面也有很多蓄水池、蓄水槽，将水存起来，供人们年复一年地生活使用。

如此精妙的水利工程修建于2000多年前，水渠上甚至还有过滤装置，足见纳巴泰人高超的技术水平。

在这些水渠前，我感受着水与生命。不站在这样的历史大课堂中，对此的理解和站在其中时是不一样的。

哈里德还告诉我们：到了公元六七世纪的时候，佩特拉发生了几次大地震，导致城池内最靠近罗马人的一些石头垒起来的建筑毁坏得比较严重。而纳巴泰人他们都是依山而凿，在岩壁上凿出自己的家，所以，保存得相对还是比较完整的。但是因为佩特拉属于沙石岩，既容易雕刻、容易凿，同时也容易风化。

追溯历史，佩特拉的建造者纳巴泰人在现代人的眼中，始终是一个充满了迷惑的民族。他们好像在一夜之间控制了阿拉伯半岛到地中海之间的重要商路，一夜之间建立起了佩特拉。鼎盛时期，纳巴泰王国的疆域从大马士革一直延伸到红海地区，却始终将都城定在群山环绕、易守难攻的佩特拉。然后，似乎一夜之间他们又消失在历史的迷雾中。在这一点上，纳巴泰文明很像印加文明，来也突然去也突然。据说印加文明的消失，主要是因为西班牙探险家带去的疾病。而纳巴泰人败于罗马人后，一下子无影无踪，连一点儿线索都未留下，只有一整座石城让现代历史学家和考古学家抓耳挠腮。

伊朗的风塔、坎儿井和世界上第一条水管

——皇宫里的水不浪费循环利用

伊朗，现存地球上最古老的人类居住的地。

2016年2月28日，德黑兰的气温在15摄氏度左右，比北京暖和。

一踏上伊朗这个让人陌生、令人好奇的城市，我们的导游、伊朗美女孟雅琪就做了这样的交代："我知道大部分中国人都觉得伊朗这边不安全，我肯定地跟大家说一下，其实伊朗很安全，不要担心。"

始建于公元5世纪的亚兹德，是地处伊朗中部腹地的一座历史古城，被联合国教科文组织列为世界上最古老的城落之一。由于地处偏远的荒漠中，与外界相隔，亚兹德在历史上曾免于多次战乱，始终保持着其独特的地貌和人文风格。

到过亚兹德的外国人认为，当地最有特色的建筑是"风塔"。

伊朗亚兹德，地处戈壁深处、沙漠边缘，被称为"地球上最古老的人类居住的城市"。古老的传统和偏居一隅的地理位置，让这里相对封闭，也相对保守，没有大城市的浪漫与开朗。也许正是这种安静、朴素又略带乡土气息的独特的氛围，吸引了热爱自然、珍惜传统文化的人们在这里流连忘返。

2016年2月29日，我们在亚兹德住的是有250年历史的老房子改造的旅馆里，出乎意料地竟然看到了伊朗的坎儿井。

我们中国新疆也有坎儿井，但是现在越来越少了。没想到，在伊朗亚兹德住的旅馆里就能看到这2000年前人类智慧的结晶。

其实，亚兹德有两大独特传统，风塔和坎儿井。走在亚兹德的城市或者乡村，都能看到房屋上方有一个开口的塔，那是风塔。

这是因为亚兹德靠近沙漠，而沙漠里面最重要的两样东西是水和凉风。生存在亚兹德的人是很聪明的，他们发明了风塔来抵抗炎热。他们挖掘坎儿井取得生活用水，减少水的蒸发。有了这两样，他们才得以世世代代在沙漠之中生存繁衍。

我们漫步在亚兹德时发现，不说是家家户户的屋顶上都冒出大大小小的风塔，但一条街上犹如一个个"泥音箱"的它们，的确是构成了亚兹德最独特的古城建筑奇观。所以，亚兹德又被称为"风塔之城"。

亚兹德风塔

风塔，也就是建筑物顶部用来通风降温的设计，波斯语称作"宝基尔"。亚兹德全城的房屋大都由土坯泥砖筑成，外附泥浆，上有风塔。风塔分成两部分，超过屋顶的那部分四面镂空，无论风向来自何方，风力多么微弱，都会被引进风塔之中，并透过室内外温差产生的压力将气流循环到室内。

风塔的室内部分是悬空的，下面建有一个水池，热风经过塔身降温（塔身越长，降温效果越好），吹到屋内水池上再次降温之后飘散到各个房间，让主人享受着酷暑中的阵阵清爽。在清真寺、澡堂等公共场所，往往有多座风塔共同构成"中央空调系统"。

风塔越高大，其收集的气流越多，风量越大，自然冷却效果就越好。不用空调，不用高科技，绿色环保的制冷换气系统竟如此简单，古人之奇思妙想令现代人不得不佩服。

亚兹德这座古城大多数道路都是曲折而狭窄的，可是不管走在城里的哪一条路，风塔都会在你的视线里出现。我们的导游孟雅琪说，随着空调的普及，加上伊朗的能源很便宜，这样的风塔在今天已经不再必要，但在亚兹德是个例外，它们依然在发挥着传统的作用——环保又凉爽。

亚兹德的坎儿井，是从远处高山引来的水，水源到了城市，城市需要建造巨大的蓄水池。一般来说，蓄水池上面也建有风塔，以保证低水温，从而保存更长时间。

亚兹德坎儿井

伊朗人挖掘坎儿井已有2000年的历史。坎儿井是在高温地区，沿着自然坡度在地下十数米深处修建的暗渠。山地雪水融化后可通过这些暗渠流下来，在50摄氏度高温下减少水分蒸发，每经过一段距离即从地面打竖井深入水渠，居民便可以取水饮用和灌溉。

亚兹德人利用坎儿井的水流驱动水车磨面，也利用坎儿井水渠穿过地下房屋，在地下房屋中形成自然流动的水渠，结合风塔在地下形成一个美妙的空调房间。

挖掘坎儿井是一份很艰辛的工作，那些古代的亚兹德人，在沙漠地底下弯着腰用锄头不停挖掘，把希望之水带到城市。

就在30年前，亚兹德整个城市仍然由坎儿井供水，城市里面有很多公共蓄水池，可深入地下6～10米，可以在地面上看到巨大的拱形。当然，随着时代的变迁，尽管今天坎儿井还有使用，但大多数城市里的坎儿井还是因为不再使用而断流了，巨大的蓄水池也积满了灰尘和垃圾。

现代化的水管从更远的地方引来，让大部分坎儿井和蓄水池成了历史。

现在虽然有些坎儿井的井口被封了起来，但必要的时候，工人们还是要打开井口爬进去清理。

坎儿井早在《史记》中便有记载，时称"井渠"，而维吾尔语则称之为"坎儿孜"。坎儿井是荒漠地区一个特殊灌溉系统，普遍见于中国新疆吐鲁番地区。坎儿井与万里长城、京杭大运河并称为中国古代三大工程。

吐鲁番的坎儿井总数达1100多条，全长约5000千米。由此看来，中国的坎儿井距今也有2000多年的历史了。

有关我国新疆的坎儿井是这样解释的：坎儿井是"井穴"的意思，坎儿井是开发利用地下水的一种很古老的水平集水建筑物，适用于山麓、冲积扇形地带，主要是用于截取地下潜水来进行农田灌溉和居民用水。

坎儿井的结构，大体上是由竖井、地下渠道、地面渠道和"涝坝"（小型蓄水池）四部分组

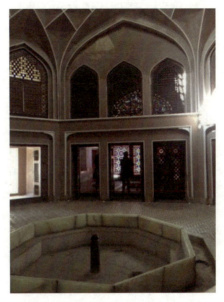

亚兹德私家花园里的水池

成，吐鲁番盆地北部的博格达山和西部的喀拉乌成山，春夏时节有大量积雪和雨水流下山谷，潜入戈壁滩下。人们利用山的坡度，巧妙地创造了坎儿井，引地下潜流灌溉农田。坎儿井不因炎热、狂风而使水分大量蒸发，因而流量稳定，保证了自流灌溉。

孟雅琪说："这座私家花园里的房子里另有特色。亚兹德是一个很热的城市，所以建筑时为了让房子凉快，他们用了三个办法——

"第一个办法是圆顶，圆的顶如空调一般，热空气进到屋子里会往上走，这样圆顶会自动刮风，自动变得凉快。

"第二个办法是水池，房子里有水池的话，空气一下来会变得凉快，风也可上下交流变凉快。

"第三个办法就是风塔，风从上面下来，遇到水之后会让房子变得凉快，风塔越高越凉快。他们还会在水里面放上水果等，这样水果也不需要冰箱了。冬天很冷时，盖圆顶的地方风也下不来。

"中国新疆风干葡萄塔也是镂空的，就是这种道理。"

波斯波利斯，又称塔赫特贾姆希德，是波斯帝国居鲁士一世即位以后，为了纪念阿契美尼德王国历代国王而下令建造的第五座都城。希腊人称这座都城为"波斯波利斯"，意思是"波斯之都"。伊朗人则称之为"塔赫特贾姆希德"，即"贾姆希德御座"。

在整个波斯波利斯，最高的大厅有很特别的设施，那就是水管。水是从哪里来的呢？是从旁边的一个农村里流到这边来的。不是从地上流到这边过来的，是从水管里流过来的。所以世界上第一条水管，是在这里做出来的。高处顶上的水下雨时

波斯波利斯的水利设施

会从这里流过去，农民种东西还可接着用。所以在这个皇宫里水不会浪费，水是循环利用的。

冬天与春天的交替

狮子与牛在一起的雕塑在波斯波利斯的雕塑群中，可以说是随处可见。孟雅琪告诉我们，牛是冬天的意思，狮子是春天的意思，它们在一起的意思是冬天过去了，新年来了。

在波斯文化中，狮子也是非常重要

拜火教的标志

的标志。所以还有另一种解释：它表现着民族与民族之间的关系。狮子在中亚地区，和西方比，它算东方的，和东方比，它算西方的。

所以狮子正好在两河流域和中亚地区。埃及尼罗河流域关于狮子也有相同的传说，一样的图腾。狮子和牛争斗，狮子完全可以控制住牛或打败牛。波斯地区是一个非常重要的通道，几个文化核心区的集散地。狮子的民族和牛的民族在博弈。波斯民族的拜火教以狮子为图腾。

2016年2月29日，我们从伊朗的亚兹德到舍拉子要穿越一个大沙漠。我坐在车上扫拍窗外的沙漠时，发现那里的沙漠其实是很丰富的。有造型极像老鹰的山石，有桌子一样平的桌子山，还有雪山，还有一些小灌木丛和沙漠中的人家。

就在我寻找着新发现时，一股黄沙突然出现在我们的车前。"沙尘暴。"车里的人大叫起来。眼瞅着沙尘向我们扑来，可我们还是叫停了车，这样从沙漠中平地而来的沙尘，以前没见过。

越来越近的沙尘暴

冰箱

这场沙尘暴来势之迅猛，让我们一车人大呼"意外收获、意外收获"。

在北京，年年都有沙尘暴，而这样从你眼前生成、移动、狂吹的沙尘暴，不是在这样漫漫无边的大沙漠里，怎么能经历到呢？

大自然的神奇，大自然的威力，大自然的丰富与多样，在我们走进自然时，真是会随时展现在我们的眼前，让我们认知，让我们感受，让我们赞叹。

冰箱里

经历了沙尘暴后，孟雅琪让车停在了这个像塔一样的"土堆"前，对我们说："下车，去看冰箱。"

这个塔是冰箱？太好奇了。我们匆匆下了车，一头钻了进去。

在这个300年前建的大冰箱里，孟雅琪告诉我们："300年前，为了保存水果、肉等，伊朗人就想出了一个办法，用土建这样的大冰箱。绝招儿是两个门，一个是冬天开的，一个是夏天开的。"

为什么呢？因为有太阳的那面夏天不能开，冬天他们会直接把冰块从外面带到冰箱里面，然后上面放一些草。到了夏天就把冬天开的门关上，打开夏天进的门，里面存的冰块不会化掉。现在我们在冰箱里还能看到一些洞，这些洞就是放冰块的地方。肉或水果放在这里，吃的时候再来取。

冰箱为什么做得那么高呢？低的话热空气进来会把冰块化掉，做得高一点儿热空气会往上走，这样冰块就不会化掉。

建冰箱的材料有土也有砖，或叫砖黏土。这样建的冰箱很结实，不会塌。上面的那个空洞也不会盖上，300年来一直都是这样的，因为热空气要往上去。

施工的时候怎么做的呢？就是在里面搭个架子，跟现在盖房子是一样的。这个技术是亚兹德人发明的，后来在伊朗中部慢慢流行起来。

孟雅琪说，这样的冰箱都是公共的，不是一家一个。比如我们现在所在的阿白库这个城市总共有四个冰箱，各家各户免费放进自己的东西，但是冰块都是卖的，不是免费的。至今已经用了200年。当然现在每家都有电冰箱了，这种大冰箱也就没有什么用了。有人问孟雅琪，各家的东西都放在里面搞不清了怎么办？

孟雅琪说，没有人随便乱拿的，自己拿自己的。

没有人乱拿，自己拿自己的，多好哇！我问孟雅琪过去没有人乱拿，要是现在呢？孟雅琪说，现在也不会拿别人的东西，又不是你的，为什么要拿？这样的回答，我在老挝路边的无人看管粮仓边听到过；在瑞士阿尔卑斯山脚下，在放有热咖啡和烤面包补给爬山者的无人小木屋里也听到过。

三十三孔桥桥下

伊朗伊斯法罕三十三孔桥，是伊朗伊斯法罕11座桥梁之一。它被高度评价为萨非桥梁设计最著名的代表之一。

1602年，阿拔斯一世的大臣格鲁吉亚族阿拉威尔迪汗负责建造。它是双

层结构，共有33个拱，故名
三十三孔桥，是伊斯法罕最
漂亮的一座石桥。本身也是
一座多功能的建筑，既是桥
梁，又起到水坝的作用。

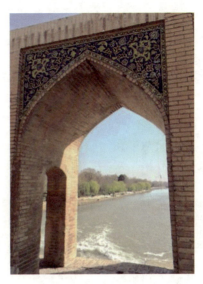

三十三孔桥分上下两
层。下层由33个半圆形桥洞
构成，整齐地依次排列，横
跨扎因达鲁德河两岸。桥洞
倒映在清澈的河水中，与桥
洞本身形成33个整齐划一、
浑然闭合的圆孔。

白天的三十三孔桥

而桥上的构造更有讲究。中间的桥面被侧面两排3米高的墙
面所夹裹，墙面上每隔两三米就有一扇弧形门，外侧还有1米左
右的空间，可供行人走动，桥的两侧各有一条这样的走廊，贯
通两岸。

站在这座桥上时，孟雅琪告诉我们：三十三孔桥是450年前
建造的。在伊斯法罕扎因达鲁德河上总共有26座桥，最长的就
是三十三孔桥，桥长295米。400多年前就能建这么厉害的一座
桥，是非常不可思议的事。

孟雅琪说：那时候没有车，所以伊斯法罕南部的人要往北
部那边去，都是骑马过去的。

这个桥为什么有两层？孟雅琪说是因为伊斯法罕夏天太热
了，而且夏天河里的水位没有现在这么高，人过去的时候，可
以从桥下面走，因为有顶，会凉快许多，舒服许多。智慧的波

斯人，这应该也是一种人与自然的和谐相处吧。

450年前伊斯法罕有一个节日，叫水节。孟雅琪充满了回忆地说，每年水节时，全城的人都会聚在这里，在水里游泳，泼水认识的或不认识的人的衣服、脸等，有点儿像中国的泼水节。可惜这个节日现在没有了，因为伊朗现在缺水，所以不允许有水节了。

扎因达鲁德河现在一年有八个月至十个月会干掉。没有水之后，很多年轻人会在干涸了的河床上踢足球。

孟雅琪告诉我们河流之所以会干掉，是因为上游被一个大坝截住发电了。这么漂亮的一个河十个月没水，太遗憾了。

孟雅琪说："曾经也有老百姓在这里集合，表达他们的不满。河里没有了水，整个城市的感觉都非常不好。有水时，普通人可以到这边玩，到这里跟朋友们聊天，喝茶，吃点东西等。没有水了，人都没精神了。"

伊朗的春天快到了，所以我们到这里时，河里有水。水是一个城市的什么呢？一边拍着这些美景，我一边问着自己。

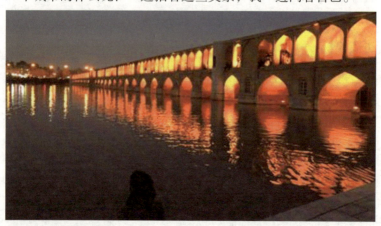

三十三孔桥的夜晚（李星燕 摄）

孟加拉国：连贫穷都是鲜艳多彩的

——布里甘加河，达卡的母亲河

2017年4月25日至27日，在孟加拉国首都达卡开保护河流的国际会，真热！

当地的国际河流护河者舍拉夫带着我们一群来自世界各地的护河者到了达卡河边。河边有不少玩耍的孩子。一个年轻人跑过来跟我说话："你们是哪儿来的？"我回答说中国。

他马上说："中国是我最喜欢的国家！"我们问他为什么？他的回答是："我们穿的、用的，都是中国的。中国人是我们的朋友。"

小伙子说这句话的时候我想，这两天我发了不少短视频和照片在朋友圈里，点赞的朋友们不少。对我们更多的中国人来说，孟加拉国不远，可孟加拉国的国情我们知道得并不多，这样的朋友我们应该珍

船来了

布里甘加河是达卡的主要河流

惜。不是吗？

达卡人喜欢谈笑，有运输的动物进巷子来了，加上本来就很拥挤的车流人流，一时仿佛引起了混乱，但却又是井然地混乱，偶尔有吆喝和调侃，却总有笑容。北南街南端尽头就是河。河名叫布里甘加河（Burigangga），是达卡的命脉河。

布里甘加河是达卡的主要河流，兼具达卡城区的用水和交通功能，所以也被当地人称为"母亲河"。

可是，据孟加拉国政府估计，每天大约有2.1万立方米未经处理的工业废水排入布里甘加河，所以这条"母亲河"也在慢慢变成严重影响当地居民健康的"毒河"。

假如只能在达卡做一件事，那就跟随当地群众一起花2塔卡船费搭渡轮渡河。或更惊险些，搭上一艘又小又窄，只能坐6名乘客不能随意晃动的小艇，那更刺激。河面宽阔地带，各类不同大小及速度各异的船只在做"无政府状态"式穿梭。

我们一群人在舍拉夫的带领下上到了一艘船上，水面并不像网上形容的那么脏。舍拉夫说，为了河流的清洁，国际河流组织在这里做了不少工作。现在当地民间环保组织的势力也很大，他们的建议可以直接影响到政府的决策。关于这点，舍拉夫是非常自豪的。

我们的船在河上穿行时，不少大船从我们身边穿过。河是达卡的命脉，河岸上延绵不绝的是依靠码头生存的批发市场，批发种类多样，有果蔬、蔗糖、染料、烟草、茶叶，由码头沿着自来水厂路向西排去。

船上行

孟加拉国，一个我们不了解的国度。姑娘、小伙儿是漂亮的，他们的眼睛、神态都流露出清纯的光。

卖花少年

孟加拉国，一个我们不理解的地方，不富足的生活，却让他们过得充满希望。

孟加拉国，一个交通并不发达的地方，交通工具的多样，为每一个人的出行提供了便利。

穿越珠峰航线

——尼泊尔的八大雪山

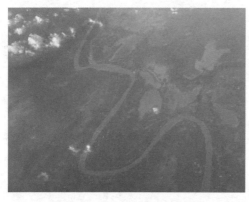

从昆明到缅甸、孟加拉国、印度、
尼泊尔看到的是一片泽国

从昆明到加德满都，如果有一天你也踏上这条航线，千万别错过欣赏。

2017年9月17日，我从昆明到尼泊尔，飞机上经过的河流有澜沧江，过了国境线就叫湄公河；还有怒江，过了国境线就叫萨尔温江，真漂亮。

修了大坝的河面宽阔平静。在高空中看，没有人类干扰的河流蜿蜒曲折，纵横捭阖……深色的是树，浅色的是沼泽，亮的是水，白的是云。

缅甸、巴基斯坦、尼泊尔等国在我们看来可能经济并不发达，但这几年坐飞机，从空中看，那里的水系却是如此丰富，让我们可以真正体会到什么是大河，什么是小河有水大河满。

我们在飞机上还看到了好几条河汇集成了一条新的更长、更远的河，原汁原味、神秘悠悠、千姿百态的河。如果有一天你也踏上这条航线，千万别忘记拍下这些河，与朋友们分享。

你知道尼泊尔的八大雪山吗？

2017年9月24日，我们到了尼泊尔加都满都巴格玛蒂区的大山上，一睹八大雪

自然流淌的河

山的风姿。虽然没能赶上雪山日出，但云里雾里看到的雪峰冰川，还有那雪山脚下的小村庄，真的如仙境一般。当然，我们是远观，并未走近。

云里雾里的雪山

在雪山的怀抱中，虽未执笔，文思却如泉涌。八座雪峰也可一一数出。

1. 珠穆朗玛（Chomolangma）峰

海拔8848.86米，世界最高峰，位于中国西藏定日县与尼泊尔交界处。1960年5月25日凌晨4时20分，中国登山队的三名运动员王富洲、贡布（藏族）、屈银华，从北坡成功登顶，首次完成了人类从北坡登上珠穆朗玛峰的夙愿。

2. 干城章嘉（Kanchenjunga）峰

海拔8586米，世界第三高峰，位于尼泊尔和印度交界处。1955年5月25日，英国登山队开创雅龙冰川–西北壁路线，G. 班德、N.哈迪、J.布朗和T.斯特里塞尔4人首次登上干城章嘉顶峰。

3. 洛子（Lhotse）峰

海拔8516米，世界第四高峰，位于中国西藏定日县与尼泊尔交界处。1956年5月18日，瑞士登山队弗利莱姆·卢嘉格尔姆和埃尔斯托姆莱索姆两人，从尼泊尔沿西坡首次登顶成功。

4. 马卡鲁（Makalu）峰

海拔8463米，世界第五高峰，位于中国西藏定日县与尼泊尔交界处。1955年法国登山队的9名队员首次登上峰顶。

5. 卓奥友（Cho Oyu）峰

海拔8201米，世界第六高峰，位于中国西藏定日县与尼泊尔交界处。1954年10月19日，奥地利登山队基希、依约里里尔和夏尔巴人潘辛格、盘沙达瓦4人，首次沿西北坡登上峰顶。

6. 道拉吉里（Dhaulagiri）峰

海拔8172米，世界第七高峰，位于喜马拉雅山中段尼泊尔境内。1960年5月13日，瑞士登山队的A. 希尔伯特、E. 福瑞、科特·戴姆伯格、P. 戴尼尔和夏尔巴人尼玛多吉、那旺多吉等6人首次登顶，是世界十大高峰中最后被登上的一座。

7. 马纳斯鲁（Manaslu）峰

海拔8163米，世界第八高峰，处于喜马拉雅山脉中段尼泊尔境内。1956年5月9日，日本登山队的2名队员和尼泊尔2名向导共4人沿北坡首次登顶马纳斯鲁峰。

8. 安娜普尔纳（Annapurna）峰

海拔8091米，世界第十高峰，位于喜马拉雅山脉中段尼泊尔境内。法国登山运动员赫尔佐格和拉什纳尔于1950年6月3日从西面山脊登达顶峰，它成为世界十大高峰中最先被登顶的一座，从此闻名于世。

飘着云的雪山

当我在网上看到这些雪山都被攀登了，连一座处女雪山都没有了时，内心还是很矛盾的。这是好事吗？

那天，在两个多小时的雪山怀抱中，我看雪，看山，看云，看人，内心充满了对大自然的崇拜与敬畏。也尽力猜想着大自然的神秘，并享受着那一刻大自然雪山与云相交、相依、相伴时的大美。

这敬畏，这神秘，这大美，这想象，我用手机的短视频直播与朋友们分享了。

迪昂高原火山群的火山湖

——去美丽的湖还要谈判

印度尼西亚中爪哇地区的迪昂高原，我是在日惹才听说的。最吸引我的是那里有一个五彩湖。和当地人聊起时，他们说，迪昂高原上色彩斑斓的湖泊，是迪昂火山复合体的一部分，它们的颜色从绿色到蓝色，最好从顶部视角看。如果您进行谈判，可能会看到周围的氛围和湖色相配得来的奇妙之所在。

去美丽的湖还要谈判，这让我更加好奇。

旅途风光

2018年1月31日，我们租了车一大早就往迪昂高原五彩湖开去。日惹的早晨真热闹。大山里的人家日子过得看起来不错。各种小吃在街上摆着挺馋人。

街边的行道树

公交车涂得五颜六色。汇入这街头调色板的还有学生们的校服。孩子们穿得一会儿是个小红人，一会儿又是个小蓝人，搭配嫩嫩的小绿人，不时地进入你的视线。拍了好多视频没拍什么照片有点儿可惜。

更有意思的是，就连路两旁的行道树也是棵棵都上了色的。开始看到树上的那一段绿色时，我以为是像我们早年为树灭虫都会在树干上刷大白呢。问了后才知道那不是为了防虫，是为了好看。

色彩的丰富，绝对是印尼的一大特色。这和他们神庙里有蜡染图案，家旁有五彩湖，文化底蕴的丰富和自然景色的多姿多彩或许也有关吧。

街上看到的一切好像都挺新，包括路、车、房子。这其中的原因和现任的元首有关。当地的华人赖先生说了，现任的元首是一个很好的、很能干的、生活非常简单的人。他上任三年了，三年的变化之大，让老百姓非常拥护他。

迪昂，当地名字Dieng的含义是"神仙之山"。迪昂高原坐落于中爪哇其中一片活跃的火山区。由于古老的普拉（Prau）火山爆发，破火山口复合体上就形成这一片湿软的高平原。

迪昂高原海拔2000米，白天气温介于12至20摄氏度，夜晚介于6至10摄氏度。在干旱季节（每年7、8月）气温甚至可降至0℃，跟欧洲的冬天无异，但这里不下雪，而是出现露水结冰的自然现象。当地人称结冰的露水为"毒露水"，因为会对农作物带来破坏。

1979年2月20日凌晨，西尼拉火山（Kawah Sinila）爆发，惊慌失措的居民纷纷逃离家园。然而逃亡途中却因吸入火山喷发的毒气，导致村民中有149人身亡。这一事故是当地不可忘却的历史悲剧。

从日惹首府到迪昂，一路风光无限，有云山，有雾海，有田园，3个小时左右我们到了火山脚下。司机停车让一个人上来，原来这人是我们必须带上的向导。我这才明白来之前听说的要谈判，原来这是当地人挣钱的一种方式。其实是没有什么谈判，也没有商量的余地，一口价我们要付相当于200元人民币的钱给这位导游。

迪昂高原

不错的是，这个人英文比司机好多了，正好我又可以和他多聊聊，也庆幸来这儿还有一位硬塞的导游。

这位导游告诉我，这里因为是火

山沃土，几乎所有的人都靠种地为生。虽然生活得挺辛苦，出去上学的60%的人还是会回来。这里的土豆很有名，当地人每天可以从山上背回40斤土豆呢。另外还有一种什么植物也是那儿的特色，当时我没听懂，后来查了字典，知道是当地特有的一种小木瓜（Carica）。除蔬菜以外，迪昂高原小木瓜有别于普通木瓜，体积小，果肉软绵绵，带种子一并吃下，口感像百香果，果皮可制成零嘴儿。

这位导游说，这些年这里还是有很大的变化。我问他是什么原因有了变化呢？他说是受教育的人越来越多了。他说这里什么都有，就是没有足球。说完他自己也笑了，都是大山怎么踢呀？

导游带着我们上到了山顶，雾真大。冬天，这里就是多雨和有雾的。开始是什么也看不到，只听他说，云在飘，等一

雾中的五彩湖

会儿彩色湖可能会更好看。你要是七八月来，湖是有五种颜色的。黄色、绿色、蓝色、白色、红色。那时的五彩湖充满了神秘的色彩。

我们是2018年的1月到这儿，虽然我们并没有看出湖有五种颜色，但站在山顶，看到火山湖的全景，眼前的湖水还是美得让我们不能不陶醉其中。

导游说，这个火山其实还是醒着的，没有完全睡觉，所以才那么美。

这绿得迷人的湖水，我觉得它有点儿像我们新疆的哈纳斯。但我知道哈纳斯是冰川堰塞湖，不是火山湖。不过，今天我们看到的这两个湖的绿还真是有点像呢。

因为这里是火山地区，当然少不了漂亮的火山湖。当地人为其取名Telaga Warna，译为"有颜色的井"。湖里的硫黄因阳光反射而形成颜色层次分明的景色，加上民间传说让这个五色湖更增添了神秘色彩。

火山口

风终于吹开了云，登上湖边山顶的我，眼前两大湖尽收眼帘。

锡基当（Sikidang）火山口不是常规火山口。这是山坡上的一个区域，覆盖着的泥土，给了它中灰色外观。该区域有时会很危险，地面看起来很坚固，但可

危险徒步

火山经过大山脚下

能你已经进入有盖的通风口或泥浆池了。

对旅游者来说，这里的主要景点是火山口，里面充满了泥浆，排出的蒸气与硫化氢混合，可以闻到浓浓的硫黄味。

因为是在山坡上，所以除了看冒着浓烟，沸腾的"大锅"以外，还可以在火山喷发后留下的四周崎岖的黄土地上走走，想象一下火山爆发时如果你正在这儿会是什么情形。

| 第二章 |

非洲的树

南非全球气候变化首脑会

——非洲民间环保组织让外面的世界越来越多地了解他们

2002年8月23日至9月4日，在南非约翰内斯堡举行了世界可持续发展首脑大会。

2002年1月底，在美国纽约联合国总部召开了这次大会的筹备会。作为绿家园志愿者的代表，我参加了这次大会。作为大国，中国派出的政府代表团也参加了这次会议。而由我国提出的建议也写入了文件中。

作为NGO代表，我没有资格坐在代表席上参与举手表决，但却有了更多的时间与其他各国的NGO代表畅谈。非常巧合的是，会上竟遇到一位老友——冈比亚代表奈菲女士。1995年第四次世界妇女大会时我们初识，从1995年一起关注妇女问题，到今天共同关注环境问题，我们相似的经历也说明了世界环境问题日益受到人们关注。

奈菲认为，我们的地球要想承载我们人类的可持续发展，建立伙伴关系是当务之急。靠一个人、一个组织、一个国家、一个地区都不行，要靠全世界各国人民共同的努力。而要想建立伙伴关系，当然要先相互了解。她来参会的目的就是要了解世界各国人民是在如何保护我们共有的地球的，她也要告诉人

为了当地的诉求

交流

们有关非洲的情况。

奈菲告诉我，里约环保大会十年来，非洲民间环保组织已让外面世界越来越多地了解了他们。包括他们保护环境的艰苦经历，及非洲大陆目前的自然环境，民众共同参与可持续发展，并在国际上积极寻求资助。奈菲说："我们只有一个地球，非洲的问题，也是整个地球的问题，发达国家当然不能只顾他们自己的发展，应该参与全球的可持续发展的行列中来。"

来自其他地域的一些代表在这次会议上的声音也很大。在由岛屿国家联盟的代表举办的一次晚间论坛中，三位代表的发言感染着到会的每一位代表。全球气候变暖，对一般地域的人来说只是对未来的一种恐惧，而对这些小岛屿国家的人民来说，可就是丧失生存的土地。可持续发展，对他们来说，是可持续生存。他们呼吁各国，节约使用能源，减少温室效应，关注海平面上升问题！小岛屿国家联盟代表的呼吁，让参加会议的每一位代表，不管是政府的，还是NGO的，都更加体会到，可持续发展不能没有各国人民共同的努力，不能只把可持续发展停留在口号上，而要把可持续发展变成共同的行动。

除了非洲、小岛屿国家联盟的代表以外，南美各国NGO代表在这次筹备会上也有较大呼声。他们呼吁，国与国之间要加强联系与合作，注重NGO在保护环境中的力量，这在环境教育、保护森林方面，都有不少可供借鉴的经验。

亚马孙流域热带雨林面临的威胁，已引起了全世界的关注，那里的民间组织也已得到了来自很多国家的资助。就在本次会议召开的同时，联合国秘书长安南在世界经济首脑会议上

我们的路上充满艰辛但不放弃

再次提出了向贫困宣战。但消除贫困，减少环境压力，不是一朝一夕能完成的事情。

贫困国家和发达国家的对话中，充满了艰辛。小国和大国的利益、穷国和富国的利益，通过这样的会议就能达到统一吗？

对此，各国NGO代表呼吁如何从文件落实到行动。作为中国民间组织绿家园志愿者的代表，我认为，在这次会议上，我们的声音太小了。仅从参会人数上说，只有我们绿家园志愿者的两个代表。但即使是在这种不利的情况下，当我们介绍中国的民间环保行动时，所有人都非常关注，并且每个人都说，中国NGO在中国开展了这么多环境保护方面的工作，外面世界知道得太少了。

但平心而论，这些年，中国民间环保组织虽然在注册、人才、资金等方面有不少问题，但也开展了不少的活动。如种树、保护江河、保护动物、开展生态旅游等。可我们缺乏像奈菲那样在国际上有声音、有活动能力的人。我们自己的民间组织之间还很少交流，更谈不上与国外的民间环保组织进行广泛的交流了。

然而，这却是大势所趋，是可持续发展的世界潮流，是保护我们共同的地球所应有的联合行动。我们毕竟只有一个地球，全球的可持续发展，不能不靠各国人民手拉手行动起来。

肯尼亚在地球上最美丽的一道疤痕

——走在乞力马扎罗雪山中的热带雨林里

走在东非大裂谷

2011年7月22日，从肯尼亚首都内罗毕出来，我们就穿行在东非大裂谷中。

2500万年前这里曾经丛林密布，后来地下

森林旅馆

炽热的熔岩向上涌动，地壳在强烈张力的作用下断裂，大型火山沿着断裂带隆起，留下一道无法愈合的疤痕，造就了东非大裂谷。同行的生态作家沈孝辉称这里为"地球上最美丽的一道疤痕"。

熔岩之火不是毁灭者而是新生命的缔造者，给物种带来了无限生机，它促成了生物大量不可思议的进化。大裂谷纵切东

非九国，向南延伸数千千米，塑造了整个东非的地貌和景观，栖息着独一无二的野生动物种群。

东非大裂谷融合了大型的山谷、火山和水草丰美的平原，养育了全世界数量最大、种类最多的大型食草动物。两次雨季分散降落的雨水，决定了有些动物要迁徙几千千米以寻找新草。

大裂谷形成，森林逐渐后移，人类的祖先迁到了草原，草原动物为人类提供了更多的营养，促使人类的进化，从而诞生了人类的祖先，这一切都要归功于这片热土——东非大裂谷。

到肯尼亚来之前，就期待着看到这里的野生动物和野生植物。真的走进这片神奇的土地，还没有看到成群的、大型的动物，我们已经被这里的风土人情所深深吸引。因为当地不能上网，我没能边走边写边让朋友们和我一起欣赏自然风光，不过沉淀了半年后再写时的感觉，或许能像陈年老酒呢。

2011年7月23日早上，一走出我们住的林中旅馆，抬眼就清楚地看到了肯尼亚山，像碗，像盆。同行学地质的中国环境出版社副总编沈建说："这里是非常典型的火山口地貌。"

林中旅馆的窗外

东非大裂谷是世界大陆上最大的断裂带。难怪同行的生态作家沈孝辉说东非大裂谷是地球上最美丽的一道疤痕。今天我们就走在东非大裂谷中。

大裂谷里的"天窗"

据地质学家们考察研究认为，东非大裂谷形成原因是大约3000万年以前，由于强烈的地壳断裂运动，使得同阿拉伯古陆块相分离的大陆漂移运动而形成这个裂谷。那时候，这一地区的地壳处在大运动时期，整个区域出现抬升现象，地壳下面的地幔物质上升分流，产生巨大的张力，正是在这种张力的作用之下，地壳发生大断裂，从而形成了裂谷。

由于抬升运动不断进行，地壳的断裂不断产生，地下熔岩不断地涌出，渐渐形成了高大的熔岩高原。高原上的火山则变成众多的山峰，而断裂的下陷地带则成为大裂谷的谷底。

东非大裂谷下陷开始于渐新世，主要断裂运动发生在中新世，大幅度错动时期从上新世一直延续到第四纪。北段形成红海，使阿拉伯半岛与非洲大陆分离；马达加斯加岛在几条活动裂谷扩张作用下，也与非洲大陆分裂开。

这条裂谷带位于非洲东部，南起赞比西河口一带，向北经希雷河谷至马拉维湖（尼亚萨湖）北部分为东西两支。

东支裂谷是主裂谷，沿维多利亚湖东侧，向北经坦桑尼

在这里更能感受裂谷的博大精深

亚、肯尼亚中部，穿过埃塞俄比亚高原入红海，再由红海向西北方向延伸抵约旦谷地，全长近6000千米。这里的裂谷带宽几十至200千米，谷底大多比较平坦。裂谷两侧是陡峭的断崖，谷底与断崖顶部的高差从几百米到2000米不等。

西支裂谷带，大致沿维多利亚湖西侧由南向北穿过坦噶尼喀湖、基伍湖等一串湖泊，向北逐渐消失，规模比较小，全长1700多千米。东非裂谷带两侧的高原上分布有众多的火山，如乞力马扎罗山、肯尼亚山、尼拉贡戈火山等，谷底则有呈串珠状的湖泊30多个。这些湖泊多狭长水深，其中坦噶尼喀湖南北长670千米，东西宽40～80千米，是世界上最狭长的湖泊，平均水深达1130米，仅次于北亚的贝加尔湖、红海，为世界第三深湖。

东非大裂谷裂了以后，经过长期的演变，我们看到的已经是缓坡山冈，宽阔谷地。同行中有来之前做了"功课"的说，

大裂谷中放牧   裂谷中盛开的花

这里作为地堑两边撕开以后，内应力很强，撕得很远。所以两边不是峭壁而是缓坡山冈，所以成了宽阔的盆地。而大裂谷的湿润和土层好也使得当地的物种丰富，生产资源丰富。可以说，非洲富饶的大地主要是在大裂谷范围及其盆地。

东非大裂谷，非洲人以此自豪。他们说这里有多样的绿地，有富饶的村庄。

赤道在水中"漂移"

一路穿越着东非大裂谷，我们就走到了把南北半球分开的赤道。

因为这里也是旅游之地，当地人为我们表演了一个在赤道才会发生的奇特现象。

就是在一桶水里放一根火柴棍。这根火柴棍在水里漂移的方向是不同的。水桶放在赤道上，火柴棍平静不动。离赤道几步以外，火柴棍就会在水里旋转。神奇的是，水桶放在南半球，火柴棍会顺时针转；水桶放在北半球，火柴棍就会逆时针转了。

这是什么原因呢？为游客表演的当地人说是南北半球各自

的引力所致。

2011年7月25日，我们是在雨中走进联合国环境规划署的。环境规划署高级官员王之加先生接待了我们。他找来的联合国记者拍的我们绿家园全家福的照片，后来还登在了联合国通讯上。

让我有点没有想到的是，十多年前我哥托我把他的朋友傅

绿家园生态游在赤道

希林画的一张千鹤图送给联合国。当时我在我们绿家园的一次活动中送给了即将到联合国环境规划署上任的王之加，那天我在环境规划署非常显眼的地方看到了这张被装饰在墙上的千鹤图。

绿家园在联合国环境规划署

王之加先生带我们参观完了联合国环境规划署办公地后，请我们到咖啡厅坐坐。我们也开始向他提出了一些我们的问题。

联合国环境规划署办公地

有人问：为什么把环境规划署设在肯尼亚的内罗毕？是因为它是世界最适宜居住的城市吗？

王之加先生说：这个问题客观讲应该是政治协调的产物。因为有些人希望环境规划署能够远离纽约的权力中心。而各个成员国呢，发达国家和发展中国家也在争。据肯尼亚政府说，大约是3亿美元的地方收益，这是从经济角度。当然，还有一个政治利益，就是说非洲国家应该在国际舞台上占有一席之地。经过激烈竞争，肯尼亚荣幸地被选为了环境总署所在地。

那天我也向王之加先生提出了我的建议。我说我在参加国际会议时，我们中国的碳排放常常是被攻击的对象，但是我们中国受气候变化的影响那么大，我们自己却也很少提及。在哥本哈根大会的时候，人家那些小岛国就在哭啊叫啊得到人们的同情。我们以后参加国际会议时，是不是也要在这方面引起国际社会的关注。

因为王先生的官员身份，他很官方地接受了我的建议，而把更多的时间转向为我们介绍他所了解的肯尼亚。

他告诉我们，两天前国内来了20个孩子，他们是环保绘画大赛获奖者。王先生说："给孩子怎么讲我还真没讲过，就想了想只要别让孩子睡着了就行了。这样就讲了三个问题，第一个是犀牛角的问题，第二个是象牙问题，第三个就是鱼翅的问题，我就想应该让他们更多地掌握一些知识。"

首先就是犀牛问题。肯尼亚1972年拥有犀牛量在2万头。1982年拥有犀牛量是1800头。1990年的时候拥有犀牛量是500头左右。到了2005年的时候统计是495头。从2005年到现在，每年被猎杀的犀牛是30头，今年的指标到4月为止，已经被猎杀了17头。

为什么有人在猎杀犀牛？当地的环保组织跟我们讲，一个是阿拉伯男人喜欢用犀牛角做刀鞘，认为那样有男子汉气概。男子汉气概是买不来的，但这道理没办法跟他们讲，有这个市场需求。因此，犀牛角原来黑市价格3万先令一千克，现在涨到20万先令一千克，很多人铤而走险。

"现在还有多少头犀牛？"

"现在在肯尼亚300头还是有的。"

"光杀不会繁殖吗？"

"犀牛繁殖得很慢，怀孕期是18个月。"

肯尼亚法律规定：凡屠杀犀牛者当场抓住，罚款5000先令。更多的还是应该呼吁阿拉伯国家和亚洲国家，包括中国不要再购买犀牛角。

象牙，大家可能注意到，前不久肯尼亚又焚烧了5吨象牙。这是肯尼亚自1989年以来第四次焚烧象牙，表示他们的决心。但是津巴布韦、南非不限，这些国家没有加入《濒危野生动植物种国际贸易公约》。

2003年以来，肯尼亚有大旱，有大饥荒。黑人有时候就是饿死了，旁边的羚羊、斑马还在生存，他们没有想到要抓斑马过来吃。他们跟大自然之间还有一种情感在里面。

王之加先生说："明天你们要去马赛马拉，简单讲一下大迁徙。动物为什么要大迁徙，从坦桑尼亚到肯尼亚，为什么每年都要迁徙。从动物进化学来说，每年迁徙一次的话，老弱病残就淘汰掉了。特别是马拉河里有鳄鱼在等着呢，动物要游过这个河的时候，老弱病残就淘汰掉，所以种群都是一些很强壮的，保证这个种群的生存，这是一个方面。另外一个方面，就是说坦桑尼亚那边由于旱季没有草了，这边是雨季，刚过雨季，所以水草丰盛，动物到这儿来吃草。

"但有一个问题没有解释，动物在迁徙的时候，为什么就像部队长征一样，一个挨一个，排好队再走，不是散兵游勇那样很乱。凌晨期间它们就开始集结，形成方队，集结完了之后，头领会观察，看差不多的时候，它领头开始走，然后是一个跟着一个走，一定要排好队走，这一点非常有意思。

"另外，角马的头儿过马拉河的时候，会观察，看鳄鱼在哪儿，会找一个比较安全的地方过。但鳄鱼也会慢慢游过来袭击。所以明天你们去的时候，祝你们能看到迁徙的大场面。"

马赛马拉，是目前世界上最大的野生动物生活的地方。这个季节也正是角马迁徙的季节，但是我们能看到它们过马拉河吗？这可就难说了。有期待就有希望。

2011年8月3日，我们离开了肯尼亚前往坦桑尼亚，走向非洲第一高峰乞力马扎罗。

这样的画面，路上随处可见

非洲的树

坦桑尼亚拿忙卡的神山

就我们绿家园肯尼亚生态游的参与者来说，两个"80后"，一堆"50后"的年纪，登上乞力马扎罗是想也别想的。我们要达到的目标是海拔3000米的第一营地。

全球气候变化对乞力马扎罗的影响早有耳闻，这次要亲眼去看看。

已经连续十多年的青藏高原行，让我目睹我们青藏高原上的冰川在融化，江源在干涸。乞力马扎罗会是什么样子呢？

从肯尼亚到坦桑尼亚，我们的车还是在东非大裂谷的盆地里穿行。红色的土壤，身着红色长衣的马赛人，让我的扫拍不时有着兴奋点。

刚刚换的坦桑尼亚籍司机很爱说话，不停地给我们讲着路

边看到的山和人。他告诉我
们密罗山是座神山。整个坦
桑尼亚的人都会到这里来祈
福，一进山就要在里面住七
天。司机说，在这里祈福是
很灵的。

怀里抱着，手里拿着，眼睛还张望着

来之前听人说，坦桑尼
亚的小孩子不像赞比亚家庭
那样，房前屋后这儿一堆、
那儿一簇，人丁兴旺发达。这点我们在肯尼亚的马赛部落时也
有所见闻，看到的也是每座房子边上一堆一堆的孩子。

在坦桑尼亚，根据信仰差异婚嫁约束的不同，基督徒、天
主教徒为一夫一妻制；而穆斯林则可以一夫多妻，现在一般的
家庭也就四个孩子左右。上一代差不多是七八个，现在不少年
轻人只想要两个孩子了，这也算是坦桑尼亚比赞比亚发展得更
好的一个原因吧，人们的观念正在改变。

坦桑尼亚人一般都爱吃牛、羊肉，爱喝咖啡，忌食猪肉、
动物内脏、海鲜以及奇形怪状的食物，如鱿鱼、海参、甲鱼
等。此外一般以玉米、大米、甜薯为主食。其口味一般较重，
不怕油腻，喜食辣味的食品，很爱吃我们的川菜，上层人士一
般都爱吃英式西餐。

坦桑尼亚各部族之间饮食习惯也有所不同。有以畜牧业为
主的部族，就以牛、羊为主食；有的以渔业为主，就以鱼、虾
为主食；以种香蕉为主的，则以香蕉为主食。

例如，居住在北部维多利亚湖西面的哈亚族，就是以种植

香蕉著称，他们习惯在香蕉林中修建住宅。哈亚族还有一条戒律，即忌吃飞禽，也不吃鸡和鸡蛋。他们也有养鸡的习惯，但只是为了报晓和用作祭品。此外，哈亚族也禁食昆虫，但不包括蚱蜢和白蚁。

我们的车在坦桑尼亚平坦的马路上开着时，司机告诉我们，这条公路是中国帮助建的。而路边的果园，司机说，那是出口欧洲的，那里是欧洲人的果园和花园。

那么肥沃的土地，那么丰富的瓜果，它们能让欧洲人的餐桌丰富起来，那能让坦桑尼亚农民的口袋里也鼓起来吗？这是我边走边看时，心中的疑问。

走近乞力马扎罗

乞力马扎罗山（Kilimanjaro）是非洲最高的山脉，是一个火山丘，高5963米，面积756平方千米，乞力马扎罗山素有"非洲屋脊"之称，而许多地理学家则喜欢称它为"非洲之王"。乞力马扎罗山国家公园和森林保护区占据了整个乞力马扎罗山及周围的山地森林。乞力马扎罗山国家公园由林木线以上的所有山区和穿过山地森林带的6个森林走廊组成。乞力马扎罗山四周都是山林，那里生

云中的乞力马扎罗

活着众多的哺乳动物，其中一些还是濒临灭绝的种类。

我们来乞力马扎罗，一门心思地想登雪山。其实我们要走的第一营地是热带雨林。住下来

站在旅馆楼上看乞力马扎罗

后，我们房间旁一对荷兰夫妇坐在那儿休息。他们告诉我们，爬了三天，他们登顶了。

登乞力马扎罗不同的高度价钱不一样，登顶的话要花大价钱请挑夫。这是当地的规定，请也得请，不请也得请，说是为了安全。

来乞力马扎罗之前，我做了功课，知道乞力马扎罗位于东非大裂谷以南约160千米，是奈洛比以南约225千米坦桑尼亚东北部的大火山体，邻近肯尼亚边界。其中央火山锥乌呼鲁峰，海拔5895米，是非洲最高点。

乞力马扎罗雪山的主体沿东西向延伸将近80千米，由三个主要的死火山——基博（Kibo）、马文济（Mawenzi）和希拉（Shira）构成。基博最新，也最高，还保持着典型的火山锥和火山口的形状，并且同马文济海拔5354米在海拔约4600米处的一段长11千米的鞍状山脊相连，马文济是先前的一座高峰的较老的核心。希拉海拔3778米，仅仅是较早的一个火山口的残

余。鞍状山脊以下，乞力马扎罗山的主体以典型火山曲线向下面的平原倾斜，平原的高度约海拔900米。

基博虽然看来像个盖着积雪的穹丘，但其南侧却有个直径2千米，深约300米的火山口。火山口里有个显示残余火山活动的内火山锥。和乌呼鲁峰有规则的锥形大不相同的是，马文济峰是经过强烈侵蚀的，山势崎岖而且陡峭，并且被东西向峡谷劈开。

乞力马扎罗山所在的地区是坦桑尼亚的淡咖啡、大麦、小麦和蔗糖的主要产区之一；其他作物有琼麻、玉米（玉蜀黍）、各种豆类、香蕉、金合欢树皮、棉花、除虫菊和马铃薯。该地区的居民有查加人（Chaga或Chagga）、帕雷人、卡赫人（Kahe）和姆布古人（Mbugu）。

当德国传教士约翰内斯·雷布曼（Johannes Rebmann）和路德维格·克拉普夫（Ludwig Krapf）于1848年到达乞力马扎罗起，那里的地层就为欧洲人所知了。不过关于离赤道很近（在南纬3°）就有峰顶积雪山脉的消息，过了很久之后才为人相信。位于乞力马扎罗南麓的莫希（Moshi）市是主要贸易中心和登山基地。

对气候变化的关注，让我近年来也一直在关注着由于全球变暖，乞力马扎罗山的冰雪消融。

根据气候变化组织的研究，非洲大陆块和其他地球物理学特征决定了它将比全球变暖的平均速率快1.5倍。因此，全球变暖的后果对非洲而言将更为严峻（和我们中国的青藏高原一样）。

这项研究还认为，气候变化会导致非洲耕地退化，某些非洲国家的耕地数量甚至可能减少一半。此外，全球气候变暖还会导致非洲高海拔地区面临疟疾的威胁，使痢疾、脑膜炎、登革热等疾病更为流行。

气候变化对非洲农业的影响最为严重。在南部非洲，气候变化的影响主要不在于温度上升，而是天气变化无常，雨水波动，冬季冷热不定。这给非洲当地农民带来了很多困难。

有专家说：非洲农民过去依赖一些土方法来判断天气，比如候鸟迁徙、花开时间等，以此来决定农时。但是，现在这种方法由于气候变化而不再管用了。而科学的天气预报只能报道大范围

坦桑尼亚草原

特有的植物

的天气，不能指示某个特定小范围的天气。此外，天气的变化还改变了农作物本身的生长周期。

2011年11月底，NGO"第三世界网络"主任徐玉玲，在南非德班召开的联合国第17次气候变化大会上对第一财经网的记者说，极端气候已经打乱了非洲的农业和其他生存环境。与此同时，单一作物的殖民地农业结构，使气候变化对非洲的影响更为复杂化。

乞力马扎罗山具有顺序相继的几个植被带。其组成（自山

麓至山顶）为：周围高原的半干旱的灌木丛、南坡水源充足的农田、茂密的云林、开阔的沼地、高山荒漠、苔藓和地衣的共生带。该山体中生存着各种大小动物。

2011年8月4日，是绿家园肯尼亚、坦桑尼亚生态游的重头戏——我们要攀登非洲第一高峰乞力马扎罗雪山。

在斯瓦希里语中，乞力马扎罗山意为"闪闪发光的山"。它的轮廓非常鲜明：缓缓上升的斜坡引向一个长长的、扁平的山顶，那是真正的巨型火山口——一个盆状的火山峰顶。

在酷热的日子里，从很远处望去，蓝色的山基赏心悦目，而白雪皑皑的山顶似乎在空中盘旋，伸展到雪线以下缥缈的云雾，增加了这种幻觉。山麓的温度有时高达59℃，而峰顶的温度又常在零下34℃，故有"赤道雪峰"之称。在过去的几个世纪里，乞力马扎罗山一直是一座神秘和迷信的山——没有人真的相信在赤道附近居然有这样一座覆盖着白雪的山。

关于乞力马扎罗山的名称起源有多种解释，但都不能令人满意，而且也没有人敢十分肯定某一种解释就是对的。"巨大之山""白色之山""大篷车之山"都是乞力马扎罗山的解释之一，它们分别源自斯瓦希里语和查嘎语、马夏米语。8月3日傍晚，我们在旅馆的楼顶上拍到了带着条条金色的乞力马扎罗雪山，可惜拍的效果不太

摆摊雪山下的雨林中

好。我们就要在山下的热带雨林里穿行。想着都觉得神秘、好奇、兴奋……

从住地到山脚下半个多小时的路程，一路扫拍，让我边拍边想着，几十年前就常常听说坦桑尼亚，那时知道的是中国在援助坦赞铁路。

这次从肯尼亚到坦桑尼亚，听当地司机说有更多的项目在这里进行着。当年中国的援助都是无偿的。现在中国公司在这里怎么开发我们无所知晓。但是，对生态的破坏在这里还是听到了不少的抱怨。

上山了

这些年，中国公司在海外的发展有收益、有风险，也有破坏，有些破坏不能不说有这些公司的责任。

今天，等着进山是一个很漫长的过程。因为要一个人一个人地查资料，称重

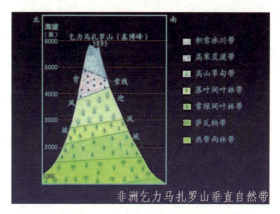

非洲乞力马扎罗山垂直自然带

这张图可以告诉我们乞力马扎罗
从热带雨林到冰川带的分布

热带雨林　　　　　　　　雨林里的花

量，加上不知是效率低还是过于认真，总之我们起了个大早，直到中午时分才算是进了山门。

我们是爬雪山来的，却走在了热带雨林里。这就是大自然的神奇，也是大自然的丰富。

2011年8月4日，绿家园生态游我们走进的是森林带。

森林哺育了各种各样的野生动物，包括几种大型哺乳动物如大象和水牛，因此在某些地区游客上山必须由携带武器的向导陪同。

有时大羚羊会栖息在森林以及石楠荒原和高沼草原的交界地带。这里可以看到疣猴、蓝猴、南北羚羊、小羚羊。如果幸运的话，还可以见到印度豹和南非野猪。

我们今天的运气不行，不仅没有看到大型动物，连小动物也没看到什么。但这并没有影响我们走在雨林里孩子般的快乐，因为山里多样的植物造型让我们看得太过瘾了。

我们是从海拔1000多米开始往山上爬的，要爬到海拔3000多米。上山前，导游告诉我们，看你们的状况，6个小时可以爬到海拔3000米的第一营地。

这样的"大门"在雨林里很多　　　　　　　　"牛头"

树的街道

在山地垂直带，海拔1700～2300米间登山，我们没有觉得太累，因为可看的植物太多了。虽然，生态学家徐凤翔没能和我们一起走，但跟她一起走过那么多次大自然了，我们也能按照她曾经给我们讲过的热带雨林里的老径生花、气生根、附生博物茂密、悬垂飘逸等知识来欣赏周边的植物。

登到第一营地时，我们个个都觉得如果再往上爬还是有可能的，只是没有时间让我们继续攀登了。

冷，是我们在第一营地最大的感受。在小木屋里，我们挤在一起等着烛光晚餐。等着明天站在这个高度，看我们能看到的乞力马扎罗。能看到吗？我们是带着这样的期待进入梦乡的。

2011年8月5日，为了能拍到日出，天还没有亮，我们就上

清晨的火山台地

云雾中的雪山

山了。据昨天在那里等日落的人的说法，那里还是很开阔的，能看到对面的山顶。天气好的时候，有可能看到金色的雪山。

但是，随着全球气候变暖，冰川逐年后退的速度快得令人担忧。有专家预测，乞力马扎罗雪山的冰层将会在未来的20年内完全消失。也有些科学家认为，火山正在再次增温，加速了融冰过程，而另一些科学家则认为，这是因为全球升温的结果。无论是什么引起的，乞力马扎罗的冰川现在比20世纪时的小是没有争议的。据保守估计，乞力马扎罗的冰帽2200年后也将全部消失。

从昨天开始登山，到今天站在第一营地，乞力马扎罗让我们一点一点地认识着，也一点一点地感受着，这座大山真是非洲大陆的代表性风物地貌。

对大山的解读，把书本上看到的和眼前感受的融为一体，就是：它的形成源于"灾难性"的地壳运动。而"灾难性"的地壳运动，同时也造成了从红海越过坦桑尼亚延伸至南非的东非大裂谷的出现。

东非大裂谷直至今天仍存在着地壳运动，乞力马扎罗正是较近火山活动的结果。它的形成大约始于75万年以前。最初由三个大火山口组成：希拉、基博和马文济。

乞力马扎罗山的主峰一个叫基博，另一个叫马文济，两峰之间有一个10多千米长的马鞍形的山脊相连。

远远望去，基博峰是一座孤单耸立的高山，在辽阔的东非大草原上拔地而起，高耸入云，气势磅礴。基博峰峰顶有一个直径2400米、深200米的火山口，口内四壁是晶莹无瑕的巨大冰层，底部耸立着巨大的冰柱，冰雪覆盖，宛如巨大的玉盆。

基博火山一直保持着活力，在大约36万年前还出现过一次大规模的爆发，它释放的黑色熔岩盖过希拉火山口，在马文济火山的原址上形成了乞力马扎罗山鞍。

基博火山的最终高度达到5900米，每年定期被冰雪和冰川所覆盖。在大约10万年前，一次巨大的山崩在火山口的西南边形成了峡谷壁，而基博的最后一次喷发留下了火山灰坑、内火山口和完美的火山喷口。

我们站在这个火山形成的盆地。看到火山养育的色彩那么艳丽的花朵，以及与火山、花朵同在的山、云交融的林海和火烧云。

因为没有对乞力马扎罗有研究的专家与我们同行，有关的科学知识，我只能借助书上

火山盆地

火山营地的花开了

和网上的资料来写。但是，在那里拍到的这些照片，能帮助我和读者们一起认识这座非洲第一高山——由"灾难"而起，却造就了丰富的自然之地的雪山。

1987年世界遗产委员会第11届会议，根据文化遗产遴选标准，乞力马扎罗山被列入《世界遗产目录》。

乞力马扎罗山扑朔迷离，变化多端，一直是游客和探险猎奇要尽早去的地方。文人骚客写诗歌颂它，体育爱好者以登上它为荣。与世界上其他的高峰相比，它山势高耸，但攀登它还不是特别困难。

雪山下学校的运动场

下山前，我们最后看了一眼雪山，那少得可怜的雪，让我们为气候变化对全球的影响又多了一份担忧。

再有，雨林里孩子们的目光，让我问自己，他们的未来，是掌握在我们的手里吗？希望看到这儿时，朋友们能和我一起寻找答案。

乞力马扎罗山下马赛人的村子

乞力马扎罗山下马赛孩子的学校

尼罗河上的阿斯旺大坝

——天狼星与尼罗河水文站

阿斯旺大坝的成败功过

2010年3月10日，绿家园生态游走到了埃及尼罗河上的阿斯旺大坝。这里现在是埃及旅游的一个景点。我还知道，我们中国的很多水电专家也都到阿斯旺大坝取过经。这个大坝在世界上的影响是非常大的。但是，对于这个大坝利弊的争论也是铺天盖地。

很有意思的是，我们的埃及导游在向我们介绍阿斯旺大坝时，既说了它的利，也说了它的问题。可是当我在大巴课堂上讲了我对水坝的理解后，这个叫阿鹰的导游就把所有的介绍都往这个大坝上扯。其核心思想就是埃及发展离不开阿斯旺大坝。因为这个大坝使得埃及的沙漠变成了良田。阿鹰对大坝的评论无处不在，一直

阿斯旺大坝

到了我们说你再什么事都扯到大坝上我们要举报你了，他才改口。

当然他是一个很幽默的导游。但是可以想象，在埃及普通民众中，和在我们中国一样，对水电站的认识都是：江河当然要

自然流淌的河成了水库

为人类服务，不然水就白白地流了。我们最主要的是发电，埃及是灌溉。但是，因为我们人类对江河的改造，会使大自然发生什么变化，会对我们的未来产生什么影响，一般老百姓是不需要想那么多的。这对我们这些环保主义者来说，一是可以理解，二是不会影响我们要履行我们的社会责任的努力。

世界第一大河尼罗河孕育了古埃及的文明。河两岸矗立的神殿、陵墓和雕塑等奇迹，都向世人昭示着古埃及人在建筑、数学、天文、艺术与医学等领域的伟大成就。在人们还没来得及领略这些辉煌时，尼罗河上又昂然屹立起一个巨大的工程，它就是举世闻名的阿斯旺大坝。

阿斯旺位于埃及首都开罗以南，尼罗河的东岸，这里有尼罗河在埃及境内的第一座大瀑布。一些专家认为"阿斯旺"这个名字来自努比亚语assywangibu，它既有趣又有预见性，意思是"大量的水"。但另一些人则认为，它有"巨大的蠢家伙"之意。有人这样形容：大坝在阿斯旺以巨大的躯体横截尼罗河水。

如今，尼罗河水上横跨两座水坝，第一座为旧坝也称低

坝，第二座是高坝即新坝。1889年，英国殖民主义者为了控制尼罗河洪水，提高棉花等农作物的灌溉力，修建了第一座水坝。1912年和1933年，又有了两次加高。当水坝准备第三次加高的时候，很多人都提议应另建一座超高型大坝。1952年，埃及进行了政治改革，为建新坝提供了有利的条件，建造大坝被认为是一种爱国的行动。

在我们的生态文化游中，对生态的讲解，总是我们旅行中的重中之重。我们绿家园从创建那天起给自己定的宗旨就是：走进自然、认识自然和与自然交朋友。比如这几年的西南大旱，我认为，利用自然灾难重新认识西部，对我们来说也是一次机会。所以一到阿斯旺，我们也对导游阿鹰提出为我们讲讲阿斯旺大坝的要求。我们就先来看看埃及导游是怎么介绍的吧。

阿鹰告诉我们，纳赛尔水库的面积为5250平方千米。南北纵长550千米，其中约450千米在埃及，其他约100千米在苏丹。这个水库里面的水量是1689亿立方米。这个水坝用11年建成，从1960年到1971年，是苏联帮埃及建的。这个建筑的石头比埃及胡夫金字塔多了18倍。二十世纪八九十年代，埃及85%的电力都靠这个水坝。

埃及利用水库里面的水开垦沙漠，水利灌溉到沙漠种出很多很多的农作物。现在埃及人吃的水果、蔬菜、小麦都在沙漠里面种。

埃及本来进口鱼，现在埃及会出口鱼。因为埃及在水库里面养很多很多的鱼。

埃及过去是一年一次收成。现在一年会有三四次的收成。过去是尼罗河泛滥了才可种植，现在不管尼罗河有没有泛滥，水库里的水能够满足埃及每一年的需求。

阿斯旺大坝也有一些不好的影响。尼罗河的泛滥，一年一次，可把比较肥沃的泥沙土带过来，现在泥沙被大坝拦住了，所以尼罗河东岸西岸的土地也不会变更多了。

第二个不好的影响是文物的迁移。本来这里有很多的神庙，1902年阿斯旺低坝拦截尼罗河水时，菲莱女神神庙部分被淹没。20世纪60年代在菲莱岛南面筑起高坝后，神庙几乎全部被淹没。

为了保护这些珍贵文物不受毁损，从1972年开始，在联合国教科文组织的帮助下，埃及政府在神庙四周筑起围堰，将堰中河水抽干，然后将这组庙宇拆成4.5万多块石块和100多根石雕柱，一一编号后，于1979年8月在离菲莱岛约1千米处的阿吉勒基亚岛上，按照原样重建。1980年3月10日，菲莱神庙在新址上重新正式开放。至今神庙的墙上还留有当年水淹的痕迹。神庙搬家，跟古代所在的地方不一样了。这对古老文化的保存不能不说是不好的影响。

神庙被搬后

阿斯旺大坝在埃及经济发展中所起到的作用，阿鹰讲了很多，应该说是比较全了。但是这个大坝所带来的生态问题，这些年在关注江河时，我们一直也有所关注。

30多年来，阿斯旺大坝的作用和影响引起了世界各国专家的激烈争论。一方面，它在蓄洪、灌溉、发电、航运和养殖等方面产生了较大的效益；但另一方面，阿斯旺水坝的正向效益不断减少，大坝在生态环境方面的影响，尤其是带来的灾难性后果，是建坝决策者和建造者所始料未及的。

前面也说了，这时正是我们国家西南遭受特大干旱的时候。多年来对西部江河的跟踪采访，特别是2006年开始的"江河十年行"，记录的西南六条大江：岷江、大渡河、雅砻江、金沙江、澜沧江和怒江，正是这次大旱的所在地。之所以会有"江河十年行"，就是因为我们看到了这些年西部开发中的无序状态。这种无序，对西部生态环境已经产生了很大的影响。可是很遗憾，国家在西部的科学考察项目那么多，投入那么大，到了需要提供研究数据时，却没有什么科学家站出来用数据说话。

历史是这样留下来的

发展，谁都需要，但发展并不等于就可以忽视地球上的其他生灵，发展同样不能忽视的还有社会公平。

人与自然环境是个辩证统一体，应该相互和谐发展。人类历史不

历史已在水中　　　　　　　　尼罗河

满300万年，也只有5000到7000年的文明史，但地球已经是45亿岁的高龄"老者"了，人应该对其充满敬畏之情。

我一直认为，在分析和探讨阿斯旺水坝利弊得失的同时，难免要回顾与反思曾走过的路程，深刻思索人与自然环境的关系，考虑人类将以怎样的环境观、世界观来规范与指导自己的行动。

我和阿鹰之间对一座水库认知的不同，在一定程度上是我们对自然认知的不同。而环保主义者对大自然的认知程度怎么影响公众？其挑战之大，总不会比撒哈拉沙漠还大，所需时间之长，总不会比尼罗河还长吧。乐观地面对挑战，其实也是很多环保志愿者的心理素质。

其实，自然与文化的留存，很多情况下是息息相关的。早在公元前4000年时，埃及人就把一年确定为了365天。在古王国时代，当清晨天狼星出现在下埃及的地平线上，也就是天狼星与太阳同时升起——天文学上称为偕日升，尼罗河开始泛滥。泛滥的时间非常准确，简直就像钟表一样，古埃及人把这一天称为一年的第一天。

那时，观测天象的祭司清晨密切注视着东方地平线，就是为了找到那颗天狼星。天狼星和太阳同时出现了！很快这一消息从下埃及传到上埃及，进而传遍整个埃及。那时尼罗河两岸的庄稼该收的大部分都收了，但还应该清理一次；勘界用的标志该埋的都埋了，但还应该检查一次，然后，就静静地等着那浩浩荡荡的尼罗河水挟带着肥沃的泥土来吧。

与黄河、印度河、幼发拉底河同样孕育了古老文明的河流不同，尼罗河的泛滥极有规律，每年洪水何时来，何时退，古埃及人很快就掌握了。每次洪水泛滥都会带来一层厚厚的淤泥，使河谷区土地肥沃，庄稼可以一年三熟。

但洪水之后，土地的边界全部被淹埋，重新界定土地边界需要精确的测量，于是在埃及产生了一个特殊的阶层——土地测量员，这些土地测量员就是现代测绘学的鼻祖。

洪水是可怕的，自古以来，人们总是把洪水和猛兽联系在一起。然而，尼罗河两岸的埃及人民不仅不将尼罗河泛滥视为不幸的灾难，而且还虔诚地盼望其泛滥，并于其泛滥之时予以隆重的庆祝。那时，河面上无数舟楫荡悠，人们在船上唱歌跳舞，喜气洋洋。

但是这一切随着大坝的建立都已结束，水文的节律消失了。天狼星照样升起，而河水已不再冲动。当我了解到这些时，自然想到了我们中国的都江堰。它最精华的部分是"四六分水"。洪水时，六成水流入外江，枯水时，六成水流入内江，灌溉成都平原使之成为"天府之国"。还有靠水的流量设计的飞沙堰，这些世界大坝至今都难以解决的问题，我们的老祖宗2260多年前就解决了。

关于水利设施，在古埃及的双神庙里，阿鹰带我们看的那口深井，真让我们即使看了还是不信那是几千年前古代埃及人的水文站，但它就是。井壁上是盘旋而下的台阶，深井与尼罗河相连，通过观测深井内的水位就可以了解尼罗河的涨落。

古埃及的水文站

阿鹰告诉我们，不能小看这口井。在古埃及，每年要收多少税，是要看这口井的水位来决定的。井里的水位高，尼罗河就会有洪水泛滥。有洪水泛滥，就会有好收成，有好收成，税就要收得高。

不是亲眼所见这口井，不是听介绍，真是难以想象古埃及人会用这种方式进行劳动所得的分配。而今天尼罗河被大坝阻隔、历史被水库所淹没、河水因为江河的改变在减少，这一切能让我们的后来者引以为鉴。

在中国西部大旱之时，看看尼罗河，听听科学家对尼罗河修了阿斯旺大坝后所产生的十大问题的分析，我们能做什么？绿家园生态游在继续，对这些自然与人类相互关系的探讨，当然也会继续。

地中海与尼罗河之间

1999年，我们绿家园生态游在山东荣成看大天鹅时，曾有专家告诉我们海河之间的湖，应该称为潟湖，大天鹅最喜欢在这样的地方觅食，因为营养丰富。

地中海与尼罗河之间的湿地

2010年3月，我们在进入埃及第二大城市亚历山大（Alexandria）之前，先看到了这片水域，里面长着芦苇，当地人划着装满芦苇的船在水中划行，这是他们的生计吗？

导游阿鹰告诉我们，我们眼前出现的这天海一色、云浪一色的地方就是地中海。

12世纪，由于尼罗河支流干涸，亚历山大通往其他地方的水路中断，它渐渐沉寂下去。在总督穆罕默德·阿里和他的后继者的努力之下，亚历山大才逐渐恢复了往日的生命力。

夕阳中的地中海畔

亚历山大是埃及第一大港口，地中海第四大港口，埃及第二大城市。被地中海环抱，由于离欧亚大陆都很近，受到欧洲尤其是希腊的影响很大，目前，尚有50万希腊人居住在这里，这也是埃及最开放的城市，有"地中海新娘"的美称。

在这里可以看到欧洲罗马文化和阿拉伯文化的交融。马其顿王国的亚历山大大帝征服埃及后，于公元前332年在地中海海岸上一个叫罗哈克提斯的小渔村上建立起来。亚历山大城也是埃及古代文明的一个中心，在希腊—罗马时代，亚历山大城取代底比斯成为埃及的首都和政治、经济、文化中心。直到公元6世纪建都开罗前，这里一直作为埃及的首都。这里也见证了埃及艳后和安东尼的一段传奇爱情。

湛蓝的地中海也存在生态问题。自20世纪70年代末，埃及报刊多次惊呼，从亚历山大到西奈阿里什之间300多千米的海岸，正遭到海水越来越严重的侵蚀。20世纪70年代，拉希德河口的海水平均每年向陆地推进140米，1979年竟达1000米。10年

地中海

海边的冲击

间共前进了3千米，吃掉13平方千米的土地。拉希德城处于危机中，三角洲的面积在日益缩小。

关于海岸遭侵蚀的原因，专家们一致认为，几千年来尼罗河河水挟带大量的淤泥顺流而下，形成了广阔的三角洲平原，并缓慢地继续向地中海延伸。阿斯旺高坝建成后，淤泥被阻积于纳赛尔湖内，造成海水反过来向陆地蚕食。

地中海边上的孩子们

纳米比亚死亡谷
——红泥人和神秘的岩画

有900年历史的古树的墓地

2018年5月9日，我们早晨6点出发，去看光影最美那一刻的纳米比亚死亡谷。

从住地到死亡谷有70千米的搓板路，进入国家公园的大门还有50千米。这条路随处可看到野生动物。我们看到的有跳羚和斑马。荒野中的它们在天地间悠闲自得。

沙漠的日出由于是从沙丘上升起来的，一出来就是光芒四射了。这时线条切割的沙丘既有神秘的色彩，又体现着大自然的艺术造诣。

影子　　　　　　　　　　　　红沙漠

沙丘造型奇美的纳米比亚死亡谷，因位于纳米比亚苏索斯维利盐田里的一片令人惊叹的白色黏土洼地而命名。在近900年的时间里，这里寸草不生，也没有任何生命迹象。

我们走近它时，最先感受到的是谷地里、沙地里的那些顽强的骆驼杨。它们个个都是饱经风霜的样子，不管树上有没有叶子，枝头上有没有白胸乌鸦，树冠是大还是小，都会让人产生无尽的联想。

位于纳米布–诺克卢福国家公园里的这片沙岩地形周围，耸立着世界上最高的沙丘，大约高350米。其中一座高近400米的沙丘名叫"大老爸"（Big Daddy）。

那白色的黏土外层，可能是在特萨查布河流经此地发生洪水时形成的。骆驼刺在浅水处生长，它们喜欢沙土。

气候变化导致这里发生了翻天覆地的变化。900到1000年前，这里遭遇严重旱灾。沙丘移动了这片沙岩，阻断了河流流入死亡谷的必经之路。地下水被消耗一空，树根失去了维系生命的条件。

更糟糕的是，这里常见的降雨也不复存在。树木慢慢死去，变干，毒辣的阳光将其烤焦，使它们的外表变黑。沙丘变成橙红色，看起来像生锈了一样。

有人说，这片土地是大量已有900年历史的古树的墓地，这里的景象令人过目难忘。偶尔在这里能看到一两只甲虫或者一小片灌木丛，它们依靠晨露产生的薄雾生存，然而除了这些地方，别处都是一片死寂，没有任何生命迹象。爬上沙丘，死亡谷出现在眼前的那一瞬间，空旷、荒蛮、无色、惊悚、神秘等词，一股脑儿地冲击着我的感官。大自然的功力使我辈之评说都显得苍白无力。

昨天白天登上45号沙丘环眺时，不能不感慨人类之渺小。昨晚看星空，又感叹地球之小。而站在死亡谷中，感悟认识到自己的小。在大自然中，这些都成了一种自然而然的认知。

8000万年"高龄"的纳米布沙漠中，每年的平均降雨量只有区区6厘米，沙丘与河流不断斗争，风从未停止过雕凿，沙丘生命周期呈现出的复杂性，让地质学家迷惑不已，"死亡谷"（Dead Vlei）便是苏丝斯黎红沙漠的奇观异景之一。

死亡谷里的白色洼地，与四周的红沙丘形成鲜明对比。"Vlei"在南非荷兰语中

自然的造型

白色洼地

是"沼泽"的意思。以前在雨季，盆地内有足够的水量来维持植物的生长。然而现在水源早就被切断，干涸的黏土盆地里面的树木也都已经死亡，各种姿态的枯树挺立在此已经超过900年了，之所以没有倒下，完全是由于盆地周围高大的沙丘挡住了大风的侵袭。

在沙丘里，细细品味，这里竟是一双神秘的手搭建的舞台，创作者赋予了表演者在那里吟唱、挥毫、跳舞的权利。900年的大戏天天在那里精彩上演，从未停止。

每一位看大戏的观众，也可在这里依自己的修养继续艺术的想象和再创作。

大自然与人的境界之完美结合的过程，和死亡谷这幅大作一样，创作无止境……

离开死亡谷，我们经过了南回归线。死亡谷在荒漠与孤独中，成为大千世界的一道亮丽风景。

荒野，可以给我们的遐想真多。

史前人类精美岩画的露天博物馆

2018年5月11日，我们到了颓废方丹，这个名字令人感觉很奇怪，但又有点儿失落的味道。这个名字Twyfelfontein，是南非荷兰语，意为"无常的泉水"。

1952年，纳米比亚宣布颓废方丹为国家历史文物区，2007年被列为世界遗产地。

颓废方丹位于纳米比亚西北部达马拉兰，距离大西洋沿岸有一定的距离。就是这片相对封闭的半沙漠地带孕育着整个南部非洲，甚至是全世界最为壮观的岩石雕刻壁画遗址。人们也称这里是史前人类精美岩画的露天博物馆。

被记录的5000多个露天岩石雕刻壁画散落在砖红色的峡谷中，默默地回忆着6000年来这块土地上居住着的人类与自然共生共存的故事。有人认为，这里就是史前人类精美岩画的露天博物馆。

从这些精美岩画中，今天的研究认为，2000到6000年前，桑人（San，南部非洲土著民族，也叫布须曼人）在此居住，他们创作了岩画雕刻内容的主要部分。那时没有照片，没有学校，而岩画就是那时的照片，那时的学校。

走进神秘

但长时间的干旱期迫使依靠采摘和狩猎为生的桑人离开了这里。近1000年来，游牧民族达马拉人来到这个地区逐水而居，靠着少有的一些泉眼生活。一位当地导游说："我的祖先知道岩画的存在，但他们一直远离这里，因为他们相信这里有魔力存在，就像一个墓地。"

人类祖先以石器作

图中显明这里有大水源地和小水源地

125

为工具，用粗犷、古朴、自然的方法——石刻，来描绘、记录他们的生产方式和生活内容，它是人类社会早期的文化现象，是人类先民留给后人的珍贵的文化遗产。

走进这片红石大山，最先引起我兴趣的是岩画中记录水源地的标识。岩画上如果刻的是一个小坑，说明这儿的水有的时候有，有的时候没有。如果中心的原点外有一个大圈，说明这里的水源不错而且是长流水。如果圈小一点儿，说明水不够大。如果中间还有连接，那么说明这个水系是相通的。这其实也是对后人的关照，以示这里是否适于居住与生活。

布须曼人这种有关水源地的标识现如今还在国际上通用。

狮子是王者

岩画上的海豚

在这些岩画中，有的一块岩石面上就有五六十种动物。有的在这一大片的岩画中，却只画有一头狮子。因为狮子是王者，所以只能有一头，而且它的手长长的，像是拿着一个权杖。

长颈鹿对布须曼人来说是吉祥的象征，不能宰杀，因为它们可以给人带来快乐。在画有长颈鹿的旁边会有人的脚印，说明是朋友。也有两头长颈鹿画在一起的，或许是表示生活中要团结友爱吧。

鸵鸟，也是岩画上的常客，因为这里有了它们，就有了食物，皮毛还可遮羞，大大的鸵鸟蛋的壳还可作为容器放东西。

这里离海边有150千米，可岩画上有海豚。今天的研究认为，智慧的布须曼人已知到海边取盐，回来可用于延长食物的保存时间。

至今已发现并看懂的岩刻画有5000多幅。还有大量的岩画尚待发现与认知。

岩画主要表现大象、犀牛、长颈鹿这些动物。据考证，这些岩画是2000到6000年前，石器时代的两个以狩猎和采集为主要生活来源的部落留下的，具有极高的考古价值。

新华社记者吴长伟曾写文章说，由于干旱缺水，颓废方丹遗产所在地一直鲜有人居住，直到1921年德国探险家在这里发现岩画。

刻画的狮子形象，反映了当时的信仰礼仪。最有名的岩画就是"狮人"，一头狮子每只脚上有五个脚指头，而真正的狮子只有四个爪子。雕刻这些图形是说明人变成动物的礼仪，这里的岩刻艺术与当时的信仰体系有关，当时的桑人是以狩猎采集为生的。

我们通常说的岩画，是指在岩穴、石崖壁面和独立岩石上的彩画、线刻、浮雕的总称。岩石，自从远古时代起，它就不断地被人类使用，作为劳动工具，也作为日常用品。

岩石，同时也是世界上最早的绘画材料，古人在岩石上磨刻和涂画，来描绘人类的生活，包括他们的想象和愿望。岩画中的各种图像，构成了文字发明以前原始人类最早的

"文献"。

岩画不仅涉及原始人类的经济、社会和生活，同时，岩画还作为人类的精神产品，以艺术语言打动人心。

纳米比亚辛巴族红泥人

2018年5月12日，我们离开6000年来留下的岩画，就直奔纳米比亚辛巴族红泥人的居住地奥普沃。

我们的纳米比亚之行，走近红泥人与走近岩画、拍摄野生动物都是重头戏。

早就知道纳米比亚有一个行将消失的原始社会族群——辛巴族。

这个部落维持着500年前的生活方式，终年用红土混合黄油涂抹在皮肤上和头发上，几乎一辈子不洗澡，因此一般称之为红泥人。

由于一种神秘遗传基因的缘故，很多辛巴男孩在15岁之前就

走进红泥人的村庄

夭折了。这导致多数辛巴人部落的男女性别比例严重失调，因此辛巴人的男女关系非常开放，这里的男子一般都要娶三四个妻子来保证人口的繁衍，未婚女子也可以生育，即使这样，辛巴人的人口仍然在锐减。

辛巴部落也是纳米比亚最具特色的传统部落，辛巴人16世纪从安哥拉高原迁徙至纳米比亚，但如今，他们依旧停留在原始状态，生活在远离现代文明的偏远地方，聚集在一个个孤立的小村落里，维持着500年前的生活方式和习俗，其独特的原始人文景观，实在令人惊艳。

我们在走过奥普沃辛巴族村之前，在路边接上了一个叫吉米的年轻引路人。我们对能维持500年前的生活习俗有些好奇，或说是质疑，因为在进村前，我们在街上已经看到有红泥人在摆摊卖东西，这和我听说的红泥人还维持着非常传统的生活方式有出入。吉米一上到我们的车上，我们就问他，红泥人为什么走出了自己的家园？

吉米告诉我们，现在辛巴族红泥人走出去有很多原因，要挣钱买吃的，要看病，要上学。但是他们通常在外面待三个月左右就回到村里。因为外面的生活太贵了，而家里的传统生活则要轻松许多。

奥普沃在纳米比亚西北部与安哥拉交界的库内内河流域科可

辛巴族女人

兰德地区，如今的红泥人部落人口约5万人，生活在双边血统的部落结构下，半游牧及狩猎采集为生。除了雨水丰沛的雨季，过去男人长年外出放牧狩猎，女人留守。

红泥人几乎一辈子不洗澡，这对今天的人来说简直不可想象。国际在线记者刘畅从采访中找到了其中的一些奥秘。

辛巴人生活的地区属于半沙漠化气候，干旱少雨，爱美的辛巴族女人想出一个主意：在身上抹上一种特制的红泥。

这种红泥可不是普通的泥巴，它是一种混合了赭石粉、羊脂和香料的高级护肤品。男人们从山上将赭石采回来，女人们将石头碾成粉，混和从羊奶中提取的羊脂，加上当地特殊的香料，制成宝贵的红泥。

女人们将红泥涂在皮肤上，可使皮肤细腻光滑，阳光照耀下呈现釉彩的光泽，闻上去还有淡淡的酥油香。

辛巴族的女人将红泥涂满脸和全身，连头发都不放过。女人们的发型是有讲究的，小女孩的头发向前梳。少女的头发在脸边自然垂落。结婚后的妇女则要将一些头发束在头顶，并绑上发冠。

涂上红泥的女人除了结婚前夜，一般不轻易洗澡，她们如何清洁身体呢？

两名辛巴族女人神秘地将记者刘畅拉进了她们的屋子。和我们在这里看到的差不多，土制的屋子几乎空无一物，墙上挂着几块布，地上放着一张皮垫。女人坐在皮垫上，拿出一个草编的香炉，在里面放上香料和木柴，点燃后，香炉中很快冒出一股带着香味的白烟。

然后，她们将香炉放在两腿之间进行熏蒸，又将一大块布盖在香炉和腿上保温。她们说，这种方式不仅可以清洁身体，还可以增加体香，使她们更有魅力。

辛巴族姑娘的小辫

沙漠里昼夜温差极大，辛巴族女人又不穿衣服，红泥将皮肤上的毛孔封住，可以帮她们抵御寒冷，还能防止蚊虫叮咬，真是一举多得的宝贝。

辛巴族人也开始接受教育。我们去的这个家族40个人中大概有2个上学了。

我们在村里看到一位这个家族正在外面读书的女孩。她不仅穿了上衣，会讲英语，还问我：有笔吗？

这个女孩告诉我们想不想上学由她们自己选择。毕业后回来不回来也由自己决定。但回来的比例还是多于不回来的。而她，还是想去看看外面的世界。

不知为什么，在这里我并没有时光倒流的感觉。她们生活得很简单，她们的身体是原始的暴露。但这不也如生物是多样的，文化习俗也是多样的一样吗？

旅游会影响红泥人的生活，纳米比亚政府不干预他们的选择。同行者中也有人这样形容：他们以自己的传统生活习惯为傲，对现代文明的挑战无意改变，这已有500多年的历史了。

马达加斯加

——上帝在非洲遗落的珍珠

猴面包树是这个地球上古老而独特的树种之一

马达加斯加对我们中国人来说还是一个比较陌生的国家。同行的几位有生物学背景的人憧憬着在这个完全独立的岛上看到更多特有的植物和动物。

马达加斯加独特的历史，似乎可以解释它不同寻常的丰富物种——有20多万种动植物，包括狸猫（fossa）和35种狐猴在内，这些都是地球上其他地方所没有的。

2018年5月19日，我们到马达加斯加的第二天就直奔世界闻名的面包树那儿去了。真是名不虚传。操着各种语言的人在那里看到太阳从面包树中间慢慢地回归地平线时，脸上的满足感溢于言表。

太阳走向地平线

红云下的猴面包树

猴面包树原产于非洲热带。除了非洲，地中海、大西洋、印度洋诸岛和大洋洲北部也都可以看到猴面包树。猴面包树是这个地球上古老而独特的树种之一。尽管猴面包树并不是马达加斯加所独有的，但全世界只有马达加斯加岛还保留有成片的猴面包树林。

猴面包树大道

猴面包树树权千奇百怪，酷似树根，树形壮观，果实巨大如足球，甘甜汁多，是猴子、猩猩、大象等动物最喜欢的食物。当它的果实成熟时，猴子就成群结队而来，爬上树去摘果子吃，"猴面包树"的称呼由此而来。

据有关资料记载，18世纪法国著名的植物学家阿当松在非洲见到一些猴面包树，其中最老的一棵已活了5500年。由于当地民间传说猴面包树是"圣树"，因此受到人们的保护。

猴面包树的树干虽然都很粗，为了能够顺利度过旱季，木质却非常疏松，可谓外强中干、表硬里软。这种木质最利于储水，在雨季时，它就利用自己粗大的身躯和松软的木质代替根系，大量吸收并贮存水分。它的木质部像多孔的海绵，里面含有大量的水分。每当旱季来临，为了减少水分蒸发，它会迅速脱光身上所有的叶子。待到干旱季节慢慢享用。当它吸饱了水分，便会长出叶子，开出很大的白色花。据说，它能贮几千毫升甚至更多的水，简直可以称为荒原的贮水塔了。

在马达加斯加短短的两天里，我们有太多的惊奇，太多的没想到！其中包括我们和林子里的狐猴会面。

与狐猴会面

在林子里，最先闯入我们视线的是跳舞狐猴。它们来得有点儿突然。虽然算不上是跳着舞来的，却一直是在跳动中与我们接触着，好奇着。我们看它们，拍它们。它们除了看我们之外，还和我们玩起了捉迷藏。一会儿躲树叶里，一会儿躲枝干上逗我们玩。

在我们还紧追不舍地"长枪短炮""扫射"这一家子跳舞狐猴时，前面传来话了：快过来，这儿有一家子褐狐猴。

有了拍跳舞狐猴的经验，褐狐猴我们拍得就从容了些，清楚了些。

褐狐猴

自然保护区的工作人员告诉我们褐狐猴是众多狐猴中唯一喝水的狐猴，其他狐猴都光吃不喝。

褐狐猴的独到之处还有呢！它们是一夫多妻制，这在众狐猴中也是唯一。其他的狐猴都是从一而终。所以，在马达加斯加有狐猴的林子里就有褐狐猴。这一"优势"让它们成了我们最容易看到的狐猴。

马达加斯加岛因其独特的地理位置，让其几乎与外界隔绝，形成了自成一派的生态系统。独有的动物，狐猴就是这里的特有种类。

在与褐狐猴林中相遇后，刚刚看到的那家子跳舞狐猴又过来凑热闹了。这回不知是不是认识我们了，也没准知道我们是朋友不是敌人，它们跳得更欢了，离我们也更近了。狐猴脸上那丰

跳舞狐猴

富的表情，我的小视频中、照片中也捕捉、记录得更多了。

我们在森林里的时间太短，没能看到跳舞狐猴跳舞。在保护区里我们听说一位34岁的芬兰女摄影师为了一睹狐猴们的独特"舞姿"，专程到马达加斯加拍摄，等待了几个小时之后，终于成功捕捉到了一群马达加斯加跳舞狐猴走路的逗趣画面。在保护区的宣传栏里我们看到了那张照片。

在这组画面中，一群狐猴吃完浆果后从果树上跳下来，准备穿越一条小土路后爬到不远处的另外几棵果树上。这群狐猴一跳到地面上，就开始了它们独特的舞蹈动作：或跳跃，或旋转，或伸展，模样滑稽。一路上，狐猴们一秒都没有停下来，其中一些甚至还表演了高难度的杂耍动作。

在保护区里，我们听芬兰摄影师说，狐猴们因为习惯了在树上的生活，所以走路时才会呈现这样滑稽的舞蹈姿势，她表

示，此前只在纪录片中看到过这样的情景，亲眼看见还是让她觉得非常滑稽好笑。

我们没有那么长的时间去等。离开这片林子时我落在最后。突然发现这四口之家在跳来跳去地欢呼雀跃，似乎在奔走相告：人走了！人走了！这又是我们的天下啦！

跳舞狐猴的狂欢我没能记录下来，它们跳得太快了！不过，它们那兴奋的场面，印在了我的脑海中，将伴随着我日后继续关爱自然的岁岁年年。

热带雨林必须具备的条件是什么

2018年5月23日，我们要去的是马达加斯加的哈努玛法纳自然保护区。这里2007年入选世界自然遗产，是马达加斯加三大重要热带雨林之一。

路上，导游阿里和我们说的是，今天我们能看到5种狐猴，但是要爬大山，穿密林。

同行的曾经也是媒体人的李红梅进到林子后在朋友圈里则写了这样一段话："清晨的热带雨林雾气缭绕，空气清新，穿行在真正的热带雨林可不是一件容易事。在没有路的密林中爬上爬下，对一群五六十岁的人来说真够挑

走进自然保护区

战体力的。但一群热爱大自然的人兴趣盎然，一点儿不觉得累。"

功夫不负有心人，首先闯入我们视线的是竹狐猴。长毛狐猴我们看到时是一家子抱在一起的。褐狐猴，因为是所有狐猴中唯一一种一夫多妻的狐猴，所以在每一片森林里都能看到它们。竹狐猴以吃竹叶为生，长毛狐猴距离太远，拍出来的不是一个球就是很分散。但能亲眼看见，已经很难得了。

有狐猴的热带雨林里的蕨类植物

红梅说的这三种猴子，我们今天看得都很清楚。只是树叶太密，逆光，我们拍得没有看时的那么真切。

本来我拍短视频，还小心翼翼地轻声说，可是后来发现，这些狐猴并不

竹狐猴

避我们。而是在我的头顶上跳来跳去，爬来爬去，跑来跑去，玩得开心极了。

四只长毛狐猴成一团

四口之家的长毛狐猴，开始我们看到的就是一团。后来它们动了，有人叫开了：是两只，是两只，两个头，四只眼睛呢！它们又动了。这回我们发现，好家伙，不是两只，也不是三只，是爸爸妈妈和两个孩子，四只抱成一团呢。

世界上的热带雨林大多分布在南北纬10度之间的赤道地区，常年受到赤道低压影响，世界著名的亚马孙雨林、刚果雨林和天堂雨林都分布在这一区域范围内。而马达加斯加的雨林则分布在东南信风带上，受到马达加斯加高地的影响，来自印度洋的东南信风受到高大山地的阻挡，在马达加斯加高地东坡形成一个多雨中心。

热带雨林是地球上抵抗力稳定性最高的生物群落。复生，多层，常年气候炎热，雨量充沛，季节差异极不明显，生物群落演替速度极快，是世界上大于一半的动植物物种的栖息地。这就是热带雨林的必备条件。

我对热带雨林的非专业解释是：随时都有惊喜。一会儿树蕨，一会儿巨大的芭蕉叶，一会儿树与树相互绞杀，一会儿又亲密地攀缘。空中花园，是树上长出一"盆"争相斗艳的花儿。在热带雨林见到树上的花园也是有可能的。惊喜和丰富，这就是非专业人士走进热带雨林的深切感受。

自从在6000万年前与大陆分离后，马达加斯加岛上的动植物一直在封闭的环境中自我演化。除了澳大利亚，马达加斯加拥有的独特动物物种比地球上其他任何地方都多。

惊喜与丰富

在马达加斯加，近98％的陆地哺乳动物、92％的爬行动物和80％的植物都为该岛独有；世界上主要的34个生物多样性热点地区就包括马达加斯加。而马达加斯加2/3的物种分布在东部的马岛雨林中。阿钦安阿纳雨林是马达加斯加东部雨林的统称，由分布在马达加斯加东部的6个国家公园构成。

我们在奇妙的伊沙鲁之窗

马达加斯加岛上123种非飞行性哺乳动物（包括至少25种狐猴）中，有78种出现在本区内，包括72种世界自然保护联盟濒危物种红色名录中收录的物种。

人与狐猴的小战

来不及剥皮香蕉就被拿走了

阿里

2018年5月25日，狐猴给了我们太多的惊喜。它们爬到我们身上、头上，甚至两只两只地站在人的肩膀上逗你玩。

让我大呼小叫的是，我手里拿着一根带皮的香蕉，本想剥了皮给跳到我肩膀上的一只褐狐猴吃，可还没剥皮呢，这"小子"硬是从我手里把香蕉抢走了，小手凉凉的和我捏在一起时的感觉，我想我会记着一辈子的。要是有短视频，一定能看到人与狐猴的小战。

不过我们离开时，阿里告诉我们小心，快走吧，当地保护人员要开会了，他们认为我们喂得太多了。狐猴吃饱了，别的游人来了该躲在林子里不出来了。

其实想一想，这样喂狐猴对自然界生存的它们是不是也不好呢？

今天在昂达西贝自然保护

区，我们看到了金臂狐猴、褐狐猴、熊猫狐猴、环尾狐猴等四种狐猴。

金臂狐猴

通过阿里的翻译我们知道，这是法国人管理的一个私人保护区。这里的狐猴每年都会生育。但保护区每种狐猴只留有一个家族四只左右。其他出生的小狐猴就会被放归自然。

在世界濒危动物名单上，排在第一位的，就是马达加斯加狐猴。

目前只有在马达加斯加人迹罕至的山野丛林中还能找到它的踪影，马达加斯加岛成为地球上几乎所有现存狐猴最后的避难所。

马达加斯加狐猴是一种古老的灵长类动物，早在恐龙时代后期就生活在世界上了。在生物进化史上，它是食虫目和猿亚目之间的一个环节。因此，若要追根溯源的话，这种地道的史前时期的活化石也许还是人类的祖先，至少是人类的近亲。

大约在4000万年以前，狐

环尾狐猴

猴在地壳和地球的气候变化中，借助植物自然形成的筏子漂洋过海，从非洲大陆来到了从山顶到四周海岸全为森林所覆盖的马达加斯加岛。

是茂密的森林为狐猴创造了有利于生存的环境，是多样性的海洋气候为狐猴提供了传宗接代的条件，狐猴在这里定居下来了，并得以进化和分化变异，目前已有大约30个种和40个亚种。而在世界其他地方，狐猴几乎都没有留存下来。

狐猴是最原始的猴子。它们的身体形状、手脚构造虽然像猴子，但是它们的嘴脸，却是又像狐狸又像狗。它们生着一条美丽的长尾巴。它们喜欢晒太阳，晒的时候背脊弓起，很像一只松鼠，伸手伸脚，享受太阳的温暖。

它们很怕冷，常常几只聚在一起尾巴绕着自己也围着同伴，简直分不清那条尾巴属于哪一只的。我们前天看到的一家子四只狐猴不就是抱成团，分不清谁是爹妈谁是儿女吗？原来它们会怕冷，还以为它们亲不够呢。

狐猴性情温和，喜洁净，每天都用爪子梳妆理毛。对环尾狐猴来讲，生来是雄性的，就注定了它一生都是"二等公民"。在环尾狐猴的社会里，"妇孺至上"是不可违犯的法律。

狐猴生活的环境

今天，我们

环尾狐猴上船了

熊猫狐猴

"小样"

是坐着小船穿行于密林、湖水，见到环尾狐猴那一家子的。途中还有两只褐狐猴站起来向我们打招呼，它们可能已经习惯了游客的到来，我们刚停了船，环尾狐猴就来抢占"领地"，而这些"领地"有的是我的头，有的是我的肩膀，有的就与我们面对面呢，真是可爱极了。

环尾狐猴吻长，两眼侧向似狐，因尾具环节斑纹而得名。多5～20只成群栖于多石少树的干燥地区，各有自己的领域。善跳跃攀爬，是地栖性较强的狐猴。主食昆虫、水果。

环尾狐猴3岁性成熟，孕期约四个半月，多为双崽。繁殖期在哺乳动物中最短，每年仅两周，一只雌猴接受雄猴的时间不足一天。寿命约18年。

环尾狐猴的后肢比前肢长，因此攀爬、奔跑和跳跃能力都非常强，可以在树枝间一跃9米，它的掌心和脚底长着长毛，可

老鼠狐猴（阿里 摄）

金蛙

以增加起跳和落地时的摩擦力从而不会滑倒，它甚至能够像人一样直立行走，长尾巴起到的平衡作用是不可忽视的。但是由于前肢短软无力，所以环尾狐猴下树的时候头上脚下倒退着地。

5月25日，我们丰富且精彩的一天持续到天黑。

在昂达西贝晚上的森林边上，我们还看到也拍得挺清楚的狐猴没有中文名字，英文名字叫Avahilemurs。算上我们中有人看到了的鼠狐猴，所以我们看到了10种狐猴。

今天在蝴蝶谷见到的是刻冕狐猴，有两只好像是知道我们来了，特意从别的地方跳着赶来的。

它们不像褐狐猴、熊猫狐猴、环尾狐猴那样两只两只地往人头上、肩上一站就要吃的。刻冕狐猴是跳到低处伸着小手从你手上拿了吃的就跑回树上自己闷头吃。这样一来，我拍到的它们，成了最欢又与我们很近的狐猴。它们的眼睛是灰黑两色，像波斯猫。

我们这次看到的10种狐猴，每一种都那么与众不同，每一种都有着自己独特的与人打交道的方式。

狐猴属于灵长目动物，是生活在非洲的马达加斯加岛和附近小岛的一种特产动物，而且是拥有回声定位能力的哺乳动物。

非洲的马达加斯加是狐猴最后的避难所，除了这座岛屿，这种长有一双美丽大眼睛的灵长类动物已经在地球上的其他地方消失了。狐猴科（Lemuridae）共8属26种。这是最原始的灵长类。头颅和鼻骨延长，形似狐。食性多样，昼行性或夜行性，都是灵敏的攀爬者。

狐猴目前无亚种，性情温和。有化石记录中的第一个像狐猴的灵长类动物，出现在大约60万年前的非洲大陆。17万～23万年前，该岛载着这些猴子继续向东漂移，马达加斯加从此将它们与大陆的灵长类动物隔离。可惜的是，这些高智能，且具有狐猴血统的灵长类动物，正在物竞天择的法则下，在世界的其他地方走向灭亡。

刻冕狐猴眼睛是灰黑两色，像波斯猫

通过DNA和化石分析，科学家将狐猴DNA变异的累积情况与它们在大陆的最近的亲戚如懒猴和丛猴对比，认为这些动物最近的共同祖先生活在6000万至6500万年前。但化石证据却显示狐猴是约2000万年前才进化出来的。

大人孩子都喜欢的周末生活

见到狐猴之前，觉得它们不就是猴子吗？见到它们以后，觉得它们真不同于我们常见的猴子。

2018年5月26日，我们从马达加斯加蝴蝶谷出来快到首都塔那那利佛时，阿里让车停下来。他让我们感受一下马达加斯加的人是怎么过周末，怎么洗衣服的。

其实，我们到马达加斯加的第一天就看到人们在河边洗衣服，把衣服晾在河堤上。我发了照片后，不止一个朋友问这样晾衣服不脏吗？

阿里很肯定地说，不脏，还有太阳晒。

塔那那利佛80%的人没有自来水用，靠买水生活。买水做饭、洗澡，再洗衣服就有点贵。所以家家都把脏衣服攒一个星期，周末带着吃的，一家子大人孩子到郊区的河边，大人洗衣，孩子洗澡。洗完了就在河边晒干，再带回家。所以，洗衣服成了周末一次快乐的郊游。这可不可以说穷有穷乐和呀？

第三章

欧洲的河

石头、阳光、海水

——希腊人没有那么强的挣钱欲望

石头、阳光、海水，是希腊人的三大财富。石头，指的是那些古迹、神庙，是老祖宗留给后人的财富；阳光、海水则是大自然的赐予。

走在希腊首都雅典的街上，古迹不只有阿波罗神庙、雅典娜神庙、奥运会遗址，很多公寓上写着建造的年代。一二百年

黄与蓝

古朴、精致的建筑随处可见。

希腊吸引游人的除古迹之外，还有就是那些星罗棋布的小岛。蔚蓝色天空下碧绿的海水、盛开的鲜花、高大的树木，让人们享受着都市生活以外的宁静与安逸。在希腊的中国朋友说，希腊没有环境问题。这里的水没有污染，这里的空气非常新鲜。大自然一直维持着原有的风貌。希腊人没有那么强的挣钱欲望。

灿烂的阳光和蔚蓝的大海是夏日必备，希腊是欧洲人的度假天堂，因为这里是欧洲最近的海岛游目的地。历史和美丽的海滩都是人们选择休闲与花钱在希腊的绝佳理由。让我们来盘点一下希腊的海岛。

克里特岛是所有希腊岛屿中最大的岛屿，是古代米诺斯文明从公元前2700年到公元前1400年兴盛的地方。克里特岛是地中海气候，温和湿润，风景秀丽。岛上鲜花盛开，绿树常青，种植着橄榄树、葡萄和柑橘等各种水果，被称为"海上花园"。著名的埃拉福尼西（Elafonissi）粉色沙滩位于克里特岛西部，被评为欧洲"最好的海滩"第二名。由于先天良好的自然条件，这里也是冲浪浮潜爱好者的天堂。

魅力科孚岛是个充满历史沉淀的岛屿，曾几何时，这个岛屿由意大利威尼斯王国统治，威尼斯人的影响力仍然体现在科孚岛旧城区的建筑中。而多元的文化和自然风光也是这里让人蜂拥而至的理由。在这里你可以参观斯皮亚纳达（Spianada）广场，看一场板球比赛或露天音乐会。参观亚洲艺术博物馆并探索奥地利贵族茜茜公主和亚洲的不解之缘。又或者漫步Kantounia街道（一种传统的狭窄街道），这里的街道虽然狭

阳光照在大山上

窄，但是两边有许多特色商品在贩卖，能享受一个悠闲的夜晚。当然还可以选择徒步，从全能者山（Mount Pantokrator）徒步到老佩里西亚（Old Perithia）村是一条非常美的路线。

罗德岛是坐落在爱琴海上的一个小岛，被称作欧洲阳光最充沛的地方。与其他岛屿不同，罗德岛因为拜占庭文明而充满了古城和骑士文化。岛上一年四季阳光充沛，因而海水在阳光折射下呈现三种不同的蓝色。

从深蓝到牛奶蓝，美得令人魂牵梦萦。罗德岛与土耳其隔海相望，当你穿过高大巍峨的城门，仿佛一步踏入了中世纪的骑士时代。斑驳的城墙上摇曳的花，中世纪的骑士大街，脚下打磨光滑的石子路都见证了这座古城的时代更迭和历史变迁。

当白吻上了蓝就形成了圣托里尼。一部历史，两座名镇，三个小岛，无数美轮美奂的海滩，这就是圣托里尼。

圣托里尼也叫锡拉，是一个非常小的火山形成的岛屿，一面平原一面悬崖，悬崖上嵌满洞穴屋。圣托里尼岛由3个小岛组成，其中1个岛是沉睡的火山岛。公元前1500年爆发后，原来圆形的岛屿呈现了现在的月牙状。

米克诺斯岛是希腊号称的世界上最美的岛屿群。而位于雅典东南95千米处的米克诺斯岛以其独特的梦幻气质在爱琴海的岛屿中首屈一指。五光十色的岛屿风光美不胜收，犹如爱琴海上一颗璀璨明亮的珍珠。岛上最具特色的是其独特风格的建筑房屋，洁白如羽毛的白墙和五彩鲜艳的门窗、阳台，形成十分鲜明的对比，别具一番风味。

关于扎金索斯的沉船湾，谁能想到一艘古老的沉船在这里栖居了百年，并将历史的味道融入这片独具一格的海滩。拉加纳斯海滩位于扎金索斯岛南岸，可以在当地报团跟着船长出海去看海龟。这里几乎看不到成群结队的游客。你可以在海滩上骑马，也可以租一伞两椅，在这儿看着海，悠闲地发呆一下午。

当你来到扎金索斯岛，不该错过去看看美丽的凯法利尼亚岛的机会。沿着海滨公路，可以欣赏到扎金索斯美丽的海岸线。在荷马史诗《奥德赛》中，奥德修斯的故乡就是这宫里，荷马人因此称其为"凯法利尼亚人的国王"。凯法利尼亚也是电影《战地情人》的拍摄地，这个发生在二战的硝烟战火中感人至深的爱情故事吸引了许多慕名而来的游客。

帕罗斯岛，这是一个以休闲开放而著称的岛屿，在爱琴海的众多岛屿中，帕罗斯岛的海滩似乎更加适合游泳。岛上有洁白晶莹的大理石，品位很高。大家所熟悉的"米罗的维纳斯"雕像就是用这里的大理石做成（现收藏于巴黎卢浮宫）。伯罗奔尼撒半岛位于希腊南部，岛上不仅有丰富的历史典故和古迹，如最早的奥林匹克体育馆、迈锡尼的阿伽门农王城堡等，还有细腻优质的海滩、碧绿的海湾，以及原始质朴的马伊纳山区。

海"图"

有人这样形容希腊人，一杯咖啡能喝一天。这话里透着希腊人日子过得悠闲，甚至有些懒散之意。希腊人之所以能一杯咖啡喝一天，当然离不开这些财富：石头、阳光、海水。

是这些财富让他们有可能享受悠闲。而这些能让日子过得优哉游哉的资

诱人的爱琴海边

本，希腊人知道，守住老祖宗给的，留住大自然的赐予，别让它们被毁坏了是前提。所以在那里很少见到轰轰烈烈的建设工地。古迹旁却一直立着架子在精心地维护。拍照片很难拍到没有铁架子的时候，当地人对这些古迹的维护是不间断的。

在雅典最著名的卫城里有一座古老得只剩下一排排大理石的古剧场。然而就是这个旧剧场每年却接待着世界级的艺术家前

古剧场台中心的歌声最后一排也能听见

"顶住"

去献艺。著名的"High C"之王帕瓦罗蒂也是在他生命的最后几年才有幸实现了自己人生的追求，在那里演出了一次。

2004年希腊奥运会之前，希腊每年要接待的境外游客为1300万人次，而希腊全国的人口只有1000万。2004年奥运会之后，每年到希腊的游客就更多了。

走在希腊的街上还会看到一种很有意思的情景，就是狗也会看着红绿灯过马路。开始我以为它们是看人过马路才过。可后来发现，即使没有人，马路上要是红灯，狗也老老实实地在那儿等灯变绿了才过。

　　走在希腊的街上，感受着希腊人的生活，我不禁在想：中国和希腊一样都是文明古国，有文化、有历史、有传统。游人在我们这里可以看紫禁城、长城、寺庙、大江、大河、大山。世界上生物多样性最丰富的前五个国家中，就有我们中国。我们也有很多原汁原味的东西可以向世界展示。

　　朋友田松曾写过一篇文章《要多少年薪能够过上每天唱歌跳舞的生活？》，文章中说：在一些人看来，活了一辈子没有见过火车，没有见过电脑，没有看过电视，岂不是白活了？大城市觉得小城市的幸福是肤浅的，小城市觉得乡村的幸福是不牢靠的。那么，猴子岂不是完全在水深火热之中，那样的生活还能过吗？然而，猴子、鸟儿和鱼儿并没有觉得自己活得没劲，一头撞死了事，反倒是人在向往海阔凭鱼跃、天高任鸟飞的自在。

爱琴海

新老相依相存

曾经的监狱，现在的旅馆，想住排队也要等几年了

在我们的一次环境记者沙龙上，欧盟一个负责宣传教育的项目官员向中国的记者们描绘着他印象中的中国特色：一方面是民族意识强，尊重平等与平衡，宗教中有对自然的敬畏，有神山圣湖之称；另一方面，全民都有极强的挣钱意识，有些人什么东西都吃，造成浪费。

什么是幸福的生活？怒江土生土长的当地人天天唱歌、跳舞、喝酒。我问过他们会唱多少首歌，他们说树上的叶子有多少，就会唱多少；我问过他们会跳多少支舞，他们说江边的沙子有多少，就会跳多少。

1998年，希腊人向英国政府提出要求归还当年他们从希腊掠走的文物古迹。英国人用一句话就把希腊人驳回来：你要我可以给你，但是你们国家有技术、有博物馆来保护吗？后来为了争这口气，希腊人花巨资在卫城脚下建了一个博物馆，为的是把老祖宗的东西要回来。

佛爷光

希腊人没有我们那么强的挣钱意识，在我们有些人看来，或许是他们不够勤劳。他们也没有征服自然、改造自然的勇气。而在他们看来，守住前辈留下的，享受就够了。关键是要让这些遗产更长久地留下去，再留给他们的子孙后代。知足并感恩大自然的赐予，在乎并珍惜这些财富，能不能说就是这样的生活态度，才让他们今天过着一杯咖啡喝一天的生活。

希腊人对江河的认识是：水不仅属于人类，也属于河流。天空中只有一个太阳。万物生长靠太阳，在一个太阳的照耀下，地球上的各种物质用了46亿年的时间才演化成今天这个样子。我们这代人应该尊重历史，也应该尊重自然。每一代人都有责任将此传承下去。

走进瑞士峡谷中的水电站

——我们需要能源，我们需要电

伯尔尼（Berne）是瑞士的首都，伯尔尼州首府，位于瑞士高原中央山地，莱茵河支流阿勒河在这里流成一个回环。联邦政府与议会设在此处，各国大使馆及一些国际机构聚集于此。

伯尔尼旧城就建在河曲半岛上，现已扩大到河的两岸，有7座桥梁把西岸旧城区与东岸新城区连接起来。伯尔尼现有人口15万。气候温和湿润，冬暖夏凉。

伯尔尼

我从意大利的米兰到这里的第一天，阴天中的伯尔尼看不到城外的雪山。

在"和平妇女"工作的朋友马恩在给我介绍伯尔尼时，常常把城市四周的山称为故乡的山。这种以对山的爱，表达对家乡的感情，让人想到的是她对家乡的爱。每当听到她讲一次故乡的山时，我就会想，现在我们中国，有多少人还能对自己的家乡有这样深厚的感情呢？另外，有多少人还能这样夸赞家乡的

马恩故乡的山

马恩故乡大山中的树

山呢？其实这里只是马恩的第二故乡，她是德国人。

在马恩身上我突然发现，爱自己家乡的人，需要一种境界。

在瑞士的第二天，马恩接到电话，今天山上没有雪，可以

格里姆斯水电站已经使用了57年

进山，明天可能天会继续变，到了周末，就要封山了。抓住最后的机会，马恩开着车带着我们进山了。知道我对水电站很关注，马恩首先要带我们去看的就是在伯尔尼已经用了近60年的一座大坝。

我们订的是1点参加为伯尔尼、苏黎世、巴塞尔三座大城市供电的格里姆斯（Grimse）电站游。这座建在阿尔卑斯山脉的大坝，对生态有什么影响是今天我来这里最想知道的。

格里姆斯电站建于1950年，建成于1953年，至今已经使用了57年。退休的威茨是我们的导游。我一见到他就开门见山：电站对生态会有破坏。他的回答是，我们需要能源，我们需要电。

我问："这里修了电站后，有大的地震和泥石流吗？"他回答："50多年来，这里没有超过二级的地震，这里的石头都很硬也没有什么大的泥石流。"

"修了大坝后，会不会影响到水里的水生生物？"他回答："这里不是河流生态系统，所以至今还没有看到对河流生态的影响。"

水温的变化，对这里的鱼没有影响吗？他回答："这里没有鱼。旁边的湖里有，但大坝并没有影响到旁边的湖水。"

给我们讲解的威茨是退休来这儿的志愿者。他的话让我们听到了他的敬业精神，也让我们了解了一些在阿尔卑斯山建坝的知识。当然，要想更多更好地了解这个水坝，找地质、生态专家再问问，也是我回去后一定会做的事。

让我没有想到的是，在威茨带我们参观大坝深层地下旁的地质结构时，他打开了灯，我们看到的竟然是这样的矿藏。

我问威茨："你们发现这些矿藏后，不开采吗？"他使劲摇了摇头，并告诉我们，保护这些水晶矿是以法律决定的，绝对不会开采。虽然这些水晶矿很值钱。

后来我在阿尔卑斯雪山下的一个小商店里买了几小块5欧

水晶矿

山间小屋

元、10欧元一块的当地其他地方采出的小水晶，准备回去给我认识的地质学家杨勇和范晓，让他们研究一下阿尔卑斯山的水晶。

欧洲著名的阿尔卑斯山最美的一段就在瑞士，奇石累累的少女峰、埃加峰和罗莎峰，常年白雪皑皑。山中，还有那蜿蜒行进在葱茏之中的电车，或过山涧桥，或穿越长长的隧道。一间间小农舍，忽而隐露在山腰，忽而显现在山麓，与缭绕的白云，构成一幅幅美不胜收的画面。英国大诗人拜伦曾到过这里。后来，他写作了感人肺腑的长诗《西庸城堡的囚人》，西庸城堡也因此闻名。

瑞士政府不允许机动船在湖里，破坏湖上的静谧。在湖边的北山坡上，三三两两的牛儿在草地上吃草，那颜色鲜艳的颈铃发出的清脆声令人心醉。和山中的松涛声一起如同演奏着大自然的交响曲。

家在山坡上

瑞士人崇尚大自然，爱护大自然，多少岁月过去了，瑞士的山水依然这般的美。瑞士人也十分珍爱传统，精心地维护着城市固有的风貌。首都伯尔尼至今不建机场，不允许飞机起降破坏那古朴祥和的气氛，伯尔尼的城里依旧是石板路。

　　山上小镇，旅馆、餐馆、咖啡厅鳞次栉比，游人进进出出，小街的静谧中透着生机。马恩带我们到了她最喜欢的旅馆，我们在温暖的老式旅馆里喝了咖啡，吃了旅馆里自己做的点心后，发现外面的柜台上有很多章。正好邮递员来了。我买了一张明信片，请邮递员帮我盖个当地章，这是我的习惯，走到哪里，如果可能的话，一定要找当地邮局盖个当地的邮戳。

　　我要付那张印有阿尔卑斯雪山风情的明信片的钱时，这位人高马大的邮递员说：不用了，送给你了。

　　山里人的豪爽，山里人的友情，让我好一会儿没有回过神来。其实这样的时候，在中国大山里采访时，我也是碰到过的。一次在甘肃，为了盖章，我一直等着邮递员送信回来，回来后，他不好意思让我等了，邀请我们和他一起吃饭。那次我们也是要给他信封钱，他硬是不要。山里人，看来有一样性格的还不少呢。他们受到的教育，来自大自然。

　　我看有人曾对这里的风情有这样的描绘：山间，你可看到山民闲情逸致地吹

马恩最喜欢的旅馆

着那足有3米长的山笛，笛子的一头弯曲向上，如一只巨型烟斗，笛声低沉、哀怨，在山间、湖上悠悠飘荡，动人心弦。登山峰的，穿好登山服，背上小包，手持木杖，情绪饱满地动身了。雪地上，孩子们在尽情地玩耍，小狗在欢快地跑来跑去。

遗憾没有拍下邮递员的照片，拍下了我和马恩

我没有看到这样的情景，但在远眺阿尔卑斯山的风韵时，也在感受着当地浓浓的盛情。卓别林到耄耋之年就喜欢生活在这样的景致中，他在自传中有一段话："夕阳时分，我常独自坐在阳台上遥望远方，我什么也不想，只一心享受这宁静。"

风云雪山

福尔摩斯最后一个故事的发生地

今天，当我也陶醉在这湖光山色时，好像回到遥远的过去，内心得到莫大的满足。在一个小镇，马恩告诉我们，这是福尔摩斯最后一个故事的发生地。可惜我们到得有点晚了，没有进到博物馆里参观，只是在外面拍了福尔摩斯的雕塑像。这个全世界都知道的人物，给这个小镇都带去了什么我不知道，但想买一件和福尔摩斯有关的纪念品，就是没有找到，说是只有博物馆里有。这里的人是不爱做这样的旅游生意，还是不想把这个故事中的人商品化呢。倒是马恩说，小镇里有一个剧场，到这儿的人都可以扮上故事中的角色，感受柯南·道尔当年写作时的神秘与快乐。这也是一种人与自然吗？

十几年前，我曾在中央人民广播电台做过一个与瑞士国家电台交换的节目。记得那次采访后，留下最深的印象就是瑞士人的节俭。节目播出后甚至不少人认为，那么富裕的国家怎么会那么抠门。

记得当时还听说了这样一个故事，浪漫的法国人曾嘲笑瑞士人不够大方，事事过于精打细算。有这样一个传说：一位瑞

士老农在山上耕田无牛，
住的草舍透风，整天唉声
叹气，后来，上帝一一满
足了他的要求。有一次，
上帝来看他，他端出一杯
由上帝给他的奶牛挤出的
奶，笑着说："我的牛奶
甜美无比，您来了，一杯
只收两法郎！"这故事可
能过于刻薄，不过，处事
精细准确，丁是丁，卯是
卯，的确是瑞士人性格中
的一个特点。

牛奶河

　　我们是在静静的湖水
慢慢隐在雪山中时结束当
天旅行的。马恩说她更喜
欢晚上的湖水。我倒觉
得，今天因为太阳出来得
晚了些，我们没有拍到湖
水在阳光下的蓝色，有些遗憾。

当地有故事的小姑娘

　　在车上我们继续讨论着。其实，瑞士人也是慷慨的，他们
的日内瓦已成为一座国际机构盛会的都市。以救死扶伤为宗旨
的红十字会源于瑞士，其创始人亨利·迪南是瑞士人，红十字
会国际委员会总部就设在日内瓦。日内瓦还曾是宗教改革和各
种启蒙运动的发祥地，倡导宗教改革的加尔文、法国哲学家卢

梭和大文豪伏尔泰等，都在这里生活和工作过，列宁也多次旅居此地。国际联盟曾设在日内瓦，新联合国欧洲大厦也建在日内瓦，万国宫至今仍是举行各种重要国际会议的场所。目前，已有200多个国际组织的总部设在日内瓦。日内瓦是瑞士人宽厚、善良的见证。

瑞士著名雕塑家丹尼尔·伯塞特1997年代表国际残联为纪念《地雷议定书》正式生效而创作了一把巨大的椅子。在解释创作意图时，丹尼尔说："椅子是人类普通日常用品，但也是人类文明的成果。"

凡到过万国宫的人，都会仰视这把约有两层楼高的断椅。除了欣赏艺术家的独具匠心外，更多的是望着那被地雷炸断的腿，沉浸在深深的思绪中。现在断腿长椅已经成为和日内瓦喷泉齐名的标志性建筑。

椅子仿佛在向路人述说断腿的不幸

日内瓦喷泉

瑞士普通人家的生态住宅

——三家合建生态住宅

秋天在瑞士真是一种享受。瑞士号称世界上最美的国家之一，阿尔卑斯山最美的一段，2010年秋天我在那儿的一个星期，真可以说是大饱眼福。

阿尔卑斯山脚下的人家

瑞士给我留下最深印象的不是那里的风景，而是那里的人与自然相依相随的生活和人与人之间的情感。那里的生态住宅、那里特殊的培训中

办公区

生态住宅外观

心，那里的艺术博物馆、那里的阿尔卑斯山博物馆、那里的污水处理厂和那里朋友家的生日晚餐都使我印象深刻。在那里，我还第一次知道了，马是可以用来抚慰人的心灵，治疗人的不安与焦虑的。

很多年前我认识的一位人大社会学的教授就提出几个朋友一起搞一个住宅合作社。他认为一是这样可以少让开发商把钱赚走；二是，一亩地，半亩园，好朋友们住在一起，能聊，也还能有个照应。可是，说了快十年了，也没能实现。而这次我在瑞士住的马恩家，就是一座三个朋友合伙盖的生态住宅。

我开玩笑地和马恩说，你真厉害，马克思、恩格斯让你一人全占了。她说我的这种解释她第一次听说，并说，看来中国人比我们对这两个伟人更敏感。

马恩他们三家人的认识是他们各自的孩子在一个幼儿园。接送孩子，孩子们在一起玩时，大人们找到了共同之处。彼得是生态建筑师，这些年建了不少生态住宅，可自己还没有住在生态建筑中；马恩是环保主义者，我在她家住的时候，晚上电脑在充电没有关，她非常认真地和我说，电源的插销板不关上，也是很费电的。她早就希望住在一个能节约能源的房子里。他们的另一位朋友则是很希望好朋友住在一起，谁家有个事，孩子呀，狗呀，都能有个照应。

生态住宅的厨房

屋顶上的太阳能板

就这样一撮合，彼得用他的专业盯着施工队把这个生态住宅建了起来。我们来的第一天就知道，这个三层楼，一家一层，比通常的住房节约75%的能源。楼下的洗衣房也是三家共用的。共用的还有大冰箱和车库。这些都在一定程度上节约了资源与能源。一家一个洗衣机和三家合用一台，光买的钱也省了呀。更何况大冰箱三个与一个在用电上的节约更是显而易见。

在这所生态住宅中，洗澡自然是用太阳能。除了一个星期以上没有阳光的时候要补充用些电以外，太阳就是常年洗澡的

离家不远的林间

能源。

　　墙壁比一般的厚一点，这样接受阳光多一点，因为伯尔尼一般的住宅每年要有6个月的取暖期。而这栋3家住了11个人的小楼，只是在最冷的3个月里，烧相当于两棵小树的木头就能度过瑞士寒冷的冬季了。瑞士现在很多取暖是通过烧森林里砍伐的灌木和老树完成的。

　　让我更喜欢的是这三家朋友住在一起分工合作。冬天烧火每家出一个人负责劈木头，一年四季院外的草坪谁有时间，谁就专管剪修。而每月一次的周末早餐，三家人坐在一起享受着各自的拿手好菜也讨论着当前的社会问题。

　　马恩告诉我，瑞士的民主程度很高，所有决策都是要经过全民讨论通过才能制定和颁布的。所以，无论是交通还是税收，都是大家自己制定的，自己当然要遵守。马恩说，如果政策只让一些人受益，又要让大家遵守，这就是不合理。

　　讨论政治，聊家长里短，每月一次，关心的不仅是国家大事，也沟通着住在一起的亲情。马恩的先生工作常常是在各国间奔波，今年她的女儿又有好几个月在澳大利亚学习。但在这栋楼里，她一点也没觉得孤独与不便。因为这3家11口人住得像是一个大家庭。

　　马恩家后面有一个特殊的培训中心。朋友是什么，就是很多事你不用说，相互

在大自然中

就能知道对方想什么，喜欢什么。10月20日，马恩带我去了那里，我一下子就非常感兴趣。

马恩告诉我，那里除培训一些失业的人员以外，也给一些有心理疾患的人、智障者以特殊的治疗。这种治疗有的是干活儿，比如做一些手工艺品。照片上的这些手工艺品就是专业人员手把手地教着做出来的。

那里不让拍这些人的工作状态，应该是一种保护吧，不过，我看到一些像是精神有问题的人做的手工活还是很不错的。想买一样，算是我对那里的一点小小的道义上的支持。看了看价钱，一块彩色毛巾都要20瑞士法郎，差不多相当于200元人民币。

就在我还在选择便宜的、好看的手工艺品时，马恩已经买了一个毛线做的钥匙链送给我。她和我的想法一样，为那里做些贡献。看我觉得贵，她就买了送我。

智障者做的手工艺品

用来治疗与陪伴人的马

在这个特殊教育中心，马是用来治疗与陪伴人的。马恩告诉我，马很懂人意。你和它说话时，它会把耳朵伸过来，我们试了一下，真是这样，马的耳朵真的就转过来了。

马恩告诉我，一些患心理疾病的人，

马恩和她养的马

就可以从马的身上找到依靠。我们正说着，就有一匹马上坐着一位女士走了过来，为了尊重这里的习惯，我是在马带着这位女士已经走得只能看到背影了才拍照。

马恩家从她小时起就开始养马,现在她虽然住在瑞士首都伯尔尼,但仍请农民帮她养着两匹马。她认为马和人交流起来更亲近。因为她家也有一只狗,她有比较。我问马恩,你心情不好的时候,也会和马说话吗?她马上说,那怎么可以,你会把你的不快也传染给马。我的快乐是一定要和我的马分享的。不知这样的境界靠什么得来,靠什么修炼。

瑞士首都伯尔尼艺术博物馆建在高速路旁。建筑师说:这就是生活。只看到美丽的一面,生活是单调的。看到丑,也看到美的人,生活不仅丰富而且有意义。艺术家的这段话,我真的很希望与朋友们一起分享。

因为时间的问题我没有进到这个艺术博物馆里,但在外面的大厅里却看到了一间房间里的这样一幕。

孩子们在艺术博物馆里学画画。围上小围裙,在老师的指导下,开始他们的艺术创作。从小在这样的艺术氛围中成长,

孩子们在艺术博物馆里学画画

这对孩子们来说是玩，也是学习，更是修养。今天瑞士的教育体系里，大多数人接受的是职业教育，学历在他们那儿不重要，而专业化却是十分重要的。即使你是农民的子弟，你选择养牛为生，你也要学习三年专业的养殖技术。

专门为一座雪山办的博物馆，我还是第一次看到，这就是阿尔卑斯山博物馆。那里就两间不算大的厅，陈列着一些模型和照片。但是电视上放的照片，可以让你一张一张地看——从地球五大板块的变化，到阿尔卑斯山从18世纪至今的改变。有雪山的变化，也有人的生活的变化。让人类看到自然的变化，这是我们学习的途径之一。

阿尔卑斯山脉是欧洲中南部的大山脉，是一条不甚连贯的山系中的一小段，该山系自北非阿特拉斯延伸，穿过南欧和南亚，直到喜马拉雅山脉。阿尔卑斯山脉从亚热带地中海海岸法

博物馆里的阿尔卑斯山

从日内瓦联合国办公处往外看

山的"长城"

欧洲莱茵河、多瑙河等支流的发源地

国的尼斯附近向北延伸至日内瓦湖,然后再向东–东北伸展至多瑙河上的维也纳。

阿尔卑斯山脉遍及下列7个国家的部分地区:法国、意大利、瑞士、列支敦士登、德国、奥地利和斯洛文尼亚,仅有瑞士和奥地利可算作是真正的阿尔卑斯山国家。阿尔卑斯山脉长约1200千米,最宽处201千米以上,是西欧自然地理区域中最显要的景观。

阿尔卑斯山是古地中海的一部分,早在约4400万年前,由于板块运动,北大西洋扩张,南面的非洲板块向北面推进,古地中海下面的岩层受到挤压弯曲,向上拱起,由此造成非洲和欧洲间相对运动形成阿尔卑斯山系，其构造既年轻又复杂。

阿尔卑斯造山运动时形成一种褶皱与断层相结合的大型构造推覆体，使一些巨大岩体被掀起移动数十千米，覆盖在其他岩体之上，形成了大型水平状的平卧褶皱。西阿尔卑斯山是这种推覆体构造的典型。

虽然阿尔卑斯山脉并不像其他古近纪和新近纪时期隆起的山脉，如喜马拉雅山脉、安第斯山脉和落基山脉等那样高大，然而它对说明重大地理现象却很重要。阿尔卑斯山脊将欧洲隔离成几个区域，是许多欧洲大河（如隆河、莱茵河和波河）和多瑙河等支流的发源地。从阿尔卑斯山脉流出的水最终注入北海、地中海、亚得里亚海和黑海。由于其弧一般的形状，阿尔卑斯山脉将欧洲西海岸的海洋性气候带与法国、意大利和西巴尔干诸国的地中海地区隔开。

阿尔卑斯山脉平均海拔3000米左右，最高峰勃朗峰海拔4810米。山势雄伟，风景优美，许多高峰终年积雪。晶莹的雪峰、浓密的树林和清澈的山间流水共同组成了阿尔卑斯山脉迷人的风光。但是，阿尔卑斯山脉脆弱的自然和生态环境受到巨大的人流冲击，已成为世界上受威胁最严重的山脉之一。

在伯尔尼的污水处理厂，每周有两次厂内的生态游，是免费的。导游带着你了解污水是怎么从进来的黑色、臭气熏天，到清澈地流入厂外美丽的河里。

我去的那天，是和一群未来的管道工一起游览的。这些小伙子上的就是管道方面的专业学校。从他们的外表大概也可以看出他们工人阶级的身份。陪我一起去的瑞士"和平妇女"组织的芭芭拉对我说，为什么每一个人都要上大学，他们选择了

水在这里循环净化

污水处理厂处理完的水从这里流入河中

一所自己喜欢的专业学校学习，更能发挥他们在那方面的特长。

那天我们去得晚了点儿，一开始介绍污水处理厂的录像没有看到。导游为了让我这个中国人也能全面了解他们的工作流程，说我们是不是可再看一遍。这些年轻人没有一个人说不的，就又和我一起看了一遍。这不能不说是他们的修养。

伯尔尼污水处理过程中所产生的能源，如电力和热水，还

对面的污水处理厂

伯尔尼的秋天

可成为城市中33辆公共汽车使用的能源；产生的热水，可为城里250栋房子提供冬天的取暖。

我站在廊桥里往外拍照片。前方就是污水处理厂。河水在下午的阳光下，与秋色一起装点着河边的风景。

在瑞士首都伯尔尼的一个晚上，和朋友马恩一起到了她的一个好朋友的生日晚餐上。每人带上一个小礼物，可能是一瓶酒，也可能是一道菜。马恩问我，中国的生日也这样过吗？我想了想说：我们中国一般都是给孩子过生日。成年人对自己的生日就不那么在乎了。要过也就是一家人过过而已，很少请朋友到家里来过生日。我问马恩，在伯尔尼，你每年生日都要请朋友们吃饭吗？马恩说，也不一定都在家里，有时会去农村帮她养马的朋友家，也可能是请朋友一起去山间或湖边，但总是希望在这一天能和人分享。

什么是快乐，前两天我们在意大利开环境记者年会时，听到了各种各样的解释。居住地的环境优美而且舒适，我想这应该是快乐的前提之一，还有亲情和友情，如果自己的生活中，亲情和友情都在身边，那是不是一种莫大的快乐呢？

东欧的绿色美得令人心醉

——通往一个个小镇的路都是森林之路

东欧的绿，不是亲眼所见，很难想象。

在捷克，通往一个个小镇的路都是森林之路，那里的小镇参天大树随处可见，并没有因追求经济发展就改变了大自然的颜色。

在波兰，几乎所有的山峦、田野都被绿色染了个透。无论

从飞机上看东欧

捷克的乡间小路

波兰的森林

城市里的绿色

是城市马路的石缝里，田野中，还是农户的民居。在两次世界大战期间，波兰森林遭到了严重破坏。1945年二战结束时，波兰森林面积剩下不到6.5万平方千米，全国森林覆盖率仅为20.8%。

或许受过创伤的人，对绿色有着更深刻的理解。所以，绿色也被人们看作生命的象征。经过战后50多年的不懈努力，如今，波兰森林面积已扩大到8.8万平方千米，森林覆盖率达到28%以上，林木蓄积量从8.45亿立方米增加到15.7亿立方米。波兰全国设有1200处自然保护区，其中森林占保护区面积的54%。

2010年9月，我们在华沙的一个周六，肖邦公园里聚集了来自华沙的带着孩子的家长和年轻人。询问后得知，这是一次周末的孩子与动物的募捐活动。人真多，每个孩子的手里，举着一只画有熊猫的小旗子。有的被爸爸抱着，有的被妈妈推着。看着这些身影，我在感动的同时，也在想，这样的环保活动，这样的为了孩子，为了野生动物，

为野生动物募捐

不是口号，是热爱自然的人发自内心的行动。

伏尔塔瓦河（Vltava River）是捷克共和国最长的河流。长435千米，流域面积28093平方千米。源出波希米亚西南部，上游为波希米亚森林中的泰普拉伏尔塔瓦河和斯图代纳伏尔塔瓦河。

伏尔塔瓦河先向东南而后向北穿越波希米亚，在布拉格北29千米处的梅尔尼克注入易北河。中下游区形似峡谷，多急流和锯齿状曲流。

古老的小镇，绿色的河

阳光下的小镇

13世纪建造的彩色塔

捷克古镇克鲁姆洛夫，是捷克的母亲河伏尔塔瓦河的源头。古镇被宽阔蜿蜒的伏尔塔瓦河环抱着，在河谷的对岸以城堡为中心的中世纪的城市一望无际。那里的历史开始于13世纪南波希米亚豪族维特克家族在此建造城堡之时。在路上，带我去的一名中国人说，因为当地没钱维修，那里的标志建筑彩色塔颜色已经有些剥落。

可当我看到伏尔塔瓦河边的那座建于13世纪的塔时，从心里庆幸那里没有钱修它。要是颜色鲜艳了，它还有那古朴历史的沧桑吗？和街边卖旅游商品的一位年轻人聊天时，人家反问我们：这样不好看吗？在小镇上，石板的地缝里也长着小草，让古老也有了常青。

我在捷克时，所到的大小城市、田野山村、河流都是自由流淌的，没有看到一个大坝，也没有看到被污染的河水。当然，这并不代表捷克就没有大坝，就没有被污染的河。

地缝里的小草

本来，我很想看看捷克母亲河上的电站是如何建的，可惜电站都没有出现在我所到的地方。这似乎也在告诉我，在城市和古城区，捷克人不修电站。特别是我到的一个个古城小镇，虽然看起来有些破旧，但那里的自然，基本保留着原汁原味。

生态文明，捷克人和我们理解的一样吗？我没有采访到当地政府和百

很多大作家曾到这里写作

蓝色多瑙河

姓如何看待GDP，但我看到了那里的人，他们生活在有蓝天、白云、绿树和激流、涓涓的大河小溪的生态环境中。

多瑙河在欧洲是仅次于伏尔加河的第二长河。它发源于德国西南部，自西向东流，流经奥地利、斯洛伐克、匈牙利、克罗地亚、塞尔维亚、保加利亚、罗马尼亚、摩尔多瓦、乌克兰，最后注入黑海。

蓝色的多瑙河缓缓穿过奥地利的首都维也纳市区。这座具有悠久历史的古老城市，山清水秀，风景绮丽，优美的维也纳森林伸展在市区的西郊，郁郁葱葱，绿荫蔽日。这里每年都要举行丰富多彩的音乐节。漫步维也纳街头或小憩公园座椅，人们几乎到处都可以听到优美的华尔兹圆舞曲，看到一座座栩栩如生的音乐家雕像。维也纳的许多街道、公园、剧院、会议厅等，都是用音乐家的名字命名的。因此，维也纳一直享有"世界音乐名城"的盛誉。

　　站在城市西北的卡伦山上眺望，淡淡的薄雾使它蒙上了一层轻纱，城内阳光下闪闪发光的古老皇宫、议会、府第的圆顶和圣斯丹芬等教堂的尖顶，好像它头上的珠饰，多瑙河恰如束在腰里的玉带，加上苍翠欲滴连绵的维也纳森林，使人们想起在这里孕育的音乐家、诗人……他们著名的乐曲仿佛又在人们耳边回响。

　　我走在多瑙河沿岸，不管是奥地利、斯洛伐克还是匈牙利，也不管是城市、农村还是路边田野，多瑙河的水是清澈的，河上也没有因为修水电站要能源而有了裸露的河床和河水的断流。

　　和开车的匈牙利司机聊天，他说，河流是人类的朋友，为什么要把它截断呢？

　　我无法回答匈牙利司机的问题。因为，在我以往听到的反

河上落日

多瑙河在布达佩斯的一段

问中，太多的是因为我们要发展，因为我们要能源，所以河流非截断发电不可。在多瑙河边和司机的对话，是不同的文化得出的不同回答，还是不同的发展观？

欧洲最高的悬崖莫赫悬崖

——站在一位史前巨人的肩膀上

2016年7月9日，我们来到爱尔兰克莱尔郡的莫赫悬崖。在中国，这里的知名度似乎不太高。但是这里的陡险却是让人颇有点儿震惊。我们到那儿时，烟雨蒙蒙，让那里又多了几分神秘。

　　在地壳变动和大西洋惊涛骇浪无数年的冲击下，大自然创作了这样令人叹为观止的杰作

悬崖边

圆柱体式荒废的古堡

莫赫悬崖在爱尔兰岛中西部的最边缘，面向浩瀚无际的大西洋，以奇险闻名。莫赫（Moher）这个地名也有意思。

莫赫悬崖是大自然令人叹为观止的杰作。斧劈刀削般的悬崖奇特地显现出密密的层次，仿佛是一部部千古巨书。

悬崖最高处距海平面200米。有别于岛上其他景色的柔和秀美。这里黑色的峭壁呈锯齿状，沿着克莱尔郡海岸延伸8千米。它高达200米，站在峭壁顶上，犹如站在一个史前巨人的肩膀上。

悬崖附近莫赫悬崖高耸着一座圆柱体的荒废不堪的古堡，像一个颓然而立的骑士。

在电影《哈利·波特》中，哈利·波特和邓布利多为找出伏地魔的不灭原因而踏上危险旅程。他们站在一块岩石上，飞向耸立海边的莫赫悬崖上一个与世隔绝的岩洞。

莫赫悬崖也是爱尔兰最重要的海鸟栖息地，每年有超过3万只海鸟在那里繁殖后代，同时悬崖上还生长着许多珍稀植物品种。

莫赫悬崖边的牛

我们没有拍到悬崖边的鸟，倒是有这样一头牛站在悬崖边的山坡上看着我们这些来自世界各地的游人。

在这个世界上总有许许多多的著名乡村小镇，有的以优美

阿黛尔小镇的屋

阿黛尔旅馆

钟楼

的自然风光取胜，有的以浓郁的人文景观见长，或者两者兼有之，阿黛尔便是这样一个美丽的乡镇，而且它的名头响遍全世界。阿黛尔小镇在爱尔兰的地位极高，堪称全爱尔兰最美的乡镇，是个美丽的茅草屋小村庄。

阿黛尔位于爱尔兰梅格（Maigue）河东岸，是个美丽的茅草屋小村庄：围墙里漂亮的草坪，雪白的墙壁，色彩明快的门窗，以及那满眼的鲜花……阿黛尔被称作全爱尔兰最美的小镇，绝非浪得虚名，这里特有的茅草屋、神秘的城堡、年代悠久的商店、常春藤点缀的修道院，简直构建了一个梦中的童话世界！

在阿黛尔最好的悠闲便是坐着"发呆"，天气好的时候坐在院子里喝上一杯爱尔兰咖啡，独自享受属于自己静谧而悠闲的午后时光。当然，这里也有值得参观的景点，如中世纪修道院、阿黛尔城堡等。

爱尔兰的古屋

秋天的阿黛尔是最美的，金黄色的树木与绿色的草地及松柏交替起伏——这是画笔无法勾勒、言语无法描绘的美景。

在19世纪初，德斯蒙德伯爵在阿黛尔规划了街道和房屋设置。今天，阿黛尔村是一个风景秀丽的小村庄，它的建筑成为当地人也是爱尔兰的一笔财富。阿黛尔的主街上间或会看见石头建筑，中世纪遗留下来的废墟静静地矗立在那里，和随处可见的茅草屋共同构成了一幅美丽的风景。

这美丽的风景，让人恨不得融入其中，把这景色印在自己的脑海里。来到这里，不得不钦佩当地的居民能够把古老的建筑保存得如此之好，让历史静静地流淌，让后人也拥有这千年的风霜。

爱尔兰的巨人堤

——4万多根玄武岩石柱不规则地排列

2016年7月12日，英伦三岛行，对地质奇观和自然风貌有着浓厚兴趣的我们这群人来到了向往已久的爱尔兰巨人堤。

巨人堤位于北爱尔兰贝尔法斯特西北

玄武岩石柱

约80千米处大西洋海岸，由数万根大小不均匀的玄武岩石柱聚集成一条绵延数千米的堤道，被视为世界自然奇迹。

300年来，地质学家们研究其构造，了解到它是在第三纪由活火山不断喷发而形成的。1986年"巨人堤（巨人之路）"被列为世界自然遗产。

地质学家推测巨人堤成因是白垩纪末期，北大西洋开始与欧亚大陆分离，地壳运动剧烈，火山喷发频繁。约5000万年前，在今天苏格兰西部内赫布里底群岛一线至北爱尔兰东部火山非常活跃，一股股玄武岩岩熔流从裂隙的地壳中涌出，随着灼热的熔岩冷却收缩，结晶的时候，开始爆裂成规则的六边形形态。

巨人堤道海岸包括低潮区、峭壁以及通向峭壁顶端的道路和一块平地。峭壁平均高度100米。火山熔岩在不同时期分五六次溢出，因此形成峭壁的多层次结构。大量玄武岩柱排列，形成石柱林，气势壮观。组成巨人堤道的典型石柱宽约0.45米，延续6千米长。有的石柱高出海面6米以上，最高者达12米左右，还有大量淹没于水下或与海面持平的石柱。

传说远古时代爱尔兰巨人要与苏格兰巨人决斗，于是开凿石柱，填平海底，铺成通向苏格兰的堤道，后堤道被毁，只剩下现在的一段残留。

地质学家研究其中的构造，发现这道天然阶梯是由活火山不断喷发后，火山熔岩多次溢出结晶而成。经过海浪冲蚀，石柱群在不同高度被截断，便呈现出高低参差的石柱林地貌。

走向大海

冰岛雷尼斯黑沙滩

香港西贡海边流纹岩地貌

在"巨人之路"海岸，4万多根这种玄武岩石柱不规则地排列起来，绵延几千米，气势磅礴，蔚为壮观。

类似结构世界各地还有：苏格兰内赫布里底群岛的斯塔法岛、冰岛南部的雷尼斯黑沙滩、中国江苏六合的桂子山的石柱林等。而中国香港西贡内海地区亦有大型的流纹岩六角柱群。美国加州魔鬼柱公园（Devils Post Pile National Mounment）也有此六角形石柱。

7月13日，我们从格拉斯哥出发，这可是苏格兰最大的城市，英国第三大城市，位于中苏格兰西部的克莱德河（R. Clyde）河口。

格拉斯哥的城市名由来，意指"绿色的空地"，格拉斯哥地区早在公元前已有部落聚居。

18世纪70年代克莱德河的加深使到较大的船只航行到河的

维多利亚时代的建筑

克莱德河

上游，这对19世纪格拉斯哥工业，特别是造船业的勃发起了直接的促进作用。19世纪末维多利亚时代，格拉斯哥已有了"大英帝国第二城市"（Second City of the Empire）的美誉。据说，当时全世界的船只和火车大多是在格拉斯哥制造的。

美在苏格兰高地

　　离开格拉斯哥，我们的车行驶在苏格兰高地（Scottish Highlands）有人形容这里是全欧洲风景最美的地方。

　　苏格兰高地边界断层是对以西和以北的山地的称呼。苏格

苏格兰高地人家

埃洛克城堡

兰高地人烟稀少，有多座山脉，包括英国境内最高峰本内维斯山。虽然它位于人口密集的大不列颠岛上，但这里的人口密度却小于相似纬度的瑞典和挪威等地。

我们的车开到这里时，天是阴阴的，拍出的自然也是阴天中的自然，而这里人家的花却弄得依然鲜艳。

苏格兰高地是一个独特的地方，自然条件虽不得天独厚，历史的厚重感却随处可见。豪门望族的府第与城堡历历在目，仪仗队的士兵也还穿着传统服装，这里诉说着苏格兰昔日的荣光。

　　苏格兰地理上有高地和低地之分，想看看真正的苏格兰，追寻这里民族精神的源泉，就得去北部高地地区，那里还没有受到现代文明的污染。那里高地的山丘与原野，充满浪漫、粗犷、孤寂的自然美，等待着人们细细品味。

　　苏格兰高地由古老的、分裂的高原组成。古老的岩石被水流和冰川分割成峡谷和湖泊，留下来的是一个非常不规则的山区，几乎所有的山顶的高度差不多一样高。

　　网上介绍说，苏格兰高地的美有史诗般的壮观，海风如永不止歇的歌声，深蓝色的山脉覆盖着一层紫色的天空，天空的边缘镶嵌着粉红色的云朵，仿佛这层天空对苏格兰高地来说，尺寸小了一点；自远处看去，大大的鹅卵石自山巅倾泻而下，然后冲入一片深绿色的草原；还有那到处分布的苏格兰湖泊，时时映照着苍穹的变幻。

苏格兰高地路边的宣传画

山里巧遇

刚刚还是蒙蒙细雨，一会儿又是蓝天白云阳光灿烂。我们在这儿时正值夏季，太阳总喜欢在日升日落的时刻逗留好久；而在冬季，白天只是联络黎明与黄昏的一个短暂的时刻。

这里，夜晚的星空永远清冷而璀璨，笼罩着优美、寂静的苏格兰高地。

走在壮阔的苏格兰高地上，可以感受一种荒凉与凄美，风笛声也许就是该在这样的景色中被孕育出来。

尼斯湖和邱园

——英国没有森林砍树行业

尼斯湖（Loch Ness）位于英国苏格兰高原北部的大峡谷中，水域超过1800平方千米，由奥伊赫（Oich）河和安瑞科（Enrick）河及数个其他河流汇集而成。尼斯河为其出路，注入马里湾（Moray Firth）。

尼斯湖在夏季，距离水面30米内的水温可达12℃，但是30米以下的水温却仍然保持在5.5℃。所以一般的鱼类和水生动物都是生存在靠近水面的地方，直到20世纪80年代，大家都相信在湖底并没有任何生物存在。但是1981年的尼斯湖计划却在水深超过213米的地方，发现了北极嘉鱼（Charr）的踪影，因此不能确定是否可能还有其他未知的生物生存在此。

尼斯湖终年不冻，两岸陡峭，树林茂密。湖北端有河流与北海相通。位于横贯苏格兰高地的大峡谷断层北端，是英国内陆最大的淡水湖。海拔约15米，3800米长，1600米宽，对外唯一的联络水道是尼斯河。

尼斯湖的湖水水温非常低，很不适合游泳，湖水充满了泥煤，使得能见度不足1米，而且湖很深，在1969年的一次水底探测行动，宣称到达水深约250米处，并且以声呐测得的最深深度

通向尼斯湖

是约297米。

走在尼斯湖边的森林里，这样连根拔起的大树看到好几棵。是这里风大，还是这里土薄？不管怎样，苏格兰人任凭树倒在地上继续它的生态旅程。而且在英国，完全没有砍树这个行业，这里也少有自然灾难。这和绿色是这里的主旋律有关吗？

我们也沿尼斯河一路进入因水怪而得名的尼斯湖区，有人说那水怪其实是英国人的炒作，但所有来尼斯湖的人都盼望看到水怪，这炒作也太成功了。

1972年和1975年的发现曾轰动一时，使人感到揭开水怪之谜或者说捕获活的蛇颈龙已迫在眉睫了。此后英美联合组织了大型考察队，派24艘考察船排成一字长蛇阵，在尼斯湖上拉网式地驶过，企图将水怪一举捕获。但遗憾的是，除了录下一些声呐资料之外，一无所获。

科学家对水怪的解释有这样的说法：常见的湖水表面的波动是因温差而引起的。造成水位大幅起落的一个原因是缺乏水中植物，另一个原因是湖底深处靠海岸线很近。深湖动物也极少。特殊的地质构造使得尼斯湖水中含有大量泥炭，这使湖水非常混浊，水中能见度不足1米。而且湖底地形复杂，到处是曲折如迷宫般的深谷

尼斯湖水天一色，湖边有古堡

静静地吃草

沟壑。至于水怪存在的可能性——或许是一只早已绝种的蛇颈龙孤独地度其残生——会继续吸引许多人的好奇和兴趣。

今天我们走在这里，完全没有水怪的神秘气息，反倒觉得很安静平和，置身在森林与湖色中，实在是舒服极了。

行驶在苏格兰高地，除了领略那里天气的多变，就是大肆

苏格兰最古老的伊林多娜城堡

天空岛上的院子

欣赏那里的美了。

天空岛（Isle of Skye），苏格兰的世外桃源如香格里拉之于中国，位于苏格兰高地的天空岛是英国的世外桃源。这里远离世俗喧嚣，保留着大自然最纯净、最原始、最神秘的美，一直被誉为英国最美的地方。

天空岛是苏格兰赫布里底群岛中最大的一个岛屿，我们将Isle of Skye翻译成"天空岛"，大概是源于skye和英文中的sky（天空）发音相同。但Skye源于古盖尔语，意为"隐藏于云雾之中"，因此也被称作离天空最近的岛。

而天空岛的美，不仅来自天然神秘的自然风光，还有它独有的历史厚重感和民族文化更是触动人灵魂的美。天空岛是与陆地隔绝的岛屿，是盖尔人文化保存最完整的地方，天空岛的人们至今仍在使用盖尔语，岛上还建有一所盖尔语学校。他们用自己独特而古老的语言，吟唱着诗歌，传承着文化。

有人认为，历史文化是一片土地的灵魂。

皇家植物园邱园

2016年7月17日，我们走进了英国最大的植物园，即皇家植物园邱园。邱园的历史可追溯到1759年，那时乔治二世与卡洛琳女王之子威尔士亲王的遗孀奥古斯塔派人在所住庄园中建立了一座占地仅0.035平方千米的植物园。这便是最初的邱园。到1840年，邱园被移交给国家管理，并逐步对公众开放。以后，经皇家的三次捐赠，到1904年，邱园的规模达到了1.21平方千米。

邱园拥有5万种植物和3个水面，另有威克赫斯特分园。建有各种为

邱园里的花园

邱园里的历史

邱园里的花

考察、研究以及观赏目的服务的设施和部门。

邱园标本馆收藏着500万份来自世界各地的植物蜡叶标本，可据此鉴定各种植物。

邱园图书馆拥有12万余册藏书和大量图册，是世界上内容最丰富的植物学图书馆。

邱园实验楼中可进行解剖、生化、细胞遗传、植物生理等课题研究。

邱园内种子库贮存着大量有生命的种子，其中不少是濒临灭绝的植物种子。博物馆中展览多种经济植物及其利用情况。

园内的几十座设备考究的玻璃暖房，为那些热带、亚热带植物提供了理想的生长环境。于1848年建成的棕榈馆，内有一株1843年从智利移植来的蜜棕榈，高20多米，被视为世界上最高的暖房植物，虽然它在暖房里已生长了近160年，但依然汁甜如蜜。

邱园的园林景致也丰富多彩，具有高山、沟谷、瀑布、溪流外貌的岩石园栽植了来自世界各国的高山植物。

草木园收集了约2000种温带植物：禾草园展览的禾本科植物有各类谷物、草坪植物和观赏植物；月季园中栽有杂种香月季和丰花月季的各种品种。

此外，还有裸子植物区、鸢尾园、杜鹃谷、小驳骨园、欧石楠园、竹园等。

17世纪风格、小巧古雅的女王花园是园中之园。高69米的旗杆由树龄达370年的单株黄杉树干做成。园中仅有极少的园林建筑作为景色的焦点及避雨等用。

邱园的园林景致也丰富多彩

该园附设学制为三年的园艺学校，招收来自世界各国的学生。

园中的竹园创造了竹类植物的多样化展示形式。聚集了来自世界各地的120多种耐寒的竹子，这些样品在中国、日本等国家及喜马拉雅山和美洲大陆的一些地方也能看到。

竹园最大限度地展示着不同造型、不同叶形的竹子的美丽。粗壮的竹子、纤细的斑竹、长有茂密的像瀑布一样下垂的竹叶的竹子，让游人感受着不同的美。常绿和抗寒的竹子可以一年四季都展示它的美丽，使竹园常年有景。由于竹子的四处延伸，给人们带来诸多不便，所以人们设置栅栏来防止竹子的根到处"蔓延"。而这些栅栏也从最早的粘在地上、制作粗糙的塑料栅栏改进为造型美观的栅栏。

邱园真的是太大了，我们在里面整整一上午，园中好多想

邱园里的色彩　　　　　　　　　　　　邱园里的石

看的园区都没看到呢，没办法，只好留到下次再来欣赏了。

邱园园内植物进化馆（Evolution House）的植物进程从4万亿年前的无生命的不毛之地时代开始，到6亿年前的第一个真正的植物——海藻，到4.5亿年前的陆地植物。主要展示了陆地植物出现后的三个阶段：志留纪、石炭纪和白垩纪。

邱园里最复杂的公共温室采用了最先进的电脑控制系统，创造了从干旱到湿热带的十个气候区，以便适应不同气候类型植物的生长。

如果有时间，在邱园花边树下坐坐，真的是一种享受呀！

格鲁吉亚的河流与雪山

——从碉楼里看高加索

2017年3月，我到格鲁吉亚首都第比利斯参加国际河流大会。二十几个国家关注河流生态及民生的专家学者、民间环保组织一起探讨如何应对全球气候变化和人为干扰对河流的挑战。

会议结束后为了看格鲁吉亚的河流，我们的车开在格鲁吉亚军用公路（Georgian Military Highway）上。格鲁吉亚军用公路是一条从首都第比利斯（Tbilisi）通往俄罗斯北奥塞梯首府弗拉

安南努利河边的安南努利古城堡

来自世界各地的河流保护者

季高加索（Vladikavkaz）的古老交通路线，因1801年沙皇亚历山大一世下令修缮做行军用途而得名。军用公路途中穿越高加索山脉，沿途风光秀丽，还会经过世界文化遗产的古镇。

安南努利（Ananuri）古城堡位于格鲁吉亚首都第比利斯以北大约70千米外，是第比利斯通往北部卡兹别吉（Kazbegi）地区的必经之路。它是安南努利河畔最著名的景点，2007年已经被联合国教科文组织列入世界文化遗产的考察名单。

在古堡里有700年前和300年前修建的两个教堂。这里的教堂十分简洁，和我们看到的许多富丽堂皇的教堂有所不同。

因为季节的原因，湖里、河里少见有水。遥远的过去，城堡、教堂、军用公路、高加索，已经见证了300多年历史沧桑的教堂，有一天会看到这儿的河流干了吗？

人与自然已走过过去，将如何走向未来？

格鲁吉亚高加索雪山脚下什古里的村落背靠高加索山脉，在高海拔地区至今仍有生活的原住民。那里建于9至12世纪的碉楼，当年曾抵御了波斯帝国的入侵。

20世纪时有20年的村子几乎空了，2000年以后人们又回来迎接八方游客。现在他们的生活一半靠旅游，一半靠养牛和种土豆，过着宁静的生活。

乌树故里，白天可以听雪山融水欢歌，晚上可以数星星入眠。只是融水让路变得泥泞。

乌树故里位于高加索山脉什哈拉山南麓因古里河上游流域，海拔2060米至2200米间，约有70户200位居民，被认为是欧洲住有居民的最高处。

高加索山系形成是由于阿尔卑斯山造山运动。中央高加索是大高加索山系中最高的部分，冰川分布也最多。

雪山下的碉楼

雪山下的村子

雪山融水

分水岭山脉和侧翼山脉的许多山峰绝对高度超过5000米，大都超过西欧的最高峰——勃朗峰。

积雪和冰川对地形的侵蚀作用非常强烈，巨大的冰斗耸立于山腰，有的还形成了薄如刀刃的山脊。顶部是峰状，积雪堆压着群山，形成了一条连续地带，沿山脊起伏几千米。古冰川底部常常汇集成碧波荡漾的圆形湖泊，景色绮丽迷人。

冬季时，乌树故里连接外面的道路会因冰雪封闭而难以通行，自古鲜有外人进入，因而至今保存着自8世纪以来的各种建筑物与遗迹，特别是随处可见的瞭望塔楼、古老的教堂

至今保存着自8世纪以来的各种建筑物

与壁画。1996年被联合国教科文组织以"上斯瓦涅季"（Upper Svaneti）为名列为世界文化遗产。可惜村里的博物馆不让拍照。

因长年的与世隔离，高加索的上斯瓦涅季地区，保存着中世纪山中村落与塔楼的典范景观，其中恰扎西的村庄仍保有逾200座这种古老的房屋，它们曾被用作住宅

或抵御外侮入侵。

　　乌树故里世界遗产，被认为满足世界遗产目录基准、呈现人类历史重要阶段的建筑群。乌树故里，代表某一个或数个文化的人类传统聚落或土地，特别是为因为难以抗拒的历史潮流而处于消亡危机的情况提供出色的解决典范。

　　我们去乌树故里完全是在网上查了地址，租了辆车就去的。我们也和租车人砍了价。车开到半路在一家旅馆里休息时，才知道开车的是位残疾人，下肢好像完全不能动，旅馆的老板帮他上厕所。这样的人还要出来挣钱，于是多给了他一些。

　　我们到了乌树故里村时，司机找了一个当地人把我们带到一户人家，谈好了在他家住两天的价钱后我们就走进了这户有孩子的家，这就是目前当地接待旅行者的方式。

村里的学生

　　这户人家已经有三个孩子，但女主人的肚子又大大的了。她和孩子们对我们也很好奇，只是语言不通，我们只能互相通过肢体语言表达着热情和谢意。

　　4月初，这里还是一片冰雪天地。高加索雪山下的外面真冷，家里暖暖的，女主人做的汤热乎乎的，好喝。

　　雪山、冰河、碉楼和孩子们的笑一起留在了我的脑海里，不会忘记。

荷兰：羊角村与茅草屋顶

——上帝创造了人，荷兰风车创造了陆地

从前欧洲流传着这样一句话："上帝创造了人，荷兰风车创造了陆地。"

2016年7月20日，我们到了荷兰的风车村。在荷兰，风车、木鞋、乳酪和郁金香，还有运河及凡·高的绘画艺术，串联起如织美景，带给行者无数的梦幻与想象。虽然风车已是风光不再，但是现在现代化的风力电站又出现在地平线上，尤其是在大堤沿岸或开阔平坦的地区。

长期以来，人们无论从哪个角度观赏荷兰的风景，总是看到地平线上竖立的风车。风车是荷兰那有着宽广地平线和飘满迷人云朵风景中的佼佼者。风车是荷兰民族的骄傲与象征，也是荷兰文化的传承者与发扬者。

从正面看，风车呈垂直十字形，即使它休息，看上去也仍是充满动感，仿佛要将地球转动。这给亲临此地的人留下无法消逝的记忆，终于明白为什么人们称风车是荷兰的"国家商标"。

为什么荷兰盛行风车？

荷兰坐落在地球的盛行西风带，一年四季盛吹西风。同时

它濒临大西洋，又是典型的海洋性气候国家，海陆风长年不息。这就给缺乏水力、动力资源的荷兰，提供了风力的优厚补偿。

还有，因为地势低洼，荷兰总是面对海潮的侵蚀，

水边的风车

生存的本能给了荷兰人以动力，他们筑坝围堤，向海争地，创造了高达9米的抽水风车，营造生生不息的家园。

1229年，荷兰人发明了世界上第一座为人类提供动力的风车。漫长的时期里，人们采用原始的方法加工碾磨谷物，最初是手工体力操作，然后是马拉踏车和以水力推动的水车，之后才是借风力运转的风车。荷兰地势平坦、多风，风车很快便得到普及。

需求的迅速增加，又带动了风车技术的改造。风车的用途不再局限于碾磨谷物，而是发展为加工大麦，把原木锯成桁条和木板，制造纸张，还从各种油料作物如亚麻籽、油菜籽中榨油，还把香料磨碎制成芥末。

尽管用途多多，人们还是更愿意记住从前欧洲流传的这句话："上帝创造了人，荷兰风车创造了陆地。"的确，如果没有这些高高耸立的抽水风车，荷兰无法从大海中取得近乎国土1/3的土地，也就没有后来的奶酪和郁金香的芳香。

　　荷兰风车，最大的有好几层楼高，风翼长达20米。有的风车，由整块大柞木做成。18世纪末，荷兰全国的风车约有1.2万架，每台拥有6000匹马力。这些风车还可用来碾谷物、粗盐、烟叶，榨油，压滚毛呢、毛毡，以及排除沼泽地的积水。

　　在距阿姆斯特丹仅20千米的地方，有一个桑达姆风车民俗村，向人们展示着它的昨天和今天。

　　在风车村里，人们可以看到荷兰风车由于功能不同，形态也各不一样，在风车村里可以看到各式各样的风车。而且风车的名字都很特别。例如，"戴皇冠的坡伦堡"是荷兰仅存的五座锯木风车之一，它不对外开放；"猫"是矿物磨坊，全周向公众开放，它为染色和绘画行业生产各种原材料；"追寻者"和"人员混杂"是榨油磨坊，都仍然在运行使用，在预定的时间向公众开放；"居家男人"是一座小芥末磨坊，DeHadel是排水风车，用来将圩田中的水位保持在适当的位置，它们也不对外开放。其余的风车还有"公牛""小羊"等。

　　250年前，在这片狭小的土地上，矗立着800多座风车。它们承担着各种工业任务。也正是这些风车不停地吸水、排水，才保障了全国2/3的土地免受水患。目前，荷兰大约有2000多架各式各样的风车。

　　在桑斯安斯风车村之外，可以找到名字很吸引人的风车，例如"灰暗死亡""鹳"和"英雄约书亚"等。附近的"Schoolmeester（教师）"是全球最后一座仅存的造纸风车。几个世纪来，这个地区生产世界上最优质的纸张，美国的"独立宣言"就写在由桑河区生产的纸张上。

　　荷兰风车，童话世界的扑朔迷离，旋转延伸弯曲，看似静止，却充满动感，可谓静中有动、动中有静、动静融合，不由得让人浮想联翩。寓意魅力、传奇、永恒……

今天的风车村里，还保留着十六七世纪的旧式建筑、传统工艺，并融合了现代化生产方式。它的环境与建筑富有特色，房屋和小桥均为木质，完全保留早期工业化时期的木质结构和风格。

今天风车村里有居住地、开放式的保留区和博物馆，古老的建筑生动描绘了十七八世纪的荷兰生活。真实的房子，古老的造船厂，每年吸引着成千上万的游客。

荷兰人当然很喜爱他们的风车，他们在民歌和谚语中常常赞美风车。风车的建筑物，总是尽量打扮得漂漂亮亮的。现在承包风车管理且居住，在荷兰也是一种时尚。

每年5月的第二个星期六为"风车日"，这一天全国的风车一齐转动，举国欢庆。风车围上花环，悬挂着国旗和硬纸板做

风车村里

小孩堤防的风车

的太阳和星星。

2019年12月初，我乘船行在莱茵河边时，去了荷兰另一个风车密集的所在地小孩堤防。

荷兰风车熟悉的人不少，可是你知道吗，在荷兰的小孩堤防，一个风车就是一个家庭，里面住着挺宽敞，如同一套房子，要啥有啥呢。

当地人告诉我们，现在还有人在申请住进风车当管理者，但必须是荷兰人，外国人可没有这个资格。

小孩堤防是荷兰西部南荷兰省的一个村庄，距鹿特丹东面15千米。小孩堤防坐落在莱克河与诺德河交汇处。为了排出水，1740年建立一个由19座风车组成的系统。这组旧风车是荷兰最大的排水系统。

这里的每座风车达四五层楼高，巨大的车叶长20多米，风车内部住着看管风车人员，内部除了有牵引车叶轴心、巨大的石磨、工具室和储粮外，其余的居住空间并不大。

如今，小孩堤防风车群已成为荷兰知名的景点之一，于1997年被列入联合国教科文组织世界遗产。

小孩堤防起名于一个民间传说。1421年，由于风暴的吹袭，荷兰遭受可怕的水灾，导致南荷兰省和布拉班特公国之间的部分地区从此被淹没，幸好附近南荷兰省内的低田得到保护。

当风暴减弱后，有人去灾区的堤防尝试寻找生还者。他们看见远处有一个木制摇篮漂浮着，但是并没有人意识到有生命的存在。

当摇篮漂近时，人们看见在摇篮内有只猫，它为了保持摇篮平衡不进水而来回跳动。

当摇篮漂到堤防时，人们吊起摇篮，惊奇地发现摇篮内有一个小孩儿正在安详地睡觉。

就这样，这个感人的传说一直流传至今，也成为小孩堤防历史的一部分。

那时，荷兰的风车不同于现在风力发电的风车，而是为了排水。

荷兰在日耳曼语中叫"尼德兰"，意思是"低地之国"，因为它的国土有一半以上低于或几乎水平于海平面。从13世纪开始，荷兰土地面积因海水侵蚀减少了5600平方千米。

小孩堤防风车群建于1740年，当初建造的目的是将低于海平面低洼地区的积水排出，用风力原理推动转轮让水排出，让地表不至于被水淹没，保护了早期居民生活。风车保护了与海争地的荷兰2/3的土地，由于科技进步，现在荷兰设立了世界最大的水渠站供排水用，取代了风车的功能，仅存的风车更显珍贵。

荷兰早期全国风车数量最多时达1万多座，现仅剩1000座左右，而小孩堤防内的风车数量最为密集。小孩堤防和桑斯安斯风车村可以说是荷兰风景的典型样板。

今天，在小孩堤防，19座风车面对面排列成两排。一排圆形砖结构的风车为下瓦尔德区（Nederwaard）进行排水。而另一排八角形的风车让上瓦尔德区（Overwaard）不遭受灭顶之灾。

19座风车中仍有17座持续在运转，剩下的2座在每年的七八月份时会加入运转行列。矗立于河岸两侧的风车群，一字排开，极为壮观。

今天，小孩堤防内部可以参观，其中有部分风车向公众开放。风车主及其家庭曾经的生活，定会

小孩堤防的风车群

风车里的生活

让每一位来访者留下难忘的印象。

风车内部得到很好的保存，像古老的炊事用具、木鞋、传统挂毯等，还有研磨风车，游客可以得知有关风车运作的原理。

荷兰的羊角村

2016年7月22日，我们一到荷兰的羊角村就听说，要想订那儿的旅店，需要排两年的队。还听说那房子上用的草是从咱们中国山东运去的。总之，一进到那个水乡，我们除了被那里的人与自然的风情所感染，还对那里更加好奇。

羊角村的小桥流水，很久以来都是我们此行每一个人的向往。羊角村位于荷兰东部上艾瑟尔省（Overijssel），韦里本-维登国家公园（De Weevribben-Wieden National Park）内。冰河时期韦里本-维登正好位于两个冰碛带之间，所以地势相较于周边来得低。羊角村有"绿色威尼斯"之称（也有人称"荷兰威尼斯"）。

羊角村的茅草房

你能想象一个让世上的人向往的地方得益于挖煤吗？

荷兰的羊角村就是这样一个地方。这样看来，破坏不仅仅是坏事这一说法是成立的。

"羊角村"这个名称得于当时一群挖煤矿的工人定居于此地。他们的挖掘工作使得当地形成了大小不一的水道及湖泊。而在每日的挖掘过程中，除了煤，他们还在地下挖出许多"羊角"。经过鉴定确认，这些羊角应该是一批生活在1170年前后的野山羊。因此，他们便将那里称作羊角村，该名称一直保留至今。

18世纪，当地有28%的土地都是沙质，土壤贫瘠且泥炭沼泽遍布，除苇与薹属植物外，其他植物不易生长，唯一的资源就是地底下的泥煤。

泥炭又称草炭或称泥煤。它是古代沼泽环境特有的产物，是在多水缺少空气的条件下，植物死亡后形成的松软的有机堆积层。泥煤是一种宝贵的自然资源，由于它质轻，持水、透气和富含有机物质，具有其他材料不可替代的作用，且价格适中，它在中国及世界园艺和生产绿色有机复合肥中广泛应用。

泥煤也可以说是在潮湿的森林里产生的一种生物淤泥，在深1米到7米的土壤里面。在产地，泥炭被用来作为日常生活中的燃料使用。在苏格兰地区，泥炭被大量用来作为制造苏格兰威士忌的过程中，烘烤已发芽大麦所需的燃料来源。使用泥炭烘干的大麦具有独特的烟熏味，已经变成苏格兰威士忌的风味特色，称为泥炭度（Peatiness），这也是"泥炭"这一词最常被提及的场合。

在荷兰，泥煤也可以用来发电，他们称之为"泥煤发电"。

当年，羊角村为了挖掘出更多的泥煤块以贩卖赚钱，而不断开凿土地，形成一道道狭窄的沟渠。后来，居民为了使船只

羊角村一隅

能够通过、运送物资，将沟渠拓宽，而形成今日运河湖泊交织的美景。

羊角村水面映现的都是一幢幢绿色小屋的倒影。羊角村房子的屋顶都是由芦苇编成的，这可是比任何建材都来得耐用，使用年数少说40年以上，而且冬暖夏凉，防雨耐晒。

据说从前芦苇是穷苦人家买不起砖瓦而用的替代品，现在芦苇可是有钱人家才买得起的建材，价格为砖瓦的几十倍。而这里的地价也早已水涨船高，居民大多是医生、律师等高收入群体，这与从前苦哈哈的困苦情况似乎形成一种时空交错的对比。

而今天羊角村一栋栋漂亮小屋上的芦苇，据说是来自中国山东。

我们在羊角村，乘坐平底木船穿梭于宁谧的村落，一面聆听船夫兼向导娓娓细说各个房子的历史与特色，除了欣赏美景外，文化收获也不少。

在露营区租一艘小木船，以最亲近自然的方式，享受生活的愉悦。广大的湖泊、密布的水道可是考验着都市人依赖交通标志的能力，通常游客在租船时，店家都会附赠一张羊角村的水路地图，游客只要先找到羊角村最主要也是最大的湖泊博文韦德湖（Bovewijde），再根据水面上标有号码的旗杆，寻找地图上的水道标号，就可以清楚地找到自己的方位。

小桥、流水、窄窄的河道、小船、造型别致的房子……也许因为具备这几项因素，羊角村才有了"绿色威尼斯"的称号。镇上的一些茅草屋最早可追溯到18世纪。我喜欢威尼斯，但如果拿二者比较，羊角村虽没有那么大气，少了些许喧闹和商业气息，却是一个让人一辈子都想留在这里的地方。只是很

平底木船穿梭于宁谧的村落

可惜，拍出来的效果远不如看起来那么美，还是我摄影技术不行啊。

在离开羊角村时我记住了，坐落在荷兰上艾瑟尔省的这一田园小镇没有任何的公路，全长约6.4千米的运河水路和纯木质拱桥陆路，乃其两种运输途径。车辆禁止开入小镇，故撑篙的小船是居民唯一的选择。

走向欧洲最高峰厄尔布鲁士雪山

——雪山上拉起绿家园的旗子

2018年7月9日，凌晨4点多，一帐篷的人都被冻醒了。住在雪山下帐篷的睡袋里，对我们这些城里人还是很有挑战的。我们是刚刚去了北极点后又到欧洲最高峰厄尔布鲁士雪山的。

走出帐篷，天东边山高，天色微红，映照得厄尔布鲁士雪山上的云也微微泛着红晕。在云的移动中，山顶好像随时都有露出头来的意思。

雪山的融水，因为水量不小，声音也不小。我在一边等着

厄尔布鲁士雪山

云白了山却红了

雪山红了，一边到了小河边的山边。昨天找了半天这条河的名字，网上没有找到。

静静地坐在微微发红的雪山下，听着哗哗流水的声音，操着我的老本行，录下风声、山声、水声……

这一刻，觉得世界上只有雪山，只有小河，只有我。

这一刻，空间啊，你不用太大，容下我们仨就行。

这一刻，时间啊，你能不能慢些走，慢些走，我想把你留下。

红的不仅有雪山，还有雪山上的云。小河也红了，小河边牛圈、羊圈里的牛羊也红了。红了的它们，有的漫步在河边，走到了我的面前，走向了雪山，红了的，还有在雪山下支帐篷，今天要登欧洲最高峰的勇士们。

看我如此陶醉在河边，一位漂亮女士和我搭起话来，原来她叫秋莎，是俄罗斯人，她已经登上过20多次厄尔布鲁士雪山之巅了。她告诉我，她是一位登山导游。她从尼泊尔两次登上

雪山冰化出的小河

过珠穆朗玛峰了。她说登山的秘诀就是要慢，通常他们是要花三四天登顶的。第一天爬1000多米还要回到营地，第二天再爬到第二营地，也许还会回到营地，这样第三天，才有可能继续攀登。

当然，秋莎最想告诉我的就是厄尔布鲁士雪山的融化。她说，自己亲眼见证了这里的融水越来越多，绿色越来越多，雪山冰川正经历着严峻的挑战。这对深爱雪山的她来说心里很难受。

秋莎站到了我的身边拉起了绿家园的旗帜

融化的雪山下

秋莎看起来那么弱，可是她的意志却是坚强的，知道我在为保护江河而行动，所以当我在厄尔布鲁士雪山下拿出我们绿家园的旗子后，她站到了我的身边。

厄尔布鲁士山的雪线，北坡在海拔3200米，南坡则在海拔3500米。周围有77条大小冰川，总面积140平方千米。冰川融水，使周围形成了众多的河流。冬季结束后，雪线以上的积雪深度通常在30～60厘米，有时达到3米。

我原来认为厄尔布鲁士山"骑在"大高加索山脉的亚欧主脊线上，是亚欧的分界线，亦即俄罗斯和格鲁吉亚的界峰，其实不然。它的地理坐标为北纬43°21′，东经42°26′，南距亚欧两大洲的分界线还有20多千米之遥，山体全部在欧洲境内，整个山峰不言而喻地落在俄罗斯联邦的政治版图内，当前归属于联邦的卡巴尔达–巴尔卡尔共和国，西侧则紧靠俄罗斯的斯塔夫罗波尔边疆区的东南隅。

"厄尔布鲁士"一名，一般都认为和波斯语有关，但歧义仍多。有的认为来自"aitibares"一词，原意为"高山""崇峰"。有人认为这座山的名字跟伊朗北部的厄尔布尔士山的名字"孪生兄弟"般地相像，后者有"闪烁"和"熠熠发光"等义，前者也不外是这个意思，都是用来表示山巅永久积雪在阳光照射下反射亮光的景象的。

有人向语言的"上游"追溯更远，从印欧语系的原始共同词根中寻访，提出可能和alb（"高山""山岳"）这一词有直接关系的假说。

总之，"厄尔布鲁士山"名称的来历、含义等问题，迄今

雪山一展尊容

依然未根本解决。

高加索山系素有"民族之山""语言之山"的称谓和别名，比喻生息其间的民族和分布其中的语言极多。这众多的民族，众多的语言，也曾不约而同地给他们家门口这座神灵般的山岳，取过很多名字。

命名的根据是多种多样的：地理位置、生活感受、观测结果，以及悠远的传说、丰富的想象……如阿布哈兹人称它为极乐山；切尔克斯人称它是把幸福带到人间的幸福山；卡尔巴达人管它叫白昼之山；巴尔卡尔人和卡拉哈伊人命名为千山等。

再舍不得也要离开了，好在过两天我们还要从南坡到厄尔布鲁士雪山，那时，我们可能能上得更高一些，站在雪山上拉起我们绿家园的旗子。

回程，再次经过厄尔布鲁士雪山融水汇成的乱石滩和激流小河时，一直说说笑笑的司机皱起了眉头。他在看水。他看水和我看水不一样，我看水是爱的看。他看水，是怕的看，已经涨了河水，我们的车要怎么才能过去？

司机下车了，他扔了块石头，石头掉在河里，溅起了水花。他回到车上，拿起电话，同车的小翻译说他是给有经验过这些河的人打电话问应该怎么过去。

这时，河对面又来了一辆车，两人都下了车，说着什么。我们的司机上了车，发动了，冲过一条河，前面还有一条。正当我们拍手叫好时，车停在了乱石滩中。我知道这就叫搁浅，不管再怎么发动，车子就是一动不动了。

河对面的司机和我们的司机下车说了几句后，又都回到各自的车上，那位司机把车也开到乱石滩的河边。他不像我们通

水越来越大越来越多

常在国内时，如果陷车了，另一辆车拴根绳子往相反的方向拉被陷的车直到把车拉出来，而是手上拿着绞盘的遥控，只见他一按，我们的车就东摇西晃地冲出了乱石滩，上了路。简直是轻而易举呀。

在大自然面前，我们很多人常爱说，我征服了什么大山，我征服了什么险滩。其实，我们征服的只是我们自己而已，人家大山还是大山，大河还是大河。

我们的车在山路上开了好久，厄尔布鲁士雪山一直在我们的视线中，而且云开雾散。雪山的两个山头都清晰得像是贴在了蓝天似的。

车开得很快，雪山好像也舍不得我们，一直陪着我们走了一程又一程。在前往厄尔布鲁士雪山的路上，我就看到了石块码起来的小山堆，有点儿像我们国内的玛尼堆。语言不通，我坚持还是想尽办法问司机，因为在美国大峡谷也有这样的堆起来的石头，那时我以为是祭祀呢，没跟着其实是路标的它们走，结果走到了一块悬着的大石头上，把别人吓得够呛。

有意思，这摞起来的石头表示的意思是，我还会再来。

旅行中，这些不同的民族习俗和文化，会在我的心里漾起涟漪，然后再一个波纹一个波纹地慢慢散开，散开，成为长长的记忆。

2018年7月12日一大早，我被窗外的流水声叫醒。水声真大，水流真急。我急忙跑到外面去看厄尔普鲁士雪山南坡。

雪山被森林遮住了一些，但雪山的融水，却横冲直撞地把森林推开，义无反顾地奔腾，哪怕河里有躺在河床上的石头阻拦。

石块码起的小山堆，我还会再来

森林中的雪山

听说，前两天这里发了大水，冲坏了路。可我们的运气总是那么好，进山一路畅通。就像前几天看瀑布，要三天不下雨才能穿过花墙。而我们，简直是美得打着滚儿过的花海，过的花墙，看的瀑布。

今天我们两次登上厄尔布鲁士雪山，一次是坐两次缆车上到了雪山对面，拍到了最佳的观山角度。一次是真正登上了雪山。

厄尔布鲁士雪山受气候变化的影响，同来的俄罗斯姑娘塔莎几次告诉我们，这里原来都是雪，7—8月也是白色的。而我们的眼前，厄尔布鲁士虽然还是白色的，但我们坐的缆车下面不仅绿了，还长满了小花。

看欧洲最高峰，除了高度，厄尔布鲁士峰的"形体"也是非常出众的，壮美中透着"威严"。还有，这座大山是地质史上火山长期连续喷发的产物。其锥状的外形就清晰不过地表明它是"火山之子"。

加之生来呈一大一小、一高一矮的"双峰对峙"态势，海拔分别为5642米（主峰，居西）和5621米（辅峰，居东）。从

厄尔布鲁士的双子峰

野外实地远眺，映入人们眼帘的这位"双顶巨人"，巍巍而耸，凛凛而立，显现出一种难以描述的威严……

厄尔布鲁士南坡3500米，50多条冰川自然下垂，在南坡看得格外明显，今天看来，又有点儿像大山的眼泪。其中，大阿扎乌冰川和小阿扎乌冰川共长2100米。

再次坐了两趟缆车后，当我终于脚踏厄尔布鲁士白雪时，马上体会到的就是什么叫深一脚浅一脚。坐在缆车上时，已经感受到了雪山的巍峨，小花的渺小。置身在雪山中，才更感无助与步履维艰。

我在一步步往前走时，两位俄罗斯女士举着一面旗子向我打招呼并让我帮她们拍照。旗子上写的是俄语，我看不懂，而她们不停地和我说着的，一样也不懂。不过在最高山上一展自己的追求，可能也有一种以此为证的自豪吧。所以，在我给她们拍完照后，也请她们和我一起举着绿家园志愿者的旗子与厄尔布鲁士同在。

拍完照，望着既在眼前又高不可攀的厄尔布鲁士雪山，我发现这里有雪地摩托，于是价都没问，我就叫停了一辆并蹿到了车的后座上。那一刻的我有同行的朋友拍了照片，哪是六十好几的老太太，分明是手快脚快的年轻姑娘。不喜欢自吹的我，此时此刻也来一次吧。

坐在雪地摩托的后座上后，我就飞驰着冲向雪山。紧张、害怕、刺激、爽交织在一起，带着这些情绪，我上到了海拔5642米的欧洲最高峰厄尔布鲁士雪山近5000米处，再往上就真的是要登顶了。

风大，站不稳，高海拔，雪深，是那一刻的我除了激动所要面对的。

我先平复了一下自己的情绪，从包里取出我们绿家园志愿者、乐水行、全球护水者联盟北运河护水者这三面旗子，希望在这个高度一展我们保护江河的决心、勇气和志愿。

风太大了，旗子哪里还听话，只顾自己飞舞。

摩托车司机先是一面旗子一面旗子地帮我举着，我拍了照片，拍

绿家园志愿者在欧洲最高峰

视频。

经历过无数大风的他想了个招儿，把一面旗子的一角系在了摩托车把上，再把另一面旗子和这面旗子系到一起。然后把系在一起的两面旗子的另一端交到了我的手上。然后拿着我的手机和相机，拍下了我站在雪山大风中的诉说。

那一刻我想的不是要登上雪山之巅，而是我在仰视雪山，是心中充满着对雪山的敬畏，是渴望把此时在雪山怀抱中的见闻、感慨，与长年和我一起关爱自然的、守卫江河的朋友们分享……

虽然冷，风也很大，空气稀薄，我还是在近5000米的雪山雪地上放平了自己3分钟。排空了心中的杂念，空、空、空……人融在雪中，山中，自然中。

这位雪地摩托车手在雪山上，帮我用手捧着装满了两瓶欧洲最高峰的冰水。下山后，我把我的手套戴在了他的手上。这样的友情是开始，也是结束。不过我会永远记着他，虽然他的长相因为戴着防护镜我都没看清。

厄尔布鲁士集多种天然优势于一身。按高度是高加索山区第一山、俄罗斯欧洲部分第一山、整个欧罗巴洲第一山，加上山区天造地设的绮丽自然风光，是天赐的自然财富。

1934年前后，苏联对外开放了高加索山区，允许外国登山者前来攀登高加索地区的各座山峰，德国的登山者们也随着其他欧美各国的登山者前来攀登厄尔布鲁士峰。

在厄尔布鲁士峰的顶峰稍低的地方，当年苏联为攀登厄尔布鲁士峰的登山者们修建了一个休息和过夜的地方，从外表看好像一座堡垒状的两层水泥建筑，人们称它为"高山旅馆"或

火山喷发时留下的"碗"

"厄尔布鲁士大饭店"。之所以修成堡垒形，窗户很小，墙壁厚而且外形是圆形，是为了抵抗强风和严寒。因为攀登厄尔布鲁士的登山者们不可能在当天突击登上顶峰之后再返回营地，至少需要停留中途过一夜，社会主义的苏联为登山者们修建的这座不收取任何住宿费的"高山旅馆"，完全是一种社会福利事业。

今天上厄尔布鲁士雪山南坡的索道，当地人非常自豪地说，这是全世界最先进的索道、缆车。我们在这个索道上下时，除了陶醉于置身雪山的怀抱之中，直观火山喷发时留下的"碗"以外，就是目睹着全球气候变化对雪山的影响，现状十分令人担忧。

今天，雪山下的河是奔腾咆哮的，雪山再继续这样融化下去，明天的江河还能奔腾不息吗？

旅游和旅行的区别，在于行走中的思考和行走后的行动。我此行的北极点和欧洲最高峰，都让我目睹了在人类行为的干

雪山融水

扰下，连这样远在天边的地方也没能逃脱气候变化的影响。

雪山、冰川末端溢出的融水，像乳汁一样"哺育"着周围数以百计的溪流。高加索地区著名的库班河和捷列克河等，就是从这些冰川中导源，淌淌乎分别下注黑海和里海的。在人们心里，这无形中平添了浓重的神秘和敬畏之感。

此行，我对厄尔布鲁士雪山下的树林也感慨颇多。参天大树基本是原始森林，这在我们的家乡已是很少见的了。

高加索山的植被呈典型的垂直分布，从山路到山顶依次生长着落叶林、冷杉、白桦树、高加索杜鹃和灌木丛等。

人迹罕至的这里，也是动物的天堂。棕熊、高加索鹿、狍、欧洲野牛、岩羚羊、水獭、黑鹳、金鹰、短趾鹰在这里自由自在地生活着。

我们的车行驶在高山峡谷中时，车窗外天空中的猛禽，就在我们的前后左右盘旋、俯冲。

据说，西高加索最使人惊叹之处要数光怪陆离的昆虫世界，文字记载表明该地有2500种昆虫，但实际上的数目比记载的两倍还要多。可惜我们不了解昆虫的世界，即使看到很多，也不认识它们。

2014年俄罗斯索契冬奥会时，索契奥运火炬传递到了世界第一深湖的贝加尔湖湖底、欧洲最高峰厄尔布鲁士峰、北极点以及外太空等。

在厄尔布鲁士南坡时，同行的退休警察石白松突然从我的手里拿过我们绿家园、乐水行的旗子要说几句。雪山为证，她说：这次是第一次参加警察以外的环保活动，希望以后也能以志愿者的身份为保护江河做出自己的贡献。

大自然是我们的朋友，也是我们的老师。欧洲最高峰，给我们的很多很多。

巴尔干半岛布莱德湖

——欧洲最古老的国家公园之一

2019年10月17日，我们到了斯洛文尼亚的一个湖边。推窗远望，一层薄雾弥漫在山前，环绕着小屋，晃悠晃悠地与秋叶一起徜徉。

特里格拉夫国家公园，是斯洛文尼亚唯一的国家公园，与意大利和奥地利交界，占据了斯洛文尼亚1/4的国土面积，是欧洲最古老的国家公园之一。公园中包括著名的波希涅湖——斯洛文尼亚最大的冰碛堰塞湖，湖水如明镜般透亮。

斯洛文尼亚住所附近的景色

特里格拉夫国家公园是欧洲最古老的国家公园之一

据说春天雪后的波希涅湖景色美不胜收，极易融化的晶莹雪绒轻抚万物，悠悠素色之中微露色彩，真是难得的美景。

其实，这难得的美景不仅在春天，也在深秋。落叶铺撒在湖边的小路上，盖在水中和绿头鸭共舞。

今天在这里我们还见证了一场雪山大幕

波希涅湖的绿头鸭

特里格拉夫山脚

的徐徐拉开又缓缓合上。朦胧中秋天的雪山，纱幔里湖中的水鸟，在这里不分配角、主角，用我们京剧的说法，都是自然中的角儿。

斯洛文尼亚西北部往高处攀升便是海拔2864米的特里格拉夫山顶峰。特里格拉夫国家公园占地84平方千米，波希涅湖是它的一部分，每到冬天，这里就成了冰雪覆盖的仙境。

到了夏天，草地上野花缤纷，环绕着陡峭的山峰、幽深的峡谷和水晶般清澈的溪流。还有瀑布和溪流翻滚着流进山洞和沟渠。海拔1600米以下的低矮斜坡上长满了落叶松、云杉和松树林，附近还有一些沙滩，高山灌木丛则生长在斜坡上方的两侧。

我们到这里时是秋天，这些树层林尽染地火了。与阿尔卑斯山西部不同的是，尤利安山脉是雪绒花和乌黑蝾螈的出产地。渴望远足数天的旅行者，会发现星罗棋布的山中小木屋，可以供他们夜间休息停顿。

一个很著名的旅行起点是波希涅湖的东边湖滨，那里有不少传统的居所，比如瑞布塞夫·雷兹和斯塔拉·弗兹娜两个村落。

　　车通过曲径弯曲的多石头地带后，是一条风景迷人、交错迷离并且跨越国境的小路，一直蜿蜒到海拔2151米的高处。真正的最高峰海拔2358米，拥有广阔石灰岩的瑞巴瑞斯高原，从这里下山就是五彩缤纷的特里格拉夫峡谷。

　　沃格尔山峰，彻底切断了峡谷河流，还可见熔岩流过一些古老的祭典之地。上面铺有让人快速通过的踏板，给人们增加冒险的乐趣。

　　同行的摄影家徐一川在自己的朋友圈里这样写道：当我走了3千米震撼的山路，5千米如画的湖边，脚开始疼。关键是我在上山几乎快要手脚并用的路上，午饭也没吃，还剩最后2千米到达集合点，开始怀疑人生的时候，碰到几对背着孩子的父母，我想这些孩子太幸运了，这么小就能看到世界顶级的风光，真应该感谢他们伟大的父母。接着，突然脚不痛了，肚子早就不饿了，心情大好，精神力量真神奇，这对夫妇就这样超过了我，感谢他们，重新给了我力量。

秋天的布莱德湖

水光湖色

同行的年轻人小方则在湖边望着湖水感叹：安静地做个画中人真好。

布莱德湖位于斯洛文尼亚西北部的阿尔卑斯山南麓，"三头山"顶部积雪的融水不断注入湖中，故有"冰湖"之称。

布莱德，欧洲十大绝美小镇之一，镇旁冰川融化形成的布莱德湖澄澈透亮，一座具有尖塔教堂的湖心岛犹如沧海一叶，静静地漂浮在湖中。

布莱德湖

湖的南侧小山上还有一座城堡，像是在守卫着斯洛文尼亚的这一方净土。

圣玛利亚古教堂

平静的湖面上天鹅、野鸭成群遨游，湖中心岛上的圣玛利亚古教堂尖尖的塔尖直指苍穹，湖岸峭壁上的布莱德城堡在柔和的素色之中更显威武。

布莱德湖不大，湖长2.1千米、宽1千米，湖畔密林浓翠，沿途风景秀美，徒步一圈大约2～3小时。环游布莱德湖，会惊喜不断。

1004年，德国的亨利二世在布莱德修建了城堡和教堂，其风格独特的建筑与碧绿无瑕的湖面构成人与自然的和谐画面。

湖心那座高出水面40米的小岛，至今依然弥漫着古老神秘气息的巴洛克式教堂，昔日是教徒祈祷的圣地，现已辟为教堂艺术博物馆。

传说在教堂钟楼里曾有三口大钟，其中一口沉落湖底。自那以后每逢月白风清之夜，人们站在湖旁能听到隐隐钟声。湖四周葱绿的树林、明镜般的湖面、湖中给人梦幻般感觉的阿尔卑斯山雪白的倒影，构成了布莱德湖迷人的自然风光，也使它无愧于那"山上的眼睛"的赞誉。

城堡和教堂

我们在那儿时，真的是不断听到钟声而不是按时按点地响起。问了之后才知道，游人如果喜欢就可以随时敲响，让缭绕的钟声在美景中回荡。

美丽的布莱德湖吸引着来自世界各地的游客。进入湖边小镇，不少房舍都挂着小旗或木牌，上书"有空房间"，表明有空房提供给度假者住宿。

布莱德湖几乎全年游人如织，不受季节性限制。夏季，厌倦了城市喧嚣的人们沉醉于这里的湖光山色；冬季，可在布莱德湖畔、阿尔卑斯山南麓滑雪场尽情潇洒；春秋两季，看鲜花满野，看浓浓的秋色。也正因如此，湖区农人出租房间时间很长，有些人甚至将其"变副业为主业"。

今天在这大美的湖畔，从游湖的船上到岛上的树林中，耳边充斥着喧闹声。

漫步湖边

布莱德的夜色（徐一川 摄）

今天在这美景中，我一直在反复问着自己，我们会欣赏自然风景中的美吗？欣赏美仅仅是嘴上的赞美和拍些照片吗？

美是要欣赏的，欣赏是要静下心来的。我们常常可以看见有的人漫步在这样的风情中，是安静的，是沉默的，让人能品味出他们的修养。

我一直认为旅行和旅游是相同的。今天在这美景中，我忽然觉得其实旅游和旅行很重要的不同点是，旅游是热闹的，旅行是安静的。热闹不分时机，安静在恰当的时候，两者所体现的正是旅游与旅行的不同，当然不同的还有其他。

旅游是玩，旅行则不仅仅是玩，还要向自然学习，修炼自己，提高自己对美的欣赏能力。

汪永晨 著

绿镜头下的
美丽星球

（全四卷）

行走于南北美洲的山川大地

SPM 南方传媒　花城出版社

中国·广州

图书在版编目（ＣＩＰ）数据

绿镜头下的美丽星球：全四卷 / 汪永晨著. -- 广
州：花城出版社，2023.2
　　（给绿中国书系）
　　ISBN 978-7-5360-9625-7

　Ⅰ．①绿… Ⅱ．①汪… Ⅲ．①散文集－中国－当代
Ⅳ．①I267

中国版本图书馆CIP数据核字(2022)第254722号

出 版 人：张　懿
责任编辑：揭莉琳　欧阳蘅　梁宝星
责任校对：梁秋华
技术编辑：林佳莹
封面设计：张年乔　眠蝉不语

书　　名　绿镜头下的美丽星球：全四卷
　　　　　LÜ JINGTOU XIA DE MEILI XINGQIU：QUAN SI JUAN
出版发行　花城出版社
　　　　　（广州市环市东路水荫路11号）
经　　销　全国新华书店
印　　刷　广东鹏腾宇文化创新有限公司
　　　　　（广东省珠海市高新区唐家湾镇科技九路88号10栋）
开　　本　880 毫米×1230 毫米　32 开
印　　张　31　4 插页
字　　数　666,900 字
版　　次　2023 年 2 月第 1 版　2023 年 2 月第 1 次印刷
定　　价　200.00 元（全四卷）

目录

第一章

南美洲

秘鲁的秘境

——亚马孙造物者的自留地

地球观察研究所"寻找身边的探路者"的考察于2011年1月9日从秘鲁首都利马起程，经过一个多小时的飞行，我就看到了飞机下面的亚马孙河及亚马孙雨林。

从飞机上看亚马孙

如果不是亲眼所见，很难想象现在我们的地球上还有那么茂密的森林，一望无际用在这儿一点也不过分。这些年，世界上环境保护得好的国家、地区我也去过一些，像亚马孙热带雨林这样森林密布的还真少见。

有这样的森林才有这样的水，我想一定是的。地球观察研究所亚马孙考察船首席科学家理查德告诉我们，他是1984年开始在亚马孙考察的。这些年来全球气候变化对这里的影响是：2009年，这里遭受了100年来最严重的大涝。而2010年，这里又

住在亚马孙边

遭受了100年来最严重的大旱。有的地方水位下降了2米，考察船都开不进去了。

位于南美洲的亚马孙河是世界上流域最广、流量最大的河流。它水量终年充沛，滋润着800万平方千米的广袤土地，孕育了世界上最大的热带雨林，并被公认为世界上最神秘的"生命王国"。亚马孙河虽然长度在世界上处于第二位，但流量是世界上最大的，比其他三条大河——尼罗河、密西西比河和长江的流量总和还要大。亚马孙河的流域面积也是世界上最大的。亚马孙河全长6480千米，源头海拔5170米，流量为平均每秒219000

近看亚马孙河

立方米。源头在安第斯山脉中密斯米雪山（Nevado Mismi）的一条小溪，整体流经秘鲁、哥伦比亚和巴西，河口为大西洋。

　　理查德说："我们的这次考察并不是要研究全球气候变化是不是对亚马孙河流域有影响，而是要研究全球气候变化对这里的自然会有哪些影响。"我们研究的课题主要是在4个领域：一是金刚鹦鹉，二是亚马孙河豚，三是鳄鱼，四是陆地样带，看看全球气候变化对这些领域的影响。陆地样带，是对一个地方生物多样性变化的持续关注。

亚马孙边的公交车

　　我们那天所到的地方叫伊基托斯。这里住着世世代代的亚马孙人。理查德告诉我们，19世纪，这里的人与欧洲的联系比和首都利马还多。因为从水上行，一艘大船能直接去到欧洲。当年这里因为盛产香蕉，很富裕，是非常热闹的地方。而要去利马，可要乘十几天的车才能到。

　　2011年1月9日下午在伊基托斯街上，考察船上一位当地的

与埃菲尔铁塔为同一个设计师

科学家指着一栋房子告诉我们，那是埃菲尔铁塔的设计师设计的，而且所用的建筑材料也是埃菲尔铁塔当年用剩下的。不知道是不是准确，但当地人就是流传下来了这个说法。

那天，我们在伊基托斯看到的亚马孙河边卖的商品，和我2009年在巴西亚马孙河边看到的旅游商品十分相近。也就是说，从画的原住民的画儿，到用鱼鳞、鱼骨头、当地植物做的各种工艺品，一切都和当地的大自然息息相关。

金刚鹦鹉、大嘴鸟、亚马孙河豚、食人鱼、乌龟的各种木雕，植物种子做成的音乐棒，树猴造型的钥匙链和冰箱贴。

这样的旅游商品，可以让游人在旅行的过程中，以及回家以后都会记住亚马孙大自然中的另类生灵，人类的另类朋友。应该说，在亚马孙，当地人是懂得如何向生态游努力的。理查德说，我们这次在亚马孙考察，能见到8种不同种类的猴子，而今天我们在工艺品小市场上就看到很多种叫不上名儿来的猴子木雕。

亚马孙河边卖的猴子木雕

　　我问理查德，现在的亚马孙河豚怎么样？在我们中国，长江里的白鱀豚被认为功能性灭绝了。而影响白鱀豚的环境问题还在继续，比如污染、水上交通过于繁忙、鱼类等食物在减少和一座座大坝还在修建之中等。

　　理查德说，亚马孙河豚比白鱀豚幸运。亚马孙河这里也有两座炼油厂，但水的污染不大；亚马孙河上没有大坝；亚马孙河里的各种动植物还非常丰富，亚马孙河豚有足够的食物；这里也没有太多的船，所以亚马孙河豚活得很健康。后来理查德又补充了一句，住在亚马孙河边的原住民，认为亚马孙河豚是神圣的，绝对不能捕食。所以，亚马孙河豚的数量一直没有减少过。

　　当然，全球气候变化对亚马孙河豚会有什么影响，这也是近年来地球观察研究所要重点考察与研究的项目。

　　我把名为"亚马孙人家"的照片放在微博上后，立刻有人评论说太漂亮了，想去。于是我在微博上提了个问题："在这

木雕的鸟

亚马孙人家

样的环境里，你最长能住多长时间？"这个问题我在怒江时问过。有朋友说，有没有网络？我说没有。有人说，最多一个月；有人说，最多两天。

你愿意与心爱的人在一个基本生活有保障的美丽地方生活多久？一辈子？问了这个问题后，我得到了下面这样一些回答——

"有个知己相伴的话就住一辈子吧。"

"网络无所谓。重要的是安全性、跟谁、基本的生活可以保证。"

住在亚马孙

"如果是我，我就不会再去想现在的生活，对外面的世界也不再充满好奇，这里的风景可以让人纯净。"

"小时候，这样的环境住过16年，现在回家估计住一个礼拜。在云南大山中住过一年。"

"有生活来源，有书看，有事情做，我相信自己可以生活下去。"

"能住半年。"

……

有人问我能在那里待多久。我的回答是，在我还能做自己喜欢做的事的时候，我不会常在一个地方住着。因为我的职业是记者，而不是一位研究者，我酷爱这一行。因为我所从事的职业不仅给了我生活中的乐趣，也让我能干很多别人不一定能做的事。今天在亚马孙我只停留了半天，就得到这么多信息、知识和感受，还拍了那么多的照片。这就是我喜欢，并且能做的事。

亚马孙河向大西洋排放的水量达到了每秒18.4万立方米，相当于全世界所有河流向海洋排放的淡水总量的1/5，从亚马孙河口直到肉眼看不到海岸的地方，海洋中的水都不咸，150千米以外海水的含盐量都相当低。

亚马孙河主河道有1.5～12千米宽，从河口向内河有3700千米的航道，海船可以直接到达秘鲁的伊基托斯。小一点的船可以继续航行780千米到达阿库阿尔角，更小的船还可以继续上行。

人与自然

亚马孙河流域面积达到690万平方千米，相当于南美洲总面积的40%，从北纬5°伸展到南纬20°。

安第斯山以东，就是亚马孙热带雨林了，这是世界上最大的雨林，具有相当重要的生态学意义，它的生物量足以吸收大量的二氧化碳。近年来保护亚马孙热带雨林已经成为一个重要的课题了，亚马孙热带雨林依靠亚马孙河流域非常湿润的气候，亚马孙河和它的上千条支流缓慢地流过这片高差非常小的平原，河岸旁的巴西城市玛瑙斯距离大西洋有1600千米，但海拔只有44米。

这个雨林的生物多样性相当出色，聚集了250万种昆虫，上万种植物和大约2000种鸟类和哺乳动物，生活着全世界鸟类总数的1/5。有的专家估计每平方千米内有超过75000种的树木，15万种高等植物，包括有9万吨的植物生物量。

这五段介绍是我来之前在网上查到的，从明天起，我将和科学家一起认识亚马孙，学习记录亚马孙。不过，明天以后，我们可能有8天的时间是上不了网的。

　　我们中国这次参加亚马孙考察的除了我和香港长大、现在在北京工作的"梦想达人"招秉恒，还有地球观察研究所的中国首席代表谌良仲和探路者市场部的老总康泰。船上有1个英国志愿者和3个美国志愿者，是我们此行的同伴，其中两个美国志愿者已经70多岁。

亚马孙河边的老树

　　吃过晚饭，招秉恒问理查德："志愿者除了做考察记录以外还有什么工作要做？"理查德说献血。看大家都愣在那儿了，理查德说，亚马孙有那么多蚊子，为了让它们也能平衡地生活下去，它们可就要喝点大家的血了。

　　原来是这样。

　　理查德说，从2011年的11、12月到现在，亚马孙河水水位还在下降。所以我们考察的路线也要受到一些影响，不过，这也正是科学家们要研究的。

　　从明天开始，我们要进入的是如今我们人类所居住的地球上所剩无几的，我们人类还没有太多干扰的，最后几块真正的雨林之一。这也就意味着，没有网络，没有信号。

在生命图书馆里分类

2011年1月10日，我们乘车前往亚马孙上的拿托镇。将要带着我们在亚马孙考察的"阿亚普"号船在那里等着我们上船。

路边的砍伐

英国作家和自然保护主义者杰拉尔德·达雷尔曾写道："每个自然主义者都知道，没有什么比热带雨林更能把人们的傲慢变成敬畏的了。"在大自然最后的阵地中，雨林是原始的地方，即使在白天也幽暗神秘。这里生存着难得一见的动植物，它们是"地球上最复杂、最美丽也最重要的生态系统之一"。

达雷尔还说，这些地方"正在被我们破坏，主要是出于贪欲。我们就像喝醉的猿猴闯进美术馆，野蛮残酷而毫无头脑。美术馆的画可以重画，但热带雨林却无法重现。我们迅速毁灭着雨林，这正是地球未来的病症，因为广袤的森林是气候调节器，沙漠的阻止者，也是一个巨大的仓库，储藏着丝毫未动的自然资源"。

白沙中的植物

从昨晚住的伊基托斯前往亚马孙的路上，我们穿过的是热带雨林。理查德让我们注意路两旁，一会儿是白沙质土壤，一会儿是红色黏土，都不太肥沃。而我更着迷地看着热带雨林中像是一团乱麻的树。这样形容或许用的词不够好。但这里的林子真是太乱了，里面长的大树小树，枝枝蔓蔓，有稀有密，有松有紧。当然我说的乱是和我们人工林来比较的。我们人类有时就是这样浅薄，不分好歹，喜欢把丰富变得单一和趋同。

遗憾的是，车开得快，我不能一一记录下那一路上的丰富，只有等到我们在船上再慢慢品味亚马孙的丰富了。

我们行驶在去往亚马孙探秘项目的科考船的路上，理查德向我们介绍的还有天上的老鹰，不过，他用的介绍词也不是我们中国人心中的雄鹰。他告诉我们的是，这些天上飞的鹰是清道夫，专吃地上的垃圾。

路边的雨林

有关亚马孙河名称，至今也还有不同的说法。有说：1541年，西班牙殖民者对亚马孙河进行全面考察。他们上岸后，与手持大刀、长矛和弓箭的印第安人发生了激战。印第安人勇敢不屈的行动，尤其是那些强悍的印第安妇女，更给他们留下了深刻的印象。西班牙殖民者想起了希腊神话中一个名叫亚马孙的女人王国，王国里的妇女英勇善战，尤精骑射。由此，便把乘船航行过的这条世界最长的河取名为亚马孙河，并流传下来，沿用至今。

还有人说："亚马孙"来源于印第安语，在印第安语中，称大潮为"亚马孙奴"。由于海潮可以沿亚马孙河上溯1000多千米，潮头又高，所以，印第安人以大潮称呼亚马孙河。

还没有真正走进亚马孙，可眼前看到的，耳边听到的，告诉我的都是：大自然也不应该被神化，它们有美也有丑。尽管在我们人类看来不够美，但那是它们自己的生存方式与习惯。

谌良仲望着路边那浓浓的绿色，告诉我们，亚马孙流域是地球上物种最丰富的地区，是真正的老大。地球上动植物的1/5都来自亚马孙。

亚马孙河提供了养育人类的食品，如玉米、土豆、红薯、西红柿、花生、向日葵、菠萝、辣椒、可可豆等。

秘鲁，在印第安语里就是"玉米之仓"的意思。亚马孙食品走向全世界，改变了历史，改变了世界。亚马孙食品特别是高产的耐寒作物引入中国，对我国人口的增加起到了重要的作用。

民以食为天。谌良仲说到这里时，特别强调了一下，为什么别的行业的工人都叫"师傅"，唯独食堂的厨师称为"大师傅"。这就说明了吃饭是多么重要。他还说，这些食品的引入，丰富了中国人的餐桌。如果没有辣椒，享誉世界的中国饮食又怎么能像现在这么有滋有味呢？说到这儿，人到中年仍然保持着一颗年轻心的谌良仲又来了一句："如果没有来自亚马孙的可可豆，就没有巧克力，那情人节不就少了很多的浪漫吗？"

亚马孙为世界提供的还有天然橡胶。秘鲁的国树还提供了金鸡纳，使人类战胜了疟疾。

第三次走进亚马孙进行野外科学考察，谌良仲仍是激情不减。一谈到亚马孙简直就是兴奋不已。为了保护亚马孙这一上苍赐给人类的大自然瑰宝，他说自己还会动员更多的中国野外科研志愿者来亚马孙，以直接参与的形式，支持亚马孙生态监测和保护项目。

我们今天上的"阿亚普"号亚马孙科考船，是1906年德国汉堡专家为运输香蕉而制造的。船身长33米，宽6米，钢架结构。它见证了香蕉贸易繁荣期的兴衰。经改造，现在的"阿亚普"号可容纳20人食宿。虽然它已经是

阿亚普号船

104岁的"老人",可依然充满了活力。从船上的扶手楼梯,仍可看出当年装修的精美与豪华。更让我感叹的还有它的结实与耐用。其实,这不也正体现了当年制造中的可持续精神吗?

起航后,我们要前往位于亚马孙上游的萨米里亚河的帕卡亚-萨米里亚国家级自然保护区,野外实地监测生态环境标志性物种,展开对珍稀的亚马孙粉豚、金刚鹦鹉、凯门鳄和包括食人鱼在内的鱼类资源调查。同时展开陆地样带动植物监测,穿越热带雨林,见识奇树异兽。

地球观察研究所的亚马孙考察项目,曾被BBC《野性世界》列为"2009年度野外科研志愿者项目第一体验"。具体来说,国际志愿科考队的主要任务是帮助科学家收集有关标志性物种(indicator species)的数据。所谓标志性物种是指,人们通过了解其存在、缺乏以及生活状况,来了解整体生态系统情况的物种。在雅瓦里河当中,这些物种包括粉河豚和灰河豚、凯门鳄、金刚鹦鹉、红色秃猴和其他灵长类动物、巨型水獭和其他生活在丛林中的有蹄类哺乳动物如野猪和貘。

理查德说:"我们保留了有关这些物种的多样性和种群密度的准确调查记录,用于推动改善以社区为基础的野生动植物管理和保护区管理,以及加快野生动植物保护政策的制定。"

帕卡亚-萨米里亚国家级自然保护区面积为2万平方千米(我们北京市的面积是1.64万平方千米),它是秘鲁最大的自然保护区之一,也是亚马孙流域最大的自然保护区之一。

我让已经与"阿亚普"号一起参加了两次科考的谌良仲讲一件他印象最深的事情。他说印象深的事很多,尤其是第一次看到亚马孙珍稀粉豚时,"那是一群,足足有七八只之多。围着'阿亚普'与船上的科学家及野外科研志愿者们捉迷藏，逗你玩，可爱极了"。

谌良仲说，亚马孙河真是生物多样性的聚宝盆。他由此联想到长江的白鱀豚，已经十多年无法在野外见到了。如果长江上重现白鱀豚的话，肯定引起公众的轰动。谌良仲说到这儿时，我不得不给他泼了瓢凉水：那恐怕只是你的一厢情愿了。因为我知道，2006年，世界6个国家的顶级科学家，在长江白鱀豚生活的江段用了最先进的监测设备找了38天，最后不得不宣布，一头也没找到。第二天在美国《科学》杂志上发表文章，被宣布为功能性灭绝。

有意思的是，说到这儿，谌良仲竟还做了这样一个比喻。他说，当时他的联想中还有，2008年周老虎事件，从反面是不是也说明我们中国对濒危野外动物的珍惜程度还是很高的。

2011年1月10日，我们开船后的第一课，理查德给我们讲了亚马孙热带雨林的形成。

热带雨林位于北回归线和南回归线之间，这片和赤道平行环绕地球的广袤地域，阳光炽烈，气候温暖湿润而稳定。亚洲南部、大洋洲北部、非洲和拉丁美洲都有热带雨林，但谈到激发奇迹这一点，亚马孙雨林是无与伦比的。亚马孙河每年注入大西洋的水量占世界河流注入海洋总水量的1/5。

亚马孙绿色的森林广袤绵延，泥沙滚滚的河流

谌良仲和美国志愿者苏珊在考察船上

成百上千，呈现出一片原始神秘和亘古不变的风貌。由于地处偏僻、面积广大，亚马孙的秘密被深深埋藏，随着新的动植物种类的发现，其中一些秘密慢慢被揭示出来。但是，由于森林破坏和气候变化，许多雨林的健康正受到威胁。随着物种消失在森林之中，用一位档案管理员的话说，"我们还没有对这座生命图书馆里的书进行分类，就把它们烧掉了"。

热带雨林形成简图

理查德用画简图的方式，通俗易懂地把热带雨林里生物多样性的复杂性和相互依存关系阐述了出来。比如，太阳能通过植物的光合作用，转化成生物质，为动植物提供能量和食物。与此同时，把太阳能转化为生物质的唯一途径就是光合作用。通过光合作用，把二氧化碳吸收进来，在这过程中循环发出氧气。

由于亚马孙河流域地处赤道附近的热带地区，阳光充沛，加上亚马孙河的水量世界第一，制造了大量氧气。亚马孙河流域是地球上最大的氧气来源，因此也被称为"地球之肺"。同时，由于固定了二氧化碳，又被形象地称为"地球的空调机组"。

理查德告诉我们，亚马孙河的水分白水、黑水和清水。2009年我在巴西玛瑙斯采访时就看到了白水与黑水的汇合。那也可以说就是亚马孙河的泾渭分明。同行的谌良仲对这些白水、黑水的来源也很了解，他给我做了进一步的介绍——

白水是从亚马孙河支流马拉尼翁河流来的，挟带着安第斯山脉的冲积物，营养比较丰富。

2009年在巴西玛瑙斯亚马孙河黑白水汇合处

黑水是从萨米里亚河流来的，热带雨林洪泛区流入亚马孙河，因为流水把热带雨林里的有机质和树叶里的丹宁溶解，水的颜色就成黑色的了。水的营养自然也是比较高的了。

清水，是从亚马孙河流域北部山区流出，因为是古老的山脉，泥土早已被冲刷掉，目前的山体、河谷都是裸露坚硬的岩石，所以河水清澈而少有营养。

理查德在船上给我们讲亚马孙时让我们想到了我们中国古人的读万卷书，行万里路的说法；想到我们绿家园的宗旨：走进自

5点51分的亚马孙河

然，认识自然，和自然交朋友。亚马孙热带雨林可把人们的傲慢变成敬畏。这是我走进亚马孙听到的一个说法。想一想，我

18点26分"空中对话"

们这个世界，应该有多少是大自然给人类的这一感受呢。关键是要走进自然，要学会认识自然，感受自然。体会到这一点，可能也需要些灾难的启蒙。

在亚马孙河上度过的第一个傍晚，我们在船上真可说是看了一场空中的"大戏"，或是一场天空中的"时装秀"。本以为天中的云没有形成火烧，太阳就下山了，哪想到还会有这么精彩的表演？

在亚马孙河看日落，应的是另一句老话：好事还在后头。在我们中国的江河上看日落，不是太阳躲在乌云后天空一片灰蒙蒙，就是天空中只有"鸭蛋黄"。在亚马孙河上看日落，太阳已经消失在地平线下，"大戏"却越来越精彩。

18点51分

这场空中"大戏"我们从17点37分拍到18点51分。从时间表上我们可以看到，一分钟就是一个"节目"，一分钟就是一台色彩斑斓的时装秀。

亚马孙河上的"天火"

回想刚刚结束的绿家园"江河十年行"中我们看到的那些破碎的江河，我们在亚马孙河上寻找的不仅是我们所没有的，还有我们为什么没有。

明天将开始我们在亚马孙河上真正的考察、监测与记录。丰富的亚马孙、神秘的亚马孙、多情的亚马孙在等着我们。

留住亚马孙的"肉铺子"和"建材市场"

2011年1月11日的早上不到5点，亚马孙河的天空就开始泛出了红色，又一场空中"大戏"即将上演。我们三个来自中国的野外科研志愿者先后跑到甲板上，端起相机，又开始了一天的亚马孙记录。

空中的"天火"燃着了江面

就在我一个劲地把镜头对准天空这个大舞台时，水面上突然出现的"旋律"让我一下又有了一种错觉——我不是在亚马孙河，而是在亚马孙沙漠。那金色的起伏，分明是一个个"沙丘"。

大江大河谁都见过，沙漠千姿百态的造型也不是啥稀罕物。可是，像亚马孙河这样水中金色的"沙丘"谁见到过？特别是在工业飞速发展的今天，大自然的本来面目被我们人类做了太多的"整容"。

亚马孙河水中的"沙丘"

亚马孙河的"旋律"

就在我尽情地欣赏着水中的"沙丘"时，亚马孙河的"旋律"突然在我的耳边响起。那么舒缓，那么悠扬……那记载华彩乐段的"线谱"伴着和声，将我带入了亚马孙的音乐世界。

那一刻，陶醉的我想的是，当下，这样的意境，谁看了不会"醉"在其中呢？

走出亚马孙的音乐世界，船上的课又开始了。理查德说："今天要给你们讲的是，我们保护森林，是从自身出发的。不仅仅是因为生物多样性保护，也不仅仅是因为应对全球气候变化，而更应关注的是我们'家门口的超市'不要关门，不要没有了。"

什么意思呢？我们船经过的一个村庄是1720年发现的。如今远道而来的人，兴奋的是看到粉豚、金刚鹦鹉，但当地人要见的是野猪和貘，因为野猪和貘等动物可以给他们提供肉食。这里的森林，是当地人的"肉铺子"；这里的湿地，是当地人的"副食品商店"；亚马孙河又是当地人的"水产品柜台"。除此之外，森林也是当地的"建材商店"。除了提供房屋建材外，也提供运输工具——独木舟；同时也是当地居民的药店，提供中草药。

理查德说，他们在这里开展工作后不久就发现，当地人虽然十分依赖当地的物种，但他们也怕这些"肉铺子""建材商店"没有了。他们也来找科学家问："我们能打多少野生动物和多少鱼？怎样才能让我们打得更长久，而不会让它们消失？"

亚马孙河"水产店"

这样的询问正是理查德他们要开展的村民参与式的保护。这一保护方式，村民成了主要力量，他们和科学家们一起制订方案，一起商量怎么才不会过度采伐，过度打猎，过度打鱼。

这里的村庄都是用森林里的草和树建的。洪水区淹了，从森林里取了木材再建。理查德比喻道，当地人对保护工作为什么越来越重视，就像人们在大城市生活，周围商店都关门了，你是不是要赶紧抢购？北京、纽约的商店都关了，肯定要乱成一锅粥了。

亚马孙河中的沙滩

制订可持续利用自然资源的管理方案，首先要制订好的策略，制订可持续利用的计划。以村民为主，科学工作者提供技术支持。理查德说，这种方案在每一个村庄都不一样。因为有的村庄靠近城市，有的在更荒僻处。还有，野生动物也有不同的个性。野猪、鹿等生存和繁育能力强，保护它们是一种方案。树上生活的灵长类动物繁育能力差，稍微打猎就濒危了，就需要另一种保护方案。所以针对不同的动物要有不同的策略。

理查德说，在野外生活与研究中，他们发现的另一现象也很有意思。就是在自然界，陆地上的哺乳动物，它们的应急机制是，被天敌捕多了，它们就会加快自己的繁育，捕得少，就少繁育，在森林里最后数量仍然是平衡的。可是人来了以后又多了一个天敌，加上过度捕猎，那就要打破自然界本有的自身平衡了。

此外，也有一些动物，本来就没有太多的天敌。像灵长类动物，它们就没有应急机制，它们也属于社会性动物，不会有适应能力，不会及时加快繁育，数量就减少得很快。用我们人类的话说，就是它们本没有危机意识，打得过度了，超过本有的繁育能力，森林里这种动物的数量就会减少。一种动物的减少，还会影响到整个生物链。

现在在亚马孙河流域有一种挪威鼠生长得很快。这种鼠有两大本事。其一是，它们会跳上船找吃的；另一个是它们能天天生孩子繁育。不过它们跳到船上，当地人也有办法，就是把它们引进发动机排气管，让它们知道船有多厉害。这种鼠是外来物种。

理查德他们的科研工作，特别要对野外动物的数量、行为进行监测，采集各种物种因打猎及没有被人类猎杀情况的不同数据，然后根据相关数据分析再进行决策。

那么，这样的调查研究为什么要村民参与呢？让村民、猎户参与，是因为他们这一年出去一星期打了几只，下一年还能打几只，再一年又能再打多少只，这些数量在制订决策时都是要参考的。关乎到他们能打到的野生动物是多了还是少了。此外，对河里面的鱼类调查，也是采取让当地人参与的方式。这样，长期下来，在和当地居民的互动中，能够了解野生动植物的动态。

在亚马孙河流域这项工作的做法是，记录打猎的单位时间、单位地方打了多少动物，包括打了多少鱼，打了多少猪。让村民们参与就是让他们打猎回来登记今天在哪儿打了多少猎物。

一开始表给他们了，他们也很认真地记录了几个星期。可家里来了个客人，卷烟找不到纸，拿起记录数据的纸卷支烟就抽了。后来就采取了食物记载法。让老婆、孩子帮忙清洗打来的动物。因为动物腐烂总是先从头开始，那么就以头骨为记。公的、母的分着记，全家人都参与，慢慢这样过渡一阵子，村民差不多就适应了记录野外数据。

村民们在这个阶段，之所以愿意参与，是因为他们看到了自然资源的利用需要管理。而野生动物栖息地保护好了，有健康的环境，

船上的课

动物和人都能可持续地生活。这以后，再转向栖息地的保护，目的是让当地居民更加可持续地利用资源。这也成了保护全球最重要的亚马孙河流域自然资源的方式。

在秘鲁，对亚马孙热带雨林的保护，是从20世纪40年代军政府开始的。一个将军进来发现象鱼很多，可作为军用物资储备。他决定把这个地区建成保护区。所以在第二次世界大战时这里就建了保护区。相比我国的第一个国家级自然保护区是1956年建立的，秘鲁在建立保护区方面，还是蛮领先的。

到20世纪70年代，军政府还政于民，自然保护区村民们可以进来了。到了20世纪80年代，保护区管理部门的保护就是把村民赶出去，这样一来保护区和当地社区的冲突加剧。这就像是家门口的超市要关门了，赶快抢购吧。村民急，就要赶快打，能打多少打多少，濒危动物出口量也大增了。

一直到20世纪90年代也没有把村民当作保护主体，这里的土地世世代代本都是印第安人的，把他们赶出去是让很多村民和保护区为敌的做法，保护工作非常难。曾经发生过一个居民因其打猎工具和猎物被保护区工作人员没收，而杀了该工作人员的恶性事件。这种管理方法，经济代价大，社会也不稳定。人家的免费"食品店"让你给关掉，那人家肯定要和你对着干。

而社区参与这种方式，在保护区里是有的动物能打，有的不能打，有的可打少量的。这样做是把村民当成主力，是为当地居民提供可持续的生计。而村民也不再把保护者当敌人。结果是保护了生物多样性和热带雨林，村民的生活也保护了，自然也保护了，特别是热带雨林受到了保护。目前，这种参与性的保护方式，全球都采用了。

在这样的保护方式实施后，理查德他们发现，他们所制订的栖息地保护战略，比如什么动物可打，什么动物可以多打，什么动物不能打，什么只能少打，打多了就是过度打猎，其实和当地印第安人早有的对野生动物捕猎的划分及神山的保护有十分巧合的一致。

这种参与式的方式，政府也高兴。秘鲁的政权是效仿英国式，要选票的。村民们和官员发生冲突，官员就拿不到选票了，就要下台。现在村民们也一起工作，保护区官员当然高兴，谁也不愿多几个仇人。

现在保护区工作人员的工作顺利了，可持续目标也达到了。在洛雷托省，现在政府要把另外6个地方也划成保护区，这也是村民的要求。为什么呢？他们不但看到了保护区里的可持续发展，而且现在石油公司、木材公司也在盯着亚马孙热带雨林，老要来侵占地方，村民们要求政府把他们的家列成保护区，为的是免费的"水产店""肉铺子"和自家花园，不会被石油公司和木材公司抢占掉。所以，参与式的保护是村民、保护区、官员大家都高兴的保护方式。选票也上来了，三方共赢。

水中的小花

不过，理查德也说，他们的做法在下游自然保护区推广了，亚马孙热带雨林都在用，但不一定适应其他地方。洛雷托省面积辽阔，38.2万平方千米，人口只有120万，其中一半还住在省会伊基托斯城里。而我们云南省的面积是大约36万平方千米，却有3000多万人口。

理查德说，他们现在的保护方案也有人怀疑，自然资源是不是能被可持续利用的变量太多。比如近年来交替遇到的极端最低水位和最高水位、气候的变化、人口的迁徙等。目前的保护方案能否让热带雨林里的动植物处于一种平衡发展的状态，栖息地的动植物增加了还是减少了，等等，这些才是衡量我们保护工作的标准。

从20世纪90年代末以来，保护的物种，特别是濒危物种的数量在上升。村民不稳定因素大大消除。虽然工作不是完美的，还有好多不可预见的变数，但大方向是好的，村民喜欢，动物也增加了。

评价参与性保护方案工作的成果，依据的是长年在野外的观察。理查德说到这儿特别强调，我们此行，目的也就是要帮他们监测，这是长期监测的一部分。

地球观察的野外科考有多重要，举一个例子。2005年前秘鲁中央亚马孙要在这里新设7个自然保护小区，但当地的洛雷托省政府反对，担心社区居民的生活受影响，从而影响社会稳定。可理查德他们把1998年以来监测的数字拿出来，野生动物的数量在上升，村民的生活条件在改善，省政府看到这些还能不同意吗？

所以说，如果没有野外科考队长年的监测，保护区扩大新的7个区域是不可能的。村民的支持、官方的支持也都是不可能的。理查德自豪地说：我们的数据赢得了支持，达到了保护的目的，这就是科研保护的成果。

对理查德他们来说，如今最大的挑战就是要面对最近一两年水位的极端变化，百年未遇的大涝，百年未遇的大旱。我们这次船在亚马孙河中航行的路线，一年半以前水是不够深的，而目前的航行主航道常变，要找新的航线。依靠河流动力学来判断：哪儿有急流，哪儿就是主河道。

随着气候变化、物种变化，村民的"副食店"是不是会被关掉，在亚马孙的研究有着全球的意义。

来自英国的志愿者问理查德，当地人帮你们监测的动力能持久吗？

理查德说：村民的动力，来自家门的"小超市"不关张、

黑白分明

不倒闭。因为那是他们长期生计的来源，村民现在也常常主动找来，要求给予技术支持。那么好了，你就参与记录。这样主动加入到监测中，准确性高，也不要钱。你要是硬让他们记，他们虽然需要"小超市"，但主动性还是不够的，也可能还要找你要报酬。

在这里工作，理查德他们一年的花费是15万美元，大部分是支付生物学家的工资。

疑似污染，其实是自然

2011年1月11日下午，我们的船经过亚马孙河两条支流的汇集处。

我们的船开到这，大家的相机都忙开了，这

样的水的加入与融合所带来的变化，应该说是不多见的。

这种自然的融合，是大自然的创造，是大自然的画卷。不是吗？

告别拍也拍不完的亚马孙河"泾渭分明"的黑水和白水的交融，我们到达了亚马孙一号监测站。因为靠近萨米里亚河入口，这里的动植物资源是非常丰富的。保护站的监测人员告诉我们，这里有亚马孙巨龟、黄斑龟；这里的棕榈树盛产阿瓜亚果实，维生素A含量很高，是当地人喜爱的水果。但因这种笔直高大的棕榈树的树干含有从土壤里吸收的二氧化硅，而二氧化硅本是玻璃的原材料，所以树干非常滑，当地的科卡玛印第安人，为了采集阿瓜亚果实，干脆把树砍了。为了保护这种天然植物，保护区的人会教当地人怎么爬树，在采集果实的时候保证安全。

介绍棕榈树

再就是对棕榈树进行人工种植。因为这种植物在天然条件下，为了竞争阳光，会长得非常高大。而在人工种植的条件下，因为周边没有其他植物与它争夺阳光，所以不用长得高大，当地人就可容易地摘取果实。

理查德告诉我们，150多年前，这里的亚马孙巨龟是爬得满岸都是的，可是现在数量却大大减少了。不过没有减少的是亚

亚马孙河豚

马孙河豚。2011年1月11日让我最兴奋的是,就在一号监测站的外面,我拍到了亚马孙河豚。从1997年绿家园开始关注白鱀豚,我曾在长江里找了它们7天,可连影儿也没看到。

2009年,我在巴西的亚马孙河看到了亚马孙河豚,同行的沈孝辉拍到了,我没有拍到。2010年夏天,我在香港拍到了中华白海豚。

能拍到河豚一直是我的梦想,今天梦想成真了。虽然能拍到河豚跃出水面更好,不过我记录下的亚马孙河豚,足以让人们看清楚它们了。

1月12日,我们的监测项目专门有一项是在亚马孙河里数亚马孙河豚。今天我已经摸索到一点拍河豚的技术,亚马孙河豚在等着我们去记录。

记录跳出水面的亚马孙河豚

2011年1月12日早上5点30分,我参加了此次亚马孙考察的第一个项目,记录金刚鹦鹉的数量。考察的方式是在亚马孙河支流的萨米里亚河上500米一个点观察监测15分钟,数出在这个位置、这段时间能看到多少金刚鹦鹉。这个调查要的不是这个地区鸟类的数量，而是鸟类的密度。

"锁定"天空

可能是因为时间太早，参加这一记录的志愿者只有我一个。坐上小船，随着鸟类工作者辛迪亚和船工（兼任向导），我们划进了亚马孙河支流萨米里亚河。

2009年我在巴西的亚马孙河采访时，看到过一树的金刚鹦鹉。今天我们要记录的是飞翔时的金刚鹦鹉。

我们所在的秘鲁洛雷托雨林，位于亚马孙流域西部，保护着地球上一些大型的哺乳动物、鸟类、植物和鱼类的多样性。自1984年以来，首席研究员和他的团队已经在洛雷托地区展开了多年研究工作。

2011年我们在亚马孙考察时得知，正为地球观察研究所正为地球观察研究所亚马孙河内河船考察项目中的一

飞翔的金刚鹦鹉

部分任务提供支持。研究希望通过以社区为基础的工作建立起对生物多样性的长期保护，并发展以野生动物为基础的保护区和景观策略。

我们参加的研究和保护活动，要求运用跨学科的方法来找出当地居民的需求与动植物保护之间的平衡。这个项目的目标正在由保护团体、大学、政府机构和相关民众，通过行动、宣传、研究及合作来加以落实。

作为一名地球观察志愿者，我们将要在位于帕卡亚－萨米里亚国家级自然保护区的萨米里亚河（第一、三、四、五、六组）对野生动物的数量进行监测，帮助收集关于有蹄类动物、

金刚鹦鹉、大型灵长类动物、野生鸟类、大型猫科动物、其他大型哺乳动物和大型鱼类的数据。协助研究人员寻找动物，确定动物种群的大小和

黑领鹰

组成情况，确定距离参数，登记数据表信息，测量动物体重和尺寸大小，并进行动物膳食分析。谌良仲说，我们这样做其实也是参与了当地土著村庄研究野生动植物资源的可持续利用和以社区为基础的生态保护计划。

科学家们说，热带雨林是大自然最后的屏障。它是大自然最为原始的杰作之一。即使在白天，走进热带雨林，也仿佛走

进了一个幽暗的世界，甚至能呼吸到这片土地上的神秘气息。这里有世界上最珍奇的动植物，它是地球上物种最为丰富，自然景观最为绮丽，也

听着树林里猴子的叫声在记录

是最为重要的生态系统之一。

我们在船上度过的8天里，就是要把这丰富、这美丽记录下来。科学家要用数据，而我作为记者，除了参与野外数据的采集之外，就是要用照片，把这美、这神奇记录下来。

此次考察，我们一天从早到晚最多能参加的野外数据监测是4次，我全参加了。

数据监测对象包括金刚鹦鹉、粉河豚和灰

小金刚鹦鹉

河豚、凯门鳄。我多么希望尽可能多地看到亚马孙河豚。而且我回去后会将这些记录和感受与更多的人分享。虽然才短短几天的时间，我已经越来越感到，亚马孙河给我们的内容很多，

很多。

理查德说：我们保留了有关这些物种的多样性和种群密度的准确调查记录，是用于推动改善以社区为基础的野生动植物管理和保护区管理，以及加快野生动植物保护政策的制定。

亚马孙雨林

为什么选择这些动物作为标志性的调查对象呢？理查德说，选择它们为标志物种，一是人们不打这种动物，狩猎动物不能做标志物种。当地土著认为粉豚就像人类一样。传说，粉豚会装扮成英俊少年勾引姑娘。如果有女人怀孕了，又说不出是谁的孩子，就会说是碰到了粉豚，这是很有意思的借口，隐含的就是人和河豚间的关联。

作为标志性物种的第二个要求是，这种动物可以长距离迁徙。谌良仲对此的解释是，此处不留爷，自有留爷处。这点要的是此种动物能适应各种环境。理查德问我们，在船上只有一天的时间，亚马孙河豚谁没有见到？大家都见到了。

作为标志性物种的第三个条件是容易看到，容易被发现。见不到的没有指标性。

在洛雷托地区，一共有5种常见的金刚鹦鹉。我们记录的有4种：红腹金刚鹦鹉（red belly macaw）、蓝黄金刚鹦鹉（blue

and yellow macaw）、栗头金刚鹦鹉（chestnut fronted macaw）、
五彩金刚鹦鹉（scarlet macaw）。它们一般会在上午飞越河流
和湖泊到达为其提供食物的树木上面，然后在夜间回到自己的
栖息地。金刚鹦鹉的种群状态可以指示森林生态系统的健康情
况，因为它们的食物是水果。而且如果某个地区内的森林环境
既健康又能够提供丰富的食物，那么它们就会长期在这片区域
内生活。如果金刚鹦鹉的数量下降了，这意味着森林生态系统
开始恶化，而其数量的增加则表明生态系统的健康状况处于恢
复之中。

金刚鹦鹉，当地人是不打的。不过让金刚鹦鹉更加平安，
也有赖于2001年以后，美国对收养这种宠物征收极高的税收。
在旅客的行李里要是扫描到，那可是没有"好果子"吃的。这
使得金刚鹦鹉贸易急剧下降，从而起到了保护金刚鹦鹉的重要
作用。金刚鹦鹉同时能够长距离迁徙，如果森林中没有足够的
果实，它就飞往别处觅食。

1月12日早晨我们的记录是46只。没有想象的那么多，也没
有想象的那么近。但整个早晨，我感觉到的是亚马孙河及其两
岸的丰富与神秘。

接下来的9点到下午1点，我要去记录的是我此行最希望看
到的亚马孙河豚。2009年，我们在巴西的亚马孙河时，当地人
告诉我们，4月份水大了，不容易看到河豚。可是那天我们上船
半个小时后，就看到了两群。一群灰豚，一群粉豚。那次同行
的沈孝辉拍到了，可是很小。我没有拍到。今天，我多么希望
自己能拍到亚马孙河豚，而且是跳出水面的它们。

亚马孙粉豚是亚马孙河豚里体型最大的一种，成年雄性体

型可达2.55米长，185千克重，雌性体型略小，约为2.15米长，150千克重。虽然其身体肥胖沉重，但却极为灵巧，头部可全方位转动，宽阔的三角形尾翼，背翅很低，从腰部到尾部的形状，像鳗鱼一样修长苗条，而尾翼就像鸭蹼一样，犹如一个宽大的船桨。其游泳速度并不很快，却能在泛洪区水中森林间穿行自如，非常灵巧。亚马孙河豚的喙和下颚又长又坚固，鼻子小且柔软。它的身体可由肌肉控制。幼年河豚的颜色为深灰色，年长的河豚则完全为粉色或背部为暗深色。

在雨季丰水期，当各种鱼类大量来到泛洪区时，亚马孙河豚采用集体围捕和捕猎进食的战略。其他时间，它们则以5~8只个体组成的"小家庭"为单位，由一只强壮的成年雄性河豚带领。在河流交汇处，曾见到过多达35只河豚，有时候与灰豚一道，集体围捕猎物。

亚马孙灰豚的外观与小点的瓶鼻豚相似，它背部颜色为浅灰色或蓝灰色，腹部颜色接近深粉色或浅灰，背部颜色和腹部颜色之间，在尾鳍到嘴角的连线，有明显的分界，而侧面，在尾翼和背翅之间的颜色很淡。背翅的形状为三角形，在鱼翅顶部有些许钩状物，而它们的嘴巴，长而苗条。海中的成年雄性灰豚长达2.1~2.2米，在淡水中则较小，约为1.52米。

灰豚是非常社会化的动物，相互之间有密切的社会关系。雌性成年灰豚的体型较雄性略大一点。由于它们实行一妻多夫制，所以其社会结构可能以母系为主。

粉豚在行进中

"不知是我们的运气好，还是亚马孙河里的豚还真的是成千上万。"这一句话是2002年我在武汉参加白鱀豚研讨会，采访一位巴西科学家时他说的。这句话现在在亚马孙得到了应验。

当然豚多并不见得我们都能拍到，能拍得好。我们通常是在河豚出来呼吸时看到它们的。而等我们肉眼看到它们出了水面，再去"瞄准"时，人家又回到了水里，只留下水中的片片涟漪。

河豚在嬉戏

不过好在亚马孙河豚数量较多，我们有机会练手。开始是一张一张地拍，后来就连拍，再后来，索性相机不离眼睛，对准一个地方不撒手。这样，虽然你不知道河豚这口气喘完了下一口气会从哪出来换，但因它们并不是单个活动，所以这头出来后，很可能就会有下一头豚接着出来。这样你就可能"逮"个正着。

我拍到一头让我得意得不行的豚。当时不知拍到没有，我一直都没敢看相机。一是，拍眼前那一跳，那么好的机会，我要是没有拍到，真是太笨了；二是，也想留个悬念，好的东西总想放在最后看，这是一种人的习惯，我差不多属于这种人。我觉得这样会给自己留下无穷余味。

我拍到了，拍到了比我想象的还好的亚马孙粉豚跳出水面的画面。我开始想象，我把这张照片给朋友们看时，他们会和我一样高兴的。

接下来我拍到的亚马孙河豚也是足可以让人们好好认识它们的。中国古人有很多话，总结得真是太好了，此时我用上一句"乐极生悲"：激动万分的我，拍得眼镜上全是汗，反正亚马孙河豚离我们都很近，我摘下了眼镜，挂在了胸前的衣服上。可是在船上跳到这边、跳到那边拍时，一不留神，只听到嘭的一声响，我那既有近视，又有散光，还有老花的眼镜就离我而去，找亚马孙河豚去了。

当时急得我想跳下水去找。可是我们一上船，就被告知，不许游泳。用理查德的话说，水中的世界是很凶险的，是个弱肉强食的地方。我看看两个船工，他们也向我看着，表情虽然不像我那样着急，却也是一脸的无奈。我们的船停在那儿一会儿。我还是认为水性好，下水试试怎么样。可是同行的豚类专家威廉说这里的水深有七八米。他说水深时我还没有死心。但他马上说，我们的船看着是停了，其实是在慢慢移动的，你即使能潜水，可这么大的范围，怎么可能还找得到呢。

　　听威廉和同行的招秉恒这样劝我时，我突然想到了一个选择，问招秉恒："要是只有一个选择，你是要眼镜，还是要拍到跳出水面的亚马孙河豚的照片？"他笑着说："眼镜。"

　　我知道，他这是说给我听的。几天的相处他当然知道我的选择——拍到亚马孙河豚跳出水面的照片。虽然那个时候我还没有在电脑上看我

浮出水面是为了呼吸

拍到的照片，但我有这个信心，我今天拍到的照片，是可以排在此行我能拍到的最难得的照片中的一张。

　　如果在我的眼镜掉到亚马孙河里之前，有人这样问我，我还是会义无反顾地选择拍照。眼镜虽然用得合适，价钱不菲，可回到北京还能配。而亚马孙河豚，能拍到可真就是运气和功夫了。我关注江豚那么多年了，今天才终于拍到了它们。按这个思路想，还有什么可说的呢。

　　中午，我们在船上吃饭时，我把卡上的照片拷在电脑中，我看到了我拍到的亚马孙河豚。同行的美国志愿者巴布把他看书时用的眼镜借给我，并且说，整个旅行你都可以用。

　　整个中午，我久久地沉浸在刚刚拍到亚马孙河豚时的兴奋和被考察船上浓浓的友谊所感动的情绪中，也深深地在为我们中国长江里的白鱀豚少了、没有了而惋惜。

今天，我们在不到3个小时的时间里，数到的亚马孙河豚是60头。

1月12日下午考察之前，我们增加了一个小项目，去看河边的棕榈树，也看看我们考察船旁边林子里的野生植物和原住民住的周围的环境。

水边的雨林

下午，我们同行的几个中国志愿者一起参加了这个时段对金刚鹦鹉的记录。鹦鹉还是飞在天空中，不容易拍到。但周围的环境，足够深深地吸引着我们每一个人。

今天我们早晨和下午观测到的金刚鹦鹉都是46只。理查德说是个不错的数字。近来的大旱，鸟类是不是没有食物吃了？他本来还很担忧，现在看来亚马孙河的鸟类对目前的环境还有适应能力。

亚马孙河每天的傍晚都不一样。不管阴晴，都让我们这些生活在大自然却已经不自然的人们激动不已。这样的画面，就算是在我们中国原生态的地方也是不多见了。对我们这些所谓的城里人来说，更是难得一见呀。

2011年1月12日，我参加的最后一个考察项目是去监测凯门鳄。晚上9点到12点的这个活动，是坐着船，专家用手电把光打在河边寻找。在巴西的亚马孙河，我们也有一天是这样打着手电看野生动物的。当地人说，因为有些动物就是夜行动物。不过在巴西我们看鳄鱼，是白天看的。

松鼠猴（康泰摄）

给我们开船的是当地人。那么小的鳄鱼，不知他怎么就能找得到。捕到以后，先是量了它的身长，又称了它的体重，还从它的肚子下面用小

凯门鳄

夹子掀开，看看是公还是母。这种做法，是为了科研和可持续发展，所以鳄鱼也只能接受了。不过在我们看来，还是有点于心不忍。当然，检查完了会把它放回自然中。

在亚马孙的洛雷托地区的大型河流和湖泊中，一共生活着3种凯门鳄物种：黑凯门鳄、常见凯门鳄和钝吻凯门鳄。过去，人们杀害这些动物获取它们的皮来作为制造鞋类、手袋、腰带

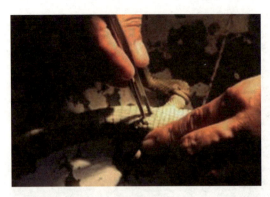

检查性别

量完了放归前

和其他物件的材料。据说当年美国肯尼迪总统的核弹按钮包就是黑凯门鳄鱼皮做的。《濒危野生动植物种国际贸易公约》禁止捕捞和贸易后，在洛雷托地区的许多河流当中，鳄鱼的数量正在恢复，现在重新列为比较常见的动物了。

理查德说："凯门鳄种群的数量多少可以反映我们的环境保护工作做得好不好。但是要注意，随着凯门鳄种群数量的上升，该地区各种凯门鳄物种的数量比率也会发生变化，这是由各个凯门鳄物种之间直接或间接的竞争关系和捕食关系引起的。"随着凯门鳄数量的上升，地球观察研究所的项目将会研究该地区各个凯门鳄物种之间的关系，从而更好地了解我们的生态环境保护行动对于凯门鳄家族内部各个物种结构的影响。

从早上5点30分，到晚上12点，整整一天紧张而有意思的考察结束了。我拍的照片将和我写下的这些纪事，发布在我们"绿家园江河信息导读"上，让读者们和我一起感受亚马孙河的今天。

　　明天，我要参加的科考是鱼类调查和陆地样带的监测。今天去陆地样带监测的人真是个个成了"献血"者。亚马孙热带雨林里的蚊子有了美美的大餐。明天我们又将如何与这些森林里的主人相处呢？想想，有点紧张。

在亚马孙热带雨林里"献血"

　　2011年1月13日上午，我们4个来自中国的志愿者参加的都是对鱼类的调查。亚马孙河的食人鱼，我在巴西的亚马孙河里钓上过。今天在

带着我们钓鱼的布查

秘鲁的亚马孙河支流萨米里亚河的像墨汁一样黑的黑水里，食人鱼多吗？能像在巴西亚马孙河里那样，初学者都能很容易钓上来吗？上午9点30分，我们从"阿亚普"号考察船换到了一艘小船上出发了。

　　据地球观察研究所《走进亚马孙项目手册》上介绍：对于亚马孙地区当地居民来说，鱼类是一种最重要的资源，而鱼类的可持续性捕捞、当地的生态系统的健康状况，与当地土著社

区的经济社会发展都是有紧密联系的。科考队员将会监测大型
鱼类种群的丰富程度、多样性以及年龄结构，从而确定当地渔
业对于这些物种的影响。

撒网

亚马孙河里的水葫芦

我们参与的调查，是对各种不同的捕鱼方法进行捕获率的评估工作。例如撒网捕捞、使用鱼钩的捕鱼方式。在这一考察中，也有用鱼线、长矛、鱼叉捕捉的。还要在丰水和枯水季节分别确定鱼类种群的数量和规模，采用的分析方法是计算每次捕获到的鱼类数量。

我和中国志愿者阿秉与当地向导阿尔费来多一起划着小船去撒网时，我想象着在电影上看到过的，收网时鱼一条条地往上蹦的场面。亚马孙河这个鱼类的天堂也会让我们拍到这个画面吗？

撒网归来，留在船上的人已经拿起了鱼竿，有模有样地钓开了。

水中"音乐"的旋律，是水与水中的植物共同演奏的。那

些在我们中国被称为外来物种入侵的水葫芦，在这里婀娜多姿。2010年我国西南大旱时，有科学家站出来批评过度种植桉树对生态的影响，也有科学家说桉树在澳大利亚长得很好。这些科学家要是到亚马孙河来看看，可能也会说，给中国江湖的水质带来严重污染问题的水葫芦在亚马孙河不就长得很好嘛。

徐凤翔在巴西亚马孙手中拿着水葫芦的花

水葫芦在亚马孙河是美丽的植物，点缀着大自然的丰富，但并不见得在中国也有同样的功能。在亚马孙河，水葫芦没有泛滥到盖住整个水面，让其他水生动植物连气都喘不了。

在中国，水葫芦是臭名远扬的，可是2009年我们在巴西亚马孙河采访时，生态学家徐凤翔说她一定要给水葫芦正名。

那次，徐先生首先说道，水体流动性差，污染太多，才造成水葫芦生长迅速，独占了水体，造成了厌氧环境，影响了其他物种的生存。所以，不能一味地讲水葫芦物种是"入侵"，其实是环境治理的问题。

徐先生说，在巴西的那片大湿地中，我们看到除了它水系的流动使多种水生生物生存外，而且在水生森林的环境下，上层林木对水体郁蔽，水葫芦自然就不会到处生长了。还有，沿岸的耐水湿的树种和灌丛也可形成水体的郁蔽，一定程度上

热带雨林里一棵大树的树根

雨林中的"雨"

也可起到限制水葫芦野蛮生长的作用。

生物的生长是有其环境的。西南大旱时，如果只是一味地强调全球气候变化的影响，而不找找局部环境遭到了什么改变与破坏，及造成改变的原因，显然是不负责的，或是推卸责任。

我们都知道一方水土养一方人，动植物也有属于它们自己的家园。这样的教训，在我们身边的还有"大树进城"。前些年我在西安就听说，大雁塔附近移栽的大树已经死了几轮了，可还在不停地从远方移来，种，种，种。其结果，不但城里的景观没有被美化，大山中的大树也越来越少了。亚马孙热带雨林的景观之丰富，是人类种不出来的，在这里，我们除了赞美，我想更应该的是从大自然中感悟到一些真谛。

就在我们尝试并感受着在亚马孙河中钓鱼的乐趣时，下雨了。我们急忙躲到热带雨林中的大树下。这里的大树在我们看来，除了能躲雨，营造着密林深处无比的神秘感以外，就是它们根部的奇特。有的树枝上又往下长着一枝；有的一枝枝、一条条在空中悬垂着。

树上趴着条蛇

我钓到的小鱼

为什么叫雨林？用我的话说，就是那一条条悬浮在大树四周的气根，它们像不像一条条雨丝、一条条雨线呢？

我还在探秘、想象着热带雨林里的树、热带雨林树的根时，我们的向导阿尔费来多把我们叫到一棵大树下，并指着密密的树枝和树叶让我们看。

通过科研助理布查先生的翻译，我们知道阿尔费来多发现了趴在树枝上的一条蛇。偌大的一片林子，那么密密麻麻的树叶，这位生长在亚马孙村庄里的男人，怎么就能看到一条和树枝几乎是同一颜色的蛇呢？阿秉说他一定是有感应，不然怎么可能。

阿尔费来多左指右指了好半天后，我们其他几个人才终于看到了大树上，众多树枝中趴着的那条蛇。

雨下了停，停了下。我们在雨林里躲了两次后，钓鱼的收获我是两条，美国志愿者艾米一条，其他的人都没有钓到。这里的鱼难钓得被我们认为是太聪明了，它们能很快吃掉我们放的鱼饵然后逃之夭夭。即使我们钓上来的，也是一尾巴掌大的小鱼。钓到食人鱼是根本就别想的。是少，还是什么？布查也没能为我们解释清楚。

还好，我们撒的网中有食人鱼。不过在收获时，并没有出现鱼往水面上跳的画面。捕到的鱼，都被渔网卡住了脖子。可怜的鱼。

我们接下来要做的是把网上捕到的69条鱼，称重一遍。布查认为我们今天捕到的鱼的数量不算多，种类加上我钓的2条只有4种。

布查告诉我们，今天我们对鱼类的监测，主要是要确定鱼类的种群数量和种类的丰富程度。我们要在主要河流、河渠和湖泊当中的各个不同的位置撒下30米长而且网眼大小不同的渔网，然后按照预先设定的时间让渔网在水中停留。对渔网当中所有捕获到的鱼，确定它们的种类，称它们的体重，并测量它们的大小。

每次同样强度的捕鱼劳动所获得的鱼类数量可以反映鱼类的实际种群密度或者种群数量。如果每次同样强度的捕鱼劳动所捕获到的鱼类数量在减少，这就说明人们在过度地捕捞鱼类，鱼类种群数量在下降；如果每次同样强度的捕鱼劳动所捕获到的鱼类数量保持稳定，这就说明鱼类的种群数量基本上保持了稳定；如果每次同样强度的捕鱼劳动所捕获到的鱼类数量在逐渐上升，这就说明鱼类种群数量也在上升。这种分析每次同样强度的捕鱼劳动所捕获到的鱼类数量的办法，既可以作为不同渔业地区之间的比较方法（没有渔业的地区、只有少量渔业的地区和渔业发达地区），又可以作为所选择的研究区域的长期观察办法。

称重

今天在亚马孙河中，再次检验了我对自然的认知。开始看到我们捕到的满满一桶的鱼，我想的是，晚上有鱼吃了。甚至还想，我要自己做这些鱼。可是我们捕到的这些鱼并不可以吃，而是一条一条地记下它们的身长、嘴长、体重等数据后，再重新放它们于水中。

在以人为本的社会中，我们的思维方式，真的需要到大自然中来修炼。

我们这样走进林中，阿尔费来多在学我们看到的动物的叫声

亚马孙野生动物的陆地样带考察，主要是调查有蹄类动物、灵长类动物和猎禽。观察人员将沿着陆地样带行走，一一记录下所观察到的动物所处的地点到该样带的垂直距离。

这种考察方法之所以可以采用，其假设的前提是发现动物的可能性取决于该动物所处的位置到样带的距离。观察人员必须在动物被吓跑之前，测量出该动物与样带的距离。这就意味着，观察人员必须努力在动物发觉自己之前先看到它。

带我们走进林子的是为避免喂蚊子而把自己"武装"到牙齿的科学家帕伯罗·珀塔斯，他生于秘鲁亚马孙河流域，青年时期在雅瓦里河流域的一个小农村社区里度过。

帕伯罗为世界卫生组织的秘鲁灵长类动物学项目研究夜间猴子的活动，并由此开始了他的研究生涯。他为世界自然基金会在帕卡亚-萨米里亚国家级自然保护区的项目进行协助工作，目前正协助从事野生生物保护学会的秘鲁项目。帕伯罗也是帕卡亚–萨米里亚国家级自然保护区管理委员会的主席。他广泛地从事以社区为基础的养护和保护区管理工作多年。

帕伯罗告诉我们，在野外，观察人员还要记录下该动物的初始位置到样带的垂直距离。如果该动物因为看到了观察人员而移动了自己的位

森林中的小青蛙

置，那么记录下来的数据就有误差了。这种考察方法的前提假设是：所有动物都是独立分散于各自栖息地的。

由于在一个喜好群居的动物群当中，单个动物不是独立的，它们的行动取决于该动物群中同类们的行动。所以群居动物群体必须被视作抽样调查当中所称的抽样单位。由此我们可以计算动物群体的密度。这一方法假设动物都是独立分散于栖息地。

帕卡亚–萨米里亚国家级自然保护区，是秘鲁最大的保护区之一，跨越2万平方千米的热带雨林。这座保护区是一个罕见的具有丰富珍稀野生动植物资源的地区，一片独特的洪水森林。它是地球上发现的具有最丰富的生物多样性资源的地区之一。

这片保护区位于亚马孙流域西部雨林的深处，其中生活着大量的水生和陆生野生动物。它恰好位于亚马孙河途经秘

鲁、哥伦比亚和巴西的部分地区，到达大西洋的漫长征途的始发处。

雨林中棉花的花

蚂蚁扛出的山

环绕保护区的两条主要河流是乌卡亚利河和马拉尼翁河，它们汇合从而形成了亚马孙河最初的源头，保护区就从这里开始。大河形成的冲积平原为保护区孕育了低矮的红树林。乌卡亚利河和马拉尼翁河均发源于安第斯山脉；乌卡亚利河的真正源头是环绕马丘比丘和库斯科的乌鲁班巴河。发源于安第斯山脉的河流因其流经多岩石的山脉而富含沉积物。

有一点遗憾，我们今天没有看到什么大型动物，虽然一直能听到猴子的叫声，特别是红吼猴的叫声，像是刮风一般，但是并没看到。看到的最大的不是什么野生动物，而是蚂蚁窝。帕伯罗告诉我们，这座小山是靠蚂蚁们的肩膀扛出来的。而且里面会有很多通道供蚂蚁们生活。

今天最大的感受还是向蚊子做了无偿"献血"。虽然全身捂得严严实实，但谁想到，袖口那系好了的扣子缝隙竟也让它们见缝插针地吸了个够。真正体会了一下我们上船第一天理查德就说过的志愿"献血"。

亚马孙河流域广阔的热带丛林地区占地球所剩热带雨林总面积的一半以上。其丰富的物种数量令人叹为观止。生物学家估计，在这片湿润的丛林地区内，高耸的树木搭起阴凉的树叶帐篷，地面上又是枯枝落叶层，其间生活着数以百万计的不同物种的动植物。由于它地处偏僻，流域范围宽广，因此这里成了昆虫的天堂。

其中一些罕见的昆虫，正随着人类逐渐发现新植物和动物而出现在人类眼前。然而，因为过度的森林砍伐和气候变化，亚马孙河流域的大部分热带雨林正面临着前所未有的危机。甚至丛林中的某些物种已经开始消失了。

我们今天的记录，为的是明天森林的继续，我们几个同行的中国志愿者，都为自己能参加这样的科研项目而自豪，不管是不是看到猴子或其他动物。

亚马孙与松鼠猴相遇

2011年1月14日早上5点30分，我又参加了亚马孙鸟类调查。早上的亚马孙有太多的未知，也就更让人有很多期待。生

亚马孙河的早晨水天一色的蓝

活中有了期待，生活便充满了希望。

今天早上的亚马孙，除了可看天、看水、看鸟、看豚，也可听。这里也是一个声音非常丰富的世界。

昨天我们一直希望在陆地样带调查中看到红吼猴，可是没有看到。今天我一坐上小船，红吼猴的叫声就不绝于耳，真像是耳边有风在吼。显然，这种大猴子就在我们附近的雨林中。只是林深叶茂我们看不到它们，也不知它们对我们这些外来客是怎么看的呢。

亚马孙是鸟的王国，这里栖息着数千种鸟类，而且它们中的许多色彩斑斓，习性奇异。

全世界约有600种蜂鸟，其中大多数种类生活在南美热带雨林。不知是哪位自然学家赋予这些小精灵这么恰

住着红吼猴的林子

到好处的名字，小型的蜂鸟真的微缩得像只蜜蜂，悬飞时翅膀发出嗡嗡的蜂鸣。

此外，蜂鸟无与伦比的"绝技"使它们既能向前后左右飞，又能在空中悬停。它们这种超群本领得益于其特殊的肌肉组织和翅膀结构。蜂鸟胸肌相对大小为鸟类之冠，振动翅膀能力很强。而且一般的鸟只能运动翅膀近端的肌肉却不能操纵其远端部分，但在蜂鸟则是二者兼用。

蜂鸟家族的成员大都披着漂亮的羽毛，在阳光下发出五颜六色的光泽。有的蜂鸟拖着长长的尾巴，悬飞时尾羽不停地画着圈儿；还有的颌下嵌着羽毛，好似扎着飘逸的彩带。不过要想拍到它们可不那么容易。作为广播记者，我录下了它们那强有力的振动翅膀的声音。

就在我还听着辛迪亚给我介绍着热带雨林中的各种鸟时，一群小松鼠猴突然闯入我们的视线，我们的小船停在了这片林子旁，相机啪啪地响着、拍着。在这群猴子的天地中，它们上蹿下跳，在树枝上悠晃，挂着树干，躲在叶后好不热闹。可是不一会儿，就一个又一个地蹦出了我们的视线，进到雨林深处去了。

在亚马孙的热带雨林

松鼠猴

中，人们感受着动物与植物的协同进化。虽然看到了，也拍到了雨林中的猴子们，可我还是努力地睁大眼睛，多想把耳边叫得山响的红吼猴也拍到呀。

据记载，吼猴是拉丁美洲丛林中最有趣的一种猿猴，在动物分类学上属于哺乳纲、卷尾猴科，它体长0.9米，像狗那么大，加上1米多长的尾巴，在南美猴类中，可算是最大的代表了。这种猴的身上披有浓密的毛，多为红褐色，且能随着太阳光线的强弱和投射角度不同，变幻出从金绿到紫红等各种色彩，十分美丽。

最引人注目的是吼猴的巨大吼声，它是地球上吼得最响的动物之一。这种猴子的舌骨特别大，能够形成一种特殊的回音器。每当它需要发出各种不同性质的传呼信号时，它就以异常巨大的吼声，不停息地响彻于森林树冠之上，有时十几只在一起，用它们特有的"大嗓门"，发出巨声，咆哮呼号，震撼四野，这吼声在1.5千米以外都能清楚地听到。吼猴的名称也是由此而来。可以说这两天在亚马孙热带雨林中，我们可真是领教了这种猴子的叫

密林深处响着红吼猴的叫声

声之响彻云霄，震撼四野。

吼猴的吼叫是发生在什么时候？我在网上找了半天发现至

今说法不一。一种说法认为它在激动的时候才吼叫；另一种认为是，每到夜晚，它们就会开这种震耳欲聋的"音乐会"；还有一种说法是发生在旭日东升的时候。而这几个时间段的吼声我们都听到了。

吼猴有一根细长而能卷曲的尾巴，以适应它们的树栖生活。吼猴的食性较杂，果子、树叶，都是它们爱吃的佳肴。每只吼猴一天能进食约1.5千克。

吼猴多分族而居，每族包括10～20个成员。雄猴操持全族的领导权和防卫责任，幼猴与父母一直同栖息到性成熟之前，逾此即被本族逐出。在它们还未加入新族前，先要度过一段"光棍"生活，每天独栖林中。

因为热带雨林食物充足，所以吼猴的领地比较小，只有0.4～0.5平方千米。吼猴也同其他猴类一样，有自己的领地。吼猴同类间相处融洽。如果有敌害或异族走近它们的领地，雄猴便以齐声吼叫或其他行动将侵犯者赶走。它们的团结性和斗争性，在悬猴科中堪称第一。

吼猴也有众多族别，现存15种，最著名的有红吼猴、熊吼猴、褐吼猴等。每个家族都有自己的领地。边界上有两只吼猴守卫，通过吼叫相互警告对方，不得擅自越过边界。一旦两组相邻的吼猴遭遇在领地的分界处，便会爆发一场惊天动地的"吼战"，而胜利往往属于吼声响和吼叫时间长的一方。

吼猴的这种策略，显然比其他用爪牙争斗的动物文明多了。它以仪式化的战斗取代了直接的肉体冲突，会降低种群内部的损耗，减少受伤或死亡。

　　有意思的是，吼猴是全素食者，各种各样的树叶、果实、坚果和种子它都吃。吼猴每天要花3～4小时进食。它常常用尾巴倒悬在树上，直接用嘴啃食树枝上的叶子和果实，或者用尾巴将食物拉过来而不是用前肢采摘。森林里的树叶大多包含有生物碱和毒素，吼猴有很好的辨别能力，总是挑选树叶中含毒量最小的部分，如叶柄、嫩叶和成熟了的果实来吃。吼猴栖息在树上，从不轻易下树，即使是口渴时，也只是舔些潮湿的树叶来解渴。

　　今天早上，我们从空中数到的金刚鹦鹉有164只，比第一天记录在案的64只，整整多了100只。不过昨天下午另一组监测的数据是354只。船上以往的记录是352只。为此，首席科学家理查德还开了一瓶上好的白葡萄酒庆贺。

亚马孙河豚

　　早上的亚马孙是神秘的，是充满期待的。两头亚马孙河豚，在我们数天上一会儿飞过来的一群，一会儿飞过来的成双成对的金刚鹦鹉时，从我们身边的河中出现。虽然没有像前天拍到的它们跳出水面的那一刻精彩，但看清楚它们那优美的身体曲线和长长的嘴还是没问题的。

　　动物有多种多样适应生存的行为。这在亚马孙热带雨林里是有着十分突出的代表性。比如说，美洲豹常在池塘边伏击猎物，因为它们知道鹿或者其他小动物会来喝水；美洲小野猪听到地上咚的一响，便会赶忙凑过去，因为它们知道树上又掉下来一个可口的大水果。

有关专家在关于棕色卷尾猴的研究中发现，这些动物能根据森林里可食用水果的数量变化迅速调整食谱以适应环境。与此同时，生态学家们通过研究发现，植物也有诸多的适应生存的行为，虽然与动物的相比，这些对策不那么引人注目，但它们却同样巧妙和富有情趣。

让我们听听这一研究发现，看一看植物是如何"摆布"种子传播者的。雨林里许多水果的种子呈梭形，外被光滑的果肉，果肉与种子紧紧连在一起，这样，种子便会在动物吮食果肉时顺口"钻"进它们的肚子。对动物来说，这些种子是果肉的"污染物"，因为它们不能给动物提供任何营养和能量；但对植物来说，种子被动物吞下并带到新地方是它们传宗接代和种群扩展的途径，而果肉不过是吸引动物的诱饵罢了。

同样是为了吸引动物传播种子，有的植物甚至进化出骗术。雨林里有一种高大的豆科植物，荚果成熟时开裂，红黑相间的种子暴露在外，在阳光下特别醒目。远处的鸟以为这是可口的水果，飞过来叼走，待它意识到被欺骗而将种子丢弃时，后者已被移到几十米以外的地方了。

还有更高明的骗术：法国研究灵长类食性的国际权威拉迪克教授在产自非洲丛林的一些水果中发现了"假糖"，这些假糖的化学成分原本是蛋白质，但吃起来却有甜味。他认为这也是植物吸引动物传播种子的招数，因为很多灵长类动物都喜欢吃有甜味的水果。

雨林里有形形色色的干果，其果实和种子都是无臭无味的，但这些没有"招摇撞骗"手腕的种子仍会遇到"好心"的

传播者——啮齿类动物和蚂蚁。我们都知道，在温带地区，松鼠和花鼠在秋天有贮藏食物的习性，那是为越冬做准备。在热带地区，这一类动物也有相同的习

水上水下的呼应，在亚马孙河清澈的河水里随时可见

性，因为这里虽没有秋冬之分，但也的确有食物稀少的季节。于是，这些小机灵便在果实丰富时将种子埋到地下"备荒"。

不料，这些植物早已进化出相应的对策，种子一旦遇到合适的环境会很快生根发芽。一位摄像师就拍到了非常戏剧性的一幕：一只刺鼠将一颗硕大的种子埋在树根下，过了一段时间，等它再来寻找"口粮"的时候，种子已经发育成数十厘米高的小苗。

更鲜为人知的是，一类树栖的蚂蚁也摄食种子，这些蚂蚁的巢是用泥贴在树干的凹陷处筑成的。它们将四处寻找到的种子辛辛苦苦地运到巢穴中，一些种子一入巢便悄然而快速地萌发。于是，日久天长，蚁穴周围长出了一株又一株的植物，光秃秃的蚁穴也摇身一变，成了生机勃勃的"蚂蚁花园"。

在整个地球的热带雨林里，大约70%的植物依靠动物传播种子。一位美国热带生态学者曾系统地研究了南美热带雨林里水果的大小、颜色与其种子传播者的关系，他发现雨林里的水果可以分成两大类：体积小的红色的水果和体积大的黄色的水果。前者的种子传播者是鸟类，后者的种子传播者是哺乳类。

记录鸟巢

另一位法国科学家深入地研究了吼猴的领域利用行为与植物演替的关系，发现吼猴经常睡眠的区域幼龄植被结构明显与其他地方不同，在那里，水果被吼猴取食的植物种类的幼苗明显地密集。

在亚马孙河，人随时可与豚同在一条河里

这一现象很容易被理解，吼猴食量大，又不经常移动，于是，许多被吞下的种子被排泄到同一个区域，种子随后发育成小苗。几十年后，这一小块森林的结构就会稍微区别于邻近的一片，这也就解释了为什么原始热带雨林的植被分布不十分均

亚马孙河中的渔网

来啦！

匀，而是或多或少地呈斑块状。

大自然就是这样随着生命的进化将自身编织成一张错综复杂的网，所有的环节都是直接或间接地相关联。不仅动物与动物之间存在着食物链关系，植物与植物之间有相生和相克，动物和植物也相互依赖，协同进化。它似乎为每一个物种都做了精心的安排！大自然真是古朴的美、绝妙的诗、醉人的梦、神奇的谜！

1月14日上午，同行的其他几个中国志愿者又去了陆地样带，希望能再找找大型哺乳动物。我则想再和亚马孙河豚更近距离地接触。可是今天我们去的江段和湖里，都没有让我拍到前两天拍到的那么多的亚马孙河豚。科研助理威廉说这也正常。前天我们记录的亚马孙河豚是60只，今天是23只。

这种数据的记录，年复一年，月复一月，因为当地人绝对不会伤害河豚。在秘鲁亚马孙河流域，一座大型水电站也没有。所以亚马孙河豚的多少，和全球气候变化的影响有着直接的关系。用理查德博士的话说，水位2009年是百年不遇的最高，2010年是百年不遇的最低。这种巨大的变化是不是对亚马孙河豚有影响，对于科学家来说，现在要做的是用数据制定保护措施。这种措施不仅关乎着保护豚，也关乎着当地百姓的发展。

太阳西斜了

今天上午我们记录完豚的数量，回到"阿亚普"号后，我在船尾又拍了好一会儿。因为有几头豚，一直在这里转，船上的人说，是我们的饭香味让它们久久地不愿离去。这些豚在这儿玩得可欢了。

我想不应该全从相机的小框子里看自然，看亚马孙河，看亚马孙河豚，所以放下相机，好好地欣赏了一下豚们的玩耍。它们单独地跳跃，一对对地伸出头来呼吸，一家子一家子悠闲地在河里转来转去。

1月14日下午，一个新的考察项目吸引了参加这次活动的每一位志愿者，就是去记录理查德与美国康奈尔大学的一个合作项目，用人工制作的雨燕鸟巢来监测鸟类的变化。不过，在我们看的20多个鸟巢里，无一例外地没有鸟，有的不是蝙蝠，就是蜘蛛。有时帕伯罗·珀塔斯也会告诉我们里面是干的树叶。

不知这样的监测数据会得出什么样的结论。以后我想我会持续关注的。地球观察研究所的这种考察项目，我想回去也应该向我们更多的绿家园志愿者推广。既可以感受大自然，还可在科学家的带领下认识自然。而这种感受与认识，还可为科学研究和决策的制定提供数据。正如现在人们常爱说的一句话：多赢。

下午的记录，我们一船的人基本帮不上什么忙，全靠一个船工，他要给我们开船，还要爬上爬下地去打开鸟巢，看看里面有什么。亚马孙是他们的家。

对视

帕伯罗用西班牙语和他们聊了一会儿才知道，他们的生活是十天半个月换一个地方捕鱼。捕到的鱼比过去少。

他们的生活在我们看来是艰苦的，也是丰富的。有牙膏，有啤酒，有蚊子，也有与他们生活在一起的亚马孙河豚、黑领鹰和猴子。我再次问船上的人，要是你，能在这个水边林子里住多久？所有的人强调的都是：这里没有网和手机信号。

现代人，已经离不开我们认为的生活中必不可少的与外界的联系。但在亚马孙生活的人，他们的生活离不开的是大自然。这样的不同，会一直继续下去吗？或还能继续多久？未来是他们会拥有我们目前的生活，还是有一天我们都要回归大自然？时间一定会告诉我们答案。

在一天的考察就要结束的时候，树上的麝雉又让我们好是兴奋了一阵子。离开它们后，我一而再，再而三地在心里问自己：自认为比森林里的这些动物智慧的人类与它们相比，谁更快乐？这可能不容易回答。它们没有影响我们的生活，它们的生活却被自认为智慧的人类影响着。那么，为了明天及各自的后代还能快乐，我们是不是应该重新认识它们与我们之间的相互关系呢？

亚马孙印第安部落里的原住民

2011年1月15日上午9点到13点，我再次参加了亚马孙河豚的监测。今天我们要去的是前两天我拍到一头亚马孙河豚跳出水面的那片水域。那天的亚马孙河豚，真的是在我们的船边争先恐后为我们"表演"。最后统计的数据是60头。

浮出水面的亚马孙河豚

亚马孙河豚在呼吸

拍到的只有水边的大树

生活在水边

昨天的考察没有看到那么多，总共是23头。所以，我对今天又充满了期待，希望还能拍到跳出水面的亚马孙河豚。

充当探路者的康泰今天是第一次参加本次科考中亚马孙河豚的监测项目。今天和我们一起来的还有美国72岁的志愿者罗伯特。我们都举着相机、录像机时刻准备着进入角色。而罗伯特却连小相机也没有拿出来，只是专注地数着我们看到的亚马孙河豚。科研助理威廉不管我们看到了高兴地大叫，还是看到了没拍到大声表示遗憾，都笑眯眯地看着水面。

考察船在河里走了一会儿后，我焦急地问威廉，怎么没有前天多？威廉没有回答，还是笑笑。已经走到了前天看到众多河豚追逐地玩着、捕着鱼，呼吸着、跳出水面的河段。可此时的湖中，虽然也有一两头豚跳出水面一下，但是数量和前天是无法比的。

在水边的小姑娘

威廉叫船停在了湖里，我们静静地等着亚马孙河豚的"表演"。可

雨林河边的人家

是只有远处间或一头两头豚游过，露出水面又迅速地回到了水里。眼看有一头亚马孙河豚就在我们船的前方跃出了水面，可是快门响起后所记录的只是这头豚回到水里后在水中留下的一圈圈涟漪。

在我焦急地拍照时，船上的罗伯特倒在那里不急不慢地向威廉报告，前面不远处粉豚一头，船尾灰豚两只。威廉记下船上各位报告的、我们视线中捕捉到的亚马孙河豚，不急不躁。

天中云与水中云的呼应

水边的大屋子是学校

　　我们的船再次启动时，已经是往回走了。我在十分遗憾中发现，没有豚看时，我更看到了江河及其两岸的丰富。天空中飞行着的鸟、岸边的树，还有那一幢幢茅草盖顶的小木屋。

在河上监测了3天河豚，在看不到它们时才发现，水中及两岸还有那么多的其他风景。而在只盯着河豚时，两岸的风景全被我视而不见了。

放弃了唯一，把视线所及放大一些，再放大一些时才感慨，眼中只看到局部，忽略的就不仅仅是其他的细节，还有全局。

在大自然中的这一感悟，是大自然给的。平时我们也会说，在大自然中学习，读万卷书，行万里路。但有多少时候我们是抱着学习的态度走进自然的呢？有的时候我们是去欣赏，更多的时候走进自然，是要去发现什么可以为我所用，可以掠取。

自然给人的启迪是潜移默化的，是需要灵性去感悟的。这对于人类来说当然需要时间。人与自然要和谐相处，不就是近年来我们才开始慢慢地懂得其意义所在吗？

再细想想，"人与自然"在我们的祖先那里是早就有了的人生哲学。是我们现代人越来越觉得自己是高级动物，自己无所不能。当科学能主宰一切时，我们的狂妄更到了相信人定胜天、盲目改造自然的地步。

当我一门心思只想看到亚马孙河豚，拍到亚马孙河豚又看不到时，当我在自然中焦虑时，在自然中失望时，自然竟然在调整着我的心态，让我在放松中得到平静。平静后开始换个角度去审视身边的自然与风情。

这时的放弃，对我来说得到的是丰富。不仅丰富了我的眼界，还有升华了我的思想。

我已经拍到了跃出水面的亚马孙河豚，可因为我的眼睛只锁定在了唯一，如此丰富的亚马孙河及水边的热带雨林，我不但不见，还坏了自己的心情。

缓解内心的焦虑后，眼光放开，放远，放到更多的细节及全部的那一刻，心情豁然开朗。这一开朗甚至让我问自己，亚马孙河豚的躲避和隐藏，或说是"让位"，是大自然诚心诚意让我有时间、有愿望去欣赏大自然的多样。这对我来说其实是自然给了我修炼的机会。

生活在水边的印第安小姑娘

我庆幸自己能有在大自然中学习的机会，能有在大自然中感悟的修炼。就在我体味着在大自然中得到的这一感悟时，我的思想之活跃远远超过了我只看到了亚马孙河豚的那一刻。或许，拍到更多的好的照片，让人们认识亚马孙河豚是重要的，但是与朋友们分享我此时在亚马孙河的感悟，在人们对自然的认知还需要加强的今天，不也同样重要吗？

我常常听到朋友们说羡慕我能有那么多机会走进大自然。每当听到这些时，我更想和朋友们分享的是，当你真的放下架子向自然学习，用心去感悟大自然时，你就会接到来自大自然的更多的邀请并走近它们。这就是我的亲身感受。

同时感受到的也包括，在羡慕别人的生活时，要明白别人为什么已经找到了生活的真谛。于我，如果从1988年在中央人民广播电台《午间半小时》中做了第一个关注北京香山红叶的生态环境的节目算起，至今向大自然学习，在大自然中感悟，保护大自然的自然，已经超过了22年。学习大自然的欲望却越来越旺盛，越来越强烈。可以说，接到来自大自然的邀请与此成正比。

走进印第安部落

徜徉在亚马孙河上，思想极为活跃的时候，我发现在如此富饶的水乡，却住着那么少的人。为什么呢？

要以我们中国人的思维方式，这里应该是非常适合人类生存与居住的地方呀！亚马孙雨林被称为"地球之肺"，因为其含有的氧气占整个地球的1/3，是地球重要的氧气工厂。其拥有的淡水资源占地球表面上流动的淡水的1/5。而我们在亚马孙河流域考察的一个星期里看到的人，却真是要用寥寥无几来形容。

而这一刻，亚马孙在我看来，就是造物者的自留地。她一定要留住一片属于自己的空间，不让还不那么明事理的人类，把属于自己的空间统统毁掉。

印第安向导阿尔费来多

亚马孙热带雨林科学考察工作站

非常奇怪的是，在船上看不到亚马孙河豚，我尽情地展开想象的翅膀时，顺手把一些想法记在一个小笔记本上。上岸后，这个小本子就"蒸发"了。而且是在没有任何可能丢的情况之下消失了。我立刻明白了，这是在考验我刚刚萌发的认知是一时的冲动，还是会在心中继续酿造成"好酒"，升华成可以指导行动的指南。

原始与现代

2011年1月15日下午，我们的考察是走进科卡马印第安部落，近距离接触原住民。2009年我也走进过亚马孙，看到过印第安村子里的人的表演。2008年我和香港亚洲电视台的编导一起在美国克拉马斯河采访时，走进过印第安人的家，但那是美国的印第安人。今天我们要走进的可是秘鲁亚马孙热带雨林里的科卡马印第安人家。

前两天我们在陆地样带考察时，带着我们进入林子的印第安人阿尔费来多接受了我的采访。当时他指着地球观察研究所制作的雨林中每一种动物的照片，向我学着这些动物的叫声。阿尔费来多简直就像是与雨林里动物为一家人似的。他告诉我他有7个孩子。现在主要的生活来源为打鱼，也要种庄稼和种果树。亚马孙考察船的工作他非常喜欢，而且带着外面的人进林子，他一天还能有相当于40元人民币的收入。我问他："你希望你的孩子将来还生活在林子里吗？"这位印第安父亲说："孩子们已经开始上学了。这里的年轻人不少也去了城市。孩子们对将来的选择是他们自己决定的。"

　　也在为我们当向导的萨莫卫，显然比阿尔费来多文化程度更高些。他现在承包着地方政府的建筑队。这位汉子离过一次婚，现在正在为亚马孙保护项目建一个个的工作站。他说自己很喜欢现在的生活，因为这里才是他的家。他不喜欢城里人的生活，他说自己是林子里的人。现在有地球观察志愿者要来研究他们的林子，保护他们的家园，他当然要做他喜欢做也能做的事。

喝一口热带雨林里酿的酒

"抱窝"中

我们今天一到印第安部落，大人孩子就围着我们转，他们对我们也很好奇。

我们第一个走进的就是萨莫卫的家。他的老丈人和丈母娘因语言不通，只是看着我们笑。而他们住的屋子里，一面是堆得乱七八糟的床，一面是一墙的各种宣传广告画。四处去盖房子的萨莫卫是不是收藏这些，家里人说不上。只是见他一张张地拿回家，又一张张地贴在了家里的墙上。对于一个开始接受外面世界的印第安人来说，这是一种向往还是什么呢？

亚马孙热带雨林保护项目与社区的结合是重要内容。所以，这些印第安人过着的应该是接受了外面世界的原生态生活。就像昨天我们看到的那在雨林中支着帐篷睡的人家，树杈上插着和我们城里人用的一模一样的牙膏和香皂。每次有外来的人，他们都会摆出自己用鱼鳞、树皮做的各种工艺品。

在这对我来说充满神秘感的人家里，我犯了一个错误。

喝酒会严重过敏的我，没有经受住劝，尝了一口村民用热带雨林里的植物酿造的白色乳状的"啤"酒，其结果就是坐在椅子上半天走不了路。

这是在学森林里红吼猴的叫声

等到我能回到我们这些来自世界各地的志愿者们和印第安部落里的人聚会的屋子里时，孩子们正排成排地表演着。每个人都有自己的节目。他们的节目形式一样，内容不同。形式都是学一种家门口林子里动物的叫声。不同的是，一大排孩子所学的动物的叫声没有重样的。

印第安人是对除因纽特人外的所有美洲原住民的总称。美洲土著居民中的绝大多数为印第安人，分布于南北美洲各国，传统上将其划归蒙古人种美洲支系。

印第安人所说的语言一般总称为印第安语，或者称为美洲原住民语言。印第安人的族群及其语言的系属情况均十分复杂，至今没有公认的分类。

考古学和人类学认为印第安人的祖先和中国人有着一样的体质。也有考古学和人类学专家认为，印第安人的祖先来自中国北方，大约是在4万年前从亚洲渡过白令海峡到达美洲的，或者是通过冰封的海峡陆桥过去的。他们与亚洲同时代的人有某些相同的文化特色，例如用火、驯犬及某些特殊仪式与医疗方法。语言为北美洲蒙古人种印第安语。

印第安人是拉丁美洲的最早的居民。印第安人在15世纪末之前本来并没有统一的称呼。他们之所以成为"印第安人"，主要是因为当年哥伦布等探险者，以为他们到达的"新陆地"是印度，称当地居民为"印第安"人（"印度"一词的英文发音）。

印第安人以前曾被称为红种人，因为他们的皮肤经常是红色的，后来才知道这些红色是由于习惯在面部涂红颜料所给人的错误认识。

印第安人经过4万多年的文化发展，产生了许多不同的民族和语言，在历史上曾建立过4个帝国，最重要的是中美洲的阿兹特克帝国和南美洲的印加帝国，发明过玛雅文字，对天文学研究的造诣也相当深，为世界提供了玉米、土豆、番薯、西红柿、辣椒、南瓜、菠萝、烟草、可可和橡胶等作物和药材。没招惹谁的印第安人，却遭到殖民者迫害、杀戮。英国殖民者、美国人、欧洲殖民者（西班牙人）迫害、杀戮印第安人4000万以上，毁灭印第安文化，致使现在残存的古代印第安文明已经不多。在美国建国后和西进运动中，美国人将原来住在今天美国东部的印第安人迫害、杀戮达2000万以上，并将他们驱逐到西部荒凉地。有学者说，在美国已经很难看到印第安人了。

但目前的研究越来越引起考古界的关注，美洲国家也开始下大力发掘古代印第安文化。

我们在这个与外界有了一定交往的印第安人居住的部落只有半天的时间，语言又不通，很遗憾没有多少交流。孩子们学完了野生动物的叫声后，同行的地球观察研究所的谌良仲拿出了一路走都带着的二胡，为孩子们拉起了《呼伦贝尔大草原》等中国民乐。在孩子们意犹未尽时，我们结束了与印第安村民的交流和互动，并给孩子们赠送了我们从国内带来的探路者礼物，孩子们拿到这些礼物时开心的笑容，让我们难忘。

留住这一刻

据我所知，印第安人婚俗与他们的饮食习俗和服饰习俗一样是多种多样、千奇百怪的。有"点心求婚""抢婚"等多种婚姻习俗。婚姻习俗方面是世代沿袭下来的习惯，有着浓郁的地域文化特点。一般来说，几乎所有印第安部落都反对乱伦行为，同时也大都意识到了近亲结婚的危害，反对近亲结婚。

丧葬习俗，不仅能够体现人类对自身的认识程度，同时也能反映人类不同的生活观念、生命观念和灵魂观念等。印第安人的丧葬习俗多与其宗教信仰有直接的关系，反映出了印第安人在不同世界观的支配下，对于现实社会人生的态度和对未来的憧憬。

我们没有赶上亚马孙印第安部落里的婚礼，也没能亲眼见见他们那里给逝去的人举办的仪式，只能想象。

这些经历与想象，我想我们这些志愿者在回到各自生活的大城市里后，仍然会和亚马孙热带雨林中的鸟、猴儿和无数的大树与小花一样，在我们的记忆中被反复咀嚼、回味。孩子们的眼神是纯真而又稚嫩的，但其中的内容除美以外，我想还有其他！

全球气候变化对亚马孙生态的影响

2011年1月16日早晨，我们结束了此行的考察项目，开始返航。坐在"阿亚普"号考察船的船头，我一边领略着亚马孙河两岸的风

没有污染的亚马孙天空

情，一边写着每天都在写的《绿家园江河信息导读》。体验一下亚马孙；最后在亚马孙记录我在亚马孙看到的和感受到的大自然。

吃过早饭，首席科学家理查德为我们此次考察活动做了总结，特别强调的是全球气候变化对亚马孙生态的影响。

亚马孙河豚在呼吸（帕伯罗摄）

理查德说："在这次考察中，监测到的鱼类品种较少，数量也不多。因为河水才开始涨，本次科考在这一时间野外监测到的信息和数据非常重要。回去后要分析一下，与往年相比较的数据之差，及为什么比往年少。"

这次监测到的金刚鹦鹉数据比较多，此结果也符合热带雨林中果实成熟期，鸟儿有了丰富的食物的情形。

陆地样带调查，数据正常。不过理查德说，要想得到更明细的数据，两个星期的考察效果会更好。而我们这次只有8天。

金刚鹦鹉

这次监测到的凯门鳄的数量也比往年少。在科学家们看来，可能是今年涨水慢，也可能是凯门鳄去了别的地方。一月一次的考察，下一次来的野外科研志愿者主要是学生，希望能监测到更多更好的数据。

张嘴（帕伯罗摄）

　　理查德说，这次监测到的数据不够理想，主要是反映了枯水期的相应情况。而且野生大型哺乳动物也比以往少。特别是河口地区动物少，这和二十世纪八九十年代的过度打猎尚未恢复，也不能不说有着一定的关系。不过理查德也一而再，再而三地说，亚马孙河流域自从12年前社区管理方式引入后，野生动物的数量总体上来说正在恢复。

　　理查德说，1992年曾经有一部纪录片，里面说要按当时的砍伐量不加控制的话，到2010年，亚马孙热带雨林会被砍伐殆尽。然而现在还不错，热带雨林的生态环境，正如大家此次在亚马孙河亲眼看到的实际情况，这是我们开展生物多样性保护工作的成果。

　　亚马孙河流域的过度砍伐，导致栖息地的减少主要发生在20世纪50—70年代。而真正的保护意识，特别是生态环境的危机意识，始于20世纪80年代初期。当时有人已经估计，如果按照过去几十年来的速度，继续破坏下去，每隔十年栖息地减少的范围会越来越大，雨林真的有可能消失了。

但是自20世纪80年代以来，当地村民认识到这样下去，连他们的生计也要断了。他们越来越认识到，商业捕猎、打鱼，会毁了他们的家园。这样的认识，对亚马孙热带雨林的保护起到了重要作用。

这点从我们一上船理查德就反复地强调着。今天他又在说着："自从1984年地球观察研究所开展这个项目以来，制订了一系列保护方案以后，特别是20世纪90年代以来的社区参与式生物多样性管理模式的推广，村民成为保护的主体。过去十几年中，社区参与方式，不光影响了社区，也影响了保护区。保护现状从一开始的村民与保护区管理人员的激烈冲突，转变到目前的互相合作的令人欣慰的良好局面。"

美国志愿者在我们的"探路者"旗子上留名

这个过程看到的是过去25年来，亚马孙河流域的生态环境

雨林中（帕伯罗摄）

在向好的方向发展。亚马孙自然保护区目前的情况比20世纪80年代要好得多，生态更加健康。虽然受到全球气候变化的影响，但本项目地区生态环境恶化的局面还是得到了遏制，向生态环境改善的方向积极变化。

理查德还说，现在只要照着已经制订的方案进行保护，虽然会随时有新的问题要我们去面对，但只要坚持不懈，保护亚马孙的目标是能实现的。

本次科考队收集的数据、志愿者们的工作，是地球观察研究所本项目长期持续监测中的一部分。气候变化对亚马孙有哪些影响，过度捕捞对亚马孙生态环境有哪些影响，有待于对这些数据做进一步的分析。

理查德还说，除了这次采集的数据对他们很重要以外，志愿者们不远万里，来自中国、英国和美国等国家，个个都是环境大使，每一项科考项目，对提高人们认识亚马孙生态环境，都有着深远的意义。

公众知道得越多，亚马孙野外项目持续开展下去的可能性就越大。没有野外科考的数据，也就无法制订科学保护的方案。而你们回去后的继续宣传，让听众知道你们参与了保护，会为你们的直接参与和宣传而骄傲。

目前，全球气候变化对秘鲁亚马孙影响的数据不够，2011年的研究要更多地侧重在气候变化上，感谢你们洒下的辛勤汗水。

和森林告别

确实，我们的这次考察，亚马孙地区白天炎热而潮湿，夜间气温有所下降，但是湿度仍然很高。像亚马孙河流域这样地处赤道的热带雨林，全年的气候情况变化不大。我们的主要科考船只是一艘大型的铁壳船，在航行的时候很平稳，感觉不到多少晃动。备用船只每天使用大约3个小时。这些备用船只装有塑料太阳敞篷，因为调查河豚和海龟的时候正是烈日当空的时候。清晨或者夜晚进行调研的时候，我们就要收起太阳敞篷。

8天的考察中，和我们一起的还有3位美国志愿者和1位英国志愿者。其中美国夫妇罗伯特5次，苏珊已经是7

亚马孙雨林里的红吼猴（帕伯罗摄）

次参加这样的科学志愿考察活动了。退休前，罗伯特是位银行家。来自英国的志愿者是用父亲去世后留下的遗产完成此行。几位英美志愿者在就要离开考察船时都说人生充满了梦想。我们在实现着自己的梦想。我们中国志愿者这次打的旗号是"探路者"。

这次考察结束了，但我们的梦，我们的探路还在继续。亚马孙的自然，与亚马孙的科学探索，我们都会带回去。为的是，这种科学家与社区原住民一起保护大自然的方法，能得到更为广泛的承认与发展。

（以上篇章均发表于2011年"绿家园志愿者"网站"江河考察"栏目，都由地球观察研究所中国首席代表谌良仲修订）

南美最美丽的地方百内国家公园

——印第安人将其奉为神山

旅馆外面的海滩

它与我们同行（汪永基摄）

2017年1月13日，我们在智利走进了被人们称为南美最美没有之一的地方——百内国家公园。

走进百内国家公园之前，我们告别了住了一夜可记一辈子的旅馆。和我们告别时，旅馆里的年轻人脸上笑得和那儿的

自然一样自
然，和那儿
的自然之美
一样美丽。

瞧这一大家子

南美洲
大片大片的
土地，让我
们这些现代
人感受到那
原生态的荒
凉，和那成群成群的牛羊漫步在荒凉中的风情。

虽然在赶路，我们还是坐在车上扫拍到了外面的荒野、村
庄以及飞翔中的猛禽、优哉游哉漫步觅食中的驼羊和鸵鸟。

有冠长腿兀鹰生活在智利巴塔哥尼亚。此时的它正在观察
山谷的动向。这种猛禽大量分布于美国南部、火地群岛等地
区。长腿兀鹰是一个十足的机会主义者，它们通常更喜欢腐肉
而不是活猎物，并且经常盗取其他鸟类的食物。

在进百内冰川前，迎接我们的野生动物们除已经看到过的
驼羊，还有或许是一个家族的鸵鸟群。一只大鸵鸟，带着一大
群孩子，这样的家族，在人类是不多见了。回到北京后，我在
网上找到了对这些家庭成员的介绍。

美洲鸵鸟又叫美洲驼、大美洲鸵鸟，是美洲大陆上最大的
鸟类，其形态与非洲鸵鸟很相像，具有较小的头部、细长的脖
颈、弧形的背脊、徒有其名的翅膀和长长的腿，但体型比非洲
鸵鸟略小而显得纤细，体长为80～132厘米，身高120～170厘

米，体重25～36千克，雌性略小。

美洲鸵鸟两性的羽色十分相似，不像很多鸟类为了求偶的需求，雄性的更漂亮。美洲鸵鸟全身的羽毛大多为暗灰色，只是雄鸟的略微深一些，但羽毛没有非洲鸵鸟长，质地轻软。头顶为黑色，颈部比身体的颜色略浅，从下半段1/3处逐渐转深。

美洲鸵鸟喙硬直、扁平，而且较短，呈灰色。翅膀上的羽毛长而大，但也不能飞行，主要用作休息时掩盖腰部等。没有尾羽。跗跖和脚均为灰白色，跗跖前面为盾状鳞，脚上有3枚向前的趾，即第二趾、第三趾和第四趾，比非洲鸵鸟多1个趾。

放哨

美洲鸵鸟仅分布于南美洲，共分化为5个亚种。

美洲鸵鸟主要生活于开阔的疏林、灌丛和草原地带，有时也到较低矮的小山丘附近觅食。喜欢结群生活，一般为1只雄鸟和5～6只雌鸟在一起，有时也同它们的后代结成20～30只的大群生活，但年老的雄鸟常常单独生活。

鸵鸟成鸟的叫声大多为隆隆的声音，而幼鸟则为嘘嘘的哨音。它善于奔跑，也会游泳，喜欢洗浴。

鸵鸟的主要食物是草原和开阔地带的鲜嫩树叶、树根、种子、果实、杂草等，也吃一些昆虫和小型的无脊椎动物，常与产地的泽鹿以及家畜等食草动物一起觅食，互相帮助和利用。

鸵鸟在行走的时候，总是紧闭着双翼，忽前忽后地摇摆着颈项，迈动健壮有力的双足，一步可以跨出数米远的距离，很有一种昂首阔步、气势不凡的"巨人"风度。受惊的时候则会立即快速奔跑，这时头部和颈部弯下来，向前伸展几乎呈水平状，并且举起两个翅膀，好像扬起的船帆或飘舞的气球。

由于鸵鸟身体较为高大，站立起来很容易被发现，所以一旦找到掩蔽物时，它们便迅速蹲伏隐藏起来，再加上它的体色和周围的灌木丛的色彩较为相近，天敌就很难发现了。

也有人曾经嘲笑鸵鸟的这种本能，认为十分蠢笨和可笑，但事实上它就是依靠这种巧妙的藏身法，在危机四伏的大自然中生存下来的。

不过，美洲鸵鸟也有自卫的本领，在高速奔跑时足可以将一些动物惊吓得躲在一旁，发怒时，它的踩踏力也是很可怕的，可以把体型稍小的动物踏翻，甚至踩死。

雄性美洲鸵鸟在5—10月的繁殖期间，性情变得异常凶猛。在靠近水边的地方占据领地，为了争夺配偶而相互"厮杀"，发出嘶嘶的威胁声。获胜的雄鸟便开始在数只雌鸟之间表演求偶炫耀，向上伸颈发出叫声。

鸵鸟交配之后，雄鸟单独在沼泽或河岸附近，选择低洼的地面筑一个很大的巢，巢很浅，十分简陋，里面仅铺有少量的干草。巢筑好之后雌鸟们都把卵产于其中。

每只雌鸟产卵的时间为2～11天不等，每一个巢内可以有20～50枚卵，最多时竟达80多枚。它的卵比非洲鸵鸟小，平均大小约为132×90毫米，卵重为600～750克。

鸵鸟蛋孵化的任务由雄鸟承担，此时雌鸟就在巢附近的开阔地上活动。如果受到惊扰，雌鸟也可能弃巢，另筑新巢。卵的颜色为金黄色，孵化后逐渐变为白色，孵化期为34～42天。

刚出壳的雏鸟身上披有灰色的绒羽，并且略微散布着黑色的条纹。孵出后立即可以奔跑，并发出尖锐的鸣叫声，互相联络。

鸵鸟的育雏工作也是由雄鸟来承担，精心地照料雏鸟，防止狡猾的食肉兽类进行偷袭。为了初生的雏鸟能吃到可口的第一顿美餐，它还"发明"了一个绝妙的方法：将一枚胚胎未能正常发育的卵置于太阳下长时间地曝晒，使卵黄和卵清慢慢地腐烂，待到一窝雏鸟孵化出来的时候，雄鸟便将这枚卵弄破，发出一种浓烈的臭味，这很快就会将周围数里的蚊蝇都吸引过来，黏着在卵上，于是这些蚊蝇就给喜欢吃昆虫等肉食的雏鸟提供了丰富的食物。

6个星期以后，雏鸟已经长得同成鸟差不多了，便开始独立活动，但一直到3～4岁时才能性成熟。它的寿命约为20～30年。

鸵鸟中的爸爸原来任务这么繁重。又是孵化，又是育雏，不了解它们时，还真没有想到呢。

今天，很遗憾的是，有人为了获得珍贵的美洲鸵鸟毛，不惜采用一切手段对鸵鸟进行捉捕，使野生的美洲鸵鸟越来越

百内冰川

冰湖

冰川冰湖间的瀑布

蓝色的河水

少。在《濒危野生动植物种国际贸易公约》中，美洲鸵鸟被列入附录Ⅱ，已经濒临灭绝，很多动物保护者开始对它们进行严密的保护，希望它们不要受盗猎者侵害。

一路走，一路看着南美洲大陆的荒凉与原野上不同的生灵，我们就到了这被称为南美最美丽的地方。

百内国家公园（Parque Nacional Torves del Paine）在网上的介绍是这样的：百内国家公园位于智利西南部的巴塔哥尼亚高原上，占地面积2421平方千米。于1959年被定为国家公园，1978年被联合国教科文组织划为生物圈保护区，百内也是南美洲著名的自然生态保护区。

百内（Paine）在当地印第安语里是"蓝色"的意思，Torres del Paine意为蓝色的众峰，印第安人将其奉为神山。

百内的山峰壮观而奇异，既有陡峭的崖壁，也有银光闪闪的雪山，有人认为看起来像一副积了雪的巨大鹿角。

风中的浪花

百内国家公园内有固定的环形山路，也就是登山小径，供登山客据以探索百内国家公园。不过，当你走到可一览全貌的位置时，很可能会发现景物被云雾重重笼罩、突然开始下雨，或是太阳在完全不对的位置，让有心拍照的人束手无策。

也有人在网上说，在百内国家公园的灰湖（Lake Grey）、塞拉诺冰川（Serrano Glacier）等处，都能看到大冰川的一个小小出口，在地图上看似微不足道的几个点已经让人叹为观止。

中科院极地研究专家刘小汉在接受采访时，对百内湖水的颜色是这样解释的：那是因为两个湖泊的湖床岩石里含有成分不同的矿物质，原理似乎和中国九寨沟众多的彩色海子一样。

但我觉得，这蓝和冰川融水应该也有关系。1999年我随美国科学家乘破冰船到北极时，一位科学家告诉我，冰越古老，越蓝。我们中国云南的怒江也是这种颜色的蓝。怒江的水就是高黎贡山和碧罗雪山两座大雪山的冰川融水"染"成蓝绿色的。

百内冰川前气候多变，时而天空晴朗，时而多云有雨。那碧蓝的湖泊，翠绿的河谷，湖边那黄的、红的小花以及覆满白雪的山峰，让走进的我们仿佛进了人间仙境。在冰河和森林里探险，即使在车上，也可看到狐狸、野兔等野生动物。只是要想拍到它们可非一般的功夫能办到。

对于今天的百内国家公园，也有导游惊叹"冰川怎么没了"。惊叹的这位导游说："我2004年10月份来时，河只有现在一半宽，蓝色的冰川触手可及。而眼下，放眼搜寻，只有被冲刷下来的一小块冰川。也许以后再来，或者再过一两个月，连这唯一的一块冰也没有了！"

刘小汉也觉得冰川退缩得太快太快。

到百内旅行的人，很多为背包客和探险者。网上一位署名"天马行空世界游"的行者，记录了他在百内公园里徒步的经历，我们一起来看看：

智利百内公园徒步行路线的知名度与秘鲁马丘比丘的印加古道、尼泊尔的安纳普尔纳ABC、欧洲阿尔卑斯山雪地徒步齐名，是世界各地户外背包客们趋之若鹜无限向往的徒步路线之一。

背包客天元旅人拍摄

今天是百内第一天，我们走的是"山"字形右边一竖的路

被火烧过后的湖边

线。开始20分钟走平路，过桥之后开始爬山，爬上山坡就看到前面是高山峡谷，峡谷里绿树成荫，河水奔流。沿着山谷左面的小路向山谷深处继续前行，前方山谷密林深处露出一栋大木屋，那就是我们今天的宿营地奇利诺（Chileno）客栈。

顺着山谷继续向上爬，这时山上已是云山雾罩，随后飘起了雪花，爬山到高处雪越下越大，山路都让厚厚的积雪覆盖了，我们只好看着前人走过的脚印找寻前进的方向。再往上爬就到了驴友游记中描述的"乱石坡"，最艰难的路段，五六十度的斜坡上布满大小不一的石头，本来路就又陡又险，现在又覆盖了积雪，往上爬那叫一个难。

又经过四五十分钟的艰苦努力，终于翻过了"乱石坡"爬上了山顶，哇，一幅雄伟壮丽的画面展现在眼前，一汪碧绿的湖水延伸到垂直的岩石峭壁下，峭壁上"长"出四个直立的石头山峰，几百米高像擎天柱直刺天空，这就是传说中的"百内塔"。

此时山顶云雾缭绕，百内塔在云雾中若隐若现，使这雄伟壮观的场面又平添了一些神秘和威严。山顶狂风大作寒气逼人，实在不能多待，我们恋恋不舍地离开了百内塔，下山沿原路返回。

去看百内塔，从客栈出发上山下山整整走了四个半小时。傍晚时分爬山的游客们都陆陆续续回到了客栈，围坐在火炉旁取暖烤衣服烤鞋袜，大家畅谈着美好感受和游历经验。

今天徒步行走13.5千米，行程7个小时。

我们当然没有勇气，也没有时间爬山。但我们的运气还不错，风虽然大，但我们中并没有人被刮倒。没有雨的天空中，阳光一直晒在白的、黄的山峰上，折射在蓝得如同神话世界般的湖水里。

今天的百内国家公园里有很多枯树正在逢春之时。

2011年12月，一名以色列背包客不慎在百内引起火灾。大火连烧3个星期，毁掉了176平方千米的森林。这些烧黑的枯枝残叶存留下来，成为百内抹不去的伤疤。陪我们一起来的导游任重说，以色列政府曾要来这里帮助恢复自然生态，但智利人还是把恢复自然生态的事，交给了大自然。

今天，大风中的这些枯树，以另一种美在完成着自己的使命。

2017年1月13日，在离百内国家公园不远处，我们还走进了一个神秘的洞穴——米罗登（Cueva del Milodón），这里是以一种在当地已消失了5000年的哺乳动物名称命名的。洞口矗立着高大的像熊的复制品。

从洞里往外看

有文字记载，麦哲伦一行人登陆后，在岸上发现了"大脚怪"的脚印。如今在百内公园和纳塔雷斯港之间的一个博物馆中，还能看到一种叫作剑齿虎的原始生物模型和它的洞穴。

剑齿虎高三四米，体形如熊一样，不知麦哲伦一行人发现

寻找与记录

的神秘的大脚印是否就是这剑齿虎的杰作。

我们走到了洞口，各种大石头的造型，香味扑鼻的花朵，已经让我们眼花缭乱，而那些老树、枯树与怒放的鲜花形成的对比，如同历史与今天在抢着向我们表现它们自己。

走在洞里，如同在穿越历史。曾经住在里面的一切似乎并没有走得太远。我们在洞里寻找着它们的足迹。它们似乎也在冥冥中注视着我们。神秘，遥远……

在洞里，我举着相机拍了好久站在洞外的这个"武士"。想象着他当年站在洞口时对这个洞的兴趣。

可是，拍着拍着，我终于看清它是一棵老树，一棵枯树。

于是，我又忍不住把它认成了时间老人。多少年来，老人在认真地见证且记

洞的"窗口"站着的是一棵老树

录着这一被称为洞的地方的历史沧桑。

此行，对考古学颇有研究的新华社摄影记者汪大哥认为，这里像是有熟土，就是过过火，烧过的土。他说，如果这一观点成立，那这神秘的洞穴或许就也留下过早期我们人类祖先的足迹。

在很多文献上都有记载，南美巴塔哥尼亚高原上，曾经居住着印第安的一个民族——德卫尔彻人（Tehuelche）。西班牙殖民者入侵后，德卫尔彻整个民族都灭绝了。一个民族可以被毁灭，但是他们留下的文化却可以长久地存在。

百内国家公园名字中的"百内"一词，就是德卫尔彻人的语言。

猛虎下山

网上有文章说，百内公园里有很多野生动物，其中最危险的便是美洲狮"Puma"，因为西班牙人所生活的欧洲并没有美洲狮，所以当西班牙人踏上美洲大陆便称这些美洲狮为西班牙语的"león"，即"狮子"，直到他们从印第安人那里听说这生物叫作"Puma"，从此"Puma"就成为美洲狮的名字。

这篇文章的作者给大家讲了几个他认为真实的案例，其实也可说是他对徒步行走者的告诫吧：

在百内公园里的一处湖泊边有一位老人经常在那里钓鱼，他经验老到，从没遇过危险。但有一天，一只和妈妈走散了的幼年美洲狮发现了这位正在钓鱼的老人，由于大约一周没进食，小美洲狮非常饥饿，从老人背后悄无声息地发起了进攻……大约一周后有游客发现了该老人的尸体。

曾经有一位20岁出头的年轻探险者独自在百内大环线"O线"行走，有一天狂风大作，大雪纷飞，其他探险者都停留在营地准备等雪停后再继续徒步旅行，而这位年轻人却过于自信，独自顶着大雪前往格雷冰川区……几个月后，百内公园里的积雪因天气炎热而融化，人们才在偏离徒步路线很远的一处山边发现了他的尸体。后经救援队分析，当时他走入皑皑

满枝

白雪的世界后已经分辨不出方向，期间想到过原路返回，但由于百内过于强烈的大风把他来时的脚印都吹散了，最终他体力不支加上体温过低倒在了雪中。

艾米丽，是一个我们在免费营地搭帐篷时认识的女孩。这位美国白人姑娘不善言谈，当时我们几个旅行者在营地里吃饭

聊天，她走进了营地。通过聊天得知，她已在百内里独自走了6天，但在第四天的时候她的食物就已经吃完，只靠着喝雪水撑到了营地。她到达营地时意识还足够清醒，脸冻得发红，很虚弱，我们用炉子烧热水给她喝，虽然水烧不到沸点但温度还是可以的，后来分给了她两包饼干和一板巧克力，其他旅行者也给了她一点水果面包之类的食物，吃过喝过后她才慢慢缓过来，加入我们的谈话。第二天早上起床，艾米丽的帐篷已经不见，想必是已经独自上路了。后来我们也没有再见过她，我记得离开百内的那天雪下得很大，我们坐在巴士上吃着饼干时还提到过这个女孩，如今只能希望她一切安好。

离开百内冰川时我一直在想，百内国家公园里湖水的颜色，太像我们一直关注的中国的怒江了。在那里旅行，让人赞叹的白色的山峰，蓝绿色的湖水，我们的怒江都有，也绝不逊色。可怒江却曾被规划要建十三级大坝，经过专家和民间人士的努力改为四级。又经过13年的努力，政府才开始决定要建国家公园。多么希望今后也有世界各地的旅行者在怒江感叹冰川的壮观、江水的蓝绿。

老洞、老树，给人遐想。老洞、老树、小花，一起构成了大自然的荒凉，书写了自然的历史和人类的命运。行走在其中，站在它们的面前，仰视、敬畏、感叹、畅想……

自然的神力给我们勇气和力量。今天在记录，明天就会有人与之分享。

古巴，一个充满争议、值得回味的地方

——让自己的故乡保持着自然的风貌

连续几天写古巴之行，引起了很多争论。古巴确实是一个充满争议、值得回味的地方。一个朋友推荐了一个视频，是北京电视台采访中国驻古巴前大使谈古巴。前大使说的一个例子让我很感慨，他

自然之子

说他曾经请古巴外交部长吃饭，但是人家拒绝了。为什么呢？外交部长说，如果我吃你的饭，那么这种饭我天天都可以吃，如果天天都吃，那么就拉开了与老百姓的生活距离。大使曾经去过古巴一个副总理的家，家门口没有警卫，家里也没有用人，家里的住房和普通居民的住房一样。

从北京电视台采访中国驻古巴前大使的节目看，在古巴当

官简直就没有什么特权呀！

我写古巴纪实的时候，还有一个朋友问我：古巴有没有污染河流？土壤污染严重吗？我把这个问题提给了陪同我们的古巴导游杜丽亚。她说古巴没有多少工业，所以基本没有什么污染。

没有多少特权，没有多少工业的国家，但国民的文化程度之高，对教育、医疗的重视，使得古巴今天的自然还是那么原汁原味。

古巴面积为109884平方千米。海岸线长约6000千米，大部分地区地势平坦，东部、中部是山地，西部多丘陵。除古巴岛外，它还包括周围1600多个大小不等的岛屿。

古巴有三大山脉：瓜尼瓜尼科山脉、埃斯坎布拉伊山脉、马埃斯特腊山脉（古巴最高的山脉，其中图尔基诺峰海拔1974米，是古巴的第一高峰）。

古巴的河流

古巴有200多条河流和数以千计的溪涧，大多是南北走向，因此水流短浅、湍急。位于马埃斯特腊山脉以北的、东西流向的考托河是古巴第一大河，但长度仅370千米，是古巴唯一可以通航的河流。

家在大山脚下

古巴全国人口的75%，即846.5万余人居住在城市。居住在农村地区的人口仅为277.5万余人。

据官方统计，2018年古巴共接待外国游客约475万人次。

得天独厚的资源，加上珍惜自然的古巴人，让自己的故乡保持着自然的风貌吸引着八方来客。我们在那时，来自美国、欧洲的游客随处可见。

从哈瓦那到比尼亚莱斯山谷两个多小时车程，我们一路上看到的都是青山绿水。路上行走的大小车辆中，不时会有马车慢慢悠悠地加入前行的行列中。

比尼亚莱斯山谷位于古巴比那尔德里奥省，是古巴最知名的旅游地之一。该省最典型的地形特点是有无数的类似丘陵的突起，在这些丘陵上的植被主要有橡树、软木棕榈等。其中，被称作"活化石"的软木棕榈因为体内含有一种特殊的细菌，能够起到固氮的作用。富饶的比尼亚莱斯山谷被群山围绕，它的山景和裸露的岩石交相辉映。

山间的河

名为"史前"的壁画

比尼亚莱斯山谷中鸟类主要是夜莺。考古学家在比尼亚莱斯山谷中发现了大量恐龙、猿猴、海龟化石。另外，比尼亚莱斯山谷中还有许多巨大的溶洞，其中最大的溶洞长达45千米。

当杜丽亚给我们介绍在山谷里隐藏着的一幅名为"史前"的巨型壁画时，让我好奇的是，壁画是1961年在卡斯特罗的指导下完工的，仿照当地印第安土著岩壁画的简易画风。

壁画近100米的宽幅占据着整座山，远远望去便已让人叹为观止。作为社会主义文化景观建设工程，这幅壁画分为4个部分，分别代表了古生代寒武纪的海洋生物开始（距今5.7亿年），到中生代侏罗纪爬行动物恐龙盛行（距今2亿年），到新生代新近纪哺乳动物称霸地球（距今2300万年），最后到新生代第四纪人类的时代（距今260万年），以绚丽的红、黄、蓝、绿四色朴素地描绘出这片山谷从远古时期直至人类出现为止的景象。

沿着平整的小路可以到达壁画下，壁画是直接绘于岩石表面的，细看之下，所有的色彩都不是满满的，而是以细条横纹形式构成，据说这样更有利于光影折射，不吸光也不反光，令色泽更鲜明。

由于这里只对游客开放，所以这里被人们说成是全古巴最不像古巴的地方，却又是古巴最像天堂的地方。

古巴有很多海滩，其中巴拉德罗海滩是最受欢迎的。有人这样形容：令人舒坦的微风，让任何休闲度假者的睡梦更加甜美。巴拉德罗有长达20千米的沙滩，以蓝色的海滩著称，是集大海、沙滩、阳光、蓝色为一体的最美海滩。2017年10月27

日，巴拉德罗海边不让游泳了，因为风大。歪打正着的是，大风大浪中的日落，让我拍出的照片别具动感。

古巴本身就在热带，一年四季都可以生产粮食。古巴四面环海，渔业资源丰富，有各类鱼500多种。在关塔那摩、拜提吉里和拉伊萨伯拉等沿海，还可生产海盐。古巴森林面积占全国土地面积约27.5%，盛产红木、檀香木和古巴松等贵重木材。这些都是重要的资源，是给古巴的新型农业带来发展的天然优势。

日落后的海边

不知是古巴人太懒了，还是什么，他们没有过多地去向大自然索取，这点是古巴人的明智。他们用这些风光吸引着持不同观点的人，甚至连批判他们的世界各地的人，也到他们的家园享受阳光、绿色和海滩。

在这一点上我个人认为，与其要勤劳勇敢，什么都敢吃，什么旧的都敢拆了建新的，不如要古巴人这样，守着自然，守着古迹（17世纪的而已）的懒。

古巴慢慢地发展，使自然得以静，没有太多的干扰。古巴，在国际舞台上备受争议，前景蕴含着大变数。在古巴，我两次拍到了大浪中的夕阳，让原本宁静的夜晚充满了活力。

| 第二章 |

北美洲

美国，两个大峡谷的命运

——在这里上帝总是把他的力量和美，发挥得淋漓尽致

约塞米蒂（Yosemite）国家公园地处内华达山脉，位于旧金山东部约241千米处，是美国最好的国家公园之一，与黄石、大峡谷一样吸引着众多的国内外游客。Yosemite中文可翻译成"幽山美地"，不但贴切，也给了人们很多遐想。Yosemite这个抑扬顿挫的词，原是印第安语"灰熊"的意思。

深邃的约塞米蒂山谷全长超过14.48千米，最宽处约1.6千

约塞米蒂瀑布

约塞米蒂峡谷

米，最窄处只有约0.8千米。公园里地形落差极大，公园旁边美国140号公路的海拔是600米，而在约塞米蒂公园里的最高点海拔是3900米。垂直高度的变化带来气候、植被和动物分布的迥然不同。美国国家确认的7个生物区中，约塞米蒂国家公园内就有5个。

蜿蜒的默塞德河贯穿于峡谷中。河两岸有高耸入云的红杉、潺潺的瀑布流水、陡峭的山崖和迷人的高山草甸。舒适的环境，宜人的景色，柔美的光线，吸引着众多画家和游客。如果畅游于山谷之间，可以欣赏沿途高约1200米、由冰川切割而成的险峻山峦，听不同鸟儿的鸣叫，完全可以忘却都市的喧嚣。1864年，美国国会通过法案将这个地区定为"向公众开放的旅游场所"。

在约塞米蒂，最引人入胜的可能就是巨大的山岩和飞流直下的瀑布。有人形容那里的花岗岩壁上虽常有流石自然落下，但它

花岗岩壁

仍是世界上最结实、最巨大的山岩之一。是移冰切石的大自然之力造就了它们。

树与瀑布

1099米高的埃尔卡皮坦绝壁，直上直下，其高度相当于3个埃菲尔铁塔，这个绝壁也被称为"天路"。在这"天路"四周常年有几十个瀑布从山谷中倾泻而出。其中一个瀑布被美国人命名为"新娘面纱"。它的特色是温柔。如风吹来，细小的水珠在空中四散。相机镜头上的水珠也会让拍出来的照片如披着细纱一般。在很远的山路上就能感受到从瀑布飘来的水雾，这种"细纱"，从空中扑面而来时，不免让你感到身在自然中的自然。约塞米蒂著名的"约塞米蒂瀑布"和"彩带瀑布"都跻身于世界落差最大的十个大瀑布之列。

老树与小松鼠

高原与森林

约塞米蒂国家公园内有浣熊、野鹿等多种哺乳动物，以及221种飞禽、18种爬行动物、10种两栖动物。那里可以说是这些动物的乐园。

在约塞米蒂国家公园内还有位于海拔2621米高的勒姆草原，它被称为"云端上的草原"。如果是秋天，草原上到处是风味各异的浆果和坚果。有红莓、蓝莓和黑莓，还有印第安人称之为"萨欧欧"的白珠草莓。一些果实紧贴地面生长，另一些则挂在3米高的灌木枝头。

2007年4月27日，我在约塞米蒂附近的一个小镇时，走进一家环保组织的办公室。办公室的墙上挂着一幅黑白照片。照片中野花在浓密的绿草中随风舞动，河水在壮丽的花岗岩外表的

大全景

群山中流淌。

因事先知道约塞米蒂峡谷旁另一条大峡谷"赫奇赫奇"（Hetch Hetchy），1913年因旧金山爆炸性的发展，

峡谷中的大坝

早就将山脉一带的水资源视为饮用水的来源，特别是有计划地在赫奇赫奇峡谷中筑坝获取水电，看着这些，更觉约塞米蒂峡谷的珍稀。

旧金山政府曾经两次陈请联邦政府，希望获批淹没位于国家公园中的赫奇赫奇峡谷，即使他们被罗斯福政府以不符公众利益为由拒绝，旧金山政府还是一再坚持。当时美国国家公园之父约翰·缪尔成为保护峡谷运动的领军人物，但最终国会还是批准旧金山政府在赫奇赫奇峡谷中筑坝。

赫奇赫奇山谷里的大坝

《纽约时报》上曾有文章说："到过这儿的游客一定会觉得这一

森林与峡谷

幅画中的景色和1914年的风景是如此相像，这里就是约塞米蒂山谷。但实际上它不是，现在的人们并不知道赫奇赫奇山谷也曾经有过如此美景。"

这间办公室的主人勃安·达斯告诉我们，离约塞米蒂北边15公里的赫奇赫奇峡谷，是幽山美地的兄弟。风貌原和幽山美地一样，甚至更大。可是在过去的近一个世纪里，为了给旧金山及其周边城镇提供用水，峡谷和森林都被淹没在约90米深的水里。如今一眼望去，赫奇赫奇峡谷只有如镜子般平静的水面。大山失去了活力，溪水没有了妩媚，峡谷里生物的多样性也无从寻觅。

1868年，美国最著名的自然学者约翰·缪尔（现25美分的美元上就是他的头像）曾被约塞米蒂的冰川、峡谷、森林以及它的美所迷住。1871年，约翰·缪尔在内华达山脉发现了活冰川，第一个提出了约塞米蒂山谷形成的原因是冰川的侵蚀。这个观点现在已经被普遍接受，当时却引起了很大的争论。缪尔说："在这里上帝总是把他的力量和美，发挥得淋漓尽致。"1876年缪尔强烈要求联邦政府采取森林保护政策。

1897年，当时的美国总统克利夫兰宣布了13处国家森林不能进行商业性开发，但国会从商业利益出发推迟了实施。缪尔在这年相继发表了两篇极有说服力的文章，促使公众和国会的舆论赞同了这项措施的及时实现。在缪尔的大力呼吁和设计下，约塞米蒂国家公园终于在1890年建立。

"想象6月阳光明媚的一天，置身于赫奇赫奇峡谷中，满地皆是齐腰的绿草和鲜花（就像我以前喜欢的一样），松树梦幻般地摇曳。"这就是19世纪美国的国家公园之父约翰·缪尔凝视着高耸的花岗岩山顶和闪闪发光的赫奇赫奇峡谷瀑布时所发出的感叹。缪尔称赫奇赫奇峡谷与约塞米蒂国家公园是绝佳的相辅相成的美景。

令人遗憾的是，现在当人们站在赫奇赫奇峡谷中的水库边时，只能想象缪尔和其他体验过赫奇赫奇峡谷美景的人们为我们描述的那幅极美的画面。

赫奇赫奇峡谷中的水坝从修建至今，争论一刻也没有停止。对这个水坝的作用同样是褒贬不一。它为旧金山人提供着用水的同时，也遭到像旧金山公共事业委员会总经理这样的官员的如此评价：高耸于赫奇赫奇峡谷上约90米的混凝土建筑，不过是100年前建于约塞米蒂国家公园西部边界的1000亿加仑湖水下美景的墓碑。一些环保组织近年来更是提出，可不可以拆除大坝，让被淹没的风景重现？

当然，这一提议也被有的媒体称为"一项近乎狂热的运动，劝说公众信服应该取出赫奇哈赫奇峡谷的喉骨鲠"。

勃安·达斯告诉我，拆除那些超过使用年限或环境负面效应大于其社会价值的水坝的观点在美国日益流行。在过去的6年里，全国拆除了175座水坝，而20世纪总共拆除了600多座。当然，相比于美国水坝总量的2500万座来说，这不过为沧海一粟。而且，所拆除的水坝中，绝大多数不管规模还是知名度均相对较小。

达斯说，赫奇赫奇峡谷中的水坝则完全不同，它不仅仅规模巨大，还极具使用价值。它供应着旧金山海湾地区2400万居民、75000家企业的用水。供应诸如学校、市政交通、国际机场等重要部门的用电，假如拆除该水坝，则需要重新寻找新的水电供应。

在达斯他们的办公室时，他还告诉我，因为有关这一争论的文章获得了一系列的普利策新闻奖，加上新近出版的两本书和由加利福尼亚州奥克兰环境保护办公室发布的研究成果，使得赫奇赫奇峡谷的命运目前受到了空前的关注。加利福尼亚州资源机构（California Resource Agency）将在赫奇赫奇水库设立24小时工作站，广泛研究拆除水坝可能发生的利与弊。

在水坝是不是要拆除的一片争议声中，前不久，美国亚利桑那州公共服务公司（Arizona Public Service Company）关掉了装机容量较小的两个水电站，打开分水坝水闸，水库里百年蓄水流入弗德河（Verde River）支流化石溪（Fossil Creek）后，细流环绕中，美国生物多样性研究中心的罗宾·西尔弗（Robin Silver）博士预测，四五年内，小溪模样会焕然一新。此外西尔弗博士还相信不久的将来，白杨会扎根于河的两岸，本地鱼种斑点鲦、圆尾鲑、胭脂鱼都会在河里重新繁衍生息。

勃安·达斯说，很多事实都在证明，美国的一些水坝拆除后益处颇多。1999年，工程队炸毁了缅因州肯纳贝克河（Maine's Kennebec River）上的爱德华兹（Edwards）水坝后，结果出人意料，甚至让当时的议案说客震惊。因为曾经一度绝迹的重要鱼种大西洋鲑和鲱鱼第二年如潮涌至。2005年，美国陆军工兵部队（US Army Corps of Engineers）在恩布里（Embrey）水坝上炸出一个小洞之后，弗吉尼亚州的拉帕汉诺河（Virginia's Rappahannock River）里的鱼类迅速繁殖。

在众多支持恢复赫奇赫奇峡谷的人中，前里根政府内阁秘书唐纳德·霍德尔（Donald P Hodel）曾在20世纪80年代后期，拆除还不是通行的做法之前，提议过类似的重建计划。但是正如当年缪尔经历的一样，霍德尔先生的声音被水资源利益集团压制下来。

2002年10月8日，美国《纽约时报》一篇题为《环保组织者尝试取消幽山美地国家公园中的大水库》的文章发表。文中说，现在，环保主义者正计划将长达8千米的水库排干以恢复山谷原貌，就像缪尔所描述的"绝美的风景花园，美国最珍贵的山脉神殿之一"那样。

这个建议立即让国家公园的雇员们、旧金山水资源利益群、环保主义者和市政厅骚动起来。《纽约时报》的文章中说："人们认为这是一个疯狂的点子，但是国家公园里筑坝难道就不是一个更为疯狂的主意吗？"重建机构的执行长罗恩·古德（Ron Good）说："想象一下我们可以有一个机会让大自然重新创造一个约塞米蒂峡谷。"

作为开始，恢复赫奇赫奇峡谷的主张从小处做起，而且并不立刻建议具体的方案以取代水库。相反，他们资助议案成本研究计划，研究也包括寻找替代现行的水力发电的方案。古德先生和其他业主说，他们并不想将旧金山的水电资源取走。他们希望通过这次机会重组水力资源，实现所有人的共赢。

《纽约时报》的文章说，假如这些水坝带来的利益可能找到替代呢？那样是否可以名正言顺将其拆除？2020年秋天公布的有关赫奇赫奇的报告中，环境保护者提出可以选择其他方式供应目前由赫奇赫奇峡谷内电站所提供的水和电。其中一个方案即为旧金山公共事业委员会将水源贮备转移到下游的一个水库。

总之，人们仍在讨论是不是应该拆除赫奇赫奇峡谷中的电站，美国西部州政府官员和水利专家也密切关注着事态的发展。这场拆与不拆的争论会逐渐延伸为气候干燥、人口快速增长的西部，如何做到在满足用水需求的前提下不致抽干所有现有的河流及地下水的思考。未来西部的发展前景可能取决于这个水坝的存亡。

美国国家公园之父约翰·缪尔的基本思想是把自然的美学、

作者在约塞米蒂国家公园

约塞米蒂日落

保存自然遗产的价值和保护自然的科学方法结合起来。缪尔说，美在人类社会的进步中，扮演着极为重要的角色。大自然是非有不可的，山岭原野不仅是生长树木和灌溉河流的源泉，也是一切生命的源泉。

人们需要美，不亚于面包。他们需要有地方休息和祈祷，让大自然平复他们的创伤，唤起他们的欢乐，给他们的肉体和灵魂以力量。大自然的每一种物体，都可以从我们身上找到反映的符号。尽管我们很难说出这些感受。

可是，以美作为基本价值的观点，今天不光在美国，在全世界都遇到人口不断增加和经济需要迅速发展的挑战。所以，美国两个大峡谷的命运，还将继续掌握在我们人类的手中。

（本文写于2011年，部分资料翻译：张丽娜）

美国克拉马斯河纪事

——河流就是生活

应香港电视台之邀，2009年1月13日我开始在流经美国加利福尼亚州和俄勒冈州的克拉马斯河采访。去之前就知道，那里有4个水坝正在拆与不拆的激烈争执之中。

飞机上看到的风景

从旧金山向北开车6小时，行程约960千米就看到了克拉马斯河。我们是乘飞机先到麦弗德，再租车向克拉马斯驶去的。还在飞机上，我们就开始欣赏起这一流域的自然风光。

下了飞机上路前，将陪同我们全程采访的地质学家托马斯向我们展示了他拍的克拉马斯河与那儿印第安人生活的照片。这些照片让我知道此行我们不但能看到雪山冰河的大自然，也能看到美国的少数民族风情。

热心的收费员

出机场时，路口收费的女士听说我们要去克拉马斯河，极为热情地告诉我们走哪条路，路上有雾，有雪，一定要多加小心。在美国，陪我们一起采访的克拉马斯河保护者埃瑞克说："在我们这，温馨提示是家常便饭。"

我们的车开出麦弗德没多久，大雾就向我

克拉马斯河上的坝

们扑来。能见度也就几米。可是十几分钟以后，再次看到山中的树，就挂满了冰凌。

我们的车行驶在蓝天白云下时，突然又像是走在了两边砌着雪墙的路上。久居灰蒙蒙的天、灰蒙蒙的地的北京，在这样的自然中行走，心中满是对自然的感动。

采访的第一个水坝建于1923年，它的功能就是灌溉。冬

坝前

2007年前修的新鱼道

日的水坝显得很宁静。

各种水鸟在河里游荡、追逐。想起曾经也在北京的水库边观过鸟，这样的情景能算是人与自然的和谐相处吗？

当地的人说，克拉马斯河上的这个小水坝，早年间，鱼通过坝边上的鱼道不那么容易，2007年前一条新的鱼道建在水坝的另一边。

家住麦德兰斯的农民路瑟，是我们来之前当地河流保护组织为我们联系的一位农民。我看到他的第一眼就认定他就是我们常在电影中看到的美国西部牛仔。虽然他的家在美国的北部。Cowboy这个词是香港电视台的洁茵教我的，可我这样称呼路瑟时，他不懂这是什么意思。不知道问题出在了哪儿。是中国式的英语，还是他的生活中并不熟悉美国西部电影？

在水坝前采访路瑟时，他对那个小水坝的理解是，既能灌溉，也能保护河里的鱼。现在河里三文鱼确实比以前多了，2008年10月，他的太太就在河里钓到一条1米长的大三文鱼，这在以前是不多见的，所以路瑟认为，新修的鱼道还是有用的。

说到这儿，路瑟问我，中国的水坝也有鱼道吧？我说，据我所知中国到目前为止，还没有一个水坝有为鱼专门修的鱼道。路瑟不解地问我：那要洄游的鱼怎么办呢？

"上游的4个水电站要被拆了你怎么看？"我们接着向路瑟提出

路瑟

克拉马斯河的傍晚

农家的草垛

家的外面

了这个问题。他的回答是，国家电网总会调配的。够我们浇地就行。在我看来像西部牛仔的路瑟，家有8平方千米农田。对他来说，浇地当然是重中之重。

天色不早了，路瑟知道我们连中饭也还没有吃，说已经请他太太为我们准备了咖啡，正想看看他家那8平方千米的农田是多大规模的我们，对美国农民的家充满好奇的我们，听到这样的邀请，差不多是欢呼雀跃了。

路瑟向我讲述美国经济海啸对农民的影响

路瑟的家在夕阳中，真美。他的太太在门口迎接我们时，那朗朗的笑声，让我们感到的是农妇的豪爽，而不是路瑟的那派头。

修水坝之前的克拉马斯河流域

修水坝之后的克拉马斯河流域

8平方千米农田，要多少人管呢？路瑟告诉我们，除了他和太太以外，还有2个长工，收获季节再雇4个短工就行了。这就是美国农民的经营。

我问路瑟，美国的经济危机对你们家有什么影响吗？路瑟说，我们不会失业，也不会像美国很多退休老人那样退休金大大缩水。但是大家都没钱了，我们的农产品去年卖的和前年就没法比了。

路瑟太太说自己喜欢周游世界，而她的先生却不愿意离开美国半步。我问她什么时候去中国，她说她倒是不怕远，只是怕到中国不习惯吃的东西。我说中国菜你一定喜欢的，而她却一再地摇头。这个晚上，我们是从附近的中国餐馆叫的饭，吃完后我知道为什么路瑟太太怕吃中国菜了。

我把那个我现在走到哪儿都要问的老问题提给了路瑟：你小时候家乡的河和现在一样吗？路瑟说，差不多，现在空气可能比那时更好些，水的质量可能也好些。

路瑟家在这块农田里生活已经有三代人了。他小时候正是美国污染最严重的时候。我问他，你的孩子将来的生活还会和你一样吗？他说儿子现在芝加哥，女儿就在8千米之外。他现在最担心的是美国的经济危机会影响到女儿今后的生活，而他和老伴，现在过得很好。我说，你们的家要是被国家征用，你们会怎么办？路瑟太太大声说，那我们可要好好和国家算账。

吃完饭，路瑟拿出两幅地图给我们看。告诉我们一幅是这里上游修水坝之前的克拉马斯河，一幅是修水坝之后对湿地的影响。

显然，作为当地农民，路瑟对目前那4个水坝是否应该拆除是有自己的看法的。他希望这块土地能让他的后代继续过他这代人的生活。说这话时，这位59岁的男人的脸上有的是自给自

静静的克拉马斯河

足的快乐。

　　这天晚上，路瑟夫妇一听到电话铃声响，就会很紧张地拿起电话。因为就是这两天，他们就要当外公外婆了。女儿的电话牵动着两个老人的心。

　　采访中，他们每接一次电话，我们也就跟着加上一句祝福。

　　明天，我们将走进印第安人生活的克拉马斯河流域。

鱼！鱼！鱼！

　　从来没有两天之内听到那么多人谈鱼。在美国的克拉马斯河边采访，无论是科学家、当地居民，还是河流保护者，三句话就离不开鱼。"我祖父靠打鱼为生"，"我已经不能靠打鱼为生了"，"不知道我的孩子将来还能不能再靠打鱼为生"。

认识鱼

河流给我们带来了多少快乐？我们可以在里面游泳、玩耍。以前打上来一条鱼是要大家分享的，分享的过程也让我们学会了兄弟姐妹要互相关爱，分享的习惯让我们终身受用。

从1970年到90年代早期，萨克拉门托河的支流巴特溪（Butte Creek）里的鱼只有100多条，2004年水坝拆了后河里的鱼一下子增加到10000条。修水坝的人为什么只算发电赚的钱，卖鱼也能赚钱呀！

过去人们想的总是人与河的关系，人可以从河里索取；现在越来越多地会想到水和鱼的关系，河里不能没有鱼，鱼也不能没有水。有鱼，不光人有了食物，鸟也有了食物。

水库里水的质量不怎么样，人可以不喝，鱼不能不喝呀！鱼也有鱼的家庭，鱼也有鱼的喜怒哀乐，我们人类想过这些吗？

印第安人的文化离不开鱼。人们从小就知道河里有鱼，有关鱼的知识，想想学得还真不少呢。为什么长大了，就忽视了鱼的存在了呢？

正在慢慢恢复自然状态的克拉马斯河，像这样一群就有200多条鱼的河段如今也有了。

"长江上游为什么不能修电站，不就是那么3条鱼吗？"这句话出自中国的院士之口。他说的3条鱼，是长江里特有的达式鲟、白鲟和胭脂鱼。三文鱼并不是美国的特有鱼种，但是现在被生活在克拉马斯河两岸的人民视为保护江河的重要因素。

关爱鱼的人，家乡的清晨充满着大自然的魅力。

电视制作人托马斯为了拍克拉马斯河边的人们是怎么为

200多条一群的三文鱼

鱼请命的，已经在这里的河边住了5年。今天他带着我们，走到当地最具争议的4个水坝之一所在的山上，让我们看这个水坝的

一天的开始

这样的鱼道鱼能过去吗？

鱼道。托马斯说他亲眼见过鱼在这个鱼道里过不去，是怎么挣扎的。

依照美国的法律，水坝50年就要重新评估。克拉马斯河上的这4个坝2016年就到了50年。为鱼请命的科学家、原住民和河流保护者强调的是水库里的水质不达标，需要重新维护。靠水电赚钱的公司，拼命想证明水坝还是可以用的。2009年5月争论就要见分晓。

克拉马斯河流保护者埃瑞克认为，这4个坝早晚是要被拆掉的。她说，水电是清洁能源，但不是所有的河上的水坝都是清洁的。要看这条河有没有条件。克拉马斯河里的鱼喜欢冷水，而水库让水的温度升高了，影响了三文鱼和其他鱼类，影响了生物多样性，那这个水电就不是清洁的了。如果既影响了鱼，也影响了原住民的文化，那就更不是清洁的能源了。

建水坝有了发电的效益，但是河流的其他功能没有了，人们不能在河里钓鱼，不能在河边休闲，这些价值的丧失折合成经济成本，建坝的时候成本核算里就应该有所预计。

还有，50年后水坝不能用了，要拆，拆坝的成本能不计算吗？用了多少年，加上河流其他功能的丧失，鱼的减少，拆坝时的费用，这样一算，发的那些电还有赚头吗？现在的问题是，水电投资的是国家，赚钱的是公司，受损失的是公众。

埃瑞克说，他们现在要做的事是，把科学家、水电公司的人和家在克拉马斯河边的人拉到同一张桌子前，大家一起讨论，坝是不是要拆，河流怎么保护，河两岸人们的利益如何都能照顾到。当然还有不会说话的鱼还能生活在它家园的江河里吗？

国家公园工程师阮柯

"我们一条克拉马斯河上4座水坝已经对河流有了这么大的影响，让鱼有了灭顶之灾。我觉得河流已经存在了成千上万年了，不能因为我们人的控制就扼杀它的生命。"埃瑞克说这些时，充满了对河流的感情。

美国国鸟——白头海雕

印第安小餐馆

路上迎面而来的云

生命是美丽的，自然依存的江河两岸才有这种美丽。美国国家公园的工程师阮柯和我们说，这些年随着河流状态的好转，人们爱鸟意识的提高，这些美国国鸟也可以与人有非常近距离的接触了。

它们不再怕人吗？我问阮柯，他回答"是的"。

今天，我们沿着克拉马斯河走时，沿途让我们大饱眼福的，远不止早上农家的日出、美国的雕，还有山中的云海和结着冰花的树。

美国是发达国家，中国是发展中国家，我们请美国朋友给中国的江河保护提些建议。他们说的一句话打动了我：发展中的国家为什么要走我们走过的老路？应该走出一条自己的新路。

我们的新路在哪儿？怎么走出来？我想这不是要美国人回答的问题，而是要我们自己回答的。今天的晚餐我们是在一家印第安人开的小餐馆里吃的，里面别具风格，充满着一个民族的特色和风情。明天我们将要去看印第安人怎么打鱼。

河流就是生活

河流是什么？以前我们可能太多地说了它的生态功能，说到了它的生物多样性，似乎河流生态的多样才是一条河流的生命。而克拉马斯河边的渔民说，河流是什么？是我们的生活。

晚饭

那么直白地说河流就是生活，我们说过吗？好像不记得了，那似乎是很早以前。

仔细想想，我们现在不说河流就是生活了，是因为现在我们身边的河流已经不能维持我们一般人的生活了呢，还是我们这些舞文弄墨的人，因为不是真正家在河边的人，所以总是从大的方面去想河流的功能，想把它的功能说得更全面一些，更重要一些呢？

我们说河流是大地的血脉，是从它的生态功能角度说的。克拉马斯河边的渔民说，河流就像我们的胳膊，断了胳膊我们

与鱼为友

一次泥石流后的大山

的生活该有多困难。

我们从2006年开始的"江河十年行"，是用持续10年追踪记录住在江河两岸的人家，观察江河的变化对他们生活的影响。即使这样，我们也从没有提及过河流就是生活，甚至没有想到。

在美国加州克拉马斯河边看印第安人打鱼，河流就是生活，是他们挂在嘴边的一句话。不管你问到什么，说来说去，他们归根结底一句话：河流就是我们的生活。

克拉马斯河养育了印第安人。他们说，我们不是反对水坝，而是希望水坝不要影响我们的生活。我们也需要能源，但要看是什么能源，影响我们生活的能源我们当然要反对。太阳能我们就喜欢。

大山和大河也有它们的生活，它们的野性我们人类只有面对、欣赏。印第安人的生活与江河的野性同在。他们知道怎样面对野性。他们从自然的野性中，寻找着自己的生活方式。

永远的责任，永远的爱

玛丽是为自己家乡的河流四处奔走、呼吁的一个行动者。在她家处处可以看到她对孩子的爱。她现在是美国很多媒体采访印第安人的焦点。她对此的解释是："我只是希望曾经养活了我的祖母、我的妈妈和我的克拉马斯河，还能养活我的孩子。我的祖先选择了住在这里，我也会住在这儿，我希望我的孩子也还能住在这儿，健康地住在这儿。可是自从1918年到1964年这里建了4个水坝后，河水脏了，鱼死了，人生病了，我的孩子还能不能健康地生活在克拉马斯河边，成了我要面对的巨大挑战。我不能不为之呼吁，为之努力，为之争取。"

这两天带着我们走访克拉马斯河，拜访印第安人的独立电视制作人托马斯一直在向我们介绍一个叫默克的印第安老人。老人在克拉马斯河边出生，在克拉马斯河边成长，至今还以在克拉马斯河里捕鱼为生。老人会非常地道地打着鼓唱印第安人的号子；老人会制作非常精致的印第安人打鱼的鱼钩；老人在

至今以捕鱼为生的默克

印第安部落有非常高的声望。2008年12月的美国《国家地理》中有一篇是写克拉马斯河的，老人和他的家人都出现在了杂志上。

那天，天已经黑了，穿过美国加州著名的红树林国家公园，克拉马斯河的入海口，我们到了老人的家。

老人告诉我，他还记得7岁时和叔叔一起在克拉马斯河边捕鱼的事，像是昨天。老人一生有3年离开了家乡的克拉马斯河，那是战争期间，政府把他们搬到了山上。老人说，那时他还小，因此没有学到多少印第安的文化、传统，甚至语言，为此遗憾终身。老人说，印第安人的语言已经消失了。从老人的话中，我听出了他的切肤之痛。

正值美国奥巴马总统上任前夕，我问默克，你喜欢奥巴马吗？他说有期待。但是老人告诉我他从来不参加选举。我问为什么？老人说，美国政府对印第安人不好，我为什么要选他们。

我不知道这是老人的成见，还是美国政府对印第安人有成

她的乡间生活

见。印第安人甚至不接受政府发给他们的打鱼的执照。他们说，打鱼是我们的传统，已经几代了，为什么要有执照才能打鱼。

在我们的邀请下，老人拿起了鼓，给我们敲打了印第安号子。那浑厚而充满着野性的声音，完全不像出自一个79岁的老人。

在克拉马斯河边，我们还走进了一处城里的知识分子在乡间过的绿色生活。培育果树苗，堆肥，接待生态旅游的游客，太阳能桑拿。可以看得出来，她在大自然中生活得自得其乐。

今天，我们在克拉马斯河边的山上看到日落的全过程，我拍了下来。这在大自然里当然是再平常不过的事，但对于一个城里人来说，记录那火红的太阳在天边一点一点地改变颜色，

最后的太阳

一点一点地消失在天外、山中，让我对大自然的辉煌充满着无限的感叹和敬畏。

墨西哥索奇米尔科的古老运河

——独自租用花船激发创作灵感

墨西哥位于北美大陆南部。北邻美国，东南与危地马拉和伯利兹毗邻，南濒墨西哥湾和加勒比海，西南濒临太平洋。土地面积的5/6是高原和山地，平均海拔约1800米。沿海有众多的岛屿。其中太平洋中有雷维利亚希赫多群岛、瓜达卢佩岛、塞德罗斯岛和特雷斯–马里亚斯群岛，在加利福尼亚湾中有提布龙岛和安赫尔–德瓜达岛，在加勒比海中有穆赫雷斯岛和科苏梅尔岛等。

墨西哥河流分为三个水系：大西洋水系、太平洋水系和内流水系。主要河流是布拉沃河、乌苏马辛塔河、格里哈尔瓦河、莱尔马–圣地亚哥河、巴尔萨斯河等。

墨西哥沿海和东南部平原属热带气候，年平均气温在25～27.7℃；山

大山中的河

古老的运河

河边的植物

间盆地年平均气温为24℃；西北内陆为大陆性气候。年平均降水量西北部不足250毫米，内地750～1000毫米，墨西哥湾沿岸中部与太平洋沿岸南部为1000～2000毫米。

墨西哥也是一个世界遗产众多的国家。仅墨西哥城就拥有两处世界文化遗产。2010年6月8日，我们去了其中之一——有着"水乡泽国"之称的索奇米尔科（Xochimilco）。

我们去的索奇米尔科，可以说保存了大量的完整的古老建筑，不愧于1987年初被联合国教科文组织列入世界遗产城市名录。乘船在密集的河道和岛屿中，我们了解着当年阿兹特克人的生活风貌，感受着古印第安人为生存做出的努力和所创立的历史与文化。

"播种鲜花的土地"古印第安语就是索奇米尔科。即使在今天索奇米尔科也是墨西哥的重要花市。当地人告诉我们，墨西哥政府在海拔2300米的墨西哥城盆地南部的索奇奇米尔科大区建了号称拉美最大的花卉市场——库艾曼科市场。

河上的表演

运河上的船

园内种植了271种花草树木，栖息着众多珍稀禽类及其他生物。这集建筑、历史、文化等领域的数十位专家共同设计的花卉市场，一年四季吸引着八方来客。

我们在古运河上看到的五颜六色的游船，有点儿像我们中国的画舫，每只船上都有着自己独特的"装扮"。

树与花的河边

人类学博物馆里的船

有记载，在16世纪西班牙人占领了这里后，因为他们不善管理，湖水经常倒灌进入城内。于是他们在山谷四周山体上凿洞，将城中的水放走。这以后，墨西哥变成了干涸的山城，原来四处碧波荡漾的壮观景象人们就只能透过墨西哥国民宫里的壁画去想象了。

我们乘船在这古运河上漫游时，知道至今这里还保留了900多条人工河道。加上这里湖泊、河流、陆地和岛屿纵横交错，成就了这片既秀美又神奇的水上世界。

有一点遗憾是，今天这里的河水并不是那么清澈。或许游人太多，也给这里带来了压力。但是行舟于水上的这一刻，还是会被那古运河独特的意境及河上艺术家们的歌声所感染。虽然是一种商业演出，但运河上的艺术家们表演时的那份尽兴，很是让人感动。这也是人与自然的一种相处吧。

在索奇米尔科坐船时，看到岸边花房里盛开着一片片的"赤橙黄绿青蓝紫"。据说当地的花农很早就开始种植鲜花和蔬菜。这里四季如春，雨水充沛，物产丰富，一直是印第安各部落争夺的重镇。为了方便运送大量的鲜花，索奇米尔科镇开挖了多条运河，运河两岸是种植鲜花、蔬菜或者草药的园子。以前，花农、菜农自己经营，现在政府派出农业技师为他们提供技术支持，这使当地的鲜花种植业更加兴旺。

索奇米尔科镇有四大鲜花市场。市场里有各种时令的鲜花，如玫瑰、月季、天堂鸟、百合和康乃馨等，还有绿色盆景植物，当地人称"盆栽"，发音和中国的盆栽相同，有人说这是从中国传去的技艺。8年前建成的库艾曼科花卉市场占地0.13平方千米，有1680多个摊位，和邻近的生态园一起构成了拉丁美洲最大的花卉市场，是仅次于加拿大、荷兰的世界第三大花卉市场，是墨西哥鲜花的集散地。

这里的运河静悄悄

殖民者到来前，这里运鲜花的船是将整个树干挖空制成的独木舟。后来，人们用木板制造了有顶棚的船。这种船缀满了各种鲜花，颜色鲜艳，香气扑鼻，可以容纳8～30位乘客。

花船保留了浓郁的西班牙特色，每隔10～15天就要重新用鲜花装饰一次。每条花船的顶棚上都有用稻草和鲜花扎起的招牌，上面写着船名。花船大都用美丽女孩的名字，如玛利亚、劳拉等。

听说有一位中国作家在这里旅游时，划船的墨西哥人对他说：“我们都有固定的熟客，多是城里的诗人。有的人喜欢独自租用花船激发创作灵感；有的人喜欢邀请三五位知己一起聊聊天。周末时，我的生意最好。来这里度假的人很多，他们尤其喜欢配有乐队的船，可以一边品尝美味小吃，一边欣赏演出。”

每年7月18日是花城的"玫瑰花日"。

今天，在这条古老的运河上，我感受最深的是河的生命力，水的灵性。以后不管过了多久，再回过头来翻看今天拍的这些照片，我想自己一定还会回味这水上的自己与自然中的艺术相处的美好时光。淡淡的，绵长的，会久远。

在墨西哥感受江河

——修水坝是对浪费的纵容

赤道逆流的作用，让下加利福尼亚半岛拥有了独特的景观，海湾里的红树林，两人高的仙人掌随处可见，旁边就立着高大的椰子树。海鸥和鹈鹕成群地飞舞，浮上水面的鱼一不小心就成了它们的盘中餐。这就是我们这次护河者国际论坛选择开会的地方：墨西哥下加利福尼亚半岛的旅游城市拉帕斯（La Paz）。

拉帕斯上空

机场跑道边的小狼

看来，选择漂

亮的地方开会的，不光是我们中国人，美国人也喜欢这样。当然了，美丽谁不喜欢，这看来是很简单的道理。可是，当发展与保护、今天与明天这些选择和美丽放在一起时，要想回答和做出选择就没有那么容易了。

2010年6月我参加的有关河流保护的国际大会，就是一群看起来要对发展"说三道四"的人聚在一起，探讨如何在不影响河流的美丽、河流的自然的情况下发展。

从墨西哥城飞往拉帕斯要两个多小时。仅仅两个多小时大自然就完全改变了它的模样。更有意思的是，我们的飞机在跑道上滑行时，几只小狼竟然在和我们的飞机赛跑。飞机停下来了，它们也站在了那里看着我们。

此行专门为我们当翻译的美国姑娘冯乐然告诉我们，这个被我们叫作狼的动物，其实是coyote，是狼的表弟，也可以说是小狼。在飞机场的跑道旁边看到小狼，我这辈子跑了那么多地方，这还真是第一次。以前只是听到过在飞机场要找各种办法轰鸟，但是能见到狼的飞机场，我想全世界一定也不多。

我们到拉帕斯的时候是傍晚，凉风习习的海边，真的是海鸥和鹈鹕的世界。说来也有意思，第二天白天，我们简直不敢再靠近海边了。因为白天这里太阳的威力完全有可能把我们晒晕在海边。而白天的海边也静得惊人，鸟儿也不知道都哪儿去了。

我在网上看到过拉帕斯的人，写过拉帕斯水下的海狼。说拉帕斯虽然没有成千上万聚在一起形成风暴的海狼，但是这里的海洋生物往往都体型巨大，好像喜欢单打独斗、离群索居，经常可以看到一条体长近两米闪着银白色身躯的海狼气定神闲地悬停在蓝色的海水里。一个足有脸盆大小的螃蟹披着嶙峋的铠甲撑着两条粗壮的前螯雄踞在岩石下，毫不在乎人们的近距离拍摄。

为此网上这位到过拉帕斯的人说：尽管我从马尔代夫到斐济、从澳大利亚的黄金海岸到美国夏威夷见到过世界上的无数著名海滩，而这里海滩的惊艳、纯净是无与伦比的。我认为，这是我见过的世界上最美的海滩！

拉帕斯的海鸥

海滩是美丽的，但是不同的人对这片美丽有着不同的欣赏与需求。特别是2010年4月发生在美国墨西哥湾的石油泄漏事故，更让这次前来开会的护河者们急于要把他们的信息告诉关注河流、关注大自然的人。

一般国际环保大会都会把时间安排得满满的。这次大会第一天的自我介绍就一直持续到夜里12点还没有结束。第二天的分组会从早上8点就开始，又是到晚上12点才结束。

不知道全世界关注环境的人是不是都有点特异功能，我这些天写"在墨西哥感受江河"的系列文章，每天都要写到深夜的三四点钟，第二天又会是既充实又高效的新的开始。不过在中国，把会开到夜里12点的我想不会多。可在这里，已经连续两天都是这样了。

2010年6月10日，大会分成了若干小会，谁对哪个题目有兴趣可自行选择。我们几个中国人选择参加的会是NGO（非政府组织）如何利用媒体。

一位来自墨西哥的年轻人，给我们这些对这个话题感兴趣的人大谈特谈了什么是社会媒体。在他看来，以往的社会新闻会被记者和大公司所操控。现在有了网络，社会媒体是什么，是每一个人都可以是记者，都可以向大众传递信息。他举的例子中有一个是社会媒体为大公司与民间组织搭建桥梁。他说，这既可提升企业的公众形象和影响力，也能让民间组织更好地筹资。

媒体可能改变世界，此说法我想一定会有争论，但是利用媒体影响公共决策，倒是我们中国在媒体与NGO联手保护环境中，已经有了一些成功的案例。我们向与会人员介绍我们的"绿家园江河信息"中英文版，引起了参加这个论坛的人极大的兴趣。

20世纪是被媒体掌控的时代，21世纪，每个人都可以当记者，创造自己的媒体空间，找到你有兴趣的事与人，和你要影响的人与事。

社会媒体的另一大优势就是不花钱也办事，空间还是无限的，就看你会不会使用。

全球护水者联盟的发起人美国前总统肯尼迪的侄子，在这次大会上为怎样才算一个好的护河者总结了这样几条：有智慧，会想办法；了解科学和法律；能找到钱；能与媒体交流；能让你的职员高兴。其中"能与媒体交流"是很重要的一点。小肯尼迪说：这些性格与特点，都应具备，当然不好学。但是如果你是把自己的生命给了河流和海滩就有可能。

　　美国路易斯安那州河流保护者迪恩和蕾尔做的报告也很有意思。他们是自己开着飞机到被砍树的湿地去取证的。用他们的话说：你找的证据一定要确凿，这样才能在打官司时取得胜利。

迪恩和蕾尔

　　迪恩他们的另一条经验是，观点也不能太激烈，这样会带来孤独。

　　他们说，美国最早保护河流的法律是1889年颁布的，这个法律中也包括对港湾、船停泊地方的保护。

　　美国的法律也有改变。过去是政府管企业是不是守法了，而且只有政府可以管，现在老百姓也可以用起诉的方法保护自己的环境。迪恩说："这样的起诉，不管是对政府，还是对企业无疑都是一种压力。"

　　美国的环保组织还有这样一些压力，比如哪个公司砍树，破坏了湿地，如果你想进去阻止或取证，那是很难的，因为在那里私人领地是受到保护的，警察可以抓你。所以他们开着飞机去取证倒也不失为一种办法，只是这笔经费要环保组织花得起才行。

迪恩和蕾尔说，美国最腐败的地方之一就是路易斯安那州。他们举了这样一个例子：那里是产马哈鱼的地方，企业却要把这块地方分开，而且弄来其他地方的鱼种来饲养，为此还想挖坑控制水。那里本是很漂亮的地方，但在他们放了一个水泵后，水和湿地都被破坏了。这完全是违背美国法律的，可是这个企业的老板是警察的亲戚。

在美国，工程兵也负责管环保的事，可是这个部门连船都没有怎么执法呢？倒是砍树的人有很多船，警察什么都没有。他们发现一些企业在破坏湿地，这种行为是完全违法的，但森林很密，有各种树，他们进不去。

听着迪恩和蕾尔讲这些时，我想全世界关注环境的人，怎么碰到的问题是那么相似？本以为美国这样的发达国家，政府会比我们更注重环境保护，有那么多法律在管着，没想到，其实也会遇到我们中国民间组织常常会遇到的问题。

不过，在美国，老百姓的公众举报是起作用的。如果一个企业在申报一个项目时，没有写上怎么保护环境，老百姓就可以提意见，这个项目

塞斯特河的保护者

就有可能不被批准。同时，老百姓也可向政府提供证据；民间组织可以监督到企业操作时的每一步骤。老百姓发现问题并提

出，被认为是帮助政府，阻止企业对环保不利的举措。

6月10日下午，我们参加了一个江河保护与大坝建设的论坛。第一个主讲者是美国塞斯特河的保护者。他说："这就是我们的河流，那里还是美国除了墨西哥湾以外最大的海湾。也是美国最大的湿地。这个湾50%的水来自河流，50%的污染也来自河流。15年来，由于大坝的修建，湿地里已经淤满了泥沙。根据目前的情况，附近花巨资建的大坝还有10～30年就要淤积满了。"

墨西哥河流的演变

在这位护河者看来，大坝最大的问题就是淤沙。而这些淤积还会让污水中的磷和氮留在湿地里。这无疑是让湿地死亡。他说："1979年，当地淤积的程度连行船都受到影响，草原上的小动物也都没有了。管理大坝的人当然不在乎，因为他们是可以从发电中赚到钱的。"

大坝什么时候会淤满是难以猜测的，因为会受雨和地质灾害的影响。但是大坝使水中化学品数量增多却是一定的。

墨西哥的护河者阮克尔·古弟尔思说的是在墨西哥的哈里克州要建一个大坝。要建大坝的这条河是25%的墨西哥人要用的水源地。2005年的政府工作报告中提出修这个大坝的目标，是为了解决除墨西哥城以外墨西哥最大城市的工业用电。

阮克尔说，在墨西哥60%的大坝还是为了农业灌溉。

阮克尔他们算过一笔账，从1995年到2020年，墨西哥城市的用水简直就是在翻倍地增长。城市的无限膨胀，其结果就是修多少大坝也不够。这还不算这些水库里的水是不是干净，流进去的水有没有经过处理。有监测表明，这座水库里的水有8种重金属的化学元素，受到影响的还有河流两岸的自然风光和生物多样性。

另外，就是对当地老百姓的影响，照片上这个人就是政府给钱，他也拒绝搬家的人。他说："我听说过我们家乡这个地方应该保护，

这是我的家，我受法律保护

因为生态太重要了。"他找到大学教授和环保NGO与他一起合作。他就是要表明土地是他的，政府也要尊重法律。

后来，这个大坝硬是在他运用法律条款、坚决不搬家的情况下停止了修建的进程。

阮克尔说：这个胜利首先是媒体宣传，案件不断在媒体上曝光。包括广播、报纸、博客和墨西哥最重要的保护环境卫生

的新闻。这样的宣传攻势才终于影响到了政府。

阮克尔说："这件事太大了，它和老百姓的生活直接相关。一直就有人提出要放弃修建大坝，大家都愿意参加。大学教授给我们免费的支持，还有生态学家有了完整的调查，历史学家也给政府提交了这里历史上是什么样的调查报告。这个胜利，是一个联盟起到的作用。保护水环境的人都联系在了一起，各种各样的人一起合作。"

另外，起诉时，还有国内外的律师一起努力。从国家法院到国际法庭，得到了律师们各个层面的支持。南美很多喝这条水的国际组织一起考察。这也是保证了公正客观。

即使这样，开始老百姓也不太支持，后来发现有了影响，这和那位不搬家的先生有关，于是老百姓都加入到了监测的行列中。

现在在墨西哥，为了一个目标，形成的联盟越来越多。也有人提出，修大坝就是因为浪费水，如果不浪费水了，他们就没有借口修大坝了。

拉帕斯大海

我关注江河快十年了，把修大坝的原因归结为浪费水还是第一次听说。以往总是被问到，你们反对修水电站，我们总还是需要能源吧？

我总是要解释，我们不是反对一切大坝，我们反对的是无序的修建和没有环评、没有公众参与的修建。不过我认为墨西哥人说得有道理，像我们现在这样无限制地利用资源，有多少水库、多少大坝也解决不了我们的喝水与用电。节约才是我们的出路。

大会这次为我们请的翻译忻皓在结束当天的会后，也写下了自己对这次会议，对拉帕斯的感慨：

作为一家全球性的水保护机构，全球护水者联盟已经有11年的历史。除了创建这一联盟的美国的众多水保护者外，这些年来，亚非拉等发展中国家，以及包括英国、捷克在内的一些欧洲国家，纷纷拥有了自己的水保护者。墨西哥下加利福尼亚半岛的旅游城市拉帕斯当地时间2010年6月10日晚，来自全球各地的200多位水保护者齐聚一堂，共同迎接第12次全球护水者联盟年会的召开。

荒凉和富饶同时存在的下加利福尼亚半岛，是一片在美洲大陆西海岸，长达1500千米的一望无际的干燥大地。被烈日烤成红褐色的荒野上，只有巨大的仙人掌仰望天空，但在这荒芜的土地上，仍有生命的存在。在海中还有令人惊奇的各式各样的生物热闹地生存着，经过数千万年的时光，称霸蓝色世界的生命，有点脆弱却仍坚强生存着。

也正是因此，下加利福尼亚半岛被人们称为"奇迹半岛"。尤其值得关注的是，这次年会的召开，恰逢墨西哥湾石油泄漏的环境危机之时，众多水保护者正为此共同努力，奇迹半岛的这次聚会，于是也有了特殊的意义。来自墨西哥湾一线的6位水保护者，在当晚的宴会上更是受到了英雄般的欢迎。

美国人说大公司控制着我们的国家

护河者和前总统

大海与荒漠共存

护河者国际论坛的护河者约翰，在飞机上跟踪拍到了美国墨西哥湾石油泄漏的真实照片。且不说他是在哪儿拍的那些照片，仅从照片看，那真是一幅幅令人震撼的画面。有的在大海中燃烧，大海一片通红；有的弯弯曲曲，大海像是被搁在了调色板上。摄影家约翰给大家放这些照片时，下面发出一阵阵的感叹。

今天晚上我问约翰："我现在每天在给我们绿家园网站写江河信息，你的这些照片能放在我们的江河信息里吗？"约翰十分痛快地说没问题。可是今天，6月11日，墨西哥时间已经是晚上12点多了，约翰还没有完事。今天晚上墨西哥前总统和夫人在海边和我们共进晚餐。2009年护河者国际论坛美国前总统克林顿也在晚上来和护河者们一起边吃饭，边讨论江河的保护和江河的明天。

"大公司控制着我们的国家。"如果不是小肯尼迪的身份，说这句话也不算新鲜。然而，他除了在1994年发起了美国护河者联盟，这些年又把这个联盟发展成了护河者国际论坛，他因为对环境保护的执着，被美国人称为"护河第一人"。

我们这次大会上他还说了一句很经典的话："有的记者分不出自行车事故和世界末日。"从这句话不难看出，一位他这样身份的人，对目前美国，甚至全球环境的担忧。

小肯尼迪甚至认为，美国新闻报道的不是新闻。他说："墨西哥湾在没有经历这次石油泄漏事故之前，就有死亡区域。那里没有鱼，没有鸟，甚至没有了声音。对于这些我们的政

海边的景色是丰富的

府知道吗？"或许正是因为他有着这样的思想，才说了大公司控制着我们的国家这样的话。

在护河者国际论坛国际讨论中，英国伦敦的一位护河者在大家谈到对此次论坛的期望时说，我们要将工厂的那些真实的信息披露出来。

英美这样大国的人民，现在的自身觉悟还是令人钦佩的。

我认为，敢于批判自己，这是环境保护的前提。因为我们人类赖以生存的地球被我们自己搞成这个样子，很大程度是我们对大自然的不解。勇于站出来承认自己犯下的错误，这才是能够改正错误的前提。

开这样的护河者国际论坛，听到的差不多都是每一个人和当地企业，和当地政府在保护江河和发展所谓的经济的据理力争。本以为，发达国家法律比较健全，经济发展也已经到了一个阶段，人们的环保意识也有了不同。可是这两天听的故事，和我们在国内采访到的故事差不多。很多大企业在发展过程中扮演的角色，一样很不光彩。

墨西哥的护河者说："墨西哥政府的一个一个项目，其实并没有真正考虑气候变化。民间组织需要给他们压力，老百姓应该告诉政府我们应该做什么，用什么措施，而不是政府要做什么就做什么。现在墨西哥的联盟越来越多。大学教授、律师、记者为了保护江河走到了一起。"

捷克护河者说："我们是欧盟国家，要遵守欧盟的法律。今年的4月、5月我都经历了大洪水，水库都满了，这在以前的春天是从来没有过的。现在的天气是洪水多了，干旱也多了，全球气候变化令老

中墨两国护河者

百姓十分担心。今年7月11日我们要举办一个大的活动，是市民们在被治理好的一条河里游泳。"这位捷克的护河者晚上在回旅馆的车上和我坐一起，车窗外称不上繁星闪烁的天空，让她一次一次地对我说：快看星星，星星。她如此的大惊小怪让我说了一句："现在城里看星星不容易了。"她说："在捷克人们管这叫光污染。"她说这种污染连鸟都被弄得黑白颠倒了。

塞内加尔的两位护河者，对这次护河者国际论坛最大的期望是学习各种宣传教育的环保理念。他们说，塞内加尔是一个非常美丽且安静的国家。但是气候变化也影响到了他们。他们此次是来学习的。他们的这席话让我想象，如果每年我们中国关注江河的民间环保组织和人，也能在一起共同探讨江河的保护，那将是多么有意义呀。

印度的护河者说：他们已经在2700个村子做过调研。他们国家的冰川受全球气候影响变化很大。气候变化对一些河流产生季节性影响，2009年是印度历史上最热的一年，气温不断升高，在这个过程中，人们也逐渐发现一些新事情。我们护河者能做的是请科学家给公众推荐、选择适应气候变化的办法。

印度的护河者还说："20年来，我们国家在喜马拉雅地区修了大量的大坝，现在几乎找不到一条没有大坝的河流。一条河到处被阻断，尽管我们试图影响决策，但缺少经费和支持。不过我们会努力。"

俄罗斯的护河者说，在他们国家，几十平方千米的土地被石油所侵蚀，还有一些其他的企业也正在威胁着生态环境。那里居住着很多人。这些企业排出的化学物品正威胁着人们的健康，这些石油产品到了美国，石油公司获取了巨大的利益，却污染着我们俄罗斯。他们正试图把一个受到辐射影响的小城居民转移到安全的地方。这些企业如果继续向美国出售石油产品，而不考虑到城市居民的健康，他们还要进行不懈的努力向这些企业讨个公道。

他们还说，在俄罗斯一条大河曾经有7天人们都无法饮用那里的水，是工厂排出的毒物所造成的。于是他们就联系其他的组织一起起诉那家企业。

印度、巴基斯坦的护河者

筹资，让企业减排，获取媒体信息，联系媒体支持将污染者送上法庭，是孟加拉护河者参加这次国际护河者论坛的目的。而塞纳加尔的护河者说："这些在我们国家都从来没有做过，我想听听别的国家是怎么做的。怎么能获取感兴趣的信息，我们对什么是社会媒体也希望多了解一些。"

如今，墨西哥有200名护河者。在一起的有学生、科学家、律师，也有全职妈妈。大家可相互帮助分享困难，处理灾难。

因为，每一个人都会关心小孩子将来是不是也能享受到和他们享受到的一样美丽的大自然。

墨西哥护河者希望把愤怒转化成用法律保护江河。他们说，各国法律不一样，但有一样的精神，一样的爱河流。墨西哥现在有10个护河项目，7个下加利福尼亚半岛。水监测中把当地12个NGO联系在一起，保护海湾，监测水的质量，特别是网上监测水里重金属的含量。

"湿地和红树林为我们人类提供免费服务，清洁水源，可是现在海水倒灌，很多水都不能喝了，红树林也灭

两位中国护河者在海边捡垃圾

绝了，湿地面临着严重的威胁。我们应该让全社会明白湿地的价值。保护湿地，不应只是政府来做，更重要的是动员老百姓的力量。"

每个国家都有自己的江河，那是大地的血脉，也养育着各国人民。这些是我在做讲座时常常问大家的问题："你小时候家乡的河是干净的、自由流淌的，现在家乡的河依然自然流淌的举手。"每次都只有一两个、两三个人举手。可是在问到"你小时候家乡的河是干净的，现在脏了、干了、没有了的举手"时，举起的就是手的森林。

在这次护河者国际论坛上，听着每一个国家的河流在发展

经济时所面临着挑战的故事，感受着每一位护河者在用一种什么样的精神表达着自己对家乡河流的爱。从这些故事、这些感受中，我体味着小肯尼迪今天和昨天说的话，"大公司控制着美国"，"如果你是把自己的生命给了河流和海滩，那么留住它们的美丽就有可能"。

护河者国际论坛大会期间，参与者到拉帕斯海边捡垃圾。

大海的颜色让人陶醉，明天的大海还会是这样，但需要我们每一个人努力。这是今天参加者们的共识和要身体力行的目标。

海边的颜色

全世界最大的污水处理厂

——是傻还是明智

2013年6月25日，利用在美国开会的时间，国际中美环境基金会的崇瑶为我联系了华盛顿地区污水处理厂。冒着酷暑，我和崇瑶、美国朋友约翰、中国留学生李蔚妮，我们一行四人采访了号称全世界最大的污水处理厂。

华盛顿DC污水处理厂图

敏感，应该说是记者的一大特点。为我们讲解处理污水全过程的工程师乔治无意中说的一句话，引起了我的忧思。

乔治是从刚果来美国上学，然后留在美国工作的。他说他接待过北京、上海、广州很多中国政府和专家代表团到他们厂参观、学习。乔治说中国人问过他：美国人为什么那么傻，花那么多钱处理污水，然后又把水放回河里？这个问题让乔治记住了。

我问乔治："你怎么看这个问题？"他说："要是在我自己的祖国，人们可能也会这么说。我们那不用花那么多钱治理，河水也是清澈的。"

不过乔治说，他知道中国的河水可不清。

我们采访的华盛顿DC污水处理厂，2014年将有更先进的设备用于污水处理。仅这一新设备耗资就是4亿美元。

有人说，美国花大价钱治理污水，是因为美国有钱。那我们中国目前的河流那么脏，是因为没有钱治理吗？还是我们认为美国人花大钱治水再让水重回河里这样的做法是因他们傻？

这是人家的河水是清澈的，我们的河却没有市长敢下去游泳的原因？

污水进到处理池

乔治带我们看了在他们厂污水被处理的全过程。38年前，他们的处理只到今天的第二步，也就是分离污水里的脏污如树枝、纸等杂物，分离有害物质。而38年以来，他们在处理污水方面有了新办法，就是生物处理。增加水中的氧气，让细菌活

增加的细菌在"吃"水里的有害物质

跃起来，增多的细菌再吃掉水中的有害物质。

参观污水被处理的整个过程，处处所能感受到的，还不是技术有多先进，而是处理过程中的一丝不苟。

在乔治给我们的一份资料中，写着他们厂每年都有10万个试验项目在进行。这当然也是要花不少钱的。不知这在我们有些国人眼里是不是也可算是傻？

进一步生物处理

图中表上的数据就是河里的水质

任何一个污水处理厂的味道都不会太好闻。乔治带我们参观的地方还包括处理华盛顿DC人粪便的大池子。经过滤，这些"宝贝"成了有机的农家肥。而且被分为A、B两类。B类农场主可免费拉走；A类，加工得要再精细些，包装成有机肥成包成包地卖了。

在美国，垃圾分了类可回收，可发电，成了宝贵的资源；在美国，污水经过严格过滤与处理，有的成了肥料用于种植，有的成为新的涓涓细流汇入大河，走向大海。

处理过的水就从这些管子流入波托马克河

垃圾是资源，不再污染江河，也不再污染我们生存的空间。

污水处理厂的6000个处理环节的信息都在这里显现，从这里流出的水就是今天的波托马克河的组成部分。

我在华盛顿DC附近弗吉尼亚州费尔法克斯县的马路边，看到每一个下水道边都有一个蓝色的小牌，小牌上画着一头海豚。美国朋友约翰告诉我，这是提醒市民这些暴雨后的水是会流到河里、海里的。

我们人类是大自然中的一分子。我们个体如何能成为一个好的自然之子，成为一个负责任的公民，其实关乎着我们生存空间的美丽、舒适、自由、平等，这些是我们认为一个好的环境所应具备的要素。

河水记录了这个厂75年的经历

那么，要想达到这样的目的，政策制定者当然起着关键性的作用。可随着我自己看的、听的、学到的东西在增多，我越来越觉得好的环境是由公民共同构建的。不是等来的，更不能只有抱怨和批评。

如何保护环境，美国的公众参与制度值得我们了解，更需要我们学习。

美国全民的环保意识很强，当然这也不是与生俱来的。而公众参与在很大程度上也是监督政府的政策执行、推动环境保护发展的重要力量。

公众参与，在美国有这样一些保证：

（1）举报制度

在美国，每一位公民对发现

街道上的提醒

办公室外

走进时间隧道

的任何环境违法（包括本单位）行为，有权并且都非常积极地进行举报。

可直接向EPA（美国国家环境保护局）举报，向州政府举报。如果EPA不作为，还可向法院起诉。在美国这样的志愿者很多，他们向政府有关部门提供"情报"。

（2）数据共享

美国的每一位公民都享有如下权利：

调看企业排污许可证内容；查阅企业上报EPA的官方排污数据；甚至可以到企业排污口现场查看排污情况。

不管是我在美国采访的一个县的垃圾处理厂，还是全美最大的污水处理厂，他们的所有数据都必须在网上公开。在美国，排污企业处罚制度是这样的：

（1）企业的违法分类（在美国主要有五类违法情况）

没有排污许可证；未及时上报排放污染数据；超标排污；改动排污数据或数据不可靠；在规定时间内未能完成污染限期治理、设施改造升级任务。

（2）EPA处罚情况

画中的色彩

美国的环保法律法规非常严格，致使企业违法成本高昂。EPA很大程度上，工作内容是帮助企业，告知企业应该如何做。如发现企业违

法行为（非故意性质）——罚款；如发现企业违法行为（故意
性质）——强制关停，企业法人还将承担刑事责任。关闭企业
的程序为：由EPA先给企业一个通知，要求企业改正，若不改
正，EPA有权将之关闭。

在美国，环境保护公众参与程度之高，与信息透明是分不
开的。

在华盛顿DC污水处理厂采访时，我还得知他们的资金来源
包括华尔街为他们评估的债券发放。

有人说，兴建城市生活污水处理厂以及相关的环境基础设
施，无论是发达国家还是发展中国家，所面临的首要问题都会
是项目的资金问题。在缺少资金或者没有有效的资金运作机制
时，这些重要的环保项目都无法进行。

在美国，
由于环保法规
的强化和公众
环保意识的提
高，对于水资
源和水环境的
保护也有了更
新更高的要
求。很多美国
早期建成的污

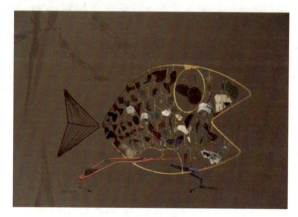

艺术描绘着现实

水处理厂和基础设施已经不能满足当前的需要，必须进行改建
和扩建。同时，在很多人口快速增长的地方还需要建设新的污
水处理厂和基础设施。而新的污水处理厂由于需要采用更高级

的处理技术，人们对建设资金的需求也更高。此外，大部分在二十世纪五六十年代建成的污水管线要么已经破损，要么设计能力偏低，都需要改造或更新。

因此，美国各地要实施这类急需的环保项目就必须依靠大量的资金和有效的资金运作机制。怎么运作的呢？

美国在1987年开始实施《清洁水法》（*Clean Water Act*）。该法律授权联邦政府为各州设立一个滚动基金来资助它们实施污水处理以及相关的环保项目。经过多年的努力，到目前为止，各州全都已经有了比较完善的滚动基金计划。

在滚动基金中，资金来自联邦政府和州政府。这些资金作为低息或者无息贷款提供给那些重要的污水处理以及相关的环保项目。贷款的偿还期一般不超过20年。所偿还的贷款以及利息再次进入滚动基金用于支持新的项目。

从以下一些数字人们可以看到滚动基金在美国的水资源和环境保护中发挥的重要作用。自1987年以来，滚动基金已经向美国9500多个污水处理项目提供了贷款（累计贷款额度已经超过了300亿美元），在2008—2013年中，平均每年对各类项目的贷款为32亿美元，每年的偿还贷款加利息已达10亿美元。根据有关统计数字，联邦政府向滚动基金每投入1美元，就可以从各州的投入和基金的收入里产生0.73美元的收益。

因此，滚动基金计划是被EPA所认定的最成功的一项环保项目资助计划。联邦政府的投入在目前的全部250亿美元的基金中占171亿，各州的投入共占36亿。各州依靠滚动基金发行的债券达88亿美元。另外，统计数字还显示1993年的偿还贷款加利息仅为5亿美元。而到2000年，偿还贷款加利息已经接近22亿美元。仅仅对于污水处理厂这类项目的支持，自从1988年以来其资金已经达到289亿美元。其中对于二级处理项目的资助为132亿，三级处理项目为157亿。这些不仅说明滚动基金的运作良好和收益显著，而且正是由于这些项目的完成，美国全国水环境状况才得到了根本的改善。

　　而EPA在职人数有1万名左右。光在华盛顿就有2000人左右，另有区域性分支机构，各地区EPA有很强的自主权，与地方政府协调工作。此外还有城市污水处理厂协会（Association of Metropolitan Sewerage Agencies，简称AMSA），该协会代表300多个大中城市的污水处理厂向白宫、议会及EPA做沟通工作。

蓝天白云下的鲜花盛开

　　协会的主要工作包括：

　　每年召开4次会议，重点关注EPA将来动向及可能制定的政策并与市政进行沟通，再将沟通后的信息反馈给EPA。同时协调不同城市间的污水处理能力。

协会可制定进入污水处理厂的水质排放标准。根据标准与排放水量，签订协议，对向污水处理厂排水的企业进行收费。排放标准的制定及收费协议的签订是企业与城市污水处理厂协会双方沟通协商的结果。

经市政委托，美国的城市污水处理厂协会拥有执法权。如发现偷排或超过污水处理厂进水标准的企业，EPA将对协会进行增量收费，协会可以依据签订的协议对超标排入的企业进行加倍收费，也可依法向法院起诉对其进行处罚。

中国人民大学环境学院院长马中在接受记者采访时说，美国靠《清洁水法》保证其国民所拥有的水资源在物理、化学、生物性质上不退化，而天然水平是其保护目标，即国土面积上每一片水域都要实现可渔、可泳。《清洁水法》是要保证没有脏东西进到水里去，而不是把天然水变脏后再处理污水。

相约北极光

——全球最美公路：苏厄德公路

　　我没有在"最美"后面加"之一"，是因为第一眼我就笃定这里就是全球最美公路，公路两侧有雪山、冰川、森林、瀑布、沼泽、湿地、湖泊、铁路线、海边悬崖、大海，由于它从库克海湾一直到深处的坦纳根海湾（Turnagain Arm），所以你远眺大海的另一头便是基奈半岛连绵的雪山，这几乎涵盖了我们定义最美公路的所有元素。

威廉王子湾

上面这段话是我在网上看到的。而文中的描述，和我走在那条公路上的感受几乎一模一样。在我为这篇文章选照片时，哪一张都舍不得放弃。

从安克雷奇到苏厄德公路全长204.3千米，2013年9月8日一大早，我们从安克雷奇出城市，走几步就会有人叫停车。我们最先停车的地方是一个海边的小公园，同行的生态学家徐凤翔给我们讲着路边的植物和地貌。在安克雷奇结婚定居了的香港人晓玲告诉我们，这里三面临山，一面临海，是1778年库克船长发现地之一。当时泥浆使得大船开不进来，小兵看了看，让船掉了头。

安克雷奇的任何一天，甚至整个季节的天气都是难以预料的。有时冬季会下好几英寸的雪、天气十分寒冷；有时则只会降下1或2英寸的雪，并且融化后会在路面上形成危险的冰。

9月8日，我们出发时天是阴阴的，下着小雨。车开了没有多久，公路边有一些像是被烧过的树，就在云遮雾罩中，我们忍不住叫停了车下去拍照。

冰川下的湿地

晓玲告诉我们，这是安克雷奇大地震留下的痕迹。

位于美国最西北部的阿拉斯加，地处太平洋火山地震活跃地带，1957年、

1964年和1965年发生的3次大地震分别被列入人类历史八大最强烈地震。其中1957年9.1级大地震引发火山和海啸，波及夏威夷群岛。

安克雷奇地震（又称耶稣受难日地震、阿拉斯加大地震）发生于1964年3月27日星期五，当天正好是耶稣受难日，是美国和北美历史上最大的地震。截至2006年，它仍然是有记录以来世界第三大地震，里氏震级为8.5～8.6级，而矩震级为9.2级。

此次地震震中位于美国阿拉斯加中南部威廉王子湾的海上（北纬61.40度，西经147.73度，约25千米深），距学院峡湾约10千米，距安克雷奇约120千米。地震持续了约4分钟（240秒），最终导致了131人的死亡。这场强烈的地震也使得阿拉斯加的一部分发生地震液化，造成了很大的财产损失并引起了山体滑坡。

当时人们正在回家，太平洋板块和北美洲板块之间的一个断层在威廉王子湾接近学院峡湾（College Fjord）的地方断裂。在大多数地区这场地震持续了3～5分钟。洋底移动引起了很大的海啸，高达67米，导致了很多人的死亡和很大的财产损失。阿拉斯加州250000平方千米的地区发生了高达11.5米的

从小镇眺望

垂直位移。

地质活动留下的美，其实就是今天很多世界级的旅游胜地，像我们国家的九寨沟就是一例。

远望

近看山与冰川

在我们前往美国最美公路边的波特治冰川之前，我们先到了阿拉斯加的一个滑雪小镇格德伍德。这里位于坦纳根海湾的尽头，1964年耶稣受难日地震发生之前，居住着近100个居民。这场大地震使得海岸线下降了1.8～3.6米，因此较高海浪携带着海水即可淹没城镇和周围地区。原始村庄所剩无几，仅有若干个建筑陷入附近海滨泥滩，死亡木杂乱地散落着，这些景象从苏厄德高速公路上即可望见。

这里现在是阿拉斯加最热闹的滑雪地之一。我们当然不会去滑雪，现在也不是季节。晓玲说："咱们站在山顶上看山、看海都是一绝。"下了车，走进滑雪人住的宾馆，那份宁静、自然，在还没有登高远望就先让我们感觉舒服极了。

云和冰川

　　波特治冰川位于楚加奇国家森林内，是阿拉斯加最热门的旅游地之一。可由苏厄德高速公路、安克雷奇南部约80千米处驶入。波特治冰川通道从高速公路开始向前蜿蜒约8千米，但如要抵达冰川，则需从波特治湖搭乘观景游轮，行驶一小时后方可抵达；还可以沿着诸多步行小路的一条，步行至冰川，体验远足的乐趣。这个冰川在我们的行程中只能是远望了，没办法，要看的太多，必须有取舍。

　　从安克雷奇到苏厄德这一路，可看的真是多。刚刚拍完冰川，没往前走多久，晓玲又让司机把车停了下来。她告诉我们，在阿拉斯

鲑鱼

湖水中有神光

冰河引我们走向冰川

14年前我曾在这里过夜

加，每年的秋季，鲑鱼会在河流、湖泊产卵。冬季过后，早春的时候进行孵化，水温在18～19℃才能孵化。鲑鱼在河流的下游阿拉斯加湾和白令海，再远些从西伯利亚到阿留申群岛、堪察加半岛都有分布。鲑鱼生长期为1～5年，到了产卵期从广阔的大海洄游到自己的出生地进行产卵。

晓玲告诉我们，从苏厄德回来的路上还要专门去一个繁殖鲑鱼的中心，我们会更多地了解它们。

走在这条美国最美，甚至是全球最美的公路上，天放晴了，两边的冰川和云，不知为什么可以把湖水装扮得那么神秘。颜色绿得像神话，水似乎也凝重着。

沿着这条冰河，我们就到了被称为"出口"（Exit Glacier）的冰川。1999年我在这座冰川下过夜时，是无论如何也不会想到这辈子我还能再次来到这里。

14年前我在这里拍到的出口冰川

下面这段是我1999年来这后，在我的《绿镜头》一书里写的，抄在这吧，因为还有点小惊险。而最惊险的时刻，我就是在上面的照片那儿一分钟一分钟地度过了一整夜。

告别我们的"北极曙光号"后，我在美国的阿拉斯加经历了心惊胆战的一夜。在北极，我就看到不少像水晶一样的蓝色浮冰。那时我被告知，这是多年的陈冰，没有了盐分，就成了这么湛蓝湛蓝的颜色。当时美国科学家高敦还告诉我，阿拉斯加的冰川都是这种蓝色，非常美。特别是苏沃的冰川，蓝极了，蓝极了。

在苏沃，我坐上了一个胖胖的小伙子开着的出租车。上车后我问他，我可以在冰川前待一夜吗？我要拍冰川的日出日落。小伙告诉我：那里有不少人去照相，也有人在那野营。小伙子还很热情地对我说，你要是害怕，我12点钟来接你一趟，你要是想回去了，我就带你回去，你要是真的想留下来，我明天早上再来，不多要钱。

听了小伙子的话，我虽然很感动，但还是很坚定地告诉他，你就明天早上来接我吧，现在阿拉斯加是白昼期间，拍日落日出当然夜里要守在那里了。

冰川前的停车场里停着不少美国式的宿营车，我有点放心了，看来夜里有人在这儿过夜。

苏沃的冰川，在美国人的嘴里被形容成huge（巨大）。而且这里的冰川也没有我想象的那么冷，问题是，太阳也躲在了云彩中，灰蒙蒙的天空中，冰川的蓝色丝毫没退的意思。它的确是蓝极了。

1999年9月23日晚上10点多钟了，前来目睹冰川风采的人，依然川流不息。我蹲在一个冰洞里录冰川融水的声音，一滴一滴的很好听。录下冰川前一滴一滴的，流成小溪的，汇成河的水声后，我拿着照相机，继续耐心地等待着太阳冲出云层。

晚上12点钟，人开始少了。从我身边走过的游人还在向我打着招呼：你好吗？这是美国人的习惯。可我的心里已有点哆嗦了。天越来越暗，偌大的一个冰川，只是偶尔看到一两个人了。冰川前，野营的帐篷根本就一个也没有。

拍日出，看来是一点戏也没有。我决定走回到入口处，看看外面还有多少车，看的结果是，车走光了。偌大的一个停车场空空荡荡。从夜里12点到早晨6点，还有6个小时，就我一个人，在这么大的一座冰川前过夜？夜里我待在哪儿？冰川路边的小路上，到处插着一个个写着这里都有些什么野生动物的小牌子。它们是：黑熊、狼……

地方很自然，很原始，有很多的野生动物。

这里，就是我将要独自一人待上一夜的地方。只有冰川和我做伴。天空中没

1999年的出口冰川

有太阳，没有月亮，也没有星星。只是冰川发出幽幽的蓝光，大山和冰川都静静地进入了休眠状态。

我找到冰川旁边的一个小亭子，亭子四周有像是长廊似的条凳，里面竖着讲解冰川和动物知识的教育展牌。还有5个小时，怎么打发？我试图坐在长条凳上睡一会，可睡不着。蚊子像是轰炸机似的，在我的耳边"轰炸"。随之脸上肿起了一个个大包，小腿上袜子口与裤子的接壤部分也被"轰炸机"炸得大包、二包四起。

早就听说北极有黑蚊子，很厉害，咬死过人。想必现在"轰炸"我的就是它们了。身体上不幸被咬中的部位奇痒无比。不能睡了，我用纸不停地扇着。心里想，真奇怪，冰川前还会有这么厉害的蚊子。不一会儿，我就在脑门儿上一个一个地数出了18个大包。

我对付着蚊子时，冰川前夜晚的寒意也渐渐袭来。于寒意，于蚊子，于企盼，我都无法再在条凳上继续睡下去，只好隔一会儿走出亭子看看天，看天上的云会不会少了点。果然，云好像清楚一点了，能分出云和天了，不再是像锅底似的黑乎乎一片了。到夜里3点多时，天似乎又亮了点，我一下子对明天，不，应该说是今天早上，充满了希望。

"出口"窄了

拿着14年前拍摄的照片对比

这一夜，我是一分钟一分钟地数着过的。

气人的是，4点多，天上虽然还清晰地分出云和天，可小雨从天而降，5点时雨越来越大，我开始绝望。重新爬到山上的冰川前。被霞光映衬的冰川，看来我是无缘拍到了。不管怎么样，只好再拍一点暗暗的天幕之下的蓝色冰川了。一个人在凌晨的冰川前走，感觉很复杂。世界上有多少人能有这种享受，整整一夜独自与冰川为伴。

乌云密布的天空虽然没有一点亮色，但眼前的冰川及周围的一切还是越来越清楚地呈现在我眼前。耳边冰川融化的滴答声还在继续，晨曲中加进了清脆的鸟鸣。我聆听着这大自然正在奏响的乐章。

雨越下越大。当我的衣服完全被淋透的时候，胖胖的出租车司机出现在我的眼前，结束了我的冰川之夜。在我还一时不知怎样向小伙子形容我在这蓝色的冰川前待了一夜后的感受时，他先说了：“冰川可以给你很多。”

美国出租车司机的这一句“冰川可以给你很多”，包含了太多的内容。在我还无法理清这一夜的思绪时，这句话可以说是把我这一夜的感受都涵盖了。

一个人在冰川的经历要写的真是挺多的。这些年我们绿家园生态游，是一群人走世界，吃住行都舒服多了。可困难少了，故事也少了，自由度也少了。有车一直把你拉到冰川前，再一起拉出来，想一个人体验冰川完全不可能了。有得就有失，这个词用上的时候，不管是当时，还是过后，都让你从心里纠结着，选哪个呢？

全球气候变暖，1999年已经被人们挂在嘴边上，引起人们的注意了。今天，从出口冰川停车场下来步行，就可以看到山上那发着幽蓝色光芒的冰川。上次来我没有发现，这次看到了，被标注了年份的冰川位置示意牌，每隔10年冰川便消亡上百米。这可是经过了上千万年形成的啊，在短短的几十年里竟产生如此之大的变化。在这里，全球气候变暖来得那么直观。

1999年拍的"出口"冰川

当年我在这里拍到的是看不到边际的冰川。14年来，冰川已经成了这样。当年我还可以走进去，录下它正在融化的滴水声。我把这声音放在了我在中央人民广播电台制作的节目中，有很多听众朋友和我一起聆听这来自大自然的"音乐"。

今天，站在那儿，走近了，我细细地看着它们。想着14年来，我对环境的关注，对江河的关注，好像有很多话要和它说。有委屈，关注环境真不容易。也有高兴，现在敬畏自然，关爱自然，已经成为很多人的生活方式。当年只是我一个人来，现在我们绿家园有一群朋友和我一起来了。

走近今天的"出口"冰川，你可以选择远眺，也可以沿着被冰川侵蚀过的岩石路接近冰川，你甚至可以沿着山路登顶。1999年，我置身于巨大的冰川跟前，最新奇的就是它闪烁着的幽蓝色的光芒和色彩。神秘的蓝光来自哪里？来自冰晶的特殊结构。这些冰的结晶体除了反射部分蓝光，光谱上的其余色光都被它全部吸收了。

这是冰川独有的吗？有人说它是流动着的固体，又像是凝固着的液体，冰川不仅仅展示给我们大自然的美，它的现状也警示着我们人类应该反思我们的行为：恣意地过度开采能源，破坏环境，生活浪费……这些都会让这里的美退出我们的视线，甚至我们的生活。

从苏厄德（Seward）向西北沿着出口冰川边的小路走，进入的是基奈峡湾国家公园。建立这个公园的主要的原因是这里有完全在美国本土上的最大的冰原——哈丁冰原（Harding Icefield）。

与冰川近距离接触

哈丁冰原孕育了40多条冰川，其历史可以追溯到上个冰河时期。出口冰川也是其中之一。出口冰川是这里唯一能从陆地上走到哈丁冰原之上的通道，这也是"出口"冰川名字的由来。

地球表面的冰川总面积为1500万平方千米，占了地球表面的1/10。目前，地球上的冰川总体积约为3000万～3500万立方千米，相当于地球淡水总量的3/4，是地球最庞大的淡水资源。

想象一下，如果这些冰川在短期内全部融化，会引起一系列什么样的变化呢？

冰川可以给我们很多。这句话的内涵真是想也想不穷尽的。

离开"出口"冰川，我们就到了苏厄德小镇。

小镇的港口里停满了各式各样的船只，甚至还能看到从西雅图开过来的超大邮轮。1999年我来这里时，海边也是停满了各式船只，当时我一门心思想拍冰川的日出日落，还不知深浅地想拿出自己的记者身份让他们带我去拍冰川。现在想来那时的我怎么还那么初生牛犊不怕虎呢。

1999年离开"出口"冰川，我花了90美元，坐上了一艘大游船去了基奈峡湾国家公园，看到了里面大冰川融化，也录到了它们倒塌时如放炮似的声音。这录下来的音响，在我们中央人民广播电台的广播节目里也播出了。可以说，很多听众朋友也和我一起领略了一番气候变化对冰川的影响。

密西西比河从这里出发

——狂暴的大泥泞河

2015年5月22日，我们从迈阿密到明尼苏达的明尼阿波利斯机场已经是半夜了。

明尼苏达，很多中国人对那里的了解就是冷。我们从美国的最南边迈阿密，一下子到了最北边，虽然是半夜，可并没有想象的那么冷。

北京朋友郭慧中、胡晖夫妇把我们接到他们在这里的家。因为黑，我们没有看到去之前他们向我描绘的"家的周围不是大树，就是小湖。湖边的鸭子有的就在湖边抱窝生小鸭子。小

密西西比河上的水坝

鸭子刚生出来一扭一扭地下水可好玩了"。

来之前，慧中告诉我们在明州的安排。我们要去一个叫胳膊肘湖的湖边钓鱼；要去密西西比河探源；还要看一位印第安人做法事和到明尼苏达大学讲讲我们中国的媒体与民间环保组织是怎么联手保护中国的江河。

5月23日，住在明尼苏达的北京朋友胡晖和郭慧中开车，我们向密西西比河源头开去。

在中国，我去过十几条大河的源头，在美国，还是第一次去河源。

密西西比河明尼苏达与威斯康星交汇处

有一点让我非常好奇，就是世界第四条大河，不是从雪山走来，而是从汇集湖泊开始自己的行程。有那么多湖的地方，景色会是什么样呢？

1996年，我在威斯康星州国际鹤类基金会访问时，去过密西西比河在威斯康星和明尼苏达两大州交汇的湿地，拍到了那天的苏必利尔湖（Lake Superior）在两大州交汇处的落日。后来我放大装裱挂在家里，成了朋友们来访都要问问是在哪儿拍的一张照片。

苏必利尔湖是世界上最大的淡水湖，1622年为法国探险家所发现，湖名取自法语Supérieur（索菲莉尔），意为"上湖"。该湖为美国和加拿大共有，被加拿大的安大略省与美国的明尼苏达州、威斯康星州和密歇根州所环绕。

苏必利尔湖的面积约为8.2万平方千米，比捷克共和国还大。苏必利尔湖的蓄水量约为1.2万立方千米，以蓄水量而言，是世界上第四大的湖泊，也是世界第三大的淡水湖，俄罗斯的贝加尔湖则是世界上蓄水量最大的淡水湖。苏必利尔湖的蓄水量可以将北美洲与南美洲完全覆盖。

每年的暴风雨会造成苏必利尔湖波浪高度经常超过6米，曾经有9米高波浪的记录。

超过60种鱼类栖息在苏必利尔湖中，其中包括郝氏白鲑、美洲红点鲑、银鲑、褐鳟、湖鳟、湖鲱、湖鲟、石鲈、白眼鱼、虹鳟、虹香鱼、圆白鲑、梅花鲈、白斑狗鱼、小嘴鲈、白亚口鱼、真亚口鱼、北美大梭鱼、驼背太阳鱼、黄鲈、淡水石首鱼、契努克鲑、黑口新虾虎鱼与驼背鲑鱼等。

与其他大湖比起来，相对于苏必利尔湖的大小，湖中拥有较少溶解的养分，所以鱼类的数量是比较稀少的。这是因为苏必利尔湖流域较小，导致提供的养分并不充足。然而硝酸盐的浓度已经持续上升超过一个世纪。

也可能是与对循环交换的人为干扰有关，但是研究人员仍然不确定湖泊环境改变的原因。就像其他大湖，鱼类的数量也受到外来物种的冲击，还有过度的捕捞也是造成鱼类数量下降的原因。

第一批来到苏必利尔湖地区的人类大约是在10000年前，在冰河时代末期的冰河消失后。他们使用石矛去猎杀迈农湖（Lake Minong）西北边的北美驯鹿，被称为布兰诺（Plano）。

下一批可以考据的人类是"盾古文化"（Shield Archaic），大约生活在前5000至前500年之间，苏必利尔湖属于加拿大境内的西边与东边末端发现该文化的证据。他们使用碗、箭、独木舟来狩猎与捕鱼，为了制作武器与工具而开采铜矿，并且建立贸易网络。他们也被认为是奥吉布瓦族与库利族的直接祖先。

湖边的森林

另一个文化是末期林地印第安人（900—1650），他们是阿尔衮琴人的一支，以打猎、捕鱼及采集食物为生。他们使用雪鞋、桦树皮的独木舟建造圆锥形或半球形的房屋。考古学家在米契皮科坦河口发现了9层营地。大部分的帕卡斯夸坑

（Pukaskwa Pits）似乎都是在这个时期出现的。

　　根据明尼苏达州大学杜鲁斯分校教授的研究显示，苏必利尔湖暖化的速度可能比四周还快。夏季的湖面温度从1979年以来上升了2.5℃，而周围的平均气温只上升了1.5℃，湖面温度的增加可能与冰覆盖的面积下降有关。冬季，冰覆盖的面积减少，造成更多太阳辐射线穿透苏必利尔湖，暖化湖水。湖面每20年会完全结冰，不过如果这趋势持续下去的话，到2040年，湖面将会经常不结冰。温度上升会造成湖泊沿岸的湖泊效应，雪带会降下更多的雪，尤其是位于密歇根州的密歇根上半岛。

　　明尼苏达也算是美国五大湖所在地。我们车开出去不久，先是看到了密西西比河，不过那是在一个水坝前。然后继续向离密西西比

明尼苏达州州鸟——潜鸟

河源头不远的胳膊肘湖开去。今天，我们会在那里体验一下在美国捕鱼，还要在那里住上一晚。

　　胳膊肘湖在明州格兰特县，那里的居民只有1200多人，是明尼苏达州最好的农业和度假心脏地带的枢纽。有人说，胳膊肘湖提供的小镇生活处于最佳状态。

　　周末来这钓鱼，是很多在明尼苏达州城里住的人的

收获

选择。

开了4个多小时的车，我们就到了湖边的小木屋。美国的这种小木屋住起来既方便又舒服。

因到这儿时已经是吃午饭的时间了，住在旁边的钓鱼人给我们送来一锅他们自己钓的鱼做的鱼汤，太好吃了。

吃完了鱼，我们就去钓鱼。船在湖中走时，一只明尼苏达州的州鸟——潜鸟（Common Loon）在孵小鸟。我们离它很近也没有惊扰到它，这里的鸟不怕人。

我以前钓鱼的记录不错，虽然没几次，可今天就是钓不上来，快结束时钓上一条手指大的小鱼，算是钓上了吧，挺惨。而胡晖和在明尼苏达州住的郑峰都钓了不少鱼。曾经是北京人的郑峰说，他之所以选择住在明尼苏达州，就是因为可以钓鱼和打猎。可以钓鱼的湖就在家门口。美国打猎要有执照，也有很多规定，但是可以打。他说自己向往的这样的生活，在美国的明尼苏达州是可以得到满足的。

两个小时左右，我们一条船上收获了差不多有20条鱼吧。

回去时，那只州鸟还卧在那儿，鸟妈妈生孩子也真不容易。

晚上，这次钓鱼的组织者查尔斯等大家吃完饭，就组织今天钓鱼的20多人，听我讲中国江河保护的公众参与。

虽然因为没有投影仪，只能用电脑放PPT，看这些钓鱼人家乡河流的美丽与河流的被毁坏，效果大大受到影响，但听完了我讲的，还是有人用了震撼这个词。他们离开家乡太久了，既没有想到中国江河有那么美，也没想到中国江河遭污染那么厉害，更没想

这是河的网状水系

掀开上面的小木牌，就是外面问题的答案

到中国环保组织在保护江河时会那么死磕。

我讲完了，当地一位侨领和我们一起探讨了怎么唤起在美国的华人一起关注家乡的河流。

这一夜，睡在湖边小木屋里好安静，外面的湖水保持着自

己的性格与秉性。

从这里走向河源

密西西比河源头是这样的

2015年5月24日，一大早我们向密西西比河源头开去。

卖票的地方有个展厅，里面的环境教育很有意思，提问和打开盖儿的答案，让你思考，让你学习。

密西西比河源头大树参天。源头是一大片水面，孩子们在湖里光着小腿玩耍。

在密西西比河源头时，我控制不住地一个劲儿地给在那儿踏水的孩子们拍照。因为我实在是觉得，这里和我们中国的大江大河的发源地太不一样了。实在是感慨大河的发源地，被大自然的造物主造就得如此多样，哪能只用丰富二字概括。生活在这里的孩子们是在享受自然，是在和自然交朋友。

　　很多人到这里来，一定要光着脚蹚过密西西比河的，这里是唯一可以横跨密西西比河的河段。在河边，我录下了自己的一番感慨。

　　最初的密西西比河就是从这里涓涓地流出来，它是在森林的怀抱之中产生的。不像我们的长江，是冰川融化流出来的；也不像我们的黄河是在高原湿地长成。我觉得密西西比河很幸运，可以有这么多人来这里爱她、走近她、亲近她。

密西西比河在这里孕育

河水就是在这里孕育

　　可是我们的长江源又有多少人从那里走过？每次在长江源也好，在黄河源也好，我都止不住内心的激动。可是今天心情非常平静，平静地感受人与自然的融合，平静地感受人与自然的亲近。

　　相反，为什么上苍让长江孕育在那么艰难的地方？是大自然对我们中国人的一种考验，对长江的一种历练？

我一直很希望能够拍一部长江和密西西比河不同的生态、不同的文化、不同的传统风俗、不同的生活处境和不同的生活方式对比的纪录片。在我看来，对两大河流的认识，能使我们更深刻地理解自然、理解两个民族，理解两个民族文化的不同。

　　密西西比河本身发源于明尼苏达州西北部地区的艾塔斯卡湖附近，向南流入墨西哥湾，全长3766千米。这条干流的上游发育在古老的岩面上，那里又经过强烈的冰蚀，所以土质很薄，河岸往往是坚岩外露，风景优美。星罗棋布的湖泊，在明尼苏达州就有上万个。这些大大小小的湖泊像天然水库一样对密西西比河的水源补给起了重要的调节作用。其中最有代表性的是密苏里河。

　　就像我们的长江源有三条河——沱沱河、南源当曲和楚玛尔河，尽管已经定了以最远的沱沱河为源，但正如直到今天对到底哪一条河是长江正源还争论不休一样，密西西比河源也一直有着争论。

密西西比河流向

所以，若以发源于美国北部的艾塔斯卡湖的上密西西比河为河源，全长3766千米，是北美洲流程最长、流域面积最广、水量最大的河流，位于北美洲中南部。河流年均输沙量4.95亿吨。流域属世界三大黑土区之一。

不过，通常也有以发源于美国西部落基山脉的密苏里河支流红石河（Red Rock River）为河源，则全长为6262千米，居世界河流的第四位；流域面积322万平方千米，占美国本土面积的41%，覆盖了东部和中部广大地区。河口平均年径流量为5800亿立方米（包括阿查法拉亚河）。

密苏里河的名称来源于土著印第安人阿尔衮琴部落，意为"大独木舟之河"。密苏里河，由杰斐逊河、麦迪逊河和加拉廷河在蒙大拿州西南部汇合而成。流经美国中西部7个州，在圣路易斯以北24千米处注入密西西比河，全长3767千米，以杰斐逊源头雷德罗克湖起算，则长达4126千米。

密西西比河上游也包括密西西比河的最大支流密苏里河的河口以上干流部分。实际上是包括整个密苏里河流域和密西西比河本身的上游流域，全长达4300多千米。它首先流经落基山地，河流分割山地，水系复杂，支流如辫，形成许多风景秀丽的峡谷。流经大瀑布城附近的一段，在长仅16千米的流程中，落差就达187米，形成著名的圣安东尼瀑布。

从米尔克河口至苏城，流经密苏里丘陵性高原，河谷仍深狭。在苏城以下河流就进入平原区，河床变得弯曲，两岸形成广大沼泽。这一地区水土流失比较严重，流域水源主要靠高山雪水补给。泥沙含量在密西西比河流域内的干、支流中首屈一指，年平均含沙量达3.1亿多吨，约占整个密西西比河每年输入海洋中的泥沙量的75%。所以过去美国人称密苏里河为"狂暴的大泥泞河"。

密西西比河河源段从河源至明尼苏达州的圣保罗通航起点，河水清凉，静悄悄蜿蜒于有众多湖泊和沼泽的乡间低地。

塔的经历

上游从圣保罗至密苏里州圣路易斯附近密苏里河河口。此段流经石灰岩峭壁之间，沿途经过明尼苏达、威斯康星、伊利诺伊和爱荷华州，吸收两岸河溪流水。正是这一河段，取得了使操阿尔衮琴语的印第安人称之为"河流之父"的特性。

自密苏里河汇入处至俄亥俄河口为中段，长322千米。密苏里河水流湍急，泥沙浑浊，尤其在泛滥期，给清澈的密西西比河不但增加了流量，而且输入了大量泥沙。

俄亥俄河在伊利诺伊州开罗汇入后，为密西西比河下游，该段河水丰满，河道宽广，两岸之间往往有2.4千米之距，成一棕色洪流，缓缓奔向墨西哥湾。

密西西比河河源公园有100多个湖，单行线，有一棵大树有10年前的照片和现在树的对比。有一老塔，上到塔上，可以看到在绿色的怀抱中，密西西比河在孕育中。

　　树与湖的相交相融诞生了密西西比河。不过在它生命的全过程，也被接下来的流程截断了一次又一次。那一座座水坝，美国人能让它早些从这些水坝中解脱束缚吗？这也是我在河源

钓鱼的小木屋

水中的树桥

的一问。

今天还有一件难忘的事。在河源展览室里也有卖一些纪念品的地方。我给朋友们买了一些小礼物后，出来继续看展板时，一个老外追了过来，原来我把信用卡掉在了地上，被人家捡到，看到上面是中国银行，追着我们几个黄皮肤的人就过来了。在我完全不知道的情况下，银行卡失而复得。人与人之间的关系在大自然中，常常让人心里暖暖的。

水中夕阳

今天，从密西西比河源再回到钓鱼的小木屋，又有鱼在等着我们吃。查尔斯把来的人组织得像是一个大家庭，他的台湾太太和另一个年轻的母亲做饭、张罗。

饭后再次出去钓鱼。那只明尼苏达的州鸟还在那里等待着自己宝贝的出世。大自然让人和各种动植物生命的开始那么不同。其多样性，也是我们人类难以想象的。可当我们还不认识它时，竟然就狂妄地要改造自然，要征服自然。

今天晚上，太阳可能也知道我们明天就要离开，于是给我们上演了一场晚霞大戏。天一点点红了起来，映红了满天，带了一些紫色，那是难得能拍到的颜色。大自然让湖边日落之美，尽情地展现在我们眼前。

我忍不住又要发微信给远方的朋友们：

如果我们的天空、湖水和湖边的老树及水中的鱼能同语，如果我们的小河能让绿色也汇入水的旋律，如果我们的孩子也能光着小膀子，露着小腿在河中嬉戏，如果我们的林中有这样躺倒的树没人惦记，路上的小河静静地在欣赏自己，家中后院的树排得整整齐齐……

如果，如果，如果后面是无语，是怨气，还是将向往和能做的每一件小事连在一起？心中，心中，心中，对自然充满敬意。

不会写诗的我，在这样的大自然中，这样的句子自然而然地流出心底。发在微信上与朋友们分享。虽然不是直播，但无数次的动情，无数次忍不住地要吐露，是因为只有在这样的自然中，在这样的江河中，我才一点点地感悟到了自然的真谛。

美国印第安人的命运

——印第安文化还活在印第安人的心里和生活中

16世纪后，来到美洲的欧洲殖民者，带给当地印第安人毁灭性的灾难。

据统计，殖民时期，西班牙所属的领地有1300万印第安人被杀，巴西地区有大约1000万被杀，美国西进运动中又有100万左右印第安人被杀，光是西进运动屠杀的人数就是南京大屠杀的4倍。

大量印第安人被奴役甚至屠杀。到21世纪大约只剩下3000万印第安人。拉丁美洲的印第安人很少有纯种后代，其混血后代麦士蒂索人大多为男性殖民者与当地女性的后代。

而北美的情况更糟，印第安人被赶入印第安保留地，其在当地人口所占比例小于5%。在美国，印第安人仅占总人口的1%左右。

美国大屠杀又称印第安大屠杀，是发生在16世纪到19世纪末的一场惨绝人寰的种族大屠杀。死亡人数大约为2500万人。

对印第安人的自然生态文化，我一直充满了好奇。

这次在明尼苏达，和要拍"密西西比与长江"纪录片的一位华人学者王平见面。她拍过一个有关印第安人的艺术片。我们见面的那天晚上，她带来了印第安人辛贝德（Sinbed）。我有点不知深浅地说印第安的文化和长江文化没法比。我们在怒江边就听一位家住科罗拉多的美国人说：印第安文化已经是博物馆文化，而怒江的少数民族文化是活的。

王平很平静地对我说，其实，印第安文化还活在印第安人的心里和生活中，丰富极了。

听了王平这番话，我很羞愧地对她说，不了解时，真的不能瞎说。

印第安人辛贝德每到一地，都会传播他们印第安人的文化，也会把他们的宗教仪式做一遍。

那天，我们吃饭前，辛贝德开始了他的仪式，敲鼓唱歌。然后，拿着他们认为最高贵的老鹰翅膀的羽毛在我们的头上、身上扫一扫。

不知是神力，还是我过于好奇的紧张，辛贝德的老鹰翅膀羽毛在我身上扫时，我的头突然晕起来。我赶紧闭上眼睛，眼前就出现了一道道的黄光，接着又是一道道的红光。在光一道道地闪着时，我不敢张开眼睛。

唱印第安歌

王平说："辛贝德的气场很厉害。"

难道是我对气场的敏感超过其他人？因为在座的其他5个人都没任何反应。接下来，我一年前摔的至今还肿着的伤腿

我的同胞在这里

好疼。

我不知道如何解释这些，唯有对印第安文化更充满了好奇与敬畏。

王平说她正在找合作伙伴拍"密西西比与长江"的纪录片。但是她的这种艺术性很强的片子，和我们更多关注生态的片子合作，看来是有难度的。

不过，我们还是相约明天到密西西比河与明尼苏达河交汇的地方去采访印第安人做法事。

2015年5月26日，我们在明尼苏达的密西西比河、明尼苏达河两条大河的交汇处。印第安老人辛贝德哭着和我们说，1642年在这里，有上千的印第安人被屠杀。老人说，每到这里，他都能感觉有灵魂在向他申冤。美国的历史，能不能说也是印第安人的血泪史呢？

《世界通史全编》有这样的文字："在当时世界文明的国度美国（这里指美国独立前的13个殖民地），这种种族灭绝政策，来得更加凶残。他们一再提高屠杀印第安人的赏格。那些严谨的新教大师、新英格兰的清教徒，1703年在他们的立法会议上决定，每剥一张印第安人的头盖皮和每俘获一个红种人都给赏金40镑；1720年，每张头盖皮的赏金提高到100镑。1744年马萨诸塞湾的一个部落被宣布为叛匪以后，规定了这样的赏格：每剥一个12岁以上男子的头盖皮得新币100镑，每剥一个妇女或儿童的头盖皮得50镑！"

1783年，美国独立以后，对印第安人的屠杀和虐待并没有丝毫收敛。随着资本主义的迅速发展，为了开拓疆土，美国政府把印第安人驱逐出祖居地。

1830年，美国政府通过《印第安人迁移法案》，规定东部的印第安人要全部迁往密西西比河以西的为他们划定的保留地中去，实行种族隔离和迫害。这些"印第安人保留地"绝大部分是偏僻贫瘠的山地或沙漠地带。

一个叫切罗基的部族，在被迫迁往"印第安准州"（即今俄克拉何马州）的路途中，历时35个月，约4000人丧生，占该部族人口的25%。这一惨剧后来被称

明尼苏达的树

为"血泪的审判"。印第安人长期遭到屠杀、围攻、驱赶、被迫迁徙等迫害，人数急剧减少。到20世纪初期，只剩下30多万人。

直到1924年，美国国会才通过了《印第安人公民资格法》，宣布凡在美国境内出生的人均为美国公民。1934年，美国又根据罗斯福总统的"新政"通过了《印第安人重新组

阿根廷的印第安人

织法》，允许印第安人建立自己的政府，不再分配保留地的土地，停止强迫印第安人放弃传统文化和宗教的政策，印第安人的境况才有所改善。

美洲大陆是一块美丽、奇异、富饶的大陆。在哥伦布到来之前，这块神奇的土地上曾活跃着各种各样的印第安人：在辽阔的阿根廷潘帕斯草原，有策马飞奔、挥着响鞭、甩开绳套、追逐牛马的骑士；在巴西、秘鲁的茂密森林中，有赤身裸体的追猎美洲豹的勇士；在北极，夕阳映红的海面上，有驾驶着"芦苇马"小舟的因纽特渔夫。这些勤劳勇敢的印第安人凭着自己的智慧，在美洲大陆上创造了高度发达的古文明。

1492年哥伦布到来后，印第安人并没有因殖民者刀剑的压迫和《圣经》的诱惑而屈服或改变宗教信仰。

今天，各国的印第安人仍在为反对种族压迫以及种族歧视而英勇斗争。应该说，印第安人才是美洲大陆的真正主人。

今天，印第安人的生活已和美国其他种族没有什么区别。但是在他们的心里，却种下了不知可不可以用"仇恨"二字形容的种子。无论是2009年我在加州采访的默克，还是这次认识的辛贝德，他们要为自己的同胞申冤的心愿，不知这辈子是否能够释然。

在明尼苏达州的时候，真的是无法解释，第一天听辛贝德打鼓唱印第安歌，并被他用老鹰翅膀的羽毛扫过后，第二天早上，我肿了一年多的

印第安式的祈祷

伤腿竟然好了，能很自如地下楼梯了。已经一年都没有的轻松，在那一刻就有了。不过，第二天，辛贝德再做法事时，我的眼前没有出现前一天那样的黄光和红光。而我的腿，几天以后，又失去了短暂的轻松。

有人说，可能是和印第安人在一起的时间太短了。

约好第二天去看印第安人的法事。可是下大雨了。王平说下雨没关系，不影响法事的举行，可以在她家做。她家有一个茶屋，有点像个小佛堂。

王平在外面生起一堆火。一位印第安女人做了一些各种颜色的布条。在场的几位印第安人告诉我们这些不同的颜色，代表着不同的大自然，也代表各种肤色的人。他们认为各种肤色

的人今天正在走向融合。

那天，小屋里，印第安人先是打鼓唱歌，两个人的歌声在小屋里回荡。他们希望我们不要拍照，我们放下了照相机。

不同颜色代表着不同的大自然

有一个欧洲血统的白人也加入了印第安人的法事中。法事不复杂，时间也不长。要是能在部落里做就好了。可他们有部落吗？

做完法事后，王平把她在秘鲁时，维权妇女画的一些小旗子挂起来。拉成一串的小旗子在风雨飘扬。

王平在挂印第安妇女维权中画的画

这个办法以后我们也可学习，走到哪画到哪，然后串起来。

时间总是有限的，我期盼着下次再与几位印第安人相聚。看我对他们的文化无比地崇敬，辛贝德也不时地用凝视的眼光看着我。分手时，他紧紧地抱着我说："随时欢迎你来我家。"

明尼苏达的明尼阿波利斯市内有22个轻盈秀丽的小湖，曲径环湖，绿树成荫，花草繁茂。市内还有大小156座公园。中央商业区位于密西西比河西岸。站在高层建筑上远眺，到处湖光粼粼，水天相映。新罗曼式的市政厅使人想起欧洲国家的宫殿。

和辛贝德在一起

湖泊周围的花园洋房，环境幽雅宁静。由于明尼阿波利斯地处北方，与中国黑龙江中部属同一纬度，冬季气温可降至零下30～40℃，积雪有时深达2米。

为了方便行人，市中心大楼之间架起以玻璃密封的空中走廊，成为"天桥"，总长约5千米。即使是在天寒地冻的数九天，行人也不会受到严寒的侵袭。

住在这儿的北京人郭慧中和胡晖夫妇的家门口，天天都有大雁在走来走去。慧中和我在明州认识的另一位从上海来这里的朋友程绍蟾都说，刚来时觉得这里太冷了，现在却觉得这里住着太舒服，这里的自然与文化自己太喜欢了。他们都希望有更多的人了解这里，这里也是著名的文化城。

明尼苏达是印第安语，含义是"乳蓝色的水"。最初为奇佩瓦族和苏族印第安人居住地。1654年至1660年法国皮毛商来

郭慧中家门口的大雁

皇后拖鞋兰

此勘察，建立了第一个白人居民点。1763年英国从法国手中取得该州东部地区，1783年英国将这一地区让给美国。1803年根据路易斯安那购买协议，美国取得该州西部地区。1819年美国在密西西比河和明尼苏达河汇合点建立第一个定居点。1858年5月11日加入联邦，成为美国第32个州。州内现还在北部设有6个印第安人的保留地。

明尼苏达州州花是皇后拖鞋兰。据说16年才开第一次花，植株寿命50年，夏季开花。州鸟是潜鸟，这种水鸟似鸭，嘴细而长，食鱼，足有蹼，鸣声洪亮。我们在胳膊肘湖看到它一直在孵小鸟。州树是红松。

设在这里的明尼苏达大学（1851年）最负盛名，已培养出14位诺贝尔奖得主。在化学、医学、经济学、物理学等方面它的师资质量之高是全美公认的。其他高等学府还包括奥格斯伯格学院（1869年）、邓迪工学院（1914年）、明尼阿波利斯工艺美术学院（1886年）、金谷信义会学院（1967年）、中北圣经学院等。

这里还有以演出古典戏剧著称的蒂尤格思里剧院，它被认为是纽约百老汇之外美国最佳的剧场。明尼苏达交响乐团与美国最优秀的乐团相比也毫不逊色。施密特音乐中心在其剧院建筑物外墙上画上了一部乐曲的全部乐谱。

市内众多的画廊向人们展示了艺术新锐的近作。明尼阿波利斯艺术馆陈列了欧洲古典大师们的油画，而沃克艺术中心则显示出现代艺术的风采。

可惜，我们在那儿只有短短的3天，要想看完朋友介绍的那些地方，不住上两三个月是不可能的。

过去居住在明尼苏达州地区的美国原住民主要是奥吉布瓦人和达科他人。他们主要以游猎和采集为生。但当欧洲人来到这里，并开始开采这里的资源时，这里的生活发生了变化。

按当地的传说，最早到达明尼苏达州的欧洲人是瑞典和挪威的维京人。他们于14世纪到达这里。这个说法的基础是一块在当地发现的刻有古代欧洲文字的石头。

但大多数历史学家认为它是一块伪造品。有人认为最早的欧洲人居民点位于静水市，但大多数历史学家将他们的注意力集中在更西部的过去的军事基地上。位于明尼苏达河和密西西比河合流处的史内灵堡，是最早的美国在明尼苏达州的军事基地。今天它是一处美国古迹。

在明州，华人黄肇镳送了我一本他写的书《万湖州》。里面有一篇文章的题目为《密西西比河 历史记忆之河》。文中介绍了位于明州的国家老鹰中心，是世界级的老鹰生物博物馆。这里除了展示许多标本来教导民众认识老鹰外，还有专业人员和设备来孵养幼鹰与复育受伤的成鹰。

文中说："老鹰冬天会向北飞到数千里外的加拿大北境，翅膀展开有1.8～2.1米，在空中翱翔姿态优美，猎食时可靠着锐眼和利爪自河中抓起大鱼，或从陆地抓起兔子，几乎百发百中。不愧为美国的国鸟。"

2009年拍到了一对鹰

文中还说："密西西比河域有数百老鹰栖息，是多年来全美国老鹰复育的重镇。因国家老鹰中心就设立在河边，周边的河景，塑像和花草也衬托出环境的优美。这个2000年成立的非营利组织，靠着义工、捐款和卖门票维持。"当天有许多小朋友结队来参观学习。

可惜我们也是没有时间去那里。不过2009年在美国克拉马斯河边采访时，我在河边的树上拍到了它们。

明尼苏达州是美国中西部最大的一个州，属于上中西部地区。明尼苏达州最重要的城市地区是由明尼阿波利斯和圣保罗组成的双城地区。所以当地人常常会提到双城。

明尼阿波利斯的历史与经济发展都与水密切相关，明尼阿波利斯的水域面积为151.3平方千米，占总面积的6%。明尼阿波利斯市中心恰好位于北纬45°线南侧，该市海拔最低处为209米。

明尼阿波利斯的哈里特湖（Lake Harriet）在冬季冰冻，这是冰河撤退时形成的一个湖泊。明尼阿波利斯的气候是美国上中西部气候的典型。冬季严寒并且干燥，而夏季温暖，有时炎热，而且常常很潮湿。根据柯本气候分类法，明尼阿波利斯属于夏季温暖的湿润性大陆气候。各种天气情况都会在该市发生，包括雪、冰雹、冰、雨、雷暴、龙卷风、雾等。明尼阿波利斯历史上记录的最高气温为42.2℃（1936年7月），最低气温为-40.6℃（1888年1月）。最多雪的冬天是1983年和1984年，降雪量达到2.5米。

明尼阿波利斯的居民极为多样化，祖先来自5个大洲。在十九世纪五六十年代，明尼阿波利斯的新移民来自新英格兰和纽约。

1993年美国《财富》杂志将明尼阿波利斯评为具有最佳国际商业环境、最利企业发展的美国十大城市之一。在《财富》杂志列出的500家大公司中，31家的总部设在这里。

明尼阿波利斯是美国第三大戏剧市场，人均拥有的剧院数量仅次于纽约市，居美国第二位，拥有月亮剧院、幻想剧院、丛林剧院、混血儿剧院、日食剧院、勇敢新工作室、明尼苏达舞蹈剧院、玩意剧院和儿童剧院等。

1965年，法国建筑师让·努维尔（Jean Nouvel）为位于明尼阿波利斯的另一个百老汇·格斯里剧院（Guthrie Theater）设计了一座三层舞台的新建筑。

明尼阿波利斯拥有数量颇丰的大型的艺术、文化、科学与历史博物馆。还有一些较小的美术馆、博物馆，4个大型的芭蕾舞、民间舞团体，以及电影摄制者团体和无数的戏剧团体。

明尼苏达的医学设备领先于世界水平。大医药公司云集在这里。程绍蟾说，阿拉伯的大富翁们每年都到这里来体验。

住在这样的地方，能不喜欢上这儿吗？北京人郭慧中对明尼苏达州的爱，是随时都有例子可以说明的。

程绍蟾来明州快20年了。当时因为儿子在国内不爱学习来到美国。在明尼苏达州，儿子不但考上了很好的大学，转过3次专业，还突然对音乐感兴趣。学习钢琴后，现在大企业有什么活动会在网上约他去演奏。这成了他生活中的一大乐事。

2006年夏季，绍蟾在威斯康星州的一个植物公司做了两个月的临时销售员。她说："来的顾客大多是犹太人。现在，新的移民中，以色列人、俄国人也不少。"

绍蟾说，明尼苏达的斯堪的那维亚美国人是这里的地方特色。其实，这里的口音也有些地方腔，比较喜欢拖长声，而且像汉语里的"第三声"。

说"是"，不是说"也是"，是说"呀啊"。

"真是的"，不是说"咻"，而是说"晓哦"。

感叹词"噢扑司"，有时直接用挪威话"乌夫达"（绍蟾特别喜欢这个词）。

明尼苏达腔还有很多的卷舌音，类似北京话。

绍蟾说，有一部电影叫《远方》，1995年拍的，非常"明尼苏达"。有一些镜头就在明尼阿波利斯市内拍的。演员都带有"明尼苏达腔"，电影很出色。讲的是一个明尼苏达汽车销售经理，有了很好的家庭，他的丈人很有钱，鬼使神差，他雇用了两个流氓，绑架了他自己的妻子，叫丈人掏出钱来，他和流氓来分赃。

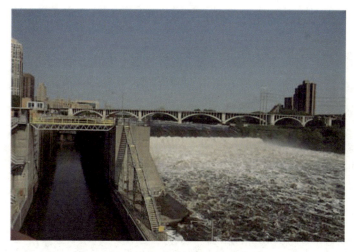

明州最老坝

影片里所有的角色，警察、流氓、妻子、儿子、丈人及他自己，和所有的景色，风雪、房子、店铺、公路、电线杆子都十分单纯朴素，完全是斯堪的纳维亚风格。那个昏了头的销售经理也是个斯堪的纳维亚特征的面孔。

我们在明尼苏达短短的3天里，郭慧中和胡晖家门口的小湖边成群的大雁在那里群居。他们家后院则是我形容的——排列着整整齐齐的大树。在密西西比河河源的问讯处看过展览后，他们确认家里的这些树是白松不是红松。他们对明州充满着的爱也感染了我。我想，以后绿家园生态游可专门组织到这儿来看密西西比河河源，看大大小小的湖，看看家门口的野生鸟，还有丰富的艺术厅堂与戏剧影院。

慧中和胡晖的两个孩子各有特点。女儿上了哈佛大学，喜欢新闻，当上了校报的总编辑。儿子刚刚考上纽约的一所大学，利用假期在教小孩子打球，已经开始有了自己的收入。

我在明尼苏达大学讲"中国江河危机和江河保护的公众参与"时，听众们再次为中国江河的现状深深地担忧，也感慨在中国也有民间组织为保护江河而努力着。我说，我多么希望有一天，在美国的华人也能为改变自己家乡河流的现状做些自己的努力呀。

2015年5月27日上午，在离上大巴离开只有10分钟的工夫时，慧中还是抢时间让我们去看了美国早期的大坝。坝真大，如果观景，水倒是挺壮观。有学校的学生也在旁，不知道大坝旁的老师会给学生们讲什么。希望中国的学生也有机会到大坝前听老师讲讲大坝的昨天、今天与明天，听听大坝对自然的影响。

漫步瓦尔登湖

——美国镀金时代的另类生活

　　19世纪上半叶的美国正处于由农业时代向工业时代转型的初始阶段。伴随着资本主义社会工业化的脚步，美国经济迅猛发展，社会不断进步，蓬勃发展的工业和商业，造成了拜金主义思想和享乐主义思想占大众思想的主导地位。同时，也刺激着人们对财富和金钱的无限制追逐，人们都在为了获取更多的物质财富，过上更好的物质生活而整日忙碌着。聚敛财富成为人们生活的唯一目标，为了达到这个目标可以不顾一切。

　　那时的美国人疯狂，贪婪，过度地掠取、霸占有限的自然资源，开垦荒地的同时，大面积的森林也随之消失，大机器的轰鸣声随处可闻，而鸟的歌声却很难寻觅。人们无限制

瓦尔登湖

地向大自然索取，最后也遭到了大自然的严厉惩罚。森林覆盖率急剧下降、水土流失日益严重、生物的多样性不断减少等一系列的环境问题，使得整个自然生态受到了前所未有的破坏与污染，而且人类自身的生存环境也变得岌岌可危。

在这样疯狂向大自然索取的时代，在美国，却也有人有着不同的追求，有着不同的生活方式。

静静的湖水

亨利·戴维·梭罗（1817—1862），美国作家、思想家、自然主义者，19世纪超验主义运动的重要代表人物。在美国拜金主义占社会的主流时，梭罗远离尘嚣，他想在自然的安谧中寻找一种本真的生存状态，寻求一种更诗意的生活。梭罗的著作都根据他在大自然中的体验写成。在那样的社会风气中，梭罗发表了对自然、文艺、人生问题的解读。在他笔下，自然、人，以及超验主义理想交汇融合，浑然一体。

《瓦尔登湖》是梭罗独居瓦尔登湖畔的记录，描绘了他两年多时间里的所见、所闻和所思。大至四季交替造成的景色变化，小到两只蚂蚁的争斗，无不栩栩如生地再现于梭罗的生花妙笔之下，而且描写也不流于表浅，而是有着博物学家的精确。他在小木屋旁开荒种地，春种秋收，自给自足。他是一个自然之子，他崇尚自然，与自然交朋友，与湖水、森林和动植物对话。在林中观察动物和植物，在船上吹笛，在湖边钓鱼。晚上，在小木屋中记下自己的观察和思考。

梭罗追求精神生活，关注灵魂的拷问。他骄傲地宣称："每个人都是自己王国的国王，与这个王国相比，沙皇帝国也不过是一个卑微小国，犹如冰天雪地中的小雪团。" 梭罗以他的实际行动告诉我们：人们所追求的大部分奢侈品，大部分的所谓生活的舒适，非但没有必要，而且对人类进步大有妨碍。

《瓦尔登湖》记述了作者在简单生活中深入思考与重塑自我的心路历程，文笔宁静恬淡，引人深思，具有一种使人沉静的力量。

湖边

徐迟（1914—1996），当代著名作家，创作包括诗歌、散文等，并以报告文学的创作最为出色。其作品20世纪50年代即产生巨大影响。后更以《哥德巴赫猜想》（1978年3月）引起轰动。此外，徐迟也是国内第一个将《瓦尔登湖》译成中文的人。

当年梭罗在这里记录

2015年6月2日，我刚刚走近瓦尔登湖边时，遥想当年一个城里人怎么能在这里一住就是两年，还是感到难以想象。

可是在湖边走了一会儿后，《瓦尔登湖》书中的那些描述就一一出现在眼前。如果不是静静地在这里和大自然对话，怎么能写得出这样一本传世的作品呢？

今天波士顿知道瓦尔登湖的人不多。走在瓦尔登湖边时除了我和我的先生以外，没看到几个人。陪我来的朋友说，他们家旁边这样的湖多了，这个并不起眼。我们在转时她宁可留

一个人的湖边

这里有当年的记载

在车里也不来看看我要去朝圣的湖。

可我还是在问自己：是不是有一天，我自己也能在这样一片自然中实现我对大自然的用心记

静静地走在瓦尔登湖时我才发现，只有在这里时，才能感受到人们对梭罗的这样一些评价：梭罗是生活的智者，也是那个时代的孤独者。因为一个半世纪前，人类对于技术的崇拜与痴迷是不允许任何人来亵渎的。

但随着时光的流逝，《瓦尔登湖》越来越得到人们的重视，梭罗的声誉也与日俱增，被誉为美国生态运动的思想先驱，他在书中所阐述的许多思想，已经成为美国精神的重要组成部分，影响了一代又一代人。

梭罗自己在瓦尔登湖的实践和他的作品中都有一个贯穿始

终的主张，那就是回归自然。他在作品中不断地指出，我们大多数现代人都被家庭、工作和各种物质需求所困，失去了精神追求，过着物欲的生活。

这样的情形今天依然存在，并且愈发严重。我们有许多人几乎很少关注在那些琐碎的个人利益和活动之外的事物。许多人的精神活动过于局限，只关心物质生活和感官享受。而用梭罗的话来说，我们这样的生活不能称为"真正的生活"。

研究这部作品的人，对这部书的高度评价还有：在全球背景下，瓦尔登湖成为人与自然和谐共存的一个典范。如果说人们的生态关怀，曾是梭罗声名鹊起的原因之一，那么这种生态关怀现在已经成为当代梭罗研究的主要动机和原因了。

从生态环境学更广泛的意义来看，梭罗远远走在了我们的前面。他在日记中提出了许多观点，并在《瓦尔登湖》中详尽地表现出来。他说："大多数人，在我看来，并不关爱自然。只要可以生存，他们会为了一杯朗姆酒出卖他们所享有的那一份自然之美。感谢上帝，人们还无法飞翔，因而也就无法像糟蹋大地一样糟蹋天空，在天空那一端我们暂时是安全的。"

现在人不借助飞行器还是不能上天空，可梭罗要是知道今天我们生活的天空中有了叫雾霾的东西又会如何去描绘它呢？

如果这些研究，更多的是从自然与人类的交融方面、生活方式方面去评说这部书的意义，那么从《瓦尔登湖》一书审美价值论述，毫不夸张地说，《瓦尔登湖》是一部大的美文，里面所叙述的一切对象，都浸润着梭罗的全部情感。

梭罗极善用比拟、比喻的手法，写眼前的一切事物。在梭罗的眼中，这些自然物并非死去，而是鲜活。

而做到这一点，则归功于梭罗使用的一种与泥土接壤的语言，如同农夫播种一样自然的文字。这种语言保持着《瓦尔登湖》一书的鲜嫩，这在《瓦尔登湖》一书中处处可见。

这也是湖的自然

任何一种美丽的物体都需要有一种奇特的魅力去引发人们观赏。一篇好的文章、一部好书也是这样，它必须以很好的文体规则去表现，从而拉近读者与作者的心理距离，并产生一种强烈的认同感。梭罗并不是以旁观者的姿态出现在书中。相反，他是用第一人称完全将自己与瓦尔登湖合二为一，将《瓦尔登湖》中的自然美透过"我"的感官、情感加以展示。

梭罗在《瓦尔登湖》里有这样一段：

进冬以前，我造了一个烟囱，在屋侧钉上一些薄片，因为那里已经不能挡雨，这样我有了一个密不通风、钉上木片、抹以泥灰的房屋。……

我的房子的支出，只是我所用的这些材料的一般价格，人工不算在内，因为都是我自己动手的，总数我写在下面，我抄写得这样详细，因为很少数人能够精确地说出来，他们的房子终究花了多少钱。……

木板　8.035元（多数系旧板）

屋顶及墙板用的旧木片4.000元

板条　1.250元

两扇旧窗及玻璃　2.430元

一千块旧砖　4.000元

两箱石灰　2.4000元——买贵了

头发　0.310元——买多了

壁炉用铁片　0.150元

钉　3.900元

铰链及螺丝钉　0.140元

闩子　0.100元

粉笔　0.010元

搬运费　1.400元——大多自己背

共计　28.125元

把这笔账记完后，梭罗还写了这样一段：我本想给我造一座房子，论宏伟与华丽，要超过康科德大街上任何一座房子的，只要它能够像目前的这间使我这样高兴而花费也不更多的话。

今天我看到的瓦尔登湖还是静静的，没有人的喧扰，但我又觉得梭罗当年和我们看到的湖还是不一样的。今天这里的人不多，是因为下雨，还是人们依然对这里不感兴趣，还是只有少数人来这里表示敬仰？

对于一个看了几遍这部书的读者，我喜欢书中的细节描写和体味作者在那里住时与当地人交往的亲情流露。不过，看书时我总是在寻找书中对环境，对自然叙述的理解，并没有从文学本身去思考这部作品。

对于一个环保主义者来说，我在写这篇文章时，更希望把这段话介绍给朋友们：瓦尔登湖的神话，代表了一种追求完美的原生态生活方式，表达了一个对我们当代人很有吸引力，也很实用的理想。

雾中的瓦尔登湖（明信片）

这个典范在今天对我们更具生态学意义，因为生态平衡的破坏和环境的恶化已到了相当严重的程度，许多生态学家和环境保护主义者正在致力于保护自然留给人类所剩不多的财富。

因此，我们民间环保组织绿家园在绿色读书会看这本书时，大家形成了一种共识：瓦尔登湖不再只是一个著名的美国作家梭罗在那里生活、写作和思考的具体的地点，它已经成为一个象征。在瓦尔登湖这个地名之后，我们发现了一种生活方式，一个人与自然的浪漫史，一种对理想的执着追求，一个具体化的自然的概念，还有人类永恒不变的希望接近自然并与自然融合的愿望。

落日中的瓦尔登湖（明信片）

离开瓦尔登湖时，我在旁边的小商店里买了湖光水色的明信片，希望回来送给朋友们，让更多的朋友和我一起感受美国镀金时代里的另类生活。

今天的中国，我们这些关注大自然、关注江河的人想一想，和梭罗当年的处境真的差不多。虽然，我们不一定能写出人家那样的传世之作，但是我们绿家园发起的"江河十年行""黄河十年行"不也是对中国一个时代的江河的记录吗？朋友们看我写的这篇文章时，我们一群中国媒体人和关注江河的民间人士，正在为我们的母亲河以记者的视角写着我们母亲河的断代史。

哥伦比亚冰原大道

——这里有野生动物过路的天桥

我们试想一下，如果你坐车，穿行在车窗外两边都是雪山、冰川和碧蓝色的河水的地方，会是一种什么样的感觉？

加拿大的93号公路，就是穿越在崎岖的落基山脉、围绕着众多湖泊与江河铺设的。人们也把那里称为冰原大道，它是加拿大亚伯达省的一条公路。

2013年9月15日，我们从卡尔加里出发，陪我们去的当地华

车窗外

人告诉我们，这条公路是全世界最美的十大公路之一。于是我们一个个就展开了自己想象的翅膀。

随着路边的景色一片一片地出现在车窗外，出现在我们的眼前，我们开始兴奋地大叫起来。坐在车窗边的人在不停喊着："雪山，看我们这边。""湖水的颜色太美了，看我们这边。"

加拿大这条穿越落基山脉的路，全长约230千米。北起贾斯珀，南到路易斯湖，穿过加拿大著名的贾斯珀国家公园和班夫国家公园，路的周边更是遍布着落基山沿线的风景优美的国家公园与省立公园。这条路虽然不长，却被称为加拿大最美丽的公路，也曾入选世界十大最美丽的公路。

眺望

阳光下的路易斯湖

一路向南，道路在山谷中蜿蜒穿行，一侧是高山，一侧是河谷，虽说是两车道，但路况非常好，限速是90千米/小时。

天然雕塑

应该说，冰原大道穿过的是一片充满野性气息的荒野，沿途拥有众多高海拔的山峰、100多片雪白圣洁的冰川、青黄相接的亚高山草甸、纯净晶莹的瀑布、冰蓝澄澈的湖泊、无边无际的原始森林和大量的野生动物，景色变化多样，充满原始的壮丽。

被人们称为"天桥"的桥，每5～10千米就有一座，是专门为野生动物修的。公路阻断了它们行走的路，修路时，当地人就想出了这一招儿。陪我们的当地人说，每年有8000多头大型动物在这里走来走去。这是20世纪90年代修的。走在那里，是人进隧道，把路还给动物。

野生动物过路的天桥

关于这条路还有一个有趣的故事。1945年，当地政府要把这里的雪山改名为艾森豪威尔山。他们请艾森豪威尔将军来参加命名仪式。那么美的景致让他提前三天就来了。可是在仪式举办的时候，他却因正在打高尔夫球而缺席了。加拿大人也有人家自己的脾气，你不来，名字我们也就不改了。

这里曾经是印第安人的部落。一些部落被公路分割了。有些部落还住在山里，不和外面通婚，也不愿被打扰。

曾有10万欧洲移民来这里当农民。14—18世纪时，当地人得了绝症，像天花、鼠疫，北美人没有抗体，死亡率是70%。

鸭爪冰川

如今，政府在这里建了印第安人保护地，保护他们的生活习惯。

生活在冰原大道附近的农民用冰川融水浇地，不用化肥，不用农药，土地非常肥沃。

这里的地下有大量的资源，但当地政府并不急于开采。不过当地的年轻人并不愿意在这里当农民，他们的理由是耐不住寂寞。但现在也有中国人来这里买地，200～1000加币一英亩（1英亩≈0.004平方千米）。这里的地税比美国低。

走在这条路上基本看不到大货车。而且这里的火车票价格是飞机票的3倍，火车基本是用来观光的。

去过那里的人都知道，就算是夏季去，那边的气温也不会太高。加拿大落基山区一年里只有2个月算是很温暖的，所以那里的植物树木一年只有30～60天的生长期。中午太阳高挂就温暖，早晚都还是很凉。

树水一色

岩石上的绿色

环绕冰原的河谷中有碧绿的湖泊和繁茂的森林，巨大的山谷冰川起伏和缓，徒步旅行者和登山者比较容易抵达山顶。

通向冰原的路

科学家自1950年起对阿萨巴斯卡和萨斯喀彻温两大冰川进行了深入的综合勘测。其成果之一是发现冰原下有一地下暗河。

不过冰原大道的名字来源要

冰原旁的山上不知原来是不是也有冰川

归功于这冰原风景线上最精彩的部分——哥伦比亚冰原，沿着这条公路，就可以抵达这片地球上除南北极以外最大的冰雪区域。

景色壮美的哥伦比亚冰原，已经成为赴加旅游的行者最向往的胜地之一。有人如此形容："在这里，你将会体验到重回冰河世纪的感动。"

哥伦比亚冰原约有365平方千米，将车泊在冰原公路旁的游客中心，换乘冰车上到冰面，到冰舌后可以下来在冰川上行走，欣赏由冰河、高山瀑布、悬崖绝壁所构成的绝世画卷。

加拿大不仅是世界上冰川面积最大的国家，它的哥伦比亚冰原，更是世界上最容易到达的冰川群。

哥伦比亚冰原位于加拿大不列颠哥伦比亚省和亚伯达省交界处。是落基山系中第一大冰原，北美洲最容易进入的冰川群之一。因其主要堆积区位于大陆分水岭，故称河流之母。

冰川区介于西部海拔3747米的哥伦比亚山和东部海拔3491米的阿萨巴斯卡（Athabasca）山之间。

第三代冰原车

冰原由冰盖和十几处冰川组成。冰盖一般海拔为3000米，最高段冰层厚度为130米。有两条主要冰舌。北部的阿萨巴斯卡冰川面积约为30平方千米，属于典型的加拿大落基山型冰川。其融水经阿萨巴斯卡河、阿萨巴斯卡湖、奴河、大奴湖及马更些河

走向冰原

注入北冰洋。

1715年和1840年该冰川末端曾两次大幅度推进，以后又逐渐后退。东部的萨斯喀彻温冰川是该冰原上第一大冰川，面积约为60平方千米，坡度较和缓，冰层厚度为442米，其流动及消融速度均与阿萨巴斯卡冰川和其他主要支流冰川相仿。融水经萨斯喀彻温河汇入通向大西洋的哈得孙湾。冰原西北边缘的融水则沿弗雷泽河和哥伦比亚河纳入太平洋。

我们到达哥伦比亚冰原的入口处后，要换乘旅游区的专用巴士去冰原。行程10分钟后下车，再换乘专门在冰上行走的汽车。我们乘坐的是第三代上冰原的车，称为"大轮车"，6个车轮，每个的直径约1.3米，宽度约有0.8米，轮胎上花纹很深。这种车子在冰上行走稳稳当当，爬40多度的坡好像走在平地上一样。在冰原开过车的司机据说不干了也好找工作。

我拍到的靠近冰原的这些照片，都是坐在这辆"大轮车"上拍下来的。因为很稳，清晰度不错。

我还查到了这样一些介绍大冰原的资料：冰原就是冰川的出发地，冰川的"冰"，不同于常见的由水冷却结成的冰，而是几百米厚的积雪，下层的

指向冰原

雪被挤压，密度越来越大，空气被完全排出，就成了透明状的"冰"。

此地每年的平均降雪量达7米，这么多的雪，为冰原提供了水和冰的原材料。从哥伦比亚冰原下伸出6个大冰川群，它们融化的水，分别向南流向太平洋，向东流向大西洋，向北流向北冰洋。

2013年9月15日，我们能站的冰原宽度约1米，供游人活动的区域只有足球场大小。站在冰原向上看，是比脚下更高、更宽、更厚的层层叠叠的冰的世界，几百米厚的冰层就在我们身边。

站在冰原向下看，一条越来越狭窄的冰川延伸向远处。有涓涓细流从上面流下来，据说这是几百年前冰雪融化的水，特别干净，好多人用手捧着喝。我也喝了，水就是水，除了凉以外没有特别的感觉。

走在冰原上

一般人看到"冰"字一定会联想到"冷"。所以上冰原时，不少人带上棉衣、毛衣、羽绒衫等，其实高度不过两千多米，加上是白天，2013年9月15日，天气又挺好，我穿一件冲锋衣就行了。

在"大轮车"上时，导游一再地告诫：千万别在冰上滑倒，别站在冰缝处拍照。

可是，真在冰上行走时，滑的感觉并不明显。冰面上还有一层薄薄的冰屑。后来听人说，游人活动区域，已经用刨冰车刨毛了。

"大轮车"接送人上冰原，只是上冰原的方式之一。冰原上还有一队一队的人，他们是背着行囊，手握两根冰手杖，徒步跋涉，跟着向导走上冰原的。据说要用6个小时。

每年吸引大量游客的原因是，哥伦比亚冰原形成的阿萨巴斯卡冰河是人类目前唯一能通过车辆交通到达其上的最大的冰河。

阿萨巴斯卡冰河现有面积6平方千米，厚度90～300米，每年以125米的流速在前进，因此，人类无法感觉

冰原旁的山

冰原流出的河

走过瀑布

到它的移动。

因为地球的温室效应和旅游带来的直接影响，该冰河的面积每年也在不断减小，现在已经比刚组织这项旅游时后退了近千米。

从贾斯珀到哥伦比亚冰原，中间有两个瀑布，Athabasca Falls和Sunwapta Falls，其实是两个峡谷，类似于黄河壶口瀑布的样子。

2013年9月15日，对我们绿家园生态游来说，无疑是"吃"大餐的一天。雪山、冰湖、冰原都看个够后，还饶上了两个瀑布。真是太过瘾了。没有到这里之前，再怎么想象也想不出大自然还能这么美。一条路就把我们带到了一个又一个仙境。

可陪我们的当地华人说，明天你们要去的贾斯珀，还有更美的湖光山色等着你们呢。

与加勒比海小岛近距离接触

——世界上最大的珊瑚礁集中地之一

2015年5月9日，我在美国迈阿密踏上了开往加勒比海的邮轮，将要在9天的时间里与加勒比海近距离相处。

这期间，我们要在大特克—英属小岛上停留；要走进多米尼加共和国；还要在荷属小岛威廉斯塔德上看海豚，听火烈鸟的叫声，感受当地人对殖民地的理解。阿鲁巴，也是一个荷属小岛，这两个荷属加勒比海上的小岛有什么不同，也是我们希望去了解，去比较的。

加勒比海的名称来自小安的列斯群岛上的土著居民加勒

从迈阿密上船

比人。

　　加勒比海是大西洋西部、南北美洲之间的一个海，它的北部和东部的边缘是一连串从墨西哥湾一直延伸到委内瑞拉的岛屿（西印度群岛），包括北部的古巴、海地、多米尼加、牙买加、波多黎各和东部的小安的列斯群岛。其南部是南美洲北部的几个国家，包

进入加勒比海

括委内瑞拉、哥伦比亚和巴拿马。其西部是中美洲的太平洋沿岸国家，包括哥斯达黎加、尼加拉瓜、洪都拉斯、危地马拉、伯利兹以及墨西哥的尤卡坦半岛。

　　加勒比海的总面积为275.4万平方千米，平均水深2491米。最低点是古巴和牙买加之间的开曼海沟，深达7680米，也是世界上深度最大的陆间海。

　　加勒比海大部分位于热带地区，是世界上最大的珊瑚礁集中地之一。其中以鹿角珊瑚居多。同时这片海域的珊瑚礁以健康、活跃、规模庞大而闻名于世。西印度群岛是世界上第二大群岛，岛屿数量仅次于亚洲的马来群岛。其中古巴岛是最大的岛屿，还有海地岛、波多黎各岛等大陆岛，其他多数属于珊瑚岛，风景秀丽，充满热带风情。

　　整个加勒比海海区、西印度群岛诸岛及海域沿岸被合称为

"加勒比地区"。加勒比海是世界上最大的海之一。加勒比地区沿岸包括许多海湾，例如戈纳夫湾、委内瑞拉湾、达连湾、帕里亚湾和洪都拉斯湾等。

1492年哥伦布首次在巴哈马群岛登上美洲，由于当地的印第安人对欧洲外来者所感兴趣的财富不感兴趣，因此他们虽然在加勒比海群岛上殖民，但大多数人继续航行到美洲大陆上去了。继西班牙人和葡萄牙人后，英国、荷兰和法国都在这里建立了殖民地。连丹麦和爱尔兰都在这里建立了殖民地。

云飞阳染

从大特克岛上看加勒比海

16世纪加勒比海成为海盗的天堂。许多海盗甚至是由他们本国国王授权的，加勒比海上的众多小岛为他们提供了良好的躲藏地，而西班牙运送珠宝的舰队是他们的主要攻击对象。

2015年5月10日，一整天我们都在加勒比海中航行。11日一大早，我们的邮轮停在了加勒比海上的第一个岛——大特克。这是一个英属小岛。站在这个岛上看海，怎么能看到那么多颜色？

在这个小岛上看到的，都是为旅游建的各种设施。没有人去的地方，则是一片荒凉。

岛上有邮局，也有灯塔。不过当地人说，要是没有邮轮靠岸，这些地方就都看不到人了。

旅游是岛上的主要经济来源

大特克岛是特克斯和凯科斯群岛的首都岛和历史中心，也是邮轮中心。这里是克里斯托弗·哥伦布在1492年首次航行至新大陆时第一次登陆的地方。差不多500年之后，美国宇航员约翰·格伦登上月球，从月球上发现了大特克岛。

大特克岛是特克斯和凯科斯群岛主要的历史遗址之一。在那里，有一些殖民风格的建筑和遗址，还有特克斯和凯科斯群岛国家博物馆。

科伯恩城是大特克岛上唯一的城镇和港口，与凯科斯岛上的科伯恩港隔特克斯岛海峡相望。传统经济以生产食盐为主，但在1964年全部停止。在1971年引入新的捕捞方法以后，大龙虾的出口量增加。旅游业和近海捕鱼业日益占有重要地位。

在特克斯和凯科斯群岛国家博物馆，可以看到据说发现于西半球欧洲最古老（大约是1505年）的船骸蜜糖暗礁失事船故事的重要展

礼品店门口

览。它也展示了群岛丰富的文化和自然的多样性。其他历史遗址包括灯塔、卓越之剑和鹰巢停泊点。

可惜，我们没有时间去参观这个博物馆。

大特克岛主要的吸引游客的活动之一就是潜水。这里的潜水运营商很多，能满足潜水初学者和经验丰富的潜水者的需要。这里还有特别的受保护的珊瑚礁，在海平面下约2400米之处并于海滨很近的区域，适合海滩潜水。

站在岛上看加勒比海

这里还有几家体现当地娱乐特色的酒店和餐厅。在观鲸时节，游客可以看到驼背鲸从大特克岛的水面游过。

加勒比海以印第安人部族命名，意思是"勇敢者"或是"堂堂正正的人"。是世界上最大的内海。有人曾把它和墨西哥湾并称为"美洲地中海"，海洋学上称中美海。

2015年5月12日，我们的邮轮停在了多米尼加的拉罗马纳岛。在岛上的几个小时里，我们既看到了大自然的溶洞，也看到了一座古老的建筑与早期的剧院。

岛上的主人

在那里大半天的时间里，我们很是感慨。加勒比海深处，还有如此丰富的自然风光与人文特色。

多米尼加共和国，国名意为"星期天、休息日"。有说哥伦布于15世纪末的一个星期日到此，故名多米尼加，首都圣多

岛上的溶洞

明各。

多米尼加位于加勒比海伊斯帕尼奥拉岛东部，西接海地，南临加勒比海，北濒大西洋，东隔莫纳海峡同波多黎各相望，总面积约4.87万平方千米。

多米尼加境内科迪勒拉山脉分中央、北部和东部3条横贯全国。中部的杜阿尔特峰海拔3175米，为西印度群岛的最高峰。中北部有锡瓦奥谷地，西部有大片干旱沙漠。西南部的恩里基约湖为第一大湖，是拉美陆地最低点，湖面在海平面以下40多米。北部、东部属热带雨林气候，西南部属热带草原气候。

多米尼加国内有四大主要山脉。位于北部山脉和中央山脉中间的则是土地肥沃的锡瓦奥谷地。

多米尼加西南方的恩里基约盆地位于海平面以下，为干燥的沙漠气候，由于当地人口稀少，许多野生动物活动于此。从首都圣多明各城往东北延伸出去的广大平地，称为加勒比海海岸线平原，平原内有许多甘蔗种植区。另从首都往西横跨Ocoa河，则有位于阿苏阿省内比较干燥的阿苏阿平原。

多米尼加在西班牙统治时期（1492—1795年），伊斯帕尼奥拉岛居住着泰诺人。他们称此岛为基斯克亚和阿依提，意为大地的母亲和高山之地。在哥伦布到来之时，此岛分为五大酋长国：马里安、马瓜、马瓜纳、加拉瓜和黑归。

1492年12月，克里斯托弗·哥伦布在他第一次航行中，抵达伊斯帕尼奥拉岛。在1493年第二次航行至该地时，圣多明各成为该岛的首府。

成千上万的泰诺人被贬为奴隶，从事金矿挖掘的工作。由于一系列的压迫、饥饿和疾病，至1535年，泰诺人仅剩6万人。

1586年，英格兰德雷克船长曾率领舰队攻打圣多明各城，但被驻地西班牙部队击退。1605年至1606年之间伊斯帕尼奥拉岛西岸的城镇常遭到海盗的掠夺，导致当地人口大多迁往内地。

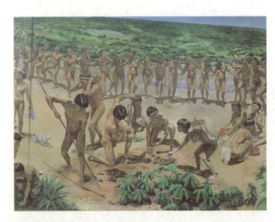

岛上的原住民

17世纪初，法国、荷兰和英国的海盗在伊斯帕尼奥拉岛的西部活动。法国在岛上西部开拓殖民地，因岛上山脉的遮挡，没有引起在东边的西班牙人注意。

1677年时，有大约4000名法国人居住在岛上西部的11个村庄里。

1844年，多米尼加脱离海地管治，正式宣布独立。1865年，击退西班牙入侵。

遥想当年

1916—1924年的多米尼加是美国占领时期，直到1996年多米尼加才进入民主时期。

我们在拉罗马纳岛上看到的一个溶洞，在2003年对外开放，有一个独立的管理部门管理它。当然，那个组织是跟政府环境保护部门合作的。洞的天然和古代壁画吸引来自世界各地的观光客。为了保护起见，这里的观光客的流量是控制的。

多米尼加共和国的城市建筑和欧洲国家相似，首都圣多明各的新建筑大都是高层楼房。农村的建筑也是这样的规划，不同的是房屋都是平房，没有楼房。

古城遗迹

在拉罗马纳岛上，我们去了一个古城。开始我们还在为所看到的古城之完整感到难以想象，如此之豪华的古城，怎么能建在加勒比海这样的岛上？

石头屋经历过风风雨雨

后来才知道，拉罗马纳是1897建立的。本来是个运输石油的港口。1917年来自意大利的投资者建了一个糖厂。这就吸引了很多多米尼加人搬到附近。

剧场

20世纪60年代，一个美国公司买下了糖厂，同时投资2000万美元改进城市的设施，还决定发展旅游业。公司盖了一个高级的度假村。现在靠旅游，该城市就业率差不多是100%。总人口13万。

我们看到的这个古城是那个跨国公司老板的创作——他想盖一个仿造16世纪的加勒比海的石头城市。这项工程花了不少钱，请来很多考古和建筑专家，并把它看成一个重要文化项目。古城有一个漂亮的教堂，也有一个考古博物馆。

走在这座仿古的古城里，如同回到了久远的年代。特别是那个古剧场，和我以前去过的很多真正的古剧场十分相像。

当地居民喜欢跳舞，不论是过去，还是今天。

那天，我们在那里时，漂亮姑娘和小伙子一个劲地向我们示意一起跳舞。虽然他们的旅游意识让我们有些不想配合，但是给点小钱，拍几张照片还是忍不住的。

　　有人介绍说，默朗格舞是多米尼加共和国的国舞，这种舞节奏欢快，在有的舞会上，会一边跳舞，一边作诗。跳舞时，在正式场合穿西装；平时着装比较简单，一般是上身穿衬衫，下身穿长裤，妇女一般穿白色衬衫，下身穿红色或白色的裙子。

舞女

　　多米尼加以两种音乐风格闻名，一个是默朗格舞曲，另一个则是巴恰塔舞曲。这两个音乐风格各不相同，但是都风靡了整个加勒比海地区（特别是邻近的波多黎各）和拉丁美洲。

　　多米尼加人从小受到音乐的影响，不管是在出租车上，公司行号里甚至到乡村里的杂货店小摊，处处都可以听到轻快又大声的音乐，尤其是到了周末，大街小巷里随时随地都可以听到音乐传遍。

　　默朗格舞曲据说是非洲和西班牙歌曲混合延伸而来，传说有可能是早期黑奴多遭到地主压榨劳力，为了防止奴隶逃走，往往将两个人的脚用脚镣铐在一起，以此搭配鼓声，奴隶们随着鼓声采收甘蔗。让两个人拖着脚步一起采收甘蔗，有一点像是二人三足的动作。不过默朗格舞曲真正来源已不可考。

　　20世纪20年代多米尼加人正式把此舞曲定位，多国独裁者楚希略于30年代把默朗格舞曲风格推广到全国各地，由于其舞曲轻快，很快就传遍各地。演奏默朗格舞曲的乐器主要有沙鼓、小喇叭、手风琴和多国特有的铁刷。

二十世纪八九十年代，外流的多米尼加移民把默朗格舞曲传到国外，而逐渐流行到美国东海岸各大城市间。

这里的音乐

巴恰塔舞曲于20世纪60年代兴起于多米尼加北方的乡村地区。其歌曲比较偏好叙述爱情方面，尤其是描述分手和悲伤的情感，歌曲的步调比默朗格舞曲慢了许多。巴恰塔舞曲主要是以传统吉他来伴奏。

巴恰塔舞曲据说是从波莱罗舞曲延伸而来，20世纪60年代以前由于独裁者楚希略偏好默朗格舞曲而让巴恰塔舞曲受到抑制，一直到60年代他死后才逐渐开始流行。

巴恰塔舞曲在20世纪80年代从收音机电台开始登上电视台，加上后来电子吉他取代了传统吉他来弹奏，使得巴恰塔音乐和默朗格音乐一起成为主流。

90年代后出现了路易斯·巴尔加斯（Luis Vargas）和安东

尼·桑托斯（Antony Santos）两位出名的多米尼加巴恰塔音乐的歌手。他们把巴恰塔和默朗格舞曲混合后形成另外一种风格，并把此曲风带到了世界流行乐的舞台。

多米尼加人的饮食是大米、鸡和豆类。人们还喜欢吃用已蒸熟的大米饭加鸡肉、沙丁鱼、干鱼、盐等炒成的一种饭。

居民的食物还有对虾、海蟹、牛肉、辣椒、蔬菜和龙酒等。饮料有奈森诺尔牌啤酒，还喜欢喝一种用菠萝、柠檬做的叫"马比"的饮料。

路上的广告

绿镜头下的美丽星球（全四卷）

遥望大洋洲

给绿中国书系

汪永晨 著

SPM 南方传媒 | 花城出版社
中国·广州

图书在版编目（CIP）数据

绿镜头下的美丽星球：全四卷 / 汪永晨著. -- 广州：花城出版社，2023.2
（给绿中国书系）
ISBN 978-7-5360-9625-7

Ⅰ. ①绿… Ⅱ. ①汪… Ⅲ. ①散文集－中国－当代 Ⅳ. ①I267

中国版本图书馆CIP数据核字(2022)第254722号

出 版 人：张 懿
责任编辑：揭莉琳　欧阳薇　梁宝星
责任校对：梁秋华
技术编辑：林佳莹
封面设计：张年乔　眠蝉不语

书　　名　绿镜头下的美丽星球：全四卷
　　　　　LÜ JINGTOU XIA DE MEILI XINGQIU：QUAN SI JUAN
出版发行　花城出版社
　　　　　（广州市环市东路水荫路 11 号）
经　　销　全国新华书店
印　　刷　广东鹏腾宇文化创新有限公司
　　　　　（广东省珠海市高新区唐家湾镇科技九路 88 号 10 栋）
开　　本　880 毫米 × 1230 毫米　32 开
印　　张　31　4 插页
字　　数　666,900 字
版　　次　2023 年 2 月第 1 版　2023 年 2 月第 1 次印刷
定　　价　200.00 元（全四卷）

如发现印装质量问题，请直接与印刷厂联系调换。
购书热线：020－37604658　37602954
花城出版社网站：http://www.fcph.com.cn

目 录

1

| 第一章 |

澳大利亚的自然

黑天鹅的老家

2012年4月12日到4月29日，民间环保组织绿家园生态游行走在了澳大利亚和新西兰的原野上。因为是生态游，热爱大自然的我们徜徉在大洋洲的山山水水，领略着与我们亚洲乃至北半球不同的地貌与季节。时而惊异，时而感叹，时而忧虑。这一切都有照片在记录，在做证。在接下来的十几天里，那异、那叹、那虑，就让我一一道来。

珀斯，世界上最"孤独"的城市

在澳大利亚，我们最先走进的是西澳大利亚州的珀斯。

珀斯是澳大利亚的大城市之一，但世人对其了解并不多。有人说：当人们谈到澳大利亚，通常联想到的就是悉尼歌剧院、袋鼠、考拉、黄金海岸、巨石、大堡礁、铁矿。

珀斯之所以少被人提及，主要原因是这个城市太"偏僻"了。除了工作，少见旅游者

珀斯的建筑

前往。

外人说西澳大利亚州（Western Australia）的缩写"WA"是Wait A While（等一会儿）的意思，嘲讽他们生活闲散，办事效率低。

不过今天的珀斯，有干爽的气候，有灿烂的阳光，有醉人的河湾，有富足的生活，如此良辰美景，生活闲散也应该是情有可原吧。

珀斯位于澳大利亚西部，也有人管它叫世界上最"孤独"的城市。从地理位置上看，珀斯西面是浩瀚的印度洋，西行7350千米到达非洲海岸，南面是远隔重洋的南极洲。北方最近的港口雅加达距离也有3150千米，东面是大陆，但是如果想到达另一个城市阿德莱德要穿过沙漠，最近路线也要2740千米。

2012年4月13日，绿家园生态游一行来到珀斯的海边时，太阳就要"走"进大海。在那最后的辉煌里，孩子们还在玩耍，新人在抢着"辉煌"。而那满树的彩色的鸟更是叫声不绝于耳。

早在数千年前，澳大利亚的土著就已在这里生活繁衍。荷

珀斯海边一树的红鸟

兰人虽最早发现了西澳大利亚州，但因为没找到传说中的黄金岛，很快就将其放弃了。1829年，查尔斯·豪·弗里曼特尔（Charles Howe Fremantle）船长代表英国国王探索西澳的天鹅

河流域。同年，詹姆士斯·特林船长在今日的珀斯建立了天鹅河殖民地。1856年，维多利亚女王为珀斯正式命名。

今天的珀斯有三个"头衔"最为著名，除了"世界上最孤独的城市"，还有"灯标城"和"黑天鹅城"。

珀斯这座城市正式创建于19世纪初。它的发现是由于在内地发现了黄金，到19世纪末期，移民开始增加，进入20世纪，随着金矿业不断发展，珀斯成为一个新兴都市。

珀斯的"灯标城"的称号源于1962年，为了向美国宇航员约翰·格伦（John Glenn）上校致意，珀斯全城数以千计的街道、门廊、民房、办公楼彻夜亮灯，成为宇宙飞船的地球航标，故这座城市有了"灯标城"之称。36年后的1998年，珀斯全城再次亮起灯光，欢迎约翰·格伦归来。

在西澳大利亚州，能够与"都市"称呼相匹配的城市只有珀斯，与很多城市聚集的东海岸相比，短期旅行者很少来这里。正是因为去的人少，对于热爱大自然的人，当然希望去看看"原汁原味"的它。提到那儿的天鹅湖，有人说，只有真正热爱大自然的人才能看到黑天鹅。

斯旺河发源于东部，由东向西流向大海，再经过珀斯市，聚集起来形成一个较大的湖泊。河口直抵印度洋。斯旺河把珀斯分成南北两岸。南岸是自然保护区，北岸是商业区。斯旺河年复一年向西流去，南岸度假的人们有的钓鱼，有的观赏黑天鹅，蓝色水面上成群的黑天鹅自在地游来游去。

珀斯属亚热带地中海式气候，盛行西南风。年平均气温在10℃～20℃。全年平均降雨量约1000毫米。

珀斯夕阳中的大海

珀斯也是拥有最长日照时间的澳大利亚省会城市，平均日照8小时。无云的日子里，太阳高悬在湛蓝、清透的天空，阳光没遮没拦地洒在珀斯的大街小巷，绿草、野花、风格各异的建筑、品种繁多的树木会亮丽、抢眼得让你觉得不真实，漫步在安静的小径上，仿佛置身在画里。

也许有人会觉得西澳大利亚州有大片的沙漠，一定很干燥，其实不然。一是缘于珀斯是个临海的城市；二是因为珀斯市内水系纵横，天鹅湖萦绕东西，大大小小的湖泊星罗棋布；再有就是这里的植被覆盖率高，整个城市都被绿色簇拥着。所以，这里没有沙漠城市的干燥，在有风的日子里，也从未见过扬沙天气。

我们欣赏着树上鸟儿们的歌唱，从海边经过湖区时，天色已晚，还没有看到黑天鹅。

据土著传说，西澳大利亚州波布尔门部落有一分支的祖先就是由黑天鹅变来的。黑天鹅仅产于西澳大利亚州，因此，成

珀斯的黑天鹅

为西澳大利亚州的象征。人们一般熟悉白天鹅，对黑天鹅知之甚少，西澳大利亚州的黑天鹅除了翅膀上有几片白色或褐色的羽毛外，全身都是漆黑的，泛出一种漆的光芒。它的喙颜色鲜红，足部暗褐色，这种颜色的自然配合，越发显得黑天鹅高雅华贵，不同凡响。

　　这些黑天鹅永远以西澳大利亚州为家，并不像白天鹅那样根据季节的变化迁徙。因此，当地居民越发喜爱它们，为它们不断创造良好的栖息和繁殖环境。黑天鹅越发与人熟悉，站在岸上，围住游人，索

珀斯玩海的人

夜间的珀斯

夜晚珀斯的街上

要食物，与人逗乐。

黑天鹅的形象已经成为西澳大利亚州的标志，珀斯也被称为"黑天鹅城"。在街道两旁的招牌上随处可见。所以，只有真爱自然的人才能见到黑天鹅的说法并不成立。

珀斯还有企鹅岛与海豹岛（Penguin and Seal Islands）。企鹅岛离陆地约700米，渡轮可达，是许多野生动物、海洋生物的家乡。在那里可以看到小企鹅、海狮、海豚、稀有鸟类、特殊洞穴与奇形怪石。每年10月至翌年5月开放。

因为时间关系，我们的旅行没有把这两个岛列入其中。

入夜后的珀斯有安静的街区，也有热闹的酒吧和市场。教堂与卖传统乐器的街市相隔不远，在灯光中显得十分宁静。第一次踏上这片土地的我们，在静与动中穿行，思绪也随着脚步在其中畅想。

第二天，我们能与黑天鹅近距离接触吗？第二天，我们要走进一片古海中的化石森林。期待中。

古海中的原始森林

2012年4月14日早上6点钟，急于想看到珀斯秋季湖边日出的我们就出门了，此时，天已经蒙蒙亮了。

出门拍的第一张照片让我们知道，这里太阳出来时，是在高楼大厦的后面"藏"着不见我们的，我们能看到的只是天空中那耀眼的红云。

在西澳大利亚州的第一个清晨，我的镜头更多对准的不是湖水，而是湖中和湖边那些为了健康而划船、跑步、骑车的人。

宁静的大自然中有了他们，不仅有着朝气，也有了生机。晨练中人们脸上的笑意，如晨曦般灿烂。

在西澳，每个新一天的开始，自然与人的和谐，随处可见。

珀斯市中心也有许多公园和花园。最大的国王公园位于西郊，占地4.04平方千米。

国王公园是南半球最大的公园。公园建在城区西侧的小山丘上，地理位置较高，可俯瞰整个珀斯市区。我们到的4月，是

清晨的西澳

湖中的早晨

那里的秋季，色彩正在变换之中。

这个公园也是珀斯的野花观赏地。每年，这儿都会举行春季野花盛会。有人很诗意地这样形容：这里没有过多刻意雕琢摆放的造型，也没有过多人工搭配的花木色调，一切都很自然、随意。野花的颜色多彩斑斓，很雅致，没有媚俗的红，也没有霸气的紫，淡淡柔柔的，很写意。

澳大利亚人信仰的是尊重土地，尊重土地的自由，而不是人可以主宰土地。所在城的每一块土地可以有不同的形状、不同的景物、不同的地貌。

有一株平躺着的粗壮而古老的树干，是百多年以前，西澳大利亚州早期拓荒者从遥远的北美洲加拿大运来的。我们没有拍到这棵树，因为黑天鹅更牵动我们的心。

很有意思，今天我们在珀斯看到天鹅河（Swam River）里的黑天鹅，它们也许是最先感受到秋色的吧。河边金色的树丛中，它们站在那里的姿态不是芭蕾，胜似芭蕾。

珀斯天鹅河正在变换中的色彩

珀斯的黑天鹅家庭

早在1697年，荷兰的航海家威廉·德·弗拉明（Willem de Vlamingh）首次踏上珀斯这片神奇的土地时，就被河边独特而美丽的黑天鹅所吸引，随即将这条河命名为天鹅河。从此，黑天鹅就成为珀斯，乃至整个西澳地位最高贵的动物了。

　　缠绕在珀斯城市腰际的是天鹅河，傲立在西澳大利亚州的州徽和州旗上的动物是黑天鹅，许多商品（比如啤酒等）的LOGO、公司的名字、街道的名称也都会选天鹅或黑天鹅为图案。在中国的动物园，或在世界其他国家的动物园我们也都看到过黑天鹅。但这里是黑天鹅的老家。

　　离开天鹅河，我们就要去西澳大利亚州地貌极为奇特的尖峰石阵（The Pinnacles）了。

　　尖峰石阵在珀斯以北260千米处，为南邦国家公园（Nambung National Park）的一部分。这里有一片横跨沙漠的奇异活化石原始森林，再加上数以千计，甚至高达4米的石灰岩柱，蔚为奇观。

去尖峰石阵路上看见白色的沙丘

在去尖峰石阵的路上，我们已经开始感受到奇特了。

因为好看的东西太多了，我们没敢停车看看那些奇异的白沙丘、那长出一根根黑棍的树和生活在如此这般地质状态中的野生动物。为的是要尽快去看尖峰石阵到底是如何"布阵"的。

来之前做了功课，知道这个在沙漠的奇异活化石原始森林里，有数以千计可高达5米的石灰岩柱。

在太古时代，那里曾是森林覆盖。从海边吹来的沙让沙地逐渐形成，在原始森林枯萎、大地被风化后，沙沉下去了，残存在根须间的石灰岩就像塔一样遗留了下来。

在去往尖峰石阵的路上，我拍到这张照片，草上"长"着小海螺。

到了尖峰石阵，看了介绍才明白，这里的石灰石竟是由海洋中的贝壳演变而成的。雨水将沙中的石灰质冲到沙丘底层，

草上"长"着小海螺

而留下石英质的沙子，滋生腐殖土，然后长出植物，植物的根在土中造成裂缝，慢慢被石英填满裂缝后石化，在风化作用之下，露出沙地地表，就成为一根根石柱。石柱从10厘米~5米长短不等，爬上石柱往周边眺望，可以看到这片似乎漫无止境的奇妙景观。

珀斯的尖峰

以科学的观点，尖峰石阵的石灰岩石由蚬壳组成。这些蚬壳与沙粒混合后，被风吹到内陆，形成圆顶的石块，再经长年累月的侵蚀，构成较坚硬的石灰岩石柱，形成今日的尖峰石阵。在澳大利亚金色的夕

尖峰石阵

阳下，尖峰石阵被拍成很美的照片，成为西澳大利亚州享誉世界的一张明信片。

在尖峰石阵，视觉上享受着的除了奇异，还有另一种感觉：苍凉。这里尽管西临印度洋，但也强烈地感受到其干旱中的苍凉。金黄金黄的沙漠中，矗立着一排一排的石柱，高低不一，有的才十几厘米，有的却高达四五米，底部还有零星的小灌木。诡异这两个字，是我走在这片尖峰中，不时地会出现在脑海里的词。

遗憾的是我们在这片石阵中，并没有看到动物。来之前我

天造石阵　　　　　　　　　　　　小黑孩子树是这样长的

在网上看到：在沿岸的低地和南邦国家公园的树林里，孕育了各式各样的野生动物，包括西部灰袋鼠、小袋鼠、袋貂、蜥蜴、鸸鹋及白尾黑鹦鹉，更有机会看到罕见的黑肩鸢四出觅食。

　　我们还要赶夜班飞机，只有把造型各异的石柱拍下来回家后再细细地想象。

　　澳大利亚地处南半球，四面环海，是一个单独的大陆。"澳大利亚"一词出自拉丁语，意为"未知的南方大陆"。澳大利亚也是世界上最平坦的大陆，土地面积768万平方千米，是世界面积第六大的国家，是南半球最大的国家。它的人口为1860万，是全世界人口密度最低的国家，每平方千米只有两个人。看惯了人的中国人，在这样的苍凉中，心中的滋味是很复杂的，一个词当然难以形容。

　　羡慕、孤独、可怕，都在那一刻感悟着，咀嚼着，玩味着……

　　西澳大利亚州自然资源的丰富，位居澳大利亚首位。植物种类繁多，有6800多种，其中许多是稀有品种。

　　在百度百科中我看到，每年从6月到9月，全州各地会有1.2

万多种野花盛开。

西澳大利亚州的植物奇观通常在6月开始。第一阵热带季雨过后，当地的木槿、蓝钟花、肉桂、毛拉花和当地海棠花就会从满是灰尘的红土中绽放出来。如果在那里的国家公园里过夜，会发现生长在瀑布下和凉爽水深的岩石水潭边的岩石无花果、柠檬香草和银玉树。

在西澳大利亚州，从7月起，630多种野花使山脉角（Cape Range）在其最好的时节里生机焕发。古老的红色峡谷、盖满雏菊的沙丘和蓝绿色的海水在此融为一体。这里冬天的平均温度为25℃，7月里，仍然可以在附近的宁格鲁礁与庞大的鲸鲨共游。

8月，可以沿海岸线而下，观赏山龙眼、银桦、袋鼠爪花和开着红花的桉树。从这些植物旁边健行、攀岩或划独木舟经过，沿途透过大自然之窗（Nature's Window）的红色岩框观赏美景。

9月上旬，西澳大利亚州的西南部开始展现生机，放眼望去宛若毕加索风格的豪放画作。珀斯国王公园里历时一个月的野花展上，有多达1700种本地品种盛开绽放。9月中旬，在玛格丽特河–奥古斯塔兰花展上，可尽情地观赏罕见而娇嫩的兰花。

和我们绿家园生态游一起到过巴西亚马孙河、埃及尼罗河、欧洲多瑙河、肯尼亚野生动物保护地的著名生态学家——自称"80后"导游小姐的徐凤翔，本来此行是要和我们同行的，可是临出发了，她却没能成行，以至于在西澳大利亚州我们看到这些奇异的花和树时，只能拍下照片回去后请徐教授给我们讲解。而西澳大利亚州植物的独特，让没有亲眼看见的

这像野"菠萝"的植物叫邦夏

在珀斯街头欣赏音乐会

生态学家说出个究竟，或许也是过分的要求。

我们在西澳大利亚州只有一天半的时间，短暂的时间里要想把西澳大利亚州的美与奇都看到，当然不可能。不过，那里值得记录与欣赏的美景我们还是看到了很多，也把它们留在了存储卡里，为的就是能在书里与朋友们一起分享。

在与珀斯告别前，当地的老百姓正坐在露天随地摆着的沙发上欣赏着大屏幕上的交响音乐会。这是他们日常生活中的一部分。人与自然和谐相处的日子，过起来不但轻松而且富有诗意。带着这样的感叹，我们走向机场，明天一早我们就要到达澳大利亚的黄金海岸了。

"不喝水"与"不知道"

走进黄金海岸

2012年4月15日一大早，我们乘坐的飞机降落在澳大利亚的黄金海岸。因为太早，我们坐的又是夜航，为了省钱，也为了能走进更多的大自然，我们在麦当劳里喝杯咖啡，吃个汉堡提提神，就走向海滩了。今天，除了黄金海岸以外，我们最想看的当然还是袋鼠和考拉，它们才是那里的独特物种。

黄金海岸，是澳大利亚昆士兰州的太平洋沿岸城市，人口52.7万（2007年），北与府城布里斯班相邻，南与新南威尔士州堤维德岬（Tweed Heads）接壤。坐落于本市的邦德大学为昆士兰州唯一的私立大学；公立格里菲斯大学设于黄金海岸的分校为其最大校区。

雨中坐了一夜飞机的我们在澳大利亚黄金海岸

博物馆

黄金海岸街边的大树

网上是这样介绍澳大利亚黄金海岸的："只是黄金海岸？那是个比较商业化的地方，说实话自然风光也就是那么回事，一条不长的海岸线而已。黄金海岸所在的地点你要知道，周围可游玩的除了黄金海岸就是四大主题公园了，其他的没有什么，主要是看你旅游的目的了，如果是自然风光，就不要选黄金海岸了，如果是体验现代城市加海边度假游玩，黄金海岸还差不多。现在那里挤满了中国游客，都是慕名而去的，已经没有什么意思了。"

来黄金海岸拍树的中国人一定不多，我们这伙人却是爱死了这些树。喜欢大自然的人嘛，这些树是我们一定要拍的。因为它们和我们生活周边的树还是有着不小的区别的。说得浪漫一点，那树干像不像一支支"树笛"？说得土一点，也像把一条条管子绑在了树上。可是我真的仔细看了，它们是长在树上的，不是人所能为的。

黄金海岸是太平洋暖流冲击地带，终年日照，寒暑宜人，有蔚蓝色清澈见底的海水，有洁净如粉的细沙。

1770年英国航海家库克经过此地，见水浅礁危，将这里的山及其凸出水面之地分别取名为警告山和危险岬，现在危险岬已成为新威尔士州和昆士兰州的边界标记。岬上有库克纪念碑和灯塔。

19世纪40年代，欧洲人开始在这里建立移民点，开荒种植，造屋建舍，当年土著聚居之地已成为旅馆、别墅林立的旅游中心。黄金海岸靠近热带区域的亚热带地区，一年中虽然也分四季，但是夏天特别长，而且冬季里阳光也是暖洋洋的。当澳大利亚南部的人们正瑟缩在0℃左右的寒风中的时候，在黄金海岸游泳，竟像是浸在温泉里一般。黄金海岸海滨有的地方惊涛突起，澎湃奔腾。

在黄金海岸库鲁姆宾海滩有飞鸟保护区，占地0.2平方千米，红嘴，蓝颈，绿羽，长尾鹦鹉数以百计，鹦声鸟语，清脆悦耳。

布里斯班位于黄金海岸以北78千米处，乘车一个半小时便可到达。

布里斯班的名字源于殖民时代新南威尔士殖民区总督长官的名字。当年在这里发现了一条河，并被命名为布里斯班河，以纪念促使这一地区殖民化的总督托马斯·麦克都格·布里斯班。城市因此得名。

布里斯班最初叫摩尔顿湾，属新南威尔士州管辖。第一位登陆布里斯班地区的欧洲人是约翰·奥克斯力（John Oxley），他在1823年探索了布里斯班河和摩尔顿湾。1824年，新南威尔士殖民地的行政长官决定建立流放营地。

1829年，这个海湾以其1000多名囚犯成为澳大利亚最大的殖民地监狱。自由殖民者只能生活在摩尔顿湾方圆80千米的地区。

1834年设镇。到了1839年，当地政府才准许自由移民开垦荒地。

其后，随着罪犯流放制度的被取消，1842年，监狱被关闭了，囚犯被运到其他地方，布里斯班被开放为自由定居点，居民逐渐增多，城镇也不断扩大。1845年，人们在巴尔库河的上游发现了其他土地，牧民带着牲畜来到这里，使这里更多的地方成为牧场。

后来，在这些牧场建起了漂亮的大屋。在博德瑟特（Beaudesert）山谷，至今还保存着漂亮的圣约翰教堂和全圣教堂。布里斯班河的一个小港伊普斯威奇（Ipswich）把富饶的达令汤斯牧场和布里斯班连接起来。

第二次世界大战中，由于布里斯班市接近南太平洋战区，因此，在澳大利亚和联军的防御体系中担当重要角色。全市成为数以万计的澳大利亚和美国军人的临时家园，同时也是联军"太平洋战区"统帅道格拉斯·麦克阿瑟将军的指挥总部。

战后，联邦政府及各国政要由于布里斯班主办了1982年的英联邦运动会和1988年的世界贸易博览会而开始重视布里斯班。

1854年成为港口，1859年，昆士兰脱离新南威尔士单独成立殖民区后，布里斯班便成为殖民区首府，同年建自治市，1867年，在金皮（Gympie）发现黄金促进了这个地区的发展，而开始时那里的殖民化是很不稳定的。布里斯班渐渐地成为这个地区的中心。

布里斯班是通往亚太地区最近的交通要塞，是昆士兰州和澳大利亚自然资源、农业资源最富饶的地区，有着十分丰富的糖、牛肉、海产品、原木、小麦和水果等食品。

布里斯班也被称为"河流之城"。因为布里斯班河犹如一条明亮的缎带，从山峦与天空之间缓缓飘下，流过铺红缀绿的原野，蜿蜒曲折，在市区里绕了几个S形后，又飘然隐没在远方的山谷里。

迫不及待要和考拉与袋鼠近距离接触的我们是在大雨中走近它们的。

考拉的一生尽睡觉

路上，导游就告诉我们，因为桉树叶有安眠作用，考拉一生中大部分时间是在睡觉。而且考拉天生不喝水，这和它所吃的植物里已经有了充分的水也有关。

我们在澳大利亚看到的第一只考拉，果然就是在树上眯着眼睛正睡的一只。

在澳大利亚的土著语言中，树袋熊意即"不喝水"。考拉就是树袋熊，是澳大利亚奇特的珍贵原始树栖动物，分布于澳大利亚东南部的尤加利树林区，属哺乳类中的有袋目考拉科。它性情温顺，体态憨厚，深受人们喜爱。树袋熊又被称为考拉、考拉熊、无尾熊、树懒熊，但它并不是熊科动物，而且它们相差甚远，熊科属于食肉目，树袋熊属于有袋目。

4500万年以前，在澳大利亚大陆脱离南极板块，逐渐向北

睡中的考拉

漂移的时候，树袋熊或类似树袋熊的动物就已经首先开始进化了。化石证明，2500万年前，类似树袋熊的动物就已经存在于澳大利亚大陆上。在漂移的过程中，气候开始剧烈变化，澳大利亚大陆变得越来越干燥，桉树、橡胶树等植物也开始改变并进化，而树袋熊则开始变得依赖于这些植物。20世纪40年代，树袋熊曾被认为灭绝了。

一般认为，土著居民于6万年前甚至更早就已经来到了澳大利亚大陆。如同其他澳大利亚动物一样，树袋熊也成为土著文化与文明中许多神话与传说的重要组成部分。千百年来，树袋熊虽然一直是土著居民的一项重要食物来源，可是，这并不妨碍它们繁荣。

1788年，欧洲人第一次登上澳大利亚大陆以后，约翰·普莱斯（John Price）成为第一个记录树袋熊这种动物的欧洲人。他在进入悉尼附近的蓝山（Blue Mountains）时详细地描述了树袋熊。1816年，树袋熊第一次有了学名"*Phascolarctos cinereus*"，意即为"灰袋熊"。后来人们发现，树袋熊根本就不是熊，于是，一个哺乳动物研究小组的成员将树袋熊叫作"*marsupials*"（意为"有袋类动物"），即刚出生的幼兽发育并不完全且需要在育儿袋中继续发育的动物。现在，诸如树袋熊之类的大多数有袋类动物均分布于澳大利亚和巴布亚新几内亚。

专家说：树袋熊以桉树叶和嫩枝为食，几乎从不下地饮水，所以，当地人称它"克瓦勒"，意思就是"不喝水"。但这也和它生活的环境有关，澳大利亚土地比较贫瘠，所以，桉树摄入的营养物质比较少，而树袋熊正是以这种树为食，自然而然，树袋熊从桉树中得到的能量也相对稀少。因此，它们必须减少自己的活动量，来储存更多的热量帮助它们生存，而且，树袋熊很喜欢晒太阳，经常趴在树上不动。

树袋熊独居，它们一生的大部分时间生活在桉树上，但偶尔也会因为更换栖息树木或吞食帮助消化的砾石下到地面。树袋熊通过发出的嗡嗡声和呼噜声交流，也会通过散发的气味发出信号。

树袋熊胃口很大，但食路狭窄，非桉叶不吃。虽然澳大利亚有300多种桉树，可树袋熊只吃其中的12种。它特别喜欢吃玫瑰桉树、甘露桉树和斑桉树上的叶子。一只成年树袋熊每天能吃掉1千克左右的桉树叶。桉叶汁多味香，含有桉树脑和水茴香萜，因此，树袋熊的身上总是散发着一种馥郁清香的桉叶香味。

树袋熊的消化系统也尤其适应这些含有有毒化学物质的桉

树叶。一般认为，这些毒素是桉树为了防止食叶动物采食树叶而产生的，而且桉树生长的土地越贫瘠，产生的毒素就越多，这也可能是考拉只吃少数几种桉树叶，有时甚至竭力避免生活在某些桉树林的原因之一。

在澳大利亚旅游，抱着考拉拍照算是一个不可或缺的节目。开始我们觉得从爱护动物的角度出发，不应该去接近动物。可是看到有人拍照时，小考拉那么配合，我们忍不住也一个个抱了它。

抱考拉可是有学问的，一定不能像我们抱小孩那样，又摇又晃。我开始抱时就犯了忌，想着是把它抱舒服些，有些亲近的举动。结果那个小家伙说什么也不让我抱了。饲养员抱过去哄好了，再给我，人家就又不干了。看来这些考拉还是挺有性格的。

从网上我查到，在澳大利亚，树袋熊也就是考拉的繁殖季节为每年8月至次年2月，在这期间，雄性树袋熊的活动会更旺

饲养员先和考拉亲亲

然后再把考拉交给游客

盛，并更频繁地发出比平时更高的吼叫声，年轻的树袋熊离开母树袋熊开始独立生活时也会如此。

雌性树袋熊一般3～4岁时开始繁殖，通常一年只繁殖一只小崽。然而，并不是所有的野生雌性树袋熊每年都会繁殖，有些雌性树袋熊每2～3年才会繁殖一次，这主要取决于雌性树袋熊的年龄和栖息环境的质量状况。平均起来，野生雌性树袋熊的寿命大约为12岁，这就意味着，一只雌性树袋熊一生中仅能繁殖5～6只小考拉。

树袋熊的怀孕期仅为35天，出生时，小树袋熊才2厘米长，体重仅5.0～5.5克重，没有毛发、视力与听力，看起来像一块粉红色的软糖。幼熊出生后会住在母亲的育幼袋中，约半年后才会从母亲的袋中出来，会食用母树袋熊半消化而痢状的粪。

看到这些时我真的很佩服动物学家，他们把动物的习性研究得那么细致，这对于保护这些古老独特的动物是多么重要呀！

树袋熊在生活中有几种天敌，其中之一是澳大利亚犬（dingoes），当树袋熊为了从一棵树到另一棵而在地上行走时，不论是成年的还是小树袋熊，都有可能受到澳大利亚犬的伤害。而小树袋熊有时则会受到老鹰（wedge-tailed eagles）及猫头鹰的攻击。其他像野生的猫、狗以及狐狸，也都是树袋熊的天敌之一。但现在树袋熊受到人类道路、交通的影响，栖息地减少，这也可以说是另一种敌人。

两个多世纪以前，在澳大利亚东海岸桉树森林地区，生存着约1000万只树袋熊。不过，猎人们为了获取树袋熊皮毛进行贩卖，对其进行大肆捕杀，在东海岸南半部分地区，树袋熊几近绝种。在东海岸北半部分地区，形势同样十分严峻。

1919年，澳大利亚政府宣布了一个为期6个月的狩猎解禁期，其间，有100万只树袋熊被猎杀。尽管1927年允许猎杀考拉的特别季节被正式取消，但是，当禁令重新被取消时，在短短的1个多月的时间里，就有超过80万只的树袋熊被猎杀。

1924年，树袋熊在澳大利亚南部灭绝，新南威尔士的树袋熊也接近灭绝，而维多利亚的树袋熊估计不到500只。

直到1930年，澳大利亚政府才宣布，树袋熊在所有的州均成为被保护动物。在接下来的近半个世纪里，树袋熊的生存状况得到好转，其数量也出现增长。然而好景不长，随着城市化进程的加剧，树袋熊所赖以生存的栖息地——桉树林不断遭受破坏，同时树袋熊也易遭受疾病的侵袭，这些因素导致其数量继续急剧下滑。

20世纪90年代初，澳大利亚树袋熊数量仅剩43万只，并且继续以极快速度下降。要具体查清澳大利亚到底还剩余多少只树袋熊，这其中存在较大难度，因而不同机构及组织所估计的澳大利亚树袋熊剩余数量差别较大。

2012年，树袋熊环保组织宣称澳大利亚只剩4.4万只树袋熊，而政府机构给出的数量却是30万只。

不会倒着走的袋鼠

在布里斯班我们在看到考拉的同时，也看到了澳大利亚的另一个尽人皆知的动物——袋鼠。我们到那时正下着大雨，袋鼠们跑来跑去，样子和我们以前在照片和电视上看到的很不同。看看我拍到的不同姿势的它们吧。

袋鼠在跳跃过程中用尾巴进行平衡

跳跃中的袋鼠

　　袋鼠是食草动物，吃多种植物，有的还吃真菌类。它们大多在夜间活动，但也有些在清晨或傍晚活动。不同种类的袋鼠在各种不同的自然环境中生活。比如，波多罗伊德袋鼠会给自己做巢而树袋鼠则生活在树丛中。大种袋鼠喜欢以树、洞穴和岩石裂缝作为遮蔽物。

看不清育儿袋里有没有小袋鼠

所有袋鼠，不管体积多大，都有一个共同点：长着长脚的后腿强健而有力。袋鼠以跳代跑，最高可跳到4米，最远可跳至13米，可以说是跳得最高最远的哺乳动物。大多数袋鼠在地面生活，从它们强健的后腿跳跃的方式很容易便能将其与其他动物区分开来。袋鼠在跳跃过程中用尾巴进行平衡。当它们缓慢走动时，尾巴则可作为第五条腿。袋鼠的尾巴又粗又长，长满肌肉。它既能在休息时支撑其身体，又能在跳跃时起帮助其跳得更快更远。

所有雌性袋鼠都长有前开的育儿袋，但雄性没有。育儿袋里有四个乳头，"幼崽"或小袋鼠就在育儿袋里被抚养长大，直到它们能在外部世界生存。

没有多大工夫，我们绿家园一行每个人的相机里都拍到了袋鼠跑的、跳的、站的各种姿势的照片。可是没有一个拍到母亲袋子里有小袋鼠的。我们看到一个肚子有点大的，瞄了半天也没有拍到到底是不是里面有孩子。

一般认为，袋鼠最早是由英国航海家詹姆斯·库克发现的。其实并非如此，在他以前140年，荷兰航海家弗朗斯·佩尔萨特于1629年就遇上了袋鼠。那一年，佩尔萨特的轮船在澳大利亚海岸附近搁了浅，看见了袋鼠以及悬吊在它的腹部的育儿袋里的乳头上的幼崽。但是，这位细心的船长竟错误地推测，幼崽是直接从乳头上长出来的。不过，他的报道并没有引起大家的注意，很快就被人们完全忘记了。

而库克船长第一次看见袋鼠的时间是1770年7月22日，那一天他派几名船员上岸去给病员打鸽子，改善生活。人们打猎回来以后，说看到一种动物，有猎犬那么大，样子倒蛮好看，老鼠颜色，行动很快，转眼之间就不见了。

两天以后，库克本人证实了船员们所说的并没有错，他自己也亲眼看见了这种动物。又过了两周，参加库克考察队的博物学家约瑟夫·本克斯带领四名船员，深入内地进行为期三天的考察。后来，库克是这样记载的：

"走了几里之后，他们发现四只这样的野兽。本克斯的猎狗去追赶其中两只，可是它们很快跳进长得很高的草丛里，狗难以追赶，结果让它们跑掉了。据本克斯先生观察，这种动物不像一般兽类那样用四条腿跳，而是像跳鼠一样，用两条后腿跳跃。"

有趣的是，由于他们对这种前腿短、后腿长的怪兽感到非常惊异，就问当地的土著居民怎样称呼这种动物，居民回答："康格鲁（kangaroo）"。于是，"康格鲁"便成了袋鼠的英文名字，并沿用至今。可是人们后来才弄明白，原来"康格鲁"在当地土语中是"不知道"的意思。

想来有意思，考拉的意思是"不喝水"，袋鼠的意思是"不知道"。这在我们去澳大利亚之前是不知道的。

袋鼠属于脊索动物门、哺乳纲、袋鼠目、袋鼠亚目、袋鼠科动物。袋鼠一般身高有2.6米，体重约有80千克。

袋鼠通常以群居为主，有时可多达上百只。但也有些种类的袋鼠会单独生活。

　　袋鼠不会行走,只会跳跃,或在前脚和后腿的帮助下奔跳前行。袋鼠属夜间生活的动物,通常在太阳下山后几个小时才出来寻食,而在太阳出来后不久就回巢。

　　袋鼠通常生活在野地,也有可能被人饲养。而或行驶在道路上时,忽然会有野生袋鼠冲出来,所以在澳大利亚开车的人要小心。

　　我想,在有游人的地方,这样的"艳遇"是基本不太可能的。在澳大利亚,原住民住的地方游人都很难进去,何况有袋鼠的地方。(在2012年我8月随"凤凰网名博澳洲行"到访澳大利亚时,一天早上,在首都堪培拉的一个郊外旅馆里竟然看到十几只袋鼠,它们并不太怕人,只是和我们保持着一点距离,只可惜天太黑,没有拍下来。)

爱

袋鼠每年生殖一至两次，小袋鼠在受精30～40天左右即出生，非常小，无视力，少毛，生下后立即存放在袋鼠妈妈的保育袋内。直到6～7个月才开始短时间地离开保育袋学习生活。一年后才能正式断奶，离开保育袋，但仍活动在母袋鼠附近，随时获取帮助和保护。

小袋鼠长到4个月的时候，全身的毛长齐了，背部黑灰色，腹部浅灰色，显得挺漂亮。5个月的时候，有时小袋鼠会探出头来，母袋鼠就会把它的头按下去。难怪我们很难看到在袋子里的袋鼠了。

小袋鼠越来越调皮，头被按下去，它又会把腿伸出来，有时还把小尾巴拖在袋口外边。有时候，这么大的小袋鼠也会在育儿袋里拉屎撒尿，母袋鼠就得经常"打扫"育儿袋的卫生：它用前肢把袋口撑开，用舌头仔仔细细地把袋里袋外舔个干净。小袋鼠在育儿袋里长到7个月以后，开始跳出袋外来活动。可一受惊吓，它会很快钻回到育儿袋里去。这时候的育儿袋也变得像橡皮袋似的，很有弹性，能拉开能合拢，小袋鼠出出进进很方便。

最后，小袋鼠长到育儿袋里再也容纳不下了，它只好搬到袋外来住。可它还得靠吃妈妈的奶过日子，就把头钻到育儿袋里去吃奶。

经过三四年，袋鼠才能发育成熟，成为身高1.6米、体重100多千克的大袋鼠。这时候，它的体力发展到了顶点，每小时能跳走65千米路；尾巴一扫，就可以置人于死地。

而母袋鼠呢，由于长着两个子宫，右边子宫里的小崽刚刚出生，左边子宫里又怀了小崽的胚胎。袋鼠长大，完全离开育儿袋以后，这个胚胎才开始发育。等到40天左右，再用相同的方式降生下来。这样左右子宫轮流怀孕，如果外界条件适宜的话，袋鼠妈妈就得一直忙着带孩子。

大自然真的很神奇！大自然中的动物我们又了解多少呢？

很遗憾的是，在我们人类对一些野生动物还缺乏了解的时候，它们就灭绝了。我们绿家园跟踪报道长江里的白鱀豚是从1997年开始的。到2002年7月，世界上唯一一只人工饲养的白鱀豚淇淇死亡；到2006年11月，6个国家顶级的鲸豚类专家在长江白鱀豚生活的江段寻找了38天，一头白鱀豚也没有找到。2007年，美国《科学》杂志有文章说，作为种群白鱀豚功能性灭绝了。可是，我们对曾被我们老祖宗在《诗经》里就称为长江女神的白鱀豚，知道的又有多少呢？

在野外，袋鼠主要吃各种杂草和灌木；到了动物园里，喂它们的饲料有干草、胡萝卜、蔬菜、苹果、饼干和黑豆。食物种类多，营养也就丰富，袋鼠在吃食方面很讲究。美国芝加哥动物园里，曾经发生过一件怪事：有52只大袋鼠，突然在一年之内病死了49只！他们赶紧请专家来"会诊"，动物学家研究了袋鼠的饲料，发现草料中缺少钙和一些矿物质，这正是袋鼠生活中所必需的。于是，他们给袋鼠增加了矿物质丰富的苜蓿、燕麦和各种蔬菜。没出一个月，剩下的3只大袋鼠就恢复了健康。

在欧洲人进入澳大利亚大陆之前，大袋鼠的足迹几乎遍及整个澳大利亚大陆。然而，到了四五十年前，澳大利亚野生大袋鼠的数量却急剧减少，不少人甚至担心这种珍贵动物会走向灭绝，呼吁人们保护它们。此后，由于得到了妥善保护，袋鼠的数量又逐渐增加。据估计，澳大利亚一共有1200万只各种种类的袋鼠，这是个很惊人的数字。

在澳大利亚生态游期间，我们还知道了袋鼠家族中"种族歧视"十分严重，它们对外族成员进入家族不能容忍，甚至本家族成员在长期外出后再回来也是不受欢迎的。家族即使接受新成员，也要教训一番，直到新成员学会许多"规矩"后，才能和家族融为一体。

更有意思的是，袋鼠只会向前走，不会退着走。所以，在澳大利亚，当官的人喜欢使用袋鼠皮制品。

我考虑了半天才把袋鼠的这一特性写出来，因为这要是让更多人知道了，袋鼠的命运会发生什么变化那才真是要让人担心的。最后还是写出来了，是因为在澳大利亚才短短的三天，我已经感受到了他们对动物的爱和管理的缜密。谁要是想要动物的命，他自己的安全就要先成问题了。袋鼠，在澳大利亚是国家的标志，民族的象征。澳大利亚人为什么给予袋鼠如此崇高的荣誉呢？原因有三：其一，袋鼠是最古老的史前动物，世上只有澳大利亚独有；其二，袋鼠乃澳大利亚最高大的动物，无与其匹敌者；其三，袋鼠"温文尔雅"，平和善良。这被人格化的动物，谁敢伤害它们？

透明清澈的海中野生王国

大堡礁的珊瑚

2012年4月16日，绿家园大洋洲生态游要行走的是世界最大最长的珊瑚礁群大堡礁（Great Barrier Reef），那里也是世界七大自然景观之一，是澳大利亚人最引以为自豪的天然景观，又被称为"透明清澈的海中野生王国"。

大堡礁位于南半球，它纵贯于澳大利亚的东北沿海，北从托雷斯海峡，南到南回归线以南，绵延伸展共有2011千米，最

走向大堡礁的路上

绿岛　　　　　　　　　　　　碎珊瑚"画"

宽处161千米。有2900个大小珊瑚礁岛，自然景观非常特殊。大堡礁的南端离海岸最远有241千米，北端较靠近，最近处离海岸仅16千米。在落潮时，部分珊瑚礁露出水面形成珊瑚岛。在礁群与海岸之间是一条极方便的交通海路。风平浪静时，游船在此间通过，船下连绵不断的多彩、多形的珊瑚景色，就成为吸引世界各地游客来猎奇、观赏的最佳海底奇观。1981年，大堡礁被列入世界自然遗产名录。

2012年，从4月15日开始，大堡礁就下起了南半球秋季的雨。雨时而细如牛毛，时而大如倾盆。

从昨天晚上起我们都被告知，要是雨大或风大，我们都不能去大堡礁最大的珊瑚区，只能上到名为"绿岛"的那片海域，虽然也不错，但要小很多。

16日早上，天公真的不作美，雨下得还不小。我们乘船先到了"绿岛"。船在乘风破浪时，我的感觉是，浪和风雨真大。

船开了没多一会儿，船长宣布：浪要是不大，我们还有可能去大岛。

我拍到的海底珊瑚

这给了我们希望。

大堡礁在澳大利亚东北部昆士兰州对岸，巴布亚湾与南回归线之间的热带海域，太平洋珊瑚海西部。北面从托雷斯海峡起，向南直到弗雷泽岛附近。

大堡礁不仅景色迷人，更吸引人类的是它的险峻莫测，水流复杂。那里生存着400多种不同类型的珊瑚礁，包括世界上最大的珊瑚礁。那里有鱼类1500多种，软体动物达4000多种，聚集的鸟类有242种，并有着得天独厚的科学研究条件。那里还是某些濒临灭绝的动物物种（如儒艮和巨型绿龟）的栖息地。

大堡礁也是世界上最大的珊瑚礁区，它由数千个相互隔开的礁体组成。许多礁体在低潮时显露或稍被淹没，有的形成沙洲，有的环绕岛屿或镶附大陆岸边。是数百万年来由珊瑚虫的钙质硬壳与碎片堆积，并经珊瑚藻和群虫等生物遗体胶结而成。至少有350种色彩缤纷、形态多样的珊瑚，生长在浅水大陆棚的温暖海水中。

去过大堡礁的人，有没有想过呢，这么丰富美丽的珊瑚生长的地方，原来形成在海面以上，那时的这里会是什么样呢？生态游中提出的这种疑问，正是不同于一般旅游之处。行走中认知，就是其特色。

我查过资料，知道自早中新世以来，陆地下沉，间有数次回升。在海底礁坡上有多级阶地，相当于更新世冰川引起的海面变动的停顿期。礁区海底地形复杂，有穿过礁区与现代河口相连的许多谷地，这是古代陆上侵蚀产物。礁区海水温度季节变化小，表面水温21℃～38℃（70℉～100℉），向深处去温度变化不大。海水清澈，可清楚看到30米深处的海底地形。礁区海洋生物丰富，有色彩斑斓、形状奇特的小鱼；还有宽1.2米、重90千克的巨蛤和以珊瑚虫为食的海星。不过，这里植物贫乏。

就在我们还在"绿岛"上细细地看着今天已由碎珊瑚铺就的岛上岸边，抢拍惊涛拍岸时，得到消息，我们的船继续向大岛前进。

我们欢呼雀跃地上了船。从地球另一边来到这里，我们当然希望能多看就多看呀。

在船上，我没有拿出相机，不是因为大海我拍得太多不想再拍了，是因为浪其实还是很大的。坐在甲板上的我们，睁着眼睛看浪，眼睛湿了，坐在甲板上听浪，耳朵进水了，坐在椅子上感受浪，屁股湿了。摇晃中的我们，手要是不紧紧抓住什么，那就不知要被摇到大海里的哪朵浪花里去了。

即使这样，我也没有回到船舱里，我太想把大自然中的一切用双眼去捕捉了，用大脑去记录，再让心把它们存盘。

大堡礁形成的历史

大堡礁形成于中新世时期，距今已有2500万年的历史。它的面积还在不断扩大。它是上次冰河时期后，海面上升到现在位置之后1万年来形成的。

大堡礁堪称地球上最美的"装饰品"，像一颗闪着天蓝、靛蓝、蔚蓝和纯白色光芒的明珠，即使在月球上远望也清晰可见。但颇令人费解的是，当初首次目睹大堡礁的欧洲人未以丰富的词汇来描述它的美丽。网上的解释是：这些欧洲人大部分是海员，可能他们脑子里想的是其他事情而忽略了大自然的美景。

人类是什么时候发现大堡礁的呢？

1606年，西班牙人托雷斯在昆士兰北端受到暴风雨袭击，驶过托雷斯海峡（此海峡以他的姓氏命名）到过这里。1770年，英国船"努力"号在礁石和大陆之间搁浅，撞了个大洞，船长库克曾滞留于此。1789年布莱船长率领"邦提"号上忠于他的船员驶过激流翻滚的礁石来到了平静的水面。

"努力"号船上的植物学家班克斯看到大堡礁时惊讶不已。船修好后，他写道："我们刚刚经过的这片礁石在欧洲和世界其他地方都是从未见过的，但在这儿见到了。这是一堵珊瑚墙，矗立在这深不可测的海洋里。"班克斯看到的大堡礁的"珊瑚墙"，是地球上最大的活珊瑚体。这在世界上是独一无二的。

有专家在网上说：令人不可思议的是，营造如此庞大"工程"的"建筑师"，是直径只有几毫米的腔肠动物珊瑚虫。

岸上的珊瑚

珊瑚虫体态玲珑，色泽美丽，只能生活在全年水温保持在22℃～28℃的水域，且水质必须洁净、透明度高。澳大利亚东北海岸外大陆架海域正具备珊瑚虫繁衍生殖的理想条件。

珊瑚虫以浮游生物为食，群体生活，能分泌出石灰质骨骼。老一代珊瑚虫死后留下遗骸，新一代继续发育繁衍，像树木抽枝发芽一样，向高处和两旁发展。如此年复一年，日积月累，珊瑚虫分泌的石灰质骨骼，连同藻类、贝壳等海洋生物残骸胶结在一起，堆积成一个个珊瑚礁体。珊瑚礁的建造过程十分缓慢，在最好的条件下，礁体每年不过增厚3～4厘米。有的礁岩厚度已达数百米，说明这些“建筑师”在此已经历了漫长的岁月。同时也说明，澳大利亚东北海岸地区在地质史上曾经历过沉陷过程，使追求阳光和食物的珊瑚不断向上增长。在大堡礁，有350多种珊瑚，无论形状、大小、颜色都极不相同，有些非常微小，有的可宽达2米。珊瑚千姿百态，有扇形、半

近距离观察大堡礁的人工平台

球形、鞭形、鹿角形、树木和花朵状的。珊瑚栖息的水域颜色从白、青到蓝靛，绚丽多彩。珊瑚也有淡粉红、深玫瑰红、鲜黄、蓝色、绿色，异常鲜艳。

澳大利亚人做的旅游是有特色的。今天我们要看的鱼和珊瑚都在海里，于是根据自己的爱好和经济条件，每位游客可选择海上平台提供的潜水船、玻璃船、水下漫步，水下摄影等，让自己与想看到的海下奇观拉近距离。

我选择了潜水艇、玻璃船。上之前，我就开始想象着在这样的船上如何欣赏海底世界。

不过在游泳时，只是戴了潜水镜，我就已经能把海底的美丽清晰地一一看起来了。

实在是太美了，我请岸上的朋友帮我花25块钱买了一个水下能拍照的一次性相机。

按顺序说的话是这样的，在这个大平台上，我先坐上了潜水艇。介绍说这是南半球独有的深海迷你潜水艇，它将带着你

白鳍鲨

眼斑海葵鱼（小丑鱼）

绿海龟

绿海龟介绍

前往神秘的海底世界，体验海岛珊瑚别样的风采。

　　不过，当大家知道我们的潜水艇结束了水上观赏时，每个人感受差不多都是失望。我也只拍到了几张照片。不知是因为隔着玻璃的缘故，还是因为我们没有走到真正美丽的地方。不过要下船时，我发现，潜水艇里挂的海底世界的照片上有介绍，而且也有中文的。于是我一张不落地把它们拍了下来。船上的照片介绍中除了有对鱼的介绍以外，还有对珊瑚和海龟的介绍。

　　这又要说是绿家园生态游的特色了，我们要随时发现，在发现中认识大自然，了解我们人类的朋友。

　　前面我们说，大堡礁由400多种绚丽多彩的珊瑚组成，造型千姿百态。堡礁大部分没入水中，低潮时略露礁顶。从上空俯瞰，礁岛宛如一颗颗碧绿的翡翠，熠熠生辉，而若隐若现的礁顶如艳丽花朵，在碧波万顷的大海上怒放。

大堡礁今天还生活着多种多样的活珊瑚，它们的分泌物和其他的一些物质构成了今天的珊瑚礁。这样的感觉我可能还要再重复地说一遍：营造如此庞大"工程"的是直径只有几毫米的腔肠动物——珊瑚虫。因为在我对自然界的了解中，这简直是太神了。

珊瑚虫最早出现在约4.7亿年前的古生代奥陶纪中期。珊瑚虫只能生活在全年水温保持在22℃～28℃的水域里，水质必须洁净。而且，珊瑚礁只能在有阳光的地方生长，即海水清澈且深度不超过40米处。

这样的生存条件不能不说是苛刻的，但人家澳大利亚的海上，就是有这样的条件。真让人羡慕！

澳大利亚东北海岸外大陆架海域具备珊瑚虫繁衍生息的条件。珊瑚虫以浮游生物为食，集体生活。珊瑚虫常常分泌出一种石灰质物质，这种物质与珊瑚虫石灰质的骨骼及单细胞藻类的残骸混合、堆积，形成礁区。它们有的在水面以下，有的露出水面，露出水面的珊瑚群就是海岛。

第一代珊瑚虫死后留下遗骸，新一代继续发育繁衍，向高处和两旁发展。如此日积月累，珊瑚虫的石灰质骨骼连同藻类、贝壳等海洋生物残骸胶结在一起，逐渐堆积成巨大的珊瑚礁体。

我戴着潜水镜头，把头埋在水里时，就能看到和拍到在大堡礁群中色彩斑斓的珊瑚礁。有红色的、粉色的、绿色的、紫色的、黄色的。它们的形状更是千姿百态，有的似开屏的孔雀，有的像雪中红梅，有的浑圆似蘑菇，正是它们形成了一幅幅奇特壮观的天然艺术图画。

第一次拿着水下照相机的我，不管三七二十一，看到鱼从我眼前过，拍；迎面过来了珊瑚，拍；鱼在珊瑚中转悠，拍，拍，拍。直拍到相机的快门按不动了，不知是被我按坏了，还是没了胶卷，我才恋恋不舍地离开了水面。

照片洗出来了，我急急忙忙打开装相片的口袋看。水下的珊瑚和鱼我倒是都拍到了，只可惜偏灰，色彩饱和度不够。对一"架"一次性相机，对于第一次在海下拍照片的人来说，能拍出来我已经觉得不错了，再追求完美的人，想用一次性的相机拍得跟电视中、纪录片里拍到的海底珊瑚那样，是不太可能的吧。我这样安慰自己。

海洋生物学家说：在游客眼中，珊瑚礁美丽和安详，其实里边经常发生争夺食物和空间的搏斗。珊瑚分为软珊瑚和硬珊瑚（能建造珊瑚礁）两大类，形态各异，大小不同。有的珊瑚像鹿角，有的像鞭子，有的像扇子，有的很结实，可以经得住浪涛冲击，有的则只能生活在最平静的水域。有些比其邻居生长得快，以便遮掩邻居抢夺阳光。有些会用含毒的触须，或向水里施放致命化学物质，清除其领域内的对手。

鱼翔海底

专家们还告

透过船底玻璃看到的珊瑚

诉我们：白天在珊瑚礁阴影下的水中一片沉寂，但夜晚各种动物都纷纷出来活动。珊瑚虫在夜间觅食，伸出彩色缤纷的触须捕食浮游微生物。无数珊瑚虫的触须一齐伸展，宛如鲜花怒放。

白天为什么不能伸出触须，因为那会遮住虫黄藻需要的阳光。真深奥，这就是我们人类赖以生存的大自然，我们对它的智慧知晓多少呢？

珊瑚还有一绝色，如果不是到那里，我也不知道。

就是在春季某些宁静的夜晚，沿着大堡礁，不知受何种化学物质或光线的诱发，所有珊瑚虫会一齐放出一片片橙、红、蓝、绿色的卵子和精子，漂浮到水面，使海水呈现鲜艳的颜色。然后卵子和精子混杂在一起，产生出幼珊瑚虫，随潮汐四散游开，寻找合适的空地建造新的珊瑚礁。软、硬珊瑚都有多种，软珊瑚的组织中含石灰质晶体但不形成外壳，硬珊瑚则形成外壳。

　　珊瑚礁不断生长，新珊瑚礁露出水面，很快就盖上一层白沙，上面长起植物。这些最先在珊瑚礁上生长的植物，繁殖速度也十分惊人。它们结出的耐盐果实可以在水上漂浮数月，漂到适合的地方，发芽生根，为其他植物的生长铺平道路。

　　还有，有谁知道鸟类也为珊瑚礁上植物的生长做出着重要的贡献呢？

　　鸟们把植物的种子散布在礁上，其粪便则使礁石上的土壤肥沃。海鸥喜欢吃龙葵属的浆果，把其种子散布在岛上；黑燕鸥常在腺果藤树上筑巢，其黏性种子往往附在黑燕鸥的翅膀上传播。

　　还有一点我想我们已经都知道了，那就是大自然中的食物链。大堡礁的珊瑚旁也还生活着靠吃珊瑚活着的动物。例如，能吃珊瑚的鹦嘴鱼和刺冠海星。刺冠海星往往把腹腔吐出来贴在珊瑚礁上把它消化掉。刺冠海星的数量会周期性地剧增，可以把整片珊瑚礁吃得一干二净。海洋风暴和旋风也不断破坏和侵蚀珊瑚礁。

　　上面这些一定要交代，都是我从网上抄的，希望喜欢大海，对大自然怀有好奇心的人也能多知道一点，再多知道一点有关珊瑚礁的知识。

珊瑚礁危机

　　我知道这些年澳大利亚受全球变暖的影响也不轻，所以，这方面的问题，也是我这次去见人就想问的事。

　　我看到过这样震惊的新闻，是海洋学家查利·沃隆公布的一份报告。报告中指出：全球气候变暖将在短短20年时间内让大堡礁这一世界遗产荡然无存。

沃隆曾经是澳大利亚海洋学研究所的首席科学家。他表示："我们已经无能为力，大堡礁将在20年左右时间内消失殆尽。"

沃隆并不是唯一一位做出这种可怕预测的海洋学家。他的预测也并不是其中最为极端的一个。在世界野生动植物专家会议上，大卫·艾登堡爵士就曾警告说：如果不能大幅降低二氧化碳浓度，全世界所有热带珊瑚礁将在不久的将来遭受"毁灭"命运。

珊瑚礁是海洋中最为丰富的生态系统之一，为超过100万种物种提供安居之所。其丰富的生物居民是数百万人的食物来源，同时也支撑着规模巨大的旅游业，为数以千计的人提供就业岗位。

可能，宝贵的珊瑚礁是由珊瑚虫这种微型生物造就的，它们尤为容易受到人类破坏环境行为的影响——二氧化碳排放造成的升温同时让珊瑚惨遭漂白，不得不与美丽的外表说再见。

喜欢大自然的人，领略过珊瑚风采的人，我们想过珊瑚这可怕的前景吗？

怎么办？世界野生动植物专家，艾登堡爵士表示：珊瑚礁就像是笼中的金丝雀。它们是在提醒人们必须关注海洋世界的命运。珊瑚礁最容易遭受破坏，所受影响显现出来的速度也可能是最快的。自20世纪80年代以来，全世界已有高达20%的珊瑚在人们的视线中消失。专家表示，二氧化碳浓度已经从工业革命前的280ppm（1ppm等于百万分之一）提高到当前的

387ppm。科学家指出，只有将二氧化碳浓度降至350ppm以下，才能确保珊瑚礁长期存在。

本来，大堡礁是世界上最有活力和最完整的生态系统，但其生态也最脆弱，如果在某方面受到威胁，对整个系统而言将是一种灾难。大堡礁虽然禁得住大风大浪的袭击，但是当21世纪来临，最大的危险则是来自现代的人类。

还有一个现象也是我在这里不能不说一说的，澳大利亚的土著在这片海域渔猎已数个世纪，并没有对大堡礁造成破坏。但20世纪后，由于开采鸟粪、大量捕鱼捕鲸及进行大规模的海参贸易和捕捞珠母等，已经使大堡礁伤痕累累。

现代人，真的比古人智慧、先进吗？

现在澳大利亚已把这一地区辟为国家公园，制止了此类活动，并对旅游活动进行了控制。

在大堡礁的一天里，我们学到了很多知识，也享受着那儿的风光无限。在海上平台时，天公作美，没有下雨。当我们告别大堡礁，又坐在船上时，风雨再次在大海上交加。在我们面前出现的是一幅幅的雨帘，一排排海浪。大浪还时不时地造访我们所在的船上。

这些浪花是急着要告诉我们什么吗？

我猜测着，也问着自己：这样的海景、这样的海底世界、这样的珊瑚和五颜六色的鱼们，真的会因气候变化而永远地离我们而去吗？

世界上最古老的雨林区

凯恩斯，在去澳大利亚旅游的项目中是不可不去的地方。那里的雨林至少有上亿年的历史，是地球上最古老的雨林区，不只孕育着许多濒临绝种的动植物，它本身就是一部地球的生态进化史诗。

我们这些热爱大自然的人，在生态游中，好好地领略雨林的奇特，雨林的神采，自然是重头戏。更何况，我们自己的国家，现在还有多少雨林？或者说还有完整的、原生态的雨林吗？

热带雨林的奇珍草木

凯恩斯地处澳大利亚最北端，属于热带地区，终年高温，雨量充沛，是典型的热带雨林生长的环境。这里有目前地球上最古老的热带雨林动植物生态保护区，仍然存活着许多在其他大陆已经绝种的珍奇的动植物。

对一般人来说，很难理解大自然是如何进化的，但那片雨林里的奇花异草，却让我们同行的每一个人的相机镜头一会儿对天，一会儿对地，一会儿又对着水中，真是拍也拍不够。

给我们开车的女司机虽然和我们难以用语言沟通，但是她用肢体语言把我们和雨林，和这位半个土著的雨林人的距离拉

两用车带我们走进了雨林　　　　　　　　爬满了青藤的老树

近了。特别是她拿着那个像是棍子似的木条问我们："你们知道我们管它叫什么吗？"我们猜了半天，猜不着。等她告诉我们叫什么后，我们才知道如果不是她说，我们是永远也猜不出来的。我们缺乏这样的想象力。

这位女司机在雨林中指着一种树说，这种树的树干是有剧毒的，千万不能碰，有人为此丧过命；然后又随手从地上捡起几块石子，蘸上水后，很快就磨成了不同色彩的颜料，她告诉我们，这就是土著用来绘画和文身的；就在我们细细看时，她又顺手摘下林中树上的几片叶子，在掌心搓出泡沫，刚刚画出图案的颜色一下子就被洗掉了。

来之前，我在网上看到有人这样评价：在土著世界里，一切自然物各有其性，各尽其用。在这种无所不包的"物性论"中，我们能够发现人类原始时代与自然万物相通的灵性。对现代人来说，走进这样的雨林，无疑是一次"回家"之旅。

花与花棒　　　　　　　　名字在这里已经不重要了

凯恩斯是昆士兰的海港城市，它三面环山，一面靠海。城市人口约15万，规模相当于中国的一个乡镇，这里最高的楼房也不过七八层。由于是一座旅游城市，每年的观光游客能达400万之多。1923年，当时昆士兰州的总督——威廉·凯恩斯（William Cairns）以自己的名字命名了此地，凯恩斯的名字由此而得。

据说50万～100万年前，80%的澳大利亚土地上都遍布了雨林，目前大约只剩下不到0.25%了，其中有一半又都集中在昆士兰热带雨林地区。1988年，这里被列入自然类的世界遗产热带雨林区。

这里拥有绝佳的雨林生长环境，气候变化不明显，终年高温，年降雨量高达4000毫米，加上直接和大堡礁海岸衔接，水速湍急的河流峡谷瀑布，反而让这些热带动植物快速而密集地生长起来。不只是当地的蝴蝶和鸟类的种类和色彩多到令人惊艳，这里更成为蛙类、蛇类和蝙蝠的天堂。

金合欢树是澳大利亚人喜爱的树种，已成为这个国家的国

花像在跳舞　　　　　　　　老树生花

花，金合欢树的小花枝也出现在澳大利亚国徽和货币图案中。

　　被昆士兰省凯恩斯市选为市花的是黄金蒲桃。这种花的花色金黄，与小叶赤楠同为桃金娘科常绿乔木，它还有黄金熊猫、金猫熊、金蒲桃等称谓。它是澳大利亚特有的代表植物之一。原产澳大利亚东北部约克岬角海岸雨林内，在当地广泛种植为行道树或庭园树。

　　黄金蒲桃有原生植物的山野气息，不开花的时候，吸引不了人们的目光，除非是喜爱山野、观察自然的人。在黄金蒲桃主干上也不难发现红嫩新芽的抽长，并且全株有定期萌发新芽的特性，嫩红的枝端呈现一片娇俏。此外，其叶片搓揉后有番石榴气味，一如桃金娘科树叶都有特殊的香味，南洋蒲桃（水翁）叶子亦然，不妨采一片来嗅嗅看。

　　碧海银沙网上说：2007年和凯恩斯是友好城市的中国湛江中澳友谊花园引种数十棵金蒲桃，现在已经长成两米多高，株形挺拔，亮丽壮观，花簇生枝顶，花色呈金黄色，花序呈球状，丝丝放射的花蕊更显别致，整团花序远观有如满树金黄的绒球，近赏又有一点像黄澄澄的粉底刷，是花色特殊的珍奇花木。

我们没有看到这种植物，真是太可惜了。或许它就从我们眼皮子底下过去，我们不认识呀！这种奇特的花，一辈子能见到一次，应该说实属不容易。

植物摇篮，是人们对凯恩斯的又一称谓。年平均2400毫米，最多时达6000毫米的降雨量，让那里乔灌类、攀缘类、菌类、苔藓类植物竞相生长。在那里，我们沿着弯弯曲曲的木栈道，在参天大树的缝隙中穿行，不时看见林中惊飞的小鸟，还有翩翩起舞的蝴蝶。

在凯恩斯，不管是雨林中，还是路过的一个小镇街边的树，都让我们这些生活在中国城市里的人要大呼小唤地拍着。因为那些树真大呀！而且一棵树怎么那么复杂。说树复杂，因为上面长的内容实在是太多了。

再次进入原生态森林，些许太阳的光束照射在林中。在这里我们又看到了在巴西亚马孙流域生态学家徐凤翔教我们认的

绞杀中

套中

长的东西实在是多

树的"绞杀"、树上的"空中花园"，还有那悠着的、荡着的、缠着的树和根横陈于空中和地上。

雨林湿地中的雾气蒸腾，身在其中的我们，分不清是水，是雾，是山，是树，是人间，还是仙境。

近观拜

雨林里的土著

瀑布，导游说是送给我们的，原来行程上没有。冥冥中的天神，一定知道我们这一行人爱水，我们正在为中国江河的命运而疾呼。

标枪

我们为眼前呈现的一切而惊叹、而折服，并深深地体会着这份古老的美丽。也再次感慨澳大利亚人尊重土地，尊重土地的自由后所得到的是什么。

住在这样仙境般的林子里的是澳大利亚土著。他们的穿着，他们扔着的利器，吹着的长管、短笛，都来自于林中，也都还是他们今天生活中的组成部分。我们看到的，虽然已经旅游化了，但依然能感受到，这些内容在土著们生命中的位置。

澳大利亚土著是善猎的民族，他们勇敢机智，创造出的飞去来器——回力镖，既是狩猎工具，又是御敌武器。在旅游纪念品商店里随处可以见到大小各异，颜色各异的这种"飞去

澳大利亚大地

来器"。

　　回力镖投掷者只有动作得当，它飞出去后，在空中划一个弧形大圈，倘未击中目标，便会自动飞回投掷者跟前，投掷者可接着再投，因此，土著们称之为Boomerang，意即"会回来"。它运用的是物理学原理，其智慧令现代人叹为观止。

　　今日澳大利亚人既把它看作玩具，也当作运动器械，开展投掷比赛。这项运动也已风行欧美。不仅如此，它甚至深入澳大利亚社会的主流文化中。于是出现一种特殊的风俗：当客人离别时，主人买一个"飞去来器"作为临别赠品，礼物含有祝福的意思，即祝他飞去了，再飞回来。

　　研究澳大利亚土著文化的学者认为：当地的土著很有艺术天赋，在土著公园的山崖石壁、树皮沙土上，到处是土著们的绘画。艳红、赤褐、乌黑、纯白……热烈而直接地表达他们梦幻般的精神世界。他们没有文字，但口头相传的历史便是一部文学巨著。他们能歌善舞，天生好嗓子、好舞姿，粗犷而质朴。

澳大利亚土著体形健硕、皮肤棕色、黑发卷曲，深凹的眼睛衬着粗眉、宽下巴……

历史学家们从其外貌特征判断，土著应是来自南亚。大量的历史研究与考证，使史学界确认：土著在澳大利亚大陆已经生活了5万～6万年。他们从南亚来到澳大利亚，世代繁衍生息。大约在两万年以后，随着冰川融化，海水上升，这批土著被隔绝于澳大利亚大陆上。他们以狩猎捕鱼为生，尽管没有文字，却有自己的语言，至今仍然通用的语言达50种之多。

世界上最大的一块石头

——阿尔斯岩

澳大利亚的写意生活

有人说上天赐给了澳大利亚一块美丽富饶的土地；有人说，热爱大自然才使澳大利亚人得天独厚；还有人套用一句话说："那种日子，真是人应该过的！"

不管怎么说，我们在澳大利亚期间，那里海边沙滩上，有人坐着、躺着、喝着啤酒，品着可乐；也有人结伴打排球，踢足球；还有人戴一副墨镜，在阳光下看书、休憩、闭目养神。

澳大利亚的海边

沙滩上花花绿绿的太阳伞，为白沙滩增添了大海边的浪漫、活力与情趣。

我们的导游向我们转述了他刚到澳大利亚留学时他的邻居向他介绍的澳大利亚人向往的"3b"生活，即beach（海滩）、boat（游艇）、barbecue（烧烤）。他们认为财富的象征，不是汽车，而是私人游艇和带码头的海滨别墅。

在澳大利亚，不管男女老少都喜欢健身运动，而且形式多样，且蔚然成风。有的车后面拖上坐气球的人；有的开着车子，车架上绑着他们爱玩的冲浪板；还有许多水上飞机，而拖卡车则是一家人的"流动旅馆"。

澳大利亚经历了从"骑在羊背上的国家"到"坐在矿车上的国家"的粗放型的经济原始积累过程。近几十年来，澳大利亚顺应国际发展趋势，进行了一系列有效的经济结构调整，努力从以初级产品为主导向技术产业经济转化，提高经济发展质量和效益，取得了相当成功的经验。

有人夸赞：澳大利亚无论是政府、企业，还是每一个公民，都非常注重环境与人的协调发展，都具有良好的环保和动物保护意识。政府在制定政策措施时充分考虑环境因素，使各项经济发展政策与环境保护战略有机结合，从而使整个澳大利亚保持了良好的生态环境，成为人与自然和谐相处的范例。

在澳大利亚，植物、动物与人的和谐得到了充分体现。从政府法规规定，到人们自觉地爱护动物，使所有澳大利亚的动物能与人零距离接触。不过，澳大利亚现在每年都要开发打猎，除有外来物种对环境的影响以外，保护动物以至让其过多繁殖，也不能不算是一个问题吧。我想。

我非常欣赏这样一种说法，或说是我们身边缺少的正是这样的理念：愿意把土地不折不扣地交还给自然。只因他们清楚地明白，除了人类，这块大陆上还有更多的生物需要栖息和繁衍。

　　正因为此，澳大利亚人在自己的国家，乃至整个地球上动植物种类日渐稀少的今天，还能在他们的家园见到树上大睡其觉的考拉、在码头争食的鹈鹕、与游人亲密交往的袋鼠……

最值得去的阿尔斯岩

　　2012年4月18日，我们要去看世界上最大的那块石头。还在飞机上，就已经顾不得机窗玻璃有多脏，拍摄了那片大地上的奇特与刺激。

从飞机的窗户俯望澳大利亚山川

　　阿尔斯岩（Ayers Rock）是红色的大石头。不过通常人们说的澳大利亚的红色中心（Red Centre），指的是位于澳大利亚中部的内陆地区（Outback），而不仅仅是大石头。从飞向那里，对着机窗拍出去后，我就体味着什

"画布"

么是红色中心。

美国《国家地理》杂志将阿尔斯岩列入地球上"51个一生中必须看一次"的著名旅游地，与南极、巴西的亚马孙森林、非洲的撒哈拉沙漠、坦桑尼亚的塞伦盖蒂平原、加拿大的洛基山脉等同列"最后的处女地"组。

当然，红色中心最著名的景点是这块大红岩，"红色"这个称呼的由来，是这片无垠的沙漠在太阳的照耀下，会呈现出一派壮丽奇幻的瑰红。

这个面积达14.5万平方千米的辛普森沙漠（Simpson Desert）还被评为地球上十大最美沙漠之一。"表象很浪漫，实质很物质。"这样的评价也被传诵着。

其实，这"红"的最重要的由来，是因为沙漠中含有大量铁矿物质，这些铁矿物质经过长期风化，在沙砾表皮形成了氧化铁，就呈现了氧化铁红，也叫铁红、铁丹。

在中国人的旅游中，相对澳大利亚另外两个著名景点：大堡礁、大洋路，阿尔斯岩的知名度并不高，去那儿的人也不多。

有人这样分析其原因：去一趟不容易。去阿尔斯岩的航线被澳大利亚航空公司独家经营，机票价格比较高。当地的住宿餐饮被远航度假村集团包揽，可谓一家独营，价格自然也不便宜。

从飞机上拍到的大石头

　　虽然阿尔斯岩在我们国内的认知度不高，但在国外就不太一样，尤其对那些有一定旅游经验的外国人来说，阿尔斯岩有着巨大的吸引力。导游告诉我们：如果问欧美旅行者，澳大利亚最值得反复去的地方是哪里？回答一定是阿尔斯岩。

　　阿尔斯岩，位于乌鲁鲁-卡塔丘塔国家公园内，其行政区域属北方领地，其土地属于土著。

　　红色中心是澳大利亚土著的世居之地，大部分土地属于土著。没有许可证，非土著不得进入土著的地盘。至于国家公园、公路、一些游客必须出没的地方，那是澳大利亚联邦政府向土著租借的，不用许可证。我们在那里时，非常想见见表演的土著，可是被告知他们的生活不能打扰。

走向大石头的路上

　　我在中国少数民族地区的采访是从20世纪80年代开始的，少数民族地区从文化传统到生态环境受到的影响不是从我们这代人才有的，特别是西部大开发以后，开发甚至到了当地人认为是神山圣湖的地方。去那儿的摄影记者及现在越来越多的游人，拿着相机对着人家就

细看大石头的纹路

大石头的延伸处　　　　　　　红土地上的我们

照，不管人家在干什么，从来都没想过是不是要征得人家的同意，这当中也包括我自己。相比之下，当地对土著的尊重和爱护，真是令我汗颜。

在阿尔斯岩，红色中心的面积相当之大。因此，我们这种普通游客不可能到访所有景点，只能前往乌鲁鲁-卡塔丘塔国家公园这样中心的中心。

"乌鲁鲁"是土著们对大红岩的尊称，意为避难及和平的地方，也有说是土地之母的意思。1873年，白人探险家发现了这里。这块高348米、长3.6千米、面积约9平方千米的单体岩石，是目前地球上被发现的最大的一块石头。

有专家认为它生存于6亿年前，也有人猜测它是一块太空飞落到地球的陨石。这些表述都很抽象，关键是这块红色石头长在一片红色的沙漠上，其在各种气候及阳光的照耀下所呈现的视觉形象令人震撼，堪称沙漠绝景。

有游戏的地方，就有土著的表演

我们去之前就听说，不同光线下，大石头变幻着不同的颜色。爱好摄影的人把记录大石头的不同色彩，当成此行的重中之重。

北回归线以南才能看见的南十字座

2012年4月18日，我们真正走近阿尔斯岩是傍晚，为的是拍摄那里的夕阳。不知是我的拍摄技术不好，还是那天的天儿不够好，反正我是没有拍到我想象中那么火红火红的大石头。

另一个诱惑着我们的活动是这天晚上的烛光晚餐。据说阿尔斯岩的烛光晚餐是世界上十大晚餐之一。有红酒，有周到的服务，可一开始我们怎么也不能相信这就是世界十大晚餐之一。

晚餐吃了一会儿，好戏终于来了——看星空。天文学家（也许就是专业导游）拿着高倍望远镜带着我们寻找南十字星座。我们绿家园的铁杆志愿者李星燕的父亲就是一位天文学家，天上有一颗星星是她父亲找到的，因此这颗星星以她父亲的名字命名。

又红了一点

太阳下山后的红色中心

从小耳濡目染的李星燕从天空中找星星也有一套。所以，绿家园生态游从去阿根廷的南极之门乌苏怀亚，到在肯尼亚看野生动物，星燕都带着我们找到过在我们北半球几乎看不到的南十字座。

所以，在澳大利亚的阿尔斯岩，对我们来说已经是第三次见到了只有在北回归线以南地区才能有幸一见的南十字座。

因为天太黑了我们当然拍不下它。我在百度百科上找到了有关南十字座的介绍，让我们一起来看看科学家是怎么说这颗星星的。

南天星座之一，是全天88个星座中最小的星座，位于半人马座（Centaurus）与苍蝇座（Mosca）之间的银河。星座中主要的亮星组成一个"十"字形，从这个"十"字形的一竖向下方一直画下去，直到约4倍于这一竖的长度的一点就是南天极。在北回归线以南的地方皆可看到整个星座。南十字座所在的银河部分是银河最亮的段落。中心位置：赤经12时20分，赤纬-60

度。南十字座虽小，但亮星很多。α星是南天著名的亮星，又是双星，β星为二等星，此外还有亮于四等的星7颗。北半球大部分看不到此星座，中国只有南方几个省份才能看到它。能观测全星座的纬度范围是北纬25度到南纬90度。

14世纪航海家郑和七下西洋时，曾用这个星座来导航。在古希腊托勒密时代，地中海地区也是可以看到它的，被看作是半人马座的脚。由于岁差，到了现代，这一部分星空已经移向南方，在北半球大部分地区再也不能看到。

看了这些介绍文字也许会得出这样的感觉：要想从星空中认出这颗星不容易呀。

确实是。在阿尔斯岩带着我们看星空的专家还说了一个不容易。他说，住在北半球的人很幸运，找到北斗星就能确定方向。而在南半球，即使你找到了南十字座，要想找到南极星还要找到另外两颗星的交点，再在延长线上才能找到。

这样的烛光晚餐确实让我们感叹不已。所以，直到喝酒的人都散了一会儿了，我们这帮热爱大自然的绿家园志愿者才带着满脑子的星空图离开大石头。

记得1997年绿家园志愿者去内蒙古恩格贝沙漠种树时，满天的星斗让孩子们高兴得跳呀叫呀，有一个很大的声音我至今记得："天文馆，天文馆。"在北京从来没有见到过真正天空中繁星闪烁的孩子，把真正的星空当成了天文馆，这能怪孩子吗？

如今的大城市太亮了，其实，在北京的郊区现在也是能看到繁星闪烁的。真的很有意思，特别是对在城里长大的孩子来说，那可是一种太空遨游。

对我们上了点年纪的人来说呢，也是一种对儿时的回忆。那时的北京城里，吃完晚饭对着天空数星星的事，哪个小孩没干过呢？

一块大石头的千姿百态

2012年4月19日，我们4点多就起床出发了，为的是要去看澳大利亚阿尔斯岩，世界最大那块石头在日出过程中的变化。

这个过程差不多在一个小时之内。从黑天到天蒙蒙亮，拍出的照片还是模糊的，到大石头红了，地亮了，草黄了。大石头颜色的变化有一个渐变的过程，让人品味，让人陶醉。

前几天在澳大利亚，无论走到哪儿都能见到不少同胞。今天在世界最大的石头边，却只有我们这一群热爱大自然的绿家园志愿者。

澳大利亚是世界最古老岩石的发源地之一。澳大利亚大陆有着世界上最漫长和最复杂的地质演化史，其基本构造格架形成于中新生代。澳大利亚大陆主体由厚的岩石圈组成，岩石圈最厚达150千米。大陆壳主体由太古代、元古代和若干显生代花岗岩和片麻岩组成。薄的、主要为显生代的沉积岩盖层覆盖在

亮度好了点，照片不虚了

石头、草都亮了

大石头的纹路

其上。大地构造背景上，澳大利亚大陆曾是冈瓦纳古大陆的一部分。冈瓦纳古大陆在二叠纪（晚期）开始破裂解体，澳大利亚作为一个独立的大陆开始形成。

地质上，澳大利亚大陆可被分出如下一些大地构造单元：①太古代克拉通地盾；②元古代褶皱带和沉积盆地；③显生代沉积盆地与显生代变质岩和火成岩。

专家们讲的地质状况，对我们普通人来说也许太专业了，还是看照片轻松。可是现实中，照片看多了，又忍不住想去了解眼前看到的和自己以往知道的有什么不同。这样的探寻，也让我们人类对自然的了解一点点加深。而这样加深中的了解，正是人与自然和谐相处的发展历程。

绿家园从创办就给自己定位为：走进自然，认识自然，和自然交朋友。在这一宗旨的感召下，聚集在我们周围的朋友越来越多，我们走进自然王国的机会越来越多，范围也越来越大了。我们看到的神奇也在一点点地积累。

资源网作者何金祥在参与了对澳大利亚的地质调查工作后写文章说：澳大利亚的地质调查工作始于19世纪早中期。1823年政府官员詹姆斯·麦克布里安（James McBrien）在新南威尔士地质调查任务中于巴特斯特（Bathurst）以东的鱼河附近发现了黄金，由此拉开了地质调查序曲和寻找金矿的序幕。

岩画"披头士"

1841年，调查人员在新南威尔士州的格伦·奥斯蒙德（Glen Osmond）发现了铅矿。19世纪50年代，由于有更多金矿的发现，在澳大利亚东南部地区掀起了找金热潮（淘金热潮）。

澳大利亚不仅发育有世界最古老的岩石和地质体，而且也发育有世界最古老的生命体。不仅发育有世界最古老的板块拼合体系，而且也发育有现代的板块构造体系。

我们一行人在大石头里走着时，一片岩画突然闯进我们的视线。我对岩画的了解与兴趣开始于十几年前采访了中央民族大学两位教授。而他们研究中国的岩画，是因为他们偶然发现当时在世界岩画研究分布图上，中国几乎是空白。

古老的岩画

　　我记住的最悲痛的例子是，当时，两位老教授在内蒙古发现了一处画有太阳神的岩画。这个和西方文化近似的岩画，让两位老先生十分震惊。他们对着岩画连画带拍后，回到北京花了大量的时间对其进行研究。

　　让他们没有想到的是，研究到了一定阶段时，他们决定再去一次看看周边还会不会有其他发现。可是等他们几经周折地到了那片荒野中时发现，因为开矿，那块岩石被炸掉了。太阳神岩画已无影无踪。

　　而当我写这块世界上最大的石头上的岩画时，正好碰到一位中央民族大学的教师，我问她认识那两位研究中国岩画的老教授吗？得到的回答是，听说过。不过那两位教授退休了，也没有听说他们大学谁还在继续研究中国岩画。

　　澳大利亚岩画是土著创作的。（中国岩画也多在还没有开发的少数民族生活的地方，不过大开发正向那些地方挺进。）
他们的精神世界中宗教信仰和生与死的观念，都在岩画中得到
充分的展现。

　　澳大利亚岩画是大洋洲很多重要的岩画点集中地。在20世
纪70年代，人们已承认，这里是世界上最丰富、最庞大的岩画
艺术的画廊之一。

　　研究岩画的专家说：作为世界岩画的组成部分，澳大利亚
当之无愧地成为大洋洲很多重要的岩画点集中地。

　　从18世纪末起，考古学家已发现澳大利亚有世界上最重要
的旧石器时代的艺术遗址，同时也发现许多岩画遗迹。这些岩
画的逼真与形象是极具感染力的。可以说，澳大利亚的岩画，
让我们能一起看看古人的智慧与生活方式。

　　澳大利亚的岩画艺术，已经发现了成千上万处。从高原，
到半岛，还有洞窟深处，许多蜿蜒曲折的石壁刻纹，和直线V
字形凹痕，可能已存在两万多年了。在其他地区的遗址中，发
现的赭色岩画残片，上面有一些直线和"鸟形"图案，可能是

植物

男人、女人与袋鼠

5000至7000年前的随葬品。在北部约克角半岛，有一个被命名为"昆肯画廊"的洞窟，里面有数百幅描绘英雄和神灵的岩画；在中部地区艾尔斯山岩的浅洞里，绘有神话中的蜥蜴和一些半人半猿像的崖壁画。岩画中有以红、黄、黑、蓝各色描绘的传说中的英雄人物和象征虹霓的巨蛇、袋鼠等。土著的精神世界在岩画中得到充分的展现。

澳大利亚的岩画艺术是多种多样的，大部分是崖壁画，实际上覆盖了澳大利亚的整个地区。一般来说，自然主义的风格的岩画主要集中在北部；而抽象符号风格的岩画集中在从新南威尔士州海岸到西澳大利亚。在澳大利亚的南部和中南部，抽象化和图案化风格的岩画是非常出色的，上面凿刻着圆圈、螺旋、梳形、迷宫图像和极其概略化的人物形象。几何风格的作品，使人想起护身符上的装饰。

在世界岩画艺术中，最具有某种诱惑力、神秘性的，是那些由几何线条组成的各种符号图式。符号图式几乎遍布世界的每一个岩画点。

这些抽象符号有的是单独存在，也有的是为了配合具象的图形，是为了记录或阐明具象图形的意义。

岩画的符号和图案，在原始时代并不只是一种轻率、简单的线条刻画活动，符号图式中隐喻着深刻的内涵。在岩画上的那些抽象的图案符号，一方面是用于实际的记事，一方面隐喻着某种神秘的观念。

一家专门在探讨不明飞行物的网站"UFO区"声称，澳大利亚中部乌鲁鲁国家公园中那些古老的岩石绘画描绘的其实是外星人光临地球的故事，这是外星人造访地球的证据。

难道乌鲁鲁公园里的岩画果真是外星人的杰作？澳大利亚公园管理部门女发言人玛丽·斯坦顿表示，乌鲁鲁国家公园不会对这种荒诞的故事做出评论。

4月19日，离开大石头，我们的日程是去土著文化村，了解土著的文化与传说。

到了那儿我们才知道，我们只能看展览，而看不到一个土著。因为，土著的生活是受到保护的。我们也不能拍照，因为土著的作品是有版权的。

在澳大利亚常常听到一些中国人的抱怨：土著在这里什么都不用做，政府每周会按时给他们钱。

澳大利亚政府今天给土著的待遇，是对过去所做的补偿，也是他们的文明进化到了一定的程度后，就会有这样一些保护少数、珍稀文化与传统的具体措施。

我见到过这样一篇文章，作者说：

作为一个多民族的国家，土著文化的价值越来越被人们所认识，澳大利亚的土著文化的历史可以追溯到2万年前，土著们有丰富的口头传说，有与祭祀有关的原始舞蹈，但最为突出的还是绘画。绘画是土著记录历史、延续文化的一个重要的手段，土著绘画的内容以梦幻为永久的主题，主要描绘各种神话传说及土著的风俗习惯和生活情景，土著绘画的形式主要有石壁画、树皮画和沙石画，颜色多取于褐、白两色。

如果说土著生活中有哪些东西能够引起白人的赞赏和共鸣，那么，首先应该是土著艺术。澳大利亚土著虽处在较为原始的生活环境里，但他们的文化艺术却相当发达，令不少当代

山里的"消息"

民族文化"村"

艺术家叹为观止。今天，土著艺术已同现代艺术一起成为澳大利亚当代艺术的两大主流。有人用"梦想"两字来概括澳大利亚土著艺术的全部，颇为贴切。

土著透过艺术的梦想，跟他们的祖先交流心灵。在梦想的世界里，人们仿佛看到了关于天地创造、民族起源的神话。从梦想中看到了《伊索寓言》的童话和充满幽默、迷离、古怪的小插曲。对土著来说，梦是描述丰富而有内在联系的观念，它包括价值与精神。这实际上是一种信仰。土著把做梦看作创造万物之时，并对此加以口述，代代相

大山里丰富的文化遗产

传，从而保证土著文化和社会的连续性。

近十几年来，澳大利亚政府十分重视保护土著居民的艺术遗产，并在竭尽全力保护、发展它。最近一些年，在美国的纽约、法国的巴黎、德国的杜塞尔多夫、俄罗斯的莫斯科等城市先后举办过澳大利亚土著艺术展览，引起了轰动。它的特殊魅力在于，有一股直接来自祖先的艺术魅力。

取自大自然，又回归大自然，是土著艺术的又一特色。石块、木头、树皮、羽毛、动物骨头、泥土等，都是土著艺术创造的工具和载体。梦想和纯真是土著艺术的生命力所在。

针对土著文化遗产保护的不足，近年来澳大利亚开始为保护土著文化遗产立法。但是，研究者们仍然强调，土著文化遗产需要得到更大的保护，特别是与一些遗产地相关的知识和无形文化方面的保护。

从飞机上拍到的大石头

　　除此之外，专家们还分析了其他与土著文化知识产权相关的法律，他们的结论是：澳大利亚的档案法规、博物馆立法、贸易实践条款等，也可以为土著维权提供一定的帮助，但这种帮助也依然是有限的和微不足道的。

　　大石头让我们思考的还远不止这些。

　　飞机带着我们离开了阿尔斯岩飞向悉尼。古老与现代，自然与城市，这些对比，这些不同，正是我们绿家园生态游的行走中，要看、要想、要干的事。

蓝山中的回音谷

邦迪看浪

在海边看浪，本不是件新鲜事。不过在澳大利亚悉尼的邦迪海滩（Bondi Beach）看浪，那感觉真可用感慨万千来形容了。

城市的海边能有那么大的浪，一是让人刺激，二是让人感伤。因为在我们中国的海岸线上，现在能看到的尽是一眼望不到头的海产品养殖。这些养殖把大浪都压在了它们的"身"下。

所以，此次绿家园生态游，领队俞新兵特意安排我们住在悉尼邦迪海边的旅馆。以便早起，去亲近城市中的海浪，去享受城市中有浪的大海。

邦迪海滩的名字来自原住民的语言bondi，意思是海水拍岸

站在浪上

悉尼邦迪的浪

一浪追一浪

的声浪。也有说，它的原名意为"翻动潮水的噪声"。

邦迪海滩长达1千米，虽然只是个沙滩滨海小镇，却是澳大利亚最具历史的冲浪运动中心，也是澳大利亚传统冲浪救生训练基地。在夏季的周末，这里有各类冲浪活动。

澳大利亚冲浪救生组织（Surf Life Saving Australia）在2004年确定了不同的危险等级。在北部末端曾确定为第4级危险（10级为最危险），以及因为著名的离岸流，南边被定为第7级危险。

这次绿家园生态游一行一到澳大利亚就走进了原生态的海洋、礁岩和山峦。走进大城市后，听到介绍的内容也不一样了。已经在那里扎下来的一些华人说起澳大利亚来，说得比较多的，第一，是周薪制度。周三很多人的口袋里就没钱了，是有啥吃啥；周四发工资后，就是想吃啥吃啥了，不存钱是当地人的习惯。

第二，在澳大利亚是挣钱越多缴税越多，以这种方式维系社会分配的平等。

海边的雕塑

第三，在澳大利亚，人们追求的不是享受物质，而是享受健康。无论是早上还是晚上，是白天还是夜晚，大街上都能看到锻炼的人们。政府享受健康的红利，减少了医疗保险的投入，这实在是一个明智之举。

秋色

根据澳大利亚2006年的调查，总共有10373位市民居住在邦迪海滩。其中，有41%是澳大利亚人，6.2%是英国人，3.8%是新西兰人，1.9%是南

人家

非人，1.3%是爱尔兰人，1.1%是法国人。而居住在这里的人，有20.7%是无宗教信仰的，18.5%是天主教教徒，10%是圣公会教徒，8%是犹太教教徒，2%是希腊东正教教徒。

在这个统计里没有华人，有点遗憾。

世界上最美丽的地方

离开邦迪海滩，一路上的秋色与人家，真美！

沿着秋色装扮的路，我们要去的是蓝山。在红叶尽染的季节看蓝山，会是什么样的一种映衬，什么样的一种装点？带着这样的好奇，我们向蓝山走去。

蓝山坐落于澳大利亚新南威尔士州，它与悉尼市区接壤，在悉尼以西约100千米处。它的主体是由沙石高原组成，区域被760米深的峡谷分割，最高点高于海平面1190米，很大一部分蓝山被划入蓝山世界遗产区域，拥有七个国家公园与一个自然保护区。

蓝山的得名是因曾被英国伊丽莎白女王二世誉为"世界上最美丽的地方"。

蓝山是一道长长的山脉，覆盖面积差不多有1万平方千米。

蓝山的得名更源于满山的桉树（当地称尤加利树）。由于桉叶时时散发出浓郁

树的绿与天的蓝交相辉映

的芬芳，在阳光的折射下，这种芬芳的挥发性蒸气使蓝山笼罩在蓝色的氤氲中，不仅山坡上有一层隐隐的蓝色烟雾，就连天空中也蒸腾着蓝色的瑞霭，蓝山因此而获得了一个跟它的景色一样美丽的名字。

蓝山的最高峰维多利亚山高1111米，因为边远荒凉，至今仍是一座原生态的山林。从蓝山国家公园边上的瞭望塔远眺，只见黛蓝色的山岭层峦叠嶂，一直消失在天际。在这照片中同样能看到这种效果。

近观，悬崖绝壁融入郁郁葱葱的林海，或跌进竦峙的沟壑之中。对只知雨季和旱季的澳大利亚人来说，蓝山就显得格外四季分明了，悉尼人很喜欢到这里宜人的小旅店过周末。

现在，蓝山国家公园内居住着8万多居民，分布在7个大小村镇，人类与

石头的手足情三姐妹峰

生态游中

自然、原始与文明，在这里和谐共处，借用我们中国古人的话叫"返璞归真，世外桃源"。

蓝山最著名的风景要数回声角（Echo Point）的三姐妹峰。三姐妹峰是三个依在一起的黄褐色的崖头，造型也颇生动。因为山势险峻，只能远观。它是蓝山的象征，其命名来源于澳大利亚土著人的古老传说。

相传在很久以前，有三位美貌的姐妹一直在此生活，她们分别叫作靡爱倪、温拉和甘妮杜。不幸的是，这三姐妹竟同时爱上了山下另一部落的三兄弟。这有违异族宿怨与规矩，不被父辈首肯，后来因为他们的恋情而引爆了两族的战争。当时有一位巫婆为了帮助三姐妹逃过劫难，就把她们变成了山上的石崖。然而最后巫婆却被杀死，剩下守山谷的三姐妹峰，再也变不回人，也就免了世俗的无数烦恼，生生世世守望着蓝山山脉，成了现代商业社会一个珍贵的大自然的景观了。

我其实更想知道这里的回音谷是怎么回事，可是不光是我在那里时没有问出个所以然，回来在网上找了半天也没有解释那里为什么又称为回声谷。只能以自己拍到的照片来证明我对

细看绝壁　　　　　　传出声音的也会有树叶与树叶的亲密接触

| 下到谷地 | 喜悦 |

蓝山回声谷的理解了。

如果追述蓝山的历史可以看到，当欧洲人抵达澳大利亚时，蓝山已被当地土著贡东古拉人（Gundungurra）占据了数千年，这些土著现在由位于卡通巴（Katoomba）的贡东古拉部族议会土著公司所代表。按照土著传说，蓝山起源于梦境生物梅里根（Mirigan）与加伦加斯（Garangatch）的传奇战役，加伦加斯据传是一种半水生半爬行的生物，詹姆士峡谷（Jamison Valley）就是他们战斗时被打裂开来的。至今在蓝山上很多地方仍可以看见土著祖先留下的痕迹。

坐着这样的车下到蓝山谷地，也就走在了森林中。这里的煤由千百万年前的森林所演变。今天的森林，千百万年后还会是供人们使用的能源吗？如果不是，那时的山里人靠什么取暖、做饭？

澳大利亚人不喜欢快节奏的生活，他们更喜欢悠闲。2000

夜幕来临的悉尼

今天的2000年奥运会场地里

年他们举办的奥运会倡导的是环保为先。

悉尼奥林匹克公园大部分地方前身是工业废弃地，见证了百年来的工业与军事投机活动。那里曾经是造砖厂、屠宰场、军备仓库及悉尼其中八个垃圾场的所在地。现已转型为一个多用途场所，多项活动亦已迁移到这里。另外，长远计划拟议将悉尼奥林匹克公园塑造成一个1.5万名居民的活动根据地，而且每天可以容纳1.5万人次进出。

今天，悉尼奥林匹克公园又是重要的艺术与文化活动根据地，园内设有定期活动、公共艺术荟萃（澳大利亚最大的单一场地公共艺术荟萃）、军械库画廊，是南半球最大的单一场所永久艺术展览场地。

悉尼这样的大都市，人们生活在其中享受的是悠闲。这真是让我们开了眼界。为生活而忙碌，似乎是当今社会的潮流。可是今年我去的两个国家，一个是蒙古，工作一天休息一天，挣点钱够吃喝就行了；一个是澳大利亚，享受健康，不享受物质。他们这是落伍，还是未来的方向？

生态游更多的是行走，所以，我不敢对这样的生活妄加评论，只是冷眼旁观，并写下来，与朋友们分享这份眼福，这份情感。

明天，我们要去看悉尼歌剧院旁边的森林。歌剧院举世闻名，那里还有城市中的森林！一定要好好拍下来放在这里让各位也看一看。

悉尼歌剧院我们都太熟悉了，竖在船上的"白帆"在大海边张扬。不过，除了外形的独特以外，歌剧院是如何体现其音乐特性的？和"风帆"辉映的除了大海还有什么自然？要想知道这些问题的答案，不亲临其境恐怕并不是件容易的事。2012年4月21日，绿家园生态游走近了"风帆"，细细地看了这艺术的殿堂。

矫首遐观的恬静修女

悉尼歌剧院与设计者

矫首遐观的恬静修女

悉尼歌剧院的设计者约恩·乌松

悉尼歌剧院坐落在悉尼港湾，三面临水，环境开阔。它的外形像三个三角形翘首于河边，因而有"矫首遐观的恬静修女"之美称。

悉尼歌剧院整个建筑占地18400平方米，长183米，宽120米，高65米，相当于20层楼的高度。

其实，建造悉尼歌剧院的计划始于1940年。起因是悉尼音乐学院的院长吉森斯（Goossens）游说建造一个能够表演大型戏剧作品的场所。

当时进行戏剧表演的场所悉尼市政厅，对戏剧表演来说太小了。在1954年，吉森斯成功取得了新南威尔士州总理约瑟夫·卡希尔（Joseph Cahill）的支持。总理要求设计一个专门用于歌剧表演的剧院。还是吉森斯坚持将歌剧院建在便利朗角（Bennelong Point）上。

总理卡希尔于1955年9月13日发起了歌剧院的设计竞赛，共收到了来自32个国家的233件参赛作品。参赛作品的规定是必须有一个能容下3000人的大厅和一个能容下1200人的小厅，两个厅都要被设计成有不同的用途，包括歌剧、交响乐和合唱音乐会、大规模的会议、讲座、芭蕾舞演出和其他演讲。

1956年，丹麦37岁的年轻建筑设计师约恩·乌松（Jørn Utzon）看到了澳大利亚政府向海外征集悉尼歌剧院设计方案的广告。

虽然约恩·乌松对远在天边的悉尼根本一无所知，但是凭着从小生活在海滨渔村的生活积累所迸发的灵感，他完成了这一设计方案，按他后来的解释，他的设计理念既非风帆，也不是贝壳，而是切开的橘子瓣，但是他对前两个比喻也非常满意。

踩不出声儿的台阶

梁如琴键

约恩·乌松的方案很早就遭到了淘汰，因被大多数评委枪毙而出局。后来评选团专家之一，芬兰籍美国建筑师埃洛·沙里宁（Eero Saarinen）来悉尼后，提出要看所有的方案，它才被从废纸堆中重新翻出。埃洛·沙里宁看到这个方案后，立刻欣喜若狂，并力排众议，在评委间进行了积极有效的游说工作。

1957年1月29日，悉尼新南威尔士艺术馆大厅里，记者云集，评委会庄严宣布：约恩·乌松的方案击败所有232个竞争对手，获得第一名。设计方案一经公布，人们都为其独具匠心的构思和超凡脱俗的设计而折服了。

1957年冬天，丹麦设计师约恩·乌松被宣布赢得了竞赛，得到了5000英镑的奖金。乌松于1957年访问了悉尼，帮助监督该项目。1963年2月，他将他的工作室搬去了悉尼。

原本位于便利朗角的麦格理堡垒电车厂于1958年拆除，歌剧院的前期准备工作于1959年3月份开始。歌剧院的建造计

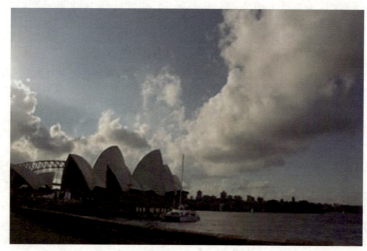

天空下的悉尼歌剧院

划一共有三个阶段。阶段一（1959—1963）包括建造矮墙；阶段二（1963—1967）建造外部的"壳"结构；阶段三（1967—1973）内部的设计和装潢。

悉尼歌剧院建在巨型花岗岩石基座上，各由4块巍峨的大壳顶组成。这些"贝壳"依次排列，前三个一个盖着一个，面向海湾拥抱，最后一个则背向海湾矗立，看上去很像是两组打开盖倒放着的蚌。

悉尼歌剧院从一上台阶开始就体现着它的音乐性。为什么呢？因为台阶所用的材料任你多少人踩在上面，都不会发出声响。此时无声胜有声呢。

那贝壳形尖屋顶，是由2194块每块重15.3吨的弯曲形混凝土预制件，用钢缆拉紧拼成的，外表覆盖着105万块白色或奶油色的瓷砖。这些经过处理的瓷砖，能经受风吹雨打和曝晒。出于节约的考虑，这些瓷砖只用在"脸面"上，其他的地方就直接裸露着。而支撑这一巨大建筑的梁，虽然从外表看不出来，但走近它后则会发现，它们是一排排的"钢琴键"。此外，整个音乐厅建材使用都为澳大利亚木材，忠实呈现澳大利亚自有的风格。

如果不是走近悉尼歌剧院，这一面是不是很难看到呢？

悉尼歌剧院的外观为三组巨大的壳片，耸立在现浇钢筋混凝土结构的基座上。这三组壳片可不仅仅是为了追求剥橘子的效果。而是要遵循总理卡希尔于1955年9月13日发起的歌剧院的设计竞赛剧场内的要求，大音乐厅、歌剧厅。人们从外观看到的那两对壳片组成的"贝壳"，里面是餐厅。

人们现在看到的"贝壳"般的屋顶，在最初的歌剧院设计竞赛中，这些壳并没有几何学上的定义。在设计过程的开始阶段，这些"壳"被定义为由一系列的混凝土构件组成的排骨支撑起来的抛物线。

然而，工程顾问公司的工程师们找不到一个建造这些"壳"的方法。使用原地浇筑的混凝土来建造的计划由于造价高昂而遭到了否决，因为屋顶的结构不同，这样就要求有不同的模具，最终导致造价高昂。

从1957年到1963年，在最后找到一个经济上可以接受的解决办法之前，设计队伍反复尝试了12种不同的建造"壳"的方法（包括抛物线结构，圆形肋骨和椭圆体）。1961年中期，设计队伍终于找到了一个解决办法：所有的"壳"都由球体创建而来。这个办法可以使用一个共同的模具浇筑出不同长度的圆拱，然后将若干有着相似长度的圆拱段放在一起形成一个球形的剖面。

悉尼歌剧院的歌剧厅较音乐厅小，拥有1547个座位，主要用于歌剧、芭蕾舞和舞蹈表演；内部陈设新颖、华丽、考究，为了避免在演出时墙壁反光，墙壁一律用暗光的夹板镶成。地板和天花板用本地出产的黄杨木和桦木制成；弹簧椅蒙上红色光滑的皮套。采用这样的装置，演出时可以有圆润的音响效果。

舞台面积440平方米，有转台和升降台。舞台配有两幅法国织造的毛料华丽幕布。一幅用红、黄、粉红3色构成的图案，犹如道道霞光普照大地，叫"日幕"；另一幅用深蓝色、绿色、棕色组成的图案，好像一弯新月隐挂云端，称"月幕"。

舞台灯光有200个回路，由计算机控制。还装有闭路电视，

天海间

使舞台监督对台上、台下情况一目了然。

　　这个音乐厅最特别之处，就是位于音乐厅正前方，由澳大利亚艺术家罗纳德·沙普（Ronald Sharp）所设计建造的大管风琴。这架号称是全世界最大的机械木连杆风琴由10500个风管组成。

　　还有两点也是我在走近悉尼歌剧院以后才知道的。一是，悉尼歌剧院建造原计划的花费只有2290万澳元，是最终预算1.02亿澳元的四分之一。为了筹措经费，除了募集基金外，澳大利亚政府还曾于1959年发行悉尼歌剧院彩券。

　　二是，澳大利亚政府在1965年发生了改变，新的罗伯特·阿斯金（Robert Askin，新南威尔士州州长，任期为1965年至1975年）政府宣布悉尼歌剧院建造计划将由公共工程部管辖。这最终导致约恩·乌松于1966年辞职。

　　约恩·乌松于1966年离开澳大利亚，从此再未踏上这片土地，连自己的经典之作都无法亲眼看见。他于2008年11月29日去世。

约恩·乌松的后来

年轻时，约恩·乌松曾自我放逐，过了一段自己的游历生活。在北非摩洛哥，当他看到当地的村落建筑时，感到十分吃惊。因为，那些朴素的建筑和周围的环境是那么和谐地结合在一起，完美而静谧。尤其是其中黏土材料的反复运用，深深地触动了乌松，并影响了他后来的设计。多年后，我们还能从他的高层建筑作品中看到摩洛哥村落建筑的影子。

在南美洲，玛雅人和阿兹特克人的古代建筑遗存，同样引起了乌松的浓厚兴趣，那些巨大的水平平面再次触动了他内心深处的建筑灵感，成为他未来建筑设计中的重要表现手段。

1959年，约恩·乌松重又踏上游历之旅。在十年时间里，他游历了很多地方，譬如中国、日本、墨西哥、美国、印度、澳大利亚等。在中国逗留期间，乌松在北京拜见了《营造法式》研究第一人、建筑大师梁思成先生。

亚洲之行回国后，乌松在赫尔辛格西郊的一片丘陵地带，设计了一组影响甚为深远的联排式院落住宅——金戈居住区。他经过进一步研究提出了"添加性建筑"（additveaarchitecture）的设计方法，给建筑学术界带来了极大的影响。

约恩·乌松设计的歌剧院只完成了外部施工就被中断，一支经验并不丰富的地方建筑队伍被招募完成了剩余的内部施工。这项原本为期4年的建筑计划最后竟然花了17年才完成。而工程的整个预算也从最初的2290万澳元飞升到1.02亿澳元。

然而，这件艰难出世的建筑物不久便成为全世界公认的艺术杰作，其"形若洁白蚌壳，宛如出海风帆"的造型成为澳大

美丽的天空

利亚人的骄傲。

2003年，约恩·乌松因此被授予了建筑学里的诺贝尔奖——"普利兹克建筑奖"。

普利兹克建筑奖的评语是这样的：约恩·乌松是一位建筑师。他扎根于历史，触角遍及玛雅、中国、日本、伊斯兰的文化，以及其他很多的背景，包括他自己的斯堪的纳维亚人的遗传。他把那些古代的传统与自己和谐的修养相结合，形成了一种艺术化的建筑感觉，以及和场所状况相联系的有机建筑的自然本能。

他总是领先于他的时代，当之无愧地成为将过去的这个世纪和永恒不朽的建筑物塑造在一起的少数几个现代主义者之一。

然而，悉尼歌剧院从它诞生的那天起，就也经历着批评：它的内部构造与它壮观的外部景象并不匹配，不仅音效不好，歌剧院的后台空间也显得过于局促，乐队演奏席位狭小拥挤，观众座位之间的阶梯也太过陡峭。

当年约恩·乌松返回斯堪的纳维亚半岛，他根本没有期望再被叫回来。他告诉妻子，他并不期望他的设计作品会变成一座实实在在的建筑。但是到了1957年，乌松得到通知，他的设计图纸将变成现实生活中的一座建筑！

约恩·乌松的工作由澳大利亚建筑师群合力完成，包括彼得·霍尔（Peter Hall）、莱昂内尔·托德（Lionel Todd）与大卫·利特尔莫尔（David Littlemore）等三位，悉尼歌剧院最后在1973年10月20日正式开幕。

悉尼歌剧院另一项传奇是它的第一场演出。当然，正式的首演贵客盈门，开幕式更邀请了英国女王伊丽莎白二世亲临现场，但也有人认为悉尼歌剧院的第一场演出是1960年由保罗·罗伯逊（Paul Robeson）为工作者献唱的那次。这位黑人歌手当时爬上了还在兴建中的鹰架引吭高歌。巧的是，他的生日与丹麦建筑师约恩·乌松竟然是同一天。

一切都太巧了。但关于悉尼歌剧院的种种幕后故事还不止这些。由于兴建过程中的风风雨雨实在太离奇了，有克服不了的技术难关，有拂袖而去的建筑师，还有差点让政府破产的超高工程费，以及一只在首演彩排时跑来插花的临时演员——负子鼠（Posum），后来有人将这些写成了一出歌剧，即《世界第八奇景》。

我之所以用这么大的篇幅写有关悉尼歌剧院从外表看不到的故事，以及建筑师约恩·乌松的个人经历，是希望朋友们在看到外表的华丽时，也应该知道其内在的艰辛与不易。这是规律，是我们不能不面对的现实。

生命力

悉尼皇家植物园

与悉尼歌剧院隔海相望的是悉尼皇家植物园，面积0.3平方千米，于1816年在当时总督麦格理（Macquarie）主持下建立。后来，悉尼歌剧院和中心商务区成了它的近邻。

悉尼皇家植物园第一任主管是查尔斯·弗雷译（Charles Fraser），直到1847年才任命约翰·卡恩·比德威尔（John Carne Bidwill）为第一任园长。查尔斯·摩尔（Charles Moore）于1848年接任，并一直担任了48年园长。其间他对植物园土壤进行了大规模的改良，并解决了用水和资金短缺等重大问题，为植物园的发展做出了不可磨灭的贡献。

受第一次世界大战的影响，植物园也经历了一段萧条时期。直到1959年被授予了"皇家"称号后才逐步复苏。尤其是1986年卡里克·钱伯斯（Carrick Chambers）教授成为第九任园长后，植物园建设取得广泛支持。多玛山（Mount Tomah）植

大树

物园和安南山（Mount Annan）植物园分别于1987年和1988年开放，展览温室（Tropical Centre）1990年建成。

在他担任园长的十年间，建成园区还有1988年开放的月季园、1993年开放的蕨类植物区（The Fernery）和1994年开放的草本植物园。之后1997年建成的东方花园（Oriental Garden），1998年珍稀濒危植物区，进一步丰富了植物园的观赏内容，每年吸引了300多万名游客来参观。

当地适宜的气候条件，非常有利于植物园的植物收集。植物园收集展示了热带和亚热带植物7000多种。其中不少是殖民地时期从国外引进的，如柑橘。有些是在国内和太平洋地区考察引进的，有的甚至是植物园前身第一农场时期通过种子交换而来。植物标牌提供植物收集的历史信息，特色园区更是植物园历史的写照。

我们没有时间去植物园里的一个个展厅，宫廷花园（The

Palace Garden）也没有去成。但从路边的介绍中，我印证了网上看到的信息：该址原是一幢大型的维多利亚式花园宫殿（The Garden Palace），是悉尼举办的1879—1880年国际博览会的场馆。1882年烧毁后，地块成为植物园的一部分。

该园最具特色的是纪念喷泉和下沉式花园。前者是为纪念菲利普总督而立，后者建于1938年，是为纪念欧洲殖民地150周年，中央是座花园宫殿幸存下来的雕像，周边花床种植了各种草花。

棕榈园（The Palm Grove）建于1851年，是植物园最具特色和历史最长的园区之一。收集展示了140多种棕榈科植物。有澳大利亚最常见的澳洲蒲葵（*Livistona australis*），其嫩梢可以食用，叶片可制作草帽。

种植区用君子兰镶边，春季是最佳观赏季节。此外，还可

根、叶、果

扎根

麦考利夫人的座椅

欣赏到一些参天古树，它们是19世纪20年代和50年代植物学家野外收集的种子开始培育长大的。1853年种植的昆士兰贝壳杉（*Agathis robusta*）是植物园中最高大的一棵植物。其他古树有茶树、锡兰肉桂等。

蕨类植物区（The Fernery）比邻棕榈园，原来是总督的家庭花园，原产澳大利亚和世界各地的热带、亚热带和温带的蕨类植物，被艺术化而便于教育宣传地布置。近来改造的精美钢结构遮阴系统，更为生长提供了良好的条件。

"麦考利夫人的座椅"，其实也就是一块巨石，经过简单雕琢而成。关于"麦考利夫人的座椅"，一位旅游者说他查到了一些资料。大致是说17世纪英国人拉克伦·麦考利被任命为澳大利亚的第四任总督，不远万里带着妻子从遥远的英国来到澳大利亚。

根据当时英国的规定，麦考利总督每五年就要回英国进行一次述职，除了向英女王及英国政府汇报当地的情况以外，是不是也要带回点什么

歌剧院里的志愿者

澳大利亚的特产，不得而知。

从澳大利亚回英国，路途相当遥远，根据当时的交通手段，只能乘船，这样往返一次需要两年多时间，有资料写需要28个月，总之是一个漫长的过程。在这漫长的旅行岁月里，只留下麦考利夫人自己孤独地在澳大利亚生活。据说麦考利夫人在丈夫不在澳大利亚的时候常常坐在这里的海滩边上画画、看书。这大概就是当时故事的事实部分。

由于麦考利总督工作出色，成就辉煌，在他的领导下澳大利亚发展很好，而且悉尼也有了长足的进步，麦考利还因此被后人誉为"现代悉尼的缔造者"。

悉尼歌剧院的历史故事，真是给了我们绿家园生态游一行人很多感慨。除了它建造中的"世界第八奇景"，还有歌剧院里的志愿者和一天排得满满的演出，国家对这类艺术的支持。而皇家植物园里对大树的"收藏"，回家后也会丰富我们电脑里的"藏品"。

大洋路

——崎岖而荒凉的海岸

全民健身，是人类文明的标志之一；德智体，毛主席说：体育于吾人实占第一之位。

在我的记者生涯中，认同这两点的国家和遵循体育为第一的学校，都得到了非同凡响的结果。

在澳大利亚，我前面就说过了，不管是早上还是晚上，白天还是黑夜，为健康而付出努力的人真是随处可见。

2012年4月22日一大早，我们在海边去拍日出。日出没有拍到，却被一群游泳俱乐部的老人给感动得不行。最大的77岁了，在水温只有16℃的海里游泳，而且是天天坚持，真是让人敬佩。而穿着毛衣还觉得冷的我们和这些穿着泳衣的老人站在一起时，他们还骄傲地和我们说：我们中间还有人横渡过英吉利海峡呢。

我的天啊，70多岁的老人都能游过去，简直是壮举！

现在我国是体育强国，

墨尔本的晨练

健康第一

可是从各种病症的发病率、医院的就诊人数和各单位报销医药费的情况看，普通人健康问题并不乐观。每天早上，我们公园里锻炼的多是老人，年轻人要不以没时间、身体好为借口不给锻炼身体安排时间，要不就是买卡去健身房。

澳大利亚人可不把钱花在健身房，当然这和他们的环境好也有很大的关系。翻着浪花的海边，尽是大树的路边，有这样的环境，还用什么健身房？

看着海里的这些健儿，我们因热爱大自然而走进大洋洲的中国志愿者，心里有的不仅是羡慕，还有动力。我们回去也要把锻炼身体安排到自己的日常生活中。

不容错过的大洋路

海边的美，是我们很多人都领教过的。但是像澳大利

海边的颜色

自然的调色　　　　　　　　　　　　　　阳光下

亚大洋路景致这样丰富多彩的海边，以我这个也跑过不少地方的记者来看，真是不多。我在车上扫拍就能拍出不错的效果，试想，如果拿着"大炮筒子"等在那儿，能拍出多么震惊的美呀！

有一点我不得不在这里提醒一下，今年我去了两次澳大利亚，两次旅行社安排去"十二使徒岩（The Twelve Apostles）"都写着走大洋路。可是，去"十二使徒岩"的海边，有两条路可走。这两次被旅行社安排的路都不是走海边，而是走内路。这样会近一些，可是风景就截然不同了。结果，我们两次都是经过奋力争取，又加了钱，才走的这美丽的海边大洋路。所以，提醒朋友们，如果由旅行社给你安排路线，一定要强调，去时走海边到"十二使徒岩"，回来可走内路。

大洋路位于墨尔本西部，是为纪念参加第一次世界大战的士兵修建的，参与建设的人也包括许多参战老兵，共有3000余名工人为此付出了艰辛的汗水。这条路于1919年开始动工，1932年全线贯通。据说这247千米的路，修完后，死伤的人有参加修路的人的一半之多。可见其代价。

大洋路所在的西区平原，当初原是火山地区。经过物换星移，如今这里是一片辽阔的荒原，只留下几个醒目的火山锥、因岩浆阻断水道而形成的湖泊，还有火口湖，星罗棋布在这平原上。

大洋路的东段则是以蜿蜒曲折著称的奥特威山脉（Otway Range）。从南大洋（Southern Ocean）吹来的西南风，带着丰富的水汽，受到奥特威山脉阻隔，降下地形雨，并形成相当湿凉的气候，孕育着茂密高耸的树林，还有农民所开垦的良田。

19世纪，巴斯海峡是为补给船只和运送罪犯或移民到维多利亚州和新南威尔士州殖民地的一个主要的航运通道。可惜在这崎岖荒凉的海岸，海上经常浓雾弥漫，风大浪高，缺少灯塔，使得航行极为困难、充满危险，很多船只在此沉没。

最有名的是洛克阿德号（Loch Ard）在此沉没，洛克阿德大峡谷由此命名。1878年6月1日，一艘名为"洛克阿德号"的英国移民船在开往墨尔本的途中触礁遇难，52人死亡，只有2人生还。后人为了纪念这些遇难者，修筑了52座坟墓，并将这

海边的石岩

个地方起名为"洛克阿德"。洛克阿德大峡谷距离"十二使徒岩"只有约2千米，在这里可以近距离观赏峡谷的岩石景观。

十二使徒岩：几千年的风吹浪打

"十二使徒岩"，坐落在坎贝尔港国家公园内的海岸线，是风化和海水侵蚀形成的12个断壁岩石。它们是矗立在湛蓝的海洋中的独立礁石，形态各异，犹如人的面孔，故被称为"十二使徒岩"。大自然的鬼斧神工塑造了令人惊叹的壮阔雄伟的奇景。

网上有人说：再没有一个地方能比这片辉煌绚丽、饱经风霜的崎岖海岸线更能使人忘却日常琐事了。

这些气势宏伟的石灰石柱从南大洋上升起，是澳大利亚坎贝尔港国家公园的主要特色。它们在一两千万年前曾与大陆上的悬崖相连，海浪和风在悬崖上凿出一个个洞穴，然后又雕刻成拱门，最终把它们砸倒，剩下高达45米的石柱。

"十二使徒岩"中，最前面也是最大的一块崩塌是于2005年7月3日上午。当时，高达45米的大岩石突然崩塌，数秒钟内变成碎石块落入海中，碎石块堆积起来比海平面高出10米。

据悉它在崩塌前至少抵挡了6000年的海浪冲击。据目击者称，当时大岩石发出了点"微光"并且"抖动"起来，随后就彻底崩塌了。当岩石崩塌时发出巨大的声响，就像"一座建筑物倒塌"那样。现场有一家三口的游客被惊得目瞪口呆，他们抢拍下了岩石倒塌前后的珍贵照片，时间前后只差一分钟。现在此处留下状似意大利比萨斜塔的小块岩石。

澳大利亚的地质学家对此的解释是：虽然外表看上去是一

断了的"伦敦桥"

整块巨岩，但实际上，海浪的侵蚀作用每年使巨石根部减少数毫米。除了海水常年的冲刷侵蚀，渗入巨石体内的雨水及海水已在其内部尤其是根部侵蚀出许多大小缝隙和空洞，削弱了整体强度，一旦超出支撑自身重量的临界点，庞然大物也就瞬间倒塌了。

　　猛烈的自然力量继续以每年约2厘米的速度侵蚀着这些石柱。目前仅剩8座石柱，而且近年来有些被销蚀得更为明显。伦敦拱门（London Arch）曾经是自然双跨度桥的一部分，1990年，离海岸最近的拱门塌下来，将两名被吓坏的游客困在了上面。2005年，另一座50米高的门徒石倒塌了。

　　我8月去澳大利亚时拍到一组"伦敦桥"的照片。4月去的时候，因为和导游的争执，他们没有带我们去这么惊心动魄的地方。

　　从前，伦敦桥这个岩石是凸出海面与陆地连接的岬。由于海浪的侵蚀冲刷形成两个圆洞，正好呈双拱形，所以起名为

顽强的生命

"伦敦桥"。在1990年1月15日的傍晚时分，与陆地连接的圆洞突然塌落，与大陆脱离形成现在看到的断桥。

大自然的力量是巨大的，大自然塑造的景观有一种人工无法比拟的神奇。

我们在那里停留的时间太短了，以至于明明已经看到七色彩虹从海面上升起架在了天空，却已经上了车。能在这样的海边拍到彩虹中的"十二使徒岩"将会是什么样的绝照？可是不得不走了，只能靠想象在心中描绘了。

经受咆哮狂风和巨浪鞭打的这条海岸线，给人以身处天涯尽头之感。站在那儿，感受海浪飞溅到脸上，倾听卷水洞内水流撞击发出的巨响，欣赏海浪拍击石柱形成的浪花，应该是每一个到那里的人对那里的触摸。

风平浪静时，"十二使徒岩"色彩变化是深沉的。而阳光下，它们显示出的则是辉煌，是绚烂，是沧桑。在巨大的石柱面前，我们实实在在地感到自己是多么渺小，感受到自然的伟大和人在自然面前的敬畏之心。

老根

树红了

原野生机

大洋路不仅有多彩的海岸线，有伦敦断桥和"十二使徒岩"，还有安格尔西野地。有生物学家统计过大洋路上这0.01平方千米的园地上，有162种当地特有植物。安格尔西野地曾在1983年2月发生灾情惨重的大火，许多专家认为此地再也无法恢复旧日自然景致。

然而，在几年之内，在原本是一片荒芜的焦土上，焦黑的残干又冒出绿叶，园内又恢复旧日生机，甚至连绝迹多时的植物也在大洋路园内重现人间。

事实上，许多澳大利亚植物经过进化演变，都具有火后余生的特异功能，其中甚至有许多种类，如山梗菜、桂竹香、兰花等，趁大火烧尽一切竞争者之后，赶紧在大洋路占地为王，迅速在大洋路扩张族群数量。

在澳大利亚的原野上，这样一排一排的树，被修剪得整整齐齐，站在天地之间。我问了当地人后被反问，你觉得为什么会这样呢？

防风。我猜对了。这是澳大利亚农民，在田间和屋后竖起的屏风。这些屏风，也成了这里的一景。

排队回家的牛也很有意思，像是受过训练，一头跟着一头，步调走得那么一致。

生态游，就是让我们在享受美的过程中，学习自然，认识自然，以及与自然交朋友。

走进淘金梦者的金矿

在澳大利亚，有些地方被认为是"预留地"。那里，如今只有桉树、鲜花和蜜。

5万年前的土著，分矮小人和高大人，头脑大的矮小人进化到了今天。可是在1967年之前，土著没有国籍，归动物、植物类，后引起医学界的震惊。据研究，这样的歧视让他们骨骼的发育晚了几百年，最年长的也只有60岁。

当地华人给我们讲这些时，我们一开始真是很难把它和今天让我们羡慕不已的澳大利亚联系在一起。

墨尔本的早晨

今天，澳大利亚的土著即使不工作，政府也给他们按周发钱。2007年，当时的国家总理陆克文还代表政府就百年来土著所蒙受的苦难做出正式道歉。

当地的华人还告诉我们，澳大利亚年轻人结婚，父母是不送礼的。也没有啃老族，经济独立在那里是天经地义的。有困难可以向政府伸手，有病看病，一切都比较简单。人们一般也没有防范意识，买东西不讨价还价，通常来说，也不存钱。

澳大利亚的气候被人们形容成：悉尼，顺序播放；布里斯班，单曲播放；墨尔本，随机播放。我们在那儿的4月，南半球刚刚进入秋季，温度十分适宜。

4月23日，是我们在澳大利亚的最后一天，晚上我们就要乘飞机去新西兰。最后一天早上的雨，让我们感觉到那里的秋凉，雨中的云却是我们在北京难以看到的。

昔日金矿，今日历史景点

这天上午，我们先要去一个170多年前的金矿地，据说那个小镇今天的人，还住在当年的建筑里，穿着当年的衣服生活；之后，我们要去墨尔本皇家植物园；还要去最早登上大洋洲的库克船长的小屋，今天人们可在那里参观、回忆。

我问了街上一位走着的老太太后得知，她是志愿者，家也不住在这里，来这里只是为了让人们记住那170多年前的金矿生

云像根绳子

小镇的街上

活。澳大利亚人真会玩。

170年前，墨尔本基本没有人居住，直到人们在墨尔本附近的疏芬山发现了金矿。这个被称为"新金山"的地方，一下子人满为患。似乎是一夜之间，全世界有梦想的人都涌来这里。根据历史记载，1836年，墨尔本的人口只有177人，到1851年，人口是2.9万人，到1854年，已经达到12.3万人，当时藏金极富的美国旧金山相比之下黯然失色，可见金矿对人们的诱惑。

疏芬山记录着1851年至1861年的梦幻时代，黄金引发了淘金者的梦，造就了巴拉列淘金镇，现在整个淘金镇能呈现当时的社会状况。在100多年后，这里已经不再淘金了，会玩的澳大利亚人却还能发着另外的财——让今天的人看看金子当年是怎么挖出来的，然后又是怎么锻造的。这样的展示，吸引的不光有我们这些外国游客，也有当地的小学生。

淘金镇是因为淘金者的需求而形成的小镇。今天这些当年

下矿

矿道

模仿

的需求还在出售中。游客依然可以在疏芬山感受到当年矿工淘
金的生活。

优程旅游网上称这里作为一座大型的露天博物馆，讲述的
是一段伟大的历史，生动再现了19世纪中期澳大利亚淘金热时
人们轰轰烈烈的生活画卷：这里有一座生机勃勃的"古代城

区"，古老的商店、旅馆、邮局、作坊鳞次栉比，连卖货的店主、巡逻的警员，甚至乘凉的婴童和老妇人都是19世纪淘金小镇的装扮。走进疏芬山金矿镇，仿佛穿过时空隧道，进入了充满欲望喧嚣的19世纪。

我们几个集邮戳的人在那里，请穿着当年邮政员衣服的工作人员给我们在明信片上盖了章，作为珍贵的纪念品。

这里的商铺，有卖仿18世纪贵族服装的布店、有铁匠铺、马具店、蜡烛厂等。被保留着的还有用18世纪烘烤面包方法的面包房。

在这个小镇上能参与的事儿是：在采矿区可以手持淘金盆在小溪里淘金，运气好的话，真的可以带走自己淘出来的黄金，体验当时矿工们一步步接近自己梦想时的兴奋与喜悦。可惜，我们没有时间去感受那想象中的喜悦。

旅客在柜台前问着

店员随时候着

在小镇里走，满眼都是19世纪的画面，让人仿佛置身于那个遍地黄金的年代！

难怪旅游词上这样写道：疏芬山，一个淘金者纷至沓来的圣地，一个生动展示20世纪在这里发生的一场轰轰烈烈的淘金热的户外博物馆。传奇的历史，高度的游客参与性，它不仅是一个旅游景点，更是一段追溯黄金历史的岁月旅程。

用盐雕塑讲述波兰当年的故事

绿家园生态游在盐矿

我在美国的丹佛参加过金矿一日游，在波兰还走进了一个地下盐矿。好家伙，那里面跟宫殿似的盐雕，真可让人尽情地享受艺术与生活的双重美感。里面还有一个小音乐厅，当年那里的演出是矿工们生活中的重要内容。

植物园外

生活中固然有很多不尽如人意的地方，有很多艰辛。可是，把美好的一面展现出来，给人以积极向上的状态，是今天很多国家，很多商人在想尽办法做的事。这方面我们真应该向人家学习。

墨尔本皇家植物园

离开金矿，我们走进了墨尔本皇家植物园。我们已经去过了悉尼的皇家植物园，墨尔本植物园和悉尼的有什么不同吗？

叫不上名字的花

去后马上感到了不同，这里是以园林艺术布置的，内有大量罕有的植物和澳大利亚本土特有的植物，这里鲜花盛开在你的所到之处。这占地0.4平方千米的植物园，是全世界设计最好的植物园之一。

墨尔本皇家植物园始建于1845年，园内至今保留着20世纪的一些建筑和风貌，汇聚了1万多种奇花异草。自建园以来，汇

悠闲自得

集了来自全球各地1.2万多类、3万多种植物和花卉，这里有澳大利亚所有原产植物和花卉种类，还培育出2万多种外来植物。由于墨尔本冬季没有霜冻，因此，几乎热带、亚热带、温带的所有种类的树木都可以生长。园内植物标本室的设备相当现代化，里面藏有150多万种植物标本。

墨尔本植物园还有的一大特色是，有许多著名澳大利亚和外国历史名人亲手种下的纪念树，如英国侦探小说家柯南·道尔、维多利亚州总督官拉特罗布、英女王维多利亚的丈夫艾伯特亲王、澳大利亚著名女歌剧演员奈丽·梅尔巴、波兰钢琴家帕岱莱夫斯基、英国海军将领杰利科、英国前首相麦克米伦、加拿大前总理迪芬贝克、英女王伊丽莎白二世的丈夫爱丁堡公爵、泰国国王普密蓬等。

自1845年开园以来，不断收集世界各地的植物，植物园才拥有了今日所见的规模。在一望无际的绿茵花园内休息，在长满自然和奇异植物的草坪和走道上散步；在奥内曼托湖边看黑天鹅在湖中游荡，那份情调，那份诗意，那份悠闲，让人流连忘返，让人感受着什么是和谐的人与自然。

库克小屋

　　我们是天都快黑的时候才到了库克船长的小屋。小屋四周是当地人精心修剪出来的灌木围墙，一看就让人感受到住在这里的舒服，但是库克船长并没有真在这儿住过。

　　小屋由三部分组成，左面的一间是平房，中间是二层小楼，右面是一偏房，三位一体，很是普通，没有一点特别的地方。二楼的屋脊上靠右边还修有烟囱，小屋整体不大，屋墙上还爬满了绿藤。

　　小屋记录了澳大利亚的历史，英国库克船长是发现澳大利亚大陆且登上岸的第一个外国人，又是他第一次宣布澳大利亚归属英国。

　　小屋分上下两层结构，楼上是库克船长父母的卧室，楼下有一间是厨房和会客厅，还有一间是库克居住的小卧室。室内的陈设都按当时的情形布置。大门石梁上仍然刻着库克船长的父亲詹姆斯（James）和他的母亲格蕾斯（Grace）的姓名中的第一个字母。

　　小屋门口的小径旁，立着库克船长的紫铜雕像，头戴三角军帽，身穿紧身衣裤，下着及膝绑腿和扣襻鞋，左手持一纸航海图，右手握一柄单筒望远镜，深邃的目光泰然平和地凝望着远方。詹姆斯·库克是英国一个农场帮工的儿子。他从事的第一个职业是马倌，后来在一家杂货店当店员。16岁时，库克进入惠特比船主的一家公司当学徒，从此开始了海上旅行生涯。1756年，英国与法国等国的7年战争爆发后，库克当即服役，进

小屋院中

入皇家海军，首次越过大西洋，赶到美洲，协助进攻魁北克，显示出其非凡的才干。

　　1769年6月3日，金星要从地球和太阳之间穿过。英国皇家协会计划在南半球观测这个奇景，于是向海军求助，海军派出了"奋进号"。1768年8月26日，库克船长率领20名水手驾驶"奋进号"开始了这次令其永垂青史的航行。1770年4月29日，经过一年半时间的海上跋涉，库克来到当时被称为"新荷兰"的岛屿附近，发现了山脉和树木，库克判断这也许是一片新大陆。一直在岛周围绕行了9个昼夜才驶入了一片开阔的海域，即现在的悉尼植物学湾。登陆后，迎接他们的是当地土著的长矛和石块，但当那些赤身裸体的土著听到"噼啪"的枪声时，便迅速逃进了丛林。

　　这片辽阔的大陆证明了库克的推断，这是南太平洋的一个新大陆——澳大利亚。库克当即以国王乔治三世的名义宣布

库克船长的家

这片大陆归属大英帝国所有，把"米"字旗首次插在了这片土地上。

从此，这个南方大陆的历史被改写了。几年后，作为英国在海外最大的犯人流放地的美国爆发了独立战争，最终导致英国失去了北美殖民地，在这种局势下，英国国王决定将澳大利亚作为英国新的犯人海外流放地。

1788年1月26日，在菲利普船长的率领下，第一批英国流放犯人的船队在悉尼港登陆，澳大利亚从此诞生。1月26日因此被定为澳大利亚的国庆日。库克船长亦被誉为澳大利亚的建国之父。

1934年当墨尔本建市100周年大庆时，澳大利亚知名的实业家拉塞尔爵士出资800英镑，将库克船长在英国的故居买下，作为礼物送给墨尔本市民。人们把这座故居小心地分拆开，把每一块建材编号，装在253个箱子里，总重量150吨，由英国海运到墨尔本，再照原样组建而成。

带着对库克小屋的想象，经过街上看见不知为了什么的游行，和公共汽车上的孩子打着招呼，我们离开了澳大利亚。脑子里的内容全是：这里健康是全民的时尚；周三冰箱是空的；土著不工作也可有钱花；人与自然一样重要。

　　新西兰的秋天在等着我们去体验。

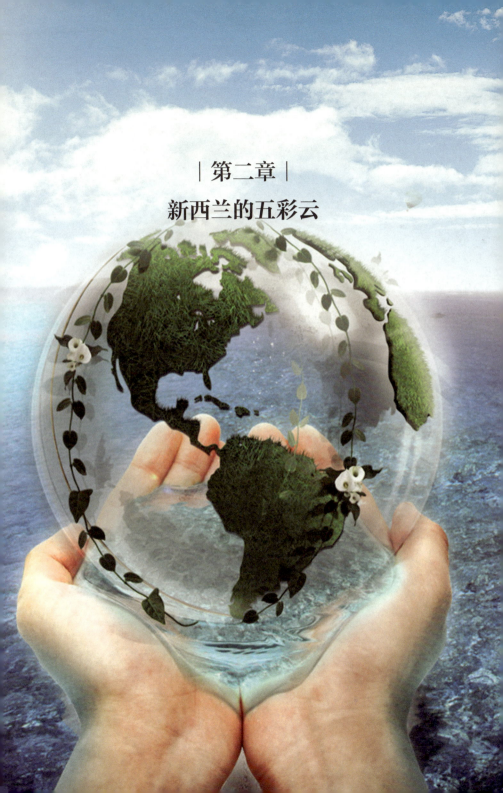

|第二章|

新西兰的五彩云

湖边的石头教堂

花园城市

2012年4月24日，绿家园生态游走进了新西兰。第一站是基督城。

在路边我们看见五花大绑的椅子，起初我们不明所以，经提醒才记起，一年多前，这里经历的地震，还有中国留学生永远地留在了这里。

2011年2月22日，新西兰第三大城市基督城发生里氏6.3级地震，由于震中距离市中心仅10千米，震源深度只有5千米，地

猜猜这是为什么

地震后（街边照片）　　　　　　雅芳河边

震造成巨大人员和财产损失。

　　让人们没有想到的还有，这次地震导致克赖斯特彻奇标志性建筑——百年大教堂坍塌。这是基督城中心标志性建筑，是以英国牛津基督教堂为样板建造的大教堂，具有典型的哥特式建筑风格，庄严肃穆。

　　基督城（Christchurch，克赖斯特彻奇）位于新西兰南岛东岸，又名"花园之城"，是仅次于新西兰最大城市奥克兰（Auckland）、首都惠灵顿（Wellington）的第三大城市，新西兰南岛最大的城市，也是新西兰除奥克兰以外，来往世界各地的第二大门户。

　　基督城人口约37.5万人，地势平坦。它把优雅的生活方式和有趣的文化乐趣有机地结合起来。安静的雅芳河蜿蜒流过城市，古老的住宅建筑构成了生动的艺术区。

　　第一批从英格兰乘4艘船只到来的人于1850年开始在基督城

居住，城市内壮观的历史建筑和宏伟堂皇的花园传颂着先人的业绩。

有人这样评说：基督城处处洋溢着浓厚的英国气息，是英国以外最具英国色彩的城市。这里，19世纪的典雅建筑比比皆是；到处花团锦簇、草木繁盛的景象，为基督城赢得了"花园城市"的美誉。这也是我们绿家园生态游最感兴趣之处。

有游人这样描绘着在那里的心情：基督城洁净的道路、浓浓的林荫、雅致的环境和醇厚的文化气息，让人迷醉。走在这古朴而又充满生机的城市中，游人可以看到清澈的小溪，可以听见小鸟的鸣唱，可以接受阳光、清风的抚慰，一切都是那么自然、和谐。

在基督城周围红峭壁的山洞中，考古学家发现最先在此区域定居的为猎食恐鸟的原住民部落。毛利人的口述历史显示，公元1000年起就有人定居在基督城一带。接着来自北岛东岸的瓦塔哈部落（Waitaha）在16世纪移居到本地。到1830年为止，移居到基督城的还有纳提马摩部落（Ngati Mamoe）以及纳塔胡部落（Ngai Tahu）。

欧洲移民在1830年起开始出现，首先集中在利卡敦区域。1850年12月16日，英国坎特伯雷协会的4艘邮轮在利特尔顿港靠岸。

英国坎特伯雷协会的主要观察者汤玛斯船长对附近一带做了地理调查。在1849年12月他开始规划兴建从库泊（Cooper），也就是后来的利特尔顿港（Lyttelton），到现在基督城的路，中间经过萨姆纳区（Sumner）。

英国皇家宪章在1856年6月30日认证基督城为一城市，自此这里成为新西兰最老的城市。城内很多由建筑师本杰明·芒福特（Benjamin Mountfort）设计的哥特式建筑就是从这时期来的。从利特尔顿港到基督城，从20世纪60年代起有隧道可以通过。

基督城属于温带气候，夏天气温常受到来自西北的海风调节，1月夏天温度平均最低15℃到最高30℃，7月冬天温度则从-5℃到10℃。当地天气常受来自西北方的信风影响，有时该高温信风风速可达到疾风的程度而对建筑物造成破坏。基督城冬天夜间温度常在0℃以下，每年会下一至两次雪。

北京的春天，南半球的秋天，不亲临其境，只能靠想象找着区别。当你真的走进这里时会发现，这个转变带给人的是对大自然的更多赞美，当然也伴随着更多的敬畏之意。藏族人把自然中的山称为神山，海子称为神湖，真是智慧的凝聚。

位于市中心，建立于1863年的基督城植物园（Christchurch

树枝快贴到地的大树

根长在外面的大树

Botanic Gardens）占地0.3平方千米，其中生长着众多新西兰本土奇珍异草以及诸多异域草木。该植物园最初是为纪念维多利亚女王的大儿子艾伯特·爱德华王子（Prince Albert Edward）与丹麦的亚历山德拉公主（Princess Alexandra）结婚。1863年7月9日，一棵英格兰橡树被种植在这里，这也便意味着植物园的成立。

当地华人带着我们在植物园里走时说："我带你们去看一棵你们从来没见过的树吧。你们猜猜那是树枝还是树根？"随着他，我们走近了一棵根长在外面的大树。

这几年，"导游小姐"、著名的生态学家，80多岁的徐凤翔总是戏称自己是"80后"。在绿家园生态游中，徐老太（我们更喜欢这样称呼她）没少给我们讲气生根，绞杀。所以，今天一看到这棵大树，我们中的很多人都叫开了：气生根！空气的气。

花像火焰

像假花一般

当然，虽然我们能说出这些枝枝条条是根而不是树枝，但这样长法的根，和我们在巴西、肯尼亚热带雨林中看到的气生根还是不同的。而且光滑的树皮，也是热带雨林中少见的气生根。

刚一到新西兰，就看到这么新奇的树，真过瘾。还不止这树呢，也有花，会冒烟的花。

徐凤翔教授这次没能和我们一起生态游真是遗憾。我把自己拍的这棵有着气生根的大树和冒着烟的花的照片拿给她看时，她更感兴趣的是花。她认为那是花粉在飘舞。阳光下能看到如此清晰的花粉，一是空气的透明；二是阳光的照射，再加上花的健康。经老太太这么一说时，我可真是不能不承认，外行看热闹，内行看门道了。

很多年过去了，基督城植物园天然湿地和沙丘已被改造成了美丽而肥沃的大公园，占地0.3平方千米，拥有10个附属花园。其中，玫瑰园是植物园的中心，有250多种玫瑰。无论是新品种还是老品种，都以最适度的环境展示在游客面前。旁边的药草花园建于1986年，拥有各种烹饪与药用植物。另外还有7个

植物园中

温室展示着从仙人掌和多汁植物到热带兰花和食虫植物。

　　曾经，基督城植物园中还有石楠花园（Heather Garden）、岩石花园（Rock Garden）、杜鹃花园（Rhododendron Collection）、水恋花园（Water Garden）和以新西兰本地特产植物为主题的柯凯因花园（Cockayne Garden）等园区。它们以自己独有的特点和魅力向世人展示着地球的奇妙，同时也在提醒着人类关爱大自然的重要性。

　　基督城与中国的武汉市互为友好城市，两市之间多有文化交流。

行走于如诗画般的坎特伯雷

　　告别基督城，我们的车沿着蓝色的湖水和银色沙滩到了南阿尔卑斯山峰。新西兰的坎特伯雷地区是不可忽略的重要的美景之地。坎特伯雷地区人口50多万，面积4.22万平方千米。其特色依次为：海洋全景、山脉、美丽的牧场和湛蓝的天空。该地区的最高点也就是新西兰的最高点。

　　库克山海拔3754米，毛利语称为奥拉基，含义是"穿云破雾"。与之相比，在凯库拉有数千米深的海水，那里为鲸鱼、海豚和海豹提供了理想的生存环境，它们常年栖息于此。

绿色的田野

湖色

从基督城向北大约2个小时的行程就可到达凯库拉（Kaikoura），这里是观赏海洋动物和欣赏自然美景的绝佳地点，甚至有人认为，没有比凯库拉小镇更迷人的地方了。它依山傍海，被南阿尔卑斯山所环抱，濒临着太平洋。从绿色平坦的坎特伯雷大平原到崎岖延绵的凯库拉海岸线，行车沿途就是一幅幅美丽的风景画。

我们走的是湖边，而不是海岸线。这里的景色是雪山白与湖蓝的交融。先看看我们行驶在路上时，我扫拍的绿色的山野和黄色的农田吧，那是南半球热爱自然的人们居住的地方。

从我拍的这些照片中，是不是可以领略到那壮观的高山景观？夹杂着碎石的高山是这一地区的主要地貌特征。

特卡波湖（Lake Tekapo），来源于毛利语，"teka"的意思是睡觉用的席子，"po"是夜晚，是基督城到库克山的重要中转站。

特卡波湖是冰河时期的遗迹，它的水色非常独特，近乎乳绿色。但其实这颜色并不真的是水的颜色，而是冰河的移动摩擦溶解了一种特有的青绿色岩石，岩石的粉末悬浮于水中，一路随之沉入湖底，从而将整个湖水倒映出好似掺了牛奶似的，迷幻的奶绿色。

3D手机拍出来的湖景

　　湖边的好牧羊人教堂和牧羊犬雕像也都是举世闻名的。那里是观看特卡波湖和皑皑雪山的绝佳处。好牧羊人教堂，是为了纪念最早来到这里开发的先驱者而建的。据说当初考虑过很多的建筑方案，甚至考虑建成一个维多利亚风格的建筑，但是因为不想破坏自然景观的协调性，所以最后还是建成了这间小小的石头屋。

好牧羊人教堂

　　我在网上看到介绍，好牧羊人教堂是由著名建筑师本杰明·芒福德于1935年建造的，整个教堂完全是用岩石块垒砌而成，这正是它的独一无二之处。这个小教堂看起来真是太袖珍了，面积

湖边的牧羊犬

不过二三十平方米，但是里面设施齐全。据说，在这里结婚可以像著名的"世界结婚之都"拉斯维加斯一样便捷，因而世界各地的很多年轻人不远万里来到这里选择在这精巧的小教堂举办婚礼——他们期望以小教堂坚固的岩石，象征爱情的坚如磐石和天长地久，真是浪漫又神圣。

在好牧羊人教堂旁边，有一尊牧羊犬的铜像赫然而立，紧密相伴。据说这个铜像是为了纪念牧羊犬在新西兰为牧主保护羊群所做的贡献，也是对当初开创农田和麦肯齐（Mackenzie）地区的先驱者的称颂，永远铭记着他们的丰功伟绩，十分有纪念意义。

库克山国家公园以新西兰的最高山为中心展开，公园内有新西兰最大的冰川。公园是南岛西部地区世界自然遗产地区（蒂瓦希普纳姆）的一部分。从特威泽尔，沿普卡基湖边的柏

大地的卫士

油公路就可进入库克山，沿路一直向下就到了胡克冰川和穆勒冰川的脚下。我们没有时间进去，只能在车上一路走，一路饱览它的壮美。

根据毛利传说，奥拉基和他的三个兄弟是天父拉基努的四个儿子。在他们围绕地球之母帕帕图努库的旅程中，他们的独木舟撞上了暗礁。阿卡若基爬到了船顶，寒冷的南风猛烈地吹着，把他们卷到了风暴之中。他们的独木舟就成了新西兰的南岛，毛利语称为Te Waka o Aoraki，意思是阿卡若基。

阿卡若基是四兄弟中最高的一个，库克山的最高峰也就用他的名字来命名。南阿尔卑斯山的其他山峰则用他的兄弟和其他船员的名字来命名。

再往前走大约40千米，就看到了普卡基湖（Lake Pukaki）。由于冰川运动，"库克山"附近的水溶入了大量特殊矿物质，这个湖也呈现出泛着蓝绿的奶白色，就好像是一块流动着的"碧玉"。

有这样的评价：普卡基湖是新西兰最漂亮的冰河湖，湖水的颜色格外炫目，看上去就如同在湛蓝的湖水中倒进了乳白色的牛奶，在阳光的映照下闪烁着奶蓝色的光芒。有资料介绍，普卡基湖面积有169平方千米，它的形成与冰川运动有关。很久以前，当库克山的冰河消退之后，在南阿尔卑斯山区冰河的侵蚀以及冰矶侧堆石的作用下产生了一个盆地，使大量的冰雪融化后的水流聚集其中，而形成了这个堰塞湖。

听说当地的土著至今还把这里的湖水当作圣水，并在一些祭祀活动中使用。看来，在这个世界上哪儿都一样，有要利用的，也有视为神的。我们走过的地方，没有看到大坝，看到的

太阳在云中

是河与湖的自然。

普卡基湖畔是眺望南阿尔卑斯山最佳的地点。新西兰最高的山峰库克山（Mt. Cook）清晰可见。库克山矗立在南阿尔卑斯山脉的群峰之间，山顶终年白雪挤压堆积（积压），切割出无数的壮丽冰川。库克山巍峨宏伟，以它那伟岸的雄姿守护着如女神般温柔恬静、风姿绰约的普卡基湖，并把它的身影投射在清澈的湖水之中。

不管是在车上行驶，还是湖边驻足，这里湖天一色的美景，配上秋色，都会像明信片般，永远地定格在人的脑海之中。这是走过这条路后，很多人的共识。

新西兰的秋色正浓。我是北京的春天去的，那里是秋天。我写这篇文章时，北京已经进入了秋天，而新西兰的春天又到了。

大地上的血色清晨

　　一大早走出旅馆，我就被外面的天色所震惊。那难得一见的朝霞、火烧云，是多少摄影人渴望但难以一见的。在新西兰的皇后镇，那么轻而易举地就让我看到了。美景常常是这样，可遇不可求呀。

　　写这篇文章时我在网上输入"皇后镇"时没有在前面写新西兰，我想看看这个世界上有多少皇后镇。结果第一个出现的皇后镇就是我正在写的新西兰的皇后镇。可见，这里虽然真的不大，却也是很有名的。难怪我们绿家园生态游一行人，住了三天都没有住够。

皇后镇的日出

皇后镇所在地

皇后镇位于新西兰的瓦卡蒂普湖（Lake Wakatipu）北岸，毗邻曾经的淘金地——箭镇（Arrow Town），留有中国人在新西兰淘金的遗迹——中国村。我们过两天会去那里。

皇后镇是一个被南阿尔卑斯山包围的美丽小镇，也是一个依山傍水的美丽城市。皇后镇到处都是完美的风景地，夏季蓝天艳阳，秋季鲜红与金黄的叶子正是我们到那儿的季节。借用我们这个年纪都很熟悉的毛泽东的诗句：层林尽染。

这里四季分明，每个季节有着截然不同的面貌。市区附近的瓦卡蒂普湖是深而蓝的高山湖。壮丽的山脉上几座覆盖白雪的绿棕色山点缀于背景中。从皇后镇到山顶，则是一片绿油油的色彩，那是常青树。

今天我们沿着瓦卡蒂普湖边前往的是电影《指环王》的拍摄地。因为是自费项目，结果只有我和北京广播电台主持人苏京平两人报了名。我是因曾经看过《指环王》，为那里神话般的森林所吸引，想去看看雪山下的那片林子和养育林子的湖水。

皇后镇所在的湖

宝石般的水色

　　起了个大早，想着近乎一次探险，就开始走在了那景色变化万千、宛如仙境的湖泊和高山景观之中。

　　这个地区的历史也与淘金密不可分。1862年，两个剪羊毛的人在沙特瓦河边掘到金子而暴富，继之而起的淘金热在该镇兴起。皇后镇之名源于维多利亚女王。

　　瓦卡蒂普湖所在地的瓦尔特高原牧场（Walter Perk）是新西兰最原始的高原牧场之一。牧场位于昆士城湖对岸的瓦尔特山主峰西侧。我们是坐着喷射汽艇穿越瓦卡蒂普湖前往瓦尔特高原牧场和《指环王》拍摄地的。船近岸时，只见湖畔佳木葱茏，将一处处小木屋拥入怀中，房前屋后鲜花绕阶，如花园般美丽。

据说牧场最盛时占地约688平方千米，养羊4万只。但其后子女无意于农场经营，20世纪60年代将其售出。现在牧场最早的房舍建于1912年。牧场几经分割变迁后，目前占地250平方千米，主要放牧两种羊，一种叫罗姆尼羊，2万只；另一种是著名的美利奴羊，1.6万只。

新西兰最受欢迎的影视游路线莫过于国际巨片《指环王》三部曲，该影片在新西兰全境的许多地方拍摄，虚构的"中土世界"就是由此而来。

霍比顿（Hobbiton）是"指环迷"路线的顶点，它位于怀卡托地区玛塔玛塔镇附近的私人农庄，37个"霍比特人"的洞窟中有17个被保留，供游客参观，还有一些电影道具如今也成了此景区的亮点。

导游都是生态学家

"中土世界"里精灵的临时据点"瑞文戴尔"位于新西兰首都惠灵顿以北的凯托克地区公园，尽管电影布景与道具已被拆除，公园也已恢复原貌，但影片中"瑞文戴尔"所在的区域依然是一处风景优美的野餐胜地，游客们可以在河中游泳，也可以漫步于灌木丛中。

《指环王》三部曲可以说是

展现新西兰风景的成功代表作。天地的壮阔，冰河的奇观，高山的雄伟造就了这片"中土世界"的拍摄现场。

《指环王》三部曲一共在新西兰数个独立的地方拍摄，它带领人们看到了新西兰的山水、花草，了解真实的新西兰。

有介绍说：《指环王》监制马克·欧狄斯基（Mark Ordesky）在皇后镇附近的格伦诺基勘景时，惊讶地发现这儿就是《指环王》小说中的阿蒙汉山脉，松木类的常绿树林、玉石般的碧蓝湖水、白雪皑皑的山峰……原本只在脑海中想象的组合，竟然不可思议地出现在眼前。

我对《指环王》第一集尾段那场松树林战争印象深刻。我们的导游说，《指环王》那部分的片段就是在阿蒙汉山脉里面拍摄，还有部分的《指环王》片段在瓦卡蒂普湖附近拍摄。

《指环王》中的契特森林所在地，塔卡卡山是除意大利外世界上唯一的一个大理石暴露出来的山岩。塔卡卡山位于新西兰南岛的艾贝尔塔斯曼国家公园旁。

在尼尔森附近的欧文峰，被设定为丁瑞尔河谷（Dimrill Dale hillside）、《指环王》那场防御战的拍摄地。在旁边就是新西兰最著名的国家公园——阿贝尔·塔斯曼国家公园（Abel Tasman），占地面积226.56平方千米，每年吸引上万名游客走过这条步道。

天然形成

在这片森林与湖水相交

原生态的树林里也有枯枝

的地方，我们也听到了一个凄婉的故事。

　　说的是一对年轻人在全世界寻找他们举办婚礼的地方。最后这里的山山水水，一草一木打动了他们。于是小伙子亲自在这儿盯着筑起了他们的家。可当他回国迎娶心上人时，却发现爱人竟成了自己父亲的新娘。导游给我们讲这个故事是要说明什么我也不知道。但是这里的美是一对年轻人眼中的世界之最，是让人信服的。

　　皇后镇美景之构成，瓦卡蒂普湖功不可没。北岸的南阿尔卑斯山又是最好的陪衬，依山傍水，海拔高度为310米。根据地理学家的研究，在距今15000年前的冰河世纪，皇后镇是被冰河所覆盖的。人口相当稀少，只有约18000人，其中，欧美人士约占80%，亚洲人占10%，其他种族则为10%。新西兰的皇后镇因其多变的地理景观，被誉为"活地理教室"。

　　毛利人在寻找普纳姆一种绿石或绿色软玉的过程中成为发

玉石般的水　　　　　　　　软软的草

现皇后镇的第一人。在发现这种珍贵的玉石后，毛利人定期来
到此地，以进行季节性的捕猎活动与绿石开采。

　　这里也有神话，是毛利人的神话。说的是瓦卡蒂普湖是一
位邪恶的巨人的化身。这位巨人曾经掳掠了一位美丽的毛利少
女，后来被赶来营救少女的人们所打败，直至今日还一直沉睡
在深深的湖底——随着他心脏的跳动，便形成了湖水的潮起
潮落。

　　这湖水的颜色，差不多是我看到最像玉石的颜色。怒江的
水也是湖蓝色，但看到那水色时，不会让人联想到玉石，而瓦
卡蒂普湖，让人情不自禁地想到了玉石。

　　今天这里的美景差点把我们留在那儿。

　　怎么回事呢？我们在皇后镇上了一辆旅行车，今天绿家园
其他人坐我们包的车去山上看剪羊毛。因我和苏京平都是做事
容易痴迷的人，这里的景色又是那么令人迷恋，以至于在那湖
光山色中我们竟然忘记了时间。等发现离开车回镇上只有十几
分钟的时候，还在湖边的小路上绕不出来呢。苏京平前几年就
得了帕金森病，身体明显不如从前。可是，如果我们赶不上这
趟车，就意味着要在这里过夜，因为两个多小时的路，是没有

其他交通工具的。

没有别的办法，只有跑。我边回头看着苏京平那么努力地跑着，边找着走出湖边的路。时间已经超过了约定的时间，不放弃的我们跑呀跑。

喜欢自然的人，也总能得到自然的引领。离我们要坐的车还有好远的距离时，我们看到同行的其他人正在车边向我们招手呢。迟到的我们上车后，司机说："这是常事，谁让这里那么美呢。"车上的人也没有怪我们，而是微笑地问："你们从哪儿来的？这里真美。"

湖中嬉戏

皇后镇的傍晚

回到皇后镇，我们认认真真地吃了一顿湖边大餐。

怎么才能面对一湖玉石般的湖水，看着远山的绿和水中的游艇，静静地欣赏、美美地享受呢？我和苏京平一致认为，坐下来静静地吃，慢慢地看，是此时我们最应该花的时间。旅行中，我和苏京平都是不在乎吃的人。记者的职业让我们认为只要能采访到想采访的内容就是一切。可是今天，眼下，我们坐在了湖边铺着雪白桌布的餐桌前，品尝美食、品味生活，觉得真是享受哇!

玛佛拉湖（Lake Mavora），是《指环王》中小皮蓬（Pippin）和梅利（Merry）在森林里面逃开葛力斯那克（半兽人队伍中由摩多派出来的队长）的追赶，结果遇上了树精。《指环王》的这部分就在这里完成拍摄。而玛佛拉湖就坐落于新西兰第二大湖蒂阿瑙湖（Lake Te Anau）南边，不远就是著名的米尔福德峡湾（Milford Sound）。

明天，我们要去米尔福德峡湾。

在峡湾与海豚亲密接触

2012年4月26日，我们要去的地方是新西兰的米尔福德峡湾。陪我们的当地华人说：那一路，瀑布挂在悬崖上，一条一条银光闪闪，那美，是一般人难得见到的。可是我昨天在《指环王》拍摄地碰到一些中国人，他们是前一天去的，说一点意思也没有，《指环王》拍摄地比那儿美多了。

一个地方有如此不同的评价，我们更期待早点看到了。

昨天早晨的火烧云我还念着呢，所以今天早上又走到湖

又是满天的红云

边。虽然拍得有点匆忙，但是大自然的火烧云，每拍到一次，都是能记一辈子的。

为什么大自然的云能那么轰轰烈烈？我特意在网上查了查，看到了这样的解释：太阳光是由红、橙、黄、绿、青、蓝、紫七色光混合成的。这些颜色的光的波长不一样，红色光波最长，橙色光波次之，紫色光波最短。空气的分子和空气里飘浮着无数细小的灰尘和水滴，它们都能够把太阳的各色光线分散开来，这叫作散射作用。

太阳光中的光波波长越短的，像紫色、蓝色光就很容易被散射开来；波长越长的，像红色、橙色光就不容易散射。早晨或傍晚，太阳光是斜射的，它通过空气层的路程比较长，受到散射就减弱得很厉害。减弱得最多的是紫色光，减弱得最少的是红色或橙色光。这些减弱后的彩色阳光，照射在天空中、云层上，就形成鲜艳夺目的彩霞。

天上没有云的时候，悬在空中的雨滴少；中午

走在去米尔福德峡湾的路上

茸茸的山，茸茸的草

水中的山

空气层较薄，太阳光里的红、橙、黄、绿几种色光几乎全部通过，只把青、蓝、紫几种色光拦住，而这几种光中，又数蓝色光反射得最多，所以把整个天空染成了蓝色。

清晨太阳从东方升起，或者傍晚太阳落山的时候，太阳光射到地面上，穿过的空气层要比中午太阳当顶的时候厚一些。太阳光中的黄、绿、青、蓝、紫几种光，在空气层里行走没有多远就已经筋疲力尽，不能穿过空气层。只有红、橙色光可以穿过空气层探出头来，将天边染成红色。

火烧云可以预测天气，民间流传有谚语"朝霞不出门，晚霞行千里"，就是说，火烧云或火烧天如果出现在早晨，天气可能会变坏；出现在傍晚，第二天准是个好天气。

火烧云散去后，我们就走在一路都是"挂历"的路上。虽然还没有看到挂在悬崖上的银色瀑布，但眼睛已经不够使了。擅长扫拍的我，更是举着相机不离手。隔着车窗一会儿水中，一会儿山上地拍呀拍。

看到黄黄的草时，都是退休年纪的我们，忍不住躺在上面就打起了滚。

镜湖前，梳妆打扮倒不必了，可是拍倒影却是拍也拍不够。特别是有些树拍出来的，已经完全看不出哪些是水面上的树，哪些是水下面的树了。而水中的山一层，树一层，草一层的层层叠加，又让你迷途在自然。

蒂阿瑙湖（Lake Te Anau）是南半球最大的冰川湖，面积344平方千米。主体湖呈南北走向。三条巨大的峡湾像手臂一样从西面延伸出来，分别被称作北湾、中湾和南湾。湖四周多港汊。出产鲑鱼、鳟鱼。

一条瀑布

没有瀑布的雪山

蒂阿瑙湖位于进出米尔福德峡湾及峡湾国家公园（Fiordland National Park）的必经之地。有人说，把它形容为"南阿尔卑斯山的珍珠"最恰当不过了。

从蒂阿瑙到米尔福德峡湾约两个半小时车程，一天有10～20台巴士停下来拍镜湖。一会儿还要在一处叫金钱溪（Money Creek）的地方尝尝甜美的冰河水。沿途那些呈红色的石头，据介绍有可能是残留的矿物或是长了红色的青苔。

我试着拍那长3000米的荷马隧道（Homer Tunnel），可是实在是太黑了，没有拍下来。它从1936年至1953年间花费了17年才建成。地震或冬雪都会造成塌方，因此，只有夏天才能通行，出了隧道就是一段长约1千米的下行峭壁车程。

过了这段，接着沿新西兰94号公路行进，先是穿过大片的草地和丘陵，然后就进入了大片的松林和毛榉树林，公路两旁高耸的松树像是在列队欢迎你走近一般。已经出发一会儿了，我们还是没有看到满眼的瀑布。说是这里一年365天，有300天下雨，可我们眼前的天虽然是阴阴的，却没有雨，倒是山上的雪一点点向我们走近。

湖光山色，朴实纯美，我们没有看到银色的瀑布，但我也同意这样的形容："没有钻石般耀眼的光芒，却有珍珠般淡淡的光彩，让人心生宁静。"

蒂阿瑙湖的东面以连绵起伏的丘陵山村为特色；西侧则是一片宏伟旷野中的森林和山区。

普勒和默奇森山脉和蒂阿瑙湖的大部分区域，处于峡湾国家公园和蒂瓦希普纳穆世界文化遗产之内。现在生活在峡湾的濒临绝种的鸟类物种如秧鸟、秧鸡、马尾鹦鹉、新西兰吸蜜鸟、食肉鹦鹉、棕头鹦鹉和斑鸠在环境保护部的照管下繁衍生息，茁壮成长。

长在峡谷里的桫椤

在离米尔福德峡湾不远处，我们比计划中多去了一个地方，去看植物的活化石桫椤。今天我们走进的这片活化石林，从一进去，就让我们调动了所有注意力，生怕漏掉什么没看清。

这片林子里，桫椤固然是最珍贵的，可那峡谷里流出来的水，太绝了，简直无法用我能说得出的颜色来形容。

其实，这些都是峡湾国家公园的组成部分，是新西兰最大的国家公园，位于南岛的西南角，濒临塔斯曼海，占地面积12500平方千米。这里有著名的米尔福德峡湾、蒂阿瑙湖和马纳普里湖（Lake Manapouri）。

公园内呈现出一派被多次冰川作用雕磨而成的景观：峡湾、岩石海岸、悬崖峭壁、湖泊、瀑布，等等。因为海湾峡地有如此错综复杂的地貌，所以，被誉为"高山园林和海滨峡地之胜"。1986年，峡湾国家公园被列入《世界自然遗产名

路上没看到的瀑布，在船上时看到了

录》，也号称"世界八大奇景"之一。

来这儿的所有游客都会选择乘游船游览。米尔福德峡湾山体被垂直冰川侵蚀1000米，不论在船上仰望冰川断崖，还是空中俯瞰险峻陡峭的米特峰（Miter Peak），看到的都是峡湾的曲折，瀑布的倾泻，还可能会与野生企鹅和海豚不期而遇。

峡湾是由冰川侵蚀河谷所形成的。冰川由高山向下滑时，不仅从河谷流入，还将两岸磨蚀得高大、陡峭，最终成为峡谷。当这些接近海岸的峡谷被海水倒灌时，便形成峡湾。峡湾在世界上集中分布于几个地区：北欧的挪威、冰岛、格陵兰；北美洲西岸的阿拉斯加；大洋洲新西兰南岛；南美洲智利的南岸。

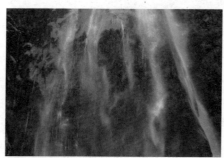

峡谷里的瀑布

米尔福德峡湾国家公园位于新西兰南岛的南端，公园内一共有14条峡湾，可供人们游览的一共有3条峡湾：米尔福德峡湾、神奇峡湾、达斯奇湾（Dusky Sound）。旅行的方式也是多种多样：可以坐船、坐小型飞机，或者是徒步，世界三大著名徒步线路都集中在这一地区。

挂起来的银河和河中的水交汇

米尔福德峡湾最深

处与米特峰相差达265米。峡湾地区的天气变幻莫测，据说在这里很难碰到晴朗的天气。路上没有看到的一条条银色的瀑布，在峡湾里我们看到了，也拍到了。船到那儿时，整条船都可以说是沸腾了，因为船就在瀑布边上，人们抢着和瀑布拍照，我被人拉着帮他们拍与瀑布同在的照片，拍得浑身都湿了。但那水喷薄而出的瞬间，弥补了我对路上没有看到瀑布的遗憾。

毛利人最早发现这处绝景，他们穿越米尔福德步道（Milford Track）到安妮塔湾（Anita Bay）来找绿石，这条步道被登山者誉为全世界最棒的步道。在当时，要非常了解山谷和林间通道，才能找到正确路径，困难度可想而知。

可能因多半时候在森林里找路，毛利人叫这里"Piopiotahi"，跟河、海、峡湾都没有关系，而是"唱歌的画眉鸟之地"，据说这种鸟现在已绝种。

至于米尔福德峡湾这个名字，则来自第一个发现此处的欧洲人约翰·格罗诺船长（Captain John Grono）。他因躲避风暴，意外发现此处后以自己的出生地来取名，为英国威尔斯的米尔福德港（Milford Haven）。

船上的介绍说：夏天和冬天在米尔福德峡湾居住的人数有相当大的差别。夏天约200人，都住在公司宿舍，没有私人房舍。冬天只剩下50～70人

与我们同行

亚马孙豚，拍于2011年1月秘鲁

左右，因为主要从事旅游业，冬天淡季，员工便回家休息，加上峡湾高山众多，此处收不到电视或收音机的信号，是新西兰境内唯一不需要付信号费的地方。

我们和海豚不期而遇是回程的路上都快要结束航行的时候。虽然是偶然，但是它们跟着我们走了好一会儿。开始因为我们的船走得很快，豚游是一会儿伸头呼吸，一会儿潜入水中，根本拍不到在水面上的一刹那。可是我从1997年就开始关注中国长江里的白鱀豚，直到唯一一头人工养护的淇淇2002年7月去世。5年的时间里，我们绿家园为它募捐，为它找"媳妇"，和它结下了深厚的友谊。不知是巧合还是什么，后来在巴西、秘鲁的亚马孙我都在人家说不是看豚的季节，说很难拍到豚们出水面的瞬间，既看到了，也拍到了亚马孙豚。

在中国香港我也拍到过中华白海豚。所以，今天从看到它们，我就相信我能拍到它们，果然，我拍到了。

结束了米尔福德峡湾之行，我们的车又在湖边和森林里穿行，静静的湖水，静静的大树，陪我们回程。狂拍的一天结束了，真正留在我脑子里的是什么？火烧云、镜湖、桫椤、瀑布、峡湾、海豚，还是新西兰的旅游方式？我们生态游应该如何在不同的自然中行走？留在脑海里的真不少呢，都会记住的，我相信。

一个小镇上的华人足迹

中国矿工村

2012年4月27日，皇后镇的早上没有火烧云。这就是大自然，这就是没有人为干扰的大自然。虽然没有再次拍到火烧云，我却对大自然又有了些许新的了解与认知。生态游真好。

有人说：箭镇是新西兰风景如画的居住区之一。

箭镇坐落在箭河畔，这里曾经是热闹的淘金地。如今小镇保持着它的历史特点，有60多处19世纪以来的历史建筑。淘金

天空在变化中

的历史在很久以前就结束了（但是你仍然有机会在河里淘到金子）。这个沉寂多年的小镇现在只能乘四轮车进去，小车都停在村口。

如今以旅游为主的箭镇里，有中国矿工居住区。

先于我们去新西兰箭镇的网友在网上有这样的描述：箭镇的历史不到150年，早在19世纪中叶皇后镇创建人威廉·瑞斯（William Rees）在箭河边发现了金沙，就揭开了这个小镇的经济发展的序幕。在诸多的淘金队中，以来自加州的水手威廉·福克斯（William Fox）为首的一群矿工最为著名，所以，箭镇早期也叫作福克斯镇。

当时，以威廉·福克斯为首的淘金小组，在短短的几个星期里就淘出了23磅黄金。消息传出，箭河一带一下子就涌集了超过1500人的淘金者，后发展到全盛时期达7000多人，这是箭镇的鼎盛时期。

作者在箭镇留影

　　由于大量无序的滥挖乱采，箭镇的矿产资源遭到破坏。加之到了19世纪80年代后采用机械开矿方式生产，造成大量淘金者离去，箭镇的人口也不断减少，矿工的住所已经空空如也。据记载，箭镇的人口，从全盛时期的7000多人减少到20世纪60年代初时的不到200人。

　　这以后，由于劳动力的匮乏，在矿主们的压力下，奥塔哥政府发出邀请，从澳大利亚维多利亚金矿场请来中国矿工。第一个中国矿工是在1866年到达箭镇的。在19世纪70年代有很多中国矿工在澳大利亚，他们从中国广东来到了箭镇以及奥塔哥的其他地区。据说人数最多的时候，包括箭镇在内的奥塔哥地区，来自中国的矿工数量达到了8000人以上。

存在的建筑

　　中华民族的聪明才智和优秀品质在这里的中国矿工队伍身上得到充分体现，他们吃苦耐劳、务实、聪明能干，事业获得成功！

　　可和现在一样，枪打出头鸟。华工们遭到了欧洲、澳大利亚和美洲的矿主的嫉妒和敌视。当时的欧美矿主有他们所在国家、政府的强

当年住在这里的老乡有心情享受这里的美吗

大支持，向新西兰政府提出了很多限制中国矿工涌入的立法要求和不平等的歧视待遇，并由当时的新西兰政府立法通过了。例如，人头税、限制劳工家属和女性入境移民等规定。在当时软弱的清政府执政下，中国这支下南洋的矿工队伍离乡背井、抛妻离子、忍辱负重，孤独在这里劳动、生活、作息。

当年的中国矿工村距离现在的镇中心——白金汉街不远，是箭镇规模最大的矿工居住区。这里有自己的商店、村舍和聚会地点等。由于大多数矿工都没有家庭，矿工们靠宗族籍贯的联系作为精神支持，形成了一个自给自足的小社会。随着矿产资源的枯竭，中国矿工村的建筑在20世纪20年代后大都被荒废了。

当年华工住在这里

网上的文章中还说：过去的一切都成为历史！1983年在奥塔哥大学考古部门的指导下，新西兰环保署对中国矿工聚集地建筑按原貌进行了重建，再现了中国矿工在100多年前的生存状态。现在箭镇中国矿工村一共修复了21座历史建筑，包括商店、宿舍，甚至还有厕所。箭镇的中国矿工村是新西兰保存最完好的中国矿工遗址，现在已成为游览箭镇的一个不可错过的历史景点。

矿工村遗址标识

箭镇，记载着中国矿工在人

类文明发展史上不可磨灭的贡献!

　　华夏地理社区网上还有另外一些说法:曾有数千名华人陆续来到这里充当劳工,这让箭镇成了新西兰最早、最多留着中国人脚印的地方。

　　据记载,前后来到这里的中国劳工有8000多人,大多是来自广东一带的农民。在小镇外,有一个保留下来的中国劳工定居点,这是小镇上最低矮的房子,里面光线昏暗,能够想象他们当年的岁月艰辛,虽然他们创造了当时整个箭镇40%的黄金产量,但他们拿到的只是区区的劳务费。淘金热退潮后,发了财的洋人走了,这些中国劳工没钱返家,就在此终老。后来有的华侨集资,帮助他们尸骨回乡。但是悲剧又发生了,1902年,有一条载着500多名劳工遗骸回乡的船沉没在茫茫大海。

秋色中的箭镇

　　1867年,一个叫亚历山大·恩尼斯的殖民者成为小镇镇长,他改变了这个小镇的模样,在白金汉街两旁延伸出了一排排林荫大道,并让整个街区和小河边都种满了枝叶繁茂的树木。

　　橡树、无花果树、软木榆树以及白蜡木是这个小镇上最多的树木,到了秋天,小镇变得绚烂多彩。一个童话世界就这样

今天这里的布置

建了起来。真庆幸，这样的景色要到4月才能看到，我们来得正是时候。

箭镇的白金汉街仍保留着19世纪的古迹建筑，目前成了手工艺品店、咖啡厅或一些特色饰品店。街口的湖区博物馆号称新西兰最佳的迷你博物馆，展示了拓荒期的淘金历史，博物馆对面，1863年就开始营业的箭镇邮局还在营业中，据说这是新西兰最老的邮局。从20世纪60年代后，旅游热让箭镇声名鹊起，每天游人不断。

不知是这里的人浪漫还是幽默，在今天这条保留着古建筑的街上，建筑旁会有一些小假人作为装饰。它们好像作为主人，守候在那儿与人同游，同乐。

街上的大道

请进

这次生态游，我们的"80后"导游小姐、80多岁的生态学家徐凤翔虽然没能和我们在一起，但是现在有网。所以，有关生态的常识，我们是要一路走，一路与大家在我们的大巴课堂上分享的。大巴课堂上没有人讲得了，就由我在网上查到后再在关公面前耍大刀一番了。

树叶的颜色来自哪里？来自它所含的各种

色素。在叶子的细胞中有多种色素，例如，呈绿色的叶绿素、橙色的胡萝卜素、黄色的叶黄素、遇到酸会变红的花青素等。相比较而言，叶绿素含

秋天的家

量最高，占了80%左右。

　　整个夏天，树木给树叶提供丰富的养料。然而随着秋天的到来，树木开始把营养集中到树干和树根。细胞的软木层在细长的叶柄处形成，留下"伤疤"，慢慢地将其"窒息"，结果树叶停止产生叶绿素，绿色渐渐褪去。那些叶黄素和胡萝卜素含量较多的树叶，会呈现出黄色。刚开始时，正在变化的树叶还保留有一部分绿色；后来随着叶绿素的中止，它开始出现黄色或红色的斑点；叶脉里的深绿色保存的时间最长，清楚地勾勒出它们的轮廓。在树叶的营养供给被切断后，剩下的糖分可以产生一种使叶子明亮的色素。它每年有所不同，随温度和阳光而起变化。这可以用来解释，为什么树叶在阳光灿烂的秋日似乎变得格外明亮。

　　在深秋季节，枫树、黄栌和火炬等树种的叶子会陆续地转换成红色。究其原因，在于它们树叶的细胞中不但含有叶绿素、胡萝卜素、叶黄素，而且还含有花青素这样一种在其他树种中少有的物质。在温度降低、湿度减小和光照减弱的气候里，叶绿素、胡萝卜素、叶黄素的含量逐渐减少，而花青素却

走在秋色林中的生态游

不断增多。在枫树等树种叶子里呈酸性的细胞液的作用下，花青素使树叶变为红色。

到达奥克兰伊甸山

伊甸山（Mount Eden）位于新西兰的奥克兰市中心以南约5千米处，是一座死火山的火山口。山顶设有瞭望台，视野开阔，是眺望市景的好地方。此外，还可参观到12世纪时毛利人要塞的遗迹。

飞机离开了皇后镇

伊甸山是奥克兰最重要的象征之一。锥形的火山口就在山顶的脚下。市区内高耸的现代建筑与绿油油的"田园风光"相互辉映，的确别有一番情趣。在著名的伊甸火山

雨中走向伊甸山

奥克兰到北京10407千米

上，有一个标志牌，上面有世界主要国家的首都距离此地里程。奥克兰到北京：10407千米。

伊甸山下的火山爆发时，所吐出来的岩浆覆盖面高达近6平方千米，包括现在的新市场（New market）区。其喷出的岩浆多达1.6亿立方米，可装满32400个奥林匹克标准泳池。奥克兰坐落在大范围的火山区域之上。

在过去的14万年里，这里已经产生了约53个火山锥。每个火山锥都是独立的，意思是它是由单个气泡岩浆从地球深处涌上来的。这意味着爆发会发生在锥体周围区域某个地壳薄的地方。无论你身处奥克兰的什么地方，不远处一定会有一个绿色的火山锥。而这里的大树之大，样子之多，或许和这里有火山锥，土壤肥沃有一定的关系。

天黑了，我们站在水边拍到了水与纪念碑的倒影的照片，这是为纪念新西兰第23任首相，也是工党第一任领袖迈克尔·约瑟夫·萨文奇（Michael Joseph Savage）而建的纪念碑。

迈克尔·约瑟夫·萨文奇1872年出生于澳大利亚，1907年移民到新西兰，1916年组建工党。1935年工党赢得大选成为首相。卒于1940年。他的主要贡献是关注民生问题，使新西兰成为一个福利型的国家。他提出了有名的"三高"政策：高收入、高税收、高福利，这也是在所有的发达国家中第一个提出的。为了纪念他，人们在此立碑。这"三高"政策也为新西兰的发展奠定了基础。

火山下的大树　　　　　　　纪念碑前的绿家园志愿者

　　可惜我们到这里时天已经完全黑了，不然，我们会看到公园坐落在风景优美的小山上，登高望远，一年四季绿草如茵，天地开阔，白云朵朵。山脚下有充满浪漫气息的沙滩。据说每年夏天有阳光的日子，满海滩都是红男绿女，给整个沙滩添上缤纷色彩。

毛利人部落中心

2012年4月28日，我们的大巴车向新西兰北岛的罗托鲁阿市开去。那里有18世纪以来修建的建筑和园林；有红白相间的熔岩台地地貌；还有毛利部落中心。我们是只能看展览，看演出，还是真的走进毛利村落、毛利人家呢？

我们到罗托鲁阿时是周六，那里正在举办环城马拉松赛。参加者之广泛、随性，从跑的、看的人的表情中可见一斑。澳大利亚全民健身，新西兰看来也不例外。

罗托鲁阿市是新西兰毛利人特拉瓦（Te Arawa）部落中

路上的彩虹

在参加长跑比赛的市民

心。除了令人惊讶的火山口、高山和湖泊景观外，罗托鲁阿还有美丽的英德式建筑和园林。

罗托鲁阿，是新西兰北岛中北部一座工业城市，位于罗托鲁阿湖南畔，距奥克兰市221千米，多天然温泉，是毛利人聚居区和著名的旅游胜地，人口54700人。"罗托鲁阿"是毛利语，意为"双湖"。罗托鲁阿湖面积为23平方千米。

罗托鲁阿全市遍布热泉，市郊森林密布。湖光潋滟，山色迷离，游禽戏水，海鸥翔空，空气中硫黄弥漫，热泉灰黄泥浆

骄傲的黑天鹅

新西兰温泉

沸腾。这种地貌是由于二氧化硅喷流进火山湖里所形成的。是由火山喷发而形成的粉红与白色相间的熔岩台地。1886年发生的塔拉威拉火山（Mount Tarawera）喷发，摧毁了这个熔岩台地地貌。但罗托鲁阿作为迷人的旅游胜地的名声却延续下来，长久不衰。

在18世纪，罗托鲁阿便成为新西兰旅游业的发祥地。人们从世界各地来到这里，欣赏这别具特色的地貌。

"地狱之门"是一个令人神往的地热公园。这里的热水瀑布是南半球唯一的奇特景观。公园内还有一个温泉中心，专门进行传统的毛利按摩（毛利语称为"Mirimiri"）和泥浴。

法卡雷瓦雷瓦地热保护区（Whakarewarewa Thermal Area）是离罗托鲁阿市中心最近的地热区，也是最主要的地热名胜。旅客在此可目睹间歇喷泉、沸腾的潭水和硅石阶地。其中，"浦湖渡"间歇喷泉是几处喷泉中最大的一处，每天喷发10～25次，喷发高度通常是16～20米，有时可高达30米。

离开喷泉，就到了毛利村。我急切地想看到原汁原味的毛利人家。

湖上

毛利人，新西兰的少数民族，属蒙古人种和澳大利亚人种的混合类型。使用毛利语，属南岛语系波利尼西亚语族。有新创拉丁文字母文字。

信仰多神，崇拜领袖，有祭司和巫师，禁忌甚多。相传其祖先系10世纪后自波利尼西亚中部的社会群岛迁来。后与当地土著美拉尼西亚人通婚。

19世纪初，英国人入侵前约有20多万人，分为50个部落，有部落联盟。后来原始公社开始解体，阶级分化明显。社会以父系大家族公社为单位，有的开始向大家庭过渡。采用夏威夷式亲属制度即伯叔父与生父同一称呼，伯叔母和生母同一称呼，侄甥与儿女同一称呼。经济以农业为主，行刀耕火种；部分人从事渔猎和采集；手工业发达。

还是表演

殖民时期毛利人惨遭屠杀，人口一度锐减。1907年新西兰独立后，民族权利受到尊重，人口逐渐回升。现代毛利人已接受英裔新西兰人的影响，社会、经济和文化均已发生变化，多会讲英语，许多人进入城市当雇工。部落界限已被打破，民族意识开始形成，民族文化得到复兴和发展。

对我们来说，真的非常遗憾，我们和毛利人的接触还只能是从表演中，从公园式的"部落"里进行。这可能是澳

生活再现

大利亚和新西兰的国策，不能干扰少数民族的生活。所以，虽然这些表演者对我们所提的问题都能一一解答，可是我们想走进他们的生活，看来是不可能的了。

只能用文字来表达我们对他们的了解，不能描述近距离接触的亲身感受。

毛利人约于1000年前由太平洋中部，从传说中的哈瓦基乘木筏迁徙至此，并从此定居。今天，生活于城市的毛利人，依然继承了毛利人的传统文化。他们对族人聚首的时刻，如葬礼尤为重视，分散各地的家人都珍惜会面的难得时刻，总乘机回乡。说毛利人一旦离开人世，便会与祖先会合，并凭着他们赐给的力量，赋予子孙精神力量与指引。

毛利人极重视他们的传家宝物，如权杖、绿玉项链等，深信它们蕴藏着祖先的灵气。他们会将这些家传之宝传给世代子孙。过去，毛利人与他们居住的环境有极密切的关系，并创造及流传着许多相关的神话传说，如森林之神及大海之神等。这些神话透过传统歌曲舞蹈流传民间，成为今日毛利文化不可或缺的一部分。

毛利人用的船

《怀唐伊条约》的签订，使毛利人的土地及其他资源的拥有权得以保留；使这种独有的民族的文化精粹得以保存，成为现在新西兰一大旅游特色。

我们是在火山台地的旁边走进了这个写有毛利的"部落"公园式的村落。

在新西兰，你会时刻感觉到毛利文化的存在，一个民族的文化深深地影响了整个国家的生活。

早在19世纪的初期阶段，毛利人就开始跟欧洲人交易，交换枪、衣服和许多西方先进的科技品。白人也开始来跟毛利人买地及砍伐开垦。1840

家门口一定要有火

年，200个毛利领袖就跟英国政府签订了《怀唐伊条约》，新西兰从这时候就合法地成为大英帝国的殖民地之一。

但是西方人也带来了很多疾病，因为毛利人对这些疾病没有免疫力，不少人患感冒的时候在五天内就去世了。

十九世纪六七十年代，许多毛利人感觉到西方帝国主义的威胁及侵略性，他们就不愿意再继续卖土地给英国政府，有几个部族就在奥克兰南边的怀卡托地区联合起来，成立他们自己的王国并反抗英国殖民政府，引起十年的"新西兰土地战争"或"毛利土地战争"。

当然，西方先进的枪与大炮很容易就胜过毛利人的石器，但在1864年的战争当中，一些毛利反抗者在一个叫鲁阿佩卡佩卡帕（Ruapekapeka Pa）的地方第一次用了堑壕战的战术。英国殖民政府军队用大炮轰炸鲁阿佩卡佩卡帕后，认为他们已经

毛利图腾

毛利"脸"

胜利了便前进，其实毛利反抗者已经躲在了堑壕底下，等英国军队到来后再发起攻击，在战斗中10分钟内就有100个白人被打死。

木雕表现了毛利的文化特征，无论是独木舟上的雕刻、城塞村入口处的雕刻，还是集会场所前面及周围的雕刻等，皆充分显示了毛利人将雕刻艺术融入日常生活中的精神。目前，这种木雕品已成为赠送他人的最佳礼物。

毛利人是天生的艺术家，尤其对音乐和舞蹈有独到之处。他们从传教士那里学习赞美歌的旋律和和声，经过巧妙运用，发展成毛利人明朗愉快的音乐。和夏威夷草裙舞类似的毛利歌舞，除了在罗沱路亚以毛利音乐表演外，在新西兰的节日庆典上，也是主要的艺术表现形式。

我们可能也都听说过，新西兰的毛利人是世界著名的吃人族。我们在那儿时我也问过当地人。他们的回答是：那是200多年前的事。不过现代的毛利人仍然为他们的祖先的悍勇感到非常自豪。

现在的毛利人生活，都是在以表演的形式向人们展示。因为新西兰毛利人欢迎客人的方式真的是很特别。

我们在那儿时，就看到了那种"家庭式"的欢迎仪式。开始时，会场是一片寂静。男女整齐地列队两旁，在一阵长时间沉寂以后，突然走出一位赤膊光脚的中年人，先是一声洪亮的吆喝，接着引吭高歌。歌声刚落，年轻的姑娘们翩翩起舞，舞姿优美，周围的人低声伴唱。歌停舞罢，他们就一个个走过来同客人行"碰鼻礼"，鼻尖对鼻尖，互碰三次，欢迎会进入高潮。

据说还有一种"挑战式"欢迎仪式：欢迎者全部民族装扮，为首的赤膊光足，系着草裙，脸上画了脸谱，手持长矛，一面吆喝，一面向客人挥舞过来，并不时地吐舌头。我们在看到这儿时并不知其意，后来才知道这是他们特有的一种对客人表达欢迎的方式。

表演中，他们临近客人时，还会将一把剑或是绿叶枝条投在地上。这时，客人必须把它拾起来，恭敬地捧着，直到对方舞毕，再双手奉还。这是最古老的迎宾礼，也最为隆重。

旅游中看到的，显然是在演的，不是现实生活，让人觉得缺少真情实感。

在这个公园式的部落旁有一个很神秘的展室，陪我们的当地人说进去一定任何声音都不能出，更不能拍照。因为这里住着新西兰的国鸟——几维鸟（kiwi bird）。这种鸟的胆子非常小，曾经有被人的声音吓死了的记录。

我们静静地走了进去。我在门外的墙上拍到了几维鸟的照片。

几维鸟，又名奇异鸟，学名Apteryx，又译为鹬鸵，是无翼鸟科3种鸟类的共同名称。因其尖锐的叫声"keee-weee"而得名。几维鸟的身材

几维鸟

小而粗短，嘴长而尖，腿部强壮，羽毛细如发丝，由于翅膀退化，因此无法飞行。几维鸟很容易受到惊吓，大部分的活动都在夜间进行，觅食时用尖嘴灵活地刺探，长嘴末端的鼻孔可嗅出虫的位置，进而捕食。主要食物包括泥土中的蚯蚓、昆虫、蜘蛛和其他无脊椎动物。寿命可达30年，是新西兰的特产，也是新西兰的国鸟及象征。

几维鸟的大小与人们常见的大公鸡差不多，褐几维鸟和大斑几维鸟体型稍大，可达35厘米左右，体重超过2000克；小斑几维鸟较小，体形只有25厘米左右，体重约为1200克。三种几维鸟的长相相似，属鹬鸟类中最原始的鸟类。它有一个小头，身体形状如梨果，由于没有一般鸟类具有的坚硬的廓羽，浑身长满蓬松细密的羽毛，羽毛柔软不具羽翈。外表看上去就像多毛的大皮球。没有一般鸟羽中央具有的羽干，仅有一些弱小的羽枝，所以呈兽毛一样的丝状。

它们的毛色主要呈黄褐色，带有深灰色和淡色的横斑，腹部毛色较淡，有黑褐色的条纹。羽毛具有良好的保暖作用。退化的翅膀被羽毛所覆盖，没有尾羽，不能飞翔。双腿粗短有力，善于奔跑，时速可达16千米。

几维鸟喙尖而细长，有10厘米左右，喙基处长有猫一样的胡须；鼻孔生在长而可以弯曲的嘴尖上而不是在嘴的基部；眼小，在白日视力也不足；耳孔大而发达，嘴基部有很长的须大斑。颈部很短，耳朵高度灵敏发达。两性异形，雌鸟大得多，差异超过1千克。与其他大多数鸟类最大的不同是不会飞翔，只能在地面上行走。它们腿位于身体的后方，短而粗壮，腿强健，肌肉发达。趾上均有锐利的爪，便于在土地上挖掘，寻觅食物。Kiwi，是新西兰货币（纽元）的另一名称。

新西兰的国花是银蕨。银蕨新生出的嫩蕾呈弯曲状，毛利人称之为初露（Koru），银蕨因此也就成为一种国家标志。银蕨也就是我们说的桫椤，这种蕨类多为野生，可见于新西兰境内的雨林地区。

在毛利传说之中，银蕨原本是在海洋里居住的，其后被邀请来到新西兰的森林里生活，就是为着指引毛利人，作用和意

银蕨

义都非常重大。从前的毛利猎人和战士都是靠银蕨的银闪闪的树叶背面来认路回家的。因为，只要将其叶子翻过来，银色的一面便会反射星月的光辉，照亮穿越森林的路径。

新西兰人认为银蕨能够体现新西兰的民族精神，故此这种植物便成为新西兰的独特标志和荣誉代表，现在，无论在人们胸前的襟章，或是产品和服务的卷标，举国上下都可找到银蕨的图样。

在距今约1.8亿年前，桫椤曾是地球上最繁盛的植物，与恐龙一样，同属"爬行动物"时代的两大标志。但经过漫长的地质变迁，地球上的它们大都罹难，只有在极少数被称为"避难所"的地方才可追寻到它的踪影。我国闽南侨乡南靖县乐主村旁，有一片亚热带雨林。它是中国最小的森林生态系自然保护区，为"世界上稀有的多层次季风性亚热带原始雨林"。我去过的那片贵州赤水桫椤林，也不知今天是否还在。如今，桫椤名列中国国家一类保护植物之首。新西兰是桫椤产地之一。

绿家园林中生态游

是羊还是驼?

　　我第一次见到正宗的羊驼是2011年在秘鲁。为什么说是正宗的？是因为羊驼的家乡在秘鲁。其他地方的羊驼都来自秘鲁。

　　这次在大洋洲见到的羊驼也是来自秘鲁的。一路上，吃饭的地方，买东西的地方，活蹦乱跳的羊驼，让人们拍照；商店里羊驼绒，羊驼毛做成的被子、毛衣、围巾、手套、袜子等着我们掏腰包。

秘鲁的羊驼

羊驼有多种颜色

在中国说到羊驼，会有很多联想。在澳大利亚和新西兰，羊驼就是羊驼，实实在在。

2012年4月29日一大早，我们的大巴车就开向了艾格顿农场，我们要去看生活在那里的羊驼，还要看当地人在不到一分钟的时间里，就能把一头毛茸茸的大羊剪成一头"秃驴"。

羊驼（Alpaca），属偶蹄目骆驼科，外形有点像绵羊，但它却不是羊。羊驼原产于南美洲海拔3000～4800米的安第斯山脉。属骆驼科，一般在高原生活，世界现有300万只左右，约90%以上生活在南美洲的秘鲁及智利的高原上，其余分布于澳大利亚的维多利亚州以及新南威尔士州。

羊驼每群十余只或数十只，由一只健壮的雄驼率领。以高山棘刺植物为食。发情季节争夺配偶十分激烈，每群中仅容一只成年雄驼存在。春夏两季皆能繁殖。羊驼的毛比羊毛长，光亮而富有弹性，可制成高级的毛织物，也能驮运。

羊驼无驼峰，有弹性很好的肉趾，耳稍尖长、直立，貌似羊，故称为羊驼。其寿命长达20～25岁。公羊驼体高1米，体重达70千克（母羊驼略小）。母羊驼无发情周期，通过交配而诱发排卵，妊娠期为11.5个月，一年只产一胎，单羔。

羊驼非常聪明，是高度群居的动物，容易饲养和照看。羊驼的外表看起来是很有趣的。它们主要通过身体摆姿势和一个柔和的哼唱声音进行交流。

南美驼羊的历史追溯到两千年前，是原驼和小羊驼杂交的后代。现代理论认为羊驼是小羊驼在六七千年前被驯养后的后代。羊驼的饲养和管理水平在印加帝国时代11、12世纪时期达到一个高峰。

在这个时期，羊驼和大羊驼的饲养都是由贵族组成的一个特别的国家机构来管理。羊驼是当时最有价值的家畜，集中选育它们可以生产出更多品种的好羊驼毛，并且保持品种的传续。

羊驼毛以其质量与色泽独一无二的特点而闻名于世。其韧性为绵羊毛的两倍。每只羊驼一年可产绒毛3～5公斤，一年剪毛一次。用羊驼毛制成的时装，轻盈柔软、垂感好、不起皱、不变形。

羊驼和它的表亲大羊驼是在欧洲人发现美洲大陆之前在南美洲仅有的被驯化的家畜。它们是安第斯文明整体的一部分，也是其文明的生活方式的体现，羊驼被用于提供食物、燃料、衣物和运输畜力。

在西班牙占领印加后，许多羊驼、大羊驼和印第安人一样死亡了。但在不适合人类居住的阿尔蒂普拉诺高原（Altiplano），这个物种幸存了下来。

16世纪西班牙征服者的到来，使欧洲的家畜以及在秘鲁的采矿业发展起来，使得羊驼不再具有印加帝国时期的基础地位。羊驼的数量减少，并且挣扎在贫困中的安第斯山脉放牧人掌握的放牧经验也逐渐消失了。

新西兰罗吐露山顶

直到20世纪20年代羊驼纤维才又一次复苏。20世纪80年代之前，还只有很少的羊驼，在动物园饲养或当作私人的宠物。时间到了80年代，羊驼产业成为秘鲁战略经济资源，成为一个值得保护的自然经济资源。

秘鲁已立法禁止羊驼的出口，因此，智利、玻利维亚进而成为南美洲羊驼出口的主要国家。但是由于国际市场对羊驼制品的高需求量，南美洲原产地的羊驼品种的总体质量已明显下降。

现在，在南美它们的原产地已经不存在野生的羊驼了。在秘鲁，人们提到"羊驼"，除了想到高级运动衫之外，很少有人了解更多。西班牙殖民者不仅征服了一切，而且破坏了数年来印加人辛勤换来的高质量的羊驼。

在西班牙侵略之前，羊驼和大羊驼的数量达到数百万只。短短的100年里，西班牙将数量减少了90%，取而代之的是羊、牛和马匹。饲养计划一直持续了数百年，但都没能达到印加人那时的数量。

1969年的秘鲁军事政变也使羊驼养殖计划受到重创。有钱的庄园主所拥有的一律被新政府充公，而新的政府对如何运作这项业务一无所知。到了20世纪90年代初，羊驼的数量已经跌到250万。如今政治环境已经改善，秘鲁的饲养主又可以背起包袱闯天下了。但是大多数的牧场不能够有效进行羊驼的饲养，而且很少有关于血统的记录。

500年来，在秘鲁给羊驼剪毛都必须举行一种神圣而独特的仪式。首先，当地的印第安人手握彩色的麻绳，围成人墙，追赶在成千上万的羊驼后面，最终将它们赶到用金属栏杆围成的圈里。

圈中央是一座石制祭台。祭师选出一对羊驼，把它们的耳朵割下，将其鲜血涂抹于脸颊，并喝下血酒，咀嚼古柯叶，通过这种仪式来祈求羊驼世代繁衍生息。礼毕后才开始剪羊毛。传说印加人要保留剪下的第一绺羊毛；在秘鲁的潘帕卡雷拉地区剪羊毛活动从安第斯冬至一直持续到6月。

印加人将羊驼列入他们的宗教信仰和宗教文化。

随着时间的推移，养羊驼的人也在积累着经验。比如，1998年，羊驼毛产量极低，因为一直没有晴天。当地有这样的说法：记住，永远不要剪湿毛！

曾经放牧马、牛或山羊的草地，如果用来放牧羊驼，那么它们所留下的马毛、牛毛、山羊毛之类会附着在羊驼绒毛上。粗麻袋上掉下的黄麻、剑麻、碎屑、过滤嘴、地毯杂屑也会卷进羊驼毛。还有很多奇怪的东西也有可能掺进羊驼毛：泡沫、石头、梳子、玩具、啤酒或汽水的易拉罐！当过滤嘴卷进羊驼毛，这些合成纤维看上去跟羊驼毛一样，但却无法染色。

绿家园生态游在新西兰，看着这些可爱的小家伙时也明白了：羊驼之所以值钱、宝贵，不仅因为种好，还和养它们的人

印加古国的羊驼后代

从介绍羊种开始

介绍羊，也介绍和它们朝夕相处的牧羊犬

对它们的在乎直接相关。

对了，新西兰人告诉我们，如果谁要是惹羊驼生气，那它们给你的"礼节"是什么呢？是用口水吐向你。

夏季，因为天气炎热羊儿们会热得生病，所以，要把它们的长毛剪去一部分。到了冬季，羊儿们的毛就又长到从前的长度、可以抵御寒冷的冬天了。

二十世纪八九十年代，德国一年举办一次广播特写未来奖。澳大利亚的广播特写《剪羊毛的季节》得过一届的大奖。这个节目中有一个情节，就是有一头羊因害怕自己的毛被剪，逃跑了。可是过了一年这头羊摇摇晃晃地走回来，毛长得盖住了眼睛，拖到了地。几乎就走不了要滚了。它只好又来找人帮它把毛剪去。这个故事我们这次去，也是几次都听到有人还在讲。

羊毛被剪下来后，聪明的农场主还有活动可供人们了解羊。一是请人上台去把手伸进那一大捧剪下来的羊毛里，手拿出来时，整个手都是油乎乎的。原来，绵羊油就是把这羊毛中

剪掉了

的油给提炼了出来。

就这一摸，让很多人跑到剪羊毛台子旁边的商店里，去买那一盒一盒的绵羊油。太现身说法了吧。

还有就是请几个人上台去挤羊奶，这是他们那里旅游的重在参与活动。我举手上去了，当然挤得不如人家熟练，但我的独到之处是把奶挤到了那位表演剪羊毛的男士身上了。人家都是往桶里挤奶，我直接就朝着人家的嘴去了。这一结果，让我得到了一张证书，算是"能手"。

在新西兰有这样的说法：牛低头，奶来了；羊低头，毛来了；牛羊低头GDP来了。澳大利亚和新西兰旅游中的参观剪羊毛，什么时候能在中国的牧区也开发起

玩

嘿嘿，下嘴吧

嘿嘿，想什么呢

来，有那么多企业家去那儿旅游后回来学学呀。这是我在看了后最想呼吁的。

而且，除了绵羊油，驼绒被、毛衣、围巾也是游人看了剪羊毛后心甘情愿要买的。

新西兰的猪，是快乐的猪，因为不圈养；牛初乳有8斤，5斤要给小牛吃。什么是牛初乳？生下小牛前三天内的奶。这样养的猪、牛能不健康吗？

我们在那儿听到的更让我感慨的还是：诚信。

卖由牛初乳制成的奶制品时，标出的一天、两天、三天，那绝对是真的，不会有假。一旦违法，定会罚个底儿掉，定会倾家荡产。

在就要离开大洋洲时，我们再次选择的是和动物们近距离接触。我们要再看一眼，再看一眼它们在干什么呢？它们那些奇怪的动作，有些我们是怎么也琢磨不出来，怎么也不明白的。

离开大洋洲已经五个月了，一口气还是写了17篇"行走在大洋洲的土地上"，虽然一天一篇写得有点忙，有点累，但是

激流中的鸭

回想在那儿时的羡慕，在那儿时的感慨，在那儿时的思考，就觉得不写出来就白去了似的。

今天终于写完了。不过有关我们行走中的大事、小事，行走中的景、情、人，都还将会是我今后要不断地重温，不断地给人讲，不断地从中再挖出点什么的资源，因为我觉得值得。

分享，能改变我们生活中的一些不愉快，多希望这样的分享，能使得我们的后代也得益于他们的祖先。

| 第三章 |

在澳大利亚感受食品安全

海德公园草坪上的探讨

2012年8月28日，我应凤凰网之邀，参加了十位凤凰网博主对澳大利亚食品安全的采访。因签证的原因，我比其他九位晚到了一天，结果没有赶上在悉尼采访澳大利亚前总理陆克文。

不过，同行的人帮我问了我的问题。我对陆克文提的问题是：你会如何对待食品安全问题？同伴告诉我，陆克文仔细地介绍了他们国家有关食品安全的一些法律。

飞机上拍日出

悉尼的绿色和绿色中的晨跑

城市中的休闲

8月28日早晨，我是迎着太阳走下的飞机，走进这片满眼绿色的国土，满大街都能看到在跑步的人们。

四个月前，就是今年4月，我们绿家园生态游刚去过澳大利亚。那次我得知街上、花园里、海边之所以有那么多锻炼身体的人，是政府把建医院的钱都用在鼓励人们跑步上了。防病比治病省钱，精明的澳大利亚政府算清楚了这笔账。

今天，当我再次领教澳大利亚街上跑步的人之多时，在澳大利亚生活了十几年，被我们封为"悉尼自由哥"的小黎再次告诉我们："不是街上跑步的人有毛病，没事穷跑什么呀！而是锻炼身体在澳大利亚是每一个人的追求。不仅是时尚，也是务实。"

悉尼歌剧院差不多是我们每一个国人都不陌生的，但是悉尼的绿色呢？在了解那儿的食品安全时，这样有利于健康的生存环境和生存方式也已经在感染着我们了。

这次到澳大利亚之前，我提前做"功课"时，查百度看到2011年11月有人写了一篇文章《看看澳大利亚食品安全监管》。文章中说：20世纪90年代中期，由于世界范围内食品安全事件频发，澳大利亚也出现过多起食物中毒事件，这些事件引起澳联邦政府高度重视，在1998年8月澳联邦政府开始组建食品监管机构，并陆续颁布了《食品法案》和《食品安全条例》等法律法规。

在这之后，澳大利亚又围绕《食品法案》《食品安全条例》等法律法规，制定了许多配套的规章，如《职业健康与安全法》《食品安全惯例与总体要求》《食品工作场所与设备》《食品安全标准——健康与卫生，食品处理者的责任》《食品标准条例》等。这些法律法规涵盖了所有食品类别以及从农田到餐桌的种植、养殖、储存运输、生产加工、销售服务的各个环节。

1998年才开始组建食品监管机构，比我们绿家园的成立还晚了两年。短短的14年间，一位正在澳大利亚做访问学者的我们的同行说："这里的家庭主妇在超市里买东西是用不着担心买到假冒伪劣产品的。"

从那篇文章中我还知道了：澳大利亚立法基于建立完善的社会诚信体系及预防为主的原则，明确食品生产经营企业是食品质量安全的第一责任主体，食品安全主要依靠食品生产经营企业本身自律、利用市场自由竞争、新闻媒体舆论监督等手段来保证。食品监管机构所做的，只是有效管理生产经营企业按照法律和相关管理体系规范运行，以此来实现保护人类生命和健康。法律强调新闻媒体监督具有独立性、客观性。

澳大利亚作为一个联邦制国家，联邦政府负责对进出口食品进行管理，保证进口食品的安全和检疫状况，确保出口食品符合进口国的要求。国内食品由各州和地区政府负责管理，各州和地区制定自己的食品法，由地方政府负责执行。

由于各州拥有相对独立的立法权限，因此，食品安全管理体制呈现多元化的特色。而且食品安全监管牵头的部门各不相同，如昆士兰和新南威尔士州是食品安全生产局，南澳大利亚，维多利亚和塔斯马尼亚州是乳品食品局。

但总体情况是澳大利亚联邦政府和州政府负责食品安全法律制定，州政府和地方市政府负责法律的执行；州政府负责乳制品、肉制品等高风险食品的监管，地方市政府负责其他食品和零售业食品监管，遇有交叉管理的食品由州政府和地方政府双方明确责任并签订备忘录，由双方共同负责，但二者有明确的分工。

联邦政府涉及食品安全的组织主要有三个方面：一是部长级澳大利亚、新西兰食品监管部长理事会。该理事会是政府食品安全方面最高级别协调议事机构，主要负责食品安全和消费者保护方针政策和立法，其下有政策委员会和执行委员会。

二是卫生部下属的澳大利亚、新西兰食品管理局（ANZFA）。ANZFA于1996年正式成立，负责在澳新两国制定统一的食品标准法典（FSC）和其他的管理规定。另外，在澳大利亚，它还负责协调澳大利亚的食品监控、与州和地区政府合作协调食品回收、进行与食品标准内容有关的问题的研究、与州和地区政府合作进行食品安全教育，制定可能包括在食品标准中的工业操作规范，以及制定进口食品风险评估政策。

三是农渔林业部下属的澳大利亚检疫检验局（AQIS）。AQIS成立于1987年，由原澳大利亚农业卫生和检疫局与澳大利

只管低头寻找不用抬头看路

亚出口检验局合并而成，其主要职责是进行口岸检疫和监督，进口检验、出口检验和出证，以及国际联络。

　　法律条文看起来总难免给人以枯燥之感，但是用起来可是鲜活的。因为它们面对的是一个个活生生的个体。曾经我们牛奶中过多的三聚氰胺，让没有丝毫防范能力的孩子喝下去，中毒的、失去生命的就是他们呀。

　　我在悉尼的第一天，在澳大利亚有着丰富生活经验和理论思考、研究的两位学者何与怀、冯崇义为我们找了当地的一些华人名流，介绍有关澳大利亚的食品安全法律法规，也回答了我们对此的疑问。

　　我向他们提出的问题和向前总理陆克文提的是一样的：你认为食品不安全的问题怎么解决？

　　我们进行这场问答的场地是悉尼海德公园。同行的《凤凰

市中心的开放公园

周刊》主笔叶匡政趁大家还在感叹"在这样的氛围中坐着,是讨论还是休闲"时,竟然躺在草坪上先睡了一觉。

在澳大利亚生活多年的老杨首先告诉我们,在澳大利亚吃的是安全,但是再隆重的请客除了烧烤也变不出什么花样了,这不能不说是另一种遗憾。他认为,说到底,制度和决策的民主及监督机制,是食品安全的保证。如果食品质量出了问题,就能罚得你倾家荡产,这样还有人敢以身试法吗?

生产方和卖方的设想是:假设货架上的水果买主回家吃时懒得洗怎么办?那就得干净。这是人家商家的假设。

《南方都市报》原深度报道记者王海燕现在悉尼大学做访问学者。她说以一个家庭主妇而言,她在这里最大的感受有二:一是进超市用不着担心食品是不是安全;二是切肉不像在中国切时肉里会流出水。

《看看澳大利亚食品安全监管》一文中还有这样的描述:州政府涉及食品安全的部门主要有三个:一是食品监管局,其下有三个部门即政策和立法部门、监管部门、宣传部门。食品监管局是食品安全牵头部门，主要负责州内食品安全政策制定，完善食品安全监管体系，任命现场检查员和各食品生产经营企业监管员，负责食品安全知识的培训和对消费者的教育和引导等；二是基础产业部门，主要负责农业和生产环节食品安全的基础管理工作；三是卫生部，负责食品卫生，微生物污染和食品溯源的监管等。其他涉及食品的医学、农业、消费者事宜等机构也予以支持。

此外，澳大利亚还有食品生产经营市场准入制度。食品生产经营者开展经营活动前要从物理污染物、化学污染物、微生物污染物、场所、卫生、水的供应和质量、清洁和消毒、可追溯性和记录、员工能力等九个方面编制食品安全计划书，报食品安全局，经批准，注册和登记，核准和批准后方许可生产。

澳大利亚十分注重食品安全标准化。无论是在农场，还是在农贸批发市场以及企业生产现场，澳大利亚对初级农产品、食品生产加工以及销售全过程都严格执行相关标准。对于初级农产品，政府指定专业技术人员到各农场牧场生产现场免费进行技术指导，使其施肥用药符合标准，严格控制农残药残指标，确保农产品达到标准要求；所生产的农产品一律进专业农贸市场销售，并由专人对农残指标抽查和检测，检测不合格农产品坚决处理并追究责任。

对于食品加工环节，政府严把原材料进货质量关，检查官员来检查时，经营者要能提供原料的供应商资料及检测合格证明，严格按照生产工艺规范进行生产加工。对于产成品，政府严格控制运输过程、销售场所的环境卫生，特别是温度指标。由于整个链条都能严格执行标准，食品质量就有了可靠的保障。

今天中午我们吃饭时，做过《中国保险报》记者的童大焕问这家中国餐馆的老板怎么上保险。老板说，他每月交300澳元，可获得的保费是2000万澳元。这个险叫公众责任险。花那么少的保险费，公众可获得那么高额的赔付，靠的是什么？是执法的严格和罚得底儿掉。

教堂随处可见，是宗教也是文化，是生活也是艺术

食品安全的保障之一，是监督机制的健全。这是第一次来澳大利亚的博主们所认识到的。人的道德底线的要求，来自宗教和文化传统的保证，也是不可或缺的。这在今天的海德公园中国博主"一席谈"中，也不是一家之言。我是比较认同这一点的。

同行的中国台湾学者宫铃说："台湾一度癌症发病率提升，马上就有有关部门出来为公众做体检，为的是预防，为的是明天。"

此行为我们当导游的小黎告诉我们一个出人意料的数据：澳大利亚的人口是2100万，警察有9万。看来有铁的纪律，也还要有执行者。

"悉尼自由哥"讲了他的另一亲身经历是：一次他给汽车

加完油没付钱就走了。没走出多远，就听到警车声。警察见到他后说的第一句话是：你是不是忘记付钱了。之后，警察对赶紧承认的小黎的处理是回去交上应交的钱就行了。说完后警察就走了，并不是等到看着你真的付了钱之后才走。在澳大利亚，对人的尊重与信任是全民的素养。

今天，同行的博主童大焕在他的

夕阳西下的悉尼

空气透明时的云与太阳

微博中写下的是："悉尼海德公园。每天中午这里是附近白领吃饭和午休的地方，走后一片垃圾不留。徐志摩应该在这里写《再别康桥》：'轻轻地我走了，正如我轻轻地来。'"

我们的访问才开始，要了解和思考的还有很多。

在议政厅里上课的孩子

要了解一个国家的食品安全仅从食品上找答案显然是不够的。2012年8月30日，凤凰网的博主们离开悉尼前往澳大利亚首都堪培拉，去了解这个国家政治中心所在地。

今天能让我留下印象的：

一是堪培拉的冷。昨天在悉尼穿两件衣服挺合适。可堪培拉，正体现了南半球冬天的气温。

二是今天我们在堪培拉国会大厦里看到小学生在那里听讲。让那么小的孩子知晓掌握权力的机构是怎么回事，是澳大利亚政治的组成部分。这是爱国的具体体现吗？

三是傍晚我们在战争纪念馆里聆听了每天纪念馆关门都要进行的对在战争中捐躯亡灵的悼念。

这三点都和食品安全相关。猛听起来或许有些牵强，但是我想来想去又觉得它们之间确

大树小树显示的是家族的兴旺

实有着某种潜移默化的关联。

今天一路上最先让我感慨的是：悉尼、堪培拉，澳大利亚两个最重要的城市之间完全没有开发，还是一片原生态的大森林。三个半小时的路程，高速公路就穿行在浩渺的、望不到头的森林中。

看着那片原生态的大森林，我对在澳大利亚生活了多年的杨先生说："要是在中国，这么重要的两个城市之间不建设，不开发，那可就是奇怪了。"可这里，就能留下这么一大片的森林。

听我这样说，杨先生的回应很简单："这里的人觉得森林更重要。"

我把这几张照片放在微博上后，几位北京朋友都跟帖了一张今天北京的天空的照片。灰色的，没有云的天空。一位朋友在照片下写着："又是一个阴霾天。"另一位朋友说："替我们在澳大利亚多呼吸些新鲜空气吧。"

堪培拉位于澳大利亚山脉区的开阔谷地上。海拔760米。莫朗格洛河横穿堪培拉市区，向西流入马兰比吉河。早在100多年前，堪培拉还是澳大利亚阿尔卑斯山的一片牧羊地。1820年被人发现，此后有移民来建牧场，到1840年发展成一个小镇。

湖上彩虹

一边是袋鼠，一边是鸸鹋的国徽

1901年，澳大利亚联邦政府成立以后，因为定都问题，悉尼和墨尔本两大城市争执不下，一直争了八九年，直到1911年，联邦政府通过决议，在两个城市之间，选一个风调雨顺、有山有水的地方建立新首都，于是选了这块距悉尼238千米，距墨尔本507千米的空地。这就是堪培拉的雏形。

1912年，联邦政府主持了一次世界范围内的城市设计比赛，一年之后，国会从送来的137个版本中，选中了美国著名风景设计师、36岁的芝加哥人沃尔特·伯里·格里芬（Walter Burley Griffin）的方案。这位设计师描绘的堪培拉街道图是他和他的妻子（也是一位建筑师）共同画在一块棉布上的，这份珍贵的原作至今仍保留在澳大利亚国家档案馆里。

建设中间，经过了因第一次世界大战的停顿，共用了14年，于1927年建成，并迁都于此。后来，又为确定新首都的名字商讨了好长时间，最终选择了当地居民的传统名称"堪培拉"，意思是"会合之地"，民众又叫作"聚会的地方"。

堪培拉的城市设计十分新颖，环形及放射状道路将行政、商业、住宅区有机地分开。城市中心的格里芬湖喷泉，即为纪念库克船长上岸200周年而建的"库克船长纪念喷泉"（Captain Cook Memorial Jet），水柱高达140米，极为壮观。

今天我们还没下车，就看到喷泉水折射出的彩虹，那像是从湖水里"长"出的七色光。这样的景致如果没有蓝天白云的映衬还能显现吗?家在北京,成天生活在灰蒙蒙的天空下的我,在这样美的环境中,脑海里竟然跳出了这样的问题。

这个被誉为"大洋洲的花园城市"的规划沙盘是对外开放的,且有灯光指引着前去参观的人感受设计师的美学思想和建城风格。

堪培拉的地标是堪培拉国会大厦(Canberra Parliament House)。1988年5月9日,英女王伊丽莎白二世亲自为它主持揭幕启用仪式。这个建筑以及周边建设总耗资11亿澳元,是澳大利亚历史上建造费最昂贵的建筑物。

"中国人在澳大利亚促成了一些法律的颁布。"我们的导游"悉尼自由哥"小黎说。我让他举几个例子。他说:"有的中国人要拿着澳大利亚的永久居住证,却回到中国工作,两面

来国会大厦上课的学生

在艺术中学习艺术

的好处都不落地享受到。为此，澳大利亚就出台了持有永久居住证的外国人必须在澳大利亚工作，在澳大利亚待着，否则就是犯法。"

这样颁发出来的法，又让我联想到了食品安全。有人想投机，想钻法律的空子，别美，治你的法跟着就出来了，这可以说是体现在澳大利亚社会治理的方方面面。

澳大利亚国会大厦，从外面看并没有觉得它有多大，可里面还真不小。在墙上那标示着妇女议员的图前，凤凰网的王冲对我说你还不拍张照，看澳大利亚妇女参政的程度有多高。

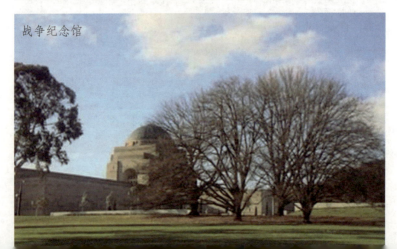

战争纪念馆

不过，在国会大厦里更吸引我的是里面的孩子们，看上去也就是小学生，怎么也跑到参政议政的场所里来听讲了？

让这么小的孩子接受什么是政治、什么是权力机构、什么是权力机构的运作，我突然觉得这也和食品安全有关系了。制度的制定，决定着国家机器运转的各个方面。还有权利意识、责任意识与义务意识，这些素质的培养从孩子抓起，能不决定着执政的水平吗？

在澳大利亚及很多西方国家，孩子们的课是要上到森林里、博物馆里和歌剧院里的。在森林里学自然，在博物馆里学历史，学艺术，学为人，当然比在书本上、教室里学对孩子们来说更直观、更有趣。看着这些孩子，心

还在继续

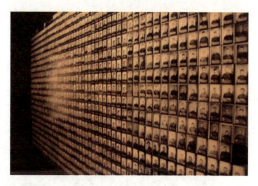

记住每一个捐躯者，纪念墙由一个一个人组成的，不仅是群体。

小号吹起时

里涌出的念头是：这些孩子真幸福。我认为这样教育出来的孩子长大了做事会更实事求是。

从国会大厦出来，我们来到了国家战争博物馆。澳大利亚参与的几次战争在这里用图片、雕塑、文字一一展示了出来。那些画面上的人物，把人们带到了那个年代，那场战役。

今天当我们从纪念馆走出来时，看到孩子们在纪念馆的院子里坐了一地。原来是纪念馆每天关门前都有一个特殊的仪式——由一个退伍军人吹起小号悼念战争中捐躯的亡灵。

我们停住了脚步，和孩子们在一起。

在澳大利亚，对死者的尊重，对为国捐躯者的悼念，也是从孩童时代就开始抓起的。这样的爱国主义教育和到国会里上课，是同时进行着的。

纪念馆外

一树小花

仪式在吹响小号前，主持人告诉大家，这首乐曲在当年对死者是悼念，对生存的战士，就是继续战斗的号角。一年365天，这样的号角天天吹起，影响并鼓励着一代又一代澳大利亚的孩子成长。

在这样的教育下，这样长大的孩子，当他们成为社会的主人时，荣誉、责任、义务之感，在心中已如从小苗长成参天大树。

写到现在，难道还不能把食品安全与这样的教育体系，与这样培育出的素养关联起来吗？

当我拍下一树的春天来临时争俏的小花时，坐在车上，望着窗外，我脑海里如电影般回放的，有一张张孩子的笑脸，有一墙的一张张军人的庄严。夕阳正映红满天，那是没有污染的、洁净而透明的一片天。

食品安全，相关的还有什么，明天我们继续寻找。

罂粟花在植物园里盛开

　　写这篇文章时，我刚刚转发了一条微博：8月30日凌晨雅砻江锦屏二级电站工地发生了泥石流，已有100多人死亡。当时，内部组织救援不到位，只能靠外部了，要翻越好几个山头才找到手机信号。其实，这样的灾难与白鹤滩水电工地的事故如出一辙，都是在大山峡谷中建设水电站，砍树、断河在先。

　　在为这些因建设水电工程而受到生命威胁的人焦急万分时，我正在远方随"凤凰网名博澳洲行"一行一起进行有关澳大利亚食品安全的采访。感受着人家家园的天蓝，花艳，鸟自由，儿童在艺术馆里上课时，我心如刀绞，为尽快找到那些失踪的人而焦急。

人与自然

　　而在我最后校定这本书的2020年5月18日，云南昭通巧家发生了里氏5级地震。而这里已经开发和正在开发的几个大型水库——溪洛渡、乌东德、白鹤滩就都建在这片地震多发的金沙江峡谷里。我们"江河十年行"每年走在金沙江的这段时，地质学家杨勇都在为此深深地担忧着。

眼前这些景色是大自然中的自然。可是看着它们，我的脑海里却回闪着今年4月我们绿家园"江河十年行"采访时，我拍到的中国大江大河的画面。

自然和人本没仇，大树本在为我们涵养水源，鸟的歌声可让我们人类有不再寂寞的春天。可是在我们的家乡有些人为了能源，为了发展，为了腰包里鼓，正在让大自然为我们人类牺牲。

树，让我们从堪培拉到墨尔本这一路上全是走在大森林中。在城市里，参天的

大山里在建的电站

物种的丰富

大树也不少见，而且不是从山上移来的，是原地长出来的。物种的多样是因为当地人尊重一切生命。大树和鲜花旁边走着悠闲自得的人们。我曾问过这些人："河流不发电就是白白地流走了吗？"得到的回答是："河流养育的不仅是人，还有鱼和水中的很多生物。大千世界中树的作用，是找不到其他的替代物的。"

门口的四棵树就这样"站"在植物园大门口的对面

这种花叫罂粟

　　8月的最后一天，我们走进了墨尔本城市中的皇家植物园（Royal Botanic Gardens Melbourne）。植物园位于澳大利亚墨尔本市南亚拉（South Yarra）的鸟林大道（Birdwood Avenue）。花园以19世纪园林艺术布置，内有大量罕有的植物和澳大利亚本土特有的植物，植物园占地0.4平方千米，是全世界设计最好的植物园之一。

　　皇家植物园建于1845年。植物园至今保留着19世纪的一些建筑和风貌，汇聚了1万多种奇花异草。皇家植物园自建园以来，汇集了来自全球各地1.2万多类、3万多种植物和花卉。

　　这里有澳大利亚所有原产植物和花卉种类，还培育出2万多种外来植物。由于墨尔本冬季没有霜冻，因此，几乎热带、亚热带、温带的所有种类的树木都可以生长。园内的植物标本室设备相当现代化，里面藏有150多万种植物标本。

　　澳大利亚的各个季节，包括常开不败的雏菊在内的各种野花将澳大利亚干旱的草原地区装点得五彩缤纷。从6月到9月，整个西澳大利亚州有1.2万多种野花盛开。从8月下旬到10月中旬，南澳大利亚州袋鼠岛（Kangaroo Island）有100多种野花盛开，很多野花种类为袋鼠岛所独有。在澳大利亚阿尔卑斯山，高山草甸的积雪融化后，黄色的金槌花、粉色的花毛茛和银白色雪雏菊会大片盛开。

植物园的水中

　　走在植物园中时，很多花我们都叫不上名字，但这一点也没有影响我们对它们的欣赏，我们嘴上不断地说着"真好看，真好看"。

　　植物园内，有一棵维多利亚历史上所说的

开满了

"分离纪念树"。1851年对维多利亚人来说是一个令人鼓舞的年份，这一年在维多利亚发现了黄金，同时，这个原属于新南威尔士殖民区一部分的不列颠领地获得英国批准单独成立殖民区。墨尔本人得知维多利亚将脱离新南威尔士殖民区单独成立一个殖民区的消息后，欢欣鼓舞。为了纪念这一历史性事件，维多利亚殖民区的总督在墨尔本皇家植物园里种下了这棵桉树，这株红色的桉树（尤加利树）保存至今，它目睹了这个城市发展的历史。

桉树在我们中国是外来物种。这些年云南大旱就有科学家出来说话，砍伐本地原有物种——雨林，种桉树是造成云南大旱的原因之一。因为没有天敌，外来的桉树像是"抽水"机，把周围的地下水都吸到自己的身体里，使得它的周边没有了能生存的植物。

水上水下

不过，在桉树的原产地澳大利亚可不是这样。它们既可以生长在亚高山地区、湿润的海岸森林中，也可以在温带林地和干燥的内陆地区看到。在澳大利亚的大蓝山地区，拥有地球上最丰富的桉树种类。

实际上，大蓝山的名字源于桉树油上升到空气中形成的蓝色微光。在澳大利亚阿尔卑斯山（Australian Alps），引人注目的银色和红色疏花桉树在白雪覆盖的大地上异常耀眼。南澳大利亚弗林德斯山脉（Flinders Ranges）古老的河边赤桉树生长在干燥的小河床中。考拉只以某些种类的桉树为食。

雨林在大自然中有着重要的作用。可惜我们中国现在的雨林因人为的原因越来越少了。特别是在云南。

雨林在澳大利亚曾经覆盖大部分的古代南部超级大陆冈瓦纳古陆，如今保留着的雨林中，还可以找到原始植物，它们与一亿年前生长在此的植物关系密切。澳大利亚的雨林横跨整个国家，覆盖各种气候类型。北部昆士兰的黛恩树雨林（Daintree Rainforest）是地球上最古老的热带雨林，可追溯到1.35亿年以前。那里有13种不同类型的独特雨林。昆士兰东南部和新南威

自然在以自然为主的人为
"干涉"中

难得一见的笑翠鸟被我们
见到了，也被拍了下来

悠闲自在

尔斯北部的冈瓦纳雨林（Gondwana Rainforests）包括世界上面积最大的亚热带雨林以及凉爽的温带雨林。西澳大利亚州大利亚金伯利（Kimberley）地区有多处干性雨林。卡卡杜国家公园（Kakadu National Park）有季风雨林，维多利亚的奥特威山脉（Otway Ranges）有长满蕨类植物的溪谷。

自1845年墨尔本植物园开园以来，不断收集世界各地的植物，才拥有了今日所见的规模。

在一望无际的绿茵花园内休息，在长满自然和奇异植物的草坪、走道上散步。会休闲、爱自然的澳大利亚人，在吃的上面能不追求自然，能置自己的健康于不顾吗？

当然不会。对自然的尊重和对自身健康的在意，在澳大利亚人看来是不可分开的。没有健康的环境哪来健康的食品；没有大自然的自然，哪有人类的悠闲。这是我们在考察澳大利亚食品安全中得到的又一启示。

2007年世界各葡萄酒断档

随凤凰网名博"金考拉绿色之旅"采访澳大利亚食品安全，我在微博上发了一条在澳大利亚葡萄园里听来的说法：如果哪年葡萄长得不好，这一年的葡萄就烂在地里不摘了，酒也不生产了。这条微博发出后不久就有网友跟帖表示质疑。有人认为这是商家在做广告，也有人认为这样的说法怎么能信呢。

它们与葡萄生活在一起

9月2日为了求证，我再次问了金考拉国际老总赵荣君，品牌的葡萄酒不生产了，可以生产一些不是品牌的呀？

"葡萄长得不好，这一年就不做葡萄酒了，这是惯例，澳大利亚品牌葡萄酒生产者、经销者都要遵守这一基本原则。"

亚拉河畔的葡萄园

不同的酒要装在不同的酒桶里

赵总说，谁要是不信可上网查，2007年和2011年，世界很多名酒都断档，不仅是澳大利亚。因为这两年一年是大旱，一年是大涝，全球的葡萄长得都不好，追求品牌的葡萄酒厂家就不生产了。这是经营之道的其中一条。

宁缺毋滥，这一成语我们是常常挂在嘴上的。可真碰到事，能凑合就凑合的应该是大多数人。澳大利亚食品吃起来安全，就是不凑合。品牌产品就是品牌产品，一点儿不含糊。

顺便插一句，等着吃晚餐也很有意思。9月2日是澳大利亚的父亲节，订餐的人比较多。我们订到的预约是自助餐馆里第二拨儿用餐者，从8点15分开始。订好的时间是一分钟也不给提前的。这也意味着前一拨人吃到8点15分就得走人。这样的管理方式，让自助餐馆里的人不会太集中，也不会太空。给用餐者一个舒服的体验。在澳大利亚，吃不仅讲究安全，也讲究环境。

2012年9月2日，在酒窖里我们学到的知识还有：什么酒装在什么桶里都是尝出来的。找到酒的最佳味道后，才决定用哪种木头做的桶来装。像我们到的这个酒窖，用美国木头做的桶装的酒有一股淡淡的可乐味；用欧洲木头做的桶有一种微微的果香。通过尝味道做好酒的贮存工作，是品牌酒质量的另一保障。

　　这家酒窖的主人已经是家传好几代了。他剪出来过冬的葡萄枝，被赵先生形容成像是艺术品。他是孤身一人经营着这片葡萄园，酿造着一桶桶的甘露。听说来这里举办婚礼的人可真不少：桌子摆在花前树下，桌上摆着甘美的葡萄酒，家人和朋友们簇拥着新人，簇拥着美酒，簇拥着鲜花，祝福新人开始新生活。这也是酒窖主人酿酒的追求、享受与品位。

　　食品不仅要安全，还要能尝出品味，品出来的不仅有酒，还有生活中的乐趣。离开这片葡萄园时，我久久地回望着那片山谷。山谷中的红与绿的层叠，树与花的交织都让人眷恋。

　　澳大利亚有十大葡萄酒产区，其中，南澳大利亚州的巴罗莎谷是澳大利亚著名葡萄酒的发源地。澳大利亚的葡萄产区是1840年由英国人、爱尔兰人和波兰人建立的，他们一来到这里就开始种植葡萄树。这里的山谷拥有连绵的山脉，肥沃的土壤，加上地中海气候，使其生产出了丰美的红酒和精致的白葡萄酒。

山谷中的葡萄园

葡萄生长受不同地点、土壤和海拔的影响，生产出来的葡萄酒口感和风格也大不相同。我们到的亚拉河谷（Yarra Valley），是维多利亚州最古老的产酒区，它被誉为世界上最佳的寒冷气候的葡萄酒生产区域之一。

这里的特产是黑皮谨和莎当妮。莎当妮是亚拉河谷种植得最广泛的白葡萄品种，其风格多样——从口感复杂的橡木风格，到高贵拘谨的风格，莎当妮的酿造一直都是遵循传统的酿酒工艺。

澳大利亚全国共分为七个州，分别是北领地、南澳、西澳、新南威尔士、维多利亚、昆士兰和塔斯马尼亚岛（省）。澳大利亚的北部纬度低，是热带雨林区，内陆是沙漠和莽原，气候炎热干燥，都不适合葡萄的生长，所以，葡萄酒产区主要集中在东南部，包括维多利亚、新南威尔士、南澳大利亚和塔斯马尼亚岛。

澳大利亚的葡萄酒之所以有如此的盛名，是因为其特有的优良土地和许多世界级杰出优秀的酿酒师。当然，我们特别感受到的还有他们那世界上最严格的管理和生产过程，以及澳大利亚人特有的简单、纯朴、憨厚，不视金钱为唯一目的。在把信用和快乐生活视为第一追求的环境下，他们才酿造出来了质优价廉的世界级美酒。

以上这些认知，也是包括中国在内的许多葡萄酒专家和行业权威人士的一致看法。专家们还认为，同等级和同价格的葡萄酒，澳大利亚一定要比其他产地的质量高出许多。这个事实也是每一位会品酒人士的共识。近年来，澳大利亚葡萄酒以其优良的品质和合理的价格，受到了世界各地众多消费者的喜爱。

在澳大利亚考察食品安全，了解一下我们中国人现在几乎是要疯狂抢购的奶粉是怎么生产出来的，也是我来之前就想好好打听打听的。

金考拉国际的赵荣君老总和焦云峰总经理很有感触地对我说："澳大利亚的奶粉为什么好？牛和人一样免不了要生病，生病了也要打抗生素，而打了抗生素的奶牛产的奶，在澳大利亚是要被全部倒掉的，绝对不能进入流通渠道，人是不喝的。"

通常来说，奶牛被人天天挤奶后，很容易得乳腺炎，不管是为了预防，还是消炎，都要给它们打大量的抗生素。而在澳大利亚人看来，牛奶里有了抗生素对人体是有害的。所以，他们严格控制打了抗生素的奶牛挤出的奶，坚决倒掉，绝无二话。

此外，在奶粉的包装上，有着非常详细的记录：生产日期、产地和工号。这样一来出了问题马上就能查到产地和负责生产、运输的人。责任制到了这个份上，能不成为食品安全的再次保障吗？

澳大利亚的橄榄油近年来也成了我们国人的抢手货。可供食用的高档橄榄油，是用初熟或成熟的油橄榄鲜果，通过物理冷压榨工艺提取的天然果油汁。它是世界上唯一以自然状态的形式供人类食用的木本植物油，人类对它的栽培历史已有数千年之久。

有人统计，《圣经》中，"油橄榄"（"Olive"）出现的频次超过200次。油橄榄果的物理特性和果肉的化学成分由于不同的品种、成熟度、地理环境、土壤质地以及种植方式而有所不同。

在古希腊神话里，女神们用橄榄果提炼出来的膏状物具有一种惊人的功效。当赫拉想引诱宙斯时，她就在自己身上涂上这种神圣的膏状物——橄榄油。

一直到荷马时代结束，橄榄油才显现经济价值，然而也只有贵族和富人才能使用橄榄油。罗马人的沐浴文化中，橄榄油是健康和美容仪式的一部分，他们用橄榄油按摩。罗马人对橄榄油中抗氧化、抗发炎的神奇功效非常认可。

现代医学认为橄榄油的神奇作用为：富含维生素、矿物质、蛋白质、必需脂肪酸，尤其是ALA（Alpha Linolenic Acid，α-亚麻酸）。橄榄油能促进血液循环、防止动脉硬化以及动脉硬化并发症，长期食用可以有效缓解便秘，减轻风湿症状，起到镇静等作用，此外还可用于护发及化妆用品。

这么好的东西，并没有让澳大利亚人就随随便便地生产出来供人享用了，而是同样强调质量与安全。如何把握质量，制作橄榄油所用的橄榄要在采后24小时内压榨提取。

选用的橄榄，是用机器一个一个筛选的。大小都有要求。

食品吃起来要安全，就要采取严格的管理方式及生产流程。

光指望着媒体采访、传播就改变现状是不够的。需要时间，更需要去影响。用我们知道的好的，能保证安全的管理方式去影响决策者，影响公众。还是我信奉的那句话，只要努力，就有希望。

这篇文章是我在从澳大利亚回北京的飞机上写的。虽然离开了，但我的心还在澳大利亚呢。澳大利亚的树上也有长瘤，我们中国很多城市现在五颜六色的花也多了起来。取其精华去其糟粕，见贤思齐，自己也能变好。澳大利亚的海边，被大自然风化

树瘤

的"十二使徒岩"——其实就是海边的岩石在风中成就的"雕塑"。那一座座"雕塑"在岁月中，有留下的，也有失去的。

大自然中会有留与弃，人类社会也会一样吧。

诚信是食品安全的保障

到墨尔本的人一般都会去海边看看那里的"十二使徒岩"。它听起来是《圣经》里的名词，实际是一个风景点的名字。

"十二使徒岩"，是坐落于大洋路上的12块巨大的断壁岩石，独立矗立在湛蓝海洋中。它们形态各异，犹如人的面孔。如今，"十二使徒岩"只剩其中的八座，眼看着巍峨的巨岩变成一堆碎石块。人们不由得扼腕叹息，这片举世闻名的美景或

天海一色中的岩石

修路的记忆

岁月

许哪一天就会永远地离去，但大自然不会因为没有了它们就不再继续。那人类社会呢？玛雅文化、楼兰古城都只留下了凄婉的故事。

从墨尔本通向"十二使徒岩"的大洋路是世界上最美的公路之一。大洋路又称为大海洋路，位于墨尔本西南，从吉隆（Geelong）、托尔坎（Torquay）、阿波罗湾（Apollo Bay）到坎贝尔港（Port Campbell）全长300千米，是一条围绕澳大利亚维多利亚州西南海岸沿线的盘山公路。据说早年为了修这条路，很多当地人和被运来的囚犯付出了生命的代价。

今天，当人们走在这条路上尽情享受无限风光时，还有多少人能记得当年的付出？历史就是这样一页一页地翻着过去，被人遗忘了。

从海边"门徒"的风蚀，想到今天的食品安全，岁月虽然会带走很多，但留下的总会有留下的缘由。

说起我两次进澳大利亚，在海关都感受着这个国家安检的严格。凡是吃的东西一定要打开箱子认真看过才放行。今年4月我进去时带了一包炒熟的自己种的瓜子，他们查了后说上面有虫子眼，不可以带。

这次进海关时，我有一袋带在飞机上吃的小山核桃，挺贵的没吃完，我主动拿出来问安检的人能不能带进去。那人看了看说：要检查。

过了一会儿，两个年轻的女士牵着两条狗来了，这两个家伙在我们放在地上的包边来回走了两遍，我的包它们没有什么兴趣。它们感兴趣的除了各种小吃，还有一个剩茶的茶杯。

澳大利亚饱尝了外来物种入侵的苦恼，所以，严防死守成了他们保卫食品安全和生态安全的必需手段。

澳大利亚母亲河墨莱河地区的中部盛产水果，于是，方圆数百千米的范围不允许携带外面的各类水果、蔬菜出入，汽车经过那里的各个高速公路时必须检查，如有发现罚款很高，那是为了隔断病虫害的传播。

这样的严格要多少人"看守"？这也是我问金考拉国际赵荣君的问题。赵先生给我举了个例子，他说："你注意没

墙

浪

有，我们这里一些需要进门的地方并没有看门的，但每一个人都会主动把应该交的钱投进去，根本不会想到要逃票，凭的是自觉。"

赵荣君先生告诉我："在澳大利亚你要是在信誉上有了不良记录，那你一辈子再想翻身都难了，你就是挣了再多的钱也会被罚个倾家荡产。"

当然，在澳大利亚人看来，诚信不是天生就有的，所以，推进诚信体系建设，在澳大利亚是和普及食品安全知识培训并重的。也就是说，澳大利亚政府食品监管机构非常重视对食品经营者诚信意识和食品安全知识的培训教育，以加强对他们食品安全意识的引导。

因为我们在澳大利亚采访的时间只有八天，没有机会更多地了解他们的一些具体措施，不过网上这方面的介绍还有不少。关注人家做得好的，中国记者为此正在做着努力。

我在"在澳大利亚感受食品安全"之一引用的百度上一篇写于2011年11月的文章《看看澳大利亚食品安全监管》中，还有这样的介绍：

政府编制了《食品安全惯例与总体要求》《食品工作场所与设备》等食品安全控制指南，以及《食品安全标准——健康与卫生，食品处理者的责任》等具体指导文件，免费派发给经营者。相关材料可从ANZFA（澳大利亚新西兰食品的权威）等官方网站下载，也可直接咨询地方市政府环境卫生官员或卫生服务部门。

设立第三方培训机构，培训教师要具有丰富的实践经验，能指导经营者具体操作，培训机构以及培训老师必须经过注册。此外，政府要求经营者通过培训，取得相应资格，以不断提高对食品安全的认知水平，达到加强企业自律的目的。

同时，州政府也经常与第三方培训机构合作，在各地每年举办两到三次培训会议，要求至少50%的取证人员参加，培训会议内容丰富，形式多样，大家共同讨论、分享经验，不断提高主体意识和生产管理水平。

　　这篇文章中说：我们在对食品经营者进行诚信教育和普及食品安全知识时，也举办过不少培训班，但往往收效甚微。究其原因，主要是培训的形式单一，培训的教材内容繁杂没有针对性，政府提供的免费培训机会很少，不少社会培训机构以赚钱为目的，打着各种旗号滥发通知，培训市场鱼目混珠，企业无所适从。另外，我们也有不少公开政务的政府网站，但是，由于网站提供的内容不齐全，有关信息不能及时更新，生产经营者无法获得有效的咨询服务。针对上述问题，澳大利亚的种种做法值得我们借鉴。

　　其实在我看来，除了诚信以外，中国食品安全的措施缺少监督机制，缺少受过专业训练的检查员。加强对认证、检测机构的监督管理，确保认证、检验工作诚信有效。在这点上，因为重要，澳大利亚各州政府对高风险食品直接派政府审查员进

海边的云和月

行审查，对中低风险的食品实行第三方审查，甚至外包社会审查机构的审查员审查。审查员也可兼职企业咨询业务，为防止降低审查标准，审查机构在对同一企业进行审查后，五年内不得做咨询。

这种避嫌的做法看起来没什么，其实是非常有用的。前些年我在德国采访时，德国有一个组织叫"watch dog"（看门狗），他们的工作就是为企业发他们认证后的标志。很多企业都以能拿到这种民间组织发的认证而自豪，在他们看来民间的认可更公正。这样的认证也是要付钱的，这笔钱又成了民间组织经济来源的一部分。可在中国，民间组织的监督谁理你呀，更别说给钱了。不过，在我看来，希望在于我们了解了外面的世界，就有可能影响公众，影响决策。

有关食品安全在澳大利亚还有一种措施，所有样品要保存完好直至保存期结束。所有认证工作都是由第三方的认证公司来完成。绝大多数产品质量检验工作也是委托专门的检测公司进行（我们中国的环境影响评价是由施工方出钱请有关部门来评价）。

澳大利亚这些第三方公司工作人员，能在诚信的基础上，做到认真、公平、公正、一丝不苟、清正廉洁。

澳大利亚正是因为有了公开食品安全日常监管信息，有了落实食品安全监管信息的公示制度。他们的国民才非常相信本国的食品质量，他们的公民才不用走进超市后挑来选去还是不放心手中选出来的食品。

澳大利亚各州政府均设立专门网站，公开检查人员对食品经营单位的日常检查结果（有检查人姓名在上面的），其他相

天、海、石、草

关媒体也予以公布报道，影响广泛。不遵守法律法规规定的企业将面临市场的淘汰和市民的质询。

这还不算，澳大利亚还规定，每个食品生产经营单位都要从企业内部选派一名质量监督员，经过专门培训，取得相应资格后，由州一级政府任命并发给证书。其全面负责企业内部食品安全的监督工作，如遇大的食品质量安全问题，及时报告地方政府。

澳大利亚各州政府食品监管机构在对经营者进行监管时，一般是建立在预先信任基础之上的。但一旦发现企业没有严格按照有关规定进行有效管理时，管理机构将派审查员进行全面苛刻的审查，审查费用是每人每小时230澳元，且该费用是由经营者支付，如此一来，让经营者感到不遵守规定，不按规定执行规章制度所带来的高额费用，是不划算的，也就是说违法成本太高。

"门徒"与大海

此外，澳大利亚法律对食品违法行为的惩处弹性较小，惩处力度非常大，而且执法非常严，违法者稍有不慎就会面临法院的罚金和刑事处罚。同时，由于监管人员监管力度到位，保证了生产经营者具有很强的守法意识，自觉遵守联邦的法律法规，因而全澳大利亚很少出现严重违法的情况。

违法了就让你赔个底儿掉，下次谁还抱侥幸心理。如今在澳大利亚开公司的赵荣君先生对此感受很深，这是我们一路走一路看时，他说得最多的。此外，有关澳大利亚食品为什么安全、诚信是每一个人的自律，也是赵先生发自内心地要和我们说的话。

我觉得澳大利亚人在这方面的修养，是我们此行从采访前国家领导人，到企业家，到街边店里遇到的普通人身上都能看到的。在报道国家层面食品安全举措的同时，我多么希望，这些能从自身做起的小事，也能引起人们的关注。

如果今天的我们既不尊重自然，也不爱惜自己，等待着我们会像是"十二使徒岩"那样一点点地风化，还是像楼兰古城那样消失？

感谢凤凰网，感谢金考拉国际，感谢同行的各位凤凰网的名博主，让我在这次澳大利亚食品考察之旅中学到和感悟到了很多，并有机会把自己的感悟告诉更多的人。

给绿中国书系

绿镜头下的美丽星球

汪永晨 著

（全四卷）

南极冰、北极点、冰岛火

SPM 南方传媒 ｜ 花城出版社

中国·广州

图书在版编目（CIP）数据

绿镜头下的美丽星球：全四卷／汪永晨著. -- 广
州：花城出版社，2023.2
（给绿中国书系）
ISBN 978-7-5360-9625-7

Ⅰ．①绿… Ⅱ．①汪… Ⅲ．①散文集－中国－当代
Ⅳ．①I267

中国版本图书馆CIP数据核字（2022）第254722号

出 版 人：张 懿
责任编辑：揭莉琳 欧阳薇 梁宝星
责任校对：梁秋华
技术编辑：林佳莹
封面设计：张年乔 眠蝉不语

书　　名　绿镜头下的美丽星球：全四卷
　　　　　LÜ JINGTOU XIA DE MEILI XINGQIU：QUAN SI JUAN
出版发行　花城出版社
　　　　　（广州市环市东路水荫路 11 号）
经　　销　全国新华书店
印　　刷　广东鹏腾宇文化创新有限公司
　　　　　（广东省珠海市高新区唐家湾镇科技九路 88 号 10 栋）
开　　本　880 毫米 ×1230 毫米　32 开
印　　张　31　4 插页
字　　数　666,900 字
版　　次　2023 年 2 月第 1 版　2023 年 2 月第 1 次印刷
定　　价　200.00 元（全四卷）

如发现印装质量问题，请直接与印刷厂联系调换。
购书热线：020 - 37604658　37602954
花城出版社网站：http://www.fcph.com.cn

目 录

| 第一章 |

南极冰

南极的冰川与企鹅

——麦哲伦海峡在风浪中

南极是地球的最南端，实际上它又有南极洲、南极点、南极大陆、南极地区、南极圈等多种含义。地理学上的南极为南地极和南磁极。

南极大陆，是指南极洲除周围岛屿以外的陆地。它是世界上发现最晚的大陆，孤独地位于地球的最南端。科学家告诉我们：全球气候变化下，这个地区的温度变化和全球的趋势是一致的，总体是升温的。麦哲伦企鹅目前的捕食非常困难，在智利和阿根廷，成年麦哲伦企鹅在饲养小企鹅期间，每天出海捕食的时间为16～18小时。在福克兰群岛，如果想获取相同数量的食物，则需要35小时。在南美洲的最南端，安第斯山脉和百内山系之间，跨越智利和阿根廷两国的Campo De Hielo Sur，是世界上现存最大的冰川之一。有人说，这也是世界上最美丽的冰川。

由于全球气温的变化，冰川正在坍塌。如果我们保护好地球，或许我们的子孙还能像我们一样，有幸见识到大自然的鬼斧神工。

去南极，朋友们问得最多的一个问题，不是有没有进入南极圈，而是南极很冷吧？

我1999年7月到过北极，那次是从美国阿拉斯加州的北纬62度出发，一直去到了北纬78度。7月，也是北极的夏天。那次我回答朋友关于北极冷不冷的问题时，是和北京相比的。我说北极的夏天和北京的冬天差不多，太阳出来时，比北京的冬天还暖和。

篷塔的等待

2017年1月7日，我们离开智利首都圣地亚哥，飞往智利离南极最近的篷塔阿雷纳斯。一下飞机我们就担心起来：风真大。来之前我们就被告知，天气不好我们可能去不了南极洲，上不了乔治王岛，进不了长城站。

篷塔，这个离南极乔治王岛最近的城市，并没有想象中的那么偏远。下午我们在前往南极的欢迎会上，除了一起举杯庆祝踏上南极大陆之外，还得到了准确的消息：1月8日我们的飞机准时起飞。这意味着，我们前往南极洲的愿望即将实现。

南纬62度13分乔治王岛

出发前合照

2017年1月8日早上，我从旅馆的窗户往外拍照，拍到的景色让我知道飞往南极的梦想即将成真。

南极的1月是那儿的盛夏，我们穿的衣服和在北京的1月穿的一样。

南极是根据地球旋转方式决定的最南点。它有一个固定的位置，通常表示地理上的南极区域。按照国际上通行的概念，南纬66.5度（南极圈）以南的地区称为南极，它是南大洋及其岛屿和南极大陆的总称。

乔治王岛上的湖

远处的教堂是乔治王岛最早的人类居住点

长城湾

中国南极长城站位于乔治王岛的菲尔德斯半岛上，方位是南纬62度13分，西经58度55分。它面临民防湾中的一条小湾，这条小湾已被中国南极考察队命名为长城湾。

长城站背靠终年积雪的山坡，水源十分丰富，这里地势开阔，滩涂长约2000米，宽约300米。

地理学概念上的南极，指南纬66度33分以南的区域，严格意义上说，南极圈内才算得上南极。南极圈是天文学上从两极受太阳光线来确定南极地区永久界限的一种方法。

从地理位置上讲，长城站所在位置并不是地理概念上的南

2017年1月9、10日都是大风天

极，属于南极圈的外围，但因为1959年《南极条约》把南纬60度以南的区域定义为条约所适用的范围，包括南极洲和南大洋，所以人们就把这个区域定义为南极区域，但是从地理学概念上切勿混淆。

我们是半年前定的2017年1月8日登南极乔治王岛，访问长城站。不过，这个时间是人定的，飞机能不能起飞，是老天爷说了算，要看南极风。

1月8日上午，我们乘坐的飞机从智利篷塔阿雷纳斯机场准时起飞，和我们一起在机场候机的还有第三十三次中国南极科学考察队的科学家们。

在南极长城站，主管气候监测的科学家指着电脑中的卫星云图告诉我们：2017年1月1—10日只有一天飞行"窗口"，就是1月8日。而且从卫星云图上看，1月中下旬天气会更差。

凝视南极站（汪永基拍摄）

南极长城站建站时是1984年12月，从照片上看，长城站被白雪覆盖，而我们1月8日抵达那儿，长城站的地上看起来基本上是沙石土地。

中国的南极考察站的建立比发达国家晚了30

年。1959年签订的《南极条约》分协商国和缔约国，协商国由在南极地区建立考察站的国家组成，在国际南极事务中有发言权和表决权。签订条约但没有建立考察站的国家为缔约国，虽有发言权但没有表决权。因此"协商国是一等公民，缔约国是二等公民"。

选定考察站需要考察几个条件，比如是否具备较大的露岩地域、船只是否容易接近、卸货是否方便、是否有充足的淡水资源、站区是否可开展综合科学考察等。

在11个备选站址中，菲尔德斯半岛南部地区最为理想。这是一块台阶式鹅卵石地带，地域开阔，有3个宜饮用的淡水湖；海岸线长、滩涂平坦，便于小艇抢滩登陆；夏季露岩多，地衣、

极地科学考察主要进程

苔藓等植物发育也比其他地点好，企鹅和其他鸟类在此栖息繁殖，适宜开展多学科考察。

长城站的建立，改变了中国在南极事务上的地位。

我们进入长城站，看到站内墙上挂着长城站的科研项目介绍图，表上的内容可真不少。站长陈波告诉我们，长城站是座小小的科研城，科研人员在这里不仅可以从事气象观测、固体潮观测、卫星多普勒观测、地震观测、地磁绝对值观测、高空大气物理观测，还可在生物实验室、无线电波传播实验室、地质实验室、地貌和第四纪地质实验室、地球物理实验室和微机房里进行综合研究、实验、分析和数据处理。

让我们没有想到的是，和我们同一天到长城站的科学家，那天晚上要睡地铺，因为前一批考察人员还没有坐雪龙号离开。

南极长城站暖房里的绿色

我们走进了长城站的暖房。在暖房里，相机立刻起雾了无法拍照。我用手机拍下了长城站已经结果了的西红柿。虽然零零星星没几个，肯定不能保证供应，但对于远离家乡的科学家们来说，解个馋的新鲜蔬菜是有了。

来之前我已经在网上了解到，长城站对垃圾的处理十分严格，不同类垃圾由专人搬运到不同的区域，然后用装载机运输到垃圾处理站。按南极环保规定，要用焚烧炉焚烧处理纸质

走在长城站

垃圾和食物残渣，焚烧后的垃圾残渣全部装入收集袋内，其他不允许在南极焚烧的垃圾也要分别装入不同的收集袋。所有的垃圾收集袋要存入集装箱，用船运回国内处理。

长城站的生活污水经过管道汇集到一个污水处理站，达到

排放标准后，才可沿着管道排入长城湾。

拍于长城站

刚踏上南极乔治王岛时，我们都抱怨自己把南极想得太冷了，穿得太严实了，乔治王岛的气温和北京的冬天也差不多。可几个小时后，雪花一直飘着，我们感受到了这里的冷。

从之前做的功课中我知道，地球上最高的大陆是南极大陆。地球上其他几个大陆的平均海拔高度为：亚洲950米，北美洲700米，南美洲600米，非洲560米，欧洲最低，只有300米，大洋洲的平均高度还不甚清楚，估计也不过几百米。然而，南极大陆，就其自然表面来说，平均海拔高度为2350米，比其他几个大陆中最高的还要高得多。

由于海拔高，空气稀薄，再加上冰雪表面对太阳辐射的反射，南极大陆成为世界上最为寒冷的地区，其平均气温比北极低20℃。南极大陆的年平均气温为-25℃，南极沿海地区的年平均气温为-17℃～20℃；内陆地区年平均温度则为-40℃～50℃；东南极高原地区最为寒冷，年平均气温低达-57℃。

到现在为止，地球上观测到的最低气温为-89.6℃，这是1983年7月在新西兰南极观测站测到的。

南极的寒冷与它所处的高纬度地理位置有关，高纬度地理位置导致了南极在一年中漫长的极夜期间没有太阳光。同时，它与太阳光线入射角有关，纬度越高，阳光的入射角越大，单位面积所吸收的太阳热能越少。南极位于地球上纬度最高的地区，太阳的入射角最小，阳光只能斜射到地表，而斜射的阳光热量又最低。再者，南极大陆地表的95%被白色的冰雪覆盖，冰雪对日照的反射率为80%～84%，只剩下不足20%到达地面，而这可怜的一点点热量又大部分被反射回太空。南极的高海拔和相对稀薄的空气又使得热量不容易保存，所以南极异常寒冷。

南极不仅是世界上最冷的地方，也是世界上风力最大的地区。我们还没到南极，刚来到离南极最近的智利篷塔阿雷纳斯时，已经感受到了那里的风。南极平均每年8级以上的大风有300天，年平均风速为19.4米/秒。1972年澳大利亚莫森站观测到的最大风速为82米/秒；法国迪尔维尔站曾观测到风速达100米/秒的飓风，这相当于12级台风的3倍，是迄今世界上记录到的最大风速。因此，南极又被称为"风极"。

南极东正教教堂

南极没有四季之分，仅有暖、寒季的区别。暖季11月至次年3月；寒季4月至10月。

暖季时，沿岸地带平均温度很少超过0℃，内陆地区平均温度为–20℃～–35℃；

寒季时，沿岸地带为–20℃～–30℃，内陆地区为–40℃～–70℃。

1967年初，挪威在极点附近测得–94.5℃的低温。据估计，东南极洲可能存在–95℃～–100℃的低温。

一般来讲，只有在太平洋上热带风暴（台风）可以达到12级，但是在南极，12级以上的暴风却是家常便饭。

我很关心的问题是全球气候变化对南极的影响。到南极之前，我在网上看到，那里的1月是冰天雪地的。特别是我还在网上看到了一张2008年1月8日的长城站的照片，和现在相比变化太大了。但科学家认为的和我们普通人所看到的，还是有所不同。

在长城站时，科学家柴少峰告诉我们，全球气候变化和局地、小范围的变化很难联系起来。如果从总的趋势来看，这个地区和全球的趋势是一致的，总体是升温的。一个局地有可能会有突变，全球气候变化一般是30年一次。

我问："从照片上看1984年建站的时候站里是被冰雪覆盖的？"

柴少峰说："雪的多少是波动的，并不见得是一个明确的趋势。但近年来还是有一个明确的趋势，升温了、冰架退缩了、冰融了，早先这一带全部都是冰，现在逐步退到阿根廷站那里了。"

2016年的年平均温度较历年上升了0.7℃，也就是说平均温度比前几十年的温度高了0.7℃。这个速度太快了。这是2016年一年的，而研究需要长时间指数才能看出来。

我问："也许今年温度又会下降？"

柴少峰说："对，升温的速度有可能会下降，但30年平均下来是逐渐在增高。"

长城站边的企鹅岛

今天企鹅岛上的生存环境

企鹅的脚像鸭子还是像天鹅

从智利篷塔阿雷纳斯飞到南极乔治王岛的飞机有着严格的飞行条件：能见度差了不行；风超过5级不行；降雪降到一定水平面也不行。2017年1月6日，8级风，18米/秒。1月8日4.8米/秒，相当于2到3级风。虽然空中一直飘着小雪，但能见度很好，看远处的企鹅岛没问题。

2017年1月8日，我们一行人乘大力神号飞机，一下到乔治王岛，就直奔码头，上到两艘橡皮舟观察企鹅。风不大，浪也不大。

在长城站附近偶尔也会出现帝企鹅。但是我们没有看到。

不同种类的企鹅之间是不会杂交的，实际上，不同物种之间极少发生杂交，因为它们的发情期不同，求偶方式也不同。即便偶有杂交，后代也是不育的，有一系列的生殖隔离机制。

在乔治王岛的最后一刻，我盖到了南极智利站的邮戳，且上面还有经纬度，太珍贵了。

南极智利站的邮戳

在我们飞离乔治王岛的飞机上，餐车供应很好，先是一大盘巧克力随便拿，接着空姐递上来的是从小暖壶里倒出来的冒着热气的鸡汤。

火地岛上风中的王企鹅

2017年1月9日，我们在篷塔阿雷纳斯稍加休整。1月10日，我们又带着无比的憧憬登上一架只飞15分钟的小飞机跨越麦哲伦海峡前往火地岛。

15分钟航程的小飞机

飞机窗外的火地岛

除了我们同行的14个人以外，还有两位老外、两位飞行员。据说岛上有7000常住人口，一天只有三个航班。可见上岛的人很少。

火地岛、帝企鹅、王企鹅这些过去只在书本、电视、电影中看到的名字，就要成为眼前的所见，那份好奇与兴奋，让我们当中被大家称为汪大哥的摄影家汪永基一直在对同行的在中国驻智利领馆工作的许可祝说："如果真是火地岛，那太不容易了。"直到地图高手张丽萍把手机上的google地图展现在他眼前时，他还是那句话："如果是火地岛，那真的是太不容易了，太不容易了！"

下了飞机，两辆面包车载我们去看王企鹅。

最先闯入我们眼前的不是王企鹅，是大天鹅，它们一对对在海水与淡水交汇的潟湖中"谈恋爱"。可惜风太大，我们无法用相机拍下它们那相亲相爱的画面。

接着是羊驼，这回轮到我不信了。我问司机："是野生的？"司机说："是！"我还接着问："是野生的？"一群一群的羊驼在大风中吃着、玩着。我们跟它们的距离和在动物园里一样近。

火地岛上王企鹅的伙伴羊驼

黄金之旅

火地岛上的两块牌子被我们拍下来了，因为这可是网上找不到的记载。牌子是这样写的：黄金之旅。

沿着麦哲伦海峡走115千米，我们欣赏着海峡美景，参观了麦哲伦金矿。

1881年，火地岛发现金矿，吸引了大批智利籍和南斯拉夫籍劳工来这里淘金。虽然19世纪末（淘了没多长时间）金被淘完了，但这些移民没有离开，而是留在这里开荒定居。

再次让我们兴奋的是眼前火红火红的火烈鸟和翅膀斑驳的大雁。它们即使站着也优雅，飞翔的姿态特别美。

风中的火烈鸟（李勇拍摄）　　　　火地岛的原住民

夏天的火地岛地上虽然没有雪，但风之大，天气变化之无常，让我们在6小时之内，领略了大风、急雨、小雪和子弹般的冰雹。特别是那冰雹，砸得我在从王企鹅生活的海边回到休息的小屋后，差不多10分钟之内只会说一句话——"砸死我了！砸死我了！"

我们一行人一直把王企鹅认为是帝企鹅，直到我最后校对这篇文章时，反复对比，才知道它们是王企鹅。所以在这里我就重新为它们正名了。

走近王企鹅时，我依旧不敢相信眼前的就是王企鹅，因为向往太久，好奇心持续太久了。当时风大，我们几乎站不稳，

走近王企鹅

可风中的它们怎么站得那么稳？后来知道，这是企鹅爸爸妈妈们在孵化它们的孩子，为了孩子，它们可以不顾一切。

因为在南极我们没能准确区分出帝企鹅和王企鹅，在这里，我还是再强调一下它们的区别，以便朋友们去南极时不再犯我们这样的错误。它们的区别是：

1. 体形不同。帝企鹅的体形比王企鹅大。帝企鹅是企鹅家族中个体最大的物种，一般身高在90厘米以上，最大可达到120厘米，体重可达50千克。而王企鹅其躯体的大小仅次于帝企鹅。

2. 外形不同。与帝企鹅相比，王企鹅的嘴巴更加细长，头上、喙、脖子呈鲜艳的橘色。

3. 分布不同。从地区分布区分，帝企鹅分布在南极大陆位于南纬66度至78.5度之间的许多地方。

4. 幼崽不同。王企鹅幼崽是棕褐色的，帝企鹅幼崽是灰色的。

南极企鹅具有适应低温的特殊形态结构和特异生理功能。企鹅身披一层羽毛，仔细看这一层羽毛可以分为内外两层，外层为细长的管状结构；内层为纤细的绒毛。它们都是良好的绝缘组织，对外能防止冷空气的侵入，对内能阻止热量的散失。

绒毛层能吸收并贮存微弱的红外线的能量，作维持体温、抗御风寒之用。

逍遥去（李勇拍摄）

企鹅经常站在寒冷的冰面和雪地上，而企鹅的脚不会冻，完全归功于企鹅精巧的生理构造，企鹅腿部的动脉能够依照脚部温度调节血液流动，让脚部获得足够的血液，进而让脚部温度比冻结点高出几度。

企鹅体内厚厚的脂肪层有3～4厘米厚，特别是那些大腹便便的帝企鹅，脂肪更厚。脂肪层是企鹅活动、保持体温和抵抗寒冷的主要能源。企鹅怀卵和孵蛋时，不吃不喝，就是靠消耗自己的脂肪层来维持生命。雄帝企鹅孵蛋时，脂肪层消耗约90%。

南极企鹅喜欢群栖，一群有几百只，几千只，上万只，最多者甚至达10万～20多万只。在南极大陆的冰架或南极周围海面的海冰和浮冰上，经常可以看到成群结队的企鹅聚集的盛况。有时，它们排着整齐的队伍，面朝一个方向齐步走，好像一支训练有素的仪仗队，在等待和欢迎远方来客；有时它们排成距离、间隔相等的方队，如同团体操表演的运动员，阵势十分整齐壮观。

喜好群居的帝企鹅，无论是觅食和筑巢都聚集成群体。恶劣天气里，企鹅们挤在一起互相保护。帝企鹅全年大部分时间都活跃在筑巢区和海洋的觅食区之间。从1月到3月，帝企鹅扩散到海洋，旅游和觅食。据估计，目前至少有25万只帝企鹅，分布在多达40个独立的南极地区。

2016年12月，南极的帝企鹅和它们的孩子们（梁波拍摄）

帝企鹅游泳速度为每小时6～9千米，甚至可以实现高达每小时19千米的短距离飞速游泳。帝企鹅喜欢潜到约50米深的海面下，在那里可以很容易地发现冰海中的鲜鱼，然后，它们浮出水面呼吸，重复上述步骤。它们还可以在冰的裂缝中吹泡，将隐藏的鱼逼出来。

帝企鹅的天敌主要有海豹、虎鲸等。

智利火地岛上的人居环境

在南极的夏季，帝企鹅主要生活在海上，它们在水中捕食、游泳、嬉戏，一方面把身体锻炼得棒棒的，另一方面吃饱喝足，养精蓄锐，迎接冬季繁殖季节的到来。在冬季里，帝企鹅每天都有外出"放风"的机会，它们会趁机活动活动筋骨。

我在火地岛上被雹子砸得嗷嗷叫时，身旁那一大群直直的，站在风中正在孵化自己孩子的王企鹅，却岿然不动。

不过，岛上给我们开车的司机说，过去5—9月地上都是白的，现在只有7—9月还有雪，甚至只有9月才有雪，可见气候变化对全球的影响之大，哪怕在"不毛之地"。

麦哲伦企鹅岛

2017年1月11日，我们的船乘风破浪向生活着麦哲伦企鹅的小岛开去。浪很大，我问一位在船上给我们介绍企鹅岛的船员："可以到船尾拍照吗？"他马上回答："可以，就是别跳下去。"

我说："试试吧，要是太激动也没准。"他马上说："那别今天吧。"南美人的幽默是随时随地的。

船靠近企鹅岛时，岛上一群群的企鹅，走

鸟后面就是企鹅岛

海边的企鹅

李勇拍摄时的"武器"

的走，跳的跳，叫的叫，那个"闹"就别提了。还有那像是给大海和企鹅岛之间拉了一道幕布的鸟儿们，一线线、一片片、一团团地飞舞在空中。

手机、相机、录音机，转换着拍和录。我忙得不亦乐乎，以至于大家都下船了，我还在船尾折腾呢！

那个让我要是跳海别今天跳的船员发现了我，惊讶地尖叫："你不下去？"

下了船，我匆匆走向企鹅和海鸟的家。后面还传来那位船员的嘱咐："一个地方别停留太久，好看的多着呢！"

麦哲伦企鹅是群居性动物，经常栖息在一些近海小岛，它们尤其喜爱选择茂密的草丛或灌木丛做窝，以躲避鸟类天敌的捕杀。此外，在某些气候较为干燥，植被并不茂盛的地带，如果地质较为松软，麦哲伦企鹅也会挖洞做窝。

麦哲伦企鹅可直接饮用海水，并通过体腺将海水的盐分排出体外。在捕食上它们没有特殊的偏好，以鱼、虾和甲壳类动物为食。

在饲养小企鹅期间，除了食物严重匮乏的福克兰群岛附近，成年企鹅的捕食会非常规律地在每个白天进行一次。麦哲伦企鹅一般潜水深度不超过50米，少数情况下，也会达到100米的深度。

冬季，它们会扩大捕食范围，向北可去到巴西海域。

我们此次南极行，李勇一路上专门有个大包是装他的大"家伙"的。他拍的照片和我的小单反自然不是一个数量级。汪大哥退休前是新华社摄影部高级记者，

爸爸妈妈当着孩子的面就亲嘴（李勇拍摄）

"家伙"不大，可专业素质在那儿摆着呢。所以，一路上为了让朋友们更好地看到南极，看到南极的企鹅更多样，看到的野生动物更好玩，我发朋友圈的照片用了不少他俩的佳作。

麦哲伦智利南极大区马格达莱纳企鹅岛，是麦哲伦小企鹅换毛成长的地方。

对于我们来说，在岛上的时间真是多久也不够。如果时间再长点，不知还能拍到多少企鹅相亲相爱的、好玩的、有意思的照片呢。企鹅之间的亲昵动作太多了。而且，有些企鹅估计也和我们人一样，人来疯。

科学家们研究发现，企鹅对伴侣忠贞，每年经长时间分开迁徙后，仍会回到伴侣身边。麦哲伦企鹅的寿命一般为25年。

每年的9月，成年麦哲伦企鹅便开始着手做窝，大约经历一个月，雌企鹅在10月中旬开始产蛋，一般每窝会有两只，前后间隔4天产下，每枚蛋重量在125克左右。

麦哲伦企鹅孵化期一般为39～42天，最初由雌企鹅进行孵化，雄企鹅会离开繁殖区至500千米外的海域觅食，大概经历15

母子

天的时间，雄企鹅返回接替雌企鹅，改由雌企鹅外出觅食。这样交替进行直至小企鹅出壳。

如果两枚蛋都孵化成功的话，企鹅夫妇往往会优先饲养首先出世的那只小企鹅，一般后出生的那只小企鹅死亡率比较高。当然，在食物充足的情况下，两只小企鹅都健康存活的可能性也相当大。

一般每对企鹅夫妇饲养小企鹅的平均存活率占出生率的20%～30%之间，但是在某些食物非常匮乏的地区，如福克兰群岛附近，存活率更低。而且在丧失小企鹅之后，企鹅夫妇当年不会再次产蛋孵化。

出来看看外面的世界吧

这是在喂呢还是在亲亲（李勇拍摄）

小企鹅出生后需要每天进食。此时企鹅父母会每天轮流到30千米以外的海域捕食，早出晚归，共计一个月的时间。

一个月以后，小企鹅已经长出了部分羽毛，此时它们已经

可以偶尔到窝外活动。在这
个阶段，它们的样貌和成年
企鹅有显著不同，身体上部
为棕灰色，下部为乳白色。
它们一般仅在窝附近的草丛
中活动，以躲避天敌并抵御
严寒。因此它们不能像帝企
鹅等其他很多企鹅那样，形
成由很多小企鹅聚在一起的
托儿所。

躲在窝里的小企鹅

草丛能够一定程度上帮
助小企鹅抵御大风、严寒等
多种恶劣天气。但对于某些
地区的暴雨、洪水等，草丛

换毛中的小企鹅（汪永基拍摄）

也没有多大用处。不过小企鹅水性很好，很少有溺亡的现象，
只是它们的身体很难抵御潮湿和寒冷。

小企鹅全身的羽毛有一定的防水保温的能力，尤其在干燥
季节能够保证体内的水分不会流失，但它们的羽毛却没有成年
企鹅那么好的防水能力。在暴雨、洪水等来临时，它们对于外
部的潮湿寒冷往往无能为力，体温下降很快，很容易导致死
亡。同时，生活在草丛中，它们的身体也容易滋生寄生虫。

根据食物状况的不同，小企鹅长到羽翼丰满需要9～17周的
时间，此时小企鹅的样貌会更接近成年企鹅，只是羽毛还是略
显灰色，而且没有成年企鹅身上明显的白色带状羽毛。此时，
小企鹅平均体重一般在3.3千克左右，但在个别地区，如福克兰

好暖和　　　　　　　出来吧，外面可亮了（汪永基拍摄）

群岛附近，由于食物的缺乏，小企鹅平均体重仅有2.7千克。一般体重低于3千克很难存活，福克兰群岛上的小企鹅存活率仅有20%左右。

那天，从我们一上岛，麦哲伦企鹅的叫声就此起彼伏。我们听不懂那不同的叫声都是什么意思，那急的、缓的、拉着长声的、深远悠扬的各种叫声，让人产生了不同的想象。

在麦哲伦企鹅岛时，我这个曾经的广播记者，身上的录音笔是一直开着的，手机的小视频是一直录着的，就等着有了信号后发出去。我知道，这些来自南极大区、来自大自然、来自企鹅歌喉的"音乐""歌声"，远方的朋友也会感兴趣，也会喜欢，也会有身临其境之感。

据统计，麦哲伦企鹅的总数量在180万对，主要分布在智利、阿根廷和福克兰群岛三处。

其中福克兰群岛附近约10万对，阿根廷有90万对，智利有80万对。目前，它们的生存面临多种威胁。在《世界自然保护联盟濒危物种红色名录》中，麦哲伦企鹅的保护现状为"近危"。

20世纪80年代和90年代，福克兰群岛的麦哲伦企鹅数量下降速度非常快。给麦哲伦企鹅带来威胁的主要是它们生活的家园商业捕鱼活动大发展。到2002年，福克兰群岛麦哲伦企鹅的数量已减至20世纪90年代初的20%，而且总量仍在下降。但是在南美洲其他限制商业捕鱼的智利和阿根廷海域，麦哲伦企鹅数量下降的状况则要好很多。

商业捕鱼使福克兰群岛附近的鱼资源大量减少，麦哲伦企鹅的捕食非常困难，在智利和阿根廷，成年麦哲伦企鹅在饲养小企鹅期间，每天出海捕食的时间为16～18小时，在福克兰群岛，如果想获取相同数量的食物，这个时间则要达到35小时。

目前，福克兰群岛的麦哲伦企鹅的栖息地上，80%～90%的草丛都在闲置，麦哲伦企鹅可以毫不费力地找到合适的栖息地，甚至在那里可以直接找到很多闲置巢穴，因主人已经死亡或已经搬迁至他处。

在智利，像我们去的马格达莱纳岛（Magdalena），麦哲伦企鹅则遍地都是，它们的巢穴遍布于草丛之中，甚至那些不适于做窝的地方都被占据，直接将窝建在地面上。

麦哲伦企鹅存在不少天敌，在海里的主要天敌有海狮、海豹和逆戟鲸。小企鹅和企鹅蛋也会受到一些鸟类天敌的攻击，如海鸥和贼鸥，如果在草丛中建窝，这种威胁则会小很多。

此外，由于在智利、阿根廷和福克兰群岛海域，海上油田众多，原油泄漏事件时有发生，也会危及企鹅的生存。

1998年，在福克兰群岛附近一处油田勘测中，5个月内共发生了3次原油泄漏，直接造成数百只麦哲伦企鹅死亡。在一些油船航线上，由于油船的压舱物普遍采用海水，这些海水进入

再见麦哲伦企鹅

船体后不可避免地要受到原油的污染，然后又直接被排放到海中，这在一定程度上也威胁着麦哲伦企鹅的生存环境。

据科学家统计，仅在阿根廷海域，每年因原油污染影响到的麦哲伦企鹅数量就高达40000只。

本来我们还要再去一个海豚岛，可是麦哲伦海峡的风浪太大了，一船的人晕的晕，吐的吐。我们同行的人有的晕得站在船外任凭风吹浪打，浑身湿透也不敢进船舱。这么大的风浪我们无法再上岛了，只好返回。

我虽然也被晃得晕头转向，可站在船尾拍"开了锅"的大海，也是一种精力分散吧。

就在我晃着、拍着时，浪里一头蓝白色的小鲸鱼翻滚着出现在船边的浪里，太漂亮了，这头蓝色的小鲸鱼在大浪里追着我们的船游了好一阵子。风太大了，浪太急了，我的手根本无法拿出相机，只有把那浪里的精灵记在了心里，并感叹，它们

大海中的一艘小船

能在如此波澜壮阔的大海中生存，是勇敢，是享受，还是不容易？

离开企鹅岛，望着带我们乘风破浪的船重新驶向大海，越来越远……我知道，我的心里从此以后又多了一份牵挂。

航行在智利南极大区
——冰川边的动植物

南极大陆的总面积为1390万平方千米，相当于中国和印巴次大陆面积的总和，居世界各洲第五位。

整个南极大陆被一个巨大的冰盖所覆盖，平均海拔为2350米。

我们此次的南极之旅，所到之处除南极中国长城站、俄罗斯站、智利站是在南极大陆，其他都是智利南极大区。

不过，我们从纳塔雷港上船进入冰川后，苹果手机拍出的照片显示的地域是麦哲伦智利南极省大区及南极洲。

地球上的冰川自两极到赤道带的高山都有分布，大约覆盖了地球陆地面积的11%，约占地球上淡水总量的69%。

据估计，全世界存在多达70000至200000个冰川。现代冰川97%的面积、99%的冰量为南极大陆和格陵兰两大冰盖所占有，特别是南极大陆冰盖面积达到1398万平方千米（包括冰架），最大冰厚度超过4000米。

智利灰冰川，南巴塔哥尼亚冰原位于智利和阿根廷境内，有数个壮观的大冰川，其中之一就位于智利的Torres del Paine（百内）国家公园，起源于巴塔哥尼亚安第斯山脉，一直向西分成三支至灰湖。

2017年1月的南极之旅，去南极长城站我们是坐飞机前往的，省去了坐船的颠簸和晕船。进智利南极大区及南极洲的冰川，则是乘坐skorpio游轮三号。同行的71个人来自9个国家。

这艘能坐90多人的船，船长康斯坦·迪诺出生于渔民世家。康斯坦·迪诺在打鱼中发现了这条航线的壮美和奇异，也发现了这里的需求与商机，于是就有了skorpio一号、二号、三号。未来的四号他们希望在中国寻找卖家。

2017年1月14日，我们一上船，skorpio的新闻发言人菲利普就向我们介绍了日程：3天的时间里，我们每天都有几次换乘冲锋艇和破冰船的机会，去近距离接触冰川。第一天，仅仅上午就会出去3次，每一次回来，会有喝茶的时间。介绍时，菲利普诙谐地说："就是没有午休时间了。"

skorpio游轮带我们进冰川

我们是前一天晚上就住在船上的。第二天一大早睁开眼睛，船窗外已能看见让我们梦寐以求的蓝得晶莹剔透的冰川了。而真正靠近冰川，是穿上救生衣，坐了一会儿冲锋艇，再由船员搭上梯子，才实现的。

　　由skorpio游轮三号提供，西班牙语译者余霞姐翻译的关于我们走近的第一条冰川的信息是这样的：当船航行到峡湾的时候，我们会看到一些冰川，其中包括阿尔西纳冰川。

　　当到达冰川边上的时候，skorpio会通过一个小海峡开进一个港湾。在港湾里面，我们可以看到这些威风凛凛的冰川向我们展示它的裂痕。如果足够幸运的话，我们可以看到冰川坍塌。

大自然在石头滩摆出了自己的作品

来一张

　　当船手熄灭马达之后，我们可以听到浸没在水里的冰川发出的叮当声。这些声响是冰川内的冰块发出的。

　　船上的新闻发言人菲利普告诉我们：阿尔西纳冰川长21千米，宽2.7千米，高80米。

　　我们走近这一冰川前，最先看到的是那些散落在冰川前的冰雕。它们奇形怪状，着实让我们兴奋地拍了好半天。大自然有鬼斧神工，在这样的冰川前，这样的形容应该不过分。

　　第一次见到极地冰川的人，不激动得大喊大叫"美，美死了"的太少了。我们此行的人也不例外。虽然冰川前下着小雨，虽然因为降雨和气候变化让冰川局部随时有可能轰然坍塌，我们不能太靠近冰川，但冰川给我们人类带来的震撼，让再矜持的成年人也有如孩童般的激动。

走近的冰川（李勇拍摄）

冰川的细节

菲利普说：因为上万年前冰川产生的时候压力极高，因而冰中含氧量低，所以颜色特别蓝，让人看了不敢相信自己的眼睛。

　　美国"连线"网站2009年9月的报道则说：对于地质学家来

说，冰川是地球最令人激动的地质特征之一。尽管冰川的移动速度很慢，但是从地质年代上来说，冰川是快速、有力的地貌艺术家，仅仅用几千年的时间就雕刻出山谷和峡湾。

1月14日我们所到的冰川，skorpio游轮公司提供的介绍是这样的：Glaciar Amalia——阿米利亚冰川，位于南部冰原的中心地带。它绵长的侧影仿佛披挂于整个山脉，是此地最令人惊叹的景象。它的冰塔与瑰丽多变的颜色也令每一个看到它的人激动不已。

此冰川是世界上第三大淡水储备冰原，南部冰原的一部分。Amalia冰川宽度大约为2.7千米，高80米。在这个大自然雕砌的天堂之中，游轮首先会开到冰川前面，紧接着会从冰川的南部开向冰川的北部。走近者可以尽情地欣赏这蓝色的冰的世界。此冰川的发现在科考史上有着巨大的意义。

2009年我到过阿根廷一侧的大冰川，也看到了冰塌的"壮观"，那冰川之大，也是一眼望不到边。

而眼前的这些冰川，我们不是望不到边，看到的却是它们的细节，是它们的"伸胳膊伸腿"，是大自然的精雕细刻。

再近一点

渺小

在船上时，发言人菲利普向我们重点强调的，一个是冰川的形成，另一个就是全球气候变化对冰川的影响。

菲利普说："我们此行主要目的就是看冰川。看冰川之前我们要知道冰川是怎么形成的，是什么样的一个状态。还有，就是要看看现在的环境、社会及人类给冰川造成的影响。"

科学家对冰川形成过程的描绘是这样的：冰川形成最基本的一个因素是雪，我们大部分人都见过雪，雪跟棉花一样很软，雪会堆积，当它堆积到50米后就越来越实，越来越有分量，开始往下走了。

这个形成的过程中还会遇到雨或者一些水的因素。当雪遇到水之后再遇到冷空气，它会形成什么呢？它会越来越硬，结冰速度会越来越快。这个时候冰所体现的形式是非常大的，并有往下走的重量和压力。这样的冰形成后像玻璃一样，玻璃遇到压力会碎，冰遇到压力也会碎，所以冰就被压成四分五裂的状态。

我们看冰川的时候，会发现冰川并不是一个整体，它有很多分解、分裂的地方，不是一个完整的、光滑的状态。它跟水接触形成整个冰川的状态之前，就是一片雪花从天上飘落。雪花到冰川的过程，大概持续多久呢？80年。

菲利普说："我们看到的冰川也并不如我们想象的那么洁白。为什么呢？因为冰川的下面是土和一些小碎石组成的冰床。"

冰川滴出的水不那么洁白，在我们中国的长江源——姜古迪如冰川前我已经领教过了。那是1998年，我们走向长江源时，为了制作广播特写，我让随行的记者们在我的话筒前说一下他们想象中的，即将看到的姜古迪如冰川是什么样子。好几位记者想象中的冰川都是洁白的，最初的江水是清澈的。可我们看到的，由土和碎石共同"雕琢"出的长江源的姜古迪如冰川和它最初的江水，既不洁白，也不清澈，是有土和碎石的痕迹的。

菲利普说，一般来讲，冰川最后延伸的部分都是和水来接触的。水会流动，或者会有冲击的力量，水冲击冰川得到什么结果？冰川的掉落。假如有人想在冰川上面行走的话，那可不是一件很简单的事，必须有设备。

还有，冰川本身不是平的，随着时间的推进，冰川还在逐渐分裂，形成一个个缝隙，有些缝隙看不到底，最宽的距离我们观察过，测量过，大概有30米。有些缝隙甚至外面只是被一层薄冰所覆盖，这样的冰川如同陷阱一般。

深不可测

2017年1月14日，在智利南极大区及南极洲内，我们穿行在冰川中。一会儿乘坐冲锋舟近距离走到了冰川前，一会儿直接触摸到千姿百态的冰川。雨水打湿了我们的脸，即使睁眼都费力，我们还是在用各种方式把冰川留在眼里，留在镜头中，留在心里……在冰川前的激情，熊熊地燃烧着每一个站在冰川前、走进冰川中的人。

冰塌，是靠近冰川时，站在冰川前很让人兴奋的时刻。因为动静太大了，不论是视觉还是听觉，都有很强大的刺激。

菲利普说："这对冰川来说可不是什么好事。在过去的地质时代，冰川随大自然气候周期变化而移动、变迁。今天，全世界的冰川正在消融，而全球变暖加剧了这一趋势。"

1999年拍的"出口"冰川

2013年的"出口"冰川

冰塌后成了浮冰

在美国蒙大拿州冰川国家公园，1850年有150座冰川，如今只有26座冰川了。据估计，如果当前的全球变暖趋势持续下去，仅存的26座冰川将会在2030年时全部消失。

我1999年和2013年两次到过美国阿拉斯加的"出口"冰川，其消融的速度真的让人难以相信。

1996年，智利灰冰川的面积能够达到104平方英里。到了2007年，根据国际空间站宇航员拍摄的照片显示，冰川面积大幅度缩小了。

科学家认为，一方面当地温度升高、降水减少，冰川分解成许多自由流动的大冰块；另一方面，又没有足够的冰雪进行补充，这就使得冰川面积大幅缩小。

skorpio游轮三号提供的同一冰川2008年和2011年的大小

菲利普告诉我们，由于全球气温的变化，这个冰川不久便会完全坍塌。如果我们保护好我们的地球，防止全球变暖，或许我们的后代还能像我们一样有幸见识到大自然的鬼斧神工。

skorpio游轮三号提供的同一冰川2008年4月21日拍摄的和2011年3月19日拍摄的

skorpio游轮三号：自由女神很热

2017年1月14日，我们看到的冰川中还有一座叫贝勒纳尔冰川。"它也是一位即将灭绝的巨人。"菲利普说。

skorpio游轮三号提供信息：贝勒纳尔冰川的冰舌并没有在海里，而是位于岩石上。它现在高600米，宽500米，长11千米。

在贝勒纳尔冰川融化的过程中，形成了一个小池塘。在这儿，作为一名真正的探险者，我们会和游客一起上岸探索这个冰川。

遗憾的是，我们往那儿走时，雨一直

冰川前的小池塘长大了

没停，小池塘前的路被水淹了，以至于我们只有穿越密林走向冰川的经历，少了抚摸它时的快感。

不过，远远望去的冰川像在迷雾中，那么神秘……

船上的新闻发言人菲利普

由于池塘底部冰川的沉淀物和砂石，让这小池塘呈现出一种绿松石的颜色。这就让神秘又增加了几分。

站在冰川前，如同进入了一个户外的大课堂。沿着冰川走，切身感受冰川的形成和融化，冰川的坍塌和随之而来的"海哮"。虽然是我们想拍到的震撼的画面，但从现实来看，这样的场景，带来的可就是冰川的消融、淡水资源的减少。

我们所到的冰川中，还有一座叫Reclus的火山。由于此火山独特的地理位置和行为，使它成为火山学上的一个未解之谜。

火山中的冰川

skorpio游轮三号提供的晴天中的冰川群

1月14日下午，我们乘破冰船在雨中走进了Glaciar El Brujo——布鲁赫冰川群。

什么叫破冰船？它是用压力来破冰的，而不是释放一些化学药品来破冰。菲利普提醒我们，这个过程船就不会很稳，一定要扶好了，以免受到不必要的伤害。

在布鲁赫冰川群，坐在破冰船上的我们，看到的冰川有六至七个，此外还有一个叫菲尔兰妮斯的冰川，也是在破冰船上看到的。

与冰同行

天一直在下雨，冰川在阴雨中灰灰的。而冰川前浮冰多得让我们知道了为什么要乘破冰船才能进入这片冰川群。

我们的破冰船行至这一冰川群时，置身于破冰船上的我，一刻也不敢放下手中的相机。因为不知道下一分钟又会漂来什么样的冰的造型，什么颜色的浮冰，所以，相机、手机一个也不能少，只能不停地拍。

冰川群前

虽然我们也在盼着天晴，可又陶醉于这云蒙蒙、冰茫茫的神秘之中。晴天的冰川，还有这么迷人吗？

在这一大片冰川群中，船员为船上的每一个人准备了一个装有一块冰的杯子。递上后，他会往有冰的杯子里倒上香槟，共同庆祝我们能一起在地球上这一独具特色的大自然前相聚。

冰川瀑布前

skorpio游轮还停在了一个瀑布的前面，船上的摄影师为船上的每一个人拍了一张冰川群旁大瀑布前的照片，有家庭照、情侣照、俊男美女照。这也算是skorpio送给每一位勇闯冰川、热爱大自然的人的礼物吧。

大家排队拍照时，在一旁的菲利普也没闲着。他拿过我们每一位的相机、手机帮忙拍下那一瞬间。摄影师拍的照片是要花钱买的，而菲利普帮拍的在我们自己的相机、手机里。那一刻，这成为冰川前不花钱的纪念。skorpio游轮的服务真的很周到，甚至出乎意料。

雨中的冰川、浮冰，冰川前的破冰船、香槟酒、瀑布……这些都让人久久地不愿和冰川说再见。

"没有冷，没有雨，没有雪，哪有冰川？"这是skorpio游轮老船长说的。可这冷中，这冰川前，还有那么多动物、植物。如不是亲眼所见，是想象不到的。明天，我们就一起好好地看看冰川前的这些生灵吧。

南极冰川前的动植物

整个南极大陆被一个巨大的冰盖所覆盖。不过，千万别以为冷就只有冰天雪地。截至2009年，南极共发现动物约150种，包括我们看到的那么多不同模样的企鹅。

2017年1月14、15日，在麦哲伦智利南极大区南极洲内，我们穿行在雨中蓝蓝的冰川群中。

就在我们坐冲锋艇去了两趟冰川后，回到游轮上暖和时，一刻也不想放弃在冰川前拍照而仍在甲板上的人起了一阵小骚动。

原来，一个躺满了海狮的海中礁石出现在我们眼前。这群姿态各异的海狮，在礁石上那叫一个舒服，那叫一个欢

大冰块与我们的游轮擦肩而过（李勇拍摄）

海狮的日常生活

乐，让我们一船的人不顾还穿着刚刚冰川前湿透的衣服，还有冻得冰凉的手脚，冲出屋子，跑上甲板，再次端起相机，咔嚓咔嚓地拍开了。

一通"扫射"后，船继续前行，躺着海狮的礁石慢慢地看不见了。

站在甲板上，我沉浸在拍到了冰川旁礁石上那一堆海狮的兴奋中。在冰川前拍野生动物，和在陆地上、森林里拍它们时的感觉，是不一样的。深爱大自然的人和满足于到此一游的人，看到野生动物时的心情，应该也是不一样的吧。

冰川前，海狮看不见了，人们又回到了船舱。雨还在下，

风还在刮，船还继续在冰水中前行。在大自然面前永远也看不够的我，留在了甲板上，继续感悟着眼前的大自然。

突然，眼前的海水里又有了动静。我屏住呼吸，把镜头瞄准了那里。

游轮边的海豚

这一动静来得太突然，激动得我来不及把相机调到连拍，只是一个劲地按快门，直到我的视线里再也没有了它们。

我兴奋地问旁边的人："拍到了吗？拍到了吗？"

船长室里挂着的海豚图

有的人说相机刚刚在冰川前淋了雨，关键时怎么也按不动了；有的人说手机镜头"打"不远，反应没那么快，拍不到呀！

这次，我的反应和相机都跟上了趟儿，把正在南极海冰中几次冲出水面，并排的、前后脚嬉戏的海豚记录在了我的相机中。我成了载有71位探险者的skorpio三号游轮上唯一拍到海豚的幸运者。

游轮上两位年近九十的美国老人也看到了海豚

对于我这个业余生态摄影爱好者来说，索尼A6300相机平时觉得还行，可真拍生活中的野生动物，特别是在冰川前，在雨中拍南极海中疾驰着的海豚时，我的相机就显得太不够用了。以至于在甲板上时，我并不能十分肯定我拍到的就是海豚。

一排冰的颜色也不同

举着相机，我冲进了驾驶舱，会讲英文的新闻发言人菲利普指着驾驶舱墙上的照片告诉我："你拍到的是生活在南极的海豚。"

吃中饭前，我听到船上一帮同行的美国人在传递着这样一个信息：刚才有人拍到海豚了！刚才船上有人拍到海豚了……

比翼（汪永基拍摄）

碰到有人在说这些时，我会立刻把相机里拍到的海豚找出来，放大，一通"显摆"，与同行人一起看一群海豚与我们的船"并肩"逐浪同行。那一刻，我陶醉在能与人一起分享拍到了海豚的快乐中。

南极四周濒临太平洋、印度洋和大西洋。

南极界包括南极大陆及附近岛屿，位于南纬50度至60度以南，是世界陆栖动物区划中面积最小的一界。此界气候酷寒，常有狂风暴雪，风大倒没吓着我们，雨密却让我们感受到了冰川与气候的关系。不过，生活在船上的船长妈妈说："我先生生前曾说过，没有南极的雨，哪有冰川呀。"

藏着

挤在一条缝里

南极界缺少陆栖脊椎动物，只有一些生活于海洋但也见于海岸的种类，种类组成贫乏。哺乳动物中以海豹为主，如象海豹、豹形海豹等。

南极水中有磷虾、海藻、珊瑚、海星、海绵、鲸、海豚和各种鱼类。

陆上有海鸟、海豹、海狗、海狮。

海豹是哺乳动物，有一层厚的皮下脂肪保暖，并提供食物储备，产生浮力。海狮、海象是海豹的近亲。

海豹主要分布在寒冷的两极海域，南极海豹生活在南极冰原。

北极地区的海豹种类（7种）比南极（4种）要多一些。

在智利南极大区及南极洲时，除了在火地岛和麦哲伦岛上看到的大群大群的企鹅以外，海狮差不多是我们此行见到得最多的野生动物。而企鹅和海狮相互间的亲昵，动作的花样翻新，真的是让我们看不够。搂着，亲着，背着，抱着，它们能做出的花样真的别提有多少了。

看到海狮时，那么多的它们挤在一条岩石缝里。为什么？暖和？亲不够，偷着吃，有娃了，哺乳？

大自然中它们的行为，对我们人类来说是好玩的，有意思的。对它们来说，一定是有目的的。那一刻，我真想与它们沟通沟通，问一问。

记得2011年我在秘鲁的亚马孙河里观察亚马孙豚时，船上的生物学家就能分出水中的亚马孙豚是在赶路，是在吃食，还是在玩耍。

那次，在3个小时里，我们见到的亚马孙豚达到了60多头。全世界一共有5种淡水豚，除了亚马孙豚以外，还有分别生活在印度和巴基斯坦的恒河豚和印河豚，再有就是生活在我们长江湖北宜昌到江苏江阴段的白鳍豚。（还有生活在大西洋西岸的拉河豚）

海豹除产崽、休息和换毛季节须到冰上、沙滩或岩礁上，其余时间都在海中游泳、取食或嬉戏。繁殖期不集群，直到仔兽出生后，它们才组成家庭群，哺乳期过后，家庭群解散。

海豹食量很大，一头60～70千克重的海豹，一天要吃7～8千克鱼。

海豹游泳的本领很强，速度可达每小时27千米，同时又善潜水，一般可潜100米左右，南极海域中的威德尔海豹则能持续43分钟潜到600多米的深海。

海豹社会实行"一夫多妻"制。雄海豹拥有妻室的多少，在很大程度上是依据该海豹的体质状况而定的。

在发情期，雄海豹开始追求雌海豹。雄海豹之间的战斗结束，胜利者便和母海豹一起下水，在水中交配，而其他海豹只能以失败告终，继续去寻找属于自己的"妻子"。

海豹育儿必须到陆上或冰上。海豹的发情期在12月，妊娠时间为9个月，幼崽出生在次年11月初，平均每次生产一只小海豹。小海豹生长到4～6周时断奶。雌、雄海豹均2～4年性成熟。

飞过冰川

南极鸟类至今已发现80多种，其中10余种是在南极洲繁殖的。最著名的为皇企鹅、南极企鹅等，还有黄蹼洋海燕、蓝眼鸬鹚、环头燕鸥等。

在螨类和无翅昆虫中，有一些极端耐寒的种类出现于海岸的一些避难地中。

在南极发现的鸟中，

它在等待谁扑向谁（汪永基拍摄）

有36种海鸟在南极地区哺育后代，其中主要是企鹅、信天翁和海燕。这些鸟大部分终生生活在南极地区。

南极贼鸥的"贼性"从小已见端倪。它们通常会一次诞下两只蛋，先孵出的占有绝对优势。它们从不会孔融让梨。

由于贼鸥鸟巢常筑在企鹅鸟巢附近，雏鸟的另一个威胁是企鹅，它们尽可能避免被企鹅踩死。不过，我们在麦哲伦企鹅岛上看、拍麦哲伦企鹅时，它们之间的和平共处，让我们看到的可是一片祥和。

南极地区海洋飞鸟的种类稀少，数量却相当可观，约有6500万只，其中南极的信天翁类约有3900万只；海燕有19种，约1100万只。如果加上企鹅，海鸟总数更是多得惊人，约1.78亿只。

据世界著名海鸟学家估算，全世界的海鸟约有10亿只之多，仅南极地区的海鸟就占世界海鸟总数的18%，因此，南极地区堪称飞鸟天堂。

南极地区的海鸟主要以磷虾为食，也食用乌贼和鱼类等海洋生物。它们每年要消耗约4000万吨海洋生物。由于鸟类在南极海洋食物链中起着重要作用，因此早已成为南极海洋生态研究的对象之一。

在南极大陆的绿洲和时有冰雪覆盖的

集体出洞（汪永基拍摄）

冰川前的植被

露岩区，甚至在内陆离南极点只有几个纬度的岩石表面上，都有地衣的踪影。其形态各异，有的像金丝菊，有的像松针，有的像海石花……

它们的叶面和躯干上长有黑色斑点，整枝有灰白色、褐色、古铜色等，棵枝大的有10～15厘米高，小的仅几毫米；其名称有叶状地衣、枝状地衣、壳状地衣等。地衣与藻类共生，是一种复合植物体。初次看到地衣的人，都以为它是一簇枯枝烂叶，当发现它的生命存在时，又无不感到惊奇。

虽然地衣只是两种弱小生命的联合体，看上去实在相貌平平，但却具有极为顽强的生命力，有一块在大英博物馆里陈列了15年的地衣标本，偶尔沾了一点水之后，居然又生长了起来！而在实验室里，生物学家们惊奇地发现，即使在－198℃的超低温条件下，南极地衣照样能够生存。因此，地衣恐怕是地球上最为耐寒的植物，也是地球上生长得最靠南的植物。

苔藓只有在地

花在礁石上

衣将岩石表面分解后，形成薄薄的土壤才能生长。但在隆冬季节，它往往变得极其干燥而脆弱，一碰就碎。

南极藻类，广泛分布在绿洲的陆原地面、岩石表面、石缝、冰雪以及时令性溪流或水塘中。特别是企鹅栖息地流出的溪水中，由于含有丰富的氮、磷营养盐，可供藻类进行光合作用，同时经历一系列物理和化学变化，藻类生长异常繁茂。

冰川前的灌木　　　　　　　　冰川融水边的湿地

我在网上查到，南极植物区是世界植物地理区之一，包括南纬40度以南的美洲大陆西南以及一些岛屿。

"本区植物种类成分贫乏，但特有现象显著。典型植物有羽毛果科、假山毛榉属、鸟毛蕨属以及很多南洋杉属植物等。"

经植物学家考察，发现南极洲仅有850多种植物，且多数为低等植物，只有3种开花植物属于高等植物。在低等植物中，地衣有350多种，苔藓370多种，藻类130多种。

南极植物的品种和数量，不仅不能与其他大陆相比，就是同北极地区相比也相差甚远。北极地区虽然也是寒风凛冽，最低气温在-60℃以下，大部分地区属于永久冻土带，但是，北极

这样的冰川脚下也有绿色

浮冰与瀑布并存，绿色与白色共染

生长的植物品种及数量都比南极洲多，仅开花植物就有100多种，地衣达2000多种，苔藓500多种。南极洲还有一些地方完全没有植物。

1月14日、15日，在冰川前，我们赶上的是雨。虽然雨淋雾起给冰川增加了神秘，但没能拍到阳光下的冰川还是让我们遗憾。

有冰川的地方，有植物，就有鸟，就让沉寂的石头生机盎然。特别是它们涂绿的石头，真的让我们觉得好美，好养眼。

在skorpio三号游轮上，一位86岁的老太太准备每一顿饭时都在忙碌着，餐布整理好，杯子摆正；船晃了，如果正是就餐时间，她也会和船员们一起扶着餐台上的盘盘碗碗。

每一个细节的认真，造就了康斯坦家族的兴旺。而这个家族，就是skorpio三号的东家。这位勤劳的老太太，正是这个家族创始人老船长康斯坦的夫人。

我从一上船就和翻译任重说，我想采访康斯坦夫人，可最终采访到她，是在我们下船之前的一个小时。

夫人很忙，很低调，很怕提起往事。

夫人的忙，不是不放心如今当船长的儿子，而是习惯了船上工作细节的认真。夫人的低调，是因为现在家族的掌门人是自己的大女儿，她认为女儿是最优秀的，没有之一。怕提往事，是因为非常遗憾，8年前船长康斯坦在船上突发心脏病，3小时后离开了他的航行事业，离开了相亲相爱的夫人和孩子们。

康斯坦夫人

船长夫人minmin是农民的女儿，她和丈夫一起创业，育有6个儿女，如今6个孩子都从事和航行有关的职业。

采访时，我请康斯坦夫人讲讲船上的故事。86岁的老人话未出，眼睛里已充满了泪水……

我转了话题："冰川前经常是在雨中吗？"夫人说："我先生说过，是雨水和寒冷塑造了冰川。没有雨，哪有冰川？"

我说："说件高兴的事吧。"她说："我的家就在船上，就是怀孕时也在船上。在船上每一天都是快乐的。我会一直生活在船上。我的大女儿现在掌管着家族的企业。我相信她是做得最好的，没有人能做得比她好。"

康斯坦夫人9岁的时候被送到一个德国家庭寄养，长大以后跟她的丈夫从零开始，白手起家。现在，他们的大女儿掌控整个集团公司的业务，所有的行政管理、市场推广都是大女儿在圣地亚哥的办公室完成。skorpio三号船长是夫人的四儿子。

我问夫人，一年他们船上的游客大概有多少。她说，这个信息她不知道。她的女儿跟儿子知道。

我问夫人："你在船上的这40年，冰川受气候变化的影响有多大？"

夫人说："我们这几天看到的冰川的变化还不算大，越往里面走冰川的变化越大。"

我问夫人："在船上时最危险的是大风大浪还是什么？你那么大年纪了为什么还要在船上忙着，或者说为什么每次航行都要跟在船上？"

夫人说，这非常简单，他们一家人就是靠这个船生活。而且她丈夫去世的时候给她留了遗愿，船就是他们的家，船上有很多工作人员，有的是新来的，她必须加以指导，她在船上与她不在船上，是不一样的。

夫人告诉我，现在skorpio三号上只有她和她儿子，没有别的家人。

就在我们慢慢离开冰川时，辽阔的天空中升起了彩虹。南半球的彩虹，我觉得紫色更加清晰，弧度离天际线更近。

彩虹之后的晚霞，更是让看到的朋友们惊呼有魔幻的感觉。

此次冰川行中这神秘且辉煌的时

采访船长妈妈

刻，我因在船上参加船长举办的告别晚宴错过了。还好汪大哥溜了出去，记录了这一刻。

西餐，我的中国胃一直是拒绝的。而在南极冰川的skorpio三号上，我对每顿的西餐竟然有了十分的期待。清香扑鼻的海鲜汤，焦香的烤鱼，不重样的点心，香喷喷的南美大饺子，还有丰富多样的水果……

还有破冰船航行在冰川前的那个特别节目，南极冰加香槟酒。一船的人，在同一时刻，同一地点，大冰川前，高举酒杯，一饮而尽。我一辈子都不会忘记那一刻的心情！那一刻的快乐！那一刻人与自然的和谐相处！

这就是我们此次在智利南极大区及南极洲乘skorpio三号穿越冰川时的经历。

真的不知为什么，在南极我摔了三跤。第一跤是上飞机悬梯时"亲吻"飞机；第二跤

紫色的优雅

云满天（汪永基拍摄）

南极晚上的辉煌（汪永基拍摄）

我们穿越麦哲伦智利南极大区及南极洲航线

是刚一踏上南极大陆"亲吻"南极大地；第三跤是走向乔治王岛最早人类居住点教堂的路上"亲吻"上帝。这三跤无疑丰富了我的南极之旅。

在南半球的时候，每天晚上我都会把白天看到的写下来发在朋友圈里，因为好多朋友说"我们在跟你一起走南极"。有时，夜深人静，已经凌晨5点多了，我脑子里的话儿，怎么还能滚滚地往外冒？

大自然中的生灵是我们的朋友，大自然是我们的家园。在地球的最南端，在大自然的冰川前，我更深地理解着朋友，感慨着家园。而我拍到的它们，将会以手机中保存着的照片和网上找到的有关知识一起，伴随我今后的生活。

第二章

北极点

夏天和北极点有约

——日出日落几乎在同一点上

极光，是鬼神引导死者灵魂上天堂的火炬

2018年6月23日，全世界的球迷都盯着莫斯科看世界杯的时候，我也在莫斯科，是换机前往摩尔曼斯克上船去北极点。

从飞机上看莫斯科，一片绿色。大河小湖环绕中有一些不高的房子。热爱自然、关爱河流的人在这样的环境中生活，会是一种什么心情呢？很想有机会问问他们。

两个小时的飞行后，透过飞机的窗户往外看摩尔曼斯克，云竟是细细柔柔的，像毛，像纱，像瀑布，间或细柔的云中还闪出一道弯弯的七色彩虹。

往下看摩尔曼斯克，湖若星罗棋布。手机上显示，这里已是北纬68度，这标志着该城已深入北极圈内300多千米。我逃离了北京的热，已经换上了深秋的衣服。

摩尔曼斯克上空

摩尔曼斯克

不冻港，是俄罗斯摩尔曼斯克的最大特色。二战期间，正是这一特色使得这儿成为俄罗斯通往西方的要道，也让德国人在1942年把这里70%的房屋建筑夷为平地。而这里人民的反抗，使得摩尔曼斯克成了俄罗斯13个英雄城市之一。城中湖边有一身高40米的士兵塑像，人们亲切地称他"阿廖沙"。

摩尔曼斯克，是北极圈内最大的城市，也是北冰洋沿岸最大港口，位于科拉半岛东北，临巴伦支海的科拉湾。南距圣彼得堡1300多千米。由于受北大西洋暖流的影响，虽地处北纬近69度，却为终年不冻港，全年从不结冰。即使在最冷的月份，海水温度也不低于3℃，一年四季均可以通航。

因为巴伦支海的北侧受到了斯瓦尔巴群岛（属挪威）和法兰士约瑟夫地群岛的护卫，有效地阻挡着北冰洋浮冰群的侵袭，东侧的新地岛又像巨大的天然屏障，使喀拉海终年不化的海冰无法"破门而入"。

摩尔曼斯克一年中有一个半月的长夜，又有两个月的长昼。每年从12月2日起到次年1月18日前后，太阳一直沉落在地平线以下，北极星则几乎垂直地悬挂在高空。越来越多的人利用这一时段来此寻找天空中的北极光。

呼吸一口来自北冰洋的空气

2018年6月25日，我们是傍晚6点多上到俄罗斯"50年胜利号"破冰船上的。

在极光中航行

上船前我们看了一个录像片，看到了这艘船在极光中的航行。这是自然与人的一种碰撞。

现在越来越多的人在每年的9月到来年的4月，到摩尔曼斯克来看极光。中国人来还有一个愿望，什么呢？

那就是年轻人在极光中举办婚礼，生出来的孩子是经过极光洗礼的，会更聪慧。

上船前，当地人还带着我们去看了摩尔曼斯克的一只猫的塑像。原来这只猫生前和主人去莫斯科旅行，结果走丢了。3年半后，完全脱了形的这只猫走了2300千米回到了主人的家。它是靠什么找到回家的路的，3年多一路上吃什么，至今是个谜。只是如今这只猫的鼻子亮亮的，因为来看它的人认为，摸摸这只猫的鼻子，会给自己带来好运。

在极光中航行

摩尔曼斯克猫

摩尔曼斯克去北极点的核动力破冰船停在军港码头，军港还停着一艘航母。所以上船要经过严格的检查，不许拍照。上船后就想拍什么拍什么了。那艘航母看着又旧又小，不知什么时候会不会又成了我们中国的"博物馆"供人们买票走进去参观。我们昨天看的世界上第一艘核动力破冰船"列宁号"的设计寿命是25年，结果航行了30年，然后成了博物馆。

上到"50年胜利号"后，活动日程上写的有一个活动叫强制性欢迎会和安全简报会。会上除了告诉我们安全须知外，就是——介绍船上的探险者。好家伙，有到过100多趟北极的海洋历史学家、地质学家；有不看北极熊专门研究北极鸟、北极鲸豚类动物的专家；还有一位看起来弱弱的日语女翻译，她的船龄比船长还长，说是长年生活在船上的。

明天上午就有历史学家的课，好期待呀。

对面海边那艘船就是俄罗斯航母

"50年胜利号"

2018年6月25日晚上6点多，我们上到了俄罗斯目前最大的核动力破冰船"50年胜利号"。上船后，中国科学探险协会领队皮燕勇说，船上大家拍的照片可以共享。这也是中国科学探险协会一贯的作风。真为他们点赞。对于我这种摄影只是辅助记录的人来说，这无疑太好了。是不是可以说，这也是一种探险精神？所以文中照片我写皮队提供，就都是同行的朋友们拍的。

今天船上有人介绍，去年是10年来冰层最厚的一年。但这也没能挡住这艘破冰船的航行所向披靡。

晚上十点半

上船后，负责此次旅行的全球著名极地探险公司夸克公司的探险队长索伦一再告诉我们，这是一艘工作船，不是旅游船。而我们一行人的感觉是：俄罗斯的船真结实。

晚上10点30分，我在船上拍到的照片有点像落日，但天还是大亮的，只是因逆光显得有些晚。我们的船会在俄罗斯当地时间凌晨2点出发。不过夸克探险公司使用的是全球统一时间，所以一上船，探险公司的工作人员就让我们把表往回拨两小时，以夸克时间算，我们出发的时间是午夜12点。

为了考验我的计算能力，我没有调整手机的时间。就还以俄罗斯的时间为准吧。差10分钟到凌晨2点的时候我走出船舱，上到了甲板。

船上时间，2018年6月26日零点，"50年胜利号"松开了缆绳，即将出发，驶向北极点。明天将进入冰区，6月30日到达北极点。

驶向北纬90度的航线上

我已经两次进过北极圈。一次是1999年从美国的阿拉斯加

进入巴伦支海

进入到了北纬78度，一次是从挪威的特罗姆瑟进到了北纬72度。这次是我第三次进入北极圈，而这次要直接到达北纬90度。

零点整，没有鸣笛，甲板上船员在松动缆绳。

我发现船在动，并不是听到了船上发动机的轰鸣，而是因为船前太阳照射出的那道光有了移动。

在我们中国人的印象中，游轮起航，一是要鸣笛，二是有马达轰鸣。可是俄罗斯的这艘核动力破冰船，竟如此安静地出发了。

从深夜2点30分开始，天越来越亮。指南针告诉我，我们已行驶在北纬69度。进入北极圈66度以后，即使日落，太阳也是不会完全进入大海的，就像极夜时，太阳也不走出地平线。

无论是天上还是水中，都让人不禁赞叹好美。海水中也有像弯弯曲曲的河一样的弧线在流动。天空中，云烧得像花在怒放，像火在燃烧。

破冰船走出峡湾，我们就进入了巴伦支海。

1999年我在北极采访时，记得一位专家说：北冰洋表面的绝大部分终年被海冰覆盖，是地球上唯一的白色海洋。北冰洋海冰平均厚3米，冬季覆盖海洋总面积的73%，有1000万～1100万平方千米；夏季覆盖53%，有749万～800万平方千米。中央北冰洋沿岸的海冰已持续存在300万年，属永久性海冰。

北极圈内的日出前

天空在变化中

但是，到2011年底为止，海洋部分的冰层已经全部融化了，这种趋势也将逐步蔓延到北极大陆上的冰层。

从船上的介绍我们知道，今年前往北极的冰层是10年来最厚的。有关这点，很希望在船上能采访到有关专家。

在北极圈70度巴伦支海中航行

另一点也是我感兴趣的，北冰洋中有丰富的鱼类和浮游生物，这为夏季在这里筑巢的数百万只海鸟提供了丰富的食物来源，同时也是海豹、鲸和其他海洋动物的食物。

2018年6月26日全天我们都在巴伦支海中航行，天一直阴沉沉的。在没有到达北极点之前，夸克探险队给我们安排了一系列讲座——讲冰川，讲气候变化，讲北极熊，讲北极探险的起源，也讲见到北极熊时我们应该怎么办。

北极探险简史

2018年6月26日，船上会讲中文的俄罗斯历史学家萨沙给我们讲了北极探险简史。

萨沙认为，对北极的探索，古代的希腊、罗马就已经开始了。古代探险发现了欧洲北部一系列岛屿，但因多种原因并没有进入北冰洋。

客观原因，如航海技术的制约，主观的原因萨沙认为有对北极及北极熊的恶性幻想。

当年的海盗船

欧洲中世纪开始对北极进行探索的是北欧的海盗——维京人。

我在丹麦、挪威的博物馆里都看到过维京人当时使用的木船和船帆，非常漂亮。

除欧洲之外，像我们中国的《梁书》公元502—507年也有向北航行的记载。《梁书》上还有北亚米国、文（纹）身国的探险之说。萨沙有一些因纽特人文身的记录。还有以鹿为马（不是指鹿为马）的寻找记录。

那时的中国人对于北极已经有了一些概念，例如，"那是一个黑暗的地区""冬天的大部分时间见不到太阳"，那里"狗熊的颜色是白色的，个子很大"，那里的人们"乘坐狗拉雪橇旅行"，等等。

这个时期，欧洲（维京人、罗斯人）接近北冰洋，定居海岸；欧洲人和原住民进入了易货贸易交流，开始引进原住民的生存模式。雪橇为交通工具，还有就是开始吃海豹肉。

核动力破冰船

萨沙说，翻开人类历史，就会发现这样一个有趣的事实，就是国家无论大小，或者说民族不论大小，同样可以为人类的进步作出自己的贡献，在人类向北极进军的过程中，荷兰人就是一例。

荷兰人巴伦支在他短暂一生的探险中一共完成了3次航行，虽然每次都进入了北冰洋，但前两次都没有什么特别的建树。1596年，在阿姆斯特丹商人的资助下，巴伦支指挥着3艘船开始了第三次探险。

在这次具有历史意义的航行中，他们不仅发现了斯匹次卑尔根群岛，而且到达北纬79度30分的地方，创造了人类北进的新纪录。

巴伦支的航行不仅都有详细的文字记载，而且他沿途还绘制了极为准确的海图，为后来的探险家提供了重要的依据。

为了纪念他，人们便把北欧以北他航行过的海域的一部分称为巴伦支海。

在那个时期的北极探险中，发现阿拉斯加的丹麦人白令和苏格兰人库克、莫尔森被称为18世纪最伟大的航海家和探险家，他们在人类的航海史上创造了极其辉煌的业绩，并登陆南、北极，名垂史册。

写这篇文章时，我们的破冰船正行驶在巴伦支海上。北极给人的联想比身临其境时还丰富。

随着文明的发展，社会运转的速度愈来愈快，人类也开始追求豪华和享受。为了制造润滑油、蜡烛和肥皂，需要大量鲸蜡做填料；为了制造香水，需要大量抹香鲸的龙涎香；中世纪时，西方妇女穿的鸡笼似的裙子需要用东西支撑，鲸须是最好的支撑物，不仅轻巧舒服，而且质地柔软，可变而不可折。

当时鲸须的需求量非常大，价格也昂贵。只要捕到一头鲸，光鲸须带来的收入就足够一条船两年的航行所需。于是，英国、荷兰、德国和法国的船只纷纷涌进北冰洋。

1818年，有人出版了一本《北极航行编年史》，其中的一张地图勾画出了当时所知道的北极地区的粗略轮廓，这便为新一轮的北极考察注入了新的动力。

文化开始形成"善性北极"幻想。那里的魅力除了自然的纯净以外，人也是纯净的。

近代前期即1500年到1800年对北极的探索，主要是捕鲸和狩猎海豹，当然也包括寻找西北、东北航道和占领新殖民地。

萨沙认为，这一冰川时代（14—17世纪），发展了北方生存模式，资本市场诞生促进了人们对地理的兴趣。

地理大发现时期，西方人开始寻找东西大洋海路，包括西北、东北的航道。因为欧洲人还是对北极航海困难估计不足，这一时期引起了几次大的灾难。

近代后期（1800—1900）的北极探索穿越了西北、东北两道；抵达了北极点，飞越了北冰洋。

萨沙认为，民族主义思想将北极探究视为国粹表扬的手段，促进各个大国组织探险队的活动。而欧洲大战之前的西方"崇拜科学"，且乐观主义也成为很多探险家的主动力量。再有就是航海、导航、飞行技术落后，这样就拒绝了任何经济用途。

现代，北方海道（苏联，1930年以来），远程警戒雷达网（美国、加拿大、格陵兰，20世纪50年代以来）石油开发（美、俄），对北极探究的这一时期，萨沙的结论为：20世纪初期人类终于得到了能够全面开发北极的技术设备（飞机、破冰船、潜水艇、海上钻井平台、雷达等，较多来自军事设备）。

二战时期将北极变成战略性的地区，冷战时期苏美两国更是全面运用北冰洋。

萨沙对北极的认识是：经济使用和保护大自然之间的矛盾；领土主权和国际使用之间的矛盾；全球气候变暖和国家利益之间的矛盾同时存在。

走进北极，我要看、要拍、要写的真的好多呀。

冰还能冒烟，好神奇

2018年6月27日，是我们登上俄罗斯"50年胜利号"核动力破冰船的第三天。天还是阴沉沉的，能见度不高。风刮到破冰船铲出的冰时，会冒出一股冰烟，冰烟时而是蓝色的，时而又是白色的。冰还能冒烟，好神奇。

对北极点的憧憬，化作了我对船上安排的讲座的热情，讲座我一个不落地听了下来。

破冰出的航线

今天的第一个讲座是地质学家格林讲北极冰，也就是海冰。海冰和陆地冰的不同，看起来就是淡水和咸水的区别。不过，在科学家看来，能研究出的门道还有呢。

在专家看来，海冰会薄一些，可能两三米下面就是海水。而陆地冰会很厚，河里的冰几百米厚都有可能。海冰通常来说没有那么厚。

另外，海冰因为排了盐空隙更多，所以它没有通常的冰那么结实。这也是有破冰船开道，让我们到达北极点成为可能的原因。

对大自然的认知越多，越会觉得自然的神奇和有趣。

尽管北冰洋的大部分洋面被冰雪覆盖，但冰下的海水也像全球其他大洋的海水一样，在永不停息地按照一定的规律流动着。

如果说潮汐是大海的脉搏，那么海水的环流就是大海的生命。在北冰洋表层环流中起主要作用的是两支海流：一支是大西洋洋流的支流——西斯匹次卑尔根海流，这支高盐度的暖流从格陵兰以东进入北冰洋，沿陆架边缘做逆时针运动；另一支从楚科奇海进来，流经北极点后又从格陵兰海流出，并注入大西洋的越极洋流。

海冰和海水的含盐度越高，越不容易结冰。这暖流也是让摩尔曼斯克成为不冻港的原因之一。

这次看到的北冰洋和我1999年看到的也很不相同。这次进入冰区后，放眼望去白茫茫一片。而那次从阿拉斯加进入北冰洋，就是在一块一块各种造型的浮冰中寻找、前行。科学家们从早到晚站在甲板上数海象。海象数

破冰船走过

量的变化对研究气候变化对北冰洋的影响至关重要。

这次行驶过巴伦支海，进入福兰士约瑟夫冰区，我们还没有看到一头海象。

全球暖化现象已经让北极冰川快速融化，使北冰洋的冰川一步一步与亚欧大陆和美洲大陆失去连接。

和全球暖化有点唱反调的是，本次航行的船长告诉大家，这次的海冰是最厚的。这也为我们是否能到达北极点，以及什么时候能到，增加了变数。

我们看变化当然不能只看一两年的，还是要看大的趋势。从专家们给出的曲线图上，毋庸置疑，我们可以看到气温的大趋势仍然是在逐年攀升。

而变数，对我们这

采访船长

些对大自然无比崇敬的人来说，不正是让北极点又添了几分神秘、几分向往和更多的敬畏？

1957—1958年，国际地球物理年的大规模科学活动，标志着北极单纯探险时期的结束和科学考察时期的开始。

但是，对于地球的未知领域来说，科学与探险总是无法截然分开的。更何况北极的科学与探险又和政治、军事、经济密切相关，因而各现代国家的政府、民间团体或个人，对北极点的关注从来没有间断过。

那么，人类对北极点的研究，会提醒人类更加敬畏自然吗，还是贪婪地向自然索取更多？

离开俄罗斯摩尔曼斯克两天了，手机还有信号。明天我们能看到北极熊吗？

与北极熊面对面

2018年6月28日凌晨1点30分，我们的"50年胜利号"船舱里的喇叭响起来了，我隐隐约约地听见，船的左侧发现了北极熊。赶快冲出去吧。

北极熊张望中

在寒冷的北极，从被窝里爬出来第一件要做的事，就是把厚衣服都武装上。穿得和北极熊一般肥走到甲板上的时候，我的眼前就屏蔽掉了其他，只留下了北极熊。

这只北极熊离我们有点距离。但有意思的是，它先往北走几步，然后又回过头往南走几步，再向我们的大船张望几眼。然而，它始终和我们保持着一定的距离。

在北纬83度的时候，我们看到了此行的第一头北极熊。这只北极熊还是挺胖的，但就连船上的海洋生态学家——对北极熊颇有研究的莉姿也没敢确认它是雄性还是雌性。

昨天船上的讲座中，莉姿告诉了我们一个在野外分辨雄雌北极熊的方式。那就是北极熊脸上、腿部有很多伤痕的就是雄性的，因为从它们两岁半离开母亲开始，就要独自在荒野中寻找食物。而在寻找食物的过程中，很多时候是靠打斗才吃上食物的。

那母熊找吃的就不去打、不去抢了吗？看到这儿一定会有人问。

中国科学探险协会的皮队告诉我们，公熊和母熊交配后，或者爱上后，公熊就一直陪着母熊。这个时候，如果有其他的公熊来，那么这头热恋中的公熊一定要面对其他的公熊，保护那一刻属于它的所爱。因为如果它被其他公熊打败的话，那位胜者就会取代它守着那位有孕在身的母熊了。

所以，在雄性北极熊的一生中，为了生存，不知要与同类或其他意外遇上的对手进行多少你死我活的战斗才能长大，才能强壮，才能娶妻生子。

6月28日凌晨3时30分船上的喇叭再次报道发现北极熊。这次走出船舱的人明显少了一些。

这头北极熊对我们的好奇，一点也不逊色于我们对它的，它竟然一步一步走到我们大船的下面。

母子

好嘛，这家伙吃得可真肥。

莉姿在旁边指给我们看这只北极熊脸上、腿部的伤痕很多。所以，可断定这是头雄性北极熊。而它对我们的兴趣，也可从它转身离开后，还是一步三回头中看出来。

5个小时后，大家都正在吃早餐，又有北极熊的消息传来。和前两次看到的不同，这次我们看到的是娘俩。一大一小两只北极熊在荒野中漫步。不知它们去向何方，更无法问它们有何贵干。

在莉姿给我们讲的北极熊的大小事情中还有极为特殊的，那就是性成熟的雌熊体重到了450公斤会停食4～6个月准备卵子"着床"待孕。体重不够、健康状况不好时，它们的卵子就不能"着床"。

北极熊差不多都是圣诞宝宝，也就是说通常是12月出生，3个月以后幼熊可以走出雪洞。母亲要把孩子喂养到两岁半，然后它们就开始独立在荒野中，寻找最爱吃的海豹或其他食物了。

莉姿告诉我们，北极熊捕猎也很有意思，常常是发现海豹的呼吸洞就在洞口死等。虽然这样的成功率并不高，可却是它们常用的捕食方法。当然它们也会突然袭击，比如说藏在一个地方发现小海豹和妈妈分离了，就以百米冲刺的速度过去一掌把小海豹拍死。

北极熊是世界上第二大的熊科动物，也是第二大的陆地食肉动物。过去人们一直认为北极熊是最大的陆地食肉动物，直到在科迪亚克岛发现了880千克的科迪亚克棕熊，北极熊才降至第二（如果不计入亚种，北极熊仍是最大的陆地食肉动物）。

北极熊脚印

雄性北极熊身长2.4～2.6米，体重一般为400～600千克，最高甚至可达800千克。而雌性北极熊体形比雄性小一半左右，身长1.9～2.1米，体重200～300千克。在冬季睡眠时刻到来之前，由于脂肪大量积累，它们的体重可达500千克。

北极熊的幼崽不进雪洞，只在雪地找食。等到一岁半（此时能长到160公斤），开始看着母亲怎么捕食。两岁时个头也和母亲差不多大，可以自己捕猎了。

北极熊第一年独自生存是很艰难的，不过它们的社会属性很高，在艰难的生存环境中更依靠群体的力量。

北极熊3岁发情，16岁停止怀孕，通常活到20多岁，32岁是最老的了。

莉姿在研究中，看到过一只北极熊连续游了9天。这样的捕食孩子不能跟着了。

在科学家们的跟踪观察中，有过一群北极熊，其中有11个戴有环志（注：环志，通常指戴在候鸟身上的金属或塑料环形标志，上面刻有国名、单位、编码等标记，用作研究候鸟迁徙规律的依据），最后有5头死了，还有的体重减了22公斤。

在历次气候大变化中，北极熊都挺过来了，但不知以后会如何。

2012年是海冰消融极多的一年。北极熊最爱吃海豹，没了海冰，就失去了捕食场所。1700年至1960年，有25头北极熊被猎杀。

专家们说，现在北极熊的数量是23 000头。

从北纬69度开始航行，每天差不多能行驶6度，接下来冰越来越厚了。我们的核动力破冰船能经得起挑战吗？

核动力破冰船的威力

核动力，听起来既神秘又吓人。然而核动力破冰船，听起来就都是好奇了。

这个夏天去往北纬90度的北极点，俄罗斯"50年胜利号"核动力破冰船带着我们前行。

"50年胜利号"

在船上时，不仅有专题讲座给我们介绍核动力破冰船的原理，还让船上的总工程师领着探险者们，分批进入船"肚子"

里让我们看个究竟。

　　"50年胜利号"，在走进它的"肚子"之前我们被告知，这艘船原来算上船员、乘客只能上100多人，现在可以上300多人了。我们能看到的这一"扩容"，体现在我们住的船舱里原来只有一张床，现在里面的沙发也住人了。可见北极点吸引着越来越多的人。

　　"50年胜利号"于2006年建成下水试航，2007年正式交付使用。2007年3月23日从圣比得堡（曾名为列宁格勒）到了摩尔曼斯克。

　　在船上，总工程师给我们介绍时，用一张图的颜色告诉了我们核动力破冰船的分布。

核动力破冰船的分布

　　蓝色部分的功能为重量平衡；紫色是仓库；绿色是处理垃圾处；灰色是大机舱；黄色为生活、娱乐区；红色是反应堆；棕色为柴油、润滑油所在处。

　　总工程师在回答我们的问题时说："如何破冰？靠重量。船头形成的重量能压破冰。"

　　船上做饭的材料和饮用水都是上船时带的。其他用水就靠海水淡化了。

　　从反应堆到螺旋桨，船上的核燃料装一次可航海5年。

　　"50年胜利号"满载排水量2.5万吨，最大航速21节。

—

压破的冰

"50年胜利号"航速为18节时最大破冰厚度2.8米，总功率为75 000匹马力。船上装有两个核反应堆，有最新的卫星导航和数字式自动操控系统。

另外，船上装备的6艘救生船也是为在冰区救援航行所特制的。我们一上船，每个人就被安排进到救生船上试坐了。

"50年胜利号"是第一艘有个勺形船首的Arktika冰级的破冰船，加上全新的电子自动操控系统，大幅度提高了其航行效率。

船上的讲座告诉我们，这艘船的设计有5米宽的不锈钢破冰带，破的冰块厚度可以高达2.5米。由两个核子反应炉产生的75 000马力可以强力推动全船破冰前行。

核动力破冰船的建造，是为了能在由冰层覆盖的水域中航行。强而有力的不锈钢船首及超强的核子动力，可以轻而易举地破冰前行。核子动力破冰船相比于用柴油发动的

没有冰的海水是蓝色的

破冰船来说要强大得多，可同时前进和倒退破冰航行。

我们一上船就知道，所有船上的技术人员包括船长、船员都是俄罗斯人。而这次船上的一切涉及管理的事儿，讲座、出行则由美国夸克公司安排、指挥。他们自称为探险队，有正、副队长。

船上有不少强制参加的讲座，应该说都和安全有关，是很多活动的安全保障。一定是上船的人都要参与的，每个人坐一次直升机从空中看北极和乘坐橡皮艇接近冰川。

船上除了这些保障行驶的设备以外，生活空间有一个多功能厅，大型讲座、酒会、舞会可在那里举行。还有一个室内游泳池和两个桑拿房、电影院、图书馆，一些有语言区分的讲座和纪录片就在那里

破冰船的挑战

了。那里有用中文介绍北极的书和杂志。

同行天天和我一桌吃饭的南京母女，把她们看完的毕淑敏写北极的书留在图书馆里了。

船上还有篮球馆、健身房。这些地方我都没去过，因为已经忙不过来了。由于船上酒吧的窗外就是破冰船的船头，所以我喜欢坐在那儿写我的北极纪事、看书、看航行中的破冰。

我住的船舱在礼品店斜对面，那里只要开门，就挤满了人。谁不想选有北极特色的礼物带回家留作纪念，送送朋

友呢？

　　每天要写的真多！好多朋友说，看着这些小文，如同在和我一起走北极呢。船上要看、要听的内容又把时间挤得满满的。好在夏天的北极是白昼。

　　明天我们的破冰船就要带着我们登上北极点了。

站在北极点

站在了北极点

北极点，即指地球自转轴与固体地球表面的交点。有人说，若站在极点之上，你的前后左右，都是南方，你只须原地转一圈，便可自豪地宣称自己已经"环球一周"。

　　2018年6月25日下午6点多，我们从俄罗斯摩尔曼斯克北纬69度登上了"50年胜利号"，这艘核动力破冰船就一天一天地把我们带到90度的北极点。

　　在船上，我记录下了我们从25日出发到30日到达北极点的每日进度。从这些数字可以看出越靠近极点，速度越慢。因为冰越来越厚了，常常是走走退退要二次破冰。

　　25日晚上10点我们所在的位置为北纬69度44分，格林尼治时间零点没有鸣笛，船起航了。

　　26日晚上10点行驶到北纬74度25分。

27日晚上10点行驶到北纬81度19分。

28日晚上10点行驶到了北纬86度32分。

29日晚上10点行驶到了北纬89度14分。

30日清晨，格林尼治时间5点40分，"50年胜利号"破冰船鸣笛。GPS和手机上同时显示出90度。经过5天的航行，我们到达了此行的目的地：北极点，北纬90度。

那一刻，所有的人共同举杯，探险队长索伦发表深情讲话：第一杯酒让我们给予探险精神，因为这样的探险精神，把我们和在历史长河中的先人联结在一起，为我们所有人的探险致敬。

"50年胜利号"拥有金属的身躯，使用的是核动力，所以第二杯向我们"50年胜利号"致敬，也向所有船上的工作人员致敬，干杯。

第三杯，也是最后一杯，在抵达北极点之时，北极这一片土地充满了活力、辽阔、不可描述。为了这样的海冰，我们要用微笑、活力去对待这里的生灵，这里的国民是北极熊，这里是它们的家园。所以为了这一个荒野的家园——北极，我们静静去聆听它的声音吧。

最后为了这一片宁静，在这样的冰雪天地之下，让我们在一起拍一张照片吧，纪念我们在2018年6月30日清晨5

北纬90度

点40分到达北极点。

在北纬90度的牌子边，拍下那一刻，几乎是所有人的心愿。

人类把地球按照经度线分成了不同的时区，每15度一个时区，全球共24个时区，每个时区相差1小时。而对于极点来说，地球所有经线都收拢到了一点，无所谓时差的划分，也就失去了时间的标准。

有人还这样形容：若在极点进行一场乒乓球比赛，那只小小的球，便一会儿从今天飞到昨天，一会儿又从昨天飞回今天。

要从地形上指出北极点的准确位置，是一件十分困难的事情。因为北极点上的地物是一些相互碰撞、相互碾压的大堆块冰，这些块冰又朝顺时针方向，时停时进地在北冰洋上打圈圈。因此，用以辨别北极点的冰层，可在一星期内漂离很远。

风和洋流的共同作用，让我们这些探险者和"50年胜利号"凌晨5点40分在北极点的定位，到下午4点离开，已经被北极的大冰盖带着漂了6海里。

大自然太神奇了。在北极点，你的想象力真的是插上了翅膀，随着雪风、冰海在荒野的家园里翱翔、畅游。

我们中国昆明一位小伙子上船前心里就藏着一个秘密，在90度的北极点，在船上鸣笛声中，在全船人的共同见证下，年轻人跪着为心中的姑娘戴上了戒指。

我在北极点，也和船上的朋友们一起扯开了我们绿家园志愿者和乐水行的旗帜。那一刻，我的心中充满了对自然的敬意，充满了作为志愿者的自豪！充满了与朋友们分享北极一片宁静的渴望。

在北纬90度我们举起绿家园的旗子

为了中国江河的安康，我们绿家园志愿者最喜欢说的一句话是：我们在一起。探险队长索伦说："为了这样的海冰，我们要用微笑、活力去对待这里的生灵。"我们绿家园志愿者视自然为家园，视江河如生命，又何尝不是在用微笑和活力去对待江河及江河两岸的人家呢！

中国科学探险

北极点没有卫星信号，但来自北极点的感动、想象，我们要一起分享。

中国人探险北极点的记录：

1. 刘少创——1995年4月26日中国首位徒步抵达北极点人士；

2. 王勇峰——2005年4月24日徒步一纬度抵达北极点；

3. 王石——2005年4月24日徒步一纬度抵达北极点；

4. 华耐登山队——2016年4月24日徒步一纬度到达北极点。

正因为这样，在我们2018年6月30日到达北极点北的时候，探险队长索伦第一杯庆功酒要给予探险精神，因为正是这样的探险精神把我们和历史长河中的先人联结在了一起。

勇敢者跳进冰水中

在北极点，也有一片热闹，那就是跳入冰水，与海冰、海水亲密接触。在来自世界各地的探险者中，跳入冰水中的人在最后揭榜的名单中，船上公布时有两个国家的人数是空着让大家猜的。一个是美国，一个是中国。当添上数字，掌声响起时，我看清楚了——美国11人，中国12人。中国成了跳入冰水中人数最多的国家。

和北京的家人通电话

在北极点的冰上，人们跳水时，还有一幕被很多人拍到了，那就是两只海豹也游过来凑份子。跃出水面呼吸时，它们露出来的头很小，但是，在与人和谐相处的时刻，它们是自由的，它们是欢快的，它们是作为朋友和我们在一起的。

在北极点，探险队放了一个电话亭、一个邮箱。每个人两分钟和

走向寂静

远在天边的家人通个电话。在天边和家人通话，除了保平安，还有多少话要说呀。把一张明信片扔进邮筒，我放进去的明信片画面是北极熊，我说北极熊北京见。这张在我觉得可能寄丢了的明信片一年半后回到了我的手中。

在北极点，我们除了围成一个大圈，手拉着手分享那一刻与极地相拥的喜悦，让我最享受的还是静思五分钟。那一刻，我试图什么都不想，只是聆听北极点的声音。

雪在我的四周，好白的世界；面向的只有南方，没有四面八方；风在耳旁诉说，好安静地诉说；蓝色的海冰，纯得剔透与晶莹都不足以形容……

在今天纷繁的大千世界，安静五分钟，听什么？想什么？能静得下来吗？在北极点，能！

这里是洁白纯净的世界。五分钟的享受，是第一次，是永远，是诀别，

北极点的冰雪

也是难忘的瞬间。

在北极点的时刻，我深刻体会到了南极和北极的区别，南极和北极是地球上最冷的地方，一片银白色的世界。我虽然没有到过南极点，但到过南极，到过我们中国在南极的长城站。

告别了北极点，有人在庆幸自己到了世界之巅，有人在感伤，是初识，也是永别。我则在想，这块净土，在与如此发达的人类文明同在时，她还能宁静多久呢？

在甲板上看破冰船破冰

2018年7月1日，我们的破冰船返航。带着到过北极点的心情，我们对北极的探索在继续。

去北极点在历史上有过很多方式。今天去已经不用像先人那么玩命，坐上核动力破冰船就可以非常舒服地到达北极点。虽然带着我们去的是探险队，他们每人也都自称是探险队员，但应该说已经只有探险精神，而少探险的实质了。

从6月25日傍晚上船，零点起航，到7月6日早上下船，我们在船上的时间连头带尾是12天。除了北极点，如果说还有点刺激的，就是在甲板上看船的破冰。

船上的讲座和参观船的机舱人员都告诉我们，核动力破冰船如果用通俗一点的说法形容，就是靠重量去压冰，把厚厚的冰压碎，

劈海冰

也有说劈冰，把海冰劈开，再由像大勺一样的船头把碎冰铲开，船就可以前行了。

1999年的北冰洋

航行的前两天，我们都在开放水域，就是没有海冰的海域。开始我还老是在感慨，这和我1999年到北极时太不一样了，那时候天天都在浮冰中穿行，船上的科学家整天拿着望远镜在甲板上数海象。就是那次，我还拍到了一只肥肥胖胖的大海象坐在一块大大的冰蘑菇上。记得那次我刚按了快门，那个冰蘑菇就塌了，那可是我相机中的最后一张胶片呀。当时，作为一名广播记者，我录到了海象掉在水里的那巨大的声音。

这次，我们是在航行的第二天6月27日开始进入冰区的。当时已经是北纬78度了。一看到海冰、冰盖，大家纷纷跑出船舱去看，去拍。这些海冰一出现就不像我1999年看到的一块块的造型，就是大冰盖了，可能也和纬度有关。

前往北极的征程上有了冰盖后，我们的航行速度也有所减慢。我从船上日志查到，前两天我们航行的进程纬度都是每天五六度，而进入冰盖区后，我们航行的纬度就是每天三四度，最后一天89度走了差不多两天时间。

看破冰船压冰开路真的很有意思，虽然自从我们离开摩尔曼斯克军港，拍到了在天空中既是日落也是日出的太阳后，天空就再也没有太阳的踪影，连蓝天也没有，全是阴沉沉的。不知道是北风还是什么风，刮得人有时几乎站不稳。有时，风中夹着小雪花，它们随风漫天飞舞着。

当然，我们此行的目的地是北极点，但到达北极点记录整个过程，也是我追求的。好多朋友通过我拍的小视频，加上我原中央人民广播电台记者专业训练的解说，在和我一起"前往"北极点呢。所以，风大点算什么，把破冰的时刻，特别是把那一大块一大块的蓝冰翻上来起舞的样子，以及那伴随着的巨大声响都拍下来、录下来，对我来说真是太过瘾了。

在我的小视频中，有这样一段表达自己那一刻的心情：在海冰被冲撞、翻滚、破碎中，破冰船前进着。从船的前面看，是船头压将上去；从船的侧面看，是大冰块一块块地翻出；从船的尾部看，就是一条冰浪了。深蓝、浅蓝、白光、蓝光、破碎，翻滚，交织在一起……多亏小视频呀，我记录下了这既惊心动魄又耐人回味的瞬间，为了记住，更为了分享。

在今天的小视频中，我更多的是拍破冰的时刻。因为过了这村，就没这店了。在破冰中，很多时候是船突然停下来，然后倒退，然后再前进。有时是按原路前进，有时不得不换一条海路重新破冰，缓慢前行。

在航行中，如果风太大，我有一个既能看到破冰，又能不挨冻的办法，就是到驾驶舱里去。在那里往前看，就是巨大的船头在破冰，只是不在外面，声音就录得不好听了。

拍这样的视频，那一刻放眼望去，白茫茫一片冰原；那一刻，可以看到前面或许出现北极熊，或许看到破冰后翻出来的北极海虾；那一刻，看到海豚的呼吸洞是可以小声地大叫的；

那一刻，你还可以看到船长走来走去，时而悠闲，时而严肃，那就是我们前进的晴雨表。

在去程越快到极点的时候，风越大，可温度却比我想象的要高。有一次我在外面录小视频，拍照片，冻得不行了跑到驾驶舱里一查，外面的温度也只有–1℃，这个温度和北京的冬天也差不多呀，但是体感一定比在北京时冷不少呢。

在船上看破冰还有一个好地方，就是图书馆对面的酒吧。因为窗外是船头，虽然不能录到声音，但细看无声的破冰，可以让人有时间、有心情、有空间去想象。那里是我在船上时待的时间最多的地方，我在那里看海冰，看破冰，看飞舞中的鸟。真奇怪，那么大的风，那么大的冰屑，鸟们竟然还飞得那么陶醉，那么得意，那么我行我素！

当然，我在可以看到船头的酒吧里花的时间，还有我每天都要写的"北极纪事"。每天夜深人静时，北极的夜是亮的，也是我最文思泉涌的时候，记下来的有大自然的风情，有北极点的知识，也有一个关爱自然的人远在天边时在心海中的畅游。

船上安排我们每个小组都有和船长私密会见的时间。听说有人问过船长业余时间做什么。他的回答可能很多人都想不到——回家陪老母亲。我们见船长时，他告诉我们这是"50年胜利号"的第45次航行。如果按一次有100到120个探险者来算，差不多就是有5000人到过北极点了。目前，世界上只有俄罗斯的这艘核动力破冰船能商业化地带人到北极点。

这样看来，我就是这5000位到过北极点人中的一员。而夸克探险队的此行，是他们的第100次北极点探险。

明天，我们又能见到北极熊了吗？船上专家告诉我们：北纬88度应该到了它们活动的领地。

看北极熊日

2018年7月2日，对于我们"50年胜利号"核动力破冰船上的人来说，观看北极熊，何止是"大餐"，简直就是盛宴。我们一共看到8只北极熊。

昨天，我们在北纬87度看到一头北极熊，船上的海洋生态学家莉姿就已经说算是个例外了，因为北极熊通常不到那么高纬度的地方去。而今天，船上的成员，不管是船员还是专业探险队员都认为，几乎没有过如此过瘾的一天。

我们看到第一头北极熊时是8点36分。雄性，脸上有伤。莉姿在船上的讲座上告诉过我们，分辨北极熊的雄雌，其中一个方法就是看它的脸上、腿上有没有伤。这是恶劣的生存环境让其在争食、求偶时留下的纪念。

我们看到第二头北极熊时是下午1点08分。那是一只守株待兔的北极熊，远远地看着我们有些警觉。莉姿说它正在捕猎呢。它守着的是海豚的呼吸洞口。我们的船停下来，很希望看到这头北极熊能从洞里拖出什么活物来，但它趴在那儿就是不进攻，我们只好开船走了。

捕猎结束

第三头我们看到时是下午2点49分。这是一只刚刚吃完海豹的北极熊，嘴边还是血糊糊的。地上那只猎物还算完整，但脂肪已经让北极熊吃得没有了。这头北极熊的脸上没有什么伤，因此莉姿分析它还是头年轻的公熊，可能还没有多少阅历。它未来的命运必定也是逃不过"求偶大战"的。

　　第四头北极熊，我们看到的时间是下午5时38分。从这密集的时间上看，就能知道那天我们有多忙乎。我干脆就没在船舱里待着，整整一天都守在甲板上。既想由我来发现一头，也不想漏掉发现它们时它们的每一个大动作小动作，像跳海冰呀，爬着前行呀，母子依偎什么的……

　　小视频的优势，不就是动态的记录吗？这头北极熊远远的，我拍到了它伸展肢体，耐心地蹲着爬着的样子。它爬行的姿势很多人都拍到了。这种时候我总是站在莉姿身旁。她举着"大炮筒"说：脸干净，腿有守护毛。

　　北极熊趴着，有一种可能是保暖，而这头熊是趴着前进呢，像我们人类的军训那样不太合格地匍匐前进，屁股翘得有点高。

　　　　休闲　　　　　　　　　　　母子

　　第五、六头北极熊是母子，我们看到的时间是晚上7点10分。虽然距离有点远，我还是一直跟拍着它们一步一步地走，走了好半天呢。小熊一会儿在妈妈的后面，一会儿又站在了妈妈的旁边，个别时候也会忍不住跑到妈妈的前头张望一下。放大了看它，好萌的。

第七头北极熊出现在我们船边时，我们正在吃晚饭。船上的大喇叭一说外面有北极熊，人们穿上冲锋衣一下子就站满了甲板边的栏杆，这时的时间是晚上8点08分。不过在北纬83度的7月，是日不落的。尽管我已经好多天没有见到太阳了，但也没见过黑夜。

这次看到的北极熊，好家伙，近距离呀。就在我边拍着照片，边小视频解说着眼前看到的大大的北极熊的时候，又来信儿了，船舱的那边又来了一头。

跳

我急忙跑过去，发现这头和我们的距离比之前那头还近，而且不往远处走，就在我们的船边逛来逛去。它先是走到一处冰的边上，我好希望它能跳入水中，展示一下它游泳时修长的身影。1999年我在北极时就看到过，游泳时它们和在冰上胖胖

的样子完全是两回事。可
是这头北极熊完全没有下
水的意思，可能水面太
小，它又朝我们走来。感
谢小视频，这些举动都被
我捕捉到，完整地拍了
下来。

亲密

　　惊喜就出现在船舱另一边，我们看到第八头北极熊的时间
是8点22分。在我的镜头中，眼看着第七、八头北极熊往一起
走了一会儿，又各奔东西地分开了。然后又往一起走了，随后
有头北极熊朝有人的方向走去。你猜我们最终看到、拍到了什
么？两头北极熊相抱了，亲嘴了，一雄一雌亲嘴。

　　莉姿分析认为它们并不一定是在谈恋爱，只是玩玩而已，
毕竟在这样的荒原中相遇，也是一种缘分吧。我们人类男女间
抱抱，也不都是因为爱情，友情、亲情也有可能。

　　莉姿在给我们上课时问过我
们，你们知道荒原上的海豹最短
的哺乳期是多长时间吗？没有人
答对，因为实在是难以想象，5
天。那是冠海豹，小海豹出生
后，妈妈只给它们喂5天的奶，就
不管了，让它们自己在荒原上生
存。妈妈自己就又有新欢接着恋
爱、交配、生子。莉姿说，冠海
豹的身体可以有3米长，一口气可

莉姿

在水中待52分钟。

北极熊妈妈的哺乳期是两年半，所以北极熊是两岁半后开始在浮冰与冰海中生存的。从莉姿给我们放的一段录像中可以看到，它生出来时和大熊猫一样，巴掌大，北极熊妈妈们显然没有经受过怀孕时的大肚子之累。在莉姿放的视频中，我们也看到了北极熊生长的速度和萌萌可爱的样子。

莉姿提供北极熊的胖瘦标准

北极熊是北美最大的食肉动物，体重可高达1800磅，站起来能有10英尺。北极熊的视力和听力与人类相当，但它们的嗅觉极为灵敏，是犬类的7倍；奔跑时最快速度可达60千米/时，是世界百米冠军的1.5倍。

北极熊的形象会出现在无数卡通片中，它们温顺、憨厚、可爱、忠诚，是人类的好伙伴。它们睡在冰川上的姿势就像一个三岁孩童抱着布娃娃入眠一样可爱，不过拍它们打猎物头部时的样子就令人恐惧了。

2018年7月2日，和北极熊共度的这一天，真是有太多有趣的感受要与朋友们一起分享了，小视频画面中的北极熊不是卡通，是现实生活中真真切切的它们。

北极的冰山

2018年7月3日，探险队带着我们完成了空中、水面上的出行。

从一上船，我们就知道此行我们有一次坐直升机从空中看我们的"50年胜利号"的机会。从空中看北极圈里的海冰，也可能还有北

北纬80度的冰山

极熊在冰原上漫步，还可以从空中好好地体会时间、空间在天边的交会。真是令人憧憬。

可是，从我们起航一直到北极点，都是阴天大风。好不容易有一天风没有那么大，但是只有两个飞行航次的"窗口"可飞，而且能见度很低，就又叫停了。

直升机上拍的北极雪山

一位来自巴西的77岁老人，每次见到我都问："坐直升

靠近冰川

拍于空中

机了吗？坐直升机了吗？"因为他是第12组，很怕自己坐不上了。77岁上北极点，而且还跳进了北极点的冰海中，他应该是发烧级别的探险爱好者了吧。

期待了很久，真的坐在直升机上时，窗外已是开放水域，没有了蓝色的浮冰和白色的冰盖。前几天飞过的人看到了破冰船旁边的大冰盖，可是能见度很低。今天能见度非常好，却没有了浮冰和冰盖，在空中看北极熊只能是想象了。哪想到，直升机靠近冰川时，我们还是拍到了这样的北冰洋。

远处的一座座大冰川和空中飘浮的变化无穷的白云，却让我们一览了冰川、云和浮冰的呼应，以及那份神秘和那份光线的透视。

在空中看，我们的"50年胜利号"真小。看到这艘船的时候，我的脑海里突然出现这样的念头：人类在大自然中太渺小了。这是只有在大自然中才会有的深刻感受！

才下直升机，船上又有通知了：分组冲锋舟出行。运气真好，驾驶我们的冲锋舟的是海洋生态学家莉姿。

我们这一行还没有看到过北极圈里的冰川呢。今天的冲锋舟出行就是要在冰川前感受近距离接触浮冰、冰川、冰山、岩壁及岩崖上面的北极鸟。

鸟在这里飞来飞去

我一直在感叹，1999年在北极看到了很多浮冰的造型，这次没有看到。直到坐冲锋舟靠近冰川的时候，终于看到了。蔚蓝色的大海上，浮冰晶莹剔透，我们围着它们从各个角度拍了个够。

作为曾经的广播记者，作为在中国发起了民间观鸟的志愿者，我当然不会放过和莉姿在一个冲锋舟上的机会。

冰与海

冰川、岩壁上的鸟太多了！莉姿不停地给我们讲着岩壁上的它们的特点、它们的故事。岩壁旁的空中，不时会有两只鸟厮杀的场面。

莉姿说，在空中抢食的鸟，不是能够南北两极飞的北极

抢食中

燕鸥。但是在这样的环境中，能以此为家繁衍生息的鸟也是了不起的。

冰冻的海洋本身就是一个与众不同的世界，冬天的斜阳微弱的光线几乎带不来任何温暖，气温多为零下几十摄氏度；一年中的很多时候，还是漆黑一片、寒冷刺骨。对大多数动物来说，不管生活在水里还是冰上，在大部分海面都已经冰冻的冬天，都是一个严峻的挑战。

对话中

今天，我们在北极冰川旁听到了鸟儿的歌唱，莉姿告诉我们，唱歌的大多为雷鸟。此属仅包含3个物种，即白尾雷鸟、柳雷鸟和岩雷鸟。它们都生活在苔原或高寒草甸之类的生境中。我们看到的它们，是在悬崖峭壁上的绿色地衣和苔藓上做窝的。

这种鸟的脚上覆盖着羽毛，这是一种保暖设计，但因其种类不同，脚上覆盖羽毛的程度也有所不同。这一特征也影响到了雷鸟的命名。

雷鸟属学名lagopus，lago源自希腊语，是"野兔"的词根，pus是希腊语中表示"脚"的词根，连起来意思就是"长着兔子一般（毛茸茸）小脚的鸟"。

抢食中

为了躲避风雪侵袭，雷鸟和很多松鸡科的鸟类一样，都会用爪子和身体在雪地上扒出一个可以容身的雪窝。它们把身子埋进雪里，有时候只剩下一颗雪白的小脑袋露在外面，周围厚厚的雪堆可以挡住呼啸的寒风，让它们一夜安睡。

在这些鸟叫得震天响的悬崖绝壁旁，我们看到很多这样的场面，鸟之间的大战，为的就是抢口吃的，打斗得很是激烈呢。

本来今天我们还应该有上岛的机会，可是风太大了，冰太多了，致使我们的船无法靠岸。做出这个决策的艰难，我是在驾驶舱里感受到的，而且被客气地请出了船舱。本来一直开放的驾驶舱，我出来后，就挂上了牌："驾驶舱不开放"。

不管是船长还是探险队长，总是希望让我们多看到一些北

在冰水中

极的神秘、北极的多样，可这也得天公作美才行。

今天的天晴得出奇，在这样的大晴天里，拍远处的冰川和天空中的云，真是好时机！

下午，船从开放水领域也就是没有冰盖的北冰洋，走进不厚的冰盖、密集的浮冰区域时，我们远远地看到了两头北极海象，这成了我们此行唯一看到的海象。也许我们一直没有进入它们生活的地盘。

看到这两头海象后我往船舱里走，这些天一直和我坐在一桌吃饭的南京母女，从她们住的那层船舱里伸出头来悄悄地说："海豹！"我赶紧举起相机，拍到了它在水中的影子。后来经莉姿确认，确实是一头海豹。

莉姿说，其实我们要是会看，前行的船外，那一个个它们的呼吸洞，是常能见到它们的。可是她这位专业人士常常能看到，我们这些外行看到它们时，还是要少见多怪的。

莉姿在给我们讲课时，专门有一节课是讲生活在北极地区的鳍脚类哺乳动物的，包括海豹、海象、海狮和海狗。

莉姿讲座用照片　　　　好可爱的鳍脚类哺乳动物

这些有鳍类动物，说它是海洋动物吧，它们生命中有不少时间都趴在岸上；说它是陆地动物吧，它们离开了海水或湖水又不能活……不过有一点可以肯定，和备受关注的北极熊一样，鳍脚类也是不折不扣的食肉动物。

网上也有懂的人说，事实上，鳍脚类的祖先与熊的祖先亲缘很近，如果这位祖先碰巧没有把爪子变成鳍，当今也应该被人们称作"猛兽"吧。可是如今，北极熊成了北极圈内陆地和海冰冰面上的顶级捕食者，而鳍脚类还在继续尴尬地被北极熊吃着……

在今天的大风中，我们又见到了两头北极熊，它们是我们此行见到的第16、17头北极熊。离开它们以后我们很快就进入到了开放水域，只好说北极熊再见，北极海冰再见了。

船上拍卖会

2018年7月4日，我们在北极圈里已经是第十天了，离开北极点也已经4天了。今天在窗外看到的已经和一般的大海没有什么两样。只是太阳一直挂在天上，不知疲倦。

前两天尽是阴天，也没太想着它。这两天，天时而晴了，时而天空中有了白太阳，倒又开始琢磨起了北极时而没日，时而没夜的日子。

在船上，吃得是很好的，而且有非常漂亮的俄罗斯姑娘和小伙子热情周到的服务。餐餐有精美的菜单，封面是不同的北极动物，这可成了我们很多人的收藏品。

负责我总坐的那个桌的姑娘，更是让人忍不住地要多看她两眼，长得怎么那么美。她和我也很投缘，她说自己的家在圣彼得堡，平时她是个舞蹈教师，她已经有一个4岁的女孩儿了。不过她是单亲妈妈。她家是五世同堂，她妈妈42岁，姥姥64岁，姥姥的妈妈80多岁，现在还在帮她带女儿呢。北极点，她到了快20次了，每年的假期跟着这艘核动力破冰船要进5次北极点，和我们走的这次是她今年的第二次。我们离开后，她今年还有3次北极点要跑。

她告诉我，每年冬天，她会带着女儿去中国的三亚。她喜欢中国，喜欢现在这样的生活。她长得美，男士们少不了要和她开些玩笑，她都能很智慧地对付。如果我远远地看着她，她还会给我抛个媚眼。她的名字叫维若尼克。

还有一位为我们桌服务的小伙子，叫马克。他说他的家乡离中国很近，离莫斯科很远。在家乡他也是在酒店工作。今年冬天，他的梦想是到去南极的船上工作。这两位俄罗斯的年轻人用这样的工作方式实现自己的梦想，真是挺有创意的。

因为已经到了此次北极点之行的尾声，7月4日晚上，夸克探险队举办了船上的另一项常规活动——拍卖。拍卖的物品有船上的航海图，签了画家名、盖了章的此行"50年胜利号"船在北极点冰上的画，有北极点的咸水、淡水，有盖了几次航行章的明信片，还有盖了章的背包和船上的铃铛等物品。拍卖的钱会捐给国际北极熊保护基金会。

拍品

我们中国人的经济

实力，在这场拍卖中可以说是大大体现。我的一位来过北极点的朋友说，她前年来，就拍下了那张当次的航海图，拍了5000美元。尽管我们这次这张图没有拍到那么高的价格，但也拍到了2000多美元。

当一回"船长"

在这场拍卖中，拍得最贵的是船长的帽子，拍了2500美元，一位新西兰老头执着地举牌，最后拍到了。因为拍得这顶帽子，你就可以驾驶"50年胜利号"核动力破冰船10分钟。据说，以往取得这

北极点的咸水和淡水

一驾驶权的人，都要在北极巴伦支海上转几圈的。

在拍卖中，一位日本夫妇几次和中国人叫板，但最后都没有叫成功。事后那位先生和我说"我太穷了"。

我没做准备，不然把我1999年在北极拍的北极熊蹲在大冰蘑菇上的照片拍卖了，也能对保护北极熊做点微薄贡献呀。

北极变暖速度比其他任何地方都快

北极点之行，整天盯着船外的海冰、北极熊和记录发生在前往北极点每一天的事，没有时间多采访几个探险队员，听听

他们的故事，是我此行的遗憾之一。

好在船上有一个探险队员是北京姑娘，而且她已经去了30次南极、20多次北极了。因为她对我做的事感兴趣，安排我在船上做了两次讲座。她叫雷音，以后还可以聊。

艾丽是探险队的副队长，澳大利亚人。她在讲座中几次谈到气候变化对北极的影响，而她讲的她为什么进入夸克探险队也真有点意思。

艾丽说自己有一个很幸福的童年，长大后在军队工作了17年。父亲60岁时她送出的生日礼物是全家去一趟南极。就是和父亲的这趟南极之行，改变了艾丽的命运，她加入了夸克探险队，把自己的日子和南极、北极联系在了一起。

艾丽说，以前在军队会有敌人。现在，我们都是荒野的敌人。她在研究中知道，每一升海水里，就有12200片微塑料，它们跟着洋流到大西洋，到北冰洋，海冰融化了，还会流到更多的地方。有人会说，关注北极熊，离我们太远了。可我们能不能少用一个矿泉水瓶呢？

在讲座中艾丽很认真地说，海冰非常重要。因为，没有海冰就没动物的食物。没有海冰，就没有了那么多的动植物。海冰对这些植物、动物的影响，是历史性的。

现在，还是有人说气候变化和人类没关系，我个人不能否认目前的气候变化，因为有太多的数据可以证明。鲸鱼是这场气候变化大洗牌中的胜利者，有了更多的可供它们畅游的水域。但是，8000年前北极熊还生活在伦敦，海冰到了洛杉矶、纽约。现在呢，未来呢？

联合国环境规划署于2004年8月24日发表报告说，位于北欧和俄罗斯北面、全球面积第十大的巴伦支海的生态环境，正遭到多方面的严重破坏。

2017年有人撰文称，过去的一年里，北极圈的气候有时近乎荒谬，在圣诞周北极某些地方的气温比平均气温高出30℃～50℃。

这缩小的差距，因为它似乎是中纬度地区极端天气的诱因，从热浪、干旱到暴雪。为什么最近北极圈如此疯狂？而北极圈的气候变化与南方的极端天气有多强的联系？

Scientific American就此采访了美国罗格斯大学海洋和沿海科学研究所教授Jennifer Francis，她从1994年就开始研究北极气候变化及其与全球气候的联系。

"放大效应"

【下面是采访内容的编辑记录】北极圈气候的记录数据有多么不寻常？

记录是令人震惊的，因为有那么多不寻常之处。发生在北极地区的变暖——"北极的放大效应"，是我们见过的程度最大的。我们还看到了最薄的海冰厚度、大气中最多的水蒸气量。这通常不会成为头条新闻，但它应该上头条。

海冰不断融化，暴露出更大面积的洋面，因此产生更大量的水蒸气。而更多的水蒸气由喷流的大幅波动向北输送。这很重要，因为水蒸气是一种像二氧化碳和甲烷一样的温室气体，它释放热量到大气中。水蒸气也会凝结成液滴，形成云，这需要释放更多的热量。水蒸气是北极"放大效应"中的一个重要部分。这是北极变暖速度比其他任何地方都要快的重要原因。

更多的海冰损失导致更多的蒸发，这会捕获更多的热量，会融化更多的冰，是一个恶性循环。在圣诞节期间，北极在零度以上，这是疯狂的，而这与喷流的大波动有关。

最近，科学家开始更加直接地将气候变化模式与极端天气事件联系起来，过去他们通常不愿意这样做。这种链接是否变得更加清晰了？

叫成一片

7月5日，是我们北极点之行的最后一天。我抓紧时间在甲板上、在驾驶舱里记录着此行最后的篇章。有意思的是，这时甲板外面的海鸟异常活跃，在我们的船边、在我们船上的桅杆上起起落落地歌唱。可是，不知为什么我的耳边一下安静了，没有了海鸟的叫声。

这时，驾驶舱里的一位船员指着船的前方告诉我："鲸鱼！鲸鱼！"我顺着他手指的方向看去，一头身体巨大的鲸鱼正在被海水淹没。我没有拍到，但它那黑色的躯体我是可以记一辈子的，好大呀！

我赶快跑出驾驶舱，跑到甲板栏杆处，举着相机瞄着大海，盯着北冰洋。鲸鱼没再出现，可能它游得太快了。

不过这时，我眼前的海面上，几只海豚上下跳动着冲击着浪花。

　　浪太大了，它们的身体甩出了浪花，以至于我看到的它们只有在浪中时隐时现。我拿着刚拍到的"浪里白条"到图书馆告诉同行的人快来看，有鲸鱼，有海豚。几位同行的人来到甲板上时，我们一起拍到了远远的鲸鱼喷出来的水柱，可是它离我们太远了。刚才在我们船边的海鸟这时都在水中。

　　这时出现的莉姿观察了一会儿海豚的照片后，叫我到驾驶舱里，指着一本大厚书中的几张照片告诉我，从我拍到的"浪里白条"看，是这种海豚。莉姿还告诉我，海鸟遇到鲸鱼或海豚时，会跑到它们的身边，去寻找有没有它们的食物呢。神奇的海洋，神奇的动物界，它们的相通，我们人类要了解多久才能明白得再多点呢？

　　很遗憾我拍到的海豚没有像我在南极时拍到的那样，清晰地在水面之上，但很庆幸的是，不管是在南极还是在北极，海豚都让我看到了它们的身影。

　　明天，我们就要上岸了。上船时，我拍到了北极圈里的分不清是日出还是日落的红云、红天，明天还能拍到吗？在"50年胜利号"上的最后一夜，我要好好看看天上的太阳在北极圈69度时，日落和日出是怎么交替的。

日出和日落几乎在同一天边

　　从2018年6月25日傍晚我们上到了开往北极点的"50年胜利号"核动力破冰船上，到今天7月6日早晨，我们在船上度过了12天。

　　在这12天里，我们既到了"天边"地球最北边，面向全是南的北纬90度北极点，也感受到了破冰船的强大——蓝色的海

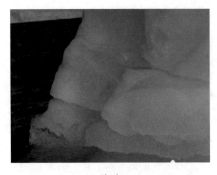

蓝冰

冰在它大铲的劈力、压力下，翻着浪花让出了一条蓝色的水路让大船前行。我们既开创了一天看到8头离我们很近的北极熊的纪录，也了解到了有关北极动物生存的智慧、生存在气候变化中的北极熊和它们的伙伴遇到的挑战。

在这12天中，在全球气候变化影响下北极自然环境的变化，是我最为关注的。除了好奇要到北极点看看以外，就是想看看，20年后的北极和我20年前来时相比，有了多大的变化。虽然那次我只到了北纬78度，不像这次到了90度。可同样的北纬80度左右，这次遇到的海冰还是比上次少了，甚至没有了。

我们坐的这艘破冰船，是第45次进入北极点。船长说这次的冰是最厚的一次，但这并不能说明北极在气候变化中幸免于难。

船上的几个专家都用大量的数据证实着气候变化对北极的巨大影响，对海冰的影响。而且专家们也告诉我们，没有了海冰，就没有了北极动物们的食粮。人会遇到大饥荒，北极熊也会，而造成这种饥荒的很重要的原因之一，就是我们人类对环境的影响。

真的到了北极点的时候，我们有五分钟的静思时间。躺在静静的冰雪上，周围是白色的世界。有人说听到了声音，是星座的声音……

我听到的，有风的声音，也有冰的声音。对采集声音有过专业训练的我，没有录下这些声音。因为那一刻，我希望把自己的大脑放空，就是空白着，没有杂质，没有杂音，只有白色的世界和空旷的冰原。我希望自己能在这样无杂念的脑海中自由自在地漂泊，没有左右，没有上下，只是空。

那一刻，在自然界中的空，就是无我，就是融于自然。

静中

很感谢在船上的时候，中国科学探险协会的皮燕勇和夸克探险队的北京姑娘雷音，在他们的帮助下，我在船上专门讲了两次"中国江河危机和江河保护的公众参与"。我在北极之行的船上讲中国的江河保护，是想让同行者对北极的爱，也能影响到各自对家乡、对身边环境的关爱。

雷音是船上的探险队员，也是我们的翻译。我此行文中写的船上讲座的内容，很多是她翻译我复述的。

因为在船上感受了拍卖，知道这些拍卖的钱是用来保护北极熊的，所以我在讲完中国的江河后，也试着把带来的几本绿家园出的保护江河的书拿来拍卖一下。

真的感谢同行的那对在北纬90度北极点求婚的年轻人李赟和她的男朋友，还有杭州的一对夫妇罗仲衍及其夫人，北京的朋友

拍卖《黄河纪事》一书

王桦。本来卖100元人民币的书，他们义买花的钱是100美元、150美元和200美元。

关爱环境不是一句话。对于带着我们一路同行的夸克探险队来说，北极之行，不仅仅是旅游和猎奇。对我们来说，到过北极点，近距离接触北极熊后，对自然的认知，对自然、对家乡的爱，得到了升华。

北极日落中的海面

在离我们下船还有5个小时的时候，一个让我十分期待和好奇的自然现象在发生着，就是北纬69度的日出日落。

7月6日凌晨1点多，我们的船驶进摩尔曼斯克军港前，天空中有了晚霞。船上的同行者好些天都没见到太阳了，更没有看到彩霞映天，纷纷在甲板上拍照。我却盯着指南针指的西边的太阳，想看看在这个纬度的太阳会落到大海里吗？这时我拍的照片显示的时间是1点23分。

因为船上风大，又冷，电池用得很快，2点我回到船舱里换电池，再出来上到甲板时，太阳的颜色和刚才不同了，方向也换了，指南针的显示成了东方。我这时拍的小视频显示的时间是2点07分。太阳又一点点地升起来了。感谢小视频上有时间的记录。这么快太阳就换了方向，可惜当时我没有把手机上日落的方向和日出的方向都在手机上拍下来。但是奇特的大自然在几乎同一时间日落、日出，我拍了下来。

刚刚还在拍日落

用科学语言怎么解释这一现象呢？回到船舱里我想去问科学家们，但他们此时还在紧张地忙着最后的下船工作。几个在酒吧喝酒的人，似乎对我的好奇并不那么关注，他们是看多了、看习惯了吗？

回来我在百度上找到好多说法，放在这里，咱们一起看看吧。

一种说法：地球自转轴与公转轨道有个66.5度的夹角，会导致南北极有极昼/极夜现象。所以，当太阳直射点从赤道往南回归线移动的时候，北极圈内白天时间越来越少，北极点出现极夜现象，也就是一天24小时全是黑夜，直到太阳直射点回到北半球，北极点才会迎来白天。

一种说法：一个地方处于极昼时分，太阳高度角最大的时候太阳位置应该是正南方向，最小的时候应该是正北方向的。因此，当该地刚好出现极昼的时候，太阳高度角最低为0，出现在正北方向，因此刚出现极昼的时候，正北方向便出现"太阳日落和日出并行"的景观。

一种说法：你不要用空间想象的方法理解这个问题，要从平时的日出日落理解。我们这里冬天昼短日出东南，夏天昼长日出东北，昼越长日出位置越偏北，以此类推，如果极昼就是日出正北，日落正北。

一种说法：极点处极昼时，准确说没有日出日落，个人分析太阳会在一定太阳高度角上旋转。原因是地球以极点为轴自转，极点位置不是极昼就是极夜。极点刚发生极昼时，太阳在地平线附近，随后虽自转倾角改变，太阳高度变化。当直射回归线时达到最大，以后逐渐减小至极夜。

一种说法：极圈附近发生极昼时，仍然是东升西落。原因是地球在自西向东自转。太阳直射回归线时，极圈极昼。此时极圈上一点仍是东侧先见日光，故太阳东升；而日落过程相反。只是太阳从东到西时间是24小时，日落后马上日出。

这最后的一种说法差不多就是我看到的，只是太阳是从东到西需要24小时，但是我们肉眼能看到的，就是太阳还没完全落就换了个方向又升起来了。

写完这篇文章时我已经回到了北京。北极，北京，一字之差，却相隔甚远。绿家园乐水行时，一位朋友说，日落和日出出现在一起，解读应是，你想想地球仪，北极南极都是一个点，这个点上的日落日出当然不会像地球"肚子"那么大，相距那么远了，所以落和出就在一起了。我觉得他说得挺有想象力。

北极的夏天和北京的冬天的温度差不多。北京也能看到北极熊，不过是在动物园里，而不是它们真正的家乡。在北极的12天里，我写了15篇文章，有朋友说是在和我一起走北极点呢。

我还会再去北极点吗？不知道！但在北极的日日夜夜，都已印在我有血流动着的心里。我想，我会常常回忆的。

北极三岛的生物多样与神奇地貌

——目睹大冰川在翻转中

飞过北极之门

特罗姆瑟在挪威各大城市中排名第七，但如果我们以一个城市的特色、魅力以及居民素质为标准来评判，那么特罗姆瑟的名次一定要比这个名次高得多。

13年前，我利用在挪感奥斯陆讲课之便来到了这个城市。这是一个看极光的好地方。这张极光的照片拍于特罗姆瑟机场，不过不是我拍的，是我当地的朋友拍的。

北极光在北纬70度

1900年，一位法国旅游者赋予了该城市"北方巴黎"的称谓，因为这里的餐馆、酒吧、夜总会和咖啡厅之多为挪威城市之最。

但事实上，这两座城市的差别还挺大的：这里没有巴黎那么多烦人的交通阻塞；另外这里的居民也要友好和善得多。在特罗姆瑟，只要有行人穿行（不仅仅是在交通灯和人行过道处），汽车就会立刻停下来。这里一年中有5个月的气温是在0℃以下，而近半年时间都在下雪；巴黎的气温则比这座北极城市温和。

2006年我到这里时，印象很深的是波拉里亚水族馆。里面全方位介绍生长在北极地区的生物、动物以及极光的形成等，水族馆里还可以近距离接近海豹等动物。

此外，上次到过的还有特罗姆瑟博物馆，1872年设立，介绍北极圈文化，多领域地展示地理、植物、动物、考古学、萨米民族学等。

人类探索北极的航海图，我在特罗姆瑟大学看到时，如同和当年的探险者一起走向天边似的呢。

今天在飞机上，我就一直在寻找那别具特色的教堂，但是没有找到。特罗姆斯达伦教堂，被称为北极海的教堂，它的设计将特罗姆瑟的冬天和极光有机结合，是极具现代感的教堂。

特罗姆瑟机场

其中教堂内高约12米、重6吨的彩色玻璃，以其厚重沉稳散发着美丽的光芒。

今天只是在这儿转机去斯瓦尔巴群岛的朗伊尔宾，去看世界种子库，并登上去北极三岛的船。所以只能在候机时，草草把曾经来过，且十分有特色的北极圈内的这座城市说一说。

对了，特罗姆瑟会在每年1月举办特罗姆瑟国际电影节。电影节创立于1991年，是挪威和国际电影业的会议点，它旨在为极地地区、挪威全国以及全世界的观众展映优秀影片，拥有户外电影院等特色。其最高奖项为极光奖（The Aurora Prize）。特罗姆瑟国际电影节是挪威国内最大的电影节，同时也是北极圈地区最重要的国际电影节。

2019年第29届特罗姆瑟国际电影节有60 501人次参与观影，其中包括10 905名独立参与者和1630名官方认证参与者。电影节创造了近2600万挪威克朗的经济价值。

北纬78度斯瓦尔巴群岛

我们此行，是中国科学探险协会为中国会员举办的一次科学探险活动，领队的还是皮燕勇，照片也还是大家共享。

2019年8月25日下午，我们到了北纬78度斯瓦尔巴群岛的朗伊尔宾小镇。机场旁边的坐标告诉我们这里离东京6830千米，离纽约5000多千米。

8月26日凌晨2点30分我

离世界各地的距离

北极的夜里

走出酒店，想给朋友们拍拍北纬78度的白昼。想着就是拍几张凌晨2点多天亮的照片，于是厚衣服也没穿，相机也没带，只是拿了个手机就走出了酒店。

先是看到了一个拿着枪的女士在路上走，然后是同行的一位也是出来拍照的女士叫起来："狐狸！狐狸！"接下来就拍到了鸟叫着从头顶飞过，静静的北冰洋漾着波纹缓缓流动，飘带似的白云绕着雪峰，悠悠地飘向远方。

本来是想拍拍就回去接着睡的，但这种打算被这些好奇与多拍点眼前的奇特景色与朋友分享的想法改变了，直到把手机里的电拍完，把自己冻得手疼，才回去接着睡觉。

斯瓦尔巴群岛12世纪由挪威人最早发现，直到1596年，才被荷兰航海家威廉·巴伦支命名为"斯瓦尔巴"，意为"寒冷的海岸"。1920年，《斯瓦尔巴条约》的签订，将整个群岛的主权划给挪威。根据条约规定，所有签字国的公民在斯瓦尔巴拥有平等的经商权；责成挪威保护岛上居民安全及独具特色的自然荒野地貌。

早在1611年，荷兰、英国的捕鲸船即曾来此。其后法国、汉撒同盟、丹麦与挪威的捕鲸船亦相继来到。1800年捕鲸业衰落后，该群岛主要从事煤矿开采。

不过，现在挖煤已成为过去。在斯瓦尔巴群岛首府朗伊尔

宾的机场，一眼就看到一幅醒目
的"游客须知"，告诉每一位来
到群岛的人：在这里不准乱丢垃
圾，不准捕杀或惊动鸟兽，不准
迁植树木，不准采花，不准破坏
文物等。

北极的湿地

由于所处的位置特殊，斯瓦
尔巴群岛成了北极地区一个很特
别的地方。在这样高的纬度，花儿们也没有畏惧，依然打扮着
自己，美化这里的环境。

斯瓦尔巴群岛动植物种群都比较丰富。地上行走的有北极
熊、北极狐和驯鹿。海里游动的有格陵兰鲸鱼、海豹和各种
鱼虾。

岛上已经发现了164种植物、4种哺乳动物及160多种鸟。这
里的自然生态是原始而美丽的，但同时也是非常脆弱的。

斯瓦尔巴群岛的"旅游指南"上有一段话说得好："记
住，你只是一个客人，请不要在北极地区乱丢垃圾！"

这里的人们全力去保护这些"冰原王者"，即便偶尔有北
极熊造访小镇，人们也绝不会去伤害它们。

挪威政府在斯瓦尔巴群岛上建造了一个巨大的斯瓦尔巴全
球种子库（Svalbard International Seed Vault），号称"末日粮
仓"，工程耗资300万美元。

"末日粮仓"建造在北极附近、濒临北冰洋的斯瓦尔巴群
岛冻土地带的岩石洞中。那里不易受外界气温变化影响，即使
在断电状态下也能使种子处于低温环境中，适宜种子的储藏。

地窖建有1米厚的水泥壁，有两个气闸舱及安全性极高的防弹门，以保护种子银行。

"粮仓"高度是经过仔细推敲过后的"安全高度"，约海拔130米高，即使格陵兰冰原全部融化也不会危及种子库。该工程于2007年3月开始建造，2008年2月26日正式竣工并举办启用典礼。

据称，"末日粮仓"被用于储藏地球作物的450万种种子样本，以防环境变化或一旦发生毁灭性灾难导致这些物种灭绝，确保人类食物的来源和多样性。

因为太想去看看这个"末日粮仓"，昨天我就打听了如何参观，但被告知，只能看到外面，并不能进去一睹。所以在拍完凌晨2点多的北冰洋鸟鸣、水潺、云绕后，我回到酒店后写下这段，心想"天亮"再去时，万一运气好呢。

中国公民有权自由出入斯瓦尔巴群岛

2019年8月26日，斯瓦尔巴群岛朗伊尔宾。

今天，中国科学探险协会的皮队告诉我们，拿中国护照，从海上到斯瓦尔巴群岛可以免签。陆地上来就不行了。

世界种子银行"末日粮仓"

原因是，中国政府于1925年签署了由海牙国际法院主持的《斯瓦尔巴条约》，因此至今中国公民仍有权自由出入该群岛，并在遵守挪威法律的前提下，有权在那里进行正常科学和生产等活动。

今天我们从外面看着世界种子银行"末日粮仓"，这座2008年花300万美元建成，存有450万枚种子的种子库，真的能为我们的未来打包票吗？据说至今为止，只有2018年叙利亚申请用了"末日粮仓"里的种子。

今天这里的教堂也让我们很感兴趣。通常的教堂，上面是十字架，朗伊尔宾小镇的教堂上面是一艘船。这里曾经靠捕鲸、捕

为平安祈祷

鱼为生，在教堂上放一艘船，代表着人们对平安的期盼和祈祷。

在小镇上，今天我们看到的最大的野生动物是北极驯鹿。那是一头还没有长大的驯鹿，边走边吃，完全不顾我们的存在。

不过同行中也有人调侃，这头北极驯鹿心里可能在想，拍什么拍，拍了多少还没拍够？

北极驯鹿与世界其他鹿种最大的不同有两点：

驯鹿

一是雌鹿同雄鹿一样都长着树枝般的角；二是驯鹿像候鸟一样，入冬时节，便开始一群群地往南迁移。早春时节，便开始向北进发。

就历史而言，鹿类与人类的关系是非常密切的。北极驯鹿大约在200万年以前，地质上称之为更新世后期，分布在欧亚大陆上。那时的驯鹿曾是人类主要的食物之一。

那时的人类主要依靠捕食驯鹿获取营养，维持了几千年。所以，我们的祖先总是把鹿视为圣洁之物，赋予了许多美丽的神话和传说。西方也是如此，他们让鹿给圣诞老人拉车，给孩子们送礼物。

网上介绍说：驯鹿最惊人的举动，就是每年一次长达数百千米的大迁移。

春天一到，北极驯鹿便离开自己越冬的北极地区的森林和草原，沿着几百年不变的路线往北进发。而且总是由雌鹿打头，雄鹿紧随其后，秩序井然，长驱直入，边走边吃，日夜兼程，沿途脱掉厚厚的冬装，而生出新的薄薄的夏衣，脱下的绒毛掉在地上，正好成了路标。就这样年复一年，不知道走了多少个世纪。

拍于朗伊尔宾博物馆

好想什么时候约上好友一起去走走驯鹿绒毛铺就的小路，那条路会是软软的吗？

驯鹿总是匀速前进，只有遇到狼群的惊扰或猎人的追赶时，才会来一阵猛跑，发出惊天动地的巨响，扬起满天的尘土，打破草原的宁静，在本来沉寂无声的北极大地上展开一场生命的角逐。

幼小的驯鹿生长速度之快，是任何动物也无法比拟的，母鹿在冬季受孕，在春季的迁移途中产崽。幼崽产下两三天即可跟着母鹿一起赶路，一个星期之后，它们就能像父母一样跑得飞快，时速可达48千米。

斯瓦尔巴群岛居民的环境保护意识很强。中国科考队队长、中国科学院大气物理研究所研究员高登义在这里进行科学考察时，看到野地里干枯的北极雪绒花很好看，就想采回留作纪念，但同行的挪威科学家提醒他不能这样做，说在这里即使植物已经枯死，也受到保护，应让其保持原状。

今天凌晨2点我出去拍白昼在北纬78度的照片，看到一位女士背着枪。吃完午饭又看到一位女士进超市的时候背着枪。

我问进超市的女士："你们真的碰到过北极熊伤人吗？"她说20年前有过，这些年没有。我说那你的枪用上过吗？她说在城里遇到北极熊你可以躲，

斯瓦尔巴小镇上的云

但是在荒郊野岭，要是北极熊要袭击你，是可以用枪的。前提是北极熊袭击你时才可以用。

我问："你学过怎么打枪吗？"她说在大学都要学的。

今天在小镇的街上走路时，突然看见远处雪山冰斗上面有圆圈状的云。我拍小视频时顺口说了一句："北极雪山上的云是个大圆圈！"这个大圈圈儿是云圈出来的。

刚到北极才两天，未来的13天没有信号，但会有多少惊喜呢？好期待。

北极基本行为准则

坐冲锋舟上"海精灵号"

8月26日，登上"海精灵号"进入斯瓦尔巴群岛。

今天下午5点，我们坐冲锋舟上到了将要带着我们探索北极的"海精灵号"。

上船后，探险队长阿尼亚先把船上的各位不同领域的专家和工作人员介绍给我们，随后安排每个人都要接受的北极基本行为准则教育。

在北极条约特殊地区，要遵守当地法律法规及国际条约，尊重当地的文化传统和生活习惯，保护极地自然环境的基本行为准则。

1. 不留下持久标记。

不要在岩石或建筑物上涂写、雕刻；不堆砌石堆、有意移动岩石、不乱扔杂物等。

2. 不带走任何东西。

保留北极原始的状态。北极的文化遗留是受保护的。同时，让石头、骨头、鹿角、浮木及其他物体保留在它们原有的位置。

3. 不要惊扰野生动物和鸟类。

所有北极生物聚居地均受保护，尽可能避免惊扰野生动物和鸟类。如接近动物群落和筑巢的鸟类，请不要制造较大噪声和说话，同时与北极生物保持一定距离。

4. 不要采摘花朵和其他植物。

5. 不要损坏北极文化遗迹。

北极文化遗迹受法律保护，遗迹周围100米的区域也在保护范围内。请围绕遗迹保护范围内物品走动参观，请不要试图在其中穿插行走、取走或重新摆放。

还有，就是要尊重当地文化和当地居民。前往不同文化背景的国家旅行时，请不要按照您自己的认知程度及价值标准去评价当地文化。

现在到极地的船和我1999年去北极的科考船，住在黑洞洞没有窗户的船舱里是不可同日而语的，现在的船舱几乎可以用富丽堂皇来形容。

船舱里放着每人一本的《北极》小册子，其中有这样一段话：在历史的早期北极这个词就像神秘的符咒召唤着人们。

通常，这类北方地名让胆怯者望而却步，他们内心的谨慎被原始的焦虑所占据。

那些向偏远的北方边界发起挑战的早期探险家，就曾历经

"海精灵号"的楼梯

种种磨难，他们的经历也多少带有奇幻色彩。不过对于现今爱冒险的游客和自然爱好者而言，抵达北极能让他们感到美梦成真。

这次是我第四次进北极圈。随着现代技术的进步，前往北极也更为方便。但造物主并未对这些偏远地区放低自身掌控一切的姿态。人们在北极地区航行，主要受变幻莫测的天气和冰川的影响。

一直以来人们都爱说征服了北极，征服了大山，其实我们征服的是我们自己！北极还在那儿，你能把它怎么样呢？大山还在那儿，你能改变它吗？所以征服的是我们自己，征服不了大自然。

什么时候人不说征服自然了，才能放下身段和自然和谐相处，可以这么说吗？

一次又一次到北极，我最深的体会就是每次北极之旅，都会给我带来与众不同的体验。就像探险一样，每次都能发现它的奇妙之处。

《北极》小册子上说："如果您对它敞开心扉，它同样也会向您毫无保留地展现它无穷的秘密宝藏。"我们的目标是尽可能充分利用在岸上的时间，亲身体验这个神奇之地的自然和历史奇观。

我们登船不久船就起航了。如果说昨天和今天上午，我们是在陆地上感受斯瓦尔巴群岛上的朗伊尔宾小镇，接下来，我们就在北冰洋上接触早在12世纪由挪威人最早发现的斯瓦尔巴群岛了。

雪山与云山

前面说了，这里直到1596年才被荷兰航海家威廉·巴伦支命名为"斯瓦尔巴"，意为"寒冷的海岸"。

斯瓦尔巴群岛上冬季有84至128天的极夜，而夏季则有99至141天的极昼。冷岸群岛60%的领土被冰川覆盖，另外有30%为荒地，余下10%则有植物覆盖。大部分地层属于古代早期（可能是前寒武纪），直至近代。

地层褶皱和断层使群岛地形多山，近60%的地表为冰河及雪原覆盖。斯匹次卑尔根岛和东北地岛的西部和北部海岸线上，有深入陆地的海湾。

东北地岛东海岸由陆冰前沿形成。许多冰河延伸到海，但斯匹次卑尔根岛上有些大块的无冰谷地。别处还有当年海面较高时生成的广大海岸平原。斯匹次卑尔根岛上最高点牛顿峰，海拔1717米。

我们的船航行在海湾里时，周边就是这些高山。这些山常常让人疑惑，为什么有的山是黑的，有的生就覆盖着白雪？造物主生出来的大山，如母亲生出的孩子似的各不相同。而众山的不同，在这里可以大饱眼福，可以探寻其中的奥妙。

北极的夏天稍纵即逝，这也正是北极最引人注目的一大景象，许多鸟类和哺乳动物迫于生存，经历着漫长的迁徙。造物主似乎冥冥之中早有安排，让它们在这样温和的天气里正巧赶上了这场盛宴。

虽说这样的日子并不太长，但足以维持它们的生存。无尽的白昼会使人产生错觉，以为这个季节定会是漫长的。这个时候，野生动物开始四处活动，并且时常处于警觉的状态。

《北极》上说："您看到的野生物种越多就收获越多，随时看到鲸鱼、海象、海豹、海鸟、北极熊等。而且它们常会突然出现在你的眼前给你带来意想不到的惊喜。"

在我们这个美丽的星球上，仅北极还存有最后几处原生态自然保护区，然而北极的生态平衡也是难以维持的。在北极极端的气候条件下，动物的生存环境也面临着危险。

好了，我们已经航行在北极航线。一天天的新发现，我会一一记录下来；一天天的新感受，也会与朋友们分享。

探路罗德峡湾

冰舌

8月27日，罗德峡湾，马格达列纳峡湾，登陆格拉夫聂索岛艾丽斯堡。

凌晨4点09分天大亮，我们的船驶进开放海域。开放水域，就是举目四望，只有海水，没有山石，没有浮冰，也没有信号。

太遗憾的是，昨天夜里10点多船上的广播说，看到了长须鲸和白喙豚，还有很多的海鸥。我这个资深夜猫子因为晕船早早睡了，竟然没有听见广播，失去了与它们相见的机会，好在是第一天，未来的很多天还有机会。

20多年前，我在美国旧金山海洋保护中心采访时，得到过一盒鲸鱼唱歌剧的录音带。录下并制成盒带的美国朋友告诉我，那是他一口气录了30多个小时的鲸鱼唱的歌。

那次我还知道了，海洋世界著名的歌唱家是座头鲸。

座头鲸的皮肤相当粗糙，头部许多地方都是坑坑洼洼的，长满蛎子头贝壳等软体生物。座头鲸身上的鲸虱最多也最大，一只虱子竟有六七斤重。鲸体上的坑不一定都是鲸虱咬出来的，但鲸虱一定是住在鲸肤上的坑内。鲸的游速再快，也甩不掉虱子。

我们在船上见到的长须鲸，其保护级别已列入濒危野生动植物物种国际公约：CITES Ⅰ级，并列入世界自然保护联盟濒危物种红色名录，2012年濒危物种红色名录ver 3.1——易危。

目前我们知道的鲸鱼，有抹香鲸、长须鲸、蓝鲸、露脊鲸，主要就是这几种，随便哪种鲸鱼都很珍贵。

白喙豚顾名思义，嘴是白的。它的特性是什么还要再问问。

去年北极点之行我看

船上讲座照片

到了宽吻海豚。专家说它们通常的游速为每小时5～11千米。在短时间内，游速最高可以达到每小时70千米。

宽吻海豚有时全身跃出水面1～2米高，特别是在暴风雨到来之前这种活动更为频繁。每隔5～8分钟宽吻海豚必须浮上水面用呼吸孔换气。通常它们每分钟会换气2～3次。

宽吻海豚的睡眠很浅，有科学家认为宽吻海豚大脑的两个半球交替地休息和工作。宽吻海豚喜欢群居，通常十多只组成一群生活。它们会长期保持这种社会结构。通常是雌性宽吻海豚和她们的幼崽组成一群。

宽吻海豚群体成员之间的眷恋性很强，如果一个个体受伤，其他成员并不逃逸，而是围着受伤的同伴不忍舍弃。

这次北极三岛航行的第一天进入罗德峡湾后，我们就到了马格达列纳峡湾，并在格拉夫聂索登陆。

冲锋舟把我们从大船上接下来，冲浪中到了艾丽斯堡，隔海相望，一边是黑色火山石，一边是红色沙石。一海之隔如此不同的地貌，大自然的神奇在此可见一斑。

登陆

1897年至1907年摩纳哥探险队上岛，冬季冻死人的十字架至今还立着。旁边是一个石堆，有点像我们藏族、蒙古族的玛尼堆，据说是用于导航。

离石堆不远，有一个捕北极熊的陷阱，挺简单，里面可放些鱼、肉做诱饵。

站在罗德海峡的艾丽丝堡礁石上，看到进入冬季最后的植物，斯瓦尔巴罂粟花，绿绿的它们在礁石上顽强地表现着自己的与众不同和生命的顽强。

一片满地开着花的地

在北极的这片土地上，最后的绿色是趴在地上的树。这里的树不是竖着生长，而是横着铺出了它的身体。

一片满地开着花的地上，有一株小粉花与众不同。探险队员中的植物学家萨斯格亚想了一会儿，告诉我们这叫山水杨梅。真好听的名字。

我们在感慨这里的宁静、海水平如镜面的同时，也在感叹，人类真是无处不去、无处不在呀。

下午又坐上冲锋舟下海，因为有人看到一只北极熊，我们改变了计划，向冰川开去。

北极熊没有看到，但岛上满是北极燕的叫声。它们可以从北极飞到南极，据说两极之间的距离，它们飞一次要三四个月。夏天它们在北极生孩子，当年生的幼鸟就能飞越南极呀！

看到一块蓝色大冰川的冰塌，想再等等还有没有冰再塌，拍下来。没有等到。这是好事吗？全球气候变化在北极是令人十分担忧的。

我们赶在下大雨之前回到大船上。

中国科学院探险协会的皮队从北冰洋里捞了一块冰，放在威士忌酒里给大家分享。我拿了一小块放在可乐里，感觉和其他冰最大的不同是，可乐喝了两杯了，冰却没化，这可是结了上百年、上千年、上万年的冰呀。

明天，我们要去的地方叫新奥勒松，我们中国北极科考站黄河站在那儿，而且那里有邮局，可以盖邮戳。

感谢陈秀娥，第一天在大家以为北极熊游走了，她坚持等着，终于拍到北极熊又爬到了冰上的照片。

走进北极黄河站

2019年8月28日，新奥勒松，北极黄河站。

早上6点45分，北纬78度，气温是4℃，因为风大，体感温度是-4℃。

虽然风大，我们还是如愿以偿靠岸，上到了新奥勒松，走进黄河站。

今天再次看到了探险队员持枪，因为有可能会遇到北极熊。同时我们被告知两种可能：北极熊突然出现，所有人立刻回船；看不到北极熊，可以在黄河站多待一会儿。

如果你只能选一个，你会选什么呢？

上岸

两难呀！

如果来了北极熊　　　　　　　酷似北极熊的石头

下船后，我最先看到的是一块很像北极熊的大石头，它怎么那么会长，长在了我们下船的地方。造物主是不是在告诉我们，即使看不到真的北极熊，在新奥勒松你们也能看到酷似北极熊的石头。

远处的天边，灿烂的阳光照在蓝色的冰川上，简直就是仙境。探险队员告诉我们，这座冰川名叫国王冰川。好霸气的名字。阳光下，它确实与众不同。

新奥勒松岛曾经因挖煤而大力建设。在北极，当年的这儿可以称之为繁华。100多年前的房子，至今还颜色鲜艳。

从两三百年前起，被巴伦支海、格陵兰海和北冰洋包围的斯匹次卑尔根群岛就是北极地理大发现的重镇。群岛上的新奥勒松，更是人类进军北极点的出发地之一。

16世纪，荷兰探险家发现了这里之后，无数北极探险家都曾踏足这里；20世纪20年代，美国人、挪威人、意大利人先后从这里驾驶飞机或飞艇飞越北极点。

阿姆森是从这儿成为第一个登上热气球——飞船，到达北极点的人。为了纪念阿姆森，这个岛上有他的半身雕塑，特别

阿姆森塑像

是他那出名的大鼻子，雕刻得惟妙惟肖。

今天的这里已经成了科考站，有商店，有邮局，也有博物馆。

排着队，等着盖手中的明信片时，我的脑袋瓜里已经想象着带回去送给朋友，一起分享这来自远方的礼物时我们共同兴奋的时刻。

持枪向导带我们走到了当年固定飞机的铁塔前。望着远方的冰川，近观眼前的铁架子，这些都让我遥想起当年的北极探索。

现在要到北极，我们坐着飞机，坐上船就来了。可是100多年前，要想到这块神奇的土地上来，要想到远在天边的北极点，需要有多么神奇的想象力和多么勇敢的探险精神呀！

冒险和探险是截然不同的。所以冒险家和探险家给后人留下的印象也不同。

盖邮戳

在南极的时候，我们进到了长城站里面参观，还采访了在那里工作的科研人员。但是在北极黄河站，只有少数人进去喝茶了，我们大多数人只是在大门紧闭墙上挂着中国北极黄河站的牌子前拍了照，盖了写有"黄河站"的纪念戳。

中国北极黄河站，位于北纬78度55分、东经11度56分的挪威斯匹次卑尔根群岛的新奥勒松。这是中国依据《斯瓦尔巴条约》1925年缔约国地位而建立的首个北极科考站，成立于2004年7月28日。

在北极黄河站门口

中国北极黄河站是中国继南极长城站、中山站两站后的第三座极地科考站，中国也成为第八个在挪威的斯匹次卑尔根群岛建立北极科考站的国家。

最值得称道的是，北极黄河站拥有全球极地科考中规模最大的空间物理观测点。

2018年3月5日，中国科学院大气物理研究所一支研究团队对近日出现在北极的热浪进行了初步分析，认为北极地区正在快速增温。

中国大气物理研究所团队研究了中国北极黄河站所在地斯瓦尔巴群岛新奥勒松地区的观测资料，指出该地区是北极增暖最快的地区，特别是近10年来，2月最高日平均气温经常高于0℃。

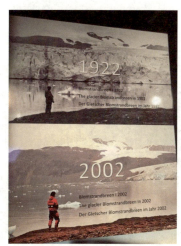

变化中的新奥勒松

讨论一下怎么应付不断变暖的天气

新奥勒松有一座小小的博物馆，里面通过图片展示了这里的发展与变化。一些变化通过卡通片表现出来，很有意思。

今天下午，我们登上的岛名字挺长：西格哈姆纳斯匹次卑尔根岛。神奇的手机手写输入中文，竟然有这个长名字后半部分的组合，太有意思了。

一上岛，探险队员瑞恩向我们介绍了两个废墟，都是二战期间德国人建的气象研究站。那时气象站每天发气象预报给德国军队。1943年挪威军队攻击并烧毁了西格哈姆纳研究站。

如今，这片废墟上各种被烧过的设备还有不少。人啊人，这么偏远、这么荒凉的地方，有科研，也有战争，难以置信，难以想象。

地衣

然而，这里更奇特的不是人之所为，而是踩在夏天融化中的冻土上和软软的植被中。瑞恩说这里有8000多种地衣、苔藓。

生活在这荒凉的冻土中的生命竟然如此丰富。可这与它们的生命周期之短，匹配吗？

同行中网名太阳花的队员到水边尝了一下，告诉我们水不咸。这可能就是冰川融水——养育这8000多种地衣、苔藓生命体的功臣。不管在哪里，甚至天边，都少不了大地上的角色——植被。

站在峡湾的制高点放眼望去

站在这个峡湾的制高点，由远及近看到的有蓝色的大冰川，有掀着小浪花的北冰洋，有岸边的礁石，有礁石上扯着嗓子叫的鸟们。它们当中，就有在南北两极飞的北极海燕。

我们当中幸运的人，在峡湾还看到了一头北极狐。

北极，不是置身于此，这里的丰富真是难以想象。

生活在这里的原住民认为万事万物都是有灵魂的。这些灵魂的世界，我们走得进去吗？

明天是航海日，我们要从斯瓦尔巴群岛向世界最大的岛——格陵兰岛驶去。

冰川与冰山

2019年8月29日，从斯瓦尔巴群岛驶向格陵兰岛。

从昨天晚上开始，这里不晕船的人很少。船上的大厨弗朗西斯是法国人。他说自己在船上工作了15年。我让他讲个难忘的故事。他说印象最深的一次是因为浪大，做好的一顿饭都上桌了，却因大浪全被掀翻在地上。后来又做了一遍，又上桌了，又全被掀翻了。第三次做完倒是没被浪掀到地上，可船上人晕得一个来吃饭的都没有。

今天，原定做讲座的专家也晕船了，就换成了从小对冷世界感兴趣的芬兰地质学家萨娜讲冰川和冰山。尽管我也很晕，但上午专家的讲座我太想听了，所以还是坚持去了。

在广袤的地球上，冰川和冰山是怎样形成的呢？

萨娜说，在一些高山地区或是在两极地区，常见到的那一层雪白无瑕的"外衣"是什么？它们就是冰川。

那么，冰川又是如何形成的？冰川是冰雪贮存和运动的一种形式，但在不同地区，其成因略有差别。

高山地区的冰川是由于那里地势高，空气稀薄，不保暖，冰雪在这里不易融化而形成的。

两极地区分布着的冰川则由于太阳辐射弱，热量少，气候终年寒冷，冰雪一年四季堆积而形成。全世界冰川的总面积约有2900万平方千米，而90%以上分布在两极地区。

作为固体的冰在重力作用下，从高处向低处缓慢流动，冰川之名由此而来。冰川的流动速度极慢，每昼夜一般只能移动1米。个别流速快的冰川能流动20多米。冰川的流动速度，随冰川厚度增加、坡度变大、气温升高而加快。

冰山约有90%体积沉在海水表面下

冰川不是简单地由

普通的水凝结而成，构成冰川的冰又称冰川冰。由于雪花越降越多，即使在阳光照射下稍有融解，但随即又冻结起来。这种情况下结成的颗粒状雪粒，使得冰川冰密度略小于普通的冰，其进一步结成冰层即构成冰川。

冰川有高山冰川和大陆冰川两种，高山冰川是指存在于高山上的冰川，大陆冰川则指分布在两极地区的冰川。

冰川是地球上最大的淡水资源，也是地球上继海洋以后最大的天然水库。七大洲都有冰川。

冰山主要有角锥形和桌形两种形状，大的能在海上漂浮2～10年。浮动着的冰山一般只有近100米露出海面，而实际往往长达几千米，其他约占冰山体积6/7的部分就埋在水面下。

冰山和冰川不同，冰山是一块大若山川的冰，脱离了冰川或冰架，在海洋里自由漂流。

冰川是上一个冰河时期的产物。冰山是从南北两极冰盖上脱落的。

冰山，我们在北冰洋格陵兰岛看到的非常多，各种造型的冰山，这些冰山的倒塌，其实哪怕一小块儿的脱落，都要再次寻找平衡。这个时候，不管多大的冰山都会翻转，会发生大的倒塌、分裂。

冰的密度约为0.917千克/立方米，而海水的密度约为1.025千克/立方米，依照阿基米德定律我们可以知道，自由漂浮的冰山约有90%体积沉在海水表面下。

因此看着浮在水面上的冰山形状，猜不出水下的形状。这也是为何用"冰山一角"来形容严重的问题只显露出表面的一小部分。

倒塌的冰山

冰川水是暴露在自然环境中的：落在地面上的积雪融化以后融入地表，在积水层逐渐汇聚，最终形成小溪流。从这种小溪流中收集的水，是冰川水。

航海日这天，中国科学院寒旱所的研究员李传金给我们讲的是气候变化。

李传金说，全球变暖已是一个不争的事实。作为全球气候系统的重要组成部分，在过去30年，北极气候相对于地球其他地区发生了前所未有的变化。

比如海冰从平缓到突变的缩减，格陵兰冰盖的不断消融，气候的普遍变暖，海水温度上升，等等。这些变化让北极在21世纪备受关注。

不过专家也说，随着海冰的减少，北极航道的开辟和北极丰富的自然资源的开发成为潜在的可能。北极从一块科考之地逐步成为地缘政治的前沿阵地。

但随着永久冻土的退化，每年的北极景观将越来越受到影响，这点去年我到北极点时就知道，北极地区的气候变化和环境反馈之间有"出乎意料的紧密联系"，在高纬度地区，中等量级的气候变化也可以带来普遍而强烈的环境反馈。

美国《自然》杂志上发表的研究报告，研究了北极地区永久冻土的融化速度，并称土地的液化可以用"疯狂"来形容。

我们有很多人生活在永久冻土之上，并在永久冻土层之上建设基础设施。按照目前这种速度，很多人需要在50年内向南找一所新的房子。

北极，随着我对它的认知，对全球气候变化也有了新的认识。不过这次到北极，随着一次一次地登陆格陵兰岛，我对那里的生物多样性有了更多更深刻的认识。明天我们上岸的地方叫蚊子岛，因蚊子多而得名。

零距离格陵兰蚊子湾

2019年8月30日，格陵兰蚊子湾。

半夜醒来，发现天黑了，看来我们又向南行驶了一些。可是，船晃动幅度之大，到下午的碰头会上才知道，凌晨3点多时，每小时的风速是60海里，相当于11级大风。浪高在2.5～3.5米。船上有人夸张地说，四五米的大浪也有呢。

我们顺利逃离大风暴，快速赶到格陵兰岛上的蚊子湾。

如何划分大陆和岛，有一种说法就是以格陵兰为界。比它大的就是大陆，比它小的就是岛。

每天出行我们分3个组，远程、中程和近程行走。我选择了中程，因为可以拍照。虽然对看到大型动物并不抱有十分的希望，但是我希望能拍到更多的植被和有故事的荒原，而不是仅仅行走。不过，远程行走的人比我们看到的大型动物和风景确实多些。

到了蚊子湾岛，先看到一处小房子，探险队员说回来再讲这所房子的故事，留下悬念。

才走了没几步，我们就看到了一个很完整的麝香牛头，而且是一头很小的麝香牛头，虽小，但是非常完整。

我问，这么小怎么就会死呢？探险队员告诉我，它们的牙齿很脆，断了就没法儿吃东西，不能吃东西，就会被饿死。在这个地方，生存真是不容易。

我们看到的只是头骨，它的肉和皮都被北极狐或北极狼吃掉了。可怜的小牛啊！

地衣

在这片荒原上，我感兴趣的还是昨天听说的那8000多种地衣和青苔，它们渲染着这片荒原。今天看到的地衣，据说一年才长1毫米，一块石头上很小的一片，说是已经有150年的生命周期。

在北极，不仅有漫漫长夜，生命世界的生长也都是慢慢的、长久的、永恒的，当然除了人以外。

一大片的黑石头，让我怀疑这里是不是曾经着过火。其实不是。那为什么荒原中有这么大片的黑色石头呢？

探险队员瑞恩告诉我们，这里的黑色石头和水涨水落有关。这是涨水落水的痕迹。水退去后，青苔、地衣爬上了石头，经过太阳的照射，石头就成了黑的，再连成片，如同咱们中国烧过荒的土地。

在北极，什么都让人觉得新奇，要是撒开了问，那就是没完没了。

再次让我们觉得有意思的，莫过于前两天就知道的北极柳。探险队员一再强调这是树！

可是，我们分明看到它们不是竖起来生长的而是横着铺在地上的。这些小树一岁一枯荣，在北极满山遍野，颜色鲜艳。

北极柳

今天在这片看似冻土的荒原上，我们看到的，还有蓝莓、蔓越橘和熊梅。当然，更多的是我们叫不上名字的花花草草。

它们有的和逝去的麝香牛的毛长在一起，有的就生活在北极狐便

蓝莓、蔓越橘和熊梅

便的旁边。这也是大自然的生物链，动物、植物以不同的形态，相依相偎，完成它们不同或相同的生命周期。

这里的故事让人伤感，也带着幽默。这里曾经有一个挪威政府的气象观测站，有三个人一天三次向国内传送天气预报。可惜坚持了一年后接他们来的船却没能带上他们回去，人和船都消失在了格陵兰。

格陵兰花

另一个故事是，曾经有5个挪威人于1931年在今天还在的旗杆上升起了挪威的国旗。1933年国际仲裁，格陵兰岛归丹麦所有。

时间到了1959年，丹麦人要在这里升旗，他们专门请当年升挪威旗帜的5位挪威人来参加降旗仪式。这5个人还真来了。历史有时就是如此富于戏剧性。

格陵兰岛是一个由高耸的山脉、庞大的蓝绿色冰山、壮丽的峡湾和贫瘠裸露的岩石共同组成的地区。

从空中看，它像一片辽阔空旷的荒野，那里参差不齐的黑色山峰偶尔穿透白色炫目并无限延伸的冰原。

从地面看去，格陵兰岛是一个差异很大的岛屿：夏天，海岸附近的草甸盛开紫色的虎耳草和黄色的罂粟花，还有灌木状的山地木岑和桦树。但是，格陵兰岛中部仍然被封闭在巨大冰盖上，在几百千米内既不能找到一块草地，也找不到一朵小花。

格陵兰岛是一个无比美丽并存在巨大地理差异的岛屿。东部海岸多年来堵满了难以逾越的冰块，因为那里的自然条件极为恶劣，交通也很困难，所以人迹罕至。这就使这一辽阔的区域成为北极的一些濒危植物、鸟类和兽类的天然避难所。

格陵兰在它的官方语言丹麦语的字面意思为"绿色的土

地"（Greenland）。这块千里冰冻、银装素裹的陆地为何享有这春意盎然的芳名呢？

关于格陵兰岛名字的来历有这样一个故事。相传在古代，大约公元982年，有一个挪威海盗，他一个人划着小船，从冰岛出发，打算远渡重洋。朋友都认为他胆子太大了，都为他的安全捏一把汗。

又一个麝香牛头

后来他在格陵兰岛的南部发现了一块不到一平方公里的水草地，绿油油的，十分喜爱。回到家乡以后，他骄傲地对朋友们说："我不但平安地回来了，还发现了一块绿色的大陆！"于是格陵兰便成了它永久的称呼。

格陵兰岛以216.6万平方千米的面积堪称世界第一大岛，全岛约3/4的地区在北极圈内，格陵兰岛全年平均气温在0℃以下，最冷的中部内陆地区最低可达到-70℃。

有人说站在格陵兰岛上吟诵"千里冰封，万里雪飘"可以找到十足的感觉。千姿百态的冰川与冰山成为格陵兰的奇景，对着它们可以尽情地联想。不过，今天我们来到格陵兰岛蚊子湾，在这个季节蚊子湾并没有被白雪覆盖，满眼看到的是生机盎然。

今天的格陵兰岛不仅特朗普想买，世界各地包括我们中国人都想来挖金、来旅游呢，资源真是太丰富了。

　　不过也有人这样形容今天的格陵兰人：裤子是北极熊的皮毛，兜里面装着苹果手机，开着最豪华的车，用着最传统的捕猎枪。

　　今天我们上的是蚊子湾，明天我们要上的是花儿湾。和我一起想象那儿的美吧，那里的美不仅仅是苍凉的美。

在格陵兰的森林里穿梭

　　2019年8月31日，花儿湾、艾拉岛。

　　在北极，在格陵兰也有森林？如果我告诉你有，信吗？

　　2019年8月的最后一天，我们上岛的地方叫花儿湾。这儿的树，不是往高里长，而是趴着延伸的。桦树、北极柳，秋天也是要红要黄的。

格陵兰岛上的树是躺着长的　　　　叫出这些花的名字不容易

　　适者生存，植物当然也在按自己的生存法则活着。北极风大，为了避风，树以矮小的身躯顽强地在大地上植根、长大，铺在地上也是一片树林。

　　同行的一位朋友为了拍照，把本来躺着长的树立了起来。

探险队的植物学家萨斯格亚告诉我们，就是铺在地上的这些桦树、柳树，也有一两百岁了，有的甚至是500岁的高寿。如果被人为地竖起来，对它们来说就是大难临头，因为它们不适应这种生长方式。

大自然中，我们的无知真可怕。几个人赶紧又让树重新躺下，祈祷它千万别因人的无知而丧生呀。

想看啥颜色这儿都有　　　　　　　　共生

风大，冻土，都会影响格陵兰岛植物的高度。但岛上的鸟多，鸟粪就是这些树的营养。如果生长在鸟粪少的干土上，植物就无法长得那么好了。

格陵兰岛上植物的丰富让人惊叹，它们的鲜

植物都是长在这样的环境中

艳，它们的多样，它们的年长，500年，在北极那真是弹指一挥间。这些颠覆了我们以往对北极、对植物的一些认知。

叶子

鲜艳之极

岩石的年轮

下午，相机不离手拍着这样的绝壁，我们上到了艾拉岛。这个岛在1899年以纳特罗斯妻子的名字命名，坐落在东北格陵兰布满美景的中心地带。

艾拉岛有3年被选为丹麦探险队的科研站。因为此地有良好的避风港湾，气候佳，船适合在此下锚，地形也适合盖房子。

一旁的小湖于1931年至1943年作为科研站，被丹麦的地质探险队和丹麦东北格陵兰当局作为淡水湖补给使用。

1941年狗拉雪橇巡逻队成立后，艾拉岛成为三个巡逻点的中心位置。1951年巡逻队总部移至新建的丹尼博格站。而艾拉岛站仍然持续地季节性使用到1963年。

艾拉岛上的小湖

由于巡逻队持续地维护艾拉岛站，丹尼博格站现在依然保持良好。站在岛上稍微高一点的坡上，举目远眺，就能看到火山口。与火山口同站在一排的，是像金字塔一样尖尖的雪山。

今天岛上所有的大山都被云所环绕，那丝丝缕缕的云，让山色多了几分娇柔。

有大山做依托，那汪湖水，绿得苍翠，黄得如火。湖岸蜿蜒曲折，红的桦树，黄的北极柳，紫的毛铃花铺在地上，让我们同行中人，不管男女，不论老少，趴的趴，卧的卧，跪的跪，就为了把这荒凉中的艳丽收入自己的记录中。

格陵兰岛全岛终年严寒，是典型的寒带气候，沿海地区夏季气温可达零度以上，内陆部分则终年冰冻。整个岛屿超过80%的土地被冰盖覆盖，冰盖总面积达1833900平方千米。所以在这样的地方欣赏生命力顽强的花花草草，就更显得弥足珍贵了。

格陵兰岛因为自然条件极为恶劣，所以人迹罕至，也使这一辽阔的区域成为北极一些濒危植物、鸟类和兽类的天然避

船舱里贴着的图

地壳板块运动的结果

难所。

岛上有间小屋，一直到1979年都是给丹麦的狗拉雪橇巡逻队用的，后来被北极熊摧毁，于2002年才被丹麦相关维护组织重建起来。

曾经的挪威狩猎小屋于1930年在依梅尔岛上搭建成。挪威人称此地为花儿湾，是因为过去补给船"维思洛凯莉"上的一名船员，在1929年夏季试图捕麝香牛幼崽，但同时自己也被5只狼包围而得名。

今天在艾拉岛，最让我好奇的还是石头上有粗有细的层层叠叠。

没想到我的这个疑问，正是科学家们在格陵兰岛的发现。科学家通过对一些远古的岩石化石进行分析研究后得出结论：这些远古的岩石化石隐藏在格陵兰岛的地下，它们的排列就像是一个整齐的堤坝。

通过对这些岩石的分析研究，科学家们证实格陵兰岛的来历比人们想象的要复杂得多，它可能是地壳板块运动的结果，而形成的过程是相当漫长且复杂的。

明天，会有更加精彩的地质奇观让我们去寻觅。

9亿年塑成的地质奇观

2019年9月1日，冲锋舟把我们带到一个叫赛格坎普峡湾的地方。

如果不是亲眼所见，靠想象，绝对想不到大自然有这样的神来之笔！要气势有气势，要细节有细节，要粗犷有粗犷，要温柔有温柔。细节可谓精雕细琢。而这些作品的材质是岩石，工匠则是大自然。

在一片像极了树的年轮的岩石前，地质学家桑娜说，它们存在的时间已有6亿到9亿年。它们是沙石、矿物质及动物的尸体，由岁月磨合、挤压、旋转，一层一层码出来的。

我们人要是活到100岁那就要用沧桑、老、腐朽来形容了。在年轻人面前就完全可以摆老资格，可以讲很久很久以

有想啃一口的欲望

前的故事。如果是艺术家，人们也可称他老到，底蕴深厚。而今天，我们眼前的这片大自然的佳作千锤百炼了9亿年。9亿年完成的作品，我们才活了几十年的人，在它面前，岂止幼稚，岂止渺小，岂止没见过世面！

在大自然创作出的这一幅幅作品前，我们的眼光自然也深远不到哪儿去，想的更是当下、眼前。听听同行者的比喻："这太像一块五花肉""那是浪花在翻卷""龙卷风把这块大石头翻成了这么夸张的大圈圈"……

鞋

"拍细节，拍细节，拍细节。"同行的罗海燕一直在提醒着我们。大手笔中的细节，就是一个又一个故事。是艺术家的修养，是阅读者的品位，是让自己欣赏、让朋友分享时最能留住的瞬间。

《科学》杂志上，科学家们的研究成果表示，格陵兰岛对地球的进化史以及地球生命形成的历史，都产生了重大影响。

此前，绝大部分专家都认为生命产生于地球上温暖的地方，因为这种地方有助于有机体汲取外界的营养，而且环境也有助于有机体的繁衍。

根据地球筑造论演说，地球的表面大陆就好像是一块七巧板，是由许多板块拼起来的，而且这些板块时刻都在运动当中，只不过运动的速度很慢，人感觉不到而已。由于大陆板块的运动，导致了许多板块结合部经常会发生强烈的火山或者是地震现象。

有肥有瘦

从另一个角度来说，正是由于大陆板块的运动才创造出了许多新的大陆。也有科学家表示，在板块运动发生之前，地球上只是一片汪洋大海。

到底地壳板块运动是从何时开始的这个问题，一直是科学家们争论的焦点。近年来又有了新的说法，地球表面必须足够冷才有条件形成固体的陆地。

目前世界上出土最早的蛇绿石形成于25亿年前。格陵兰岛的发现，给地壳板块运动在早期发生的观点提供了新的证据。但新的证据，只能说明海底的板块运动很早以前就开始了，并不能说明其他方式的板块运动也开始得很早。

不过，这发现成了研究早期地球构造的一个非常好的素材。

随着对格陵兰岛蛇绿岩研究的深入，科学家们逐渐把目光转向了远古时代地壳板块运动对生命繁荣的影响。

天然花纹

一层沙石，一层矿物质，一层动物尸体

复杂的岩层

潜心研究地质的弗恩斯教授称，"我们可能从格陵兰岛蛇绿石上的化学成分中，分析出远古时代生命形式的部分信息。此前也有地球学家认为地球上的生命正是由于地壳板块的运动而繁衍起来的"。

新的研究也表示，远古时代的海底山脊是早期有机体生物的温床。那时来自外界的各种环境变化影响，也只能涉及海洋的表面，而对于海底世界却是鞭长莫及。

科学家们称，在格陵兰岛发现的这些远古岩石，只有在大陆板块的运动中由于碰撞才能生产，这就是科学家们所说的蛇绿石。

蛇绿石，是两个大陆板块在运动中相互碰撞时挤压海底大陆而形成的一种岩石，从这一点可以断定，格陵兰岛在远古的时候可能就是一块海底大陆。

在格陵兰岛东南部发现的这些蛇绿石，是地球上最古老的蛇绿石。可以这样说，格陵兰岛是地球上由于地壳运动碰撞而形成的第一个原来是海底大陆的岛屿。根据这些化石的老化及风化程度，我们初步判断它们形成于38亿年前。

这些地貌简单说就是9亿年以来，一层沙石、一层矿物质、一层动物尸体被时光岁月、沧海风浪挤压而成的。

石头不就是石头吗？可并不这么简单。它如此深奥，探究它，如今的我们显然功底不够。

从我拍到的这些石头以及在格陵兰岛拍到的躺着的大树、荒凉中的小花看，又觉得神秘莫测有时就表现在一般之中。当然，还是不能忘记那句老话：外行看热闹，内行看门道。

云带绕众山，是我们今天中午航行在格陵兰岛赛格坎普峡湾时，一直都没间断的景。阴沉了一上午后，天空亮了一丝丝，云慢慢从成条状，成片，成山，成了我眼中的仙境。

如果说今天上午我们踏进的是格陵兰岛的科学园地，那么下午，探险队长阿尼亚给我们讲的就是格陵兰岛的社会学。

是浪还是风

格陵兰生死咫尺间

走进冰山"艺术博物馆"

水下的它们要比水面上大得多

2019年9月1日上午，我们被格陵兰石头上的自然、艺术所震撼，知道了这些被发现的"作品"竟然修改着人们对地球诞生的认知与争论。

上午，走长线的人发现了麝香牛，同行的太阳花拍的视频通过苹果手机发给了我，挺清楚。而吃午饭前后，我们的镜头中留下的就是冰山"艺术博物馆"里一座座造型各异的冰山"大作"了。

而不时听到的"爆炸"声，则是这些冰山"作品"的轰然倒塌。

下午坐上冲锋舟上岸，探险队长阿尼亚告诉我们，表面看这些冰山是个体，并在各自彰显其独特的魅力，其实，它们让我们看到的，只是它们露出水面的很小一部分，它们巨大的杰作在海下。

露出水面的"作品"，哪怕化掉一点点，都可能失去平

衡，让其个体的冰山世界轰然
倒塌。

下午，我们这支走中程距
离的队伍，由此次航行的探险
队队长阿尼亚带领。虽然我们
没有幸运地像远程队员那样近
距离地看到北极狐，但是阿尼
亚讲的内容我很爱听，也能有
不少故事与朋友们分享。

值得排队拍照的冰雕

阿尼亚不仅曾在格陵兰岛和因纽特人生活了长达7个月的
时间，而且从2000年开始，每年她都会重返格陵兰，远离尘嚣
和当地人住上一阵子。所以，她讲格陵兰，是充满着深厚的感
情的。

阿尼亚说，格陵兰人当然要捕猎，猎物是他们唯一能卖
的。绿色和平组织曾向格陵兰因纽特人道歉，因为他们曾阻止
格陵兰因纽特人捕猎，导致格陵兰人的猎物难以销售，严重影
响了他们的生存，甚至有不少人自杀了。阿尼亚说，可惜道歉
晚了一些，因纽特人的社会生活方式遭到了破坏。

阿尼亚说，因纽特人在船上捕猎，一定要带两支枪，一支
是大口径的，他们看到海豹后，要立刻出击，子弹嗖的一下射
过去，一定要打中海豹的脖子，打中的海豹头会随之低下，低
下的头就会阻止呼吸。没了气的海豹死时漂在水面上，这时还
需要迅速把它捞起，那才是你猎到的海豹。

阿尼亚说，海豹浑身都是宝，皮可以做衣服、手套和鞋
子。肉吃不完也被因纽特人拿去市场出售。有两件最珍贵的东

是花还是地衣

西：一是海豹的肝脏，一是海豹的眼睛。这些都是可以吃的，而且好吃得很。肝脏只够一两个人吃的，这可就要留给重要的人和贵客享用了。

阿尼亚从没吃过海豹的肝，因为对她来说太特别了。海豹的眼睛是一口就吸进去的。

"海豹肉很好吃。"阿尼亚和我们说到这儿的时候，边说边比画着。她说："海豹的肉好吃，脂肪也好吃。你可以吃一口肉再吃一口脂肪，真的很好吃。做成汤更好喝。汤里放些米和土豆。"

阿尼亚说，我们可以想象，在这样的荒原，人们吃什么呢？在格陵兰，当地人身体所需的维他命都来自海豹。所以海豹身上的任何一个部位他们都会吃。住在西格陵兰岛的人，他们也会捕猎驯鹿、鲸鱼和北极熊。但北极熊的捕猎从来没有用于商业，只是当地人有配额。

阿尼亚说："你可以在市场上买到北极熊的爪和牙齿，当地人认为把熊爪挂在身上，就会得到北极熊的能量。"

这些自然只有当地人可以买，外来人是不被允许买的。

阿尼亚说，北极熊的肉也可以吃，但是你要煮很长很长的时间，因为北极熊的肉里含汞，人吃了就要生病。特别是它的肝脏绝对不能吃，因为VA含量太高了，吃了就会中毒。

阿尼亚说，格陵兰人认为海上的一切，包括陆地上的花花草草都是有灵魂的。

曾经有基督教的人到这里传教，说只有一

和格陵兰人生活在一起的植物

个上帝在天上。格陵兰的人说，好吧，上帝放在兜里。他们认为有和上帝不一样的，就是还有不好的灵魂。

格陵兰人说，有的时候你要保持安静，因为有些神秘的灵魂随时都会在你的耳边耳语。所以一定要想象它们的存在，有些狗就是听了这些耳语就不走了。

在说到明天我们要去的当地一个因纽特人的村庄时，阿尼亚特别强调："千万不能去逗当地的狗。那些狗是训练出来用于冬天拉雪橇的，如果你不幸被狗咬了，他们就会把这条狗杀掉，因为它不能再在冬天拉雪橇了，这涉及他们的信仰。"

阿尼亚说，在因纽特人的村庄也不能给孩子们糖果和钱，因为这样的施舍他们认为是不被尊重。我们要想给他们一些吃的，可以给探险队员，他们会送到学校去。

阿尼亚说，如果我们要给孩子照相，一定要经过他们的同意。不过一个孩子要是同意了，就会让你有照不完的照，因为所有的孩子都会跑过来摆出各种姿势。

阿尼亚说，现在格陵兰因纽特的人口在大幅下降，而且自杀率很高。曾经一个星期有五六次航班降落在这里，现在一周只有一两次了。

这里也有医院，但是都在比较远的地方。小的村庄只有护士。看不了的病他们会打电话向医生询问，然后试着治治。

这里也有学校，可孩子们如果出去受过教育，就不会再回来了。这里自杀率很高，因为不少人在生活中找不到方向。

有的时候一个假期过后，你会发现班里少了很多人，那是他们结束了自己的生命。有的只因为男朋友不跟她好了。在他们身上生与死之间真就是一刹那。

我们问阿尼亚，这些文化的消失，对深爱因纽特文化的人来说意味着什么呢？她说，没办法，社会总要进步，总要发展。

阿尼亚说，当地也是一夫一妻制，通常一个家庭有三四个孩子。只是当妈妈的年龄有点小，通常在14、15、16岁就开始哺育孩子了，她喜欢孩子。

阿尼亚最后说，在因纽特人看来你不能一个人走，一定要与人同行。因为在荒野中总有一些孤魂野鬼，它们很寂寞。如果就你一个人的话，它们会把你拉过去。

当地人非常严肃认真地说这些是真的，所以我们要尊重。而且当你一个人时会犯懒，要是还有一个人，一定会拉着你出去。这种时候就要赶紧走，不然真会被不知道哪个灵魂拉走了。

写完这篇小文，已经是2019年9月2日的早晨5点30分，一夜无眠。今天我们就会走进格陵兰因纽特人的村庄，去看看世世代代在荒野中生活的人们，去寻找他们的精神世界，感受他们的物质世界。

据阿尼亚说会有一个快乐的男人坐在村子里，把串起来的一小块一小块的海豹肉和北极熊肉拿来给客人尝，我敢吃吗？

走进因纽特人居住的村庄

2019年9月2日，走进依托考托米特村庄。

今天是我们北极三岛之行的第8天，太阳终于出来了。站在船上，向格陵兰岛上斯科斯比峡湾入口处的Ittoqqortoormiit，翻译成中文叫作依托考托米特，就是因纽特人住的村庄望去，统一造型的房子，只是颜色分成红、蓝、绿、黑，整齐划一，在阳光下十分漂亮。

我们的北极三岛之行，一直坐游轮在荒无人烟的地方巡游和登陆，唯一有人烟的地方，就是这里。阿尼亚昨晚一再强调，能不能上岸要看风浪大小。看来当地人出家门非常不

格陵兰岛上的因纽特人村

码头

容易。

今天我们上岸时，阿尼亚说这是刚修的一个新码头。

这个村庄是格陵兰岛著名的景观，很多地图，尤其是游览地图上都标有它的名字，那名字可真长。

在北极格陵兰岛，拜访长得貌似中国人的因纽特人的家园，在他们的聚居地，能感受到，昔日极度封闭的因纽特人，已经进入现代文明生活。

村里有游客中心、旅游接待处、编了号的一排排的小木屋。社区内有超市、邮局、教堂、博物馆、学校、儿童娱乐场等。

因为来之前就听说他们依然封闭，所以在村子里我向8个人提出是不是可以到他们家里看看，有4个人都说抱歉，NO。有3个点头，但其中一位是在岛上住的单身丹麦男士。有一位都到他家门口了，又说不行了。

丹麦男士的家里满墙都是书，是位学者。他说是因为喜欢，在这里住了3年了。这些书运来显然不容易，看这架势，他是在这儿扎根做研究呢。瞧瞧人家这治学态度。

还有一位勉强同意并让我拍了照片的人家，家里很简陋。除了那位丹麦人，另外三户人家的房子都很小，也挺乱。不过同行的太阳花说进了一户挂着岛旗的人家，非常漂亮，健身器材都有不少。

在我看来，岛上人家的生活差距不是很大。而且每家的窗外都是漂亮的雪山和北冰洋峡湾的风景。在曾经500多人，而现在只有300多人的村庄里，他们的生活无疑是单调的。我问在这里住

岛上人家

过的阿尼亚："去你朋友家看看行吗？"她说他们去打猎了。

村庄里有博物馆，里面工作的几个姑娘都挺热情，其中一位一直在问我们中文的"谢谢"怎么说，"不客气"是什么意思。

村里多数人听不懂英文，所以基本不能与他们沟通。同行的一位懂汽车的专家看到村里放着一台美国卡特比勒装卸车，他说："这辆车可是如今顶级的呢。"

村里的孩子荡着秋千，骑着小自行车，这些和大多数地方孩子们喜欢玩的差不多。

村里有礼品店，印有北极熊的T恤衫和围裙颇具特色。邮局关门了，不过买了明信片，写上地址，邮局的工作人员会帮忙寄，说是两三个星期就可以寄到中国。

商店门口，有一位长相和村里其他当地人不一样的女士，她在卖麝香牛毛织的围巾，很小的一条就要150美元。

几个船上的探险队员都说："贵也值，这可是全世界最暖和的，比羊绒围巾暖和8倍。"

织围巾的女士是德国人，因为喜欢这里就住下了，并在这

里出嫁。她说丈夫是当地人的时候，表情有点小自豪。

生活在北极地区的因纽特人，旧称爱斯基摩人，"爱斯基摩"一词即"吃生肉的人"，因含有贬义歧视的意思，所以他们不喜欢这名字，而将自己称为"因纽特"，意味"真正的人""土地上的主人"。2004年，因纽特民族发布了一个声明，自此以后所有的官方文件都称"因纽特"。

网上有文章说：据称因纽特人的祖先最早大约一万年前来自中国的北方，经历了4000多年的两次大迁徙，来到北极圈内外居住。

与印第安人一样，因纽特人也是在一万年前从亚洲踏过白令海峡的冰桥到达美洲的。因为当时是世纪冰河时期，海峡封冻，可以直接走过去到达北美洲，而印第安人则继续南下，到达了南美洲。

格陵兰岛的原住民因纽特人居住的地区，是世界上有人居住的最寒冷之地，气候恶劣，环境严酷，生存条件很差，他们基本上是在死亡线上挣扎，能生存繁衍至今，实在是一大奇迹。

在世界民族大家庭中，因纽特人无疑称得上是最强悍、最顽强、最勇敢和最坚韧不拔的民族。

狩猎是因纽特人的传统生活方式，他们必须面对长达数月乃至半年的黑夜，抵御零下几十摄氏度的严寒和暴风雪。夏天仅凭一叶轻舟和简单的工具，奔忙于汹涌澎湃的大海之中，猎取海豹和鲸鱼。

冬天挣扎于漂移不定的浮冰之上，用一根梭镖甚至赤手空拳去和陆地上最凶猛的动物之———北极熊拼搏。一旦打不到猎物，全家人，整个村子，乃至整个部落就会饿死。就这样年复一年，在极其严酷的条件下生存至今，据统计，目前全世界因纽特人总数大约有12万。

这些狗都在河对面的坡地上，我们静静地在那里看着它们的举动，发现当训练驾雪橇的主人从狗旁边经过时，它们就会叫成一团。

到20世纪70年代末，已经有70%的因纽特人住到固定的村庄。极少数因纽特人仍然沿袭古老的生活方式，依靠打猎、捕鱼维持生活，即使这样，他们也不再使用古老的工具和传统的交通工具，机动船代替了以往的皮划艇，人们骑着雪地摩托四处寻找猎物。

依托考托米特村因在半山坡上，村子的人出行不少是开着没有盖、比摩托车大的车。我去那位丹麦人的家，就是坐在车的后座上去的，爬坡挺有劲。车子前面有个盒子放东西，小孩坐在前面，后面除了开车的还能再坐俩。

第一代移居城市的因纽特人，仍然保持着一部分传统习惯，如生吃鱼、肉，而他们的子女及后代更喜欢吃烹饪过的熟食。

几乎没有因纽特人自己的文献记载他们的历史、文明和日常生

因纽特人出行

活。对北极和它的居民的叙述，从一开始，就是南部文明对于地球之端的想象。

根据一些因纽特人（加拿大的爱斯基摩人）对祖父辈生活的口述，在他们的家庭里，男人是主角，男孩在几岁时便随父亲外出打猎，6月出发，9月归家；女人则在家里缝制衣服、打鱼和采集蔓越橘、黑莓等水果。

9月，男人们常在月光下回到村庄。他们老远鸣枪，表示他们回来了；村子里的人则以枪声回应，表示一切安好；他们再次鸣枪，表示满载安全而归。每一次迎接男人回来，都是村里非常喜庆的日子。

今天我们走进这个因纽特人居住的地方，眼前看到的生活，已很现代化。

下午3点进的因纽特村庄，6点上冲锋舟离开，远处的雪山越来越清晰，天边泛着金光时，博物馆里的两位姑娘使劲和我们挥手告别，从脸上的表情看，她们喜欢我们的到来。不过因语言障碍，我们没有聊更多。

冰山的坟墓

2019年9月3日，从斯科斯比峡湾经过布兰德一路至西北峡湾。

今天是我们看大冰山最多的一天。黄昏和晚上浮在海面各种造型的大小冰山，真蓝。

早上还在船上就有人看见了爱斯基摩湾岸边的麝香牛。早上探险队长阿尼亚也告诉大家，今天运气好点就有成群的麝香牛出现在我们的视野中。

　　而我今天的遗憾是没有走长线，因为腿不好，每天下岛都不敢走长线。今天，走长线的人没走多远，就看到了麝香牛，而且是在瀑布旁，在溪水边。船上的邻居陈秀娥——前几天就是她拍到了很近的北极熊——今天又近距离拍到了麝香牛。因为住得近，拍完了，她就把原片拷给了我，真是感谢呀。

　　北极的伯格曼法则，就是科学家发现同类动物中，越寒冷地方的它们越大、越圆，包括北极狐、北极狼、北极兔、麝香牛，甚至北极蚊子。而且它们的耳朵和尾巴也很短。这是气候寒冷使然，圆可以让它们保暖。

北极兔

　　麝香牛是一种大型极地动物，也是北极地区最大的食草类动物，目前仅存活在美国阿拉斯加、加拿大北部和格陵兰岛上，总数在7000头左右，已经濒临灭绝。

　　麝香牛在发情时会发出一种类似"麝香"的气味并因此得名。

　　根据史料记录，麝香牛已经在地球上存活了60万年以上，是冰川纪残留下来的古老物种，与它同一时期的猛犸象、柱牙象等大型野生动物由于气候的变迁和早期人类的过度猎杀早已灭绝。

　　麝香牛在分类上有点繁杂，它是一种介于牛和羊之间的动物。单从外表看，它与中国的野生牦牛有些相似，体重可达400

千克到500千克。

麝香牛主要的天敌是北极熊和北极狼。当一群麝香牛受到威胁，它们不会像野牛那样四处溃散，而是围成一个圈面对天敌，并将小麝香牛藏在中间。

如果天敌是一头北极狼或者北极熊，它们会将坚硬的牛角朝外（无论雌雄都长角），让天敌无计可施。有时候愤怒的麝香牛会冲出防御圈主动发起进攻。

在这片麝香牛出没的山上，同行的老朋友王方辰一上岸就拿着仪器测温度。这是他上岸就要做的事。他说土壤、石头和草的温度都不一样。

从斯科斯比峡湾经过布兰德一路至西北峡湾共314千米。最大的冰山主要来自德哥德。杰森冰河是格陵兰主要产冰山的地方。

今天不管是在船上还是在海上，是远眺还是近观，我们的眼前一直是大大小小、形状各异的冰山。

看冰山，非常挑战我们的想象力。想象力丰富的人看到它们，思维也会异常活跃。命名后越看越像时的兴奋，不仅让自己激动，也感染着身边的朋友。

冰山形状各异

今天下午，有10位勇士跳进了北冰洋冰游。我也想试试，无奈被先生拉住不让游。他担心我受过伤的腿受不了这份冷，让我和格陵兰岛冰泳失之交臂。

晚上，船方安排了船上酒店经理米伦和大厨弗朗西斯和我们交流。从上船开始，我们每顿饭前听着来自南美的米伦用他特有的腔调说："亲爱的，开饭了，好胃口。"以至全船的人有事没事都要学着说说，带来了很多笑声与快乐。

大舞台

今天米伦告诉我们，船上每个救生圈放的位置都是有讲究的，而且放得越高的越重要，为的是需要时能快一点入水。

米伦说，我们这次航程船上100多人喝了250瓶红酒、200瓶白酒，平均每人每天4个鸡蛋，大家一天要吃50斤鱼和50斤肉。此外，喝了有18公斤咖啡，用了毛巾1700多条，牙签1000多根。中国人普遍牙缝大。

弗朗西斯很幽默。有人问他怎么会做中餐，他说他做饭不是为自己，是为船上的人，所以要学习。每天吃饭时站在那儿，不是要展示自己，而是在看哪些菜大家爱吃，哪些菜不爱吃。

弗朗西斯告诉我们，船上的食物也是网上订的，我们上船几小时前才送来。不过我们这船人太能吃水果了，还有3天才下船，水果已经吃完了。

我问弗朗西斯，每顿饭都有剩的怎么办，喂鱼？他说船上有两个餐厅，我们吃不完的，船员餐厅差不多都能吃完。当然再剩下的就喂鱼了。

有人问弗朗西斯，晕船还做得了饭吗？他的回答是：别说他干了15年，干了20多年的队长也会晕船。防止晕船，一是多睡，二是多吃，三是多穿。

在船上9天了，感谢探险队员安排了一次船员和乘客相互了解的活动。关乎吃、住，谁又能不关心呢？有人还提议"咱们包顿饺子吧"，米伦和弗朗西斯都点头同意。

在北极，晴天很少。今天晚上虽然没有直接看到太阳落在北冰洋里，但云是"火烧"的。

冰造歌剧院

冰山与太阳

把云和冰山拍在一起，锻炼了我们的想象力，也锻炼了我的摄影技术。拍下的那一座座冰山，够朋友们好好琢磨一阵子了。

明天我们要上格陵兰岛上的丹麦湾。船上的介绍人员说丹麦湾和前些天登的几个岛有些不同呢。

格陵兰岛上演大戏

2019年9月4日，格陵兰维京湾、丹麦湾。

早晨5点30分，天空的红色已经告诉我们，今天太阳会让我们看到它是从海面上冒出来的。

6点刚过,天边出现了一道光圈。可是过了好半天,这道光圈还是窄窄的一个半圆形。

已经是第九个早晨了,看日出还是第一次。不过前两次的北极行我见到过北极的日出,就是很慢很慢,完全用不上"太阳一下子滴着水跳出水面"这类形容。

格陵兰维京湾　　　　　　　太阳在慢慢地露出海面

北极的日出和日落,太阳都是时光老人,动作之慢是可以让玩摄影的人有充足的时间一点点分镜头、多角度把它拍下来,且细细品味。

今天上午登船上岛,我们到的地方叫格陵兰岛丹麦湾,就像前两天我们到了北极的南极湾。

在格陵兰看山的层次　　　　　　岛上的花花草草

丹麦湾和前几天上的岛不太一样，这里是湿地。一汪一汪的水里长着草，开着花，映照着四周的雪山。

我很想学船上摄影家讲课时教的，拍出水中的倒影，拍出红色、白色一圈圈的大山，或造型奇特的蓝色冰山。

全身趴在石头上的我，终于拍到了雪山映在小小的湖里。只不过，水面之小且在风中，看的人估计也不知道水里是个啥。

水里的那片白是雪山的倒影　　　　　垒起的石头在指引方向

这里是700多年前，因纽特人的祖先图勒人曾经过夏的家。那时他们会用鲸鱼骨做架子，用北极熊皮做屋顶。位置选在海湾的高处，这样一旦看到鲸鱼，他们会立刻驾起小船去捕鲸。

山坡上有一堆垒起的石头在指引方向。选择在这样的环境中生存，是喜欢还是其他原因呢？站在有大山、有大海的冰山前，我的疑问随之而来。

上船以来，除了航海日我们没有下船，其他每天都要换上大雨靴两次坐冲锋舟下海。昨天下午坐

看到了北极熊

冲锋舟巡游了北冰洋上的冰山，今天下午有不少人以为和昨天一样就是近距离看冰山，就留在船上没有加入下午的冰山游，结果后悔不已。而我们冲锋舟上的所有人，在冲锋舟上，到后来回到大船，都兴奋得大喊大叫。

之所以那么激动，是因为我们的冲锋舟首先发现了一头站在冰上的北极熊。它好像是在为我们一展风采，演不完似的演着它的绝活儿。要不是我们还有新的吸引，不得不离开它，还真是没有看够。

冰湖上，蓝色大冰山因倒塌而翻转时，又是我们第一个发现，并在有利位置目睹了这座巨大的冰山在一角倒塌后，寻找平衡时的大幅度摇摆、翻滚、形成一大排瀑布和一个个喷泉的瞬间。

我在船上的分组中是在第四组。我们坐冲锋舟从没上过第一船，今天因前面一组的朋友要凑在一起，我和先生就上了头船。

因为也有几次冰山游了，一船的人一下海都不紧不慢地找着角度，挑着冰山的造型和颜色啪啪地拍着。

突然，有人大叫起来："海豚！"我也看见了，白色的。探险队员瑞恩说："北极熊。"我们离这头北极熊不太近，但看得非常清楚，而且它是站着的。

瑞恩立刻通过步话

冰上的北极熊

对天长啸

机向其他开船的探险队员通报看到了北极熊。

这时，我们的船停了下来，等着其他冲锋舟都过来了，才集体向北极熊一点点靠近。

在荒野的北极，动物们一天24小时都干什么？北极熊怎么度过它们的时光？要么捕猎吃饭、远望休闲；要么战斗、抢食、抢亲；要么就优哉游哉地生活。

我们的船为了不惊扰它，并没有靠它太近。但它的仰天呼吸和趴在冰上的憨态，我们都拍了下来。

已经自认为很幸运的我们和北极熊说再见后，坐着冲锋舟在冰山里前行。正要拍一座巨大的冰山时，探险队员瑞恩突然大叫前面开冲锋舟的丹尼尔。叫声之急和声音之大，让我们一下子感到了危险，意识到这座冰山对那个冲锋舟的威胁。

接下来就听到了，看到了前面说的，冰山断裂中发出的巨大轰鸣，吓得四周的鸟到处逃散。

一时间，巨大的冰山在瓦解，在冰海里折腾，在开出大朵的冰花，把蓝冰变成白色的喷泉和瀑布。

如今去南极、北极的

冰山在瓦解

人越来越多，看到过大冰山倒塌的也大有人在。可看到这么大的冰山在海中摇晃，颠过来翻过去的估计不会太多。

真是太震撼了，眼见着那么大的一座冰山在摇摆中，在海水里翻滚着，变形着，开出了花，发出了巨响，最终从那么大变成了那么小，它分解中的"身躯"让我们的眼前、船边，成了冰的海洋，浪的世界。

上到大船，我拍的这段翻滚着的大冰山的小视频，其他人看了后没有不激动得大叫几声的。

在我们正兴奋之时，皮队宣布今天晚上北极光的预报有2～3度，虽然不是满天闪绿、滚紫，但还是能看到的。船上的摄影大师还专门教大家怎么拍极光。

船上同行人拍的北极光

随团摄影师佩奇在教大家摄影入门时说，拍极光，第一条是运气，运气来了挡都挡不住。

2019年9月4日，全船的游客，不是相机、手机里装满了北极光，就是完成了第一次看北极光的愿望。

我的相机和手机都没能让我拍到眼见的北极光。在这里就放些船上朋友们拍到的极光吧。

感谢同行朋友姜少萍、陈先进等提供北极熊和北极光的照片。

冰岛——世界最独特的年轻热点

2019年9月5日又是航海日，马上就要结束北极三岛的行程，要去冰岛了。

船上的探险队给我们安排了冰岛的独到之处的讲座，主讲人又是桑娜。我特别喜欢听这位地质学家的讲座。

船上贴着的对桑娜的介绍中有这样一句话：从小就喜欢冷的世界。这位来自芬兰的科学家，高高的个子，很少跟人说话。但讲起课来激情四射，和"她喜欢冷的世界"这一说法，感觉不那么吻合。

这篇文章的标题，就是桑娜讲冰岛时的观点。冰岛是世界上火山密度最高的国家，不到10.3万平方千米的国土上就有大小火山130多座。历史上有文字记载了其中30座火山的125次爆发。从首都雷克雅未克望出去，四面都是火山的身影，岩浆缓慢涌出并持续漫延，一层层铺就了冰岛的大地。

围绕冰岛成因的话题，一个21世纪最重要的科学论战正在进行。

早在1921年，德国的地质和天文学家阿尔弗雷德·魏格纳就发现了大西洋海底山脉存在和生成的机理，从而引出了地球板块漂移假说。但是由于当时他的假说缺少证据的支持，受到了国际地质学界的质疑。

直到20世纪50年代，科学家们才发现在大西洋的海底，确实存在着一道巨大的山脉，它就是大西洋中央山脉。欧亚、非洲和北美、南美板块连接的边缘"大洋中脊"是地球海底山脉体系里，大西洋中央山脉的简称。

"大洋中脊"高2000～3000米，宽1500～2000米，位于大洋中近2000米深的水下，号称"地球最大的山脉"。在数万千米长的大洋中脊上，有十来个面积能算得上岛屿的陆地露头。冰岛是其中面积最大的一个。为便于进行较大规模的实地观测和实验，地质学界公认冰岛是研究大洋中脊的最理想地点。

多年来，几百名科学家在冰岛用卫星定位、同位素检测、地磁测量等方法对地表岩层和地球深层的地震、火山、地形变化进行了观测和记录，做出了冰岛周围和大洋中脊的海底图并且积累了大量第一手数据。

目前普遍认为地壳板块漂移理论，相当好地解释了大洋中脊的生成发展机理。然而冰岛作为大洋中脊的陆地展现部分，虽然它与大洋中脊的关系已被公认，但是冰岛的火山和地震带分布与大洋中脊的走向，在认知上却有许多差异。

冰岛，我们马上就要去了，更多的好奇会在那里得到解答吗？

因为我们要去冰岛，还有机会看北极光，所以今天船上也特意安排了一位中国年轻的科学家海宁给我们讲什么是北极光，北极光是怎么形成的。

海宁讲得很专业。因纽特人认为北极光是灵魂的再现，是先人在踢足球。古时的芬兰人相信，一只狐狸在白雪覆盖的山坡奔跑时，尾巴扫起晶莹闪烁的雪花一路伸展到天空中，从而形成了北极光。当然，极光的形成到今天已经有了很多科学的解释。

长期以来，极光的成因一直众说纷纭。有人认为，它是地球外缘燃烧的大火；有人则认为，它是夕阳西沉后，天际映射

船上提供的照片

出来的光芒；还有人认为，它是极圈的冰雪在白天吸收储存阳光之后，夜晚释放出来的一种能量。

这天象之谜，直到人类将卫星送上太空之后，才有了物理性的、合理的解释。

本质上来说，极光是太阳风暴吹过来的，带电粒子与地球高空大气中的原子与分子在地球大气层最上层（距离地面100～200千米处的高空）运作激发的光学现象。

极光的形成有三大重要过程：太阳风产生的带电粒子、地球磁场把带电粒子吸引到南北极，与大气成分运作激发。所谓"太阳风"，是太阳对宇宙不断放射的一种能量，它由电子与质子组成。由于太阳的激烈活动，放射出无数的带电微粒，当带电微粒流射向地球进入地球磁场的作用范围时，受地球磁场的影响，便沿着地球磁力线高速进入南北磁极附近的高层大气中，与氧原子、氮分子等质点碰撞，因而产生了"电磁风暴"和"可见光"的现象，就成了众所瞩目的"极光"。

北极三岛之行，看北极光是重头大戏。

今天下午我们正在驾驶舱听探险队员给我们介绍驾驶舱的知识：什么是左满舵右满舵？什么是前进三？这都是小的时候看电影知道的一些词儿，现在走在船舱里，有人给你讲这些是怎么运用在航海上的。

突然我发现驾驶舱窗外海上在喷水，是鲸鱼吗？太兴奋了！最后一天在海上我们还有这样的运气，大家纷纷跑到甲板上。一船的人，举着"大炮筒子"的，拿着手机的，从船头跑到船尾，从左边跑到右边，看一群鲸鱼和海豚在水里出没。

很长一段时间，这群鲸鱼和海豚就在我们的船周围表演，远处还有一头座头鲸，尾巴高高地伸出了水面，只是来得太突然，又有点远，大家都没有拍下来。

我的相机和手机在"长枪短炮"中就是小巫见大巫了，只好放弃拍摄，站在甲板上看着它们的精彩表演。鲸鱼喷水，鲸鱼的头却很少能拍到。不过中国科学探险协会的皮队还是拍到了。他拍到的还有白喙豚嘴边那一圈白。有意思的是，海豚冲出海面呼吸、嬉戏的时候，常常不是一头，而是两头、三头一起跃起，让人看得真过瘾。

我们这次北极三岛的行程第一天和最后一天，看到的鲸鱼都是和海豚在一起，还有一大群叫不上名的水鸟、海鸥在水面上聚集。

慢慢地大家也有了经验：只要看到鸟聚集在海面上，说不定就会有鲸鱼和海豚同时出现。

因为前天在酒店经理和厨师与我们交流的时候，有人提出来包饺子，他们二位又都点了头，所以时间就定在了今天下午。一船人都在拍鲸鱼拍

哪里有中国人哪里就有饺子

海豚，饺子总还是要有人包的，船上一些人自告奋勇系着围裙、戴着白帽子，颇专业地包起了饺子。

只是这些包好的饺子在吃的时候，大家觉得并没有那么好吃。人家弗朗西斯是法国人，他做出来的饺子馅，怎么能和咱们北京人、山东人、东北人做的比呢？

难忘的北极12天

从2019年8月26日傍晚登上"海精灵号"船，到9月7日下船，我们在船上度过了12个日夜。

上船的第一夜，全船的人都看到了长须鲸、白喙豚。我们的运气——用探险队长阿尼亚的话说，真是不一般。

船上拍照高手也真是不少，又因为全船都是中国科学探险协会的会员，一上船，大家就知道下船前会有此行的摄影作品比赛。没有评奖之前，我们已经可以在船上的电脑中看到很多精彩的照片了。参赛的作品更是高水平。最后专家评选出的获奖照片，我觉得这些照片是我们此行斯瓦尔巴群岛和格陵兰岛的自然生态及风土人情的真实而艺术的再现与描述，无论是动物、植物还是冰川、冰山和因纽特人的村庄。

这些画面，我想不仅会长久地留在我的脑海里，也会通过书去感染更多的人，让更多的人认识格陵兰岛的价值与魅力，包括全球气候变化对这里的巨大挑战。

　　这也是我第四次进北极圈。第一次是1999年，是和一艘科学考察船，在北极阿拉斯加北纬64度上船。那次最远到了北纬78度，阿拉斯加的巴罗。

参赛作品

　　那次因为是和科学家们在一起，天天数冰上的海象。海象真是一堆一堆地蹲在冰上。这次只看到两头。

　　那次同行的外媒记者一起拍的海象在"冰蘑菇"上的照片，发表在世界各大媒体上。我

参赛作品

拍的呢，放大制作后，摆在了很多朋友的家里。

参赛作品

记得那次回来我做完节目，上了出租车和出租车司机聊了没几句，他竟然听出了，我就是在中央电台的广播节目里讲北极熊和北极海象的记者。他说很喜欢听我制作的《阅读绿色》广播节目。

第二次是在挪威的特罗姆瑟，北纬70度的城市。

第三次到北极，是2018年，这次最激动的是，到了真正的北纬90度，那一刻全船的人都为自己这辈子能到"天边"，在地球的那个点上留下一辈子都难忘的瞬间而兴奋。

那次，最过瘾的是在北纬快80度的时候，一天之内看到了8头北极熊，而且一头比一头离我们近，它们简直就是直接来到我们的船头和我们打招呼呢。其中有两头北极熊，还当着我们的面拥抱、接吻。那片刻，大家都拍了下来。不过船上的科学家说："这并不见得它们就是相爱，也许它们就是在那儿逗你玩儿呢。"

北极熊就像中国的大熊猫一样，人见人爱。我第一次到北极的时候，拍到过北极熊游泳，流线型的身材真好看。

一天能看到8只北极熊，而且还有专家在旁边

获奖照片

给你介绍这些北极熊的习性，它们是胖了瘦了，是不是很健康，它们怎么抚育孩子，包括它们受气候变化的影响会是什么处境。

这次的北极三岛之行，特别是在格陵兰岛，让我最意想不到的，是在北纬七八十度的地方，植物如此缤纷。

每次上岛，大家趴在地上，把那些五颜六色的小花拍下来的时候，是为这植物世界的多彩多姿所吸引，所震撼，所感动！造物主为它们选择了如此挑战的生存空间，它们依然活得如此有滋有味，抗战严寒，相依相偎。

格陵兰岛，在我们想象中是冰雪覆盖的世界，这些花儿怎么能够长得这么鲜艳和茂盛？而且那里的树是趴着长的，立起来的话，也许会很高，但是为了取暖避风它们趴着往高了长个，依然高大，依然苗壮。这不能不说，是自然生物的智慧和生命力的

获奖照片

获奖照片

获奖照片

顽强。

我们在中国北极黄河站目睹了斯瓦尔巴岛上这片土地从挖煤，到探险，到科考所留下的痕迹。

这次我们还进到了一个真正的因纽特人的村庄，看到了他们生活中的寂寞和单调，也浅尝辄止地了解了一些他们的生活状态。在我们看来，能够在这样的地方生存，真的不容易。

我们的探险队长阿尼亚，喜欢和因纽特人在一起生活，她是喜欢他们和那里的什么呢？是捕猎生活，还是生活的简单、独特、浪漫？

我们在村里的商店旁边，还看到一位在用麝香牛的毛编织的德国女士。她只身来到这里是因为兴趣，后来把自己嫁到这里是因为爱。

还有阿尼亚也让我好奇，好想有一天能听到他们讲的故事。虽然会是平凡的、琐碎的，但一定

参赛作品

精彩。

　　12天是短暂的，而这12天给我们留下的记忆，将会是永远的。斯瓦尔巴群岛、格陵兰岛、维京岛……真正到了这儿，才发现大冰盖的下面和旁边还有如此蓬勃的生机。

参赛作品

　　瀑布下边的麝香牛，荒原上的北极兔，冰上的北极熊，还有无数种飞来飞去、叫来叫去的鸟儿以及鲜艳夺目的花，躺着的树，共同构成了我们亲历的北极大自然。

　　我想，同行的每个人回到自己生活的地方后，这些照片够我们整理一阵子的。这些照片在未来的日子里，会成为我们生活中的一部分，会像老酒那样越品越有滋味的。

参赛作品

离开"海精灵号"时，我把自己写的《绿镜头》第一卷至第三卷和《中国环境记者调查报告——风暴》留在了船上，上面有我写的北极考察和南极纪事。希望今后登上"海精灵号"前往北极、南极的中国朋友，不光能欣赏那里的美，也能认识到因我们人类的行为，已经让那里的生态面临着巨大的威胁。

　　此篇大部分照片都是中国科学探险学会组织的这次北极三岛之旅的同行者们拍的参赛和获奖照片，照片下有注明。在此特别致谢！

| 第三章 |

冰岛火

神奇的冰岛

——遍地都是瀑布的国家

有镜子之称的城市

2019年9月6日，我们的船停靠到了冰岛的西峡湾伊萨弗尔多的城市。一下船，眼前的景色和当地人的介绍就让我们用上了那个词：美不胜收。

伊萨弗尔多市

这里的美，体现在海平面的静。静让它像镜子一样，映衬着远处的山，近处的船，还有那竖在船上的桅杆。

伊萨弗尔多市海边四周的山也很奇特。导游说，如果这些山上有

城市的水面岸边

像人脸的地方，那曾经就是人，太阳一晒就晒成了石头。

在格陵兰岛的时候，我们就听说当地的因纽特人认为，什么都是有灵魂的，包括一草一木，一山一石。看来，冰岛这边也是这样的信仰。其实在我们国家很多少数民族中也有这样的信仰，万物皆有灵。

山上有一处缩进去了一块，当地人说是像椅子，累了可以坐下来歇歇。

这把"椅子"怎么来的呢？传说有两个巨人，想把这儿和冰岛分开，就挖出了个坑。挖累了，其中一个往地上一坐，就坐出了一个坑，成了这把"椅子"。人们为了证明这个故事，说这里的海要比别的地方深，就是被巨人踩的。

当地幼儿园的孩子毕业仪式就是要爬这座山。那么小的孩子就要爬这么高的大山，也是挺有挑战的。

我们来到时正赶上学校放假，山下面的文化中心有专门为孩子们办的音乐会。这里偏远人少，但他们在生活中自得其乐。

我们在这里拍的照片，水中倒影的这座山好像一片大树叶，连上面的枝枝蔓蔓都像极了一片树叶的叶脉。"叶子"的颜色像油画，画得真精致。而它其实就是一座大山的倒影。如果拉近镜头看，大山上一条条的红色，是各种梅子。

梅子占领了这里的大山呀。因为梅子多，这里的奶制品厂开发了一种梅子酸奶。过去人们采了梅子都自己吃，有了梅子酸奶的生产，去年送到这里的手工采摘梅子就有7吨呢。

在挂着两条鱼干的地方，导游说："我们这里的人是不吃海参的，看着海参都害怕，但是我们会吃鲨鱼肉，吃法是把鲨鱼腌制后放在地下用重物压上几个月再挂出来风干几个月，就可以长久地吃了。"可以想想，埋了几个月，又晾了几个月的味儿。

后来我们在博物馆里吃到了<u>鲨鱼干</u>，真难吃，一股氨气味。同行的人说，这是蛋白脂分解掉后留下的味。冬天这是当地人的重要食物，而我们尝了都会不明白他们怎么会爱吃这一口。

家里的小院

晒鱼干的旁边有一新厂房，说是当地新建的啤酒厂，很受欢迎。冰岛国小，人口不多，但很多小镇都有自己生产的啤酒，你要买的话他们会向你强调是当地的啤酒。

整个冰岛的经济收入主要是牧业，而西峡湾是渔业。

伊萨弗尔多是个市，但人口只有2000多。因为它是冰岛边上的一支，来的人也很少，游客一年也就500多人。不过随着旅游业的发展，2019年已来了100多艘游轮。大的邮轮上能有4000多人呢。

旅游业的发展，让这里的人口也有回升。这里最早的政府

早期的房子

办公室是15年前建的，现在旅游业发展了，房价涨了，就也开始大兴土木了。

公元900年这里就有人住，17世纪建镇。19世纪以前，当地的房子都是木头的，木材也都来自挪威。后来建房的材质就成了里面是木头外面是铁皮，再后来就全是铁皮的房子了。

因为这里雨多风大，在这儿打雨伞是不行的，因为风来自四面八方，只能穿雨衣。

再有每栋房子的门口，都有一个标杆，标杆下面是配电箱，如果被雪埋上了，根据标杆也能找到。

当地的老房子上都标有修建的年代。一座不大的房子边的介绍说，1875年这里住了56个人呢。这里正在盖的房子可以看到有很厚的保温层。有些房子上面还会有个小房子，那是当地人给小精灵建的。这也是一种信仰。

当年的老面包房外面停着那时送面包的车，走到那儿和车拍张照，也是不少人喜欢的。

我们还特意走到了当地的小学。小学有两栋楼，5岁到16岁的孩子都在这儿上学。在这里，每个孩子都要学音乐或一种乐器。据说，冰岛最早的音乐学校就是从这儿开始的。

另外，这儿还有一个特色，就是越野滑雪。在这所小学，音乐和体育有着突出的地位，特别是音乐。

伊萨弗尔多那么偏远，人口那么少，可就是这里，在冰岛评选最有城市规划的城市时，被选上了。规划，让这里有了合理的城市布局和悠闲的生活环境。

这里的海边有个系列布局。年轻时有文化娱乐中心，有波浪式建筑的教堂。老了有养老院、医院、墓地。建筑的排列是：老了先进养老院，生病了进医院，治不好进墓地，墓地进不去再回医院。

为我们讲解这些的导游浑身充满了活力与艺术气息。我们这些从北冰洋、格陵兰岛来的人，看到她，听她讲，对即将开始的冰岛之旅，更多了几分憧憬。

明天我们要看到的是冰岛著名的美洲和欧亚两大板块的开裂之地。

美洲板块和欧亚板块在这儿开裂

2019年9月7日，我们离开了带我们前往北极三岛的"海精灵号"船，停靠在冰岛首都雷克雅未克。在时下时停的雨中，车窗外的冰岛原野黄的黄，绿的绿，白的白，而所有的颜色都是水刚刚洗过的。

冰岛，是北大西洋中的一个岛国。位于大西洋和北冰洋的交汇处，北欧五国之一，国土面积为10.3万平方千米，人口约为34万，是欧洲人口密度最小的国家。首都是雷克雅未克，也是冰岛最大的城市，首都附近的西南地区人口占全国的三分之二。

我们的导游指着雨中荒野的一群马说，这些可是维京海盗来的时候带来的，都有贵族血统。延续到今天它们已价值连城。加上冰岛人喜欢赛马，我们在荒野中看到的这些马，一匹少则上千欧元，多则几千欧元呢。

冰岛，地处我们在北极"海精灵号"船上专家们说的大西洋中脊上，是一个多火山、地质活动频繁的国家。内陆主要是平原地貌，境内多分布沙质地、冷却的熔岩平原和冰川。

很多人都会记得，2010年3月至4月，位于冰岛南部的艾雅法拉火山接连两次爆发，岩浆融化冰盖引发的洪水，以及火山喷发释放出的大量气体致使火山灰对航空运输造成了很大的影响，欧洲很多航班都取消了。另外，这次火山爆发，对气候和人体健康都会有长期的影响。

在船上就听地质学家说，冰岛是现在世界科研的热点。我们的旅行，除了拍风光美景之外，发现它的美在哪儿，为什么这么美，是我更大的好奇之处。

冰岛虽然位于北极圈边缘，但受北大西洋暖流影响，气候适宜。

根据《殖民之书》的记述，欧洲定居者的历史最早可追溯至公元874年，维京人殷格·亚纳逊一行人是冰岛最早的永久定居者。其他更早的定居者仅在冰岛过冬。其后的几个世纪，斯堪的纳维亚人在冰岛定居，他们也带来了盖尔人奴隶。

1262—1918年冰岛成为挪威的一部分，之后属丹麦王室统治。1918年冰岛宣布独立，并在1944年成立共和国。

冰岛是一个高度发达的资本主义国家，国民拥有国家提供的健康保险和高等教育等北欧福利系统。

整个冰岛是个倒扣的碗状高地，四周为海岸山脉，中间为高原。大部分是台地，台地高度大多在400～800米之间，个别山峰可达1300～1700米，冰岛最高峰是华纳达尔斯赫努克山（2119米）。

冰岛低地面积很小，西部和西南部分布有海成平原和冰水冲积平原。平原面积占全岛的7%左右。无冰川流过的海岸线不规则，多峡湾、小海湾。其他沿海地区，主要为沙滩，岸外的沙洲形成潟湖。

走在冰岛大地上，随处都是火山石和大地裂缝，随处可见冰岛的火山地貌要多丰富有多丰富。

大裂谷里的生机

今天我们第一站就是到冰岛的美洲板块和欧亚板块开裂的地方。

网上对这个裂谷有这样的描述：冰岛南部的辛格维利尔国家公园的黑色岩缝间，存在着另外一片精彩的彩色天地——史费拉大裂缝。史费拉大裂缝是由于1.5亿年前亚欧板块和北美板块之间的板块运动撕裂而形成的裂缝，缝隙间充满了清透见底、被海藻印染成蓝绿色的海水。

这里也是冰岛的议会旧址，是世界上第一个议会召开的地方，是最古老的存在至今的国会。它标志着冰岛作为一个独立国家的存在。

其实，两大板块交界处就是一条裂沟，上面有桥，所以当你站在桥上时，就意味着你一脚站在亚欧大陆，一脚站在美洲大陆。

弯弯的国会湖

由于远古的火山活动，交界处的地貌都是黑褐色的岩石。它们好像被巨大的力量撕裂，形成粗细不匀、纵横交错的裂缝。那干裂的地面仿佛还在运动，还在不断扩大。

攻读地理学博士学位的埃米尔说，欧亚板块与美洲板块现仍以年均2厘米的速度在分离。

站在高处看，裂缝对面是一个广阔的大平原。平原中间镶嵌着弯弯的国会湖，那是冰岛最大的天然湖泊。

有人这样形容，在淡淡的雾霭中，国会湖时隐时现，显出几分宁静与神秘。湖中有水牛形状的浅岛，湖后有高山环绕，雪还在山峦上残留着。湖在南面形成了河流，清澈的河流在平原里流淌着弯弯曲曲地向远方伸去。

对于一直关爱河流的人来说，与其说裂缝令我惊讶，不如说这些弯弯曲曲的河流更让我神往。在这黑色的峡谷里，除了怪异的石头，还有暗流涌动着的泉水。

走着走着，前面就会有一个池塘出现，清澈的水正源源不断地从地底下涌出来，冲击着圆润的石头，形成一个个微型的瀑布。有时在石头间忽然出现一个深不见底的潭，潭很深很深，水的颜色也像是黑色的。在这样的深水里有一些色彩艳丽的鱼在游荡。

第一天的冰岛行安排得真满。离开这个大裂缝，我们又到了黄金大瀑布，虽然下着雨，可是人们站在瀑布前，任凭水花飞溅，哪怕相机手机被淋湿了，还是要在那里感受瀑布的威力。

天然造型

黄金瀑布气势宏大，景色壮观。湍急的水流顺势而下，注入峡谷，落差达50多米，发出震耳欲聋的轰鸣。如果在阳光下，在蒸腾的水雾中，布满闪着金光的点点水滴，亮艳的彩虹若隐若现，仿佛整个瀑布是用黄金造就，故而得名"黄金瀑布"之美称。

因为下雨，我没有拍到黄金瀑布的"黄金"，只好用一下旁边宣传画中的景色了。

西格里德·托马斯多蒂尔

事实上，黄金瀑布是一系列阶梯状瀑布。当年一位农场主想把它卖给一个英国商人开发水电。因水能之大，后来连政府也动了开发的心思。但是农场主的女儿不同意，以至于和父亲及政府对簿公堂。最后法官判女儿胜诉。开发水电的计划最终未能实现。

这位名叫西格里德·托马斯多蒂尔的女士赢得了民众的支持与尊敬，今天瀑布旁有她的塑像。她的辩护律师斯温·比约恩松（Sveinn Björnsson）后来成为冰岛第一任总统。1975年，西格里德·托马斯多蒂尔将这"私家园林"送给冰岛政府作为自然保护区。

冰岛瀑布多得可以用"数不胜数"来形容。车开在荒野中，一路上满眼是瀑布。

冰岛这个地区最美的5个瀑布，有的有"黑瀑布"之称，有的可以欣赏极光之美。这里的地质活动频繁，且火山数量众多。独特的地理优势以及自然条件使这里形成了很多极为壮观的瀑布景观。虽然同为瀑布，可是每个瀑布都自成风格，景色各具特点。

我们今天最后看到的一个瀑布叫牧场瀑布。已到了傍晚，天也是灰蒙蒙的，第一次看到黑水瀑布可想而知有多么兴奋。

牧场瀑布环绕玄武岩奔腾而下，而玄武岩的黑色将整个瀑布渲染得颇具神秘感。岩石的刚硬与纯黑，流水的轻柔与纯透，在这里相映成趣，看似对立的元素

导游前一天拍到的

却如此和谐，这样壮观的景象世所罕见。

但不知为什么看着很黑的瀑布，拍出来的水并不是那么黑。

冰岛的神奇，如果不是亲历难以想象。这才是第二天，在冰岛还有很多天，能看到的还有更奇特、更超乎想象的吗？

今天晚上我们住在维克镇。

明天，我们要前往冰岛冰川公园内最陡峭最壮观的冰川。

少见的黑沙滩

2019年9月8日，早晨天放晴了，我们离开维克镇，开车上山到了维克教堂鸟瞰全镇。举目四望，风景如画、安宁和睦的维克小镇，与风琴岩峭壁相伴。

在冰岛，我总是想用"被水洗过"来形容那儿的天、那儿的地和那里的花花草草。雨多，让我们在美景之地，难以看到阳光普照下的美景，但是水洗过后的景色，又有了另一番赏心

维克小镇，与风琴岩峭壁相伴

北大西洋的黑色雕塑

悦目。

旅行有了乐观主义，心情和景观才搭！这和抱怨上车雨停，下车就下雨的心情、心态是不一样的。

雷尼斯沙滩，特色是沙滩宽阔，海上有礁石，岸边有悬崖和山洞，独特的玄武岩柱石耸立在海边。

我们在那时还赶上了模特拍照。阳光下，碧蓝的海，洁白的云，黑色的玄武岩柱，配上美女飘扬中的红裙子、黄裙子，给

这份自然景观增添了一份人与自然的相伴之美。

有模有样的玄武岩柱，火山爆发后的柱状节理，这些在我们中国的云南、腾冲等地也能看到。但是，这里的黑沙滩却是一绝。

从黑沙滩远眺，北大西洋一望无际。黑沙与白浪在阳光下

形成强烈反差。隔海相望的"笔架山"礁石与黑沙滩交相呼应，呈现壮丽的海滨美景。

黑沙滩的形成与火山作用有关，黑沙滩为火山喷发后，高温岩浆遇海水迅速冷却，形成的颗粒细小的熔岩颗粒。远古时候的一次海底火山爆发，海底的泥层都翻出地面，与海边的泥土糅合在一起，从此就分也分不清，离也离不开。加上海水和风力长年累月的作用，迫使熔岩与泥土化整为零，终于变成今天绵绵不绝的黑沙滩。

黑沙滩的确是纯黑色的沙地，有点粗糙，但近海地方的沙还是非常细。有人这样形容：黑色的海和沙，加上乌云密布，说是魔鬼的领地一点也不过分。

因为海滩是黑色的，黑沙衬得海水也黑了。仔细看海水还是蓝色的，沙上的椰树和一些绿色植物同这片黑色形成了鲜明的对比。运气好的话，还会看到一些海龟爬到海滩上，能在乌黑乌黑的沙滩上看到蠕动的白色海龟也会让人激动很久。

在冰岛，因景而激动是随时随地的。今天我们中间休息时，突然一队骑着马的骑士从我们眼前走向冰川。"荒凉中的一道风景线"用在这里挺适合。大家说："这是老天爷送给我们的景点。"

冰岛苔原广布，草地面积占24%，所以我们一路上都可以看到贵族马和圆滚滚的羊，这些马、羊虽说是家养的，可我们这一路上没见到半个牧人。也就是说，这些马羊都是野孩子，吃不完的草，看不完的瀑布群，弯弯曲曲的溪流，由着它们吃喝，哪还用得着人管，大自然管着呢。

畜牧业在冰岛的经济发展中发挥着举足轻重的作用。森林面积占1.37%左右，分布在背风和向阳的山坡和谷地中，以桦树灌木林为主，并引进不少欧美耐寒松柏，长势良好。

在车上的扫拍中，我拍到了被形容为"胜似魔界奇境"的苔原带，很像我们青藏高原上的高原草甸。但它们的构成却不尽相同。这些苔原是形成于火山喷发地的。

火山苔原地质奇观被列为保护区，任何人不许踩在上面

冰岛有30多座活火山，是全世界活火山最多的国家之一。1870年这里曾经发生了一次大的火山爆发。当时冰岛有8万人，其中4万人死于这次火山爆发。

我们的导游说这次火山爆发波及了整个欧洲。法国大革命、第一次世界大战都有考证和这次火山爆发有关，不知这一考证能否站得住脚。以前没听过这一说法，以后我会去寻找这其中的关系。

火山连续几年的喷发，让这里方圆很远都有火山喷发留下的熔岩，高低起伏的熔岩上面长了青苔，成了这里特有的地貌。

据说20世纪90年代的一次火山大爆发，此地的这个村子完全被摧毁，近30户人家全部都被夷为平地，村民也大都丧命其中。

大自然调色板上的线条

后来人们为了纪念这个村庄，在这里堆起了石块。后来不管知不知道这个故事的人，路过这里都会好奇地堆上一堆石头。长年累月，石堆越来越多，在一望无边的平地上，密密麻麻的石堆显得非常奇特，非常耀眼，演变成一处不是景点的景点。

当然，深入了解其背后的故事，让人看风景的心情也会随之大变。

我们一路走，车窗外多为苔原。苔原主要指北极圈内以及温带、寒温带的高山

极端环境下的生物群落

树木线以上的一种以苔藓、地衣、多年生草类和耐寒小灌木构成的植被带。

作为典型的寒带生态系统，苔原分布于欧亚大陆和北美大陆的北部边缘地带，形成一条大致连续的冻原地带。

这里冬季寒冷漫长，夏季凉爽短促，降水量200～300毫米，风力强劲，土壤下面常有永冻层存在。

这种冷湿的环境常造成植物的生理性干旱。苔原也叫冻原，是生长在寒冷的永久冻土上的生物群落，是一种极端环境下的生物群落。

或许是青藏高原走多了，熟悉那儿的高原草甸，在冰岛我很喜欢那连绵的苔原带。那里土壤冻结湿润，不利于树木生长，而滋生的大片苔藓形成天然苔原带，让人犹如闯进魔界奇境，也因此比来之前想象的更加神秘。苔原冬季的温度不见得非常寒冷，最低气温比东西伯利亚的针叶林带还要高一些，但夏季却寒冷而短促，没有针叶林那样可以使树木生长的温暖湿润的夏季。

云与雪山相连

所以我们在冰岛时，身上在北极三岛穿的羽绒服一直没敢脱。

今天的重头戏是前往冰岛冰川公园内最陡峭最壮观的冰川Fjarajokull（意思是高山冰川），还有杰古沙龙冰川湖。这个冰川湖号称世界上最壮观的冰川湖泊，面积超过20平方千米，深度超过180米，是由于全球气候变暖使得冰川融化退缩后形成的湖。

我去过世界上的很多冰川，在冰岛很独特的是，大部分冰川和火山并存，因此被称为"冰与火之国"。

有这样的观点：冰岛形似一个巨大的水母盘附在北极圈边缘。由于纬度高，气温低，冰川多，同时因为位于亚欧板块与美洲板块的交界处，所以地壳不稳定，多火山和地震。

在冰岛，巨大的冰原瓦特那冰川上的冰块，几乎相当于整个欧洲其他冰川的总和。它覆盖的面积差不多等于威尔士或美国新泽西州的一半，其平滑的冠部更伸展出许多条巨大的冰舌。

今天我们在冰岛最大的冰川湖拍照的时候也很爽。虽然刚从北极归来，但是这么近距离地看崩塌、融化的冰川，特别是看到冰川色彩的蓝，足以把人迷倒。

冰湖是由冰川融化的水汇聚而自然形成的。随着一直在消融的冰川和湖中不断累积的碎冰块，冰河湖的规模逐年扩大，景色也越来越迷人。

然而，杰古沙龙冰河湖的美景，是冰川消融的高昂代价，也是当前全球变暖的一个直接后果。有人这样评价：在冰岛频繁的地质活动作用下，每次来到这里看到的景象都会完全不同，所以冰河湖和附近冰舌的美景，在你每次到访呈现的，都是独一无二的风景。

今天我们最后到的地方是水晶沙滩。我们在那儿拍到了一群海豹，在湖里游来游去，它们似乎在说：你们喜欢就随便拍

人类的母亲和孩子与自然的母亲
和孩子相聚在这里

冰上的小鸟们也向往着大海

吧。而且，这里近距离地看那些大冰山，不同的造型，又让我们再次有了无限的遐想。

我在那儿看到一个孕妇带着孩子，不知为什么突然想到，这些冰山不就是冰川的孩子吗？人类的母亲和孩子与自然的母亲和孩子相聚，是一幅多么温馨的画卷。

在这里，如果恰逢退潮，沙滩上会有很多被海浪冲在沙滩上的冰块，像无数个水晶一样晶莹透亮，赛跑似的冲向大海。

风中，我在那儿等了一会儿，确实有一些造型大大小小的冰山碰撞着，冲向大海。如果没有在北极看到巨大的冰山翻转，这些冰山的撞击、翻滚也不失为有声有色。

凌晨1点多，我们在霍芬小镇再次拍到了北极光。度数不高，但留在记忆中的极光够绿了。

假火山的真

2019年9月9日半夜看到了北极光，我心想没准早上也有日出。我早早地出门，天已微红，虽然太阳出来的时候还是在云中，但天上水中的颜色温柔而浪漫，配上水鸟的叫声和身影，还是一幅很美的图画。

今天说是要去蝙蝠山，以为是山像蝙蝠，去了才知道原来是倒影中的大山像蝙蝠。老天爷真配合，这几天老是在雨中，可在我们需要借助太阳光看景时，太

霍芬小镇的海边

阳就出来了。连网上都有这样的提醒：西角山下的不是湖，而是涨上的潮水或是雨水、雪水。建议查好天气、潮汐再去，不然肯定没有倒影拍。

踩在这片有倒影的湖中，尽可放心地走，不会陷下去，因为那湖底铺垫的是火山熔岩。

在冰岛的很多地方，不光是有照镜子一样水中倒影的奇妙。因地球曲度，人望向大海的视野极限是13海里，平坦的土地或海面，会在远方与天空交会。那时如果爬上山顶，目之所及那真是一半是火山，一半是海水，在山海相接的尽头汇聚成

一线。只是拍照，总不如目睹来得自然。

在冰岛有一个号称最古老的农庄。因庄园主人的妻子去世，男主人专门为妻子修了一座教堂。那个叫土渣路的地方也有着高原的独特风光。那里慢慢发展起来，成了今天的庄园。

我们到那儿时，一个劲地在拍着那儿的老房子，有些是半截在地面，半截在地下，很有意思。正在我拍得高兴时，突然大家都往一个方向跑去。远远望去，原来是三只北极狼在打闹玩耍。

北极狼家庭

因为同行的人多是拿大"炮筒子"拍照片，所以我这一路上是忙着拍小视频，而且视频带着我这个原中央人民广播电台记者专业水准的配音。对我来说，边拍边说，是一种享受，因为曾经那么热爱的职业又派上了用场。而对没来过的朋友来说，看和听我拍的小视频，会有亲临其境的感觉，会有想象。

真的，我常常为自己有这爱好、有这本事而得意着呢。

我们看到的是三头北极狼。可以说它们调皮得狠，玩得那叫一个嗨。竟然可以咬着尾巴玩，跳起来打。这种时刻，小视频拍摄到的可就是连续的动作了。

北极狼（学名：Canis lupus arctos）又称白狼。可是我们看到的却是黑色的，听说还没经过冬天的历练。

北极狼是犬科的哺乳动物，也是灰狼的亚种，分布于欧亚大陆北部、加拿大北部和格陵兰北部，是世界上最大的野生犬科家族成员。狼具有很好的耐力，适合长途迁移。它们的

古老的村庄

胸部狭窄，背部与腿强健有力，使它们具备很有效率的机动能力。它们能以约10千米的时速走十几千米，追逐猎物时速度能提高到接近每小时65千米，冲刺时每一步的距离可以长达5米。这是一个冰河时期的幸存者，在晚更新世大约30万年前起源。

离开这些对我们毫不理会且很会玩的狼，我们就到了戴迪瀑布。它的落差有44米，常年平均流量在400～500立方米/秒之间，1000立方米/秒也常有，气势磅礴。

戴迪瀑布是冰岛西峡湾地区最大的瀑布，总共有330英尺高。这个巨大的自然奇观，给游客带来了紧张和激动人心的体验。说到冰岛的水上景点，戴迪瀑布是任何想要丰富体验的人的必游之地。

绕冰岛一圈，可用11天绕完，可游览12个不同风格的瀑布，每个都令人叹为观止。而我在车上扫拍的大大小小的瀑布，更是数不胜数。在冰岛这几天看到的瀑布，比我这些年走南闯北见到的瀑布加起来还要多。

大瀑布

冰岛遍布着大大小小的瀑布。究其原因，一是因为多雨，且国土多被冰川覆盖。又多山峦，冰川融化的雪水沿着悬崖形成瀑布。同时，冰岛地质活动频繁，使得河流所在的地壳断裂，这又造就了河床高低落差而形成瀑布。冰岛又是一个多火山国家，特殊的火山岩地貌使得瀑布千奇百怪。

今天傍晚，我们到了米湖和假火山。米湖为什么是用大米的米字，假火山又是怎么回事呢？

实际上，米只不过是翻译时找的一个近音字。而假火山可以说说：在米湖附近有一群假火山口，假火山是一种火山地貌，看上去很像真火山，但它并非由熔岩喷发形成，而是因为火山喷发时的火山熔岩流经湿地，水分迅速沸腾爆炸，冲出岩浆形成了锥形口。假火山是米湖独特的景观之一。

约2300年前，玄武岩熔岩大量喷发而形成米湖，周围主要是火山

大滚锅

地貌景观，包括熔岩柱。

　　据说地球上只3个地方有这样的地形。这里的地貌十分像星球撞击地面时形成的巨坑，又像电视里看到过的月球表面的景象。

　　米湖位于阿克雷里（Akureyri）以东约90千米，是冰岛第四大湖，推测形成于2300年前左右的一次火山大爆发，至今这个地区的火山仍然十分活跃，邻近的克拉夫拉火山（Krafla）最近一次喷发就发生在1984年。

　　米湖及其周边湿地生活着异常丰富的水鸟，特别是鸭子。我们到时因为下雨，鸭子们一定是找地方避雨去了，与我们无缘相见。

　　米湖的成因除了火山喷发，还有冰岛的雷克塞河从北边将湖水导入大西洋，由于地下水通过岩石缝隙渗入低处，汇集成湖。但是，由于山的屏障，米湖被视为冰岛最干燥的区域。

　　米湖附近有著名的地热发电厂。地热区也是米湖的特色，时常可以看到各种地热景观，如滚烫的泥浆、蒸汽口、喷泉、温泉湖等。

　　就因为这些，连当年美国宇航员登月前的训练场地也要选择这个地方。如果爬到山上远眺，在湖东山坡下，有一簇黝黑的嶙峋怪石，这些怪

地貌

石有的状如尖塔，有的又状似城堡，簇拥在一个狭长的谷地周围，远远望去，火山口犹如一座雄伟的黑色古堡。这是米湖的一大奇景。

冲天

天不好我们没有登山，但米湖也给了我们一大惊喜。在我们离开它，快到宾馆的时候，天边突然开了扇天窗，那抹红中，金灿灿的光，把喷着地热的喷泉照亮。发着光的喷泉直上云间，像是急于回到天国的家。

在米湖，我们和一起坐船穿行北极三岛的另一组朋友碰上了。才分开几天呀，好家伙，拥抱那热乎劲，像是要和喷泉的热度一比高低呢。一起行走极地的人，交情就是不一样！

坐看

3200管的管风琴

2019年9月10日，还是在米湖风景区，我们又在美洲、欧亚两大板块裂缝的地方下了车。

不过这个北段，和上次古议会旧址那个站在桥上跨两大板块的大裂缝不同，这是两大板块的最窄处，人的两条腿一迈，就跨过去了。裂缝下面深深的，隐约能看到温泉。

有人很悲伤地把这里形容成"上帝的眼泪，地球的伤痕"。

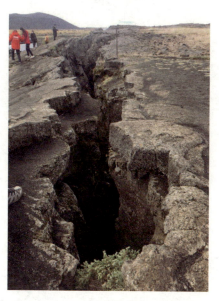

两大板块裂缝

这是人们形容冰岛时的一种抒情。"眼泪"，指的是遍布冰岛的晶莹冰川；"伤痕"，则是指来这儿的每一个人脚下的特殊地貌——欧美两大洲的地理板块分界处，一条深不可测的、狭窄蜿蜒的沟壑。

更有好感伤的人发出了忧天之语：这条地球伤痕的惨烈之状，如虬龙搏击，巨蟒缠绕，处处触目惊心。

文化底蕴十分深厚的余秋雨先生见到这道地球伤痕，有了是这样一番抒情："一切伤口都保持着温暖，一切温暖都牵连着痛苦，一切痛苦都呼唤着愈合，一切愈合都保留着勉强。"

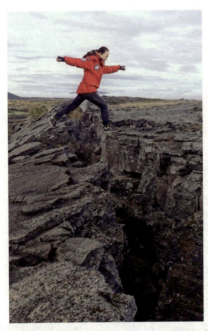

跨过两大板块的裂缝

因此这里又准备了那么多白雪来掩盖，那么多坚冰来弥补。再看看满目皑皑的白雪坚冰和那掩埋在冰雪里的黑褐色的熔岩石块，这道道沟壑的影子也就越发柔和谐美了。

当年炽热的岩浆喷薄而出之时，一定是地壳运动成美洲和亚欧两大板块，搅动了地心那团圣洁之火。当这一团团烈焰轰鸣着、欢笑着，争相涌出深深的地壳，终得一见朗朗乾坤时，漫步的冰川遂以冲天的热浪和蒸汽，为熔岩的骤临而欢唱。眼下这道道宽窄不一的沟壑，就是当年欢唱后的余韵。

跨洲

文人就是文人，想象力常常会长上翅膀。

在诸多裂痕中，今天我们到了一道最窄的裂纹，它的积水那真是深不可测，寒气逼人。

大家问好了哪边是欧亚板块，哪边是美洲板

块，能跳的跳，能迈的迈，能跨的跨。我挽着拉了一辈子小提琴的先生的手，来了个名副其实的"跨洲旅行"。

只听耳边已有人宣称，自己左脚"美洲板块"，右脚"欧亚板块"，地球最为著名的两大板块已经被其再轻松不过地分踩在两只脚下。

在那么独特的地方，人有狂言，也就狂些吧。

裂缝与温泉

昨天我们只是远观假火山，今天近看，假火山，熔岩"喷发"的火山口圆圆的，不像假的，拍下来，且很好看。

不过，在这里更美的是假火山下面的一池湖水。我们的运气要说真好，太阳该出来的时

熔岩"喷发"的火山口

候总是就出来了。我是一个乐观主义者，总是看到好的那面更多些。我们到这儿的时候，天上的云和湖里的云正追逐，在玩耍，在打闹，在比谁跑得快……

云在湖里

我们中的一位网名叫企鹅的朋友就说了："要让我选全世界最美的地方，我就选这里！"对我来说，有点遗憾的是，那么美的色彩与光影，拍出来的照片却大打折扣。

接下来的一幕挺好玩。我和一位朋友在这里合拍了张照片。一位老外站那里拍了我们。老外拍完后拿给我们看，并操着听不大懂的中文说"你好"。闲聊中他挺自豪地告诉我，他到过中国，同行的人都没去过。后来我也帮他们那伙人拍了合影。他们来自芝加哥，大多数看长相是印度裔。

在这里，除了大自然美，山坡上的羊因为离我们距离近，也让我们拍了半天。这些天总是在车上看到它们，这下距离近了，当然要好好拍拍。在车上，有一个很有意思的画面没拍下来，让我惋惜了好一会儿呢。

看我拍的你们

如果那幅画面拍下来，就是好几头圆乎乎的羊站在一块火山石上，圆圆的它们挤在一块石头上，不知为了啥。而且它们的眼睛也都望着公路，睁得大大的。我在看它们，就形成了对视。它们的样子，让我觉得是翘首以待呢。它们在等什么呢？

看到这里，您能闭上眼睛，想象一下一头一头的肥羊挤在一块石头上，瞪着眼睛的样子吗？想象到了吗？

初次看到冰岛羊的人都会认为这儿的羊真肥。当然，这里水草这么好，羊肥是应该的。不过这里还有学问，这是我第一次到北极时听专家们讲的伯格曼法则（英语：Bergmann's rule）。这是动物学中广泛接受的一种规律，指同一种类恒温动物的体形会随着生活地区纬度或海拔的增高而变大且圆。比如生活于北极地区的北极熊就比其他地区的熊类体形更庞大。同样，北极狼也比温带地区的狼类个子更大更圆。该定律是以19世纪德国生物学家卡尔·克里斯琴·伯格曼的名字命名的。也有研究发现，有些昆虫类群个体大小随纬度升高而增加，符合伯格曼法则。而冰岛的羊，我想也是验证了北极法则的吧。

我们这次在冰岛，天气的变化真是小孩子的脸——说变

肥羊

就变。但和我们通常看到的"脸"有点不一样：又不是高原，云怎么会那么低？车上有人说，踮脚能摸到似的。而且这张"脸"表情丰富得让人难以置信。当然大多数是在车上看的，来不及拍下来。

我相信去过的人，日后心底的存档中，会随时调出冰岛天空中的云来细细品味的。

神灵瀑布水清流急，造型美观，是冰岛最漂亮的瀑布。

神灵瀑布位于冰岛中北部地区，整体呈现马蹄状地形，约高12米、宽30米，落差12米，水量很大。它的不同之处在于左右各有一个瀑布，基本呈对称状，而在对称的中轴线上还有一条细细的独立小瀑布，属于神来之笔。有人说这是一件神奇的自然艺术品。

网上有这样一段对这里的介绍：神灵瀑布处于一片熔岩荒野的Skjálfandafljót河之上。多年以来，冰川融水从河流的峡谷倾泻而下，瀑布马蹄形边缘上的峭壁岩石

走向神灵瀑布

将瀑布截分为两个大瀑布和若干小瀑布。如果说冰岛地标景点黄金瀑布像一个彪悍狂野的男子汉，那神灵瀑布就好比一位温柔婉约的小女子。

瀑布周围是各种形状的黑色火山熔岩，岩石中间流淌着一条清澈小河，冰清玉洁，晶莹剔透。当平缓的河水到达岩石落差处，河水便迅速飞流直下，激湍翻腾，澎湃咆哮，如万马奔腾。每个水柱，每幅水帘，冲泻下来，撞到河谷的石头上，溅起层层水花，不断升腾扩散的水汽弥漫在瀑布周围，仙气飘飘，加上它的宗教传说背景，显得更加神秘梦幻。

关于"神灵瀑布"这个名字的由来，源于冰岛历史上的一个典故，这是一个承载着千年前改变冰岛人民命运的传说。相传在公元1000年前的维京时代的宗教变革中，当时冰岛最高长官"议长"在辛格维利尔的阿尔庭议会上决定冰岛正式皈依基督教，这一决定在当时冰岛全国上下引来了不少反对和争议。但是议长为表决心，在一个风高月夜，来到阿克雷里附近的这个瀑布前，将冰岛民众笃信的北欧诸神圣像投入瀑布之中，将神像尘封水底，从此该瀑布便得名"神灵瀑布"。

如今的"神灵瀑布"早已没有宗教纷争，一年四季源源不断的雪水奔涌之下，形成Skjálfandaflj ót河上一道独特而壮美的景观。据说在积雪冰封的冬季，瀑布的景色更加震撼迷人。

我们到那儿时是秋天，看不到一年四季那里的景色。幸好瀑布旁有张冬天的宣传照就放在那里。有一点不知道怎么解释，就在我们要离开那里时，瀑布上面出现了一道浅浅的彩虹。本来是阴天，本来下着小雨，彩虹怎么就走出来了呢？

带着这样的好心情，我们到了冰岛北部最大城市阿库雷

阿库雷里

里。都是最大城市了，能没有中餐馆吗？可怜的中国胃，好几天都没有吃到可口的饭菜了。中饭，大家当然都要好好犒劳犒劳自己的中国胃。

阿库雷里紧靠在冰岛最长的峡湾——埃亚峡湾的尽头，该峡湾长达60千米，坐落在积雪覆盖的山脚。丛生的树木、精心照料的花园，让人丝毫见不到北极圈以南100千米的地方本该有的荒凉。

从山顶俯视，城镇里最显眼的是阿库雷里教堂。它于1940年正式启用。外表风格酷似20世纪20年代的美国摩天楼，内部有一个有3200管的管风琴以及一系列的反映耶稣生活的非传统浮雕。

阿库雷里

以音乐为职业的先生在里面坐了下来，这么多天了，相处的都是我喜欢的大自然。今天，音乐自然要好好地陪他一会儿了。

向南500米，是世界最北边的植物园——Lystigarðurinn，其展示大量的植物品种。考虑到它们所处的纬度，真是了不起呢。我们没时间去，真遗憾。

明天我们要去的地方，一个是海里站着头

住地的晚上

"犀牛"；另一个是山把自己装扮成一顶大"帽子"。您也先想象一下，明天咱们再一起看。

犀牛石——大自然雕琢出的诡异作品

犀牛石的冰岛语名字——Hvitserkur意为白色（hvit）的衬衫（serkur），因为飞鸟常年在其上飞翔，白色排泄物半罩着这块巨石，居民就为它起了这个形象的名字。

今天我们要到的地方，一个是犀牛石，一个是草帽山，人与自然，自然与人，这里是不是要让我们再深刻领会一下人与自然的关系呀。

先到的地方是犀牛石，造型怪异，大自然再鬼斧神工，也无法想象竟然可以雕琢出这般诡异的作品。当然，这还要归于冰岛的火山地貌特质。这块大石头其实是一个火山岩，被海水不断侵蚀后，演变为如今的模样。而永不停歇的海浪，让这块巨石的基底越来越不牢固，冰岛人用水泥将犀牛石的底部固

犀牛石

定，才让这个独一无二的火山奇景得以保留。

原来，这块大石头是火山岩的一部分，被风吹雨打和海水给分离了。

在冰岛的神话故事中，Hvitserkur是一个巨怪（troll），巨怪十分讨厌基督教。冰岛转信基督教后，建造了基督教堂，狂怒的巨怪试图将教堂的大钟毁坏，却没有留意已然是黎明，升起的太阳将阳光打在巨怪身上，巨怪石化，便成了如今的犀牛石。

在我们人类社会中，这样因自然而编的神话故事有多少呀！

冰岛草帽山（Kirkjufell）位于冰岛Grundarfjordur小镇附近，坐落于斯奈山半岛。它的名字翻译成英文的"Church Mountain"，也许是它的外形让人们联想起教堂塔。Kirkjufell基尔丘山是一个有着美丽外形且匀称的独立山体，也有人说它是草帽山，因为有的角度看它就像是一顶草帽。所以Kirkjufell也叫草帽山、教会山。

教会山公路的对面不远，还有一个小而迷人的瀑布，名字就叫教会山瀑布。瀑布景色如画，和教会山前后呼应，水流在青山的映衬下愈显清澈，在仲夏的极昼阳光照耀下则更璀璨动人。这里一年四季都是摄影师的最爱。冬天的教会山瀑布前结满了冰，景色非常超现实。

我们到那里时草帽山基本在雾中。不过，上到对面的瀑布群时，草帽山的轮廓就出来了，足以让我们站在山下戴上"草帽"。

同行朋友拍到的草帽山与瀑布

我们此行的另一组更幸运，他们拍到了阳光下的草帽山。来过这儿的中国科学探险协会的皮队，还有带着北极光的草帽山，大家都是资源共享的朋友，我们就一起看看吧。

这次在冰岛旅行，我上了一堂火山知识的大课，有了很多新的认知。回到北京后又好好学习了一下，就在

皮队拍的极光与草帽山

这儿也与朋友们一起分享分享。

我们这次看到不少不同形态的火山喷发和地貌。因岩浆性质、地下岩浆库内压力、火山通道形状、火山喷发环境（陆上或水下）等诸因素的影响，火山喷发的形式有很大差别，一般有这样一些分类：

裂隙式喷发：

岩浆沿着地壳上的巨大裂缝溢出地表，称为裂隙式喷发。这类喷发没有强烈的爆炸现象，喷出物多为基性熔浆，冷凝后往往形成覆盖面积广的熔岩台地。

我们这次在冰岛看到的很多是这样的。我们中国也有，如分布于我国西南川滇黔三省交界地区的二叠纪峨眉山玄武岩和河北张家口以北的第三纪汉诺坝玄武岩，都属裂隙式喷发。现代裂隙式喷发主要分布于大洋底的洋中脊处，在大陆上只有冰岛可见到此类火山喷发活动，故又称为冰岛型火山。

中心式喷发：

地下岩浆通过管状火山通道喷出地表，称为中心式喷发。这是现代火山活动的主要形式，这又可细分为三种：

宁静式

火山喷发时，只有大量炽热的熔岩从火山口宁静溢出，顺着山坡缓缓流动，好像煮沸了的米汤从饭锅里沸泻出来一样。溢出的以基性熔浆为主，熔浆温度较高，黏度小，易流动，含气体较少，无爆炸现象。夏威夷诸火山为其代表，又称为夏威夷型。这类火山红色的熔浆，人们可以尽情地欣赏。

爆烈式

火山爆发时，产生猛烈的爆炸，同时喷出大量的气体和火山碎屑物质，喷出的熔浆以中酸性熔浆为主。1902年12月16日，西印度群岛的培雷火山爆发震撼了整个世界。它喷出的岩浆黏稠，同时喷出大量浮石和炽热的火山灰。这次造成26 000人死亡的喷发，就属此类，也称培雷型。

中间式

属于宁静式和爆烈式喷发之间的过渡型。此种类型以中基性熔岩喷发为主。若有爆炸时，爆炸力也不大。可以连续几个月甚至几年，长期平稳地喷发，并以伴有歇间性的爆发为特征。

现在火山熔岩所经之地，长满了一个个绿绿的小山包，成了自然保护区。为了保护，人们不许踩踏。成片成片的它们，远看近观都十分有姿有色。

另外，还有意大利西海岸利帕里群岛上的斯特朗博得火山也是其代表。该火山每隔2～3分钟喷发一次，夜间在50千米以外仍可见火山喷发的光焰，故而被誉为"地中海灯塔"，又称斯特朗博利式。有人认为我国黑龙江省五大连池火山属于这种类型。

有关火山的学问还真不少，越看越多。比如，火山喷发时，气体、岩浆、固体等物质向外排出的出口，叫作火山口。

一般来说，中心喷发每次只有一个火山口，但绝大多数火山都是多次喷发。以后的喷发，有些是从原来的火山口喷出，但更多的是在其侧喷发，从而形成新的火山口，被称作寄生火山口。

前面说的裂隙喷发，即喷发物质从地壳裂隙处喷出来。它形成的火山口是比较多的。如冰岛的拉基火山喷发，在长达32千米的裂口里，熔岩从105个排成一列的火山口里不断流出。

火山口的形状大部分为圆形，一般分为五类：对称的火山口、不对称的火山口、裂缝火山口、没有明显的火山口和沉降的火山口。

因为这些火山口的定名比较专业,同行要是有位地质学家一起就好了。

火山口中有一类较特殊的,叫破火山口。它是因火山喷发过于猛烈,大量的岩浆一下子将火山颈和周围的岩石冲开形成的。这种喷发所造成的火山口,直径往往超过5千米,猛烈的爆发除了形成破火山口外,还使火山的高度大大降低。如坦博腊火山爆发,产生了一个直径12千米的破火山口,并且海拔高度也随之降低了1400米。

火山喷发那一刻的壮观,我们大多人从媒体中看到过。但是火山喷发过后的魅力,不是拍几张照片就算完事的,而是要研究其诱因和结果。

有了我这一番分享,下次您再到火山喷发过的地方旅行,可以对照着这些学问,再找到更多您感兴趣的事物吧。

2019年9月11日晚上,我们在离草帽山不远的海利斯桑德小城住。晚上一个人静静地走到海边,我发现海边除了有不少鸟儿在那儿玩着,还有一个介绍当地的牌子,上面有一些当年这里的照片。这里在公元700年时就有人打鱼过日子。

这个地方吸引我的是墙上的那些涂鸦。这么安静的一个小城,能出现这么丰富的墙上生活与墙上文化,是不是也可从中想象一下生活在这里的人广阔的精神世界?

墙上有人,有动物,也有文字记录。

她生活在这里

墙上的歌唱家

在小城的广场中间有一艘雕塑的帆船。走近看介绍，它被命名为"梦想之船"。一个城市人的梦想，一个城市人的品位，通过这艘船可见一斑。

不过，看得出来，这里住的人不会多。这是不是也说明了，这里和世界

梦想之船

各地有一样的通病——年轻人都到大城市去了？这些小城的未来会是一样的吗？又会是什么样呢？

明天，我们要到冰岛一个由悬崖峭壁和岩洞构成的海岸线边。我已经期待着一睹为快了。

冰岛的英国沉船湾

到了冰岛以后，一直陶醉在大自然的无限风光中。2019年9

Hellnar海滩

月12日，走在Hellnar海滩也是非常有趣的，首先这里有一个宁静的湖泊，然后海滩入口有很多巨大的鹅卵石。据说，这里以能够举起多大的石头来衡量一个人的能力！但就是在这里，也有一个悲伤的故事。

70年前，1948年3月13日，一艘载有19名船员的英国商船在海上遇险，附近村民前来救助，奈何风大浪急，最终只有5名船员幸运生还，剩下14个鲜活的生命与他们相依相伴的船共同沉没大海。

如今这片海湾被称作"英国沉船湾"，而那些船体就在这里被自然风化，形成了独特的苍凉之美！让人永远铭记那段惊心动魄的故事。

英国沉船残骸

沉船湾在一个黑色海滩。走到海滩要翻过一堆嶙峋的黑色火山岩。70年后，曾经风暴肆虐的海湾一片风平浪静。除了海滩上散落着锈蚀的船体零件，沉船的遗骸以及远方的斯奈菲尔火山、周围的熔岩和海滩上奇特的鹅卵石，都吸引着前来的人们。

　　冰岛南有美国飞机残骸，北有英国沉船残骸。今天的我们站在海岸，风急浪大，海浪呼啸着拍打在黑色沙滩上，海边的礁石上长满了海带，令中国人嘴里不停地说着"海带，海带"，有言外之意呀。

　　通往海湾的小路分割出左右两个世界。左边是被火山熔岩刻下印记的熔岩原，右边是长有普通植物的正常土地。有人对此景有这样的评价：自然，才是终极画师，清晰勾勒出火山熔岩流过的痕迹。

被火山熔岩留下印记

　　这里有一个牌子，上面写着：让它们永远留在曾经的地方，是对曾经最好的祭奠。

斯奈山国家公园

通往地心的入口

漫步

域覆盖从海滨到山巅的公园。

今天我们到的斯奈山国家公园（Snæfellsjökull National Park），位于被称为"冰岛缩影"的斯奈山半岛，建立于2001年6月28日，是冰岛第一个国家公园，公园的边界一直延伸到大海。站在火山冰川脚下，它是唯一一个地

毫无疑问，公园最主要的景观就是斯奈菲尔火山及其冰川，这也是半岛西端最吸引人的壮观景致。斯奈菲尔火山是一座活火山，高1446米，法国科幻作家儒勒·凡尔纳的《地心游记》一书中，将斯奈菲尔火山描述为通往地心的入口。

玄武岩柱

Arnarstapi和海耶那尔（Hellnar）是斯奈山半岛上的两座小渔村。在18世纪初，Arnarstapi曾经是冰岛重要的贸易港口。按照冰岛标准来说，这是一个挺大的村子，居民有150人。在我们中国可能是

两三进一个四合院的
人口。

　　现 在 常 年 居 住
于 此 的 家 庭 已 经 不
多 了，但 在 夏 天，大
量游客和鸟类都聚集
于此。夏天还有不少
小渔船从这里出海。
港口周围布满玄武岩
柱、裂谷和海蚀洞，
景色不仅仅是亮眼，
完全就是奇观。

　　海耶那尔几世纪
以来都是斯奈山半岛

巨龙

最大的捕鱼点之一。18世纪初，大约有200人住在这里的草皮房
子和捕鱼小屋中。这个村子里有着许多考古遗址。

　　Arnarstapi和海耶那尔附近的大约0.6平方千米的沿海区域在
1979年被定为自然保护区。那里有一块大礁石Dritvik，说是远
看像一条巨龙独立在海边，近看是悬崖。但我们同行的中国人
看了都觉得并不像龙。不知是不是因为中国人和外国人对龙的
想象不一样。

　　从港口沿海岸向西走，您会看到许多耸立的峭壁、峡谷、
岩柱、海蚀洞，多种鸟类栖息其中。

　　一个个海蚀柱群位于小镇边。实际上，这是由一个火山
栓，由海底活火山中喷涌出的岩浆，在火山口中堵塞凝固形

裂谷和海蚀洞

成。夏季时，很多鸟类都会在这些峭壁上筑巢繁衍。

巨大的沟壑一路裂至山底，山沟中一条美丽的小溪潺潺流动。

这里有一个瓦汀舍利尔岩洞，我们没有下去。据下去过的人说，地下岩洞中一片漆黑，万籁俱寂，可能会发现自己视觉以外的感官知觉都变强了。

岩洞内部主要分为两层。在上层，熔岩壁上布满了独特的熔岩雕塑，经过长长的狭窄的阶梯来到下层，您看到的会是与世隔绝了几千年的久远地洞。瓦汀舍利尔岩洞在大约7000年前由火山爆发形成。

这里自1979年成为自然保护区。

石群

我们在那儿被打动，拍照的时候是阴天。午饭就在这大景旁边吃，吃饭时太阳完美出现，我匆匆吃了几口，又跑到海边，希望把那里有太阳时的奇观美景也拍下来，阴晴之别的美就都有了。

海边，由悬崖峭壁和岩洞构成的海岸线，实在是太非同一般了。不是亲眼所见，难以想象出来。大自然的鬼斧神工，在这里是活灵活现。

上桥下门

离开这大自然的神来之笔创造的海边后，我们就回到冰岛首都雷克雅未克了。这一路上，老天爷又塞给了我们不少大景小观。

到冰岛的第一天就听说冰岛马是世界上品种最纯正的马。为了保护血统，冰岛马一旦走出国门，就再也不允许回来，即使是去参加比赛，进口马匹更是被禁止的。在冰岛语中，冰岛马的意思是"抢眼的鬃毛"。

今天路上，我终于拍到了非常棒的它们，还有三只圆嘟嘟的羊，屁股一扭一扭的，炝着蹶子跑，可爱得不行。

快到雷克雅未克的时候，下着小雨，天空中出现了双彩虹。在冰岛，车是不能随便在路上停的。不过即使在车上我们拍到的照片，也够放在这儿的水准。

双彩虹是在水滴

眼神

天地间的佳作

内进行两次反射后形成的特殊现象，在原彩虹的外围出现一条直径稍大、颜色反转的同心彩虹，内层彩虹称为主虹，外侧为红色，内侧为蓝色，颜色较亮；外层彩虹称为副虹，外侧为蓝色，内侧为红色，颜色较暗，形似发箍。

通过验证，彩虹的主虹是水点内的反射造成的，而副虹则是两次反射形成的。彩虹的边角最亮，中间最暗。这可谓是自然界的"奇迹"之一。

副虹其实一定跟随主虹存在，只是因为它的光线强度较低，所以有时不被肉眼察觉而已。双重彩虹早在1307年就有欧洲人提出：彩虹是由水滴对阳光的折射及反射形成的。笛卡尔在1637年发现水滴的大小不会影响光线的折射。

光的波长决定光的弯曲程度，事实上如果条件合适的话，可以看到整圈圆形的彩虹。彩虹的形成是太阳光射向空中的水珠经过折射→反射→折射后，射向我们的眼睛所形成的，与地球的形状有很大的关系。由于地球表面是一个曲面并且被厚厚的大气所覆盖，雨后空气中的水含量比平时高，当阳光照射入空气中的小水滴时，就形成了折射。

双彩虹，让我们对大自然的了解又向前走了一小步。

后记

小时候写作文，理想是长大了当记者，主要是因为自己住的大院里同学的爸爸妈妈都是记者。看到记者为老百姓说话时，自己心中也有了一种铁肩担道义的义气。

真正当了记者以后，更感慨的是别人研究了一辈子的学问，我可能一次采访就能问个底儿掉，了解到其中的奥秘之所在。

当然也很感谢自己一生都在媒体工作的父亲的教导。他说："作为记者应该一个阶段就对一个领域有深入的了解，这样你就可以在这个领域里发表自己的见解。"在父亲的鼓励下，我曾经关注过文化、妇女和教育问题，并在这些领域制作广播节目，也写了自己的专著。

但是，当我把视线转移到环保领域之后，就再也没有转到其他领域了，死磕在这个领域里采访、记录，甚至影响决策。

20世纪80年代末90年代初，媒体关注环境的报道并不是很多，所以那个时候我的报道不但在国内引起一些反响，还连续得了两次亚广联广播特写的大奖。特别是1999年，我制作的"走向正在消失的冰川"广播特写，获奖时国际评委给了很高的评价，认为是一部具有前瞻性的作品。

进入国际视野后，加上环境问题下全球气候变化越来越成为世界性的关注点，我开始有机会走出国门。我发现站在国际视野纵观大自然，除了感觉奇妙，还会发现那么多大江大河依然在自然流淌；发现各民族的人与自然的关系，就表现在他们居住的环境，与他们生活的家园中。

特别是在一些我们认为穷的国家，像老挝的湄公河吸引着来自欧美国家的有钱人来度假，路边的小草房放的粮食是当地人发生山火自救时的粮仓。

当我们好奇"放在那儿安全吗"的时候，当地人说又不是你的干吗拿走？简简单单的一句话，我在阿尔卑斯山脚下的一所小木屋里也听说过。那里的烤面包、热咖啡，旅行者吃完了随便放钱，没有人看着，也没有人会把钱盒子拿走。

我去了世界十大环境公害之一的日本水俣病发生地后，让我最感慨的是那里当年冲在第一线的官员、学者和记者。多少年过去了，他们还在为当年那里的受害者做着自己能做的事。

从1953年发现水俣病到现在已有59年了。在那场人为的灾难中，到底有多少人改变了一生——失去了健康，失去了他们本应该有的权利，失去了生命？

20世纪50年代发生的灾难，已经到了21世纪的今天，60年代得上水俣病的潜在人已经知道的有6万名之多，被确认的却只有2273名，尽管有些人从外表上就能看出他们是水俣病患者。我问了好几遍，来确认自己是不是听清楚了这个让我无法相信的数据。在日本这样的国家，有那么多水俣病的受害者，宁愿不要赔偿的钱也不愿意暴露自己所承受的灾难。

为什么呢？面子、歧视和爱情。当地的研究者说，如果别人知道了这家里有水俣病的患者，是没有人敢嫁或娶他家人的。

从小就知道我们中国在援助非洲，给他们修铁路，给他们派医疗队。可是当我到了那儿才发现，不管是肯尼亚、埃塞俄比亚、马达加斯加还是纳米比亚，那么多来自世界各地的旅游者在那里花钱。接待游客，让当地人为国家赚取外汇，为自己积累财富，改变生活，全是因为那里有大自然创作的风景。

走进肯尼亚时，听当地的农民说他们从来不用化肥。这让我有点惊讶，那粮食够吃吗？而他们说的是，我们这代人要是把地力都用了，我们的后代还吃什么？

这就是非洲人的生活态度，他们对自然的这种感情，使得现在越来越多的旅游者花大价钱到非洲去看狮子，看猎豹，看大象等野生动物。

这些都让我感叹，人类如果保护好自己的家园，就会有财富供自己享用，并留给子孙后代。

纳米比亚的岩画，最先引起我兴趣的是岩画中记录水源地的标志。岩画上如果刻的是一个小坑，说明这儿的水有的时候有，有的时候没有；如果中心的原点外有一个大圈，说明这里的水源不错而且是长流水；如果圈儿小一点，说明水不够大；如果中间还有连接，说明这个水是水系相通的。这其实也是对后人的关照，以示这里是否适于居住与生活。

离海边150千米的一处岩画上刻有海豚。今天的研究认为，智慧的布须曼人已知到海边取盐，回来用于延长食物的食用时间。

至今已发现并看懂的岩刻画有5000多幅，还有大量的尚待发现与认知。

纳米比亚的辛巴人生活的地区属于半沙漠化气候，干旱少雨，爱美的辛巴族女人想出一个主意：在身上抹上一种特制的红泥。

这种红泥可不是普通的泥巴，它是一种混合了赭石粉、羊脂和香料的高级护肤品。男人们从山上将赭石采回来，女人们将石头碾成粉，混合上从羊奶中提取的羊脂，加上当地特殊的香料，制成宝贵的红泥。

女人们将红泥涂在皮肤上，可使皮肤细腻光滑，阳光照耀下呈现釉彩的光泽，闻上去还有淡淡的酥油香。

辛巴族的女人将红泥涂满脸和全身，连头发都不放过。纳米比亚的红泥人对自然的认知是超越我们对他们裸露身体的好奇的。

旅行在非洲，人与自然关系的奇妙，让我们难以置信的还包括非洲雄狮惧怕马赛人，见到马赛人就跑。马达加斯加的跳舞狐猴会有非常优美的舞姿。

在意大利罗马、米兰，我参加了6届国际环境记者年会。2005年第一次参会时，我的大会发言中讲了自己用媒体和NGO的双重力量去保护中国的大江大河。

其实，这正是我从一开始就发现自己双重身份的优势所在。

这些年，越来越多的中国旅游者去了东欧，去了巴尔干半岛。这些地方高速路两边就是原始森林。雪山湖泊之美，让我们觉得所到之处都是一幅幅像挂历一样的画面。当地人不太追求GDP。希腊人说老祖宗给我们留下了神庙、阳光和海水，我们为什么要把这些破坏了去创造新的呢？在希腊，很多人是半天工作，半天喝咖啡，过着悠闲的生活。

面对这样的悠闲生活，一味追求钱包鼓的我们能不能从另一个角度来审视一下自己的快乐感和幸福感呢？

在瑞士，三个幼儿园小朋友的家长有着共同的理想，就是在首都伯尔尼建一栋绿色环保楼，把可以共同利用的资源一起分享，像冰箱、露台和车库。在欧洲寒冷的冬天，他们的绿色建筑所使用的能源比其他人家节约了三分之二。

远亲不如近邻，三户人家有福同享，有难同当。哪家的大人出了门，也不用担心孩子没有人管。绿色建筑的意义在这三户人家中不仅是节约资源的一种生活方式，更是一种生活中亲情共享和志同道合者的交流。

2006年，6个国家的顶级鲸豚类专家，用最先进的设备在长江白鱀豚生活的长江江段里寻找白鱀豚，最后的结论是作为种群，白鱀豚灭绝了。而5年后我在秘鲁亚马孙参加科学考察时，4个小时之内看到了60多头亚马孙豚。亚马孙豚和当地人像朋友一样相处，并有着很多美好的传说。

在智利的百内公园里，曾经有一位以色列游客不小心引发了森林大火，烧毁了大片的原始森林。以色列政府曾要来这里帮助恢复自然。但智利人还是把恢复自然的事交给了大自然。

今天，大风中的这些枯树，以另一种美在完成着自己的使命。

在密西西比河源头，我踏水完成了一次穿越。这条大河的源头没有像我们的母亲河长江、黄河那样发源于高海拔严峻的自然环境中。在那里，孩子们的欢歌笑语在空中回响。

被我们认为民主化程度很高的美国也有偷排污水，也有买通官员，也有政府被企业所控制的现象。作为媒体从业者，把这样中外都存在的社会现实让更多的公众认识，让我从小就感受到的"铁肩担道义"有了新的升华。

在新西兰，我看到了那么辉煌的日出，整个天空的色彩变化无穷，用尽自己脑子里掌握的所有词汇也难以形容。而在澳大利亚阿尔斯岩大红石头边烛光晚餐时寻找南极星的经历，完全可以列为一辈子难以忘怀的时刻。

前往北极点，在北纬80度的那天，我近距离见到了8头北极熊。其中两头北极熊还在相拥相抱地玩耍。这不仅仅是运气好，而是因少有人为的干扰，它们还能自由自在地生存。

在格陵兰岛，我看到了9亿年塑成的地质奇观。如果不是亲眼所见，靠想象，绝对想不到大自然会有这样的神来之笔！要气势有气势，要细节有细节；要粗犷有粗犷，要温柔有温柔。细节甚至能用线条和色彩勾勒，可谓精雕细琢。而这些作品的材质和工匠都是大自然。

在北极圈里的格陵兰岛上，冻原上开满了鲜花。更奇特的是踩在夏天融化中的冻土上，软软的植被中专家说有8000多种地衣、苔藓。北极风大，为了避风，树们以矮小的身躯顽强地在大地上植根，长大，铺在地上也是一片树林。

同行的一位为了拍照，把本来躺着长的树立了起来。探险队的植物学家萨斯格亚告诉我们，就是铺在地上的这些桦树、柳树起码也是一两百岁了，有的甚至是500岁的高寿。如果被人为地这样竖起来，对它们来说就是大难临头，因为它们不适应这种生长方式。生活在荒凉的冻土中的生命如此丰富，与它们的生命周期之短，匹配吗？

但毋庸置疑，格陵兰岛多年来堵满了难以逾越的冰块，自然条件极为恶劣，交通也很困难，人迹罕至，使得这一辽阔的区域成为一些濒危植物、鸟类和兽类的天然避难所。

通过各种影像视频的传播，南极的企鹅和火烈鸟大家都不陌生。可是只有真正到了那里，才会感受它们生活的不易，形象的丰富和与众不同。

最想说的还是欧洲最高峰厄尔普鲁士雪山。我到了海拔5642米雪山的5000米的地方。看到了火山喷发在那儿留下的遗迹和因全球气候变化让雪山化出的一道道"泪痕"。

一位登上过25次厄尔普鲁士雪山顶的俄罗斯女登山导游说，自己亲眼见证了这里的融水越来越多，绿色越来越多，雪山冰川正经历着严峻的挑战。深爱雪山的她心里很难受。

原来的出版计划是《绿镜头下的美丽星球》，一个大洲出一本：亚洲、非洲、欧洲、南美洲、北美洲、大洋洲和南极北极共7本。后应花城出版社之邀出版4卷：《绿镜头下的美丽星球——亚洲的云、非洲的树、欧洲的河》《绿镜头下的美丽星球——行走于南北美洲的山川大地》《绿镜头下的美丽星球——遥望大洋洲》《绿镜头下的美丽星球——南极冰、北极点、冰岛火》。

2020年，疫情对全世界来说都是大灾难。这一年，宅家的日子里，我重温着自己以记者的视角观察到的一切，以环保志愿者的情怀和记者的天性，迫不及待地把自己行走天下的纪事完成。希望尽快把大自然的神奇与美，大自然所面临的巨大挑战写出来，与关爱自然的朋友一起分享。